발자크의
해학 30

국립중앙도서관 출판시도서목록(CIP)

발자크의 해학 30 / H. D. 발자크 지음 ; 김창석 옮김. --
파주 : 범우, 2005
　p. ;　　cm

원서명: Les contes drolatiques
원저자명: Balzac, Honore de
ISBN　89-91167-52-7 03860 : ₩20000

863-KDC4
843.7-DDC21　　　　　　　　　　　　　CIP2005000351

발자크의
해학 30

김창석 옮김

종합출판 범우

HONORÉ DE BALZAC

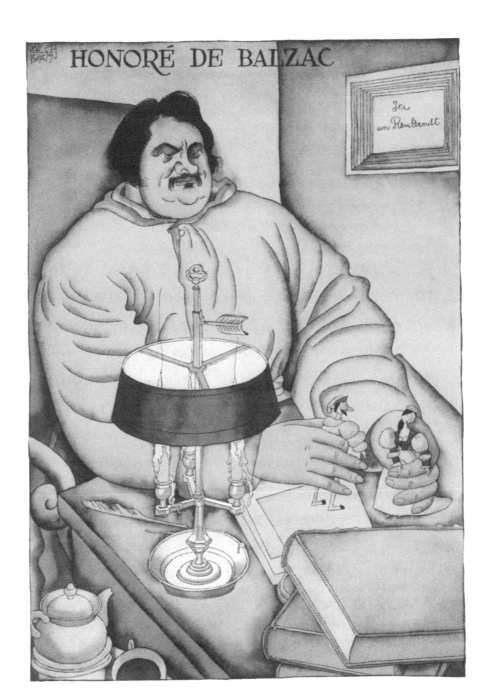

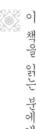

　이 작품은 발자크 스스로 "만약 나의 작품 중에서 후세에 남을 것이 있다면, 그것은 이 《발자크의 해학 30 Les contes drolatiques》일 것입니다"라고 오랜 서신으로 사귀어 오던 한스카 부인에게 보낸 편지에 쓴 적이 있듯이, 오늘날에도 유럽이나 미국에서 가장 많이 읽히고 있는 작품이다.

　19세기 프랑스 사회 풍속사의 전모를 《인간 희극La comedie Humaine》에서 모두 묘사하려고 한 발자크가 오로지 이 작업에서만은 중세기 문장을 본받아 소리 내어 읽어보지 않고서는 판독할 수 없는 의성어를 구사하여 성생활의 정경情景을 그려냈다. 르네상스기 프랑스의 대문호 라블레의 영향이 짙은 이 작품은 라블레의 문장을 닮아 조금은 난해하지만 대륙적인 기질이 있으면서도 골(gaulois, 갈루아) 풍의 익살과 섬세함이 이 책에 등장하는 모든 단편들을 통해 꽃피고 있으니 장관이 아닐 수 없다. 현대영화에서도 보기 드문 장면의 급전急轉이라든지, 현대소설이나 희곡에서도 보기 드문 앞뒤가 꽉 짜인 구성이라든지, 구구절절 가슴속을 콕콕 찌르는 맵고 예리한 경구라든지, 자연 그 자체를 보는 느낌을 갖게 하는 풍경묘사라든지, 쇼팽의 전주곡을 방불케 하는 대화라든지, 바흐의 둔주곡遁走曲을 듣는 느낌이 나는 심리묘사라든지, 곳곳에 아로새긴 아라베스크풍의 환상이라든지, 레오나르도 다 빈치의 그림을 보는 것 같은 문장의 명암이라든지, 앙리 마티스의 색채처럼 짙고, 드뷔시의 가락처럼 섬세한 질감이라든지, 그 밖의 장단점으로 미루어보아 한번 읽어볼 만한 어른들의 동화라 하겠다. 동화라고 해서 그냥 재미로 읽고 다시 읽을거리가 못 되는 따위의 작품이 아니고, 읽을수록 재미나는 동시에 스스로 머리가 끄덕여지는 동화, 만인이 다 수긍하는 내용이며 인간의 적나라한 모습을 알뜰하게 묘사한 동화다.

　본 작품은 열 편씩 묶어 총 3집으로 구성되어 있다. 제1집은 1832년, 제2집은 1833년, 그리고 제3집은 1837년에 출간되었다.

옮긴이

김창석

PREMIER DIXAIN

머리말

이 책은 우리들의 고향, 투레느Touraine 지역의 불후의 명예인 풍류객 프랑수아 라블레[1]가, 술잔을 서로 나누던 쟁쟁한 주선酒仙[2]들과 밑 빠진 술독인 주객들의 입맛에 맞도록 향료를 넣어 빚어낸, 향기 그윽한 옛 술로, 저자의 교만하고도 불손한 소망이 따로 있는 게 아니라, 라블레와 마찬가지로 호호탕탕한 투레느 사람들의 사람됨이 어떠한가를 나타내, 이 만저만하지 않은 우리 향토의 여러 인사들의 주야장천의 주흥을 돋우는 데 있을 따름이다. 오곡이 기름진 것은 물론이려니와 오쟁이 진[3] 사내, 잘난 체하는 영감, 빈정거리기 잘하는 사람에 이르기까지 빠짐없이 다 풍성한 우리

---

1 Francoir Rabelais(1494~1553). 프랑스 르네상스기의 작가·의사·성직자·휴머니스트. 그의 대표적인 저작 《가르강튀아와 팡타그뤼엘Gargautua et Pantagruel》(전5권)은 연작집이라 할 수 있는데, 풍부하고 다채로운 어휘·필치의 웅대함·풍자의 통렬함·뛰어난 성격묘사 등에서 르네상스기의 최대 걸작이다.

2 goutteu. 직역하면 통풍환자痛風患者. 주야장천 술을 마시니 사지가 성하겠는가. 그래서 주선이라고 의역했다. 또한 이 낱말은 프랑수아 라블레가 그 작품의 머리말에서 즐겨 쓰는 것이기도 하다.

3 '오쟁이'는 짚으로 만든 작은 섬을 말하는데, '오쟁이를 지다'라고 하면 자기 아내가 다른 남자와 정을 통함을 이른다. 즉 '오쟁이 진 사내'는 '부인이 다른 남자와 간통한 남자'를 일컫는다.

향토에서 배출된 프랑스의 손꼽히는 명사에는 애도의 눈물도 채 마르지 않은 쿠리에[4]가 있고, 《출세의 길》의 저자 베르빌[5]이 있는데, 한편 다재다능한 분으로 이름난 데카르트[6] 양반만은 열거하고 싶지 않다. 왜냐하면 이 분은 매우 침울한 학자로, 미주美酒와 산해진미보다 허망한 몽상 쪽을 찬양했기 때문에, 투르Tours 지방의 과자가게 주인들이나 음식점 주인들은 그를 몹시 싫어하는 동시에 무시하며, 간혹 입에 올라도 "그 분 어디 사람이지?"라고 되물어올 만큼 있으나마나 한 사람이기 때문이다.

따라서 이 책자의 바탕이 된 것은 그르나디에르 레 생 시르Grenadiere les Saint-Cyr, 사쇠 레 아제 르 리델Sache les Azay-le Ridel 읍邑, 마르무티에Marm-outiers, 베레트Veretz, 라 로슈 코르봉la Roche-Corbon 같은, 우리 고향 근처에 산재하는 여러 곳을 배회하던 사람 좋고 나이 드신 수도사들의 풍류담, 또는 옛날의 주교좌성당主教座聖堂의 참사원參事員[7] 들과 몸소 좋고 시절을 보냈던 정숙한 체하는 노파들이 이야기한 것을 적어놓은 것들이다. 옛 사람들은 한번 웃기 시작하면 뱃속에서 말이 뛰어나오든 명랑한 망아지가 뛰어나오든 아랑곳하지 않고 뱃속으로부터 웃어댔는데, 오늘날의 젊은 여성들은 점잔부리는 얼굴을 한 채 웃으려 한다. 이러한 짓은 물이 담긴 항아리가 왕비마마의 머리 위에 얹혀있는 것이 적절하지 않은 것처럼, 쾌활한 우리 프랑스 사람들 사이에서는 가당치 않은 일이라 하겠다.

그러므로 포복절도는 남성에게만 부여된 특권이며, 우리는 뜬구름 같은 세상의 하고많은 풍랑에 시달려 새삼스럽게 책을 읽을 필요조차 없을 만큼 눈물거리를 알고 있을 테니, 저자가 이번에 다소 명랑한 허튼 이야기를 펴

---

4 Paul Louis Courier(1772~1825). 프랑스의 작가. 부르봉 왕조의 복위(1814~1830)에 맞서 풍자적인 소책자를 썼다.
5 Vervilel. 프랑스의 중세기 작가. 《출세의 길Moyen de Parvenir》로 유명하다.
6 Descartes(1596~1650). 프랑스의 철학자·수학자·물리학자. 근대 철학의 아버지로 일컬어지고 있다.
7 주교좌성당cathedral은 '주교가 있는' 교구 전체의 모성당母聖堂을 말하고, 참사원chanoinedms은 교구나 수도원에서 주교나 수도원장의 '행정에 관한 자문기구인 참사회'의 구성원을 말한다.

내는 것도 시기적절한 일이라 생각한다.

현시現時를 바라보건대, 권태롭고도 귀찮은 일들만이 가랑비처럼 부슬부슬 내려 몸을 적시고, 마침내는 온몸 속에 스며들어서, 뭇사람의 재미를 '사회적인 줄'로 삼고 있던 관습도 이제는 소멸되어 가고 있다. 더구나 분에 넘치는 것에는 손대지 않고, 신이나 왕이 하는 대로 내버려두고 만사를 웃어넘길 줄 알았던 옛 팡타그뤼엘의 패거리[8]도 이제는 수가 줄었을 뿐만 아니라 날로 빈약해져 가는 상황이므로, 이 이름 높은 옛 애독서愛讀書의 조각조각이 망신당하고 휴지처럼 취급받고 쓰레기 사이에 끼이고 치욕을 받고 욕설을 먹고 있는 가히 우려할 상황을 목격하니 우아한 골gaulois[9]의 요리에 적지 않게 입맛을 다신 나로서는 섭섭하기 그지없다.

그러니 과격한 비평가들, 낱말의 넝마주이들, 각자의 의견이나 창작물을 망가뜨리는 사나운 괴물들이여, 상기해보시라. 웃음이란 동심에서 나오는 것이며, 세월이 흘러감에 따라 등잔의 기름처럼 그것이 사라져 없어지는 것을. 이는 무엇을 뜻하는고 하니, 웃으려면 마음의 순진함과 깨끗함이 필요하며, 웃음이 없는 수다쟁이들은, 그대들의 악덕과 파렴치를 감추려고 입술을 내밀고 입을 쭈그렁밤송이같이 오므라뜨리고 이맛살을 찌푸리는 것을 뜻한다.

그건 그렇고, 이 책의 됨됨이는 다시 어쩔 수 없는 군상群像, 배치가 바르게 된 조각상과 같으므로 어떠한 예술가라 할지라도 그 모양을 다시 짤 수 없는 것이니, 이야기 중에 약간, 또는 이 책자 전부가 수도원에 있기에 적절치 않게 되었다고 해서 무화과 잎사귀를 거기에 가져다 대려고 하는 도학자가 있다고 하면, 그 사람은 첫째가는 바보가 될 것이다.

---

8 Patagrugelistes. 라블레의 작품 속 주인공인 팡타그뤼엘의 뜻을 따르는 무리들을 의미한다.
9 골루아gaulois는 골Gaule의 형용사로, Gaule은 프랑스의 지명으로 고대 로마인이 갈리아라고 부르던 곳이다. 따라서 gaulois는 '골의, 골풍'의 뜻을 가지고 있으며 '옛날식의, 시대에 뒤떨어진'이라는 뜻을 갖고 있기도 하다.

허나 저자도 매우 유감천만이지만, 치마 앞쪽이 터진 아가씨들과 말괄량이들의 귀를 찡 울리게 하고, 눈부시게 하고, 앵두 같은 볼을 화끈 달게 하고, 석류 같은 입술을 갈가리 찢고야 마는 옛 낱말의 염언艶言은 조심스럽게 육필사본으로부터 빼놓았다. 그럴 것이, 당대의 땅에 떨어진 풍취가 모조리 마음에 맞지 않는다고 끝까지 우길 수도 없는 노릇이고, 완곡한 표현이 보다 멋이 날 때가 있기도 하기 때문이다! 사실, 저자도 나이가 들고 보니, 젊은 혈기로 인하여 삽시간에 일어나는 미치광이 짓보다 기나긴 하찮은 짓 쪽이 두고두고 즐겨 맛볼 수가 있어서 더욱 좋아졌다.

따라서 저자에게 욕지거릴랑 제발 삼가주시기를. 그리고 낮보다는 밤에 이 배꼽 빠지는 이야기책을 읽어주시기를. 또한 정염情炎을 불태우기 아주 쉬우니, 요새도 아직 있다고 치고, 숫처녀에게는 보이지 마시옵기를 말씀 드리고 싶다. 그래도 이 책에 관해서는 돌이켜보아 근심이 전혀 없는 것이, 이 책이 생겨난 지역은 마음씨가 드높은 고귀한 지역으로, 거기서 나는 것이 모조리 커다란 성공을 거두고 있는 것, 금양피장金羊皮章, 성령장聖靈章, 양말대님장jarretiere章, 목욕장沐浴章 같은 훈장勳章이나 그 밖에 천하에 알려진 허다한 문물文物에 비추어보아도 뚜렷하듯이, 이러한 훌륭한 물건들에 몸을 맡겨두면 저자로서도 우선 안심이니까.

"자, 마음의 벗들이여 즐기시라. 사지와 허리를 쭉 펴시고 즐겁게 처음부터 끝까지 읽으시라. 그리고 읽은 다음에 싱거운 이야기라고 말씀하시는 분은 열병에 걸려 저승에 가시라."

이는 지혜의 왕자요, 희극의 왕, 경의의 뜻으로 그 앞에서 모자를 벗고 그 말씀을 근청謹聽해야 할 대스승인 라블레의 말씀이다.

미녀 앵페리아 Imperia

콩스탕스Constance(콘스탄츠)에서 열린 공의회公議會[10]에 행차한 보르도Bourdeaux의 대주교는 투레느 태생인 미목眉目이 수려한 어린 신부를 수행원으로 삼았는데 이 어린 신부의 언동이 어찌나 귀엽던지 라 솔데la Soldee와 총독 사이에 난 아들이라는 소문이 날 정도였다.

보르도의 대주교가 투르 시를 지나갔을 때, 투르의 대주교는 기꺼이 이 어린 사제를 보르도의 대주교에게 붙여주었는데, 대주교들이 서로 이러한 선물을 주고받고 하는 것은, 성직에 몸을 두고 있는 신학적인 가려움이 얼마나 쑥쑥 쑤실 정도인지 몸소 겪고 있기 때문일 것이다. 따라서 이 젊은 사제도 멀리 공의회에 참석해서 학덕이 높고 품성이 훌륭한 주교 저택에 묵게 되었다.

필리프 드 말라Philippe de Mala라고 하는 이 젊은 사제는 스승을 본받아 덕행을 쌓아 사제답게 성직에 이바지하려고 결심하고 있었는데, 신비스러

10 1414년부터 1418년까지 열린 공의회를 말한다.

운 공의회에 모인 많은 성직자들 중에는 방탕한 생활을 하며, 덕조德操 높은 성도聖都에 못지않게 아니 그 이상으로 면죄부, 금화, 성직록聖職祿,[11] 그리고 그 밖에 것들을 닥치는 대로 취급하여 주머니가 불룩하게 벌어들이고 있던 성직자들이 적지 아니 있는 것을 보았다.

그런데 그의 신덕信德이 모진 시련을 겪던 어느 날 밤, 그를 올가미 속에 넣으려고 엿보고 있던 악마가 그의 귀에다 소곤거렸다. "성직자가 저마다 성모교회의 우물[12]을 퍼내는데도 바싹 마르지 않는 것은 하느님의 존재를 증거하는 기적이 아닌가"라고. 그래서 투레느 태생의 신부는 악마의 호의를 조금도 물리치지 않았다. 그는 어이가 없을 만큼 빈털터리였기 때문에 만약 돈을 지불하지 않아도 되는 것이라면 연회에 참석하여 구운 고기와 그 밖에 독일식 산해진미들을 배가 터지도록 먹겠다고 결심했다.

그는 늙은 대주교를 거울삼아 늘 극욕克欲에 힘써왔는데, 늙은 대주교가 이미 더 이상 그것을 할 수 없기 때문에 계율을 범하지 않는 것이며 또한 그렇기에 성자로 통하고 있는데 반해, 요염한 동시에 가난뱅이에게는 쌀쌀하게 구는 아름다운 창녀courtisane[13]들이 어마어마하게 많은 것을, 젊은 그가 볼 때마다 견딜 수 없는 정신적 고통에 시달린 끝에 구슬픈 마음에 잠기는 일이 한두 번이 아니었다. 콩스탕스에 이러한 창녀들이 허다하게 살고 있던 것은, 공의회의 고위 성직자들의 지혜로워짐을 도와주기 위해서였다. 의기양양한 이 까치[14]들은 추기경, 수도원장, 최고 종교재판소의 판사, 교황의

---

11 benefice. 직록이 붙은 성직을 말한다. 특권·이익이라는 뜻도 된다.
12 le giron de notre saincte mere l' Eglise. giron이라는 단어는 (앉았을 때의) 허리부터 무릎까지 사이의 몸의 부분을 말하는 뜻도 되고, 문어文語로는 가슴·품이라는 뜻도 되고, 제단祭壇의 계단이란 뜻도 되고, le giron de l' Eglise라는 경우는 교회·가톨릭 교단이라는 뜻도 된다. 우리말로 만들기 위해 편의상 '우물'이라고 옮겼다.
13 쿠르티잔courtisane. 편의상 창녀라고 옮겼으나 오늘날의 그것과는 다르다. 사전적 정의는 '부유한 남자들이나 귀족들과 관계를 가진 창부나 정부'지만, 수준 높은 교양을 지니고 있었고 자유롭고 주체적인 활동을 할 수 있었다. 우리나라 조선시대의 기생과 비슷하다고 볼 수 있다.
14 pie. 까치라는 뜻 이외에 구어口語로 수다쟁이란 뜻도 있다.

사절, 주교 등등을 비롯하여 공작, 백작과 총독들을 마치 돈 한 푼 없는 거지 성직자를 다루듯이 취급하며 권세를 누리고 있었는데, 필리프는 이러한 여신도들에게 어떠한 방법으로 접근해야 할지 몰라서 안타까워했다.

　그는 매일 밤 하느님께 드리는 기도문을 왼 다음에 사랑의 달콤한 기도문을 배우며 그녀들에게 말하는 기술을 시험해보고, 여러 경우에 알맞은 대답을 혼자서 연습하곤 하였다. 하지만 그 다음 날 저녁기도 시간 무렵에, 몸단장도 곱다랗게 한 어느 미녀가 마차 위에 오뚝 앉아서, 멋들어지게 무장한 거만스러운 하인들의 호위를 받으며 지나가는 것에 부딪치자, 파리를 잡으려는 개처럼 입을 크게 벌린 채 그의 심신을 불태우는 그녀의 환한 얼굴을 멍하니 바라보기 일쑤였다.
　공의회의 여러 어른들의 보호 아래에 사는 이 귀여운 암고양이들이 주교나 교회의 경리계원이나 종교 최고법원의 판사 따위들에게 인연을 맺는 영광을 주고 있는 것은 오로지 선물 덕택이며, 그 선물이야말로 성스러운 유물이나 면죄부 따위가 아니라, 주로 보석이나 황금이라는 것을 대주교 예하의 비서인 페리고르Perigord 태생의 어른이 필리프에게 공공연히 보여주었다. 그래서 아주 순수하고 세상 물정 모르는 투레느 태생의 그는 그 후부터 서기書記일의 보수로 대주교로부터 받는 금화를, 어느 날 어느 추기경의 총희寵姬를 딱 한 번 알현한 뒤, 나머지 일은 하느님께 맡기기 위한 날의 밑천으로 삼으려고 거적자리 밑에 저장하기 시작했다.
　그는 머리끝에서 발끝까지 누추한 옷매무시를 하고, 잠옷을 걸친 암염소가 귀부인을 닮고 있는 정도밖에는 신사답지 않았으나, 불타는 욕망에 묶인 채, 저녁때 콩스탕스의 거리거리를 배회하며, 목숨 따위는 아랑곳하지 않고, 호위병의 창끝에 몸뚱어리가 고기산적이 되는 위험을 무릅쓰면서까지, 미녀들의 집에 드나드는 지위 높은 성직자들의 모습을 엿보고 다녔다.
　그때 그의 눈에 들어온 것은 미녀들의 집에 금방 켜진 촛불에 환하게 빛나는 문과 창이었으며, 그 다음으로 귀에 들려온 것은 진실한 체하는 성직

자나 그 밖의 사람들의 웃으며 흥겨워하는 소리, 술잔 소리, 주지육림酒池肉
林 속에서의 대예배, 진언비언眞言秘言의 할렐루야 합창이었다. 거기서는 부
엌까지 기적을 나타내어 소위 미사로는 기름지고 맛 좋은 전골, 아침기도로
는 돼지다리의 햄, 저녁기도로는 목이 막힐 정도의 진미성찬, 송가頌歌로는
혀가 녹는 사탕과자……. 주연이 한바탕 끝나자 용감무쌍한 성직자들도 여
신도를 희구하는 마음에 잠잠해진다. 종들은 계단 위에서 주사위노름에 열
중하고, 부리기 어려운 당나귀들은 거리의 포석鋪石을 찰 따름이다. 만사가
잘되어 나간다! 하지만 아직도 거기에 신앙과 종교가 남아있었다……. 바로
이 때문에 사람 좋은 후스[15]가 화형을 받았던 거다. 이유는? 초대받지 않았
으면서도 남의 접시에 손을 넣었기 때문이다. 그럼 어째서 후스는 남들보다
앞서 이단자 위그노[16]가 되었는가?

　젊고 얌전한 필리프에 대해 다시 이야기하자. 그는 여러 번이나 엿본 죗
값으로 모진 구타를 받기도 하고 수차례 주먹맛도 보았으나, 악마가 그때마
다 그를 부추겨 그도 조만간에 어느 미녀의 집의 상전이 될 차례가 오리라
는 걸 믿게 하였다.

　탐욕에 불타는 그는 가을철의 수사슴처럼 대담하게 되어 어느 날 저녁,
콩스탕스에서 가장 호화로운 저택 안에 슬그머니 들어갔다. 그 계단에서 여
러 번이나 무사, 심부름꾼, 하인·종들이 손에 횃불을 들고 저마다의 주인
인 백작, 왕족, 추기경, 대주교를 기다리고 있는 것을 보고, 아무렴! 이 저택
의 미녀는 틀림없이 아름답고도 품격이 높은 분일 거라고 생각했다. 조금
전에 이 저택에서 나간 바비에르 후작의 심부름꾼으로 잘못 알았는지, 무장
이 엄한 호위병도 그를 그대로 통과시켰다.

　필리프 드 말라는 발정한 사냥개처럼 재빨리 계단을 올라가 뭐라고 말할

---

15 Johannes Huss(1370~1415). 콩스탕스 공의회(1415년)에서 이단자로 몰려 화형선고를 받았다.
16 Huguenot. 독일어 Eidgenossen이 변형된 말이다. 당원이라는 뜻으로, 여기서는 프랑스의 칼뱅
　파 신교도를 의미한다.

La belle Impéria

수 없이 향긋한 향내에 이끌려 어느 방 안에 들어갔는데, 마침 그 방에는 이 저택의 마님 되시는 분이 여러 하녀들의 시중을 받으며 옷을 갈아입고 있던 참이었다.

그는 경찰 앞의 도둑처럼 그곳에 멍하니 서버렸다.

미녀는 스커트도 두건[17]도 걸치지 않은 거의 알몸이었다. 몸종과 시녀들은 신을 벗기고 나서 옷을 벗겼는데, 그 드러난 알몸의 옥 같고도 싱싱한 살결에 장난기 어린 젊은 성직자도 "아하!"하고 사랑의 탄성을 한마디 냈을 뿐이었다.

"젊은 분, 왜 오셨나요?"

미녀가 그에게 물었다.

"저의 넋을 바치려고……"라고 그는 눈으로 그녀를 삼키면서 대답했다.

"그럼 내일 오시지요……."

그녀는 그를 우롱하는 듯 말했다.

이 말에 얼굴 전체가 진홍빛이 된 필리프는 점잖게 대답했다.

"꼭 오겠습니다."

아름다운 여인은 미친 여자처럼 웃어댔다.

당황한 필리프는 어리둥절해져 있다가 차차 마음이 가라앉아 연정戀情에 더해 귀여움이 똑똑 떨어지는 눈으로 그녀를 쏘아보며, 상아처럼 반들반들한 어깨에 흩어져 굽이치고 있던 아름다운 머리카락 사이로 보이는 희고도 윤기 나는 살갗을 탐욕스럽게 바라보았다. 백설 같은 이마 위에 있던 홍옥紅玉은 그녀가 웃는 바람에 난 눈물에 젖은 검은 눈동자보다 그 빛남이 덜하였다. 성궤聖櫃처럼 금을 칠한 끝이 뾰족하게 쳐들린 구두Soulier a la poulaine는 방탕하고도 자지러지게 웃는 바람에 벗겨져 백조의 부리보다도 작은 발이 드러났다.

---

17 chaperon. 어깨에 큰 천으로 매단 목도리 겸용의 모자로 머리에 쓰고 있지 않을 때는 어깨에 늘어뜨린다. 그 긴 천의 끝을 꼬리queue라고 한다.

이날 저녁 그녀는 기분이 매우 좋았다. 그렇지 않았다면, 체발식剃髮式[18]을 겨우 지낸 이 어린 사제 따위는 첫째가는 주교와 마찬가지로 사정없이 창 밖으로 내쫓기고 있었을 것이 틀림없었다.

"저 분의 눈이 아름다운데요, 마님!"이라고 몸종 하나가 말했다.

"어디서 왔을까?" 다른 몸종이 말했다.

"가여운 애로군!"이라고 마님도 말했다. "애 어머니가 저 애를 얼마나 찾고 계실까……. 바른길로 돌려보내야 해요."

이 투레느 태생의 어린 사제는 아직까지 오감五感이 멀쩡한지라 웨일스 〔Galloise〕 태생의 아름다운 여체가 누우러 가는 금박 박은 비단침대에 눈을 겨누며 황홀한 기쁨의 몸부림을 쳤다.

연정과 달콤한 깨달음에 가득 찬 추파는 미녀의 뜬구름 같은 일시적 생각을 깨우고 말아, 반은 웃고 반은 반해버리면서 거듭 "내일!"이라고 젊은 사제에게 약속했다.

그리고 젊은 사제를 내보냈는데 분명 장 교황이라 할지라도 그녀의 명령에는 순종했으리라. 하물며 공의회의 결정으로 교황의 자리에서 해임되어 껍질 없는 달팽이 같은 당시의 장의 신세이고 보면 두말할 나위도 없다.

"아아! 마님, 또다시 순결의 서원誓願이 애욕으로 둔갑을 했군요!"라고 몸종 하나가 말했다. 그래서 우박같이 요란한 웃음소리가 일어났다.

물에서 갓 나온 시렌(사이렌)[19] 보다 맛나는 생물을 언뜻 보고 정신이 아찔해진 필리프는 마치 모자를 덮어쓴 까마귀 모양으로 머리를 나무 벽에 부딪치면서 밖으로 나왔다.

그는 저택의 문 위에 조각된 동물상을 눈여겨보고 나서 대주교의 처소로 돌아왔는데, 마음속은 모조리 수많은 악마의 권속으로 들어차고 오장육부

---

18 가톨릭교에서도 예전에 성직자가 되기 위해서는 머리를 깎고 서품을 받았다. 현재에는 머리 깎는 경우가 매우 드물다.

19 Sirene. 반인반어半人半魚의 요정.

도 모조리 뒤섞이고 있었다.

자기 방으로 올라간 그는 밤새도록 그가 가지고 있던 금화를 계산해보았지만 아무리 계산해보아도 고작 네 닢밖에 없었고, 또한 그것이 그의 전 재산이었기 때문에 그는 이 세상에서 그의 몸이 소지하고 있던 모든 것을 그녀에게 바쳐 그 환심을 사려고 결심했다.

"왜 그러나, 필리프?"라고 사람 좋은 대주교는 필리프가 안절부절못하며 한숨만 내리쉬고 있는 것을 보고는 근심이 되어 물었다.

"아아! 대주교님"이라고 불쌍한 사제는 대답했다. "그처럼 가볍고도 부드러운 여인이 어떻게 이처럼 저의 마음을 무겁게 짓누를 수 있는지 스스로 어리둥절하군요……."

"어떤 여인이지?"라고 대주교는 뭇 사람들을 위해 읽고 있던 기도서를 책상 위에 놓으며 다시 물었다.

"아아, 기필코 대주교님께서는 저를 꾸중하시겠지만, 실은 저는 아무리 낮게 보아도 추기경급에 해당하는 부인을 보았습니다. 그리고 그 여인을 개심시킬 허락을 대주교님으로부터 받더라도, 한 꾸러미도 안 되는 은화로는 어쩔 수 없기에 이렇게 한탄하고 있는 것입니다."

대주교는 코 위에 있는 악상시르콤플렉스[20]를 찌푸렸을 뿐 한마디도 없었다. 그래서 매우 황송해진 젊은 사제는 웃어른께 그렇게 고백하고 만 것에 대해 마음속으로 떨고 있었다.

그러나 곧 성자가 그에게 말했다.

"그렇다면 매우 비싸게 먹는 여인이군 그래?"

"그렇고말고요. 많은 주교관主教冠의 기름을 빼고, 수많은 주교의 지팡이를 패물로 만든 여인입니다."

"어떤가, 필리프. 그 여인을 자네가 단념한다면, 나는 헌금함에서 금화 서른 닢을 꺼내 자네에게 주겠네……."

---

20 accent circonflexe. 억양부호 'ʌ'를 말한다.

"아닙니다, 대주교님. 그러면 제가 너무나 손해를 입습니다."

그는 마음속에 기약하고 있는 향응에 열중되어 있었기 때문에 이렇게 대답했다.

"오, 필리프, 그럼 자네도 그 추기경들과 마찬가지로 그 악마에게로 가서 하느님을 언짢게 해드리려고 하는가?"라고 보르도 대주교는 말했다.

심히 가슴 아픈 대주교는 자기 종의 영혼을 구원하고자 동정童貞 남성들의 보호자인 가티앵Gatien 성자께 기도를 올리기 시작했다.

그는 필리프를 무릎 꿇게 하고는 가티앵 성자께 가호를 구하라고 타일렀다. 그러나 악마가 들린 젊은 사제는, 내일 그 미녀가 그에게 틀림없이 큰 은혜를 베풀어주기를 낮은 목소리로 기도하기 시작했는데, 사람 좋은 대주교는 그 종이 열심히 해대던 기도를 잘못 알아듣고는 다음과 같이 외쳤다.

"옳거니 필리프, 기운을 내게. 하늘은 틀림없이 자네의 기도를 들어주실 걸세……."

그 다음 날, 대주교가 공의회에 참석하여 그리스도 사도들의 방종한 행동을 책망하고 있던 동안, 필리프 드 말라는 힘들여 번 돈을 향료·목욕·찜질과 그 밖의 하찮은 것에 써버렸다. 그래서 여자의 환심을 살 만한 모습으로 변해 어떤 경망한 귀부인의 애인처럼 보일 정도였다. 그는 마음의 여왕이 머무는 처소를 알아보려고 시가지로 내려가 지나가는 사람에게 어느 분의 저택인가 하고 물었다. 그 통행인은 그의 코앞에서 비웃으며 말했다.

"미녀 앵페리아의 이름을 모르다니 당신은 어디서 굴러 온 옴쟁이오?"

그 이름만 듣고도 자신이 얼마나 무서운 함정 속에 스스로 빠졌는지 깨달은 필리프는, 악마를 위해 있는 재산을 헛되이 다 써버렸구나 하고 겁이 덜컥 났다.

앵페리아는 더할 나위 없이 태깔스럽고 상류사회에서도 변덕스럽기가 뜬구름과도 같은 아가씨였다. 뿐만 아니라 그 뛰어난 아름다움으로 이름을 떨치고, 추기경들을 애 다루듯 하며, 가장 거친 기사들을 농락하고, 대중의 폭군들을 꼼짝 못 하게 하는 묘술을 갖추고 있는 아가씨였다. 더구나 모든 점에 있어서 그녀에게 봉사하려고 대기하고 있는 용감한 장수·사수射手·귀족들을 그녀는 사병私兵으로 소유하고 있었다. 그래서 그녀의 마음을 괴롭히는 자를 저 세상에 보내려면 그녀가 내뱉는 한마디로 충분했다. 빵긋 웃는 그녀의 미소 하나로 남자 한 명의 목숨이 끝장나기도 하였다. 때문에 프랑스 왕의 대장, 보드리쿠르Baudricourt 경 같은 분은 성직자들을 조롱하는 방편으로 그녀에게 자주, 오늘 그녀가 죽이고 싶은 놈이 없는가 하고 물을 정도였다.

앵페리아가 요염하게 그 웃음을 주고 있던 권세 높은 성직자를 빼놓고는, 그 밖의 놈팡이들은 그녀의 사랑의 수다와 수법에 의해 몸부림도 치지 못하고 제어되어, 아무리 덕이 많고 냉정한 사람이라고 해도 덫에 걸린 모양으로 얽히고 마는 것이었다. 그러므로 그녀는 정실부인이나 공주에 못지않은 귀여움과 존경을 받아왔고, 마담Madame이라고까지 일컬음을 받고 있었다. 때문에 얌전한 체하는 어느 정실부인이 분개하여 시기스몽드Sigismond 황제에게 하소연을 하였더니 황제께서 대답하시기를,

"선량한 부인네들이여, 그대들은 거룩한 부덕婦德의 가상한 관습을 끝까지 지키시오. 또한 마담 앵페리아는 비너스 여신의 따스하고 부드러운 관습을 끝까지 지키는 게 좋겠소"라고 했다.

황제의 이와 같은 그리스도교적인 말씀에, 선량한 부인들은 도리어 화를 냈다고 한다.

필리프는 어제저녁에 눈으로 본 공짜 요기꺼리를 다시 생각해내어 필경 오늘 저녁도 그것으로 전부가 아닌가 하고 의심했다. 그러므로 답답한 마음을 안은 채 먹지도 마시지도 않고 거리를 이리저리 돌아다니며 때를 기다렸는데, 앵페리아만큼 다루기 힘들지 않은 여인이라면 얼마든지 손안에 휘어잡을 수 있을 만큼 필리프의 모습은 말쑥하고 멋이 있었다.

밤이 왔다. 이 투레느 태생의 잘생긴 젊은이는 자존심으로 기운을 돋우고, 욕망으로 마의馬衣를 지어 입고, 숨이 탁탁 막힐 정도의 탄식소리로 매질되어, '공의회의 진짜 여왕'[21]의 저택에 뱀장어 모양으로 슬그머니 들어

갔다. '공의회의 진짜 여왕'이라고 한 것은, 그리스도교의 모든 권위·석학·청렴가들이 그녀 앞에 머리를 조아리고 있었기 때문이다.

저택의 집사가 젊은이를 의심쩍게 여겨 밖으로 내쫓으려고 하였을 때, 몸종이 알아보고 계단 위에서 말했다.

"저런! 앵베르 씨, 그 분은 마님의 '귀여운 분'이에요!"

그래서 행운과 기쁨에 상기된 필리프는 혼인날의 밤처럼 얼굴을 붉히고, 발을 헛디뎌 비틀거리며 나선층계를 올라갔다. 몸종이 그의 손을 잡고 객실로 안내하자, 이미 그곳에는 마담이 원기를 북돋아줄 상대를 기다리는 여인의 의상을 요염하게 갖추고 안절부절못하고 있었다.

뛰어나게 아름다운 앵페리아는 금빛의 털실이 달린 테이블보가 덮인 탁자 곁에 앉아있었다. 그 탁자 위에는 훌륭한 주연의 도구가 마련되어 있었다. 술병, 정교하고도 기묘한 굽이 달린 큰 잔, 계피 넣은 포도주병, 키프로스〔Chypre〕산産 최고급 포도주가 가득 찬 사암도기砂岩陶器, 향료 섞은 설탕절임 살구를 넣은 그릇, 공작 통구이, 초록색 소스, 돼지다리로 만든 햄 등등. 만약 필리프가 앵페리아에게 그렇게 눈독을 들이고 있지 않았더라면 그의 눈을 매우 기쁘게 하였으리라.

젊은 사제의 눈이 모조리 자기에게 흡수되고 있는 것을 본 앵페리아는, 성직자들의 불경건한 신앙심에 익숙해져 있었음에도 불구하고 이번만은 아주 흡족했다. 그 까닭은 그녀가 이 젊은 사제에게 어젯밤부터 열중되어 오늘 하루 종일 그에 대한 생각이 그녀의 심장 속에서 종종걸음 쳤기 때문이다.

창문이 닫혔다. 앵페리아는 한 왕국의 왕자라도 모시듯이 준비하고 그 젊은 사제를 맞이했다. 그래서 앵페리아의 성스러운 아름다움으로 행운아가 된 필리프는 황제와 성주, 아니, 교황으로 뽑힌 추기경이라 할지라도 오늘만은 그 여장旅裝 속에 악마와 애욕밖에 숨겨두고 있지 않은 비천한 사제를

21 reine. 여기서 이 이야기의 주인공 앵페리아Imperia의 말뜻을 적어놓는 게 적절하리라고 본다. imperial, 즉 황제라는 뜻이다.

이기지 못할 것이라고 스스로 인정했다.

필리프는 귀인貴人인 체하면서 티끌조차 어리석음 없이 예의바르게 앵페리아에게 인사했다. 그때 앵페리아는 불타는 눈초리로 그를 환대하며 말했다.

"더 가까이 앉으세요. 어제하고 얼마나 달라지셨는지 보고 싶으니까요."

"아무렴, 달라졌습니다!"하고 그가 말하자,

"어떻게요?"라고 그녀가 말했다.

"어제는 저의 짝사랑! 그런데 오늘 저녁은 서로 사랑하는 사이이니, 한 푼 없는 가난뱅이로부터 일약 왕자를 능가하는 부유한 신세가 되었습니다"라고 꾀 많은 젊은이가 다시 말했다.

"오! 귀여운 분!"이라고 그녀는 좋아서 어쩔 줄 몰라 하며 외쳤다. "정말 그대는 변하셨군요. 어린 사제로부터 일약 노회老獪한 악마가 되었으니 말예요."

두 사람은 벌겋게 타오르는 불 앞으로 서로 다가섰는데, 그 따스함은 그들의 온몸에 환희가 넘치게 하였다. 요리에 금방이라도 손댈 수 있었는데도 두 사람은 눈으로 서로 구구거리며 쪼아대는 데만 정신이 팔려서 음식에는 손도 대지 않았다……. 드디어 그들이 희희낙락하게 몸의 자리를 잡은 그 찰나, 마님 방의 문을 소리치며 두드려대는 불쾌한 소리가 났다.

"마님, 방해꾼이 왔어요"라고 서둘러 달려온 몸종이 말했다.

"뭐야!"하고, 흥겨움이 중단된 것을 폭군처럼 거만한 말투로 투덜거리며 앵페리아가 말했다.

"쿠아르Coire 주교가 뵙겠다는군요……."

"악마가 그놈을 긁어주었으면!"이라고 앵페리아는 대답하고는 아양이 똑똑 떨어지게 필리프를 보았다.

"마님, 창틈으로 빛을 봤다고 하면서 야단법석이에요……."

"오늘 저녁은 내 몸에 열 기운이 있다고 그에게 말하렴. 조금도 거짓말이 아니란다. 이 몸은 이 젊은 사제에게 열이 올라 머리가 팔딱거리거든."

그러나 앵페리아가 말을 마치고, 온몸이 펄펄 끓고 있는 필리프의 손에 몸을 내맡기듯 꼭 쥐었을 때, 살집 좋은 쿠아르 주교가 숨을 헐떡이며 노한 모습으로 나타났다.

주교의 뒤를 따라온 무장한 하인들은 라인 강에서 갓 잡은 싱싱한 송어를 종교규정에 따라 요리해서 금으로 된 접시에 담은 것, 다음에는 갖은 양념, 진귀한 설탕절임이 가득 담긴 그릇, 수많은 맛있는 음식, 그 밖에 그의 성당의 성스러운 수녀들이 만든 정과正果와 리큐르liqueur 양주 등을 날아왔다.

"아하!"하고 주교는 굵다란 목소리로 말했다. "악마에게 살가죽이 벗겨지라고 앵페리아가 축원하지 않더라도 어차피 악마와 함께 있을 때가 올 이 몸인걸, 나의 귀여운 것아……."

"당신의 배도 어느 날에는 훌륭한 칼집이 될 거예요……"라고 눈살을 찌푸리며 앵페리아가 대꾸했는데, 지금까지의 그 아름답고 즐거운 모습은 어디로 갔는지 사람을 부르르 떨게 할 만큼 심술궂은 얼굴이 되고 말았다.

"그런데 이 합창대의 아동은 봉납물捧納物로 온 것인가?"라고 널따랗고 빨간 얼굴을 예쁘장한 필리프 쪽으로 돌리며 주교는 방약무인하게 말했다.

"주교님, 저는 마담의 고해성사를 위해 이곳에 와 있습니다."

"허! 자네는 교회의 법규를 모르는가? 귀부인들의 밤중의 고해성사는 주교만이 갖고 있는 권리일세. 그러니 자네는 빨리 물러가 미천한 수사와 함께 풀을 뜯어먹으러 가서, 다시는 이곳에 오지 말게. 그렇지 않으면 파문이야."

"꼼짝 말아요!"라고 앵페리아는 으르렁거리는 목소리로 외쳤다.

그녀는 사랑에 불타는 모습보다 노기에 불타고 있는 형상 쪽이 더욱 아름다웠는데, 이렇듯 그녀의 몸 안에는 사랑과 노기가 함께 자리잡고 있었던 것이다.

"그대로 있어요, 필리프. 이곳은 당신의 집이나 매일반이니……."

그때 필리프는 앵페리아의 진정한 사랑을 받고 있음을 깨달았다.

"요사파 골짜기Valley of Josaphat[22]에서 최후의 심판 때 그리스도 앞에서

---

22 성서의 여호사밧 골짜기. 요환계시록에 보면 인류 최후의 심판이 이곳에서 이루어진다고 한다. 이런 이유로 유대인들은 이곳을 매장지로 사용하고 있기도 하다.

만민은 평등할 것이라고 기도서에서 가르치고 있지 않나요?'라고 앵페리아는 주교에게 물었다.

"그건 성서에 나쁜 것을 섞은 악마가 지어낸 것으로, 단지 그렇게 씌어있을 뿐이지……"라고 식탁에 앉으려고 서둘러대는 기름지고 우둔한 쿠아르 주교는 대답했다.

"그렇다면 이 세상에서 당신의 여신인 내 앞에서는 평등하게 구세요" 하고 앵페리아가 다시 말했다. "그렇지 않으면 어느 날 당신의 머리와 어깨 사이를 살며시 졸라매게 할 테니까! 교황의 체발剃髮에 못지않게 신통력 있는 이 몸의 체발을 걸어 그것을 맹세해요!"라고 말하는 한편, 송어와 설탕 절임과 맛있는 음식을 만찬의 요리 가짓수에 넣고 싶어, 그녀는 능란하게 덧붙여 말했다.

"그건 그렇고, 어서 앉아서 한잔 드세요."

그러나 꾀 많은 암컷 홍방울새 앵페리아는 이러한 지경에 놓인 적이 처음이 아니었기 때문에, 귀여운 애인에게 눈짓으로 포도주가 즉결을 내릴 테니까, 이런 독일 주교 같은 것은 금세 곤드레만드레가 될 테니 염려 말라는 뜻을 알렸다.

앵페리아의 몸종은 주교를 식탁 앞에 앉히고 칭칭 감아놓았는데, 한편 필리프는 학수고대하던 행운이 연기가 되어 사라진 것을 보고는 울화가 터져 입을 한 일자로 다문 채, 이승의 수사보다 더 많은 악마의 권속에 이 주교를 내주고 싶은 심정이 들고 있었다.

저녁만찬이 거의 끝나가는 데도, 앵페리아에게 온통 마음이 뺏긴 필리프는 음식에는 손도 대지 않고, 말 한마디 없이 앵페리아 곁에 앉아서, 귀부인들만이 알아듣는, 종지부도 쉼표도 억양도 글자도 사자詞姿23도 문자도 가락도 비유도 없는 달콤한 언어를 들려주고 있었다.

저승으로 간 모친이 그에게 꿰매준 성직자의 살갗 위에 걸친 옷을 소중하

---

23 figure. 형태, 즉 figures de mots로 직역하면 낱말들의 모습이란 의미다.

게 여기는 동시에, 색욕을 좋아하는 뚱뚱한 쿠아르 주교는, 앵페리아의 섬세한 손이 따라주는 계피 넣은 포도주를 얼큰하게 기울이고 있었다. 그러다가 첫 딸꾹질이 나기 시작할 무렵, 갑자기 거리 쪽에서 기마행렬의 요란스러운 소리가 들려왔다.

몇 마리의 말, 그리고 "워워!" 하는 무사들의 말 모는 소리가 사랑에 광란하는 어느 귀인이 도착한 것을 나타냈다.

실제로 잠시 후, 앵페리아의 하인들이 감히 문을 막지 못하는 가운데, 라귀즈Raguse 추기경이 그녀의 방에 나타났다.

이렇듯 슬픈 꼴을 당하고 보니, 가련한 창부와 그녀의 애인은 어제서부터 문둥이인 것처럼 부끄러워지고 실망해버렸다. 그럴 것이, 이 추기경을 쫓아내려고 하는 것은 악마를 유혹하려는 것과 마찬가지로 어려운 노릇이며, 더구나 마침 세 명의 교황 후보자가 그리스도교를 위해서라고 하면서 사퇴한 뒤라, 혹시라도 이 추기경이 교황이 되는지도 모르기 때문이었다.

라귀즈 추기경은 꾀 많은 이탈리아 사람으로 수염이 텁수룩한 위대한 궤변가이자 공의회의 한 파의 수장이었는데, 이 장면의 하나부터 열까지를 그의 판단력의 가장 뒤떨어진 기능을 갖고서도 금세 알아차렸다. 그는 자기의 오장육부가 뒤집히는 것을 어떻게 고쳐야 할 것인지 오랜 궁리를 할 필요조차 없었다.

그는 성직자의 식욕에 부추겨 도착했는데, 자기가 포식하기 위해서라면 정도正道에서 벗어나지만 그 자리에 있던 두 성직자를 단검으로 찔러죽이고 진짜 십자가의 한 조각까지도 팔아버릴 성질의 사람이었다. 그래서 그는 "여보게, 친구!"라고 말하며 필리프를 오라고 불렀다.

불쌍하게도 필리프는 악마의 손이 내 몸에 마침내 미쳤구나, 짐작하고는 생사를 분간했으나, 일어나서 "무슨 일이십니까?"라고 가공할 추기경에게 말했다.

추기경은 필리프의 팔을 잡아 계단 쪽으로 끌고 가서, 필리프의 눈 흰자위 속을 뚫어져라 바라보고는 우물쭈물하지 않고 말했다.

"이 빌어먹을 놈아! 보아하니 불쌍한 어린 성직자 같은데, 나는 네 두목에게 네 배때기가 몇 근이나 되는지 알리는 의무를 지우고 싶지 않다. 너를 죽여 화를 풀었기 때문에 만년에 가서 신앙심을 일으켜 네 영혼을 위한 위령慰靈미사를 올리게 되다니, 천만의 말씀……. 그러니 자네는 둘 중에 하나를 택하라. 어느 수도원의 주인이 되어 여생을 편안하게 살든지, 아니면 오늘 저녁 이 집 아씨의 주인이 되어 내일 죽든지……."

가련한 필리프는 절망하여 말했다.

"추기경님의 열기가 식은 후에 제가 다시 와도 괜찮겠습니까?"

추기경은 화내기가 어려웠다. 그렇지만 그는 엄숙하게 말했다.

"택하라! 나무에 목을 달 것인가, 아니면 수도원의 주인이 될 것인가?"

"아! 이왕이면 좋고 큰 수도원으로 해주십쇼……"하고 필리프는 깜찍하게 말했다.

이 말을 듣고 추기경은 방으로 돌아가 필기도구를 사용해 프랑스의 교황 사절에게 보내는 지령서를 특허장의 한구석 여백에 흘려 갈겼다.

"추기경님!"이라고, 필리프는 추기경이 수도원이라는 철자를 쓰기 시작할 적에 말했다.

"쿠아르 주교는 병사들이 드나드는 시가지의 목로술집 수보다 더 많은 수도원을 가지고 있는데다가, 한잔 드시어 천하를 다 차지한 듯싶은 기분이 들고 있으니, 저 모양으로 쉽게는 내쫓기지 않으실 겁니다. 그래서 굉장한 수도원을 하사하시는 사례로 변변치 않은 지혜를 빌려드리겠습니다. 추기경님께서도 아시겠지만, 지금 파리에서는 저주할 콜레라가 창궐하여 주민이 무참하게 옴짝달싹 못 하고 있습니다. 그러니 옛 친구인 보르도 대주교가 콜레라에 걸려 그 임종에 참석하고 오는 길이라고 쿠아르 주교에게 말씀해보시죠. 그럼 쿠아르 주교는 큰바람 앞의 지푸라기처럼 쏜살같이 물러갈 것입니다."

"호! 자네가 일러준 꾀는 수도원 하나로는 모자라이……. 좋아, 여보게! 여기 금화 백 닢이 있네. 어제 노름으로 딴 것인데, 튀르프네Turpenay 수도원으로 가는 노자로 쓰게나."

이러한 대화를 듣고, 또한 필리프 드 말라가 그녀가 희구해 마지않던 사랑의 정화精華가 가득 찬 간지러운 눈짓을 그녀에게 던지지도 않고서 물러가는 모습을 보고, 암사자인 앵페리아는 젊은 성직자의 비겁함을 모조리 알아채고 돌고래처럼 볼을 불룩하게 했다. 그녀는 아직 자기의 뜬구름과도 같은 사랑에 목숨을 바칠 줄 몰라 애인을 속이는 짓을 하는 사내를 용서할 정도로 신성한 가톨릭 신자가 아니었던 것이다.

그래서 독사 같은 눈초리로 필리프를 경멸해 노려보는 앵페리아의 눈에는 필리프의 죽음이 새겨져 있었는데, 그것을 언뜻 본 추기경은 매우 기뻐했다. 그럴 것이, 이 음탕한 이탈리아 사람은 그 수도원도 곧 되찾으리라는 것을 알아보았기 때문이었다.

그러나 필리프는 천둥번개가 몰려오는 것에 조금도 개의치 않고, 교회에서 내쫓기는 물투성이의 개처럼 귀를 축 내려뜨리고 묵묵히 도망쳐 나가버렸다.

앵페리아는 마음속으로부터 한숨을 내쉬었다! 그녀는 인간의 사악한 본질을 조금이라도 붙잡는다면 그것을 곧 불태워버리고 싶은 심정이었다. 그럴 것이, 그녀를 차지하고 있는 몸속의 불이 머리에까지 올라와 불꽃의 화살이 되어 그녀의 몸 둘레의 대기 속에 마구 쏘아대고 있었기 때문이었다. 왜냐하면 성직자에게 속은 게 그녀로서는 이번이 처음이었으니까.

이 꼴을 목격한 추기경이 이제는 내 천하라고 속으로 기뻐했으니 얼마나 교활한 친구인가. 그도 그럴 것이, 붉은 모자를 쓴 추기경인걸!

추기경은 쿠아르 주교에게 말했다.

"여! 벗이여, 당신과 동석하다니 근래에 드문 기쁨이오. 더구나 마담에게 어울리지 않는 어린 녀석을 내쫓았으니 기쁨이 더하오. 왜 그런가 하면, 아름답고도 원기 있는 암사슴 앵페리아에게 그 녀석이 가까이 하기라도 했다면, 비천한 사제의 몸이면서도 당장에 그녀를 죽게 했을지도 모르니까."

"저런, 왜 그렇습니까?"

"그 녀석은 보르도 대주교의 서기라오. 헌데 그 대주교가 오늘 아침 무서운 전염병에 걸렸다오⋯⋯."

주교는 치즈를 한 입에 삼키려는 듯한 표정으로 입을 크게 벌렸다.

"허! 추기경님께서는 어떻게 그걸 아십니까?"라고 주교는 물었다.

"그건 말이오⋯⋯"라고 추기경은 독일 사람의 손을 잡으며 말했다. "나는 이제 막 그 대주교에게 종부성사終傅聖事(병자성사)를 주고 위로해주고 오는 길이라오. 지금쯤 그 성자는 오색구름을 타고 천국으로 날고 있겠지."

쿠아르 주교는 뚱뚱보가 얼마나 몸이 가벼운지를 나타내보였다. 왜냐하면, 배불뚝이들은 하느님 덕분으로 기거가 어려운 대신에 풍선처럼 탄력 있는 내부의 관管을 갖고 있기 때문이다. 그래서 쿠아르 주교도 벅찬 수고의 땀을 흘리면서도 뒤로 한걸음 후닥닥 치더니, 꼴 속에서 새털을 코끝에 스친 소처럼 코를 흥흥거렸다. 다음에 갑자기 파랗게 질린 그는 앵페리아에게 작별의 인사도 없이 계단을 굴러가듯 내려갔다.

문이 닫히고 주교가 거리를 급히 내려가는 꼴을 보고는 추기경은 배꼽이 빠지도록 비웃어댔다.

"어때, 내 귀여운 것아! 나야말로 교황의 자리에 적격임은 물론이려니와 오늘 밤 그대의 정인情人으로서도 부족함이 없지 않은가?"

그러나 앵페리아가 근심스러운 티를 내고 있는 것을 본 추기경은 그녀의 곁으로 다가가서 그녀를 두 팔로 애지중지 얼싸안고 추기경 식으로 귀여워하려고 했다. 추기경이 병사들뿐만 아니라 그 밖의 어느 누구보다도 흔들어대기를 좋아하는 것은, 그들이 하는 일 없는 한가한 사람들이고, 동시에 인간성을 조금도 망가뜨리지 않기 때문이다.

"왜 이러세요!"라고 앵페리아는 뒤로 물러나며 말했다. "미치셨군요, 추기경님⋯⋯. 저를 죽이려 하시나요? 마음씨 못된 방탕자, 당신에게 주된 것은 쾌락을 채우는 것뿐. 저의 아름다운 모습도 그 부속품이겠지. 이 몸을 당신 쾌락의 희생으로 바치고, 나중에 성열聖列에 넣으시려나요? 어쩌면 당신은 콜레라에 걸리고도 그걸 이 몸에 옮기려고 하는지도⋯⋯. 뇌腦 없는 성직자님, 몸을 돌려 어서 꺼져요. 그리고 내 몸에는 손가락 하나 대지 말아요.”

그럼에도 불구하고 추기경이 다가서는 것을 보고는 “그렇지 않으면 이 단검으로 푹 찌르겠어요”하며 그녀는 재빨리 허리에 찬 자루에서 작고도 예쁜 단검을 꺼내 쥐었다. 이것은 시기적절하게 그녀가 멋들어지게 사용할 줄 알고 있던 단검이었다.

“하지만 나의 작은 천국, 나의 귀여운 것아, 내가 쿠아르의 늙은 황소를 내쫓는 데 사용한 술책을 그대는 왜 몰라주지?”라고 추기경이 웃으며 말했다.

“그렇다면, 저를 사랑하신다면 곧 그 증거를 보여 주세요”라고 그녀가 말했다. “자, 어서 당장 나가세요. 만약 당신이 그 병에 걸렸다면, 제가 죽는 것도 당신에게는 조금도 애석한 일이 아니겠지요. 죽을 때에 있어서도 그 한순간의 쾌락을 취하려는 당신의 사람됨을 저로서는 충분히 알고 있어요. 나중은 될 대로 되라지, 라고 당신이 취했을 적에 내뱉은 말을 들은 일이 있으니. 이 몸도 아끼는 건 이 몸뿐. 이 몸의 보물, 이 몸의 건강뿐이니 어서 가세요. 만약 콜레라로 뱃속이 얼지 않았다면, 내일 찾아오세요. 오늘만은 추기경이라 할지라도 지긋지긋하니…….”

“앵페리아, 나의 성스러운 앵페리아, 나를 놀리지 말아다오”라고 추기경은 무릎을 꿇고 말했다.

“천만의 말씀! 성스럽고 거룩한 것과 더불어 제가 어찌 우롱하겠어요”라는 앵페리아의 대답.

“흉악한 매춘부, 나는 네년을 파문하겠다! 내일 당장!”

“고맙군요. 추기경님께서는 추기경다운 분별력을 잃으셨나 봐.”

“앵페리아! 악마의 악독한 딸년 같으니라고! 하지만 나의 온갖 아름다움이여! 나의 그리운 귀여운 것…….”

“체면을 차리세요! 무릎을 꿇다니 말이나 되는 짓이에요? 참으로 딱도 하셔라…….”

“임종 시의 면죄부를 그대에게 주겠다. 아니, 더 귀중한 것, 내 보물인 진짜 십자가의 한 조각을 그대에게 주겠다. 어떠냐?”

"하늘과 땅의 모든 재물을 갖고서도, 오늘 저녁 제 마음만은 살 수 없어요!"라고 그녀는 웃으며 말했다. "만약 제가 이러한 변덕이 없다면, 그야말로 주 예수 그리스도의 성체를 영접할 자격이 없는 마지막 죄인이 될 거예요."

"이 집에 불을 지르겠다! 요녀 같으니……. 나를 저주했구나! 장작더미 위에 올려놓고 태워 죽이겠다! 하지만 앵페리아, 나의 사랑, 나의 상냥한 웨일스의 여성이여, 나는 그대에게 천국에서 가장 좋은 자리를 예약해주겠다! 어떠냐? 싫다고! 그럼 죽어라, 죽어버리라고, 이 요녀야!"

"호호! 그럼, 저는 당신을 죽이고 말걸요, 나리."

추기경은 화가 머리끝까지 올라 입에서 거품이 나왔다.

"아니, 미치고 마셨나 봐. 어서 나가요. 피곤하시겠네요"라고 그녀는 말했다.

"나는 교황이 될 몸이다. 이 한恨은 마음껏 풀고 말 테다……."

"그럼 저에겐 순종하지 않아도 좋다는 결심을 하셨군요……."

"오늘 저녁 그대의 마음에 들게 하려면 어떻게 해야 하지?"

"그냥 가주세요……."

앵페리아는 할미새처럼 몸도 가볍게 자기 방으로 뛰어 들어가 방 안에서 빗장을 질렀고, 추기경은 야단법석을 쳤으나 하는 수 없이 물러갔다.

앵페리아는 불 앞에 홀로 앉아, 이제는 젊은 사제가 없어서 약이 올라 가느다란 금 사슬을 끊으며 말했다.

"악마의 이중 삼중의 뿔을 두고 말하지만, 그 어린 것 때문에 추기경에게 허풍을 떨어 재미도 못 보고 내일 독살을 당하고 마는 처지가 되었구나……. 이 분풀이를 어떻게 한다! 내 눈 앞에 그 어린 것이 산 채로 껍질이 벗겨지는 꼴을 보지 않고서는 도저히 눈을 감을 수 없어! 아, 나의 신세도 참으로 불쌍하구나"라면서 이번에는 진정에서 우러나는 눈물을 흘리며 말했다. "이곳저곳에 떨어지는 사소한 행운에 달려드는 대가로, 내 영혼의 구원은 고사하고 개와 같은 직업을 감당해야 하다니……."

도살장에 끌려간 송아지 울음소리를 내며 앵페리아가 한바탕 비탄을 끝냈을 무렵, 그때까지 아주 교묘하게 몸을 숨기고 있던 젊은 사제의 불그레한 얼굴이 살그머니 그녀의 뒤로부터 우뚝 솟아나 비너스의 거울 속에 비치고 있는 것을 그녀는 보았다.

"어머!"하고 그녀는 놀라움과 반가움이 뒤섞여 말했다. "이 콩스탕스의 거룩한 사랑의 거리에 수많은 성직자가 있으나, 그대만큼 완전하고 마음씨 예쁘고 귀여운 수사와 신부는 따로 없군요! 자, 어서 이리 와요. 나의 친절한 기사, 귀여운 아들, 나의 예쁜이, 내 환희의 낙원! 그대의 눈을 마시고 싶고 그대를 사랑으로 못살게 굴어 죽이고 싶군요. 오! 나의 왕성한 젊음의 영생의 신이여! 어서 이리 와요. 미천한 성직자의 몸으로부터 그대를 황제로, 왕으로, 교황으로, 만백성 중에서 가장 행복한 사람으로 만들어주겠으니! 아무렴, 그대는 이 방에 있는 모든 걸 불에, 피에 던질 수 있지요! 이 몸은 그대의 것이니! 그 증거를 보여줄게요. 그대는 곧 추기경이 되리라, 그대의 바레트²⁴를 붉게 하기 위하여 이 몸의 심장의 피를 뿌리마."

그리고 그녀는 떨리는 손으로 기쁜 듯이 풍뚱보 쿠아르 주교가 가지고 왔던 금잔에 그리스 포도주를 가득 붓고는 무릎을 꿇고 필리프에게 올렸다. 작위 높은 여러 인사들이 그녀의 실내화를 교황의 실내화보다 더욱 귀하게 여기고 있던 앵페리아가 무릎을 꿇는 것이었다.

그러나 필리프는 사랑에 빠져 게걸스럽게 된 눈으로 묵묵히 그녀를 바라볼 뿐이었다. 앵페리아는 희열에 몸을 부르르 떨며 말했다.

"자, 잠자코 있어요, 귀여운 분! 먼저 밤참을 먹자고요."

24 barrette. 추기경이 쓰는 붉은 삼각모자로 테 없는 납작한 작은 모자다.

가벼운 죄

1장 브뤼앙Bruyn 영감이 부인을 얻게 된 경위

루 아르Loire 강에 면해 있는 로슈 코르봉 레 부브레Roche-Corbon le Vouvray의 성관城館을 준공한 브뤼앙 경은 젊었을 때 기질이 매우 사나운 무인이었다. 그러던 어느 날, 아주 어려서부터 처녀들을 등쳐먹고 금전을 물 쓰듯 하고 귀신의 뺨을 칠 만큼 난폭한 짓을 하였는데, 그러던 중 그의 아버지 로슈 코르봉 남작이 눈을 감는 날이 왔다. 이리하여 성주가 된 후로는 매일같이 성대한 잔치를 벌이며 타락과 환락을 일삼았다. 그래서 금전에는 재채기가 나게 하고, 돈주머니에는 기침이 나게 하고, 술통에는 코피가 나게 하고, 탕녀들에게는 향락을 쥐어주고, 소유지에는 도랑이 나게 하는 난잡한 행각이 계속되어서, 드디어 번듯한 사람들로부터는 의절을 당하고, 친구라고는 오직 빚쟁이와 불한당lombard[25] 밖에 남지 않게 되었

---

25 롬바르드lombard는 이탈리아의 롬바르드족을 일컫는 말로 중세기 이탈리아로부터 프랑스로 이주해온 자본가, 중개인, 고리대금업자를 의미한다.

다. 그러나 고리대금업자들도 저당으로는 로슈 코르봉의 영지권領地權 밖에 남아있지 않은 것을 보고 — 본래 이 불타는 바위Rupes Corbones, 곧 로슈 코르봉은 국왕의 직할 소영지直轄所領地였다 — 밤송이처럼 가슬가슬해졌다.

자포자기가 된 브뢰앙은 함부로 날뛰어 남의 쇄골을 부러뜨리기도 하고, 대수롭지 않은 일로 상대를 가리지 않고 싸움을 걸기 일쑤였다. 그의 이웃에 있는 마르무티에의 수도원장은 말솜씨가 좋은 사람이었는데, 이 지랄을 참다못해 브뢰앙에게 말하기를, "경이 이렇듯 옳은 길을 걸어가심은 경의 신분에 떳떳한 일이오나, 더 나아가 하느님의 영광을 위하여 예루살렘 성지에 대변을 보는 이슬람교도들을 징벌하러 가신다면 더욱 좋을 줄로 아옵니다. 그러다 보면 많은 재물과 면죄부를 싣고 고향으로, 아니면 모든 기사들의 옛 탄생지인 천국으로 개선할 것이 틀림없습니다"라고 했다.

이 말을 듣고 난 브뢰앙은 성직자의 크나큰 사려思慮에 탄복하여, 이웃 사람들과 친지들이 기뻐하는 가운데 수도원에서 출정을 위한 몸차림을 하고 수도원장의 축복을 받으며 고향을 떠났다.

그때부터, 브뢰앙은 아시아와 아프리카의 여러 도시들을 약탈하고, 선전 포고도 없이 이교도를 쳐서 이기고, 사라센 사람이나 그리스 사람이나 영국 사람이나 그 외 사람들의 껍질을 벗겼다. 이렇듯 우방인지 적인지, 어느 나라의 병사인지도 가리지 않고 만용을 휘두른 것은 본래 캐묻는 걸 싫어하여 심문은 죽이고 나서 한다는 나름대로의 건실한 장점이 있었기 때문이었다.

하느님의, 국왕의, 그리고 자기 자신의 뜻에 매우 합당한 이 거친 일에 힘쓰고 있던 동안 브뢰앙은 믿음이 굳건한 그리스도교 신자 겸 충성스러운 기사라는 명성을 천하에 떨치는 동시에, 바다 건너 여러 나라에서 재미있는 나날을 보냈다. 그는 가난한 여인에게 적선으로 동전 한 푼을 주기보다 매춘부에게 금화 한 닢을 주기를 더 좋아했고, 그것도 될 수 있는 데까지 수가 적지만 아름다운 매춘부에게 자비심을 베풀어 수가 많은 밉상들을 피하려고 한 것은, 뒹굴어 넘어져도 빈손으로는 일어나지 않는 투렌느 태생의 기질 때문이었다.

그러다가 브뤼앙도 터키 여인, 귀족, 그 밖에 성지의 혜택에 싫증이 났는지, 금은보화를 산더미처럼 싣고 부브레 지역 사람들이 놀라는 가운데 십자군으로부터 돌아왔다. 지역 사람들이 놀란 것은 누구나 다 출정할 때의 재물이 개선 시에는 가볍게 되고 문둥병만 무거운 듯 짊어지고 오는 게 상례였는데, 브뤼앙은 그와는 정반대였기 때문이다.

　그가 튀니스Tunis에서 돌아오자, 국왕 필리프께서는 브뤼앙에게 백작의 작위를 내리시고, 투레느 및 푸아투Poitou의 지방 재판관으로 임명하셨다. 그는 천성이 뛰어나고, 그 위에 젊은 시절의 그릇된 처신을 고려하여 에크리뇰르Escrignolles의 소교구小敎區에다 카르므 데쇼Carme-Dechaux[26]의 성당까지 건립했기 때문에, 인근 지방 사람들로부터 많은 존경을 받게 되었다. 또한 교회와 하느님의 은총이 깃든 가운데 독실한 신앙에 찬 나날도 보냈다. 젊었을 때의 고약하고 심술 사나운 면도 머리카락이 엷어짐에 따라 약해지더니, 마침내 색욕도 잃고, 이제는 착하고 성실하고 얌전한 영감이 되었다. 독설의 언사를 면전에서 듣지 않는 한 화내는 일도 드물었다. 그도 그럴 것이, 젊은 혈기가 한창일 때 뭇 사람을 대신하여 그와 같은 욕지거리를 했던 일이 있어서 참으면서 들을 수가 없었던 것이다. 짧게 한마디 덧붙이자면, 그처럼 싸움을 즐겨 하던 사람이 남과 결코 싸우지 않게 된바, 이는 그가 재판관이어서 상대방이 금세 양보해왔기 때문이다. 결국 지금은 소망이나 욕망이나 희망이 다 채워진 때라 머리끝에서 발끝까지 아주 어른스럽고도 유유자적하게 되었는데, 악마의 새끼라 할지라도 그의 처지에 놓인다면 역시 그렇게 되지 않을 수 없지 않겠는가.

　브뤼앙은, 루아르 내에 그 형태가 비치는 언덕에 자리 잡은 에스파냐 풍의 저고리처럼 오톨도톨하게 깎아 세운 성관을 소유하고 있었다. 실내에는 호화로운 장식융단이 있었고, 사라센 제품의 사치스러운 가구들이 놓여, 투르 지역의 사람들은 물론이려니와 생 마르탱의 성직자들과 대주교의 눈

---

26 맨발의 카르멜 수사.

까지 깜짝 놀라게 했다. 그는 생 마르탱 성당에 순금의 술을 단 한 폭의 깃발을 믿음의 표징表徵으로 기증하고 있었다. 성관의 주위에는 비옥한 경작지, 방앗간, 크게 자란 나무 숲 같은 것들이 욱실욱실하게 많이 있고 거기서 각종 수확물들이 상납上納되어 왔기 때문에, 그는 이 지방에서도 굴지의 성주로 손꼽혀 싸움이 벌어지는 날에는 천기千騎의 부하를 거느리고 나라님을 위해 출전할 수 있는 처지였다.

나이가 들고 나서는, 목매달아 죽이는 데 근면한 법관이 어느 수상쩍은 가난한 농부를 끌고 왔을 때마다, 브뤼앙은 미소 지으며 "브레디프Bredif, 그 사람을 풀어주게. 내가 해외에서 경솔하게 여러 사람을 슬프게 한 죄 값으로 하겠네"라고 말하였다.

용단성 있게 죄인을 떡갈나무 위에 대롱대롱 매달게 하거나 교수대에 걸게 하거나 하는 때도 여러 번 있었지만, 이는 오로지 정의를 밝혀 고래古來의 관습을 영지 내에 보존케 하기 위해서였다. 그러므로 그의 영지의 백성들은 어제 막 수녀원에 들어온 어린 수녀처럼 온순하고 얌전하였다. 또한 노상강도와 불한당들의 소행이 얼마나 흉악한 것인지, 재판관은 그 자신의 경험에 의해 충분히 알고 있어서, 이러한 저주받을 맹수들에 대해서는 추호도 용서하지 않고 양민의 보호에 힘썼기 때문에 영지의 백성들은 태평세월을 보낼 수 있었다. 게다가 신앙심이 유달리 독실하여, 성무일과聖務日課건 술자리이건 만사를 재빨리 처리하는 성질이어서, 소송을 터키 식으로 즉결하고, 패소자에게는 농담을 걸어 위로하고 식사를 같이하며 그들의 기운을 돋우어 주는 일도 있었다. 사는 걸 방해하는 것으로 벌은 충분하다고 말하면서, 교수형을 받은 죄인의 시체를 신앙심이 깊은 사람들처럼 성스러운 땅에 매장하는 것을 허락하였다. 유태인에 대해서마저, 그들이 폭리나 고리대금으로 배를 부풀리지 않는 한 괴롭히지 않고, 그들이야말로 다액납세자多額納稅者라고 말하면서, 꿀벌이 꿀을 모으듯이 그들이 수확을 그러모으는 것을 내버려두었다. 그리고 교회의 성직자들이나 국왕이나 영지 내의, 또는 그 자신의 이익과 이용을 위해서밖에는 그 꿀을 빼앗은 일이 없었다.

이러한 관용과 관대한 언동으로 말미암아 브뤼앙은 남녀노소, 귀천을 가리지 않고 모든 사람들로부터 존경과 애정을 받는 몸이 되었다. 재판정에서 미소를 띠고 성관으로 돌아가는 길인 그에게, 그와 마찬가지로 늙어버린 마르무티에의 수도원장이 "허어! 대감께서 그처럼 웃고 계시는 걸 보니, 필시 교수형에 처해진 목이 있었군요!"라고 농담을 거는 일도 있었다.

또한 로슈 코르봉으로부터 투르에 갈 때, 말 타고 느릿느릿 지나가는 그를 보고, 생 상포리앵Saint-Symphorien 거리의 아가씨들은 "오늘이 재판 날인가 봐, 저기 브뤼앙 대감 할아버지께서 지나가시잖아"라고 소곤거리기도 하였다. 또한 그러면서 동방으로부터 끌고 온 느리게 걷는 큰 백마 위에 걸터앉은 재판관의 모습을 겁 없이 빤히 쳐다보기도 하였다.

다리 위에서 구슬치기를 하던 어린이들이 손을 멈추고 "안녕하세요, 재판관님!"이라고 소리치기도 하였다. 그러면 브뤼앙은 빈정거리며 "오냐, 애들아, 회초리를 맞을 때까지 실컷 놀아라"라고 대답하고, 이에 "네, 재판관님"이라고 어린이들이 대답하는 정경을 종종 볼 수 있었다.

이렇듯 브뤼앙의 덕분으로 영지가 태평하여 도적들도 싹없어져서, 루아르 강에 대홍수가 났던 해에도 겨울철에 겨우 20명의 악인이 교수대에 올라갔을 뿐이고, 그 밖에 샤토뇌프Chateauneuf[27] 마을에서 한 명의 유태인이 불타 죽은 일이 있었지만, 이것은 성체 빵을 훔친 벌이라 하기도 하고, 어떤 이는 그 유태인이 매우 유복하였기에 그 훔쳐낸 성체 빵을 사들인 죗값이라고 하기도 했다.

바로 그 이듬해, '건초의 요한 성자 축일' 무렵 — 투레느에서는 '풀 베는 요한 성자 축일'이라고 하는데 — 이집트 사람이나 보헤미아 사람 같은 유랑의 무리들이 몰려와서, 생 마르탱 성당에서 성스러운 물건들을 훔쳐내고, 더구나 성모 마리아의 자리에 진정한 신앙에 대한 비웃음과 조롱으로 늙은 개 또래 나이의, 천한 무어 태생의 살빛이 검은 예쁜 소녀 광대를 알몸

---

27 새로운 성관城館이라는 뜻이다.

으로 남겨둔 채 도망갔다.

이 뭐라고 이름 지을 수 없는 대죄大罪에 대하여 검찰 당국과 교회가 만장일치로 결론을 내리기를, 일각을 지체하지 말고 그 무어 소녀를 채소 시장이 서는 생 마르탱 광장에 끌어내 샘가에서 산 채로 태워 죽이는, 이른바 화형에 처하기로 했다.

그때 브뤼앙 재판관은 머리를 내저으며 공공연히 명확하게 남들에게 반대하여 말하기를, "그 아프리카 태생의 소녀의 영혼을 참다운 종교에 귀의시키는 것이야말로 유익한 일이며, 또한 하느님의 뜻에도 합당한 것인 줄로 아오. 악마가 한번 그 여인의 몸에 자리를 잡고 보면, 결정에 따라 나뭇단을 산처럼 쌓아도 악마를 불태워 죽이기는 불가능하지 않소"라고 했다. 대주교도 이 견해가 종교규정에도 매우 합당하며, 그리스도교의 자비심과 복음에도 일치되는 사려 깊은 생각이라고 여겼다.

시가지의 귀부인들을 비롯하여 세도가들은 "우리들로부터 멋들어진 의식儀式을 가로채자는 것인가! 감옥 속에서 신세를 한탄해 울며불며 묶인 염소처럼 부르짖고 있는 그 무어 태생의 소녀를 그대의 뜻에 맡길 것 같으면, 까마귀처럼 장수하기를 바라여 하느님께 귀의하도록 개종할 것이 틀림없지 않은가!"라고들 고함쳤다.

이 말에 재판관은 "아니다! 만일 이방異邦의 소녀가 진정으로 개종하기를 바란다면, 내가 더욱 장엄하고 멋들어진 의식을 개최할 것을 약속하오. 내가 친히 저 소녀의 영세씩 때에 대부代父가 될 것이며 만사를 성대하게 진행할 예정인데, 내가 아직 총각columbian[28] 이기 때문에, 어느 처자께서 대모代母의 소임을 맡아주신다면 하느님의 뜻에 더욱 일치할 것이라고 생각하는 바이오"라고 대답했다.

'총각' 이란 투레느 지방의 낱말로, 아직 결혼하지 않거나 또는 그렇게 간주되고 있는 동정의 젊은이들을 유부남 또는 홀아비들과 구별하기 위해 쓰

---

28 columbian이란 단어는 고지식한 사람이라는 뜻으로도 쓰인다.

는 말이다. 그러나 통틀어 총각들은 결혼생활로 짭짤하게 된 어른들보다 심신이 가볍고 명랑하기 때문에, 그러한 이름씨 없이도 계집애들은 총각을 곧잘 알아맞힐 줄 안다.

무어 태생의 소녀는 '화형의 나뭇단'과 '영세의 물' 중에서 어느 쪽을 택할 것인지 조금도 주저하지 않았다. 이집트 태생의 이교도로 불타 죽는 것보다 그리스도 교도가 되어 살아남는 쪽을 좋아했기 때문에, 한순간에 목숨을 불태워버리는 대신 한평생 심장을 불태우는 몸이 되었다. 그녀가 신앙에 온몸을 바치도록, 그녀를 샤르돈느레Chardonneret에서 가까운 수녀원에 수녀로 가두어 한평생 동정녀로 지내는 서원을 시키기로 정했기 때문이다.

영세식은 대주교의 저택에서 거행되었다. 투레느 지방의 사람들처럼 춤추고, 뛰고, 먹고, 마시고 하는 데 열중한 나머지 향연을 떠들썩하게 즐기는 사람은 온 세계를 털어도 없을 것이다. 구세주의 영광을 축하하기 위해 투레느의 신사숙녀들은 이곳에서 춤추며 날뛰었다.

늙은 재판관이 대모의 소임을 위해 선택한 사람은, 후에 가서 아제 르 리델Azay-le-Ridel이 된 당시의 아제 르 브뤼레Azay-le-Brusle 영주의 딸로, 그녀의 부친 되는 영주는 십자군에 참가하여, 아크르Ascre라는 아주 먼 지방에서 사라센 사람의 포로가 되었는데, 영주의 위풍이 늠름했기 때문에 막대한 몸값이 요구되고 있었다.

아제 부인은 그 금액을 마련하기 위해 욕심 많은 고리대금업자에게 영지마저 저당 잡히고 동전 한 푼 없는 몸이 되어, 남편이 돌아오기를 기다리면서 시가지의 초라한 집에서 기거하고 있었다. 그녀는 앉아있을 양탄자가 없어도 자존심만은 시바 여왕처럼 높고, 주인의 헌옷을 지키는 토끼 사냥개처럼 씩씩한 데가 있었다.

이렇듯 딱한 처지에 빠진 아제 부인을 보다 못해, 재판관은 그녀를 돕는 권리를 얻고자 하는 마음에서 이집트 소녀의 대모가 되어주기를 아제의 처녀에게 부탁했다. 브뤼앙에게는 사이프러스의 왕족으로부터 약탈한 묵직한 금목걸이가 있었는데, 그는 그것을 얌전한 대모의 목에 매달아주려고 곰곰 생각했다. 그런데 뜻하지 않게, 그것과 함께 자기의 영지도 백발도 금은 도 백마도 모두 걸어주는 결과가 되고 말았다. 한마디로 요약하면, 아제의 블랑슈Blanche[29] 아가씨가 투르의 귀부인들과 어울려서 공작 춤을 추는 모습을 한번 보자마자 브뤼앙은 그녀에게 반해버려 자신의 마음을 모조리 털어주었다. 무어 태생의 소녀도 속세에 있는 마지막 날이라서 줄타기·재주 넘기·손놀림·윤무輪舞·뛰어오르기 같은, 있는 기예를 다하여 모인 사람들을 놀라게 했으나, 블랑슈 아가씨의 처녀답고도 우아하게 춤추는 모습에는 미치지 못한다고 모두가 평했다.

그래서 살살 밟는 마룻바닥에서도 수줍어하는 듯한 발목을 한 방년 17세의 아가씨가, 나이가 나이라서 순진하게 춤추며 즐기고 있는 폼이 흡사 첫 울음소리를 내고 있는 매미 같았기 때문에, 이 귀여운 아가씨에게 넋을 잃어버린 브뤼앙은 노년의 고통에 사로잡히고 말았다. 이 고통은 참으로 기세 사나운 뇌일혈적인 약점에서 오는 욕정으로, 너무나 수북이 쌓인 백발의 눈에 연정의 불길조차 꺼지는 머리 부분을 빼놓고는 발바닥부터 목덜미까지 브뤼앙의 몸을 불태워버렸다. 그때 브뤼앙은 처음으로 자기 저택에 부족한 것이 안주인인 것을 깨달아 여태껏 못 느꼈던 쓸쓸함을 느꼈다. 성관에 여주인이 없다니……. 종鍾 없는 종 불알이 아닌가. 한마디로 부인을 얻는 것이 그의 유일한 욕망이었다. 그래서 그는, 아제의 부인이 이러니저러니 대답을 꺼릴 것 같으면, 자기는 이승에서 저승으로 옮겨갈 수밖에 없다고 말하면서 당장에 청혼을 하였다. 그러나 브뤼앙은 영세식의 여흥 동안 정신적 고통의 상처를 뼈아프게 느끼는 일 없이, 더군다나 머리에 붙어있던 것을 없애버린 팔십 고개의 노령에 생각을 돌리는 일도 거의 없이, 젊은 대모의 모습이 너무나도 뚜렷하게 눈 속에 따갑게 들어왔기 때문에 자신의 쇠한 몸을 잊고 말았다. 게다가 블랑슈 아가씨도 모친의 지시에 따라 눈과 몸짓으로 브뤼앙을 무척 환대하였는데, 대부의 나이가 나이라서 친근하게 굴어도

---

29 blanche는 흰색이라는 뜻이다.

별로 탈이 없는 줄로 생각하였기 때문일 것이다. 그래서 봄의 아침 모양으로 깨어나 있는 투레느의 모든 아가씨와는 달리, 본래가 천진난만하고 순진한 블랑슈는 우선 손에 입 맞추는 것을 영감에게 허락했다. 그러고 나서는 약간 아래쪽의 목, 아니, 더 오목한 곳에 라고 말한 이는 영세식으로부터 일주일 후 이 두 사람의 결혼식을 주례한 대주교인데, 식도 훌륭하였거니와 신부는 더욱 훌륭했다.

블랑슈는 비할 데 없이 날씬하고도 우아하였고, 지금껏 그 유형을 보지 못할 만큼 새것[30], 사랑의 기법을 통 알지 못하는, 어떻게 무엇을 하는지조차도 까맣게 모르는, 잠자리 속에서 하는 짓이 아무것도 없는 줄로 여기는, 그리고 갓난애란 곱슬곱슬한 양배추 속에서 나오는 것인 줄 아는 새것이었다.

그녀의 어머니가 그처럼 그녀를 순진하게 길러서 수프를 치아 사이로 어떻게 넣어야 하는지 분간 못 할 정도였다. 그러므로 깨끗하게 즐겁게 순진하게 꽃핀 아가씨, 하늘나라로 날아가기에 있어 오직 날개만 모자라는 천사라고 해도 좋을 만하였다.

생 가티앵 대성당에 마련한 결혼식을 마치기 위해서 그녀가 울음에 잠긴 어머니의 누추한 집에서 나왔을 때, 셀리르의 거리를 따라 펴놓은 융단과 그 위를 걸어가는 신부의 모습을 구경하려고 많은 사람이 몰려왔다. 그리고 입을 모아 투레느의 땅을 이처럼 귀여운 발이 밟았던 일이 없다고, 이토록 시원시원한 예쁜 눈이 하늘을 본 적이 없다고, 이렇게 화려한 융단과 꽃이 거리를 장식한 일이 없다고들 했다.

거리의 처녀들, 생 마르탱과 샤토뇌프 마을의 계집애들은, 백작의 정실부인 자리를 낚은 블랑슈의 치렁치렁 땋아 늘인 담황갈색 머리를 부러워했다. 그러나 그 이상으로 블랑슈가 입은 금실의 드레스, 바다 건너의 보석, 하얀 다이아몬드, 그리고 브뤼앙이 항상 몸에 매고 있던 것인 줄도 모르고 블랑

---

30 pucelle. 처녀, 소녀, 더럽히지 않은 여성, 동정녀라는 의미다. La pucelle d' Orelean 이라고 할 때는 잔 다르크를 가리킨다. 본서에서는 부드러운 표현을 위해 '새것' 이라고 옮겼다.

슈가 무심히 만지작거리고 있는 금줄을 소망해 마지않았다.

　이 신부의 곁에 나란히 선 늙은 기사는 그가 맞이하는 행운이 그 주름살과 눈길 또는 몸짓을 통해서 터져 나올 만큼 쾌활하였다. 늙은 몸의 허리를 자루가 긴 유럽식 낫처럼 똑바로 세우고 신부 곁에 기대있는 모습은 열병식에 나가는 용병傭兵과도 같았다. 또한 그가 옆구리에 손을 대고 있던 것은 너무나도 기뻐서 기침이 나와 어쩔 줄 몰랐기 때문일 것이다.

　'대주교께서 친히 주례하신 혼인' 이라고 후세에 전해져 내려올 만큼 신나게 울리던 종소리, 행렬, 화려하고도 성대한 잔치를 보고, 처녀들은 무어 소녀의 수확, 늙은 재판관의 단비, 이집트 풍 세례식 때의 가득 찬 바구니 등을 소원해 마지않았으나, 본래가 이집트나 보헤미아에서 먼 투레느 지역이라 이러한 종류의 행사는 이후 다시는 없었다. 결혼식이 끝난 후 브뤼앙으로부터 막대한 금액을 받은 아제 부인은 즉시 그 돈으로 남편의 몸을 돌려받으려고 아크로로 가려고 했다. 그녀는 사위가 된 재판관에게 딸의 일을 부탁하고, 만반의 준비를 갖추어준 사위의 무관과 그 병졸을 동반하여 그날로 떠났다. 그 후 부인은 아제의 영주와 함께 돌아와서, 문둥병에 걸린 남편을 전염의 위험을 무릅쓰고 간호하여 완치시켰기 때문에 여러 사람이 탄복해 마지않았다.

　결혼식도 무난하게, 그리고 3일 동안 계속된 피로연도 여러 손님들의 큰 만족 속에서 끝마친 다음, 브뤼앙 경은 화려한 행렬을 꾸며 신부를 성관에 데리고 와 마르무티에 수도원장이 축성한 신방으로 관례에 따라 엄숙하게 안내했다. 다음에 그는 로슈 코르봉 영주라는 신분에 알맞게 커다란 침실, 금실과 초록색의 비단휘장을 친 침대에 누워있는 신부의 곁에 들어갔다.

　온몸에 향수를 뿌린 브뤼앙 노인이 예쁜 신부와 함께 살을 맞대었을 때, 신랑은 먼저 신부의 이마에 입 맞추고, 다음에 신부가 신랑에게 금줄의 고리를 채우는 것을 허락했던 곳의 근처, 동글동글하고 하얀 유방에 입 맞추었다. 그런데 그것으로 다였다. 늙은 멋쟁이 무사는 아래층에서 아직도 벌어지고 있는 가무, 축혼가, 즐거운 노래, 명랑한 농담 같은 것을 들으면서도 자기의 능력을 스스로 믿는 마음이 너무나 굳어, 그 밖의 짓을 시도해보기를 삼가면서 사랑의 행사를 태만히 했던 것이다. 신방의 관습에 따라 신랑은 신부의 곁에 놓여있던 금잔에 든 축성한 신방의 술을 단숨에 들이켜고 기력을 내보았으나, 뱃속이 따뜻해지는 효과만 있을 뿐, 속옷 앞쪽 터진 곳의 축 늘어진 중심에는 아무런 효험이 없었다.

블랑슈는 신랑의 그러한 반역과 불충에 조금도 놀라지 않았다. 온몸이 온통 새것인 까닭에, 결혼에 대해서 알고 있는 것이라고는 겨우 어린 아가씨들의 눈에 빤히 보이는 것, 옷이라든가 잔치라든가 마필이라든가, 마님이되고 여주인이 된다는 것, 백작부인으로서 영지를 지배한다는 것, 그러한모든 것들을 즐기고 분부를 마음대로 내린다는 것 따위뿐이었다. 따라서 어린애 못지않아 침상에 달린 금술이나 실 감는 가락을 갖고 까불어대며, 자기 몸의 첫 꽃을 묻어버릴 우리인 줄도 모르고 오로지 그 화려함에 경탄하고 있었다.

자기의 죄과를 다소 늦게 깨우친 브뤼앙은, 그래도 후일에 막연한 희망을 걸고는 오늘 밤만은 행위가 부족한 것을 말로서 보충하려고 했다. 그러나 후일에 희망을 건다고 하지만, 아내를 기쁘게 해주려고 그가 소중하게 간직하고 있는 그것은, 아뿔싸, 날마다 조금씩 약화되어 가니 어쩌랴. 그래서 그는 가지가지 이야기를 했다. 찬장과 곳간과 옷장의 열쇠를 맡기겠다는 약속, 집안일과 소유지의 지배를 아무런 간섭 없이 일임하겠다는 약속, 투레느의 속담을 빌어 다시 말한다면, 빵 조각을 상대의 목에 걸어주는 약속을하기 시작했다. 그 말을 들은 신부는 마른 풀이 산같이 쌓인 곳에 들어간 어린 군마軍馬처럼 기뻐하며, 신랑을 세상에서 둘도 없는 훌륭한 분으로 여기고, 잠자리에서 일어나 앉아 미소 지으며, 이제부터 밤마다 틀림없이 자게되어있는 비단침상을 새삼스럽게 기쁜 듯이 보았다.

신부가 점차로 희색을 띠는 모양을 본 늙은 구렁이 같은 성주는 새것을그다지 접한 적이 없었지만, 좋아하는 여인과 언제나 뛰놀던 많은 경험을통해 여성이란 깃털이불 위에서 얼마나 암원숭이가 되는 것인지 잘 알고 있었기에, 옛날 같으면 했을 리가 만무한 '손으로 하는 놀이'나 살짝 하는 입맞춤 같은 사랑의 자질구레한 동의를 몸에 받아 교황의 입적人寂처럼 써늘한 몸의 냉골冷骨이 들키지나 않을까 두려워했다. 때문에 그는 행운을 겁내는 듯이 침상의 가장자리로 물러나간 다음, 매우 좋은 기분으로 있던 신부에게 말했다.

"음, 그렇지 여보, 당신도 이제는 재판관의 정실부인, 매우 훌륭한 관리의 정실부인이오."

"아직 아니에요!"라는 부인의 말.

"아니라니……. 어째서 정실부인이 아니란 말씀이오?"

브뤼앙 경은 덜컥 겁을 내며 말했다.

"애를 갖지 못하는 한 정실부인이라고는 말할 수 없어요!"

"오는 길에 목장을 보았소?"

능청스런 영감은 화제를 바꿨다.

"네, 보았어요."

"그건 당신 거요……."

"어머나, 아이 좋아라. 거기 가서 나비들을 부르며 실컷 놀겠어요"라고 웃으면서 그녀는 대답했다.

"총명하구려. 오는 길에 숲을 보았소?"라는 대감의 말.

"네! 그 숲에는 저 혼자 가지 않겠어요. 대감과 함께라면 가지만. 그건 그렇고"라고 그녀는 말했다. "라 포뇌즈La Ponneuse가 우리를 위해 그처럼 정성껏 만들어준 신방의 술을 저에게도 조금 주세요."

"왜 마시려고 하오? 그걸 마시면 몸속이 불덩어리가 될 거요."

"그러니까 마시고 싶은 거예요"라고 신부는 자못 원망스러운 듯이 말했다. "어서어서 애를 낳고 싶으니, 그것에 효험이 신통하다고 들어온 그 술을 주세요!"

이 말에 블랑슈가 머리끝에서 발끝까지 새것이라는 것을 알아챈 브뤼앙은 "아니지……. 여보, 그 일에는 첫째로 하느님의 뜻이 필요한 거요. 그리고 또, 여인의 몸이 '풀베기 계절'의 상태에 있어야만 가능하고"라고 말했다.

"이 몸이 '풀베기 계절'의 상태일 때는 언제일까요?"라고 그녀는 방긋 웃으며 물었다.

"조화의 신께서 바라시는 때지."

그는 억지로 웃으며 말했다.

"그러려면 어떻게 하나요?"라는 그녀의 되물음.

"흥! 그것은 비술秘術과 연금술의 작용, 그리고 또한 위험천만한 음양陰陽의 운행이라오."

"아아! 그래서 제가 속속들이 진정한 의미의 여자로 변화하는 것을 걱정하시고 어머니가 그렇게 우셨군요. 그러나 아주 경건하게 속속들이 진정한 의미의 여자로 변화된 베르트 드 프뢰일리Berthe de Preuilly가 제게 한 말로는, 그것처럼 쉬운 짓도 세상에 따로 없다고 하던데요"라고 그녀는 꿈꾸는 듯한 얼굴로 말했다.

"그건 나이에 따라서지"라고 늙은 성주는 대답했다. "그런데 부인은 내 외양간에서 투레느에서 이름을 떨치는 백마를 보았소?"

"네, 순하고 재미있는 말이더군요."

"그럼, 그 말을 부인에게 줄 테니 마음이 내키는 대로 타고 다니시오."

"소문과 어긋나지 않는 마음 착하신 분, 고마워요……."

"그리고, 여보"라고 그는 말했다. "나의 곳간지기, 성당의 전속 사제, 재무관, 조마사調馬師, 요리사, 법관들을 비롯해, 고티에Gauttier라고 불리는 젊은 기사, 나의 기수旗手인 몽소로Monsoreau 휘하의 기사, 장수, 병졸과 군마들도 모두 당신의 것이오. 만약 당신의 분부에 따르지 않는 자가 있다면 당장에 교수형이오."

"그런데, 그 '비술'이라는 것을 지금 곧 행하지 못할까요?"

"안 되고말고!"라고 브뤼앙은 다시 말했다. "그러기에는, 무엇보다 당신도 하느님의 은총을 완벽하게 받고 있는 상태라야 하오. 그렇지 않으면 죄 많은 고약한 애를 낳게 되기 때문에 교회법에서도 이를 엄히 금하고 있소.

세상에 구원할 수 없는 몹쓸 놈들이 허다한 것도 그 때문이오. 그들이 부모의 영혼이 깨끗하게 되는 때를 기다리지 않고 분별없이 자손에게 사악한 영혼을 전했기 때문이오. 아름답고 덕이 있는 아이는 순결한 어버이로부터 태어나는 거라오. 때문에 마르무티에 수도원장께서 이 침상을 축성하신 것처럼 신방의 침상을 축성하는 거라오. 그런데 당신은 교리나 법규를 어긴 일이 없소?"

"없고말고요. 미사 전에 죄를 모조리 사함 받았고, 그 후 사소한 소죄小罪 하나라도 범하지 않았어요."라고 블랑슈는 재빨리 말했다.

"당신은 아주 완전무결하구려! 당신과 같은 부인을 맞이한 나는 세상에 둘도 없는 행운아요. 헌데 내게는 이교도와도 같은 잘못을 범했구려"라고 브뤼앙은 외쳤다.

"어머나! 왜요?"

"춤이 언제 끝날지도 모르고, 이곳에 당신을 데리고 와서 단둘이서 이처럼 입 맞추는 때가 언제 올지도 몰라 조금 전에 하느님을 욕되게 해드렸구려"라고 말하고 나서 그는 신부의 손을 정중하게 잡고, 달콤하고도 애교 있는 말을 뇌까리면서 애무했으므로 신부는 아주 기분이 좋아 만족했다.

그러다가 낮에 춤을 추고 또한 결혼에 따른 여러 의식에 피곤해서인지 신부는 브뤼앙에게 "내일은 당신이 그러한 죄를 범하지 않도록 제가 십분 주의 하겠어요"라고 말하면서 잠들어버렸다.

잠을 이루지 못한 노인은 신부의 백설 같은 아름다움에 넋을 빼앗기고, 그 따스하고 부드러운 마음씨에 연정이 더해갔으나, 한편으로 이 천진난만함을 어떻게 유지시킬 수 있는가 하는 점은 어째서 소가 먹이를 두 번이나 새김질하는지 설명하는 것과 마찬가지로 어려워 적지 않게 당황했다.

앞길에 아무런 광명도 없었으나, 순진하고도 귀엽게 잠들어 있는 블랑슈의 말쑥한 완전미完全美를 유심히 보는 사이에 노인의 가슴속의 불길도 타올라, 어떠한 대가를 치르더라도 이 사랑의 예쁜 보물을 수호하기로 굳게 결심했다. 늙은 눈에 눈물을 글썽거리며 그는 블랑슈의 아름다운 금발, 귀여운 눈꺼풀, 붉고도 싱싱한 입가에 잠이 깨지 않게 살그머니 입 맞추었다. 그리고 이것이 그가 향유한 전부, 블랑슈의 마음을 움직이게 하는 일 없이 노인의 마음만 더욱 활활 타게 하는 침묵의 쾌락이었다. 그래서 낙엽 진 오래된 길의 눈을 몹시 한탄한 이 늙은 성주는 이가 다 빠진 시절에 그에게 호두를 주신 하느님의 장난이 그지없이 원망스러웠다.

2장 브뤼앙이 아내의 새것과 싸우는 경위

결혼하고 나서 처음 얼마동안, 브뤼앙은 아내의 진중한 순진함을 악용해 뚜렷한 허풍을 꾸며댔다.

그는 우선 공무公務가 다망하다는 구실로 부인을 독수공방 하도록 내버려 두고, 다음에는 들놀이로 아내의 흥미를 돌리고자 부브레 농원의 포도 수확에 데리고 가기도 하고, 드디어 괴상한 거짓말을 허다하게 꾸며가며 아내를 애지중지했다.

어느 때는 말하기를 "귀족인 이상 아랫사람들과는 다르게 처신해야 하오. 그러니 백작의 자손을 잉태하려면 천문학과 별자리에 관한 전문가가 고른 별이 많은 밤에 씨가 뿌려져야 하는 것이오." 또 어떤 때는 "애를 만든다는 것은 중대한 일이므로 축일 때는 그 짓을 삼가 해야 하오. 그리고, 죄로 인한 고통 없이 천국에 들어가고자 하는 사람처럼 모든 축일을 준수해야 할 것이오"라고. 또 어느 순간에 주장하기를 "만일 부모가 주님의 은총을 입고 있지 않은 경우, 클레르[31] 성녀 축일에 잉태한 애는 소경이 되고, 주누[32] 성자 축일에 잉태한 아이는 통풍에 걸리고, 에냥Aignan 성자 축일에 잉태한

---

31 Claire claire는 낱말 뜻으로 풀이하면 '밝은' '환한' 이라는 의미다.
32 Genou genou는 무릎이라는 뜻.

아이는 백선白癬[33]에 걸리고, 로크Roch 성자 축일에 잉태한 아이는 흑사병에 걸린다"라고. 또 어떤 때는 우겨대기를 "2월에 태어난 애는 추위를 쉽게 타고, 3월에 태어난 애는 지랄쟁이, 4월에 태어난 애는 아무데도 쓸모없는 병신, 바람직한 애는 5월 태생"이라고. 요컨대 브뤼앙 노인이 바라는 애는, 사지와 더불어 머리가 완전무결하고, 두 가지 색의 털을 갖고 있으며, 그 위에 온갖 자질구레한 필요조건을 완비하고 있어야만 한다는 억지 주문이었다.

또한 어떤 때는 블랑슈에게 말하기를 "아이를 아내에게 내리는 것은 모름지기 남편 단독의 뜻에 따르는 권리다. 그러니 아내 된 자, 덕이 있는 부인이 되고자 한다면 남편의 슬기로운 뜻에 순응해야 한다"라고. 심지어 "아제 부인의 귀국을 기다려 분만의 뒤처리를 받게 되는 날을 기다려야 한다"고까지 했다.

이래서 블랑슈도 결국은 브뤼앙이 자기의 간절한 청을 물리치는 것은 세상사에 경험이 많은 노인이기 때문에 그만한 이유가 있을 거라고 결론짓고는, 그 말에 순종하여 그녀가 바라 마지않는 아이에 대해서는 마음속으로만 생각했다. 다시 말해, 항상 그 일만을 생각하고 있었다는 뜻인데, 이렇듯 여성이란 도무지 어떤 소망을 머릿속에 가지고 있을 때는 재미난 것의 뒤를 줄달음질쳐 쫓는 것과 같은 음탕하기 짝이 없는 추태를 부리고 있다는 것을 스스로 의심해본 일이 결코 없게 마련이다.

어느 날 밤, 브뤼앙이 그날 아침에 중죄로 처형된 젊은이를 불쌍하게 여기는 이야기를 하는 중에, 뜻하지 않게 고양이가 물을 피하듯 그가 피하고 있는 아이에 대한 잡담으로 옮아가 말하기를, "그 젊은이도 부모의 중죄를 혼자서 떠맡은 탓으로 죽은 것이오"라고 하였다.

"딱도 해라!"라고 블랑슈는 말했다. "설령 당신이 하느님의 사죄를 받기도 전에 저의 몸 안에 애를 들어서게 하실지라도, 저는 그 애를 당신이 만족

---

33 피부질환. 버짐의 일종으로 사람과 가축에게 생기는데, 어린아이의 경우 머리에 하얗게 경계가 지고 머리카락이 군데군데 빠지기도 한다.

하실 만큼 훌륭하게 길러낼 거예요."

이때 백작은 이 말을 듣고, 아내가 여전히 따끈따끈한 환상에 온몸이 물 어뜯기고 있다는 것을 알아차리고는, 이때야말로 아내의 새것과 일전을 벌여 일격에 그 임자가 되든가, 꼼짝 못하게 전멸시키든가, 아니면 가라앉게 하여 진정시키든가 해야 하는 시기라고 생각했다.

"뭐요? 귀여운 사람, 애 엄마가 되고 싶다고? 아직 정실부인의 예의범절도 모르는 몸이 아니오. 먼저 무인의 기질이 넘치는 이 성관의 안주인에게 어울리는 수업이 필요하오"라고 브뤼앙은 말했다.

"어머나! 어엿한 백작 부인이 되어 혈통을 태내에 품으려면, 백작 부인으로서 무예를 알아야 하는 건가요? 알았어요. 해보죠, 힘껏!"

따라서 블랑슈는 혈통을 얻고자 하는 마음에서 백마에 올라타 채찍질을 하며 골짜기와 산·숲·들판을 달려 사슴사냥으로 몸을 단련시키고, 또는 매사냥을 벌여 귀여운 주먹에 얌전하게 앉힌 매를 하늘 높이 날려 흥겨워하는 등 언제나 사냥을 했다. 이러한 행동은 브뤼앙이 바라던 것이기도 했다.

그러나 이처럼 사냥에 정성을 다함에 따라 블랑슈는 수녀와 고위 성직자와도 같은 식욕을 느끼게 되었다. 다시 말해 사냥에서 돌아와 그녀의 치아 사이에 낀 것을 빼냈을 때, 허기를 마음껏 채워 기운을 보강시켜 다음에 해야 할 일을 대비했다. 또한 사냥하던 도중에 눈에 띈 할미새의 의좋은 옛날 이야기와 숲속에 사는 새와 야생동물들이 죽음에 의해 사랑하는 짝을 잃고 애절하게 울어대는 꼴을 보고 듣고는, 블랑슈는 뺨을 붉히면서 남편이 말한 '자연의 연금술의 비술'을 갈구해 마지않아 잉태를 동경하는 마음이 더해져서 그에 따른 '전투적 욕망'이 진정되기는커녕, 갓난아이를 갖고 싶어 하는 욕망에 온몸이 더욱더 근질근질해지면서 들썩거렸다. 브뤼앙의 속셈은 아내의 폭동처럼 들썩거리던 새것을 산과 들판에 도전시켜 무력하게 만들려고 했던 것인데, 그 속임수도 허탕이 되고 만 것이, 블랑슈의 혈관 속을 돌고 있던 '경험한 일 없는 춘정春情'은 이러한 충격에 오히려 기름져가 마치 기사로 승진한 견습기사처럼 창을 가지고 하는 마상시합에 도전하고자 하는 콧김이 더욱 거칠어진 것이다.

이 모양을 본 브뤼앙은 비로소 자신이 잘못 생각한 것을, 즉 석쇠 위에 놓이면 뜨겁지 않은 자리가 없다는 것을 그제야 깨달았다. 그러나 지치게 하면 할수록 더 날뛰는 이 체격이 좋아진 새것에게 어떠한 먹이를 주어야 할지 브뤼앙은 속수무책이었다. 이와 같은 싸움에선 한쪽이 패배하여 멍드는 것이 일반적인데, 하느님의 가호를 입어 자기가 죽기까지는 이마에 혹을 달지 않고 버티는 것만이 브뤼앙의 유일한 소망이었다.

불쌍한 브뤼앙은 부인이 사냥을 나가는데 말에서 떨어지지 않고 따라다니는 것만 해도 이미 심한 고생이었다. 그는 원기 왕성한 아내가 기운을 돋우며 삶의 환희를 쫓아다니는 사냥 때문에 갑옷 밑에 비지땀을 흘리며 숨을 헐떡거렸다.

또한 블랑슈는 밤에 자주 춤추기를 바랐다. 그래서 브뤼앙 영감은 어쩔 수 없이 그녀를 거들어주어, 걸치고 있기만 해도 무거운 의복 속에 몸이 갇혀 우왕좌왕 거렸고, 블랑슈가 자신의 대녀가 된 무어 소녀를 본떠 뜀뛰는 춤을 출 때에는 손을 빌려주어야 했고, 불꽃의 춤에 열중하였을 때에는 불타는 횃불을 쳐들고 있어야 하는 노릇에 그나마 아주 조금 남아있던 온몸의 힘이 모조리 빠져나가는 것처럼 느껴졌다. 블랑슈가 그를 즐겁게 해주려고 하는 유희이고 보니, 그 놀이가 끝날 때마다 브뤼앙은 몸의 좌골신경통坐骨神經痛, 농양膿瘍, 류머티즘에도 불구하고, 애정에 넘치는 애교가 똑똑 떨어지는 한마디를 하고 나서 억지로 미소를 짓지 않을 수 없었다. 그만큼 그는 아내를 사랑하고 있어서 용이 물고 있는 여의주는 물론이고, 그녀가 원하는 것이라면 그 무엇이라도 즉시 구하러 나섰을 것이다.

그렇지만 어느 날, 그는 아내의 원기 왕성함과 일전을 벌이기에는 자신의 허리가 너무나 허약하다는 점을 알아채고, 드디어 아내의 새것님 앞에 머리를 숙이고는, 앞으로는 블랑슈의 깨끗한 신앙심과 착한 마음씨에 얼마간 기대를 걸며 모든 것을 운에 맡기기로 결심했다. 하지만 그가 여전히 한쪽 눈을 뜬 채 잠을 잤던 것은, 조물주께서 자고새를 창조하신 뜻이 꼬치에 꿰어 구워지게 하기 위해서인 것과 마찬가지로, 새것을 만들어내신 바도 언젠가는 터지게 하기 위해서라는 그릇된 생각이 브뤼앙의 마음속에 있었기 때문이다.

달팽이가 느릿느릿 기어 다니기 시작한 계절의 어느 축축한 날 아침, 몽상하기에 알맞은 우수가 깃든 날씨 탓인지 블랑슈는 실내의 의자에 앉아 몽상에 잠기고 있었다. 의자의 솜털과 그 위에 잠시 동안 앉아있는 처녀로서의 몸의 그것과의 사이에 발생한 절묘한 따스함만큼 내용이 풍부한 본질을 생생하게 쪄내는 것도 따로 없을 뿐만 아니라, 어떠한 미약媚藥이나 음약淫藥으로도 이만큼 마음속에 짜릿하게 스며들고, 몸을 꿰뚫고, 오장육부를 끓게 하고, 몸을 들썩거리게 하지 못한다. 그래서 이 점을 모르는 블랑슈는 머릿속을 불태우며 온몸의 곳곳을 두루 갉아먹어 들어오는 새것의 춘정에 어찌할 바를 모르고 있었다.

이때 늙은 브뤼앙은 상심에 가득한 아내의 안색을 보고 적지 않게 마음이 상해, 지극한 부부애가 도달하는 상태에서 비롯되는 아내의 여러 생각을 물리치고자

"무슨 걱정이오?"라고 물었다.

"부끄러워서……."

"아니 어떤 놈이 당신을 모욕하기라도 했소?"

"제겐 애가 없고 당신에게는 혈통이 없으니 떳떳한 아내가 되지 못해 부끄럽기 그지없지 뭐예요……. 이웃사람들은 다들 애가 있는데. 제가 시집온 것은 이 몸이 애를 낳고, 또한 당신이 애를 내리시는 걸로 알았기 때문이랍니다. 투레느 지방의 여러 어르신네들은 모조리 수북이 애들을 내려, 그 마나님들은 한 항아리 가득히 빚어내고 있는데 반해, 당신 혼자만이 하나도 없다니! 남들이 웃을 거예요……. 그리고 보면 당신의 가명家名과 영지와 봉토는 어떻게 되는 거지요? 애는 우리 부부의 자연스러운 반려이므로, 여성으로서는 갓난애에게 옷을 멋있게 해 입히고, 기저귀를 채우고 벗기고, 안아서 가볍게 흔들고, 가만가만 흔들어 재우고, 깨우고, 누이고, 젖먹이고 하

는 것보다 더한 기쁨이란 없어요. 단지 애의 절반만이라도 이 몸에 있다면 여느 아낙들이 하듯 뺨을 비비대고, 몸을 씻기고, 배내옷으로 싸고 벗기고, 깡충깡충 뛰게 하고, 웃기고 하는 것으로 온종일 즐거워하겠는데……."

"하지만 애를 낳다가 죽는 여인도 있다오. 게다가 당신은 아직 날씬하고 봉오리는 단단하니, 따로 애 어머니가 되는 방도를 찾는 게 어떨는지!"라고 늙은 브뤼앙은 당황한 김에 대답했다. "다른 말이 아니라, 다된 애를 얻어 길러보겠느냐는 뜻이오. 그러면 고통도 아픔도 치르지 않을게 아니오."

"전 고통과 아픔을 받고 싶어요! 그것 없이 어찌 우리 애라고 하나요. 성당의 강론에서도 그리스도를 성모 태내의 열매라고 말씀하시니, 제 뱃속에서 나온 애라야 해요……."

"그렇다면 하느님 아이를 낳게 해주십사고 기도하구려!"라고 브뤼앙은 소리쳤다. "에크리뇰르의 성모님께 전달을 구하는 게 좋겠지. 9일간의 기도 끝에 잉태한 여인네들도 많으니까 당신도 하나쯤은 틀림없을 거요."

그래서 그날 안으로 블랑슈는 가슴 언저리가 트인 금실로 술을 단 진홍빛의 짧은 소매가 달린 초록색 비로드 옷, 작은 신발, 보석 장식이 높다란 두건, 낚싯대처럼 호리호리한 그녀의 몸을 드러내 주는 금으로 된 허리띠 등을 하여 흡사 여왕 같은 차림으로 백마에 올라타고 에크리뇰르의 성모 성당으로 출발했다. 블랑슈는 이러한 모든 의상을 산후의 감사식 날에 성모 마리아께 바칠 심사였다. 수행원 몽소로는 앞장서서 큰 매와 같은 부리부리한 눈으로 여러 기병을 인솔하며, 여행의 안전에 유의하였다.

블랑슈 일행은 마르무티에 근처에 도달했다. 8월의 더위에 졸음이 온 늙은 브뤼앙이 마상에서 꾸벅꾸벅 졸며 전후좌우로 흔들거리는 모양은 소머리 위에 놓은 왕관과 흡사하였다. 쪼글쪼글한 늙은이가 까불어대면서 예쁜 마나님 곁에 있는 것을 보고, 나무 그늘에서 쭈그리고 앉아 물 항아리의 물을 마시고 있던 시골 아가씨가 이삭 줍고 있던 이 빠진 할멈에게 "저 마님은 시체를 수장水葬하러 가나 봐요?"라고 물었다.

"천만에! 저 분은 푸아투 및 투레느 지방 재판관의 마님이신데, 애를 점지해 주십사 하고 기도하러 가시는 거라우."

노파가 대답했다.

"하하……."

시골 아가씨는 당황한 파리처럼 웃어댔다.

다음에 아가씨는 행렬의 앞장에 서서 가는 씩씩한 수행원 몽소로를 가리키며 말했다.

"저 선두에 서신 분에게 의지하면 될 것을. 그럼 봉납하는 초도 서원도 들지 않을 텐데……."

"그렇고 말고! 에크리뇰르 성모 성당에서는 예쁘장한 성직자라곤 하나도 없는데, 뭣 하러 가는 건지……. 마르무티에의 성당이라면 정력이 왕성한 성직자가 수두룩하게 있으니 얼마간 그 그늘에 머물고 있으면 소원 성취는 틀림없을 텐데……!"라고 노파가 말했다.

이때, 기지개를 켜며 잠에서 깨어난 시골 아낙네가

"흥, 성직자 따위가 다 뭐야! 기사 몽소로님이야말로 마님의 마음을 열만큼 뜨겁고도 잘생긴 분이 아닌가 말야. 저 터질 듯한 가운데 다리를 봐도 알 만하지 뭐야!"라고 말했다.

이 말에 모두들 까르르 웃음을 터트렸다.

수행원 몽소로는 악담의 벌로 길가의 보리수에 이 세 여인을 매달려고 그녀들 쪽으로 나가려고 했는데, 블랑슈는 그만두라고 하며 생기 있게 말하기를

"오! 그녀들을 아직 매달지 말아요! 할 말이 또 있어 보이니, 돌아오는 길에 다시 듣겠어요"라고 했다.

블랑슈가 얼굴을 붉히므로, 수행원 몽소로도 사랑의 신비로운 이해력을 이 여성의 마음속에 쏘아 넣고 말겠다는 기세로 블랑슈를 흘끗 바라보았다. 그러나 이때 시골 여인네들의 잡담에 의해서 이미 그 판별력이 열매가 열리는 것처럼 열려진 블랑슈는 일반적인 풋내기들이 가지는 그 방면의 깨달음을 얻기 시작하고 있었다. 새것이란 마치 부싯깃과 같은 것이어서 불붙이려

면 적당한 말 한마디로 충분하였다.

그러므로 이제 블랑슈는 늙어빠진 지아비의 자질과 미남 몽소로의 완전미完全美 사이에 존재하는 현저한 차이를 아니 보려고 해도 아니 볼 수가 없었다. 수행원 몽소로는 스물셋의 나이에, 조금도 괴롭다 하지 않고 말안장에 기둥처럼 똑바로 버티고서 앉아있었고, 또한 새벽종의 첫 울림처럼 팔팔했다. 이와는 반대로, 늙은 남편은 말 위에서 졸고만 있었다. 수행원이 그처럼 씩씩하고 기운찬 데 비해 주인의 몸에는 그 그림자조차 없었다. 몽소로는 참새 같은 아가씨들이 벼룩에 대한 걱정을 다시는 하지 않아도 되기 때문에 벙거지[34] 이상으로 밤의 잠자리에서 애용하는 씩씩한 젊은이 중에 하나였다. 참새 같은 아가씨들의 그와 같은 마음을 고약하다고 꾸짖는 분도 있기는 하다. 하지만 저마다 마음 내키는 대로 자는 것이니 아무도 욕하지 마사이다.

블랑슈는 이것저것 생각하면 할수록 똑똑하게 수긍이 되는 듯도 하다가 투레느의 다리에 이를 무렵, 그녀는 대부분의 아가씨가 사랑이라는 것이 어떤 것인지도 모르는 채 남자에게 반하듯이 기사 몽소로를 남몰래 뜨겁게 좋아하게 되었다.

따라서 블랑슈는 남의 것, 즉 사내의 최상의 보물을 바람직하게 여기는 진정한 여성이 되고 말았다. 최초의 선망과 최후의 욕망 사이가 온통 불바다가 됨으로서, 상사병에 걸린 블랑슈는 단김에 비참의 나락으로 떨어져 갔다. 어떤 불가사리 한 요소를 눈을 통해 흘려보냈는지 알 길이 없으나, 블랑슈의 온몸의 혈관, 심장의 기복, 사지의 신경, 모발의 뿌리, 근육조직의 발한점發汗点, 뇌의 변두리, 피부의 구멍, 내장의 굴곡, 아랫배의 관管 줄기, 그 밖의 도처에서 심한 부작용을 느껴 금세 온몸이 팽팽해지고, 뜨거워지고,

---

34 escoffion. 옛날 서민 여자가 쓰던 그물 모양의 부인모. 여기서 '벙거지escoffion 이상으로 밤자리에서 애용하는……' 표현 중의 애용이라는 동사 'coiffer' 는 '자기 머리를 매만지다', '빗다' 라는 뜻으로 주로 쓰는 단어인데, '열중하다', '애용하다' 라는 뜻도 있다. 이를 그럴듯하게 비유 삼아 표현한 것이다.

근질근질해지고, 중독되고, 꼬집히고, 곤두세워져서 날뛰는 모양이 흡사 바늘이 천 개나 든 바구니를 몸 안에 엎지른 듯한 상황이었다. 아주 간절한 새것으로서의 욕망이 블랑슈의 시야를 어지럽게 해 늙은 남편 같은 건 이제 눈에 차지도 않고, 수도원장의 복스러운 턱 모양으로 자연의 은총을 풍요롭게 받은 젊은 몽소로 외에는 안중에도 없게 되었다.

늙은 브뤼앙은 투레느 성내에 들어갔을 때 군중이 떠들어대는 소리에 겨우 깨어났다. 그는 깨어나자마자 시종들과 함께 에크리뇰르 성모 성당을 향하여 성대하게 들어갔다. 이 성당은 영험이 뛰어난 곳이라는 뜻으로 옛날에 라 그레이뇌르La Greigneur라고 불리던 곳이었다.

블랑슈는 아이를 내려달라고 하느님과 성모님께 기원을 드리는 회당으로 가서, 풍습에 따라 혼자 그곳에 들어갔고, 브뤼앙과 그의 시종, 그리고 구경꾼들은 철책 앞에서 서성거렸다.

아이를 내려주시기를 기원하는 미사를 올리고 또한 소원의 고백을 들어주는 사제가 나타나자, 블랑슈는 먼저 임신하지 못하는 여인네가 많은지 물었다. 이 물음에 선량한 사제는 대답하기를, 한탄할 것이 조금도 없으며 심지어 아이를 낳게 해주는 것이 이 교회의 주요한 소득원이라고까지 했다.

"그럼, 제 남편과 같은 늙은이와 부부가 된 젊은 여인들을 신부님께서는 자주 보시는지요?"

"드문 일이죠."

"드물다 하지만 점지를 받았겠지요?"

"항상!"이라고 사제는 빙긋이 웃으며 대답했다.

"그럼 덜 늙으신 분을 남편으로 삼은 여인네들은 어떻죠?"

"그런 분도 가끔……."

"오! 그럼, 제 남편과 같은 늙은이와 함께여야만 확실히 아이를 받겠군요?"

"아무렴요!"라고 사제가 말했다.

"그 까닭을 말씀해주세요!"

사제는 엄숙하게 대답했다.

"부인! 그 나이 이전에는 하느님만이 점지하시고, 그 나이 이후로는 사람들의 힘으로 되는 것이라오."

이 시대에 있어서, 모든 지혜가 덕이 많고 신앙심이 깊은 성직자로부터 나왔다는 사실은 이 한마디로써 짐작할 수 있다.

블랑슈는 아이를 내려달라는 기원을 했는데, 그 예물의 엄청남은 황금 2천 닢에 해당하는 장식품을 견주어 상상하시라.

"매우 기쁜 모양이구려!"

늙은 브뤼앙은 돌아가는 길에 블랑슈가 안절부절 못하여 순한 말을 이리 뛰고 저리 뛰게 하는 모양을 보고 말했다.

"기쁘고말고요!"라고 그녀는 말했다. "사람들의 힘으로 된다고 사제께서 말씀하셨으니, 제게 애가 생길 것은 당연한 일이에요. 몽소로에게 힘을 구하겠어요⋯⋯."

브뤼앙은 그 사제를 때려죽이러 가고 싶었으나, 한편 생각해보니, 하느님의 사제를 죽인 죄가 너무나 클 것이 염려되어 대주교의 도움을 빌어 교묘한 앙갚음을 하기로 결심했다.

그러고 나서, 로슈 코르봉의 지붕이 보이기 전에 그는 수행원 몽소로에게 고향에 돌아가서 그림자도 비치지 말라고 했다. 젊은 기사는 영주의 상투적 수단을 잘 알고 있던 터라 두말없이 그대로 행했다.

브뤼앙은 몽소로의 자리를 로슈 코르봉의 영지 한 부분을 맡고 있던 자랑주Jallanges 경의 아들, 겨우 열네 살 된 레네Rene라는 소년으로 대치시켰다. 이 소년은 기사가 아닌, 종자從者[35]가 되는 연령까지 성관 안의 일을 가르침 받아온 시동侍童이었다. 그리고 그의 가문에 속해 있던 사람들의 지휘권은, 지난날 그와 함께 팔레스타인과 그 밖의 여러 곳에서 마구 날뛰었던 불구자

---

35 에퀴예ecuyer. 기사가 되기 위해 기사의 시중을 드는 견습생이나 젊은 귀족을 말한다. 기사의 자잘한 심부름을 하는 시동을 거쳐 12~14세쯤에 보다 강한 훈련까지 받는 종자가 된다.

인 늙은이에게 주었다.

이와 같이 해서 브뤼앙은 오쟁이 질 걱정도 없고, 또한 밧줄로 잡힌 암노새처럼 지랄지랄 하는 아내의 반항적인 새것을 가죽띠로 묶고 굴레를 씌워 꼼짝 못 하게 한 것과 같다는 생각에 우선 안도의 한숨을 내리쉬었다.

3장 가벼운 죄에 지나지 않는 것

레네가 로슈 코르봉의 저택에 온 지 첫 주일이 되는 날, 블랑슈는 남편의 동반 없이 사냥하러 나갔다. 그녀가 카르노Carneaux[36] 근처 숲에 이르렀을 때, 필요 이상으로 한 아가씨를 누르고 있는 듯이 보이는 수사를 목격하고, 뒤따르는 하인에게

"저것 봐! 저 아가씨를 죽이지 못하게 하자꾸나!"라고 이르면서 말에 박차를 가했다.

그러나 그 현장에 이르자마자 블랑슈는 금세 말머리를 돌렸다. 수사의 행위를 목격하고 나서 블랑슈는 사냥을 그만두었다. 그녀는 생각에 잠겨 귀로에 올랐다. 그때 블랑슈의 여태까지 어두컴컴하던 지혜의 등불이 겨우 밝혀지는 동시에, 한 줄기 생생한 빛을 받아 세상만사가 성당에 걸려있는 그림이나 그 밖의 그림, 음유시인吟遊詩人의 우화와 노래, 혹은 새들의 행사처럼 밝혀졌다. 돌연 블랑슈는 이 세상 모든 언어에 의해서 뿐만 아니라, 심지어 말 못하는 잉어의 언어에 의해서도 밝혀진 사랑의 감미로운 비밀을 알게 된 것이다. 그러므로 이러한 것을 새것에게 숨기려고 하다니 이는 미친 짓이 아니겠는가!

그래서 블랑슈는 잠자리에 들자마자 부랴부랴 브뤼앙에게 말했다.

36 연통이라는 뜻.

"브뤼앙, 당신은 저를 속이셨군요. 카르노의 수사가 계집애에게 해주던 짓을, 당신은 왜 저에겐 안 해주시는 거죠!"

브뤼앙 노인은 아내에게 무슨 일이 일어났는지를 알아채고 이제나 저제 나 오고야 말 불행의 날이 마침내 닥쳐왔음을 알았다.

여느 사람 같으면 밑으로 내려갈 뜨거운 정을 양쪽 눈으로 올려, 타는 듯 한 불길로 블랑슈를 바라보며 조용조용히 대답했다.

"아, 여보! 그대를 아내로 맞이한 이래, 내 몸엔 체력보다 그대에 대한 연 모의 정이 강했던 거요. 그래서 그대의 자비심과 아내로서의 덕망德望에 한 줄기 기대를 걸었던 거요. 늙는 몸의 슬픔이란 심장 속밖에는 내 능력이 없 다는 것을 깨닫는 거라오. 이 분함과 슬픔이 내 몸의 죽음을 재촉했으니, 오 래지 않아 그대는 자유의 몸이 될 거요……. 그러니 내가 이 세상을 하직할 때까지 기다려주구려. 나는 그대의 주인이자 그대에게 명령할 수 있는 몸이 지만, 기꺼이 그대의 첫째가는 앞잡이 종이 될 것이니, 부디 이 부탁만은 들 어주구려. 내 백발의 명예를 더럽히지 말아주구려! 옛날부터 대감들이 안사 람을 손수 죽인 것도 이러한 경우 때문이라오……."

"어머나! 그럼, 당신도 저를 죽이시려나요!"라고 그녀가 말했다.

"아니지, 아냐. 나는 당신을 너무나 사랑하고 있소"라고 늙은이는 말했 다. "정말이지 그대는 내 노년의 꽃, 내 영혼의 기쁨이오! 그대야말로 지극 히 사랑하는 내 딸, 그대의 모습이야말로 내 시력의 힘이오. 그대를 위해서 라면 슬픔이건 기쁨이건 모든 걸 참겠소. 그대의 말이라면 모든 걸 허락하 겠소. 단지 그 대신 그대를 부귀하고 명예로운 정실부인으로 삼아준 이 불 쌍한 브뤼앙을 너무 심하게 놀리지 말아주시구려. 그대는 오래지 않아 부귀 재색富貴才色을 겸비한 과부가 될 게 아니오? 그렇게 되면 그대의 몸이 맛볼 행운에 장례식 때의 슬픔도 진정될 거요……"라고 말하면서 그의 메마른 눈에 마지막 한 방울의 눈물이 괴어, 솔방울 빛깔의 얼굴 위를 따뜻하게 흘 러 블랑슈의 손바닥에 떨어졌다. 자신의 몸이 무덤에 묻힐 때까지 그녀의 마음에 들려고 애쓰는 늙은 남편의 크나큰 애정의 표정을 보고 감동한 블랑슈는 웃으면서 말했다.

"울지 마세요, 당신의 말씀대로 기다리겠어요……."

이 말에 브뤼앙은 아내의 손에 입 맞추고 가벼운 애무로 그녀를 위로하면서, 감동된 목소리로 말했다.

"오오, 블랑슈, 그대가 잠든 동안, 내가 그대의 몸을 얼마나 이렇게 여기저기 어루만졌던지……."

그리고 늙은 원숭이는 뼈만 남은 두 손으로 아내를 쓰다듬으며

"또한 마음으로 밖에는 사랑할 수 없는 몸이라서, 내 명예를 할퀴려는 고양이를 눈뜨게 하지나 않을까 항상 조마조마 하였다오……"라고 말했다.

"아아!" 하고 그녀는 대답했다. "제가 깨어나 있는 동안에도 그렇게 이 몸을 가볍게 흔들어주세요. 아무렇지도 않으니……."

이 말에 불쌍한 노인은 침대 머리의 탁자 위에 있던 작은 단검을 집어 들어 아내에게 건네주고는 분노에 찬 목소리로 말했다.

"여보, 이걸로 나를 죽여주오……. 아니면 그대가 나를 아주 조금이라도 사랑하고 있다고 믿게 해주오."

"그래요, 그래요……"라고 그녀는 매우 당황해서 말했다. "당신을 애써 사랑해볼게요……."

이렇게 해서 이 젊은 새것은 마침내 늙은 남편을 엉덩이로 깔아뭉개어 꼼짝 못 하게 만들었다. 황무지 그대로 있는 비너스의 아름다운 밭의 이름으로서 블랑슈는 여성 특유의 깜찍스러움을 부려 늙은 브뤼앙을 방앗간의 수노새처럼 오락가락하게 만들었다.

"나의 브뤼앙, 이걸 해 주세요……. 브뤼앙 저걸 해 주세요……. 자, 브뤼앙 저걸! 브뤼앙, 브뤼앙!"

그래서 브뤼앙은 젊은 아내의 심술궂은 언동에 의한 것 이상으로 그 인자함에 의해 더욱 죽을 지경이 되고 말았다.

블랑슈는 남편에게 어처구니없는 일을 시켜서 그가 머리를 쥐어짜도록 만들 뿐만 아니라, 눈썹 하나 까딱하는 것만으로도 그를 당황케 했다. 그래

서 블랑슈가 침울한 안색을 하고 있을 때는, 브뤼앙은 재판정에 나가 일을 보던 중에도 정신을 못 차려 어떠한 죄과에도 "그놈의 목을 베어라!"하고 호령하곤 했다. 다른 사람 같으면 이 새것과의 싸움에 파리처럼 벌써 뒈지고 말았을 것이나, 브뤼앙은 본래가 철분을 지닌 몸이라 그리 쉽게는 끝장을 보지 않았다.

어느 날 저녁, 블랑슈는 한심한 생각이 들기 시작하여, 저택의 아래위가 들썩들썩할 정도로 짐승이나 사람들이 어찌할 바를 모르게 들볶아 댔는데, 이와 같은 블랑슈의 변덕스러움에는 우리 인간들을 참고 견디실 만큼 참을성이 많으신 하늘의 아버지께서도 단념하실 만하였다. 겨우 진정되어 잠자리에 들면서 그녀는 브뤼앙에게 말했다.

"여보, 이 몸을 물고 찌르고 하는 여러 환상이 아랫배에 있다가 심장에 올라와, 제 머릿속을 활활 태워 몹쓸 짓을 하도록 이 몸을 부추겨요. 더구나 밤마다 그 카르노 수사의 그것이 꿈에 보여요……."

"여보"하고 브뤼앙은 대답했다. "그거야말로 악마의 꾐이구려. 그러한 고통에서 벗어나는 방법을 아는 사람은 성직에 계시는 분들밖에 없소. 그러니 당신도 영혼의 구원을 얻으려면, 이웃에 사시는 마르무티에의 수도원장님께 가서 고해성사를 하시구려. 그 분이시라면 당신에게 좋은 말씀을 들려주어 올바르고 정결한 길로 인도하실 거요……."

"그럼, 내일 가보겠어요……"라고 그녀는 말했다.

날이 밝자 블랑슈는 부랴부랴 덕행과 신앙심이 독실한 수사들이 살고 있는 수도원으로 종종걸음 쳤다. 봄꽃도 무색하리만큼 아리따운 부인의 모습에 모든 수사들의 눈이 휘둥그레져, 그날 저녁 그 수도원 안에 죄가 허다하게 생겼지만, 수사들은 크게 기뻐하며 부인을 수도원장이 있는 곳으로 안내했다.

신비로운 안뜰, 아치형의 산뜻한 통로 밑 바위 가에 수도원장이 있었는데, 흰 머리 따위는 계산에 넣고 있지 않을 정도로 언제나 보아온 블랑슈도 성자다운 풍모에 접해 자기도 모르게 존경심이 들어 걸음을 멈추었다.

"하느님의 가호가 있기를, 부인!"하고 수도원장은 말했다. "헌데 죽은 송장과 같은 이 늙은이에게 그 젊은 몸으로 뭘 청하러 오셨는지……."

"원장님의 거룩하신 훈계를 듣고자 해서요……"하고 블랑슈는 공손히 인사하며 말했다. "유순하지 못한 이 신도를 바른길로 인도하시기를 바랍니다. 원장님 같은 거룩하신 고해신부를 얻고 보면 아주 마음이 편하겠사오니."

전부터 브뤼앙과는 위선偽善 그리고 각자가 맡아서 해야 할 소임에 관해서는 마음이 통했던 원장은 아무렇지도 않게 대답했다.

"소인이 백 겹의 빛나는 서리를 이처럼 허연 머리 위에 올려놓고 있지 않았다면 부인의 고해를 듣지 못할 것이지만, 어서 말해보시지요. 천국에 가실 의향이실 것 같으면 소인이 인도할 것이니."

그때 블랑슈는 마음속에 가득 찬 몹쓸 생각들과 망상들을 털어놓고, 사소한 죄과를 모조리 깨끗이 씻고 나서, 고해의 마지막에 가서 다음과 같이 말했다.

"아아! 신부님, 저는 늘 아이를 낳고 싶은 욕망에 시달리고 있는 것을 고백합니다. 이것도 나쁜 건가요?"

"천만의 말씀입니다."

"그런데 길가의 할멈이 말한 것처럼, 제 남편은 이미 살아있어도 살아있는 것이 아닌 상태라 여성과의 교합交合을 할 소질이 없는 몸이라서……."

"그렇다면 부인도 거룩하게 살아, 그와 같은 모든 생각을 삼가시길 바랍니다."

"하지만 이득도 쾌락도 얻는 것이 아니라면, 무엇을 하든 조금도 죄가 되지 않는다고 자랑주 부인이 말씀하시는 걸 저도 들었는데요."

"아니지, 항상 쾌락이 따릅니다!"라고 수도원장은 말했다. "또한 애를 이득처럼 생각하시다니 가당치 않은 말씀이십니다! 정신을 똑바로 차리고 들어보시죠! 교회의 혼배성사婚配聖事를 거치지 않은 사내와의 관계로 말미암아 임신하는 짓은, 이유를 불문하고 하느님께 대한 대죄이며 사회에 대해서도 크나큰 죄요……. 그러므로 결혼의 성스러운 성사를 어긴 여인은 저승에 가서 크나큰 고통을 받아, 날카로운 발톱이 있는 무서운 괴물에게 붙잡혀, 이승에서 올바르지 못한 괴로움의 불로 가슴을 태운 벌로 뜨거운 불 속에 떨어지고 마는 겁니다."

이 말에, 블랑슈는 귀를 손톱으로 후비었다. 그리고 그녀는 잠시 동안 생각하고 나서 사제에게 말했다.

"그럼, 동정녀童貞女 마리아께서는 어떻게 하셨나요?"

"허, 그건 신비 중의 신비입니다"라고 사제는 대답했다.

"신비란 뭐죠?"

"설명하기 어려운 것, 어떠한 따짐 없이 믿어야 하는 것을 신비라 합니다."

"그렇다면 저도 신비를 행할 수 있을까요?"

"그건 고래로 단 한 번, 더구나 성자聖子의 경우에만 있었던 일이지요!"

"아, 신부님, 제 운명은 이대로 그냥 죽어야 하는 것일까요? 아니면, 똑똑하고 건실한 분별력을 갖고서도 오로지 한 생각 때문에 머릿속이 뒤집혀지는 것일까요? 이야말로 크나큰 가시밭길. 요즘 이 몸 안에는 어떤 것이 끊임없이 요동치고 들끓어 올라, 이제는 갈피를 못 잡으며 분별심이라곤 하나도 안 남았어요. 사내를 그리워하는 일념에 수치심 없이 벽을 뛰어넘고 들판을 가로질러 어디론가 달려가고 싶은 심정이에요. 카르노의 수사를 그토록 뜨겁게 만든 것을 보고 싶은 마음에 이 사지가 조각조각 나도 마다하지 않겠어요……. 저의 영혼과 육신을 상처투성이로 만들며, 꼭꼭 찌르는 이러한 격정이 용솟음치고 있는 동안은 하느님도 악마도 남편도 없어요. 저는 발을 구르고, 달리고, 물병을 깨뜨리고, 질그릇을 부수고, 농장의 설비들과 조류鳥類 사육장을 망가뜨리고, 살림살이를 던지고, 모조리 닥치는 대로 부숴버리는 것을 일일이 무슨 말로 고백해야 할지 모를 정도예요. 하지만 용기를 내어 저의 이러한 만행들을 고해하고 있는 것만으로도 입 안에 선망羨望의 침이 생겨, 하느님께서 저주하시는 그것이 제 몸을 참을 수 없게 근질근질하게 해요……. 차라리 미친년이 되고 싶어요. 그러면 정조 관념 따위가 없어져 마음속이 얼마나 편할까요, 안 그래요? 이 몸에 이처럼 크나큰 사랑을 박아주신 하느님께서 저를 지옥에 떨어뜨리시려고 그렇게 하실 리가 만무하잖아요, 안 그래요?"

이 말에 이번에는 사제가 귀를 후볐다. 새것의 은밀한 곳으로부터 분비된 비탄, 속 깊은 슬기로움, 반박, 분별에 벌어진 입을 다물지 못했다.

"그러나 하느님께서는 인간을 만물의 영장으로 창조하시고, 그 노력으로써 천국에 이르도록 하셨습니다. 때문에 인간에게 이성을 주시어 정신적 고통에 따른 풍파를 뚫고 나가는 열쇠로 삼게 하신 거죠. 또한 머릿속의 사념과 망상을 다른 배로 옮겨 싣는 방법으로는, 단식·고행과 그 밖의 여러 해결책도 있을 거요……. 그러니 광란한 쥐새끼처럼 안절부절못하며 팔딱거리는 대신에, 부인도 성모님께 기도하고, 단단한 잠자리에 눕고, 살림에 머리를 써서 한가함을 피하시지요……."

"하지만 신부님, 제가 성당에 있을 때도 사제나 미사 제단은 하나도 눈에 띄지 않고, 아기 예수님만이 눈 안에 들어와 그것만 생각되는 걸요. 요컨대, 이처럼 머릿속에 하나의 것만이 뱅뱅 돌아 분별심이 흔적도 없이 사라지는 것은, 이 몸이 사랑의 덫에 걸려서 그런가 봐요……."

"부인처럼 무의식 상태 속에 빠졌던 것이 리두아르Lidoire 성녀의 경우죠" 라고 수도원장은 조심성 없이 말했다. "성녀께서 몹시 더운 계절에, 엷은 옷을 입은 채 다리를 큰 대자大字로 벌리시고 정신 모르게 잠들고 계실 적에, 악의에 찬 한 젊은 녀석이 슬그머니 달려들어 욕심을 채워 임신을 하게 했지요. 하지만 성녀께서는 전혀 그런 사실을 모르셨고, 배가 불러오는 것도 크나큰 병인 줄로 여기시던 터라 해산 때 대경실색을 하셨다오. 그러나 교수대의 이슬로 사라진 젊은이의 증언과 같이, 성녀께서는 일이 있을 적에 몸의 움직임도 전혀 있지 않았을 뿐만 아니라 아무런 쾌락을 몸에 느끼지 않았기 때문에 가벼운 죄처럼 속죄되었던 거요."

"오, 신부님! 그럼, 저도 성녀님에 못지않게 몸을 움직이지 않겠어요!"하고 블랑슈는 말했다.

이렇게 말한 다음, 블랑슈는 싸늘하고 얌전하게 물러나와, 마음속으로 자기도 어떤 식으로 가벼운 죄를 범할 것인가 생각하며 미소 지었다.

수도원에서 돌아오자, 블랑슈는 성관의 안마당에서 레네가 늙은 마술교사馬術敎師의 지도 아래 승마훈련을 받고 있는 것을 보았다. 레네가 훌륭하게 말의 움직임에 따라 몸을 구부러뜨리고, 흔들거리고, 올라갔다 내려오고, 허리를 똑바로 세우며 빙빙 돌아 선회하는 모습의 씩씩함과 귀염성과 능란함과 약삭빠름은 말로 표현할 수 없을 정도로, 뜻하지 않게 욕보여 자결하고만 절부節婦의 본보기인 뤼크레스Lucrece 여왕이라도 온갖 욕망과 망상이 솟구쳐 나올 만한 매력이 있었다.

'아아!' 하고 블랑슈는 마음속으로 말했다. '저 아이가 겨우 열다섯 살이기만 해도 내가 그 옆에서 폭 잠들련만……'

그래서, 이 귀여운 사내아이가 너무 어림에도 불구하고, 블랑슈는 간식시간이나 식사시간 동안, 이 동자의 검고 복슬복슬한 머리카락, 눈처럼 새하얀 살갗, 행동거지의 우아함, 그리고 삶의 엄청난 불꽃과 맑은 따스함이 풍요롭게 담겨있는 그 눈을 특히 노려보기 시작했는데, 이에 상대는 어린이라서 눈을 내려뜨리곤 하였다.

그런데 어느 날 밤, 블랑슈가 벽난로 근처에 놓여진 의자에 앉아있는 것을 본 브뤼앙 노인은 무슨 근심거리가 있느냐고 물었다.

"당신이 이처럼 형편없이 무너지고 만 오늘날을 보면서 떳떳한 사랑의 첫싸움이 어떠했을까 생각해 봤어요……."

사랑의 추억을 질문 받았을 때 모든 노인이 다 그렇듯이, 브뤼앙은 회심의 미소를 지으며 대답했다.

"흠! 내가 열세 살하고 육 개월이라는 나이에는 어머니의 몸종을 임신시켰지. 그리고 또……."

블랑슈는 더 이상 들을 필요가 없었다. 레네의 몸에도 있어야 할 것이 이미 충분히 구비되어 있을 거라는 생각에 블랑슈는 금세 마음속이 후련해져서, 늙은이에게 아양 부리며 그 침묵의 욕망 속에 밀가루 묻히는 과자 모양으로 데구루루 굴렀다.

4장 어떻게, 또 누구에 의해서 임신했는가

블랑슈는 시동의 욕망을 단번에 눈뜨도록 하는 방법의 일환으로서, 아무리 완고한 것이라도 반드시 잡히고 말 자연스러운 함정을 그다지 오랜 시간을 들이지 않고 발견하였는데, 그것은 다음과 같다.

더위가 한창인 시각, 사라센 식으로 낮잠을 자는 것은 브뤼앙이 성지로부터 개선한 이후로 **빼놓지** 않고 해온 습관이었다. 이 동안 블랑슈는 정원에 혼자 나오거나, 또는 여자들이 하는 수놓기와 편물을 하거나, 또 대개의 경우는 방 안에 남아 세탁이나 다림질의 분부를 내리거나, 또는 마음이 내키는 대로 방들을 돌아다니기도 했다.

블랑슈는 이 조용한 시각을 '사내아이의 훈육을 끝내는 시간'으로 정하고, 그에게 성경책 읽기와 은밀한 기도를 시키기로 했다.

따라서 그 다음 날 정오 때, 로슈 코르봉 언덕을 눈부시게 내리쬐는 대낮의 태양에 걷잡을 수 없이 졸음이 온 브뤼앙은 아내의 '야단법석으로 난리 치는 새것'에 시달려야 하는, 그래서 괴로워하고 책망 받게 만드는 두려움이 잠시나마 없는 것을 다행이라 여기며 잠이 들었다. 그동안 블랑슈는 성주용의 큰 의자에 매우 얌전하게 올라앉았다. 그 의자는 높다란 의자였지만, '전망'을 우연하게 보이도록 하는 게 블랑슈의 속셈이라 조금도 높게 여겨지지 않았다. 꾀 많은 블랑슈는 보금자리에 자리 잡은 제비처럼 교묘하게 자리를 꾸미며, 잠들어 있는 애 모양으로 깜찍스러운 머리를 팔에 기울이고 앉았다. 그러나 블랑슈는 이것저것 준비하면서 시동과 같은 '맛있는 음식'을 가리는 눈을 반짝반짝 뜨고서 늙은 벼룩이 한 번 뛰어서 갈까 말까 한 거리를 사이에 두고 그녀의 발치에 와서 앉을 시동의 작고도 은밀한 기쁨, 꿀꺽거림, 곁눈질, 두려움 같은 것을 예상하고는 미리 미소 지으며 즐거워하였다. 지금은 시동의 넋이나 목숨도 블랑슈가 마음껏 주물러 노는 장난감이라, 블랑슈는 시동이 꿇어앉을 비로드 방석을 알맞은 거리에다 놓고,

상대가 설령 돌로 된 성인이라 할지라도 블랑슈의 흰 속옷에 꼭 붙어있는 날씬한 다리의 아름다움과 완전미를 탄복해 응시하던 중에 옷의 구불구불한 굴곡에 따라 그 눈길을 더 속까지 옮기지 않을 수 없도록 앉을 자리를 마련했다. 그러므로 어떠한 영웅호걸이라도 스스로 빠지고 말 함정에 연약한 시동이 빠지는 것은 당연지사 일 듯싶었다. 블랑슈는 몸을 이리저리 살펴보고, 몸의 방향을 사내아이가 손쉽게 함정에 걸릴만한 위치에 놓은 다음, 상냥하게 불렀다.

"레네!"

블랑슈는 레네가 위병실衛兵室에 있는 것을 잘 알고 있었다. 레네는 지체없이 달려와서 문에 달린 장식융단 사이로 갈색 머리를 내밀었다.

"마님, 무슨 분부십니까?"라고 시동은 말했다.

레네는 붉은 벨벳의 차양 없는 모자를 손에 공손히 쥐고 있었는데, 보조개가 생긴 시원시원하게 예쁜 볼의 붉은색에는 벨벳의 붉은색도 따르지 못하였다.

"이리 와요!"라고 블랑슈는 작은 목소리로 말했는데, 시동에게 어찌나 마음이 쏠리고 있었던지 그 목소리도 떨리고 있었다. 참말로 레네의 눈만큼 반짝이는 보석도 없으며, 그의 피부색처럼 흰 송아지 가죽도 없었고, 그 모습만큼 우아한 모습의 여성도 없었다. 뿐만 아니라 이처럼 욕망을 가까이하고 보니, 블랑슈에게는 레네가 그녀의 욕망을 충족시키기에 더더욱 안성맞춤으로 여겨졌다. 그러니 이러한 사랑의 즐거운 놀이가 이 팔팔한 젊음, 눈부신 태양, 주위의 고요, 그 밖의 모든 것에 의해서 더욱 빛난 것을 짐작하시리라.

"성모 마리아의 기도문을 읽어줘요! 그대가 스승님의 가르침을 잘 받았는지 알고 싶으니"라고, 블랑슈는 기도대祈禱臺 위에 펼쳐놓은 기도책을 시동에게 내밀면서 말했다.

청옥과 황금빛이 번쩍이며 색채화를 삽입한 기도책을 레네가 손에 들었을 때, 블랑슈는 미소 지으며 레네에게 말했다.

"성모님이 아름답다고 여겨지지 않나요?"

"그렇지만 그건 그림인걸요……"라고 레네는 마님의 우아한 모습을 흘끔 우러러보면서 수줍어하며 대답했다.

"읽어줘요, 읽어줘요……."

그때 레네는 그 오묘하고도 신비로운 기도문을 열심히 읽기 시작했는데, 블랑슈가 응해"우리를 위해 빌으소서ora pro nobis"라고 발음하는 목소리는 들판의 각적角笛소리 모양으로 점점 약해져 가더니, 레네가 한결 소리를 높여 "오묘한 해당화여!"라고 외쳤을 때, 블랑슈는 똑똑히 들었으면서도 가벼운 한숨소리로 응했다.

이래서 레네는 마님이 잠들었다고 짐작했다. 따라서 레네는 눈길로 마음껏 그녀의 몸을 덮기 시작하면서 사랑의 기도문외에는 아무런 기도문도 외려 하지 않았다. 하늘에서 굴러 떨어진 이와 같은 행운에 그의 심장은 목구멍까지 뛰어올랐다. 한 쌍의 귀여운 새것과 풋내기가 누가 더 잘 불타오르나 경쟁이라도 하듯 타오르기 시작한 것도 사리에 맞는 일. 그 모양을 보았다면 그 누구라도 결코 그 둘을 함께 두지 않았으리라.

레네는 이 사랑의 열매로 입 속에 침이 돌게 하는 갖가지 향락을 머릿속에 그려보며, 눈으로 이리저리 바라보았다. 레네는 황홀경에 들어서는 바람에 기도책을 떨어뜨려 어린애 같은 장난을 치다가 들킨 수사처럼 어쩔 줄 몰라 했는데, 그래도 블랑슈가 깜짝 놀라지 않고 색색 잠들어 있는 것을 보고, 그것으로 레네는 모종의 결심을 하게 되었다. 그럴 것이, 블랑슈는 기도책보다는 다른 것이 떨어지기를 기대하고 있었기 때문에 설령 더 큰 위험이 닥쳐왔더라도 눈뜨지 않았으리라. 잉태하고픈 소망보다 더 고약스러운 소망이 없다함은 이것을 보아도 알 만하리라!

각설하고, 레네는 페르시아 청색의 예쁘장한 편상화編上靴를 꼭 맞게 신고 있는 마님의 발을 뚫어지게 바라보았다. 블랑슈는 성주의 높다란 의자 안에 너무 높이 앉아 있어서 발을 등 없는 걸상 위에 묘한 모양으로 올려놓고 있었다. 균형이 날씬하게 잡힌 데다, 가볍게 휘고, 두 손가락만한 넓이에 꼬리

72

Le Péché Véniel

까지 합쳐 참새만한 길이의 끝이 작은 발로, 참말로 복스러운 발, 무고無辜한 발, 도둑에게 교수형의 밧줄이 알맞듯이 입맞춤이 알맞은 발, 요정같이 깜찍한 발, 우두머리 천사도 지옥으로 떨어뜨릴 만큼 요염한 발, 복술卜術의 발, 무시무시할 정도로 매혹적이라 하느님의 영광된 일솜씨를 이 세상에서 영원토록 지속시키기 위해서라도 이와 아주 똑같은 것을 새로 두 개 더 만들고 싶은 욕망을 주는 발이었다.

레네는 이 매혹적인 발에서 신을 벗기고 싶은 유혹에 사로잡혔다. 그 짓을 하려고, 청춘의 화염을 모조리 불붙인 눈을 이 환희의 발에서 마님의 잠든 얼굴로 종鐘의 불알처럼 재빨리 옮겨 그 색색거리는 숨소리를 듣고 또한 그 입김을 마셨다. 그러나 슬그머니 살짝 입 맞추는 짓을 마님의 싱싱한 붉은 입술에 할 것인지 아니면 그녀의 매혹적인 발에 할 것인지 알지 못했다.

결국, 마님에 대한 존경심 혹은 두려워하는 마음, 아니, 모르면 몰라도 크나큰 사랑 때문에, 그는 발쪽을 택해 감히 그 무엇도 할 용기 없는 남자 모양으로 부랴부랴 그곳에 입 맞추었다. 그리고는 즉시 책을 다시 들고, 뺨의 홍조가 아직도 빨개지는 것을 느끼며 이제 막 맛본 기쁨에 가슴을 두근거리면서 소경처럼 "하늘의 문이여Janua coeli!"라고 기도문의 한 구절을 외쳤다. 그러나 깜찍한 블랑슈는 시동이 발에서 무릎으로, 무릎에서 하늘로 이르거니 믿고 있어서 조금도 눈을 뜨지 않았다. 때문에 블랑슈는 다른 짓 없이 기도문 읽기가 끝났을 때 매우 분한 생각이 들었다. 한편 레네는 첫날의 전과戰果치고는 너무나도 지나친 행운으로 여겨, 이 대담한 입맞춤 덕에 헌금함을 턴 좀도둑보다 갑부가 된 기분으로 의기양양하게 방에서 나왔다.

혼자가 되자 블랑슈는 생각해냈다. 시동에게 아침기도의 마그니피카[37] 를 낭송시키면 더 시간이 걸려있을 법한 일이 생기게 되지 않을까 하고. 그래서 그 다음 날에는 다리를 좀더 쳐들어, 공기를 쐬는 일 없이도 한상 시원한 — 투레느에서는 이것을 '완벽한 것'이라고 일컫는데 — 그 아름다운 곳岬

---

37 Magnificat. 성모 마리아를 찬송하는 기도문.

74

을 드러내자고 곰곰이 생각했다.

한편 레네도 욕망에 이글이글 타, 전날 저녁의 상상으로 화끈거려, 그 멋들어진 기도책을 읽는 시간을 초조하게 기다리다가 마침내 부름을 받았다. 그리고는 기도문의 술책이 다시 시작되고, 그와 동시에 블랑슈는 어김없이 잠들었다.

이번에 레네는 예쁜 다리를 손으로 가볍게 쓰다듬어보아, 반들반들한 무릎이나 그 밖의 곳이 매끈매끈한 새틴인지 확인해볼 만큼 용기를 내보았다. 결국 레네는 그가 감히 보아서는 안 될 곳을 보고, 겁이 덜커덕 나서 욕정을 억제하고 간단한 예배와 근소한 애무 말고는 아무 짓도 할 수 없었다. 그는 단지 이 보기 좋은 표면에 살짝 입 맞추고 나서 그만두었다. 영혼의 감각과 육신의 예지로 그것을 감촉한 블랑슈는 요동하지 않으려고 기를 쓰면서도 "아아, 레네, 더, 더! 나 잠들고 있으니!"라고 소리치고 말았다.

깜짝 놀란 레네는 이 말을 책망의 소리인 줄 알고 책도 일도 모두 팽개치고 도망쳐버렸다.

그래서, 블랑슈는 기도문에 다음과 같이 덧붙였다.

"성모여, 애를 만든다는 게 참으로 어렵군요……."

식사 때 레네는 마님과 성주의 시중을 들면서 등에 진땀을 흘렸다. 그러나 그는 동서고금의 어느 여인도 여태껏 던진 적이 없을 만한 요염한 추파를 마님으로부터 받고는 혼비백산했다. 그 추파의 재미와 기운은 단 하루 만에 이 사내아이를 용사로 변하게 했다.

그러므로 그날 밤, 브뤼앙이 여느 때보다 늦도록 공무의 자리에 남아있는 것을 기회 삼아 레네는 마님의 거처를 찾아갔다가, 마침 잠들어 있는 마님을 보고는 크나큰 꿈을 맺어드렸다! 이렇게 해서 레네는 마님이 그토록 고통의 불을 피워가며 몹시 애태우고 계시던 것을 시원하게 해결해드리고, 또한 생명의 씨앗을 풍성하게 내렸는데, 그 풍성함은 무려 세 몫도 더 되었다.

그래서 블랑슈도 참을 수 없는 김에 레네의 머리를 두 팔로 꼭 껴안으며 외쳤다.

"오, 레네! 그대 때문에 깨어났어!"

사실 그것에 견딜 수 있는 잠이란 없다. 그래서 리두아르 성녀께서도 아마 두 주먹을 꼭 쥐고 잤을 거라고, 블랑슈와 레네의 견해가 일치되었다.

아무런 비술도 없는 이 교합의 결과, 남편들의 하인 근성이라는 너그러운 특성에 의해, 오쟁이 진 사내에게 알맞은 멋스러운 새털이, 오쟁이 진 것을 조금도 눈치 채지 못하는 단 하나의 사람인 브뤼앙의 머리 위에 꽂히게 되었다.

이 아름다움의 제전 이후로 블랑슈는 프랑스 풍의 낮잠에 매우 기쁘게 골몰하곤 했는데, 그동안 브뤼앙은 사라센 풍의 낮잠에 들곤 하였다. 이 사랑의 낮잠을 통해서 블랑슈는 한 사내아이의 팔팔한 젊음이 몇 사람의 늙은 재판관의 만지작거림에 비해서 얼마나 감미로운 것인지 몸소 경험했다. 또한 밤에 블랑슈는 침대 한구석으로 몸을 피해, 썩은 비계 같은 냄새가 나는 동시에 악마같이 더러운 남편으로부터 될 수 있는 데까지 떨어져 있으려고 애썼다. 그 후, 낮에 하는 여우낮잠과 기도문 읽기에 정성들인 덕택으로, 블랑슈는 그 귀여운 태내에 바라고 바라마지 않았던 씨앗이 움터 꽃피어 가고 있는 것을 감촉했는데, 그러나 그 무렵에는 빚어진 것보다 빚는 방식 쪽을 더욱 좋아하게 되었다.

한편 레네는 기도책뿐만 아니라 예쁜 마님의 눈 속을 읽어내는 데도 능숙하게 되어, 마님의 소망이라면 불타는 장작더미 속에라도 마다하지 않고 몸을 던졌으리라.

백 번도 더 감미로운 기도를 둘이서 오래오래 마음껏 올린 후, 블랑슈는 차차로 레네의 영혼과 훗날이 근심되기 시작했다. 그래서 비 오는 어느 날 아침, 머리에서 발끝까지 순진한 어린이처럼 둘이서 술래잡기를 하였을 때, 언제나 잡히는 편이 되고 있던 블랑슈가 레네에게 말했다.

"이봐요, 레네! 나는 잠들어 있었으니까 가벼운 죄밖에 범하지 않았지만, 그대는 대죄를 범한 게 아닐까?"

"하오나 마님, 이걸 죄라고 한다면 세상의 뭇 죄인들을 하느님께서는 어디에다 모두 가둬두실까요?"

이 말에 블랑슈는 까르르 웃고는 레네의 이마에 입을 맞추었다.

"그런 말 말아요, 나쁜 사람 같으니! 일단은 천국에 가고 볼 일. 그대가 이 승이나 저승에서 나와 함께 있고자 한다면, 천국에 가서 둘이 함께 사는 게 필요해요."

"오, 이곳이야말로 저의 천국……."

"그렇지 않아요. 그대는 신앙심이 없군요. 제가 사랑하는 걸 조금도 걱정하지 않는 고약한 분이에요. 내가 사랑하는 것, 그것은 그대예요……. 그대는 내가 애를 가진 것도 몰라요. 오래지 않아 이 몸의 코만큼도 감추지 못하겠죠. 그때 수도원장님께서 뭐라고 말씀하실까? 남편은 뭐라고 할까? 노여운 김에 그대를 죽일지도 모르는 일……. 내 의견으로는 그대가 마르무티에 수도원장님께 가서, 그대의 죄를 고해하고 남편에 대해 어떠한 수단을 취해야 좋을지 의논해보는 게 좋을 것 같아요"라고 블랑슈는 말했다.

"아아!"하고 꾀 많은 레네는 말했다. "우리 두 사람의 쾌락의 비밀을 밝힌다면, 수도원장님은 우리들의 사랑을 깨뜨리고 말 것인데요……."

"그러실 테지……. 하는 수 없어요"라고 블랑슈는 말했다. "저 세상에 있어서의 그대의 영원한 행복이 나에게는 그 무엇보다도 소중하니까요……."

"그럼, 저보고 가보라고 하시는 건가요?"

"그래요"라고 블랑슈는 모기 같은 소리로 대답했다.

"그러시다면 가겠습니다. 그러나 작별의 기도를 바치고 싶으니 다시 한번 잠드시기를……."

그리고 이 귀여운 한 쌍은 자신들의 4월의 사랑이 꽃 지듯이 허무하게 끝나고 말 운명인 것을 저마다 예상한 듯, 더욱 애달프게 작별의 기도를 바치기 시작했다.

그 다음 날, 블랑슈의 분부에 순종하여, 자기의 몸보다 사랑하는 블랑슈를 구하기 위해 레네는 마르무티에 수도원 쪽으로 출발했다.

5장 사랑의 죄가 비싼 대가를 치르고 장례식의 슬픔으로
끝나게 된 경위

～

"하느님 맙소사!"라며 수도원장은 레네가 감미롭고도 죄 되는 기도의 구절구절을 고하였을 때 소리 질렀다. "너는 주인을 배신한 극악무도한 놈이로구나……. 똑바로 듣거라, 이 천하에 몹쓸 놈아! 네놈의 몸은 영원토록 지옥의 불에 이글이글 탈 것이니라! 거품같이 덧없는 이 세상의 눈 깜짝할 사이의 쾌락 때문에 드높은 하늘로부터의 영원한 행복을 잃고 만 것을 아느냐 모르느냐……. 불행한 놈이로고! 이 세상에 있는 동안 네놈의 죄에 대한 속죄를 속히 하지 않는 한, 네놈은 저 세상에서 지옥의 밑바닥에 영원히 떨어지고 말 것이니라……."

투레느 지방에서 크나큰 권력을 갖고 있는 동시에 거룩한 여러 수사를 거느리고 있던 늙은 수도원장은 여러 종류의 깨우침의 말씀, 그리스도교적인 설득, 십계명의 주석, 악마가 처녀를 유혹하려고 6주일 동안에 걸쳐 설득시킬 수 있을 정도의 수사법修辭法을 써서 젊은이의 간을 서늘케 했는데, 본래가 순진한 열정가인 레네는 결국 수도원장에게 아주 복종하고 말았다.

그래서 수도원장은 바르지 못한 길로 들어가고 있던 이 젊은이를 항상 덕이 있고 거룩한 인간으로 만들어보려고, 레네에게 명하기를, 먼저 성주 앞에 나가서 그가 한 그릇된 짓을 엎드려 낱낱이 고백하고 나서, 만약 그 고백으로 목숨을 부지할 것 같으면, 당장에 십자군에 참가하여 곧장 성지로 건너가 지정 기한인 15년 동안 이교도와 싸우고 오라고 했다.

"허! 존경하는 신부님"이라고 레네는 헐떡거리는 목소리로 말했다. "그만한 쾌락에 대한 속죄가 겨우 15년 동안의 십자군 종군從軍으로 충분하다니요! 아, 신부님이 천 년 동안 속죄해도 그 죄 값에 차마 미치지 못할 그 마님의 따스하고 부드러우심을 아신다면!"

"하느님께서는 그토록 너그러우시다! 가거라, 그리고 다시는 죄를 짓지 마라……. 내가 준 보속을 행한다면 그대의 죄는 사함을 받은 거나 같다……"라고 늙은 수도원장은 다시 말했다.

불쌍한 레네는 회개의 마음을 안고, 로슈 코르봉의 성관에 돌아왔다. 그리고 성주를 뵙기를 청했다. 성주는 갖가지 무기, 투구, 팔받이[38] 따위를 손질하고 있었다. 성주는 대리석의 커다란 벤치에 앉아서, 햇볕에 번쩍거리는 이러한 아름다운 갑옷을 보고는 지난날 성지에서 행한 유흥과 쾌락, 그리고 그가 손안에 넣었던 여성들에 대한 추억에 잠기고 있었다.

그때 레네가 그의 앞에 무릎을 꿇으니, 성주는 매우 깜짝 놀라 "왜 그러느냐?"라고 물었다.

"성주님, 먼저 사람들을 물리쳐주시기를……"라고 레네는 대답했다.

하인들이 물러가자 레네는, 마님이 잠자는 동안에 엄습하였던 것과 옛 이야기의 성녀처럼 단번에 잉태시켰던 것을 고백하고, 고해신부의 분부에 따라 성주의 처분에 몸을 내맡기고자 온 뜻을 말했다.

말하면서, 레네는 모든 화의 근원인 서글서글한 눈을 내리뜨고, 두려운 기색 없이 몸을 굽혀, 두 팔을 짚고 자신의 목을 앞으로 죽 늘어뜨려, 만사를 하느님께 맡기고는 성주의 처분을 기다렸다.

성주는 더 이상 창백하게 될 수 없을 만큼 창백하게 되어 냇물에 막 탈색한 흰 베처럼 새하얗게 된 상태로, 노여움 때문에 아무 말도 못 하였다. 그러다가 혈관에 애를 낳게 할 정력이라곤 티끌만큼도 없던 이 늙은이는, 한 사람을 때려죽이기에 넉넉한 사나운 기운을 이 순간에 얻었다. 그는 털투성이의 오른손으로 무거운 쇠뭉치를 움켜잡더니, 구주희九柱戲[39]의 공처럼 허공에 가볍게 휘둘러 레네의 창백한 이마에 내리치려고 했다. 성주에 대한 중한 죄를 깨닫고 있던 레네는 이것으로 이 세상 저 세상을 걸고 했던 사

---

38 brassard. 갑옷에 다는 팔받이.

39 quille. 영어로는 nine pins bowling. 아홉 개의 작은 기둥을 세워 놓고 일정한 거리에서 공을 굴려 이를 쓰러뜨리는 놀이로 현대 볼링의 전신이라 할 수 있다.

랑의 보속도 다 끝났거니 여기고, 늘어뜨린 목을 태연하게 까딱도 하지 않았다.

그러나 이처럼 아름다운 젊음, 이 귀염성 있는 범죄의 담백한 매력에 그처럼 준엄한 브뤼앙의 마음에도 자비심이 들었는지, 그때 멀리 있던 개 쪽으로 쇠뭉치를 던져 박살내고는 노호했다.

"이놈, 천만 번 죽여도 시원치 않을 놈아! 네놈이 내게 오쟁이 지게 한 의자의 재목材木이 된 떡갈나무를 심은 잡놈의 어미의 접합근接合筋 따위는 세상 끝날 때까지 모조리 천만 마리 야수의 발톱에 뜯겨라! 네놈을 이 세상에 태어나게 한 연놈도 마찬가지다! 이놈, 꺼져, 지옥에 가거라! 내 앞에서, 이 성관에서, 이 지역에서 잠시도 지체하지 말고 꺼져라. 그렇지 않으면 네놈을 잡아 작은 불로 태워 죽이는 형벌에 걸어서, 한 시간 동안에 스무 번이나 네놈의 더러운 매춘부를 저주하게끔 해줄 테다……"

저주하는 말만으로 회춘한 성주의 입에서 차마 입에 담지 못할 욕설의 시작됨을 듣고, 레네는 만사를 팽개치고 걸음아 나 살려라 하고 도망쳤다.

분노 때문에 오장육부가 활활 탈 지경인 브뤼앙은 노기를 풀 길 없어 뜰 안을 왔다 갔다 하다가, 지나가는 모든 것에 욕설을 퍼붓고, 치고, 차고, 나중에는 개밥을 나르는 종의 손에서 개밥 그릇을 세 개나 엎질러 떨어뜨렸다. 그 미칠 것같이 날뛰는 꼴이란, 방물장수가 빗을 한 개 팔면서 '고맙습니다, 나리'라고 말했다고 때려죽일지도 모를 정도였다.

그러다가 그는 '새것이 아닌' 블랑슈가 레네를 다시는 보지 못할 줄은 까맣게 모른 채 그가 돌아오기를 기다리느라 수도원으로 통하는 길 쪽을 하염없이 바라보고 있는 모습을 언뜻 보았다.

"허어, 부인, 악마의 붉은 쇠스랑에 걸고 말하지만, 한 놈의 시동이 들어가도 그대가 깨어나지 못할 만큼 커다란 구멍을 지니고 있다고 곧이 믿을 만큼 내가 바보천친 줄 아는가! 허, 분하구나, 허어 유감이로고……"

"여보" 하고 블랑슈는 일이 탄로 난 것을 짐작하고 대답했다. "저도 어쩌면 느꼈을지도 몰라요. 하오나 당신이 그것을 조금도 가르쳐주시지 않았기에 저는 제가 꿈이라도 꾸는 줄로 알았어요……."

대감의 격노는 햇볕에 녹는 눈처럼 녹아갔다. 그럴 것이, 하느님의 진노마저도 방끗 웃는 블랑슈의 미소에는 스르르 녹을 수밖에.

"천만의 악마들아, 이딴 놈의 애를 가져가라! 나는 맹세코……."

"맙소사, 그런 맹세 마세요"라고 블랑슈는 말했다. "설령 당신의 자식이 아니더라도 이 몸의 핏줄이 아니겠어요. 또 언젠가 밤에 당신이 말씀하시기를, 이 몸에서 나오는 것은 무엇이나 다 사랑하신다고 하시지 않았습니까……."

거기에 더하여 블랑슈는 그럴 듯한 이야기, 달콤한 말, 불평, 억지, 눈물, 그 밖에 여성들이 할 수 있는 모든 재주를 다부려 브뤼앙으로 하여금 오금을 못 쓰게 만들었다. 예를 들어, 영지가 왕의 수중으로 들어가지 않게 된다느니, 이만큼 아무런 탈 없이 생겨난 애는 동서고금에 없다느니, 이러니저러니 있는 말 없는 말을 늘어놓자, 사람 좋고 오쟁이 진 브뤼앙은 곧 진정되었다. 그래서 블랑슈는 이 좋은 기회를 타서 말했다.

"그런데 그 시동은 어디 있죠?"

"악마에게 갔지!"

"설마, 죽이셨나요?"라고 블랑슈는 말했다. 그러고 나서 얼굴이 파랗게 질리더니 졸도했다.

브뤼앙은 노후의 행운이 이처럼 모조리 허물어지는 꼴을 보고는 뭐가 어떻게 되어가는 것인지 모르게 되어버렸다. 그는 자기의 구원된 영혼을 내동댕이쳐서라도 블랑슈에게 레네를 상봉시켜 주고 싶었다. 그래서 그는 레네를 찾아오라고 명령했다. 그러나 레네는 성주의 손에 죽는 게 두려워 쏜살같이 도망쳐, 수도원장에게 했던 서약을 지키고자 바다 건너 나라로 떠났다.

사랑하는 레네에게 가해진 보속의 내용을 수도원장의 입을 통해서 알게 된 블랑슈는 깊은 우수에 잠겨, 이따금

"이 몸에게 바친 사랑 때문에 위험 가운데 몸을 던진 그 팔자 사나운 분은 지금쯤 어디에 계실까……?"라고 중얼거렸다.

또한 바라는 것을 받게 되기까지 제 어머니에게 쉬지 않고 졸라대는 어린 아이처럼, 블랑슈는 줄곧 레네에 대해서 물었다. 이제는 전날의 잘못을 뉘우치고 있던 브뤼앙도 이러한 비탄을 달래어 블랑슈를 행복하게 해주기 위해서 '단 한 가지만 빼놓고' 있는 힘을 다 썼다. 하지만 블랑슈에게 있어서 레네의 따스함과 부드러움에 맞먹는 기쁨이라곤 하나도 없었다.

그러는 동안, 그처럼 바라던 산일産日이 드디어 오고야 말았다. 사람 좋고 오쟁이 진 브뤼앙으로서는 그다지 반갑지 않은 날이었다. 그럴 것이, 사랑의 예쁜 열매인 갓난아기의 얼굴 모습이 그 아비의 얼굴을 그대로 그려놓은 듯 닮았기 때문이었다. 이 때문에 블랑슈는 매우 위로가 되어, 그토록 명랑하던 쾌활함과 꽃다운 마음을 다소나마 되찾아, 브뤼앙의 노년도 아기자기하게 되었다. 브뤼앙 노인도 갓난애가 그와 백작 부인을 알아보고 깔깔거리는 모양을 보는 중에 귀여워져서, 끝내는 자기를 그 애의 부친으로 여기지 않는 놈에게 버럭 역정까지 냈다.

그런데 블랑슈와 레네와의 애정 사건은 성관 밖으로 누설되지 않아서, "브뤼앙 경에게 아직 자손 볼 기운이 남아있었구나"라고들 투레느 지역 사람들은 수군거렸다. 물론, 블랑슈의 정조에 관해 이러니저러니 뒷공론하는 사람도 없었다. 게다가 블랑슈는 여성들의 타고난 분별력과 훈육薰育의 정화精華에 의해 아이의 출생에 숨겨져 있는 가벼운 죄를 감춰야 할 필요를 잘 알고 있었다. 그래서 어디까지나 정숙하고 건실하게 몸을 지켜나가, 모두들 그녀를 정숙한 부인이라며 칭찬했다.

이와 같은 행실을 계속하는 동안, 블랑슈도 늙은 지아비의 선량함을 경험하게 되어 마음속으로 레네에게 바친 것으로 여기던 언저리, 턱으로부터 아래쪽이 되는 부분을 빼놓고는, 브뤼앙이 그녀에게 바치는 늙은이의 꽃에 대한 답례로 내주어 오쟁이 진 남편을 아기자기하게 구슬리는 부인의 상냥한 말투를 써서 브뤼앙을 소중히 다루며 위로해주었기에 브뤼앙은 어찌나 좋았던지, 죽기가 막무가내로 싫어져서 안락의자에 번듯이 앉아, 더 살면 살수록 삶에 애착을 느끼곤 하였다.

그러나 마침내 어느 날 저녁, 브뤼앙은 어디로 가는지도 모르는 채 사망했다. 그럴 것이, 브뤼앙은 블랑슈에게

"호, 여보, 내게는 당신의 얼굴이 보이지 않는구려! 벌써 밤이 되었나?"

하는 말로 임종하였으니까.

참으로 의사義士다운 죽음이었다. 이것도 성지에서 그가 세운 여러 공훈의 보상이라고 하겠다.

블랑슈는 부친을 여윈 딸처럼 울며불며, 성대한 장례식을 치르고, 진정으로 애통해 마지않았다. 블랑슈는 나날을 우울하게 보내며 재혼의 음악소리에도 귀를 기울이려고 하지 않았다. 그래서 블랑슈에게 '마음의 남편'이 있으며 희망해 마지않는 삶이 있음을 티끌만큼도 모르는 사람들의 칭찬을 받았다. 그러나 블랑슈가 보내는 시간의 대부분에 있어, 그녀는 실제 및 정신적으로 과부이기도 하였다. 그럴 것이, 십자군에 나간 레네로부터 아무런 소식도 없어 드디어 그가 죽은 것으로 여겨, 밤의 꿈나라에서 상처 입은 레네가 단말마의 신음소리를 내는 모습을 보고 눈물에 젖어 깨어나는 때가 한두 번이 아니었기 때문이다. 이와 같이 블랑슈는 단 하루의 추억 속에서 열네 해의 세월을 흘려보냈다.

마침내 블랑슈가 투레느의 여러 아낙네들을 초대해서 식후의 잡담을 하고 있던 어느 날, 아비를 더 이상 닮을 수 없을 만큼 닮고, 그에 반해 고인이 된 브뤼앙에게서 닮은 점이라고는 오직 이름뿐인 열세 살 반의 도련님이, 어머니 못지않게 수선스럽고 귀엽게 땀을 흘리고 숨을 헐떡이며, 어린아이의 관례와 풍습에 따라 지나가는 길의 모든 것을 엎어뜨리면서 상기된 얼굴을 한 채 정원으로 달음박질쳐 오더니, 사랑하는 어머니의 무릎에 몸을 던지며 아낙네들이 하고 있던 담소를 가로막고 외쳤다.

"어머니! 할 말이 있어요! 안마당에서 순례자를 만났는데, 그 분이 나를 꼭 껴안았어요!"

"뭣이!"하고 블랑슈는 도련님의 귀중한 나날을 따라다니며 지키는 소임을 맡고 있는 종에게 소리쳤다. "설령 세상에 둘도 없는 성자라 할지라도

모르는 사람 손에 내 아들을 내주지 말라고 일러두지 않았나요? 당장 성관에서 물러가세요!"

"하오나, 마님"하고 도련님을 지키는 소임을 맡고 있는 노인은 당황한 나머지 엎드려 대답했다. "그 순례자는 눈물을 흘리며 도련님께 매우 열렬하게 입 맞추었을 뿐 조금도 악한 마음이 없는 줄 아옵기에……."

"뭐 울더라고! ……그럼, 이 아이의 아버지로구나……."

이렇게 말하며 블랑슈는 앉아있던 의자 위에 머리를 기울이고 말았다. 이 의자는 기이하게도 블랑슈가 그 옛날 가벼운 죄를 범했었던 바로 그 의자였다.

블랑슈의 수수께끼 같은 이 한마디에 주위에 있던 아낙네들이 어찌나 깜짝 놀랐던지, 처음에는 블랑슈가 죽은 것도 알아보지 못했다. 블랑슈의 갑작스런 죽음이 레네가 맹세를 굳게 지켜 다시 만나려고도 하지 않고 떠난 데 대한 원통한 마음 때문이었는지, 또는 레네가 돌아왔기 때문에 마르무티에의 수도원장이 금지한 두 사람의 사랑을 다시 맞이할 수 있다는 희망에서 비롯된 것인지 아는 사람은 아무도 없었다.

헌데, 이곳에 크나큰 애도의 정이 있었으니, 블랑슈의 몸이 땅 밑에 묻히는 광경을 본 레네가 허무를 느껴 마르무티에의 수도원에 수사로 들어간 일이다. 이 수도원은 그 당시에 이름을 마이무티에Maimoutier, 곧 마유스 모나스테리움(Majus Monasterium, 최대의 수도원)이라고 하였는데, 그 이름답게 프랑스에서 가장 크고 화려한 수도원이었다.

왕의 여자[40]

옛날에 샹주 다리[41] 근처 공장 지대에 사는 금은세공상金銀細工商이 있었는데, 그의 딸이 매우 아름다워 파리에 소문이 자자하였던 바, 그 귀여움으로 모든 사람들의 입에 오르내렸다. 따라서 사랑에 빠진 사람이 늘 하는 수단과 방법을 가지고 졸졸 뒤쫓아 다니는 사람도 매우 많았고, 더구나 막대한 금품을 줄 테니 결혼하자는 사람도 나타나서, 딸복이 많은 부친은 이루 말할 수 없을 만큼 기뻐하였다.

이웃사람들 중, 남들에게 교활한 책략을 판 덕분에 개에게 벼룩이 득실거리는 것만큼이나 많은 땅을 사들인 대법원의 변호사가 있었는데, 그가 홀딱 반한 그 이웃 아가씨와의 결혼을 성사시키고자, 아가씨의 부친에게 훌륭한 가옥을 제공해 승낙을 얻으려고 궁리했다. 이 제의에 금은세공상은 두말 없

40 원문은 La mie de roy. 직역하면 '왕의 사랑하는 임'이란 뜻이다. 여기서 왕은 프랑수아 1세 (Francois, de Valois, 1515~1547년 재위)로 1494년 코냐크Cognac에서 출생했다. 1515년, 루이 12세의 뒤를 이어 왕위에 올랐다.

41 pont-au-change. 파리에 있는 다리의 이름.

이 승낙했다. 그녀의 부친은 텁수룩하게 털이 난 이 변호사가 원숭이의 얼굴을 하고 있건 말건, 아래턱에 치아가 적건 말건, 그것마저도 흔들거리건 말건 전혀 개의치 않는 동시에, 법원에서 양피지羊皮紙, 판례집, 손때로 새카매진 소송서류 같은 더러운 것의 유물 속에 괴어서 썩고 있던 모든 법관들과 마찬가지로 악취를 풍기건 말건, 하나도 냄새 맡아보지도 않고 딸을 내주기로 했다. 그래서 아름다운 아가씨는 신랑이 될 사람을 보자마자, 단박에 정면으로 반대했다.

"하느님 맙소사, 저는 싫어요!"

"그건 내가 알 바 아냐!"라고 이미 제공받은 가옥에 흡족해진 부친은 말했다. "나는 어엿한 사람을 네 신랑으로 골라주었을 따름이야. 네 마음에 들려고 애쓰는 것은 그 사람의 일이지. 너는 그 가락에 맞춰나가면 그만이다."

"그럴까요? 그럼, 아버지의 말씀에 따르기에 앞서, 저는 그 사람에게 앞으로 벌어지게 될 일을 말해주겠어요……"라고 그녀는 말했다.

그날 저녁, 식사 후 그 변호사가 그녀에게 불타는 듯한 소송내용을 늘어놓기 시작함으로서, 그가 그녀를 얼마나 사랑하고 있는가를 진술하며 한평생 동안의 호강을 약속했을 때, 이 아가씨는 또렷하게 대답했다.

"아버지는 제 몸을 파셨어요. 그것을 당신이 산다면, 당신이 저를 상스러운 계집으로 만드는 셈이죠. 당신에게 이 몸을 허락하느니 차라리 지나가는 아무에게나 이 몸을 허락하는 편이 낫지요……. 변함없는 정조를 맹세하는 대신에 변함없는 부정을 당신이든 나든 어느 한 쪽이 죽는 날까지 저지를 것을 당신께 맹세하겠어요"라고 말한 다음, 아직 세상 돌아가는 일에 통달하지 못한 아가씨들이 모두들 그렇듯 울기 시작했다. 그럴 것이, 아가씨들은 세상 돌아가는 일에 통달한 다음에는 결코 눈으로는 울지 않기 때문이다.

사람 좋은 변호사는 그녀의 이러한 괴상한 태도를, 아가씨들이 사내의 정염을 더욱더 불타게 함으로써 그 애욕을 이용해 과부가 되었을 때를 대비한 재산 설정, 미망인 유산 선취득권先取得勸 획득, 기타 안주인의 여러 권리를 주춧돌 위에 올려놓으려고 농간부리기 위한 농담과 꾐으로 여겼다. 그래서 능구렁이가 다 된 위인인 변호사는 그런 태도를 계산에 넣지도 않고 울먹거리는 아름다운 아가씨에게 웃으며 말하기를

"결혼식은 언제 하겠소?"라고 물었다.

"내일이라도 좋아요!"라고 그녀는 대꾸했다. "빠르면 빠를수록 자유롭게 멋있는 애인을 가져, 제가 직접 고르고 고른 사랑을 즐길 수 있는 쾌락의 나날을 보낼 수 있을 테니까요."

새 잡는 어린아이가 설치한 함정에 걸려든 물총새처럼 정신이 들뜬 변호사는, 재빨리 집으로 돌아가는 길로 결혼식의 여러 준비를 하고, 법원에 가서 혼인수속을 마치고, 주교의 대리 행사를 담당한 판사에게 종종걸음으로 가서 혼인공시면제장dispense[42]을 구입하고……. 머릿속에 뱅뱅 도는 생각은 오로지 아름다운 아가씨뿐이라, 그가 맡은 소송일 중 가장 빠르게 해치웠다.

마침 이 무렵, 어느 여행에서 돌아오신 국왕께서는, 궁전 안에 쫙 퍼져있는 그 아름다운 아가씨에 관한 소문을 들으셨다. 누군가가 제공한 1천금을 거절하고 또 누구는 푸대접했다더라는, 누구에게도 순종하기 싫어하는 이 용龍의 따님과 단 하루만이라도 즐거움을 나눌 수 있다면 천국에서의 행복과 쾌락 일부를 버려도 아깝지 않다는 기세로 연모해오는 귀공자들을 모조리 푸대접했다더라는 소문을 국왕께서 들으셨다. 왕께서는 이와 같은 사냥을 매우 즐기시는 분이신지라, 즉시 거리로 나가시어 다리 근처의 공장지대를 지나 금은세공상의 집으로 들어가셔서, 그 마음의 가인佳人을 위해 보석을 사고, 또한 그 점포의 가장 귀중한 보석을 사들이려 하셨다.

그런데, 왕께서는 보통의 예사로운 보석이 취미에 맞질 않으셨다. 그래서

---

42 교회에서 결혼식에 앞서 아무개 신부와 아무개 신랑이 결혼하니, 이에 이의가 있는 사람은 대중에게 알리라는 공시장을 성당 문 앞에 붙이는데, 그럴 필요가 없음을 증명하는 혼인공시에 대한 관면장寬免狀을 말한다.

점포주인은 큼직한 백색의 다이아몬드를 왕께 내보이려고 비밀금고 속을 뒤졌다.

"사랑하는 여인이여"라고 왕께서는 점포주인이 금고 속에 코를 처박고 있는 사이 아가씨에게 말을 건네셨다. "그대의 아름다움을 보건대, 보석을 파실 분이 아니라 받으셔야 할 분이오. 이 점포에 있는 반지 중에서 내게 한 가지를 고르라고 한다면, 남들도 반하고 내 마음에도 드는 천하명품을 골라 내겠소. 나는 영원토록 그 신하 또는 종이 되겠소. 프랑스 왕국을 바쳐도 그 값을 다 치를 수 없을 테니······."

"폐하"하고 아가씨는 말했다. "저는 내일 혼인할 몸입니다······. 그러나 만약 제게 폐하의 허리 안에 차고 계시는 단검을 주신다면, 맹세코 이 몸의 꽃을 지켜 '카이사르의 것은 카이사르에게'라고 하신 복음서의 말씀을 따라 그 꽃을 폐하를 위해 간직해두겠사옵니다."

폐하께서는 당장 단검을 하사하셨다.

아가씨의 씩씩한 응답에 국왕께서는 식욕을 잃어버릴 만큼 그녀를 연모하시게 되었다. 왕께서는 이롱델르Hirondelle 거리에 있는 별궁에 이 신첩新妾을 머무르게 하실 의향으로 방까지 마련하도록 분부를 내리시었다.

한편, 변호사는 결혼으로 자기 몸에 굴레를 씌우려고 서둘러 종소리와 음악소리가 나는 가운데 신부를 제단으로 데려가고, 손님들을 설사시킬 만큼 성대한 잔치를 베풀었으니, 연적戀敵들의 분함이 얼마나 컸으랴! 그날 저녁, 춤이 끝난 다음에 아름다운 신부가 의당 누워있을 화촉이 켜진 신방으로 신랑이 갔다. 그런데 상대는 새 신랑이 기대하던 아름다운 신부이기는커녕, 소송을 좋아하는 꼬마 도깨비, 약이 오를 대로 오른 요마妖魔가 된 신부가 의자에 앉은 채 신랑의 잠자리에 들려고 하지 않고, 벽난로 앞에 그 분노와 삼각주의 곳을 데우고 있을 따름이었다. 매우 놀란 선량한 신랑은, 자신이 몸에 지니고 있던 '첫째가는 무기'의 즐거운 싸움에 신부를 끌어들이고자 신부 앞에 와 무릎을 굽혔으나, 신부는 콧방귀도 뀌지 않았다. 그래서 그가 매우 비싸게 치른 그곳을 살짝 보려고 스커트를 쳐들려고 하자, 신부는 신

La Mye du Roy

랑의 턱뼈가 으스러지도록 따귀를 갈기고는 입을 봉한 채로 있었다.

　그러나 이 놀이는 변호사를 즐겁게 했다. 독자들이 다 아는 그것을 갖고서 이 놀이의 끝장을 내려고 한 신랑은, 이 놀이에 진짜 열중하게 되어 앙큼한 신부의 반격을 받으면서 그녀를 덮치고, 비틀고, 치고 해서 신부의 한쪽 소매를 풀어내기도 하고, 스커트를 찢기도 하여 그의 손이 노리는 귀여운 과녁에 슬그머니 기어들어가려는 찰나, 너무나 사람을 멸시하는 이 몰상식한 짓에 쌍심지가 곤두선 신부는 벌떡 몸을 일으켜 임금의 단검을 빼들고

　"이 몸에서 뭘 탐내는 거죠!"라고 소리쳤다.

　"모두 탐내!"라는 신랑의 대답.

　"흥, 마지못해 이 몸을 내주니 나를 매춘부로 아시나 봐. 내 새것이 무장되지 않은 걸로 여기시면 크게 잘못 생각한 거죠. 자, 보세요, 이건 폐하께서 하사하신 단검. 이 몸에 접근하는 짓 따위를 해보세요. 이걸로 죽이고 말테니……"라고 말하고 나서 신부는 여전히 변호사 쪽으로 눈을 돌리면서 숯을 집어 마룻바닥에 줄을 긋고는, 덧붙여 말했다.

　"이제부터 이 안쪽은 폐하의 영토입니다……. 들어오지 마세요……. 만약 경계선을 넘는다면 가만 두지 않겠어요."

　단검을 사이에 두고 사랑의 일을 치르리라고는 미처 생각지 못했던 변호사는 당황하여 멍하니 서 있었다. 그러나 쌀쌀한 신부의 선고를 듣는 동안, 이미 막대한 돈을 소비하고도 패소를 하고 만 신랑은, 스커트의 찢어진 틈 너머로 희고도 싱싱하고도 토실토실한 아름다운 넓적다리의 일부, 드레스의 구멍을 틀어막고 있는 눈부신 주부용의 안감, 그 밖의 지성소至聖所를 바라보는 사이에, 그것을 한입만이라도 맛볼 수 있다면 죽어도 좋다는 생각이 들어 "죽거나 말거나!"라고 외치며 맹렬하게 국왕의 영토 안으로 달려들었다.

　그 사나운 기세에 신부는 운수 사납게 침대 위에 벌렁 나자빠졌다. 그러나 신부는 정신을 똑바로 차리고 팔다리를 팔딱거리며 대항했기 때문에, 신랑이 기껏 한 짓이라고는 그녀의 몸에 난 금빛의 털을 만진 것뿐이었다. 그것도 등골 위의 비계를 단검으로 한 조각 베어지게 한 분투의 덕분이었는

데, 그만한 상처로 왕의 소유물 속에 돌입할 수 있었다니, 변호사로서는 그다지 비싼 대가를 치른 것도 아니었다.

이 근소한 우세에 취한 신랑은 소리쳤다.

"이토록 고운 몸, 이 사랑의 경이를 내 것으로 하지 않고서는 살 수 없다! 그러니 나를 죽여 다오……"라고 말한 뒤 다시 왕의 영토를 육탄 공격했다. 머릿속에 왕의 모습을 지니고 있던 신부는, 이와 같은 신랑의 위대한 연정에 별로 감동하지 않고 엄숙하게 말했다.

"이처럼 저를 추격하여 못 살게 구신다면, 저는 당신이 아니라 저 자신을 죽이고 말겠어요……."

이렇게 말하던 그녀의 눈초리가 어찌나 사나웠던지, 신랑은 겁이 나 그 자리에 주저앉아 악몽 같은 첫날밤을 한탄으로 지새웠다. 서로 사랑하는 사이의 남녀들에게는 매우매우 즐거운 것인 이 첫날밤을, 그는 비탄과 애원과 분노와 약속 ― 어떠한 시중이라도 하겠다, 모든 걸 낭비해도 좋다, 황금의 그릇으로 먹이겠다, 서민의 아가씨에서 어엿한 상류사회의 귀부인으로 만들겠다, 영지와 성관을 사주겠다 등등 ― 하는 것으로 주워섬기며, 나중에는 만약 신부가 사랑의 명예로운 교합交合의 창을 그에게 한 번만 꺾는 것을 허락한다면, 신부로부터 아주 떠나 신부가 바라는 대로 이 세상을 하직하겠다고 까지 말했다. 그러나 여전히 싸늘한 그녀는, 새벽녘에 그에게 죽기를 허락한다고 말하고, 그에게 줄 수 있는 행운은 오로지 이것뿐이라고 말했다.

"전날 제가 한 말은 결코 거짓이 아니에요! 단지 그때 한 약속과는 달리 폐하께 이 몸을 내줄 작정이에요. 그러니 전날 당신을 위협한 것처럼 동행인이나 짐꾼이나 마부 따위에는 허락하지 않을 테니 고맙게 생각하셔요."

다음 날이 밝자, 그녀는 스커트와 결혼예복을 입고, 바람직스럽지 못한 신랑이 의뢰인의 일로 외출하기를 참을성 있게 기다리다가, 신랑이 집에서 나가자 부랴부랴 거리로 나가 왕을 찾았다.

그러나 그녀가 석궁石弓의 사정거리도 채 못 갔을 때, 왕의 분부로 저택의 주위를 오락가락하며 지키고 있던 시종이 불렀다. 아직 맹꽁이자물쇠를 채우고 있던 신부에게 시종은 다짜고짜 말했다.

"폐하를 찾고 계시지요?"

"네."

"그럼 안심하십쇼. 나는 댁의 절친한 벗이니까요"라고 이 기민한 궁인_{宮人}은 다시 말했다. "이제부터 우리는 서로 도우며 지지해나갑시다……."

게다가 그는 그녀에게 국왕의 사람됨, 국왕의 마음을 사로잡는 수단, 하루는 열중하다가 그 다음 날에 가서 냉각하고 마는 왕의 변덕스러움, 그 밖에 이런 일 저런 일을 일러주었다. 많은 보수와 극상의 대우도 받을 것이지만, 다만 왕을 속옷 밑에 깔아뭉개는 것을 잊지 말라고 충고해주었다. 요컨대 그는 길 가는 동안에 어찌나 수다스럽게 지껄였던지, 그녀가 이롱델 거리의 별궁— 이곳은 후에 데탕프 부인[43]의 저택이 되었다 —에 도착했을 때, 그녀는 완전무결한 음탕한 여인으로 훈육되고 말았다.

신부의 모습이 집에 보이지 않게 되자, 불쌍한 신랑은 개의 짖음에 쫓기는 사슴같이 울고불고했다. 그리고, 그 후로는 아주 침울한 사람이 되고 말았다. 콩포스텔Compostelle 성당에서 수호성인이신 자크Jacques 성자께서 찬양되는 수만큼이나, 그는 동료들로부터 조롱과 치욕을 받았다. 때문에 이 오쟁이 진 신랑은 비탄에 빠져 어찌나 초췌해지고 말라버렸던지, 오히려 그를 놀려대던 동료들의 동정심을 끌 만큼 되었다. 이들 털투성이의 법조계 인사들은 억지 부리기 좋아하는 근성에 바탕 해서 궤변을 부려 다음과 같이 판정했다. 곧 변호사인 신랑이 신부로부터 마상시합_{馬上試合}을 거절당했기 때문에, 결코 오쟁이 진 신랑이 아니다. 또한 정부_{情夫}가 국왕이 아니었다면 결혼 취소에 대한 소송을 제기할 수 있는데, 유감천만이라고.

그러나 신랑은 죽도록 이 계집에 반해, 어느 날이 되든지 간에 계집을 제

---

43 Madame d' Etampes. 프랑수아 1세가 데탕프 부인과 정교_{情交}를 거듭한 것은 1526년 이후의 일이니, 이 이야기는 그 무렵에 일어난 일이다.

것으로 해보겠다는 헛된 기대를 안고서 왕에게 맡겨두고는, 단 하루만이라도 그녀와 단꿈을 이룰 수 있다면 한평생의 수치도 싸다고 생각했다. 이 얼마나 깊은 사랑인가! 헌데 이와 같은 위대한 연정을 비웃는 양반들이 세상에는 많다. 그러나 변호사는 그녀에 대한 것을 생각하는 나머지 소송일, 의뢰인, 도둑질, 그 밖의 일을 등한시하였다. 잃어버린 물건을 찾아다니는 구두쇠처럼 된 그는, 근심스러운 몽상에 잠긴 채 법원에 출입하였다. 어느 날, 변호사들이 으레 소변보는 벽에 대고 하는 줄로 여기고, 참사관의 법복에 오줌을 깔긴 일도 있었다.

그동안 아름다운 아가씨는 밤에나 아침에나 왕의 총애를 받았는데, 왕께서는 그녀의 욕망을 채워주실 수가 없었다. 그만큼 그녀는 색도色道에 있어서 종횡무진 한 특기를 발휘하여, 정염을 활활 타오르게 하거나 꺼뜨리도록 하는데 있어서 능수능란했던 것이다. 오늘은 왕을 매몰스럽게 대하는가 하면, 그 다음 날은 왕을 고양이가 혀로 핥듯이 아기자기하게 귀여워하는 식으로 그 기술이 무궁무진하여, 같은 기술을 되풀이하는 법 없이 변화무쌍하니, 밤자리에서는 매우 상냥하고 요염하고 희롱이 풍성함과 동시에, 기상천외의 술법을 터득하여 어느 여성이라 한들 하지 못할 기상천외한 재주를 부렸다.

브리도레Bridore라고 하는 관리는 투레느에 있는 자신의 땅을 몽땅 진상했는데도, 그녀로부터 사랑의 은총을 받지 못한 한恨으로 자살했다. '창' 한 번 즐겁게 찔러보기 위해 그처럼 땅을 모조리 그리고 아낌없이 내놓은 투레느의 바람둥이 또한 앞으로는 결코 없을 것이다. 그렇기에, 이 관리의 죽음은 그녀를 매우 슬프게 했다. 게다가, 그녀의 고해신부도 그의 죽음을 그녀의 잘못으로 꾸중했기 때문에, 몸은 국왕의 애첩이지만, 앞으로는 자기 영혼의 구원을 위해 땅을 마구 받아들이고 비밀리에 쾌락을 사방팔방으로 나누어주기로 했다.

그러므로 이때부터 그녀는 파리 시가지의 존경이 그녀에게 쏠리게 할 만큼 큰 재산을 쌓기 시작했다. 동시에 그녀는 허다한 색도가를 파멸에서 구했는데, 그 금선琴線의 가락을 합주하는 데 능숙하며 거짓말의 명수여서, 폐하께서는 신하들에게 행복을 수여하는데 있어서 그녀의 힘이 지대한 것을 전혀 모르시었다. 사실 폐하의 총애를 한 몸에 받고 있던 그녀가 폐하로 하여금 천장판자를 마루판자로 쉽사리 믿게끔 하였던 것은, 폐하께서는 이롱델 별궁에 머무르시는 대부분의 시간을 누워서 보내셨기에 판자의 분간을 못 하셨기 때문이다. 폐하께서는 끊임없이 가락지 끼우기를 하시어, 그 아름다운 바탕을 마멸시켜 보려고 하셨으나, 닳아 없어지는 건 결국 폐하 자신의 것뿐, 훗날 이 지존至尊도 색으로 죽고 만다.[44]

그녀는 궁정에서 가장 부유하고 이목구비가 수려한 사람들에게만 세심히 주의하여 몸을 허락해, 그 은혜를 받는다는 게 기적처럼 희귀한 것이기에, 그녀를 시기하는 자와 경쟁자들이 험담하기를, 1천금을 내면 보잘것없는 귀족도 왕자의 쾌락을 누릴 수 있다고들 했다. 그러나 이는 멀쩡한 거짓말이었다. 그래서 그녀가 이 일로 인해 폐하의 꾸중을 받아 서로 비난했을 때, 그녀는 폐하께 거만하게 대꾸했다.

"그런 허풍을 폐하의 머릿속에 불어넣은 자들을 저는 침을 뱉고 저주하고 증오해요. 저와 함께 하는 '살 태우기'에, 3천 금 이상 내지 않는 구두쇠 같은 건 상대한 일이 한 번도 없으니까요!"

매우 진노하고 계시던 폐하도 이 대꾸에 미소를 금치 못하셨다. 그래서 항간의 험담을 묵살시키기 위하여 왕께서는 그녀를 한 달 가량 더욱 몸 곁에 두셨다.

드디어 데탕프 부인이 경쟁상대인 그녀를 실각시키고 대신 총희의 자리를 차지했다. 그러나 그 실각도 부럽기 한이 없는 것이, 폐하께오서 그녀를 젊은 귀족과 맺어주셨기 때문인데, 또한 그 젊은 귀족도 그녀와 맺어져 행

---

44 왕에게 신부를 빼앗긴 변호사가 일부러 성병에 걸려 신부를 통해 왕에게 그 병을 감염시켰다는 이설異說이 있다. 왕이 악질병으로 죽는 내용은 본서 일곱 번째 이야기인 〈문경지교〉에서 이야기한다.

복하기 그지없었다. 그럴 것이, 너무나 싱싱해서 모르는 사이에 죄 되는 짓을 하고 마는 여성들을 능가할 만큼, 그녀는 활활 타는 연정과 정염을 갖고 있었기 때문이었다.

각설하고, 어느 날 왕의 애첩은 레이스 그리고 깃털장식 같은 사랑의 군수품을 사러 마차를 타고 거리로 행차하였다. 그 자색이라든가 호화로운 의상은 그녀를 보는 이로 하여금 저마다 천국이 눈앞에 열리고 있는 듯한 느낌을 주었다. 특히 젊은 성직자들이 그러했다. 그런데 트라우아르Trahoir 네거리 근처에서, 그녀는 변호사인 남편과 딱 마주쳤다.

마차 밖으로 그 예쁜 발을 내놓고 흔들거리고 있던 그녀는, 살모사처럼 재빨리 얼굴을 안으로 들여보냈다. 혼인의 종주권宗主權을 멸시해 남편을 욕보이며 거만하게 지나치는 부인이 허다한 이 세상에, 이 얼마나 갸륵한 여인인가!

"왜 그러시죠?"라고, 그녀를 따르고 있던 드 랑누아de Lannoy 경이 공손히 물었다.

"아무 일도 아니에요……"라고 그녀는 낮은 목소리로 말했다. "저기 지나가는 이가 저의 남편이랍니다. 불쌍하게도 많이 변했군요. 전에는 원숭이 같았는데 지금은 욥[45]과 똑같네요……."

가련하게도 변호사는 사랑해 마지않는 아내와 그 화사한 발을 눈앞에 두고, 심장이 터지는 듯한 느낌이 들어 입을 딱 벌리고 서 있었다.

그 꼴을 보고 드 랑누아 경은 궁인답게 비꼬는 어조로 그에게 말했다.

"이 분의 남편이라면서 지나가시는[46] 걸 방해하다니……."

---

45 Job. 구약성서〈욥기〉에 나오는 인물. 프랑스어로 'Job'이란 단어는 '죠브'라 발음하며, '바보', '어리석은 사람', '고지식한 사람'이라는 뜻을 가지고 있다.

46 Est-ce rayson par ce que Vous etesson mary, que vous l'empeschiez de passer. 이 문장에서 passer(지나가다)라는 동사에는 '경험하다', '치르다', '죽이다'는 뜻도 지니고 있다. 따라서 문장을 세 가지 의미로 해석할 수 있다. ① 본문 그대로의 뜻, ② 신랑이 자기 신부의 맛을 경험하지 못하다니, ③ 서방질한 신부를 그대로 살려두다니.

이 야유를 듣고 그녀는 웃어대었다. 한편 사람 좋은 변호사는 용감하게 그녀를 죽이는 대신에, 그의 머리와 심장과 넋과 그 밖의 것을 쪼개는 그 깔깔거리는 웃음소리를 듣고 울음을 터뜨려, 하마터면 왕의 총희를 보면서 시들어진 뼈에 열심히 생기를 돋우고 있던 한 늙은이 위에 쓰러질 뻔했다.

봉오리였을 때 제 소유물이었던 아름다운 꽃이 이제는 향기롭게 만발하고 있는 것을, 그 희고도 토실토실한 살, 그리고 천사와 같은 몸을 보고, 변호사는 한결 더 깊이 상사병에 걸려 말할 수 없을 만큼 미치고 말았다. 이러한 열애를 체험하려면, 내내 거절하는 정부情婦에게 죽자 사자 도취해버리지 않고서는 납득이 가지 않는 것이지만, 당시의 변호사만큼 외곬으로 화덕 속에 들어있는 것은 보기 드문 예라고 하겠다. 목숨이건 재산이건 명예건 무엇이든지, 단 한 번이라도 그녀와 함께 살을 합칠 수 있다면 모조리 희생시켜도 좋고, 그 사랑의 큰 잔치에 그의 내장과 허리를 빼놓고 와도 좋다고까지 생각했다. 그는 그날 밤 다음과 같이 말하는 것으로 지새웠다.

"허어! 그렇고 말고! 아무렴, 그녀를 내 것으로 삼고 말겠다! 빌어먹을! 난 그녀의 남편이 아닌가! 그런데, 무슨 놈의 팔자가 이렇지!"라고 제 이마를 치며 안절부절못했다.

이 세상에는 '우연'이라는 게 있다. 그것을 소견이 좁은 이들은 '초자연의 조우'라고 말하면서 믿으려 하지 않는다. 그러나 드높은 상상력을 지니고 계시는 분들은, 그리 쉽사리 '우연'을 지어낼 수 없는 것을 알고서 사실로 간주한다. 그래서 변호사가 사랑에 헛되이 희망을 걸어 악몽 같은 밤을 지새운 바로 그 다음 날, '우연'이 그를 찾아왔다. 그의 단골손님 중의 한 사람으로, 항상 궁정을 출입하는 이름 높은 관리가 아침나절 변호사 집에 찾아와서, 1만 2천 금 가량의 대금을 즉시 주선해달라고 부탁했다. 이 말에 털투성이 고양이 같은 변호사는, 그런 대금이란 발에 흔히 채일 만큼 거리에 나돌아 다니는 액수가 아니라고 말하고, 담보와 이자에 대한 보증이 필요할 뿐만 아니라, 1만 2천금이라는 대금을 팔짱 끼고 갖고 있는 사람은 제아무리 파리가 넓다 해도 그리 많지 않으니, 그것을 마련하기는 난사難事 중의 난사라는 등 트집 잡기 잘하는 사람의 입버릇을 늘어놓았다.

"경, 경께서는 매우 탐욕하고 난폭한 채권자에게 걸려드셨나 봅니다?"라고 변호사가 물었다.

"그렇다오"라고 관리는 대답했다. "상대가 폐하의 총희의 그거라오! 입밖에 내서는 아니 될 비밀인데, 오늘 밤, 2만 금과 브리Brie의 땅을 진상하는 대신 그 맛을 보기로 되어 있다오."

이 말을 들은 변호사는 얼굴이 창백해지고, 한편 관리는 자기가 쓸데없는 말을 해서 무엇인가 잡친 것을 언뜻 알아챘다. 허나 싸움터에서 돌아온 지 얼마 되지 않았던 관리였던지라 왕의 총희에게 남편이 있는 줄은 미처 모르고 있었다.

"안색이 좋지 않으신데……"라고 관리는 말했다.

"좀 열기가 있어서……"라고 변호사는 대답했다. "그건 그렇고, 그럼 경이 계약을 맺고 돈을 주고 하는 상대는 정말 폐하의 그것입니까?"

"그렇소!"

"그럼, 누가 흥정을 붙이나요? 아니면 그녀가 직접 흥정을 하나요?"

"아니라오"라고 관리는 말했다. "그런 자질구레한 타협과 하찮은 일은 몸종이 맡아 거래하고 있다오. 이 몸종 또한 매우 솜씨 좋은 여자라 겨자보다 맵다오. 폐하의 눈을 속이는 밤일을 알선하는 일로 단 꿀을 흠뻑 빨고 있는가 봅디다."

"소생이 알고 있는 고리대금업자가 경께 그 액수를 융통해드릴지도 모르오나"라고 변호사는 말했다. "피를 황금으로 변질시킨다는 그 대연금술사의 솜씨를 뺨치는 곳의 대가를 몸소 그녀의 몸종이 와서 받지 않는 한 하는 수 없고, 또한 1만 2천금도 한 푼어치의 구실도 못 할 것입니다. 안 그렇습니까?"

"그렇지! 몸종에게 처방을[47] 쓰게 하다니, 그거 참 재미나는 장난이군!"라

---

47 acquit. 이 단어에는 '연금술의 처방'과 '영수증'이라는 뜻이 있다.

고 대감은 껄껄거리며 말했다.

몸종을 보내라고 했기 때문에 그가 뜻했던 대로 변호사 집에 몸종이 왔다. 저녁기도를 바치러 가는 수녀들의 행렬처럼 번쩍번쩍하는 금화를 탁자 위에 일자로 늘어놓은 모습이야말로 아름답고, 눈부시고, 믿음직스럽고, 고상하고, 젊고, 씩씩하여 두들겨 맞는 당나귀라도 기뻤으리라. 허나 변호사는 당나귀에게 보이려고 그렇게 금화를 늘어놓은 것은 추호도 아니었다. 그것을 본 몸종은 혀로 입술을 날름날름 핥더니 황금에 눈독들이며 감탄사를 연거푸 냈다. 변호사는 그 꼴을 한참 보다가 그녀의 귓속에 황금냄새를 풍기는 다음과 같은 말을 불어넣었다.

"이걸 그대에게 주겠소……."

"어머나, 저는 이처럼 많은 금화를 받은 일은 한 번도 없어요!"라고 몸종은 말했다.

"이걸 준다고 해서 내가 그대를 덮쳐보겠다는 건 아니오……"라고 말한 다음, 변호사는 몸종을 약간 끌어당기며 계속해서 말했다. "그대 손님이 내 이름을 말하지 않습디까? 응, 말하지 않았다고! 그래요, 그럼 일러주지. 그대가 지금 섬기고 있고, 또 폐하께서 타락시켰던 마님의 진짜 남편이 바로 나지……. 이 돈을 마님께 전한 다음 다시 이곳으로 오시오. 그대 구미에 맞는 조건으로 그대에게 줄 몫의 같은 액수의 금전을 틀림없이 마련해놓을 테니……."

겁이 난 몸종은 차차 마음이 가라앉는 동시에, 변호사의 몸에 닿지 않고 1만 2천금을 버는 게 어떠한 것인지 알고 싶어 어기지 않고 곧 돌아왔다.

"자, 여기 1만 2천금이 있소"라고 변호사는 말했다. "이 돈으로 토지도 살 수 있고, 사내도 계집도 살 수 있고, 적어도 신부神父 세 명의 양심 정도는 매수할 수 있을 거요. 게다가 이 돈으로 그대의 마음도 몸도, 하체 상체 할 것 없이 모든 걸 내 것으로 삼을 수 있소. 그러니 나는 그대를 신용하오. '주는 자에게 주라'라는 변호사가 지킬 입장에서. 내가 그대에게 부탁하는 것은, 지금 곧 그 관리 댁에 가서, 마님께서 오늘 밤 즐거움을 나누실 예정이었는데 갑자기 폐하께서 저녁에 오시게 되었으니, 오늘 밤만은 다른 곳에 가서 일시적인 기분을 처치하시도록 하라고 이르고 오라는 거요. 그럼 나는 그 호색한과 폐하의 대리를 맡아 할 수 있으니까.”

“어머나 어떻게요?”라고 몸종이 물었다.

“나는 그대와 그대가 갖고 있는 능력을 매수했소!”라고 변호사는 대답했다. “이 돈을 바라보는 그대의 눈이 두 번 깜빡거리는 사이에 그대는 내가 내 아내와 즐거움을 누릴 수 있는 방법을 찾아낼 거요. 또한 이 결합을 맺어주었다고 해서 그대가 죄 되는 짓을 하는 건 절대 아니오. 사제 앞에서 식을 올려 손에 손을 서로 합친 성스러운 부부를 결합시키다니 신앙심 깊은 행위가 아니겠소!”

“알아 모셨습니다. 오세요”라고 몸종은 말했다. “저녁식사 후 등잔불을 모조리 꺼서 칠흑같이 캄캄하게 해놓을 테니, 마님과 마음껏 욕망을 채우세요. 허나 한마디라도 소리를 내서는 안 됩니다. 환희의 절정에서, 다행히 그분은 말없이 소리를 지르며 몸짓만으로 일을 치르신답니다……. 그도 그럴 것이, 매우 수줍어하시는 분이신지라 궁중의 귀부인들 모양으로 그러는 동안에 상스러운 말을 하시는 걸 무엇보다도 싫어하시니까요…….”

“허, 그래!”라고 변호사는 말했다. “안성맞춤이오. 그럼 이 돈을 가지시오. 내가 내게 속해있는 그 물건을 속임수를 써서라도 내 것으로 삼는 날에는 그대에게 이 두 배의 금액을 주지.”

두 사람이 시각과 입구와 신호 같은 만사를 다 계획하고 나서, 몸종은 노새 등에 금화를 싣고 조심스럽게 운반하며 갔다. 과부와 고아, 그 밖의 사람들부터 변호사가 한 푼 두 푼씩 짜내어 저축한 돈이 ― 본래 그곳으로부터 나온 우리의 목숨마저 ― 녹아버리는 작은 도가니 속으로 모조리 운반되어 갔다.

한편 변호사는 면도하고, 향수를 바르고, 최상의 속옷을 입고, 입에서 구린 냄새가 나지 않게 양파를 먹지 않고, 양기를 돋우는 음식을 먹고, 머리털을 지지고, 그 밖에 법원의 상스러운 사람이 멋쟁이 귀공자의 모습을 흉내

내려고 생각해낸 여러 비술들을 다 써보았다. 산뜻한 젊은이처럼 점잔부리고, 행동거지가 민첩한 외모를 보이려 하고, 그 특유의 밉상을 감추려고 애써보았으나 결국 모든 것이 허사였다. 여전히 변호사의 냄새가 무럭무럭 풍겼기 때문이다. 포르티용 거리의 세탁 여직공이 어느 일요일 날 한 정인情人과 만나려고, 몸의 구석을 씻고 나서 약손가락을 우리가 다 아는 곳에 슬그머니 넣어 냄새를 맡아보고, "어머, 고약해라, 아직도 냄새가 나네! 푸른 냇물로 헹궈야지"라고 말하고는, 곧 그곳이 시원하게 되는 걸 방해하는 고리타분한 것을 냇물로 다시 헹구었던 것과 달리, 이 변호사는 그 정도까지 신중하지가 못했다. 그는 여러 화장품을 처덕처덕 발라서 세상에 둘도 없는 밉상이 되고서도, 세상에 둘도 없는 미남이 된 줄로 스스로 믿고 있었던 것이다.

간단간단히 말해나가자. 추위가 목에 꼭 낀 삼의 칼라처럼 따가웠음에도, 변호사는 가벼운 옷차림으로 집 밖으로 나와 이롱델 거리로 서둘러 갔다.

그는 오랫동안 기다렸다. 우롱당한 게 아닌가 하는 의심이 들기 시작할 무렵, 겨우 밤이 깊어서야 몸종이 나와서 문을 열어주었다. 그는 왕의 별궁 안으로 의기양양하게 들어갔다.

몸종은 왕의 애희께서 기거하시는 안방 옆에 있는 캄캄한 작은 방에 변호사를 소중하게 가두었다. 그 문틈 사이로 그는 왕의 애희의 아름다움을 샅샅이 볼 수가 있었다. 마침 그녀가 벽난로 앞에서 옷과 신을 벗고 그녀의 몸 곳곳이 다 들여다보이는 전투복으로 갈아입고 있었기 때문이었다.

몸종과 단둘이 있는 줄만 알고, 그녀는 잠옷을 입으면서 아낙네들이 곧잘 말하는 정신 나간 소리를 지껄이고 있었다.

"오늘 밤의 이 몸이야말로 2만 금의 값어치가 있고말고! 그 위에 브리의 성城이 더해지는 데 어울리는 값이지……."

그렇게 말하면서 그녀는 요새要塞처럼 단단한 두 개의 초소哨所를 가볍게 손으로 쳐들었다. 그것은 기운이 빠지는 일 없이 맹렬한 공격을 받아넘겼던 것이라, 이후 여러 강습强襲도 능히 이겨낼 수 있을 성싶었다.

"이 몸의 어깨만으로도 한 왕국과 맞먹는 값어치가 있고말고!"라고 그녀는 말했다. "폐하인들 이것에 비길 만한 것을 다시 만드시지 못하시겠지……. 그러나 정말이지 나도 이 생업이 싫어지기 시작했어……. 언제나 힘만 들고 쾌락이라곤 조금도 없으니……."

몸종은 싱긋 웃었다. 그래서 애첩은 몸종에게 계속해 말했다.

"나 대신 네가 해주었으면……."

몸종은 더욱 소리 높여 깔깔거리며 대답했다.

"입 봉하세요. 그 분이 있어요."

"누가?"

"마님의 남편이요."

"어느?"

"진짜의."

"쉬쉬!"

다음, 몸종은 주인마님의 총애를 계속해 받는 동시에, 1만 2천금을 벌고 싶어서 자초지종을 이야기했다.

"흥, 그래! 그럼, 지불한 돈만큼 재미 보게 해주자꾸나"라고 애첩은 말했다. "그가 기다리다 못해 지쳐서 얼어빠지게 해주자꾸나. 그 손이 내게 닿기라도 하면, 이 몸의 윤이 없어지고 나까지 꼴사나운 밉상이 될지도 몰라. 그러니 나 대신 네가 침상에 들어가 네 몫의 1만 2천금을 벌려무나. 그 사람에게는 네 속임수가 탄로 나지 않도록 내일 아침 일찍 물러가라고 일러두고. 그러면 내가 날이 밝기 조금 전에 그 사람 옆에 가서 누울 테니까."

가련한 지아비는 추위에 몸을 덜덜 떨며 이를 덜거덕거리고 있었다. 그때 몸종은 시트를 찾으러오는 것을 구실 삼아 그의 앞쪽으로 가서 말했다.

"당신이 소망하는 따뜻한 곳으로 들어가시게 돼요. 오늘 밤 마님께서 몸치장을 유별나게 해대시니, 틀림없이 당신을 흐뭇하게 해주실 거예요……. 하지만 목소리를 내지 않고 일을 치르세요. 그렇지 않으면 제가 망하고 말 테니까요."

드디어 마음씨 착한 남편이 꽁꽁 얼기 직전, 촛불이 꺼진 침대 가에서, 몸종이 마님에게 경이 와 계시다고 낮은 목소리로 속삭이고는, 자기가 침대 속으로 들어가고 마님은 몸종인 듯 방 밖으로 나갔다.

얼음장 같이 추운 숨어있던 곳에서 나온 변호사는 따뜻한 이불 속으로 얼씨구나 들어간 다음 "아! 참으로 좋구나……"라고 중얼거렸다.

사실 몸종은 그에게 10만 금 이상의 것을 베풀어주었다! 그래서 변호사는 왕실의 풍부한 낭비와 중산계급의 사소한 지출 사이의 다름을 철저하게 깨달았다. 몸종은 실내화처럼 킥킥 웃어대며 그 소임을 멋들어지게 해내, 꽤 부드러운 외침소리, 몸의 비비꼬기, 밀짚 위의 잉어처럼 팔딱팔딱 뛰어오르는 도약과 정력적인 꿈틀거림으로 변호사를 기쁘게 하며, 말 대신 "핫! 핫!" 하는 교성嬌聲으로 작업을 해치웠다.

몸종의 거듭되는 요구에 변호사도 일일이 충분한 회답을 해주어 마침내 빈 호주머니처럼 잠들어버렸는데, 그 일이 끝나기에 앞서 변호사는 이 꿈 같은 사랑에 대한 하룻밤의 기념물을 간직하고 싶은 마음에, 한 도약을 틈타서 상대의 몸에서 털을 뽑았다. 그것이 어느 곳의 털인지는 저자가 그 현장에 있지 않아 모르거니와, 변호사는 그것을 왕의 애희의 따스한 정조의 귀중한 증거물로 손안에 꼭 쥐고 잤다.

새벽녘, 닭이 울었을 때 왕의 애희는 마음씨 착한 신랑 곁에 슬그머니 들어가서 자는 척했다. 그런 다음, 몸종이 와서 이 행운아의 이마를 가볍게 두드리며 귀에 속삭였다.

"시간이 됐어요. 빨리 속옷을 입고 물러가세요! 날이 밝았으니."

자신의 보물을 두고 떠나는 팔자를 몹시 슬퍼한 변호사는 사라진 자신의 행복의 원천을 보려고 했다.

"아니, 아니!" 하고 그는 증거물의 조사를 시행하다가 깜짝 놀라 말했다. "내가 본 것은 확실히 금빛이었는데, 이건 검으니……."

"왜 그러시죠?"라고 몸종이 그에게 말했다. "마님께서 수가 모자라는 걸 알아채시면 어쩌려고요!"

"응, 그렇지만 이걸 좀 보구려……."

"뭐가 어떻다는 거예요?"라고 몸종은 멸시하는 듯이 말했다. "만사를 분간하시는 당신이 그 이치도 모르세요, 따버린 것은 시들어서 빛깔이 변하게 마련이 아닙니까……"라고 말한 다음, 몸종은 변호사를 밖으로 내쫓고 나서 애첩과 함께 웃음을 터뜨렸다.

이 이야기는 항간이 다 아는 바가 되었다. 그래서 이름이 페롱Feron이라는 이 불쌍한 변호사는 제 아내를 맛보지 못한 유일한 사람이 된 것을 알고는 분한 나머지 죽고 말았다. 남편의 이름을 따라 페로니에르Feronniere[48]라고 불리게 된 이 왕의 여자는 그 후 임금과 헤어진 뒤, 뷔장수아Buzancois라고 하는 젊은 백작과 결혼했다.

그녀는 늙어서 이 이야기를 사람들에게 들려주면서, 변호사의 몸 냄새를 한 번도 맡지 않았다고 웃으며 말하곤 하였다.

이 이야기는 부부의 멍에를 참고 견디는 것을 한사코 마다하는 여인네들에게는 그것에 지나치게 애착하지 말라는 교훈을 가르쳐준다.

---

48 실존인물로 레오나르도 다 빈치가 그린 것으로 잘못 전해 내려오는 초상화(라 벨 페로니에르)가 지금도 루브르에 있다.

악마의 후예

옛날 생 피에르 오 뵈프Saint Pierre aux Bœufs[49] 근처 성당 구역에 호화로운 저택을 소유하고 사는 사람이 있었다. 그는 파리의 성모 성당Notre-Dame의 참사원인 노인이었다.

이 참사원은 본래는 칼집 없는 단검처럼 빈털터리로 파리에 진출한 보잘 것없는 일개 사제였었다. 그러나, 이목구비가 수려하고 있어야 할 모든 것을 갖추고 있었을 뿐만 아니라, 정력 또한 왕성한 체질이어서 정사가 한번 있을 때 아무런 흠 없이 여러 사내 몫을 거뜬히 해냈기 때문에, 주로 여인네들의 고해성사에 많은 힘을 기울여, 울적해하던 여인네들에게는 따스하고 부드러운 사죄赦罪를 해주고, 병들어 있던 아낙네들에게는 자기 몸의 청량제 한 근을 몸소 내주는 등, 모든 여인들에게 신통한 영험을 지닌 고해성사를 해주었다. 그래서, 그의 다정하고 자비로운 조심성, 다른 사람을 제 몸처럼 아끼고 사랑하고 애무해주는 선행과 기타 성직자로서의 여러 공덕이 알

---

49 의역하면 '황소 같은 바오로 성자' 라는 의미다.

려져서, 드디어 궁중에서 행하는 종교상의 의례에 참여할 정도로 유명한 성직자가 되었다. 종교재판소의 시기와 남편들과 그 밖의 인사들의 시기를 모면하도록, 또 그와 같은 이득이 있고 또 즐겁기도 한 음모사陰謀事에 신성성神聖性이 가미되도록, 데크르드Desquerdes 원수부인元帥婦人은 그에게 빅토르Victor 성자의 유골 한 조각을 주고, 그 효험으로 그가 갖가지 기적을 행한다는 소문을 자자하게 퍼뜨렸다. 그래서 꼬치꼬치 캐묻는 사람들에게 어떤 사람은 다음과 같이 대답했다.

"그 성직자는 온갖 고민과 고통을 금세 없애는 신성한 유골을 가지고 있거든……."

성자의 유골에 대해 이러니저러니 따지지 못하는 것이 인심이라, 아무도 이 말에 대꾸하지 못했다.

그러나 아랫도리 무기를 휘둘러대는 무술에 있어서 이 성직자가 천하에서 가장 용감무쌍한 용사일 것이라는 소문이 법의法衣의 그늘에서 자자했다.

그러므로, 이 성직자는 그 신기한 성수의 관수기灌水器로 금전을 마구 뿌려대며, 성수를 명주名酒로 변질케 하여 마치 임금처럼 호사스러운 나날을 보냈다. 게다가 어느 공증인 사무실에 가보아도, 유언장 혹은 옷자락을 나누는 추가서[50]의 ― 잘못해서 이것을 codicille(유언 추가서)로 쓰는 사람이 있는데, 본래는 유산의 꼬리라는 뜻의 cauda로부터 유래한 낱말이다 ― 기타란에 반드시 그의 이름이 기재되어 있기도 하였다.

따라서 이 성직자가 농담 삼아 다음과 같이 했다면 금세 대주교가 되었을 것이다.

"머리가 좀 선득선득하니 벙거지 대신에 주교관主教冠[51] 이라도 써볼까."

허나, 만사에 있어서 마음대로 할 수 있는 신분이면서도 그대로 참사원으

50 caudicille caudicille는 발자크가 만들어낸 단어로 codicille(유언 추가서)의 철자 중 o를 au로 바꿔 caudal의 뜻인 꼬리, 또는 caudataire의 뜻인 옷자락을 받드는 사람, 아첨꾼이라는 뜻과 합쳐 지어냈다.
51 mitre. 주교가 의식 때에 쓰는 뾰족하고 높은 삼각형의 관.

로 있었던 것은, 여인네들의 고해청문역告解聽聞役으로서의 훌륭한 이득을 유지하고 싶어서였다.

그러나 어느 날, 이 원기 왕성한 참사원은 나이도 예순여덟 살이라는 고령이고, 또한 여인네들의 고해성사로 기력을 소모해왔기 때문에 허리가 약해진 것을 느꼈다. 그래서 그는 새삼 지난날의 모든 공덕을 돌이켜보아, 몸의 땀으로 10만 금 정도를 벌었으니 사도使徒로서의 근무도 이제는 그만둘 수 있다고 생각했다. 그날부터 그는 아름답고 신분이 높은 귀부인들의 고해만 청문했다. 학식 높은 성직자들이 기를 쓰고 쟁탈전을 벌여보았으나, 신분 높은 귀부인들의 영혼을 희게 하는 데는, 이 생 피에르 오 뵈프의 참사원을 따를 성직자가 없는 것으로 궁중에 소문나 있었기 때문에 속수무책이었다.

유수 같은 세월이 무정하게 흘러감에 참사원도 구십 고개가 넘은 호호백발에, 손은 떨렸으나 체구는 여전히 탑처럼 네모반듯하고, 전에는 기침 없이 가래침을 뱉었으나, 지금은 가래침도 뱉지 못한 채 쿨룩쿨룩 기침만 했다. 인류애 때문에 그토록 가볍게 쳐들곤 하던 엉덩이도 이제는 앉은자리에서도 쳐들기가 태산같이 무거운 몸이 되었다. 말수가 적어진 대신에 잘 마시고 잘 먹어, 흡사 성모 성당의 산 성인인 듯싶었다.

구십 고개가 넘어도 요지부동 정정하게 살아가는 참사원을 보매, 또 그의 고약스러운 옛 소행에 비추어, 근래에 와서 언제나 무식하게 구는 서민들 사이에서 오가는 소문이 생겼다. 그의 동안童顔을 보면서, 그 밖에 말하기 너무 긴 여러 가지 근거들에 비추어, 악마·요괴·요정 같은 초자연적인 존재물을 몰아내며, 성스럽고 존귀한 우리 교회를 해치려고 하는 악당들 사이에 오가는 말에 "진짜 참사원은 이미 죽은 지 오래고, 그 후 50년 동안 악마가 그 성직자의 몸에 자리 잡고 있는 것이다"라고들 하였다.

또한 이 소행이 단정한 고해신부로부터 희망한 대로 고해성사를 받은 적이 있던 아낙네들 중에서도 "악마의 크나큰 열기를 받지 않고서야 엄청난 증류액蒸溜液의 은혜를 그처럼 마구 베풀 수는 없는 것이니, 틀림없이 참사원의 몸에는 마성魔性이 붙어있을 거다"라고 옛일을 회상하는 얼굴로 속삭이는 여인네도 있었다.

하지만 이 악마가 그녀들 때문에 뚜렷이 녹초가 되고 만신창이가 되어 이제는 설령 방년 스무 살의 왕비가 오시라고 살짝 손짓한들 몸 하나 요동하지 못하게 된 꼴을 보고, 똑똑한 사람들을 비롯해 사리를 분간하는 사람들, 만사를 따지고 들어가는 서민들, 대머리에서 이蝨를 찾아낼 사람들은 속으로 '어떻게 악마가 참사원으로 둔갑을 해가지고 여러 지위 높은 성직자들이 모이는 시간에 성모 성당에 가서 위험을 무릅쓰고 성향聖香의 냄새를 맡으며 성수까지 받을까……' 라고 자문자답하였다.

이러한 이단적인 사설邪說에, 어떤 사람들은 "악마가 발원發願하여 개심하려 하는 것이다"라고 말하는 이도 있고, 또 어떤 사람은 "악마가 유복한 참사원으로 둔갑하고 있는 것은, 그 분의 상속인인 세 명의 조카를 조롱하여 그들 자신이 먼저 죽을 때까지 살아남아 그들을 애타게 기다리게 하기 위해서다"라고 말하기도 하였다. 이 아저씨의 상속자라는 놈들은 유복한 아저씨의 유산에 눈독 들여 날마다 아저씨가 눈을 뜨고 있는지 보러왔는데, 한결같이 아저씨는 괴룡怪龍의 눈알처럼 번쩍번쩍하는 눈을 날카롭게 두리번거리고 있었다. 그들은 아저씨를 깊이 사랑하고 있는 조카들이라, 그것을 보고는 안도의 한숨을 내리쉬곤 하였다!(물론, 말로만!)

이 참사원이 악마라는 사실을 우겨대는 어떤 할망구의 이야기에 의하면, 어느 날 밤, 신자의 집에서 대접을 받은 참사원이 초롱도 횃불도 들지 않고 두 조카(소송대리인과 군인)의 배웅을 받으며 돌아가는 길에, 크리스토프 성인의 석상을 올려놓기 위해 쌓아놓은 석재더미에 얼떨결에 발부리를 채여 비틀거렸다. 먼저, 늙은이가 눈에서 불이 나도록 쓰러졌다. 다음에, 아우성을 친 두 조카가 신자의 집에서 빌려온 횃불로 비춰보니, 늙은이는 구주희의 기둥처럼 똑바로, 매처럼 기운차게 서서 "뭐, 대접받은 좋은 술의 영험으로 아무 일 없다. 내 몸의 뼈는 본래가 튼튼하니 이런 것쯤이야"라고 말하더라는 것이었다.

조카들은 아저씨가 죽은 줄로 알았는데, 돌을 이용해 계획한 것이 이렇듯 허사가 되고 보니, '이 상태로는 아저씨의 수명은 앞이 창창하구나'라며 매우 놀랐다. 그래서 아저씨가 좋은 체질을 타고난 것을 감탄해온 그들은 새삼 다시 한번 감탄해 마지않았다.

말버릇이 고약한 어떤 사람들은 참사원이 집에 죽치고 있는 것은, 길가다 당하는 석공石攻이 자주 일어나서 돌에 대한 공포심이 생기고, 그로 인해 최악의 경우를 조심하는 탓이라고 하였다. 이러한 사설과 소문을 종합해보아 그가 악마인지 아닌지는 모르나, 이 늙은 참사원이 집에 죽치고 들어앉아 좀처럼 죽지 않고, 세 조카와 좌골신경통과 허리병과 기타 인생의 가지가지 부속물을 갖고 있는 것을 아셨을 터.

그런데 세 명의 조카 중, 한 놈은 여성의 배로부터 나왔다고는 생각되지 않을 만큼 성미가 고약한 무인으로, 껍질을 깨고 태어나면서부터 이미 치아와 털이 나 있었다니, 모르긴 몰라도 어머니의 태내를 몹시 아프게 했을 것 같다. 또한 식성도 보통이 아니어서 현재와 미래라는 동사의 '두 시제時制'를 한꺼번에 먹어치우고, 여러 잡년들을 손안에 넣고는 그녀들의 모자까지 사주고 자주 봉사하는 그 짓과 관련해서도, 그 지구력이라든가 정력이라든가 능숙한 기술이라든가, 아저씨의 이름을 하나도 더럽히지 않을 만하였다. 싸움터에 나가서는, 적으로부터 일격을 받기고 전에 그 상대를 한 칼로 베어 쓰러뜨리며, 결코 관대히 다루지 않았다. 물론 이 점은 싸움에 있어서 해결 지어야 할 유일한 문제라는 점은 고금을 통해 변치 않는 진리이기는 하지만, 그러나 이러한 만용을 빼놓고는 그에게는 장점이라곤 약에 쓸래도 없었다. 그는 창기병槍騎兵의 대장이 되어 부르고뉴Bourgogne 공작의 애호도 두터웠다. 공작은 싸움터 이외의 방면에서 부하가 어떤 지랄을 치든 개의치 않는 사람이었기 때문이다.

이 악마 같은 조카는 코슈그뤼[52] 대장이라고 불리었는데, 힘이 센데다 근

52 Cochegrue cochegrue는 coche(암돼지)와 grue(두루미)를 합쳐 만든 조어造語다.

성이 고약해서, 그가 호주머니를 마구 터뜨린 채권자들, 우둔한 사람들, 상인들은 그를 모상주Maucinge[53] 라고 불렀다. 태어나면서부터 그의 등에는 꼽추의 육봉肉峰이 두드러지게 붙어 있었는데, 무심코 그 위에 올라타고 주위를 더 멀리 구경하고 싶은 기색이라도 보이는 날에는 당장 죽도록 얻어맞을 것이 틀림없었다.

또 한 조카 녀석은 법률을 공부하는 놈인데, 아저씨 덕분으로 이럭저럭 어엿한 소송대리인이 되어가지고, 예전에 참사원이 고해성사를 준 부인네들의 일을 주로 받아 법원에서 대소代訴하는 일을 했다. 그는 형인 대장과 같이 코슈그뤼라는 이름이었는데, 그것을 놀려대려고 사람들은 그를 피으그뤼Pille-Grues[54]라고 불렀다.

도둑 두루미는 약한 체질로 인하여 창백한 안색에 흰 담비의 주둥이와 같은 낯바닥을 하고, 차가운 오줌을 싸는 냉혈한이었다. 그렇지만 그는 대장보다는 한 푼 정도 값이 더 나가는 인간이어서, 아저씨에 대한 애정도 한 홉정도 더 가져왔는데, 두 해 쯤 전부터 그의 마음속에 다소 금이 가, 한 방울 두 방울 감사해하는 정이 새어나가고, 이따금 호주머니 속이 비는 궂은날 같은 때에는, 아저씨의 바지 속에 발을 쑤셔 넣고, 그 많은 유산의 국물을 미리 짜볼까 하는 생각을 하는 일이 종종 있었다.

이 소송대리인과 그의 형인 무인은 유산의 몫이 너무 적다고 자주 투덜대었다. 그럴 것이, 법대로 올바르게, 권리대로, 사실상, 필연적으로, 현실적으로, 금액의 3분의 1을 참사원의 또 하나의 누이동생의 아들, 낭테르Nanterre 근방의 시골에서 양을 치는 목동인, 아저씨의 귀염을 그다지 못 받고 있던 사촌동생에게도 나누어주지 않을 수 없었기 때문이다.

이 양치기는 보잘것없는 시골 녀석으로서 이번 두 사촌형의 소식을 받고

---

53 maucinge의 mau는 '고약하다' '나쁘다' 는 접두어이다. cinge는 singe(원숭이)의 철자 중에서
 s를 c로 바꾼 조어다.
54 도둑 두루미라는 뜻이다.

상경하여, 아저씨 집에서 먹고 자고 했다. 그런데, 사촌형들이 그를 불러온 것은 그의 무지막지함, 우둔함, 바보천치, 재주 없음에 의해 아저씨의 눈 밖에 나, 아저씨가 유언장에서 그의 이름을 지워버릴 거라는 속셈에서였다.

따라서 이 시콩Chiquon[55]이라고 불리는 양치기는 그럭저럭 한 달 정도 늙은 아저씨와 함께 살아왔는데, 지내고 보니 양떼를 망보는 것보다 성직자 곁에 있는 게 이득도 되고 기분 전환도 되었기 때문에, 아저씨의 충실한 개, 종, 늙은 몸의 지팡이 노릇을 했다. 아저씨가 방귀뀔 때 그는 "시원하시겠습니다!"라고, 아저씨가 재채기할 때 그는 "몸조심하세요!"라고 하고, 아저씨가 트림할 때 그는 "만수무강하시겠습니다!"라고 말했다. 아저씨는 그에게 날씨를 보러, 혹은 고양이를 찾으러 가게도 하였다. 시콩은 아저씨가 쿨룩쿨룩하는 기침을 코로 들이마시면서, 아저씨의 하고한 날 똑같은 이야기를 재미있다는 듯 귀를 기울여 묵묵히 듣기도 하고, 되는 대로 이따금 대답도 하였다. 아저씨를 이 세상에서 둘도 없는 훌륭한 성직자로 마음속으로부터 믿고 있는 듯 우러러보며, 마치 강아지를 핥아대는 어미 개처럼 아저씨를 공들여 모셔, 빵의 어느 쪽에 버터가 있는지 아저씨께서 친히 볼 필요조차 없을 만큼 받들어 모셨다. 그런데 이상하리만큼 아저씨는 시콩을 못 살게 굴어 주사위처럼 돌리고 항상 "시콩, 시콩" 불러대고, 다른 두 조카에게 시콩 녀석이 어찌나 바보인지 화가 나서 일찌감치 죽겠다고 줄곧 투덜거렸다.

이러한 투덜거림을 귀가 아프도록 듣고 있던 시콩은, 어떻게 해서든지 아저씨의 마음에 들도록 있는 힘을 다해보겠노라면서 가진 지혜를 다 짜내보곤 하였다. 그러나 이 시콩의 엉덩이로 말할 것 같으면, 두 덩이의 호박을 나란히 세워놓은 것과 흡사하였고, 어깨 폭도 넓고 사지도 굵어 날쌘 것과는 너무나 인연이 없어 가벼운 제피르[56] 보다 실레느[57]를 더욱 닮았다. 사실,

---

55 chicon(상추의 일종)을 의미한다.
56 Zephir. 산들바람의 신 제피로스Zephyros.
57 Silene. 숲의 신 실레노스를 말한다. 그는 주신酒神 바쿠스의 양부로 뚱뚱한 체격을 가졌다.

이 불쌍하고도 단순한 양치기는 아무리 보아도 몸매를 다시 반죽해낼 수가 없었다. 그래서 좀 여위어지려면 아저씨의 유산이라도 손에 들어오지 않고서는 어쩔 수 없는 것이기에, 그 뚱뚱하고도 기름진 동체動體를 그대로 둘 수밖에 없었다.

어느 날 저녁, 아저씨가 시콩에게 악마에 관한 것, 하느님께서 저주받은 악인들을 떨어뜨리는 지옥에서 이글이글 타는 참상·막중한 괴로움·형벌·고문 같은 것에 대해 이야기하자, 화덕구멍처럼 눈알을 크게 뜨고 있던 시콩은 아저씨의 이야기를 곧이듣지 않는 표정을 지었다.

"아니, 너는 그리스도교 신자가 아니냐?"라고 아저씨는 물었다.

"아무렴요! 신자고 말고요……"라는 시콩의 대답.

"그럼, 이 세상에서 영원한 행복을 쌓은 착한 이들을 위해 천국이라는 게 있는 것처럼, 악인을 위해서는 지옥이 있는 게 당연하지 않겠니?"

"네, 아저씨. 그러나 악마 따위는 아무짝에도 쓸 곳이 없는 놈이라고 생각해요……. 가령 말입니다, 이 집 안에 나쁜 놈이 있어 가지고 그놈이 집 안을 엉망진창으로 만든다면, 아저씨는 그놈을 그냥 두시지 않고 집 밖으로 내쫓지 않겠습니까?"

"내쫓지, 시콩."

"그렇죠, 아저씨? 그러면 많은 힘을 기울여 오밀조밀하게 만드신 이 세상을, 모조리 망가뜨리고 싸돌아다니는 고약한 악마를 그냥 내버려두실 만큼 하느님께서는 어리석지 않으실 거예요……. 흥! 하느님이 계시는 게 참말이라면, 악마 같은 것은 하늘이 무너져도 없다고 저는 믿어요! 그러니 아저씨도 마음 턱 놓으세요. 악마 놈이 있다면 그 낯바닥이 보고 싶군요! 흥! 그놈의 발톱 손톱 같은 건, 전 발가락 사이의 때만큼도 여기지 않습니다……."

"허어! 너같이 그렇게 믿을 수 있다면, 나는 날마다 몇 번이나 고해성사를 주고 다니던 젊은 날의 잘못을 조금도 근심할 게 없겠구나……."

"더욱더 고해성사를 주시고 다니세요, 아저씨! 천국에 가서 틀림없이 값진 보답을 받으실 테니."

"허허, 정말 그럴까?"

"정말이고말고요, 아저씨."

"그럼 시콩, 너는 악마를 부인하고서도 무섭지 않니?"

"저는 악마 같은 건 보릿짚 다발만큼도 꺼리지 않는걸요!"

"그런 교리를 지껄이다간 악마에게 혼나고 말걸."

"천만의 말씀! 하느님께서 저를 지켜주실 거예요. 학자들이 생각하는 것보다 하느님께서는 더욱 현명하시고 사리를 분간하시는 분이라고 저는 믿고 있으니까요."

마침 이때 다른 두 조카가 들어왔다. 아저씨의 부드러운 목소리를 듣고 두 조카는 아저씨가 시콩을 그다지 미워하고 있지 않으며, 입버릇처럼 시콩에 대해 투덜거리고 있던 것은 시콩에게 품고 있던 애정을 감추기 위해 꾸민 태도였던 것을 그제야 깨닫고, 놀란 얼굴을 서로 쳐다보았다.

다음, 웃고 있는 아저씨를 보고 두 조카는 말했다.

"유서를 쓰실 때, 이 집은 누구에게 물려주실 생각이시죠?"

"시콩에게!"

"그럼 생 드니Saint Denis 거리의 대지는요?"

"시콩에게!"

"그럼 빌 파리시스Vill Parisis의 땅은요?"

"시콩에게!"

"아니 그럼. 전부가 시콩의 소유가 됩니까?"라고 대장이 컬컬한 목소리로 말했다.

"아니지"라고 아저씨는 빙긋 웃으며 대답했다. "왜냐하면 너희들 세 사람 중 가장 꾀 많은 자에게 유산이 가도록 유언서를 정식으로 만들어놓았으니까. 죽은 날이 멀지 않은 내게는 너희들 운명이 눈앞에 선하게 보이는구나."

그리고서 교활한 아저씨는 홍방울새 암컷이 귀여운 짝을 굴로 이끌려고 짓는 깜찍스러운 눈초리로 시콩을 응시했다. 이글이글한 그 눈빛의 불꽃이 양치기를 환히 비추자, 그 순간부터 시콩은 오성悟性도 귀도 삽시간에 아주 밝아져, 마치 혼인식 다음 날의 신부 모양으로 머리가 탁 틔었다.

소송대리인과 대장은 아저씨의 말이 마치 복음서의 수수께끼 같은 예언으로밖에는 들리지 않았으나, 아저씨의 기괴한 의향을 분간하지 못한 채 결국 인사도 하는 둥 마는 둥하며 밖으로 나왔다.

"시콩 녀석을 어떻게 생각해?"라고 도둑 두루미가 나쁜 원숭이에게 물었다.

"두들겨 패버릴 놈! 죽일 놈!"이라고 대장은 으르렁거리며 말했다. "나는 예루살렘 거리에 매복해 있다가 놈의 머리를 땅바닥에 댕강 잘라 떨어뜨릴 놈이라고 생각해……. 그놈답게 제 목을 아교로 다시 붙이겠지."

"안 될 말씀!"이라고 소송대리인은 말했다. "형의 그런 살법殺法은 금세 탄로나 '코슈그뤼의 짓이다!' 고 알려지고 말지. 나라면 그놈을 식사에 불러 배가 터지도록 먹이고 나서 궁중에서 놀이하는 것처럼, 부대 속에 들어가 누가 가장 빨리 달리는가 경주하자고 녀석을 감쪽같이 부대 속에 넣겠어. 그런 다음 부대 아가리를 꿰매고 그걸 세느Seine 강에 던져, 헤엄치라 하겠어."

"꽤 까다로운데!"라고 대장은 말했다.

"뭐! 다 하는 수가 있지"라고 소송대리인은 말했다. "사촌동생 놈은 악마에게 내주고 유산을 둘이서 나눕시다그려!"

"바라던 바야!"라고 검사劍士는 말하였다. "그러니 우리는 한 몸이 되어야 해. 자네가 비단처럼 가냘프고 꾀가 많다면 나는 강철처럼 힘이 세니까. 단검도 올가미에 못지않으이……. 안 그런가, 동생!"

"아무렴!"이라고 소송대리인은 말했다 "사이좋게 같이 합시다. 그런데 그놈을 처치하는 데 올가미로 할 것인가, 칼로 할 것인가……."

"제기랄! 우리가 처치하는 게 국왕인가? 고작 멍텅구리 같은 양치기 한 녀석을 처치하는 데 말도 많구먼! 자, 이렇게 하지. 어느 쪽이든 먼저 그놈을 처치하는 편이 유산에서 2만 금을 더 갖기로 하세! 나는 단연코 그놈에게 말해주겠네. '네 대가리를 주어라!' 라고."

"그럼, 나는 시콩에게 '헤엄쳐라. 헤엄쳐라, 동생!' 이라고 소리쳐 보이지"라고 소송대리인은 말하고 나서, 저고리의 터진 구멍처럼 입을 벌리며 웃어댔다.

그리고 두 사람은 작별하여 대장은 계집의 집으로, 소송대리인은 그의 정부인 금은세공인의 마누라 집으로 저마다 만찬을 즐기러 갔다.

이것을 듣고 깜짝 놀란 건 누구일까? 시콩이다! 성당에서 하느님께 기도하는 동안 속삭이는 듯이 낮은 목소리로 두 사촌형들이 성당구역의 거리를 거닐면서 밀담하였던 것인데, 시콩의 귀에 가공할 살인계획이 들려왔기 때문이다. 그래서 시콩은 목소리가 올라온 것인지 혹은 귀가 내려가 있던 것인지 몹시 수상쩍게 여겼다.

"들으셨습니까, 아저씨?"

"응, 나무가 불속에서 물기를 내뿜고 있는 소리군."

"호오! 호오!"하고 시콩은 대답했다. "악마 같은 존재는 믿지 않으나 내 수호천사 생 미카엘을 믿으니 그 분의 분부에 따를 수밖에……."

"이 녀석아! 정신 바짝 차려라!"라고 아저씨는 말했다. "네 몸이 물속에 빠지거나 대가리가 댕강 떨어지거나 하지 않도록 조심해라. 홍수가 나서 물이 철철 흘러넘치는 소리가 들리는 것 같고, 거리의 깡패들보다 더 고약한 불한당이 거리에 우글거리는 소리가 들리는 것 같구나."

이 말에 시콩은 몹시 놀라 아저씨의 얼굴을 멀거니 쳐다보았는데, 한결같이 쾌활한 얼굴과 생생한 눈과 갈고리 모양으로 굽은 발을 한 아저씨의 모습에는 변함이 없었다. 그러나, 시콩은 닥쳐오는 생명의 위험을 어떻게 해서든지 척결하지 않으면 안 되었다. 한가롭게 아저씨를 지켜 보며 감탄하고 있거나 아저씨의 손톱을 깎아주거나 하는 것은 어느 때고 할 수 있다고 생각하고, 시콩은 쾌락 쪽으로 종종걸음 치는 아낙네처럼 시내로 빨리 내려갔다.

종종 번갯불처럼 번쩍번쩍 비치곤 하는 이 양치기의 미래를 내다보는 능력에 대하여 아무런 짐작도 할 수 없었던 두 사촌형은, 항상 시콩을 바보 취급해 와서, 시콩 앞에서 그들의 비밀소행에 대해 여러 번 잡담한 적이 있었다.

어느 날 저녁, 아저씨의 기분을 맞추려고, 도둑 두루미는 아저씨에게 금은세공인의 마누라를 손안에 넣어, 왕자의 머리에 어울리게 장식되어 금은으로 조각하고 윤이 나게 갈고 아로새긴 유서 깊은 뿔을 오쟁이 진 남편의 간판으로 그의 머리에 달아준 경위[58]를 재미있게 이야기한 적이 있다.

금은세공인의 마누라의 사람됨은 얼근히 취해있는 한 마리 홍합, 밀회하는 데 대담무쌍하여 남편이 계단을 올라오는 기척이 들려오는 동안에도 당황하지 않고 하고 있던 얼싸안음을 해치우는 뱃심, 딸기를 씹지 않고 삼키듯 그것을 아귀아귀 좋아하며, 생각하고 있는 것이라고는 오직 서방질뿐, 언제나 실없는 짓을 하며, 팔딱팔딱 뛰고, 그러면서도 아무런 잘못이 없는 정숙한 아낙네처럼 쾌활하였다. 그녀는 남편을 능숙한 솜씨로 쭉 만족시켜, 결국 사람 좋은 세공인은 마치 자기의 목구멍처럼 마누라를 애지중지하였다. 그리고, 그녀는 향수처럼 미묘하게 다섯 해 동안 '살림살이'와 서방질을 잘해왔기 때문에, 정숙한 아내로 통해 남편의 신뢰도 얻고 있던 말괄량이였다.

"그럼, 언제 그 감미로운 피리를 부나?"라고 참사회원은 소송대리인에게 물었다.

"매일 밤이지요! 또 그녀와 함께 묵은 적도 있습니다……."

"호, 어떻게?"라고 참사원이 놀라서 물었다.

"이렇습니다. 그 노무 집구석에 커다란 옷장이 있는 방이 있는데 내가 그곳에 들어가죠. 사람 좋은 남편은 매일 저녁 모직물 상인의 마누라 집에 일을 보러갔다가 식사대접을 받고 돌아오는데, 돌아오자마자 마누라는 골치가 아프니 어디가 아프니 하는 핑계로 남편을 혼자 자게하고는 옷장이 있는 방으로 병을 고치러 오죠. 그 다음 날 아침, 남편이 일터에 나간 사이에 저는 빠져나가죠. 그런데 그 집의 출구는 다리 쪽으로 나 있는 것과 거리 쪽으

---

58 금은세공인의 아내와 간통하게 된 경위.

로 나 있는 두 개가 있습니다. 나는 남편이 없는 쪽으로부터 소송일로 왔다는 구실 하에 항상 출입하죠. 또한 그 소송일이란 것도 백 년이 가도 끝나지 않을 일입니다. 이로서 마치 '정부情夫의 보수'를 받고 있는 셈인 것이, 소송일이란 말을 외양간에 기르고 있는 것과 마찬가지로 자질구레한 비용이 많이 드는 것인데, 그 남편이 일일이 지불해주지 뭡니까. 오쟁이 진 남편이란 모두가 비너스의 천연정원天然庭園을 함께 손잡고 삽으로 도랑을 파고, 물을 대고, 경작하고, 가꾸는 정부情夫를 고맙게 여기는 게 보통인데, 그도 나를 매우 좋아해서 나 없이는 아무것도 못하는 형편입니다……."

도둑 두루미의 이러한 소행이 양치기의 기억에 떠올랐다. 몸에 닥쳐오는 위기의 어둠 사이로 번쩍하고 비치는 한 줄기의 빛을 받고나니, 시콩의 머릿속에는 갑자기 약아지고 몸을 보호하려는 본능에 의해 금세 예지가 솟아났기 때문이다. 어떠한 동물에게도 하느님으로부터 받은 운명의 실 뭉치를 끝까지 풀어볼 만큼 재주가 있는 것이다. 그래서, 시콩은 빠른 걸음으로 금은세공인이 모직물 상인의 마누라와 함께 저녁식사를 하고 있을 것이 틀림없는 칼랑드르Calandre 거리로 가서, 모직물 상점의 문을 두드린 다음, 작은 창살 너머로 누구냐고 묻는 말에, 관청에서 비밀히 온 사람이라고 속여 대답하고 모직물 상점 안으로 들어갔다.

마침 즐거운 식탁에 앉아 있던 금은세공인을 가게 한구석으로 몰고 간 다음, 시콩은 세공인에게 말했다.

"만일 당신 친지 중에 당신 이마에 잡목을 꽂은 놈[59]이 있어, 그놈의 사지를 꽁꽁 묶어 당신의 손에 내준다면, 당신은 그놈을 강물 속에 내던지시겠습니까?"

"그야 물론이지"라고 장인匠人은 대답했다. "하지만 그런 허풍을 떨어 날

---

59 원문 표현은 si ung de voisin vous plantoyt un taillis sur le front. le front(이마)를 마누라의 그것으로, un taillis(잡목림)을 정부의 그것으로 은유했다고 본다. 곧 얼굴에 똥칠한다는 뜻도 된다.

놀릴 작정이면 따끔한 맛 좀 볼 텐데, 좋은가……."

"좋고말고요"라고 시콩은 대답했다. "나는 당신 편이니까 알리는 겁니다. 당신이 여기서 모직물 상인의 마누라를 찬양한 것 이상으로, 당신의 안사람은 도둑 두루미 변호사와 재미를 보아왔어요. 빨리 댁에 돌아가서 댁의 화덕을 보시면 불이 활활 타고 있을 거예요! 당신이 댁에 돌아오는 동시에, 그 화덕 쑤시는 녀석은 재빨리 옷장 속에 숨었던 거죠. 그런데 내가 그 옷장을 사기로 합시다. 짐수레를 끌고 다리 위에서 댁의 지시를 기다리지요."

세공인은 망토와 모자를 집어 들자마자, 공모자에게 인사도 없이 독을 삼킨 쥐가 자기 구멍 속으로 달려가듯 집으로 달려갔다.

그는 집에 이르러 냅다 문을 두드리고, 하인이 나와 열어주자 바로 들어가서 이층으로 쏜살같이 올라가 두 사람 몫의 식기를 목격하는 동시에, 옆방에서 옷장이 닫히는 소리를 듣고 서방질을 하던 방에서 마누라가 나오는 것을 보았다. 그때 그는 마누라에게 말했다.

"여보, 왜 식기를 두 벌이나 놓았지?"

"별걸 다 물어보시네, 당신하고 나하고 두 사람 분 아녜요!"

"아니지. 우리는 세 사람이지"라고 장인은 말했다.

"어머나 친구 분도 오셨나요?"라고 마누라는 곧바로 아주 태연하게 계단 쪽을 돌아다보며 말했다.

"아냐, 옷장 속에 있는 친구를 두고 하는 말이야."

"어머, 옷장이라니……. 당신 제 정신이에요? 어디에 그런 옷장이 있다고 그러세요? 옷장 속에 사람을 넣다니? 내가 장 속에 사람을 넣어둘 여자라고 생각하세요? 언제부터 사람을 넣는 장이 생겼지? 옷장과 사람을 혼동하다니 미치셨어요? 또한 당신이 만나시던 분이라고는 모직물 가게를 하시는 코르네이유 밖에 없고, 장이라고는 내 헌옷을 넣어 두는 옷장 밖에 어디 또 있다고 그래요!"

"흥!"하고 장인은 코웃음을 쳤다. "그런데 마누라. 당신이 소송대리인에게 깔리고 있다고, 당신 옷장 속에 그놈이 숨어있다고 내게 일러주러 온 고

117

약한 놈팡이가 있었다오."

"어머나, 내가요! 모든 걸 삐딱하게 행하는 그런 괘씸한 짓거리 따위는 생각만 해도 속이 매스꺼워져요……."

"알았어. 알았다니까"라고 장인은 말했다. "당신이 정숙한 마누라인 줄은 나도 잘 알고 있소. 그런 헌 옷장 때문에 귀여운 당신과 입씨름한들 무슨 소용이 있겠소. 보기만 해도 기분 나쁜 그 옷장을 이곳에 그냥 두는 게 싫으니, 지금 곧 고자질한 가구상인 놈에게 깨끗이 팔아버리기로 합시다. 그 대신 갓난애라 할지라도 숨어있지 못할 작고 예쁜 장을 두 개 사기로 합시다. 그렇게 하면 이제부터는 당신의 정숙함을 시기하여 고자질하거나, 이러니 저러니 말썽부린 놈들도 말 한마디 못 하겠지……."

"아이 좋아라!"라고 마누라는 말했다. "나도 그런 옷장 같은 것에 조금도 미련이 없어요. 또 다행히도 그 속엔 아무것도 들어있지 않고요. 옷이랑 뭐랑 다 세탁소에 보냈으니까요. 내일 아침 일찍 저 귀찮은 옷장을 운반하기로 해요. 여보, 저녁식사 안 하겠어요?"

"싫으이"라고 장인은 말했다. "저 옷장을 처분하고 나서 맛있게 식사를 하겠소."

"보아하니"라고 마누라는 말했다. "옷장을 밖으로 내보내기보다 당신의 머리부터 내쫓는 게 더 어렵겠군요!"

"뭣이? 좋아, 좋아! 여보게들!"하고 장인은 큰소리로 대장장이들과 견습공들을 불렀다. "모두들 이리 오게!"

눈 깜짝할 사이에 일꾼들이 모여들었다. 주인은 그들에게 옷장의 운반을 조용히 명령했다. 그래서, '간통姦通의 가구'는 느닷없이 방으로부터 옮겨졌는데, 그 안에 숨어있던 소송대리인은 별안간 발이 공중에 붕 뜨는 바람에, 늘 있던 일이 아니라서 약간 비틀거려 소리를 냈다.

"자아, 어서어서"하고 마누라는 일꾼들에게 말했다. "이건 뚜껑이 움직인 소리일 뿐 아무 소리도 아냐."

"아니지, 마누라. 이건 쐐기가 삐걱거리는 소리라오……"라고 말하고는,

딴말 없이 옷장을 계단 위로 미끄러뜨리면서 "여보게, 수레는 마련됐나?"라고 장인이 소리쳤다.

한편 시콩은 휘파람을 불면서 암노새를 끌고 왔다. 그런 다음, 견습공들과 힘을 합쳐 짐수레 위에 그 '괘씸한 가구'를 올려놓았다.

"이런, 이런!"하고 소송대리인은 비명을 질렀다.

"주인님, 옷장이 말을 하는데요"라고 견습공 중 하나가 말했다.

"어쩌고, 어째! 어떤 말을?"이라고 장인은 말하며 견습공의 다리 사이에 위치한 소중한 두 '알' 사이를 냅다 발길질했는데, 그것이 유리로 만든 것이 아니었던 것이 그나마 불행 중 다행이었다.

견습공은 계단 위에 쓰러지는 바람에 옷장이 어떤 말을 지껄였는지 계속해서 증명해낼 틈이 없었다.

시콩은 세공인과 함께 짐을 물가로 운반한 다음, 말하는 옷장이 아무리 울고불고해도 개의치 않고, 몇 개의 큰 돌을 그 옷장에 매달고 나자, 세공인이 그것을 세느 강으로 던졌다.

오리가 물속으로 잠기듯 옷장이 잠겨들어 가기 시작하던 순간 "헤엄쳐라, 헤엄쳐라!"하고 시콩은 똑똑하게 비웃는 목소리로 소리쳤다.

다음에 시콩은 강둑을 따라 성모 성당 근방인 생 랑드리Saint Landry 선창의 거리 근처까지 갔다.

거기서 그는 어느 집을 찾아내 문을 사납게 두드렸다.

"문 여시오. 치안국治安局의 용무로 왔소"라고 시콩은 말했다.

이 소리를 듣고 문을 열고 달려 나온 노인은, 당시 고리대금업자로 이름난 베르소리Versoris, 바로 그 사람이었다.

"무슨 용무십니까?"라고 그는 물었다.

"다름이 아니라, 나는 오늘 밤 안으로 댁에 도둑이 들어올 기미가 보여 조심하시라고 관청에서 알리러 나온 사람입니다. 물론 관청에서도 실수가 없도록 저격수를 배치해놓겠지만, 상대가 다른 놈이 아니라 전일 영감님께 행패부린 그 흉악무도한 꼽추, 사람의 목숨을 똥만큼도 여기지 않는 그놈이라니 댁의 안팎을 엄하게 단속하시기 바랍니다."

라고 말하고 나서, 시콩은 발길을 돌려 마르무제Marmouzets 거리로 달려 갔으니, 코슈그뤼 대장이 라 파크레트la Pasquerette와 함께 밤의 향연을 벌 이고 있는 집을 찾아가기 위해서였다.

라 파크레트라는 창부는 수많은 창부 중에서 가장 예쁜데다가, 또한 그 동료들이 말하는 바에 의하면, '음란한 행위'와 관련해서는 둘도 없는 전문 가라고 하는 여인이었다. 눈초리가 날카로워 단검처럼 사람을 찌르고, 보 는 눈을 간질거리는 그 걸음걸이는 온 낙원에 춘정春情을 움트게 할 만큼 선 정적이며, 오직 그녀에게서 취할 점이라고는 '철가면이라도 쓴 듯한 얼굴' 밖에 없는 대담한 여인이었다.

시콩은 마르무제 거리로 가면서 매우 걱정이 되었다. 혹시라도 파크레트 의 집을 못 찾지나 않을까, 또 찾아내더라도 두 마리의 비둘기가 날개를 서 로 덮치고 누워있지나 않을까 하는 근심에서였다. 헌데 하늘나라 천사의 고마우신 배려 덕택인지 만사가 시콩의 뜻대로 되었다. 다음이 그 자초지 종이다.

마르무제 거리에 들어가 보니 창마다 환하게 불이 켜져 있었고, 침실용 모자를 쓴 머리들이 창밖으로 나와 있었다. 계집들, 하녀들, 아낙네들, 남편 들, 아가씨들 모두가 막 잠에서 깨어난 듯 보였는데, 횃불 아래 형장으로 끌 려가는 도둑을 보는 것처럼 서로 얼굴을 바라보고들 있었다.

한 손에 미늘창을 들고 서둘러 집 문 밖으로 나와 서 있던 중산계급의 사 람에게 시콩은 물었다.

"무슨 일입니까?"

"뭐 아무 일도 아니라오! 아르마냐크[60] 당의 패거리가 시내로 쳐들어온 줄 알았더니 나쁜 원숭이가 파크레트를 두들기고 있소 그려!"

---

60 Armagnac. 샤를 도를레앙 공작의 당파를 말함. 따라서 이 이야기의 배경시대가 14세기 말에서 15세기 초엽으로 생각된다. 장소는 파리.

"어디서 야단이죠?"라고 시콩은 물었다.

"저기 기둥 뒤에 쏙독새(吐蛟鳥)가 예쁘게 새겨져 있는 집이라오……. 하인과 하녀들이 소리소리 지르는 소리가 들리지 않소?"

사실 "사람 죽인다!", "사람 살려라!", "동네 어른들! 어서 와주세요!"라는 외침소리들. 다음, 집 안에서 나오는 매질소리, 나쁜 원숭이가 굵은 목소리로 "죽여 버린다! 갈보 년아! 또 울어대니 더러운 년아! 어쩌고 어째, 돈이 필요하다고! 흥, 이거나 처먹어라!"라고 욕질하는 소리. 그리고 파크레트가 "죽여라, 죽여! 사람 죽인다! 사람 살려요, 엉 엉!"하는 신음소리.

그러다가 칼 소리가 찰카닥 나더니, 요부(妖婦)의 화사한 몸이 쓰러지는 '쿵' 하는 소리가 나고, 다음은 깊고 깊은 고요가 계속 되었다. 그러고 나서, 여기저기의 등불이 꺼지고, 하인들·하녀들·하숙인들과 그 밖의 사람들이 제 방으로 들어갔다. 시콩은 그 틈을 타서 그들과 함께 집 안으로 들어가 이층으로 올라갔다. 이층의 실내에 들어가 보니, 술병이 깨지고, 장식융단이 찢어지고, 테이블보와 접시들이 방바닥에 흩어져 있어, 구경꾼들 모두가 말없이 어리둥절해 있었다.

한 가지 소원에 골몰한 사내처럼 대담한 시콩이 파크레트의 멋들어진 침실의 문을 열자, 피로 물든 융단 위에 옷매무시가 헝클어지고 산발된 여인이 목구멍을 삐뚤어지게 하고 쓰러져 있는 것을 발견했다. 그 옆에는 어리둥절한 나쁜 원숭이가 조금 전부터 외고 있던 찬송가의 계속을 어떤 가락으로 불러야 할지 모르는 듯 낮은 목소리로

"이봐, 귀여운 파크레트, 죽은 체하지 마! 이리 와서 화해하자꾸나! 이 엉큼한 년아, 죽었니, 살았니? 피로 물들어 있는 네 모양이 더 예쁘구나. 어디 얼싸안고 귀여워해줄까……."

이렇게 말하며 나쁜 원숭이는 여인을 안아 올려 침대 위에 던졌는데, 마치 목매달아 죽은 시체처럼 털썩 떨어졌다.

이 꼴을 보고 나쁜 원숭이는 깜짝 놀라 도망치는 게 상책이라고 생각했다. 그렇지만 도망치기 앞서 이 짓궂은 놈은 말했다.

"불쌍하구나, 파크레트[61]! 내가 그토록 사랑하던, 너와 같은 좋은 계집을 내 손으로 어찌 죽일 수 있다지! 헌데 내가 너를 죽이고만 것이 분명한 게, 네 예쁜 유방이 이처럼 축 늘어진 꼴이란 네 생전에는 못 보았으니 말이다. 마치 자루 밑바닥의 동전 한 푼 같구나."

이 말에 파크레트는 실눈을 뜨고 머리를 슬그머니 기울여 희고도 단단한 제 가슴을 보려고 했다. 그때 그녀는 벌떡 일어나 나쁜 원숭이의 뺨을 냅다 후려갈기고는 살아난 것을 톡톡히 보였다.

"죽은 사람에게 욕을 하다니!"라고 그녀는 생글거리며 말했다.

"그런데 어째서 죽을 경을 치셨죠, 부인?"이라고 시콩은 물었다.

"어째서냐고요? 내일이면 집행관執行官이 와서 이 집의 모든 걸 차압하는 판에, 이 사람이 갖고 있는 것이라곤 한 푼의 값어치도 없는 '명예' 뿐이지 뭐예요. 그래서 내가 돈 있는 놈팡이를 잡아 돈을 긁어내 이 곤경을 벗어나 자고 말했더니, 이 지랄발광이지 뭐예요⋯⋯."

"파크레트, 입 닥치지 못해! 뼈가 부러져 봐야 알겠어?"

"아이고 맙소사⋯⋯. 그런 것쯤으로 싸움을 하다니⋯⋯."라고 시콩은 말했다.

이때 비로소 나쁜 원숭이는 시콩을 알아보았다.

"형님, 나는 형님에게 엄청난 돈 꾸러미를 갖고 왔는데요⋯⋯."

"뭐? 어디 있냐?"라고 나쁜 원숭이는 깜짝 놀라 물었다.

"잠깐 귀를 빌릴까요? 만약 3만 금 가량이 배나무 밑에서 밤중에 사람이 오기를 기다리고 있다고 하면 누구라도 점잔빼지 않고 그걸 주우려고 몸을 숙일 것이 아닙니까?"

"이봐, 시콩. 나를 놀리려고 그따위 말을 했다간 네놈을 개처럼 패죽일 테고, 또는 내 앞에 3만 금을 놓기 위해 그런 말을 했다면 강둑에서 돈 있는 세 사람을 죽이는 험한 일이라도 해낸 다음, 사례로 네가 바라는 곳을 핥아

---

61 pasquerette. 식물, 데이지를 말한다.

주마……."

"파리 목숨 하나 죽일 필요가 없답니다……. 실은요, 아저씨 집에서 가까운 도심지에 살고 있는 고리대금업자의 집 하녀와 저는 전부터 그렇고 그런 사이랍니다. 헌데 어젯밤 고리대금업자가 천사만이 보는 줄로 여기고, 정원 안 배나무 밑에 돈궤를 묻고는 아침에 시골로 떠났습니다. 천사만이 보는 줄로 여겼지만, 어젯밤 공교롭게도 그 하녀가 이가 몹시 쑤셔서 천창天窓에 얼굴을 내밀고 바람을 쐬다가, 뜻하지 않게 그 광경을 목격하고는 그 사실을 저와 이렇다 저렇다 사랑을 속삭이는 말 중에 누설하고 말았죠……. 자 어떻습니까? 내게도 몫을 두둑이 주시겠다고 약속하신다면 그 집의 벽을 기어 올라가도록, 내 어깨를 발받침으로 빌려드리죠. 배나무는 바로 벽 옆에 있으니까 그 위로 어렵지 않게 올라탈 수 있어요. 어때요? 이래도 나를 바보니 우둔한 놈이니 하고 부르시겠습니까?"

"천만에! 너는 참으로 의리 있는 사촌이자 어엿한 대장부로군. 만일 동생에게 저승에 보낼 원수가 있다면 언제라도 나한테 그놈을 일러주게. 설혹 상대가 내 친구인들 기어코 그놈을 죽여보일 테니……. 나는 동생과 사촌지간 이상이며 형제지간 이상일세……."

그런 다음, "이봐, 귀여운 것아!"라고 나쁜 원숭이는 파크레트에게 소리쳤다. "다시 식탁을 차려, 피를 씻고 말이야. 나의 것은 곧 너의 것, 지금 네게 흘리게 한 백배의 피를 때가 오면 내 몸으로부터 갚아주마……. 자, 화해하자, 화해다. 스커트를 바로 잡아. 웃어, 어서 웃어 보여 봐! 진미를 만들어 봐! 하다 만 저녁기도를 다시 시작할 테니까. 내일은 그대를 여왕보다 더욱 으리으리하게 꾸며줄 테니! 창으로 집을 내던져 파는 일이 있을망정 어쨌든 사촌에게 한 턱 내야지. 그 대신 내일엔 지하실 안으로 금화가 쏟아져 들어올 테니까! 자, 덤벼라! 공격해 들어가자, 햄에게로[62]!"

---

62 원문 표현인aux jambon. jambon는 돼지의 엉덩잇살 또는 햄을 말하며, 속어로는 사타구니 · 허벅지라는 뜻도 있다.

사제가 '주께서 여러분과 함께Dominus Vobiscnm' 라고 외는 틈도 없을 만큼이나 짧은 시간에 이 비둘기 집은 조금 전 웃음에서 눈물로 옮아갔던 것처럼 이번에는 눈물에서 웃음으로 옮아갔다. 음란함으로 가득 찬 광풍狂風이 네 벽 사이에서 일어나고 있던 이와 같은 음탕한 집 속에서는 사랑에도 칼부림이 따르게 마련이지만, 옷에 높은 깃을 달고 계시는 귀부인들의 일상과는 그야말로 별천지의 일이라서 그런지 아마도 그런 분들은 좀처럼 납득하지 못하시리라.

코슈그뤼 대장은 수업을 마치고 학교를 빠져 나온 학생 백 명만큼의 쾌활함을 갖고서 시콩에게 술을 권했다. 촌스럽게도 사양하지 않고서 넙죽넙죽 받아 마신 시콩은 곤드레만드레가 된 체하며 있는 말 없는 말을 씨부렁거리기 시작했다 — 내일이 되고 보자, 파리를 다 사버리겠다느니, 10만 금을 왕에게 빌려주겠다느니, 황금 속에 똥을 쌀 수 있다느니 하고 허풍을 떨어, 드디어 나쁜 원숭이는 난처한 비밀이 탄로될까 두렵기도 하고, 그러면서도 시콩의 뇌가 뚫어졌거니 여기고는 그를 밖으로 끌고 나왔다. 막상 몫을 나눌 때, 시콩의 배에 바람구멍을 내어 그처럼 쉬레느Suresne[63] 산의 좋은 술을 한 통이나 들이마신 것이 뱃속에 해면海綿이라도 들어있는 탓이 아닐는지 살펴봐야겠다는 기가 막히게 좋은 생각을 품고서.

두 사람은 뭐가 뭔지 뒤죽박죽이 그 극에 이른 신학상의 수다를 떨면서 고리대금업자가 돈을 파묻었다는 정원의 벽까지 살금살금 이르렀다.

코슈그뤼는 시콩의 넓적한 어깨를 발판으로 삼아 성채城砦 공격작전에 능한 장수처럼 배나무로 뛰어올랐다. 그러나, 마침 그 자리를 지키고 있던 베르소리가 나쁜 원숭이의 목덜미를 칼로 세 번이나 내리쳐 대가리가 댕강 떨어졌다. 대가리가 공중에 나는 동시에 '네 대가리를 주워라!' 라고 외친 시콩의 밝은 목소리를 공중에서 들었을 것이 틀림없었다.

이렇게 해서 너그러운 시콩은 자신의 신앙심의 보답을 받고 나서, 그 유

63 파리 근교의 마을.

산이 주의 은총으로 질서정연하게 한몫으로 된 참사원의 집으로 돌아가는 것이 현명하다고 생각했다. 따라서 시콩은 기운 찬 걸음걸이로 생 피에르 오 뵈프 거리에 이르러 '사촌형제'라는 말뜻도 모르는 갓난애처럼 금방 잠 들어버렸다.

다음 날, 그는 양치기 목자의 습관에 따라 해와 함께 일어나 아저씨 방에 가서, 아저씨가 흰 가래침을 뱉었는지, 기침을 했는지, 잘 주무셨는지 문안 드리려고 했다. 그러나, 늙은 하녀가 그에게 일러주기를, 참사원님께서는 성모 성당의 최고 주보이신 생 모리스Saint Maurice의 축일이 오늘이라, 그 새벽 미사의 종소리를 듣자마자 깊은 신앙심으로 인하여 성당으로 가서 참례한 후, 여러 참사원님들과 파리 대주교님 댁에서 아침식사를 하실 거라고 했다.

이 말에 시콩은 말했다.

"이토록 추운 새벽부터 외출하시다니 감기가 들거나 발이 꽁꽁 얼거나 할 텐데, 무슨 망령으로 가셨을까. 빨리 저승에 가시려나? 돌아오시는 길로 몸을 녹이시도록 벽난로에 불을 피워두자……."

그리고서 시콩은 아저씨가 늘상 앉아있는 방 안으로 들어가 보니 놀랍게도 아저씨가 의자에 앉아있었다.

"어렵쇼!"하고 시콩은 말했다. "미친 할망구가 거짓말을 했군……. 이런 시각에 내진內陳 성직자 석[64]에 앉아 계실 만큼 몰지각한 아저씨가 아닌 줄 알고 있었죠."

성당 참사회원은 일언반구도 없었다.

무릇 노인들이란 영감에 의해 초자연계의 신령들과 때때로 신변神變 불가사의한 교감을 마음속으로 행하는 신통력을 갖고 있다는 사실을 알고 있던 시콩은, 명상가답게 아저씨의 무아지경의 묵상을 존중하여 그 곁을 떠나 교감이 끝나기를 기다리는 동안, 흘끗 아저씨의 발 근처에 시선을 던졌는데, 실내화에 구멍을 낼 만큼 발톱이 긴 것을 보았다. 다음 시콩은 아저씨의

---

64 stalle. 성당 안 교단 주위에 마련되어 있는 성직자들이 앉는 자리.

발을 자세히 살펴보아, 다리의 살이 진홍빛이고 또한 바지를 붉게 물들인 것만큼이나 옷 속에서 활활 타오르고 있는 듯한 것을 알아보고는 어리둥절했다.

'아니 아저씨께서 돌아가셨나!' 라고 시콩은 생각했다.

이때 방문이 열리고 코가 언 또 한 사람의 아저씨가 미사를 마치고 들어오는 것을 시콩은 보았다.

"호오, 호오!"하고 시콩은 외쳤다. "아저씨, 야아, 이거 이상한데요! 아저씨께서 지금까지 난롯가에 있는 의자에 앉아 계신 줄 알았는데, 벌써 문으로 들어오시다니. 야아, 이거 알 수 없는데요. 아저씨가 이 세상에서 두 분 계실 리가 만무하고요!"

"뭐라고, 시콩? 동시에 두 곳에 있을 수 있다면 매우 좋겠다고 전에 나도 생각한 일이 있지만은, 사람의 힘으로써는 안 되는 일이지. 너무나 구수한 이야기야……. 네가 착각을 일으킨 거야……. 나는 이곳에 혼자밖에 없어!"

그러자 시콩은 의자 쪽으로 머리를 돌리고 그 자리가 텅텅 빈 것을 보고는 깜짝 놀라, 어떻게 된 일인지 알려고 그곳으로 가까이 가보니, 마룻바닥에 유황의 냄새가 코를 찌르는 한 줌의 재가 남아있었다.

"아아! 악마가 나를 살려준 거구나! 은혜 입은 악마를 위해 하느님께 기도해야겠다"라고 시콩은 소리 높여 외쳤다.

그러고 나서 시콩은 아저씨에게, 악마가 또는 아마 착하신 하느님께서 고약한 사촌들을 처치하는 데 도와준 자초지종을 낱낱이 이야기했다. 아저씨도 사리를 분간할 줄 알고, 더구나 이따금 악마의 좋은 점을 인정하시는 분이신지라, 시콩의 이야기에 탄복하고 매우 만족해했다. 또한 이 덕망 높은 성직자는 착함 속에도 악함이 있듯이, 악함 속에도 착함이 있다는 것을 항상 생각해왔기 때문에, 미래나 내세※Ⅲ 같은 것에 그다지 마음 쓰지 않아도 좋다고까지 말한 적이 있을 정도였다. 하기야 이 심한 엉터리 학설에 대해서는 이 때문에 열린 몇 차례의 종교회의에서 규탄 받아 왔던 것이지만.

각설하고, 시콩 가문이 거대한 재산을 쌓은 경위는 이상과 같고, 최근에 이르러 시콩 가문이 선조 대대의 재산의 일부를 바쳐 생 미셸(Saint Michel, 생 미카엘) 다리를 구축하는 데 기증했는데, 그 다리에 악마가 천사의 발밑에 수려한 얼굴로 조각되어 있는 이유는 정사正史에도 기록된 이 기이한 이야기를 기념하기 위해서다.

루이 11세의 장난

루이 11세께서는 농담을 몹시 좋아하시는 호탕하신 분으로, 국왕으로서의 신분이나 종교상의 신분에 관한 이해관계를 제외하고는, 그 밖의 모든 점에 있어서 매우 너그럽게 행동하시어 연회를 자주 베푸심과 동시에, 매사냥이나 토끼사냥 못지않게 모자 쓴 홍방울새 암컷[65] 사냥에도 여념이 없으셨다. 그러므로 루이 11세를 음험한 분이라고 말하는 너절한 학자들은 그 무식함을 드러내 보이는 것과 마찬가지며, 루이 11세야말로 참으로 세상에 다시없을 만큼 유쾌하고, 여러 가지 일에 손을 대는 배짱 좋고 상냥하신 분이셨다.

이 세상에서 네 가지가 무엇보다 좋고 형편에 적합하니, 곧 '따뜻하게 변便보는 것, 차갑게 마시는 것, 단단하게 일어나는 것, 물렁물렁 씹히는 것'이라고, 왕께서는 기분이 좋으실 때마다 말씀하셨다고 한다. 왕께서 천한 계집만을 상종하셨다고 욕설하는 이도 있기는 하다. 그러나 이 말은 터무니없는 거짓말로, 왕께서 사랑하시던 여인들은 ― 그 중의 한 분은 왕비가 되

---

65 les linottes coiffees. 여자를 가리킴. tete de linottes라는 숙어는 '경솔한 사람'이라는 뜻이다

셨지만 — 모두가 명문 태생이며 으리으리한 저택을 소유하고들 있었던 것이다. 왕께서는 금품을 마구 뿌리지 않으시고 만물을 아껴 쓰셨기 때문에, 빵부스러기를 얻어먹지 못한 신하들 중에는 왕을 욕하는 사람도 더러 있었다. 그러나 참된 진실을 탐구하는 연구자라면, 이 국왕께서 사생활에 있어서도 매우 아기자기하고 사랑스러운 분이신 것을 알고 있을 것이다. 왕께서는 친구의 목을 자르거나 혹은 엄벌에 처하는 짓을 사정없이 하는 분이셨지만, 이 역시 왕께서 상대의 흉계에 매우 진노하신 경우에 한하는 일로, 왕의 복수는 언제나 정의의 편이었다.

나는 이 영매한 왕께서 일을 그르치신 것을 우리의 벗인 베르빌의 책 속에서 읽은 적이 있다. 그러나 한 번의 실수는 병가지상사이고, 또 더구나 그 실수의 원인도 왕보다는 오히려 그 신하인 트리스탕Tristan에게 있을 성싶다.

아마 베르빌르도 이 이야기를 웃음거리로 썼을 것이다. 지금에 와서는 나의 훌륭한 동향인同鄉人의 그 멋들어진 저작을 아는 이는 별로 없을 테니까, 그것을 옮겨 써보겠다. 단지 대강 추린 줄거리만을 요약하겠는데, 그 세부에 진미가 듬뿍 들어있는 점은 대다수의 학자들이 잘 아는 바다.

루이 11세께서는 튀르프네의 수도원(이에 대해서는 앞서의 〈미녀 앵페리아〉에서 언급했다)을 한 귀족에게 하사하셨는데, 이 귀족은 그 소득을 향유하며 스스로 튀르프네 양반이라고 일컫고 있었다. 폐하께서 프레시스 레 투르에 계셨을 무렵, 튀르프네의 진짜 수도원장이던 수사가 폐하를 알현하고는, 종교규정으로 보나 수도원 법령으로 보나, 자기야말로 그 수도원의 권리자이며, 그 귀족은 사리에 어긋난 권리 침해자라는 뜻을 긴히 말씀드려, 폐하께서 밝으신 처분을 내려 주십사 간청하였다. 폐하께서는 머리를 끄떡끄떡하시며 그에게 만족하게 해주마 약속하시었다.

두건 달린 망토[66]를 걸친 동물들이 다 그렇듯이, 이 수사는 폐하께서 귀찮

---

66 cuculle. 수사들이 어깨에 걸치는 옷.

으시게끔 식사를 마치시는 시각에 자주 찾아오곤 하여서, 결국 이렇듯 거품을 내는 수도원의 성수聖水에 짜증이 나신 폐하께서는 심복인 트리스탕을 불러 말씀하셨다.

"그 튀르프네 놈이 짐을 귀찮게 하네그려. 그놈을 이 세상에서 하직시키고 오게."

트리스탕은 프로크(수사의 옷)를 수사로 새겨들었는지, 혹은 수사를 프로크(예복)로 새겨들었는지[67] 모르나, 궁중에서 튀르프네 양반으로 통하고 있던 그 귀족에게로 가서, 뒤돌아볼 만큼 큰 소리로 이름을 불러대더니, 다짜고짜로 들이덤벼 폐하께서 그의 목을 요구하신다는 뜻을 이해시켰다. 귀족은 애원하면서 저항하고, 저항하면서 애원하였으나 트리스탕이 이를 들어줄 리가 만무했다. 귀족은 머리와 어깨 사이가 살며시 졸려 숨지고 말았다. 그런지 세 시간 후, 심복은 왕께로 가서 귀족을 처치한 것을 알렸다.

그 후 닷새 가량 지나 혼백이 다시 돌아올 즈음에, 그 수사가 왕이 계시는 객실에 나타나 폐하께서는 그를 보고 깜짝 놀라시었다. 트리스탕도 옆에 있었다. 폐하께서는 트리스탕를 불러 낮은 목소리로 귀에 속삭이셨다.

"짐이 분부한 바를 그대는 행하지 않았는가?"

"그럴 리가 있겠습니까, 폐하! 확실히 했습니다. 튀르프네[68]는 죽었습니다."

"저런, 짐은 저 수사를 두고 한 말이었는데……."

"신은 귀족을 두고 하신 분부인 줄 알았사옵니다……."

"허어, 그럼 다 틀렸군."

"그런가 하옵니다, 폐하."

---

67 프로크froc는 '수사의 옷'이라는 뜻도 있고 '예복'이라는 뜻도 있다.
68 왜 이런 착오가 일어났는가 하면, 귀족의 성명은 한 지역의 이름을 따서 de(의)를 붙여 짓는다. 예를 들어 '폴 드 튀르프네'는 우리말로 하면 'XX 마을에 사는 아무개' 정도가 된다. 따라서 왕의 표현에 따르면 '튀르프네 마을의 수도원장'이 되기도 하고, '튀르프네 마을의 양반'이 되기도 한다.

"그렇다면 하는 수 없지!"

왕께서는 수사 쪽을 돌아보시고 말했다.

"이리 오시오, 수사!"

수사는 왕이 계신 곳 가까이 갔다.

왕께서 그에게 말씀하셨다.

"거기에 무릎을 꿇으시오."

불쌍하게도 수사는 덜컥 겁이 났다.

그러나, 왕께서는 그에게 다음과 같이 말씀하셨다.

"짐이 명령했음에도 그대가 목숨을 잃지 않고 살아있는 것은 오로지 하느님의 뜻인 줄 알고 하느님께 감사하시오. 그대의 수도원을 빼앗았던 자가 그대를 대신해서 죽었다니 말이오. 하느님께서 시비를 가려 그대가 옳음을 증명하신 거요! 자, 가서 짐을 위해 기도해주시오. 허나 두 번 다시 수도원 밖으로 나오지는 마시오."

이 이야기는 루이 11세의 선함을 증명한다. 왕께서는 잘못의 원인이 된 이 수사를 하고자 하면 교수형에 처하실 수도 있었는데 — 그럴 것이, 튀르프네 양반은 어쨌든 폐하를 위해 목숨을 바쳤으니까 — 그러함에도 그를 살려주셨기 때문이다.

루이 11세가 프레시스 레 투르에 체류하신 첫 무렵, 폐하께서는 왕비님을 꺼리시는 마음에서, 궁 안에서는 주연이나 외도를 하지 않으시고 — 이와 같은 드높은 마음씨를 이 분의 후계자 왕들은 누구 한 사람 본받은 이가 없다 — 니콜 보페르튀이Nicole Beaupertuys[69]라는 이름의 여인에게 반해 자주 밀회하시었다. 사실을 말하자면, 이 여인은 투르 지역의 중산계급의 사람으로, 폐하께서는 그녀의 남편을 로마 교황청에 파견하고, 부인만을 현재 캥강그로뉴Quincangrogne 거리가 되어있는 샤르돈느레Chardonneret 근처에

---

69 beaupertuys는 풀이하면 '아름다운 구멍', '고운 수문水門'이라는 뜻이다.

자리잡은 별궁에 거느리고 계셨던 것이다. 그곳은 거리의 소란에서 멀리 떨어져 한적하기 그지없었다. 이와 같이 그 부부는 둘이 함께 신하로서 해야 할 바를 왕께 충성을 다하여 바쳤다. 폐하께서는 이 여인과의 사이에 딸 하나까지 두셨는데, 이 공주는 자라서 수녀원에 들어가 거기서 천국으로 갔다고 한다.

이 니콜은 앵무새처럼 주둥이가 날카롭고, 살이 포동포동하고, 두 개의 큼직한 아름답고도 공만한 엉덩이 방석을 갖추고, 단단하게 죄어진 아기자기한 육감미가 있고, 천사의 날개처럼 희고, 그 위에 사랑의 이학理學의 묘한 공식公式, 푸아시Poissy의 올리브유의 조합법, 관능의 자극, 뿐만 아니라 색도경色道經의 오묘한 극極에까지 도통해, 그녀와 함께라면 같은 식의 단꿈을 맺는 법이 없을 만큼 아리스토텔레스 학파적인 기법에 조예가 깊은 것으로 소문이 자자하였는데, 국왕께서도 이 갖가지 기법을 매우 애호하셨다. 니콜은 물총새처럼 명랑해 항상 노래를 부르거나 웃거나 하여서 남을 침울케 하는 일이 한 번도 없었다. 하기야 이것은, 이토록 허심탄회하고도 쾌활한, 그리고 항상 한 가지 일 — 이 말에는 엉덩이의 열기라는 뜻과 일이라는 두 가지 뜻이 있다[70] — 로 머리가 꽉 차 있는 성격의 여성의 특성이기도 하지만.

폐하께서는 놀이상대인 심복들을 데리고 자주 그녀의 집에 가셨는데, 사람들의 눈을 피해 시종들 없이 밤중에 행차하셨다. 그러나 의심이 많은 분이신지라 매복자들을 경계하시어, 궁중에서 기르는 사냥개 중에서 짖지도 않고 다짜고짜로 덤벼들어 무는 가장 사나운 개들을 니콜에게 주어 기르게 하셨는데, 이 개들은 왕과 니콜밖에 따르지 않았다. 폐하께서 별궁에 오셨을 때는, 니콜이 개를 정원에 풀어놓고 문을 단단히 닫고 엄중하게 채워 그 열쇠를 폐하 자신이 보관하여 모든 게 안심이 된 후에야 할 일 없는 인간들

---

70 occupation(전념, 일)의 철자를 똑같이 소리가 나는 Au cul passion으로 고쳐서 말한 것이다. 곧 cul(엉덩이) Au(의) 열기(passion).

과 더불어 갖가지 놀이를 즐기시면서, 무엇 하나 누설될 염려 없이 모두들 서로 다투어 노닥거리고 장난치며 재미를 보는 것이었다.

그러한 밤에 트리스탕은 호위대장이 되어 근처를 두루 감시해, 샤르도느레의 가로수 길을 한가롭게 걸어오는 사람이 있기라도 하면, 왕으로부터의 통행허가증을 갖고 있는 사람을 빼놓고는 불문곡직하고 잡아매, 두 발로 통행인에게 축복을 주는 꼴로 만들었다. 폐하께서는 니콜과 연석자宴席者들로부터 얻은 총명에 의해, 기분 전환 삼아 연석자들을 위해 창부를 불러오기도 하셨다.

폐하의 초대를 받았던 이들 투르의 남녀들은 폐하로부터 비밀을 지키라는 엄한 분부를 받고 있어서, 국왕의 이런 갖가지 유흥들은 폐하께서 서거하시기 전에는 하나도 누설되지 않았었다. 〈내 엉덩이를 핥아라〉라는 익살맞은 극은, 이 루이 11세께서 생각해내신 거라고 한다. 이 단편의 주제에서 좀 빗나간 것이긴 하나, 우스갯소리 좋아하시는 국왕의 유머러스하고 익살스러운 인품을 잘 나타내고 있으니 실어보겠다.

당시 투르에 세 사람의 소문난 욕심쟁이가 있었다. 하나는 코르넬리위스Cornelius라고 하는 매우 잘 알려진 양반. 또 하나는 페카르Peccard라고 하는 리본·금박과 성당의 용품을 파는 상인. 세번째는 마르샹도Marchandeau라고 하는 매우 부유한 포도상이었다. 뒤의 두 투르 사람은 구두쇠이기는 했으나 어엿한 가문을 후세에 남긴 선조였다.

어느 날, 루이 11세께서는 보페르튀이의 집에서 매우 기분 좋게 큰잔을 기울이시기도 하고, 농담을 거시기도 하고, 저녁기도 시간이 되기도 전에 여인의 기도실에서 둘이 기도를 올리기도 하셨는데, 놀이친구인 르댕Ledain과 라 발뤼la Balue 추기경과 늙어서도 더욱 정력이 좋은 뒤누아Dunois에게 이렇게 말씀하셨다.

"인생이란 웃고 볼 일이 아니겠소! 욕심쟁이들이 돈 자루를 앞에 놓고 손댈 수 없는 꼴을 보는 것도 재미나는 구경거리가 아니오……. 여봐라, 아무도 없느냐!"

부름에 따라 시종이 나타났다.

"너는 먼저 재무관에게 가서, 짐이 속히 이곳으로 6천 냥의 황금을 가지고 오란다고 일러라. 다음에 코르넬리위스와 시뉴Cygne 거리의 금박상과 마르샹도 늙은이를 짐의 명으로 즉각 대령케 하여라."

그러고 나서 다시 주연이 시작되어, 강렬한 몸내가 나는 여자가 좋으냐, 비누의 향긋한 냄새를 풍기는 여자가 좋으냐, 하고들 술좌석에서는 현명한 논쟁이 벌어졌는데, 모두들 꽃의 아름다움을 분간할 줄 아시는 분들이라, 사내가 여인네들에게 오묘한 명상을 건네려는 바로 그 찰나, 흡사 따끈따끈한 홍합의 옥반玉盤을 처음으로 독차지한 듯한 감흥이 일어나는 여인보다 더 좋은 것이 없다고 결론지었다.

추기경이 "여성에게 가장 감칠맛이 나는 것은, 작업 시작 전에 하는 입맞춤일까 혹은 작업이 끝난 뒤에 하는 입맞춤일까?"라고 묻는 말에, 보페르튀이가 "잃은 것을 이미 알고 있으니까 작업이 끝난 뒤의 입맞춤이 감칠맛이 나고, 작업 시작 전의 입맞춤으로 말하자면 뭣을 얻을 것인지 모르기에 그 재미가 덜하답니다"라고 대꾸했다.

애석하게도 산실散失되어 후세에 전해 내려오지 못한 이러한 탁월한 식견들이 오가는 중에 6천 냥의 황금이 운반되어 왔다. 오늘날의 가치로 따져 30만 프랑에 해당하는 액수였으니, 말세라고는 하지만 오늘날의 모든 시세가 그만큼 올랐다고 하겠다. 왕의 분부로 탁상에 황금이 쌓이고, 불을 밝히니, 무의식중에 빛나기 시작한 연석자들의 눈처럼, 황금이 찬란하게 빛나자 일동은 마지못해 웃어댔다. 일동이 오랫동안 기다릴 틈도 없이 세 사람의 수전노가 시종을 따라 들어왔다. 왕의 변덕스러운 성질을 잘 알고 있던 코르넬리위스를 빼놓고, 남은 두 사람은 창백한 얼굴로 식식거리고 있었다.

"어서들 오시오"라고 왕께서 그들에게 말씀하셨다. "자, 이 탁자 위에 있는 황금을 보시오."

세 시민은 눈으로 황금을 갉아먹으려는 듯이 바라보았는데, 그 조그마한 눈깔들은 보페르튀이가 지니고 있던 다이아몬드보다 더 반짝거렸다.

"이것을 그대들에게 주려고 하는데!"라고 폐하께서 계속해서 말씀하셨다.

이 말에 세 사람은 황금에서 눈을 돌려 서로 상대를 훑어보기 시작했다. 그래서 연석자들은 이들 늙은 원숭이 떼가 짐짓 남들보다 꾸미는 표정을 짓는 데 능란하다는 것을 알게 되었다. 세 사람의 얼굴 표정이 마치 우유를 핥고 있는 고양이의 표정, 또는 결혼 이야기로 몸이 간질간질해 오는 아가씨의 표정 모양으로 꽤 야릇하게 되었기 때문이다.

"잘 들으시오!"라고 폐하께서 말씀하셨다. "그대들 중에서 황금을 움켜쥐면서 다른 두 사람에게 '내 엉덩이를 핥아라!'라고 세 번 연거푸 말한 분에게 이걸 모두 드리겠소. 헌데 암컷을 유린하고 있는 파리 모양으로 진지한 얼굴을 짓지 못하거나, 이 농담을 말하면서 빙긋 웃거나 하는 자는 벌로서 마담에게 열 냥씩 지불해야 하오. 단 각자 세 번까지 해볼 수 있소."

"하늘에서 떨어진 떡이로군. 거저먹기다!"라고 코르넬리위스가 말했다. 이 사람이 네덜란드 사람의 특성으로서 언제나 꼭 다문 엄숙한 입매를 하고 있던 것은, 마담의 아랫입이 자주 웃음을 띠고 열려있는 것과 비슷하였다.

그래서 코르넬리위스는 손을 씩씩하게 금산金山 위에 탁 올려놓고 진짜 황금인지 확인하려고 힘껏 움켜쥐었다. 그러나, 그가 다른 두 사람에게 "내 엉덩이를 핥아라……"라고 공손히 말하며 그들 쪽을 바라보자, 두 구두쇠는 그 네덜란드 풍의 엄숙함에 겁이 나 대답하기를

"바라시는 대로……"라고 했다.

이 말에 일동은 물론, 코르넬리위스 자신도 웃음을 터뜨리고 말았다.

마르샹도 노인은 금화를 움켜쥐려고 하자, 어쩐지 입술이 가려워 조리같이 쭈글쭈글한 얼굴의 주름에서 웃음이 터져 나오는 모양이, 마치 벽난로의 틈 사이로 연기가 새어나오는 듯하여 그는 한마디도 하지 못했다.

페카르의 차례가 왔다. 페카르는 다소 빈정거리는 사람이었는데, 목을 매죽은 자의 목처럼 입술을 굳게 다물고 금화를 한줌 쥐고는, 국왕을 비롯해 일동을 바라보고는 빈정거리는 듯한 어조로, "내 엉덩이를 핥아라!"라고 말했다.

"똥투성이겠지?"라고 마르샹도 노인이 대답했다.

"천만에, 보이고 싶을 만큼 깨끗하고 반들반들하이"라고 페카르는 엄숙하게 대꾸했다.

이래서 폐하도 그 금화가 약간 걱정되기 시작하셨다. 페카르는 웃지 않고 두 번 되풀이하고, 이렇듯 비밀스러운 말을 세 번째로 되풀이하려고 하였을 때, 보페르튀이가 그에게 응낙의 표시로 귀엽게 머리를 끄덕해 보여 이에 당황한 그의 입은 새것이 터지 듯 벌어지고 말았다.

"어떻게 해서, 6천 냥을 앞에 놓고 그처럼 엄한 얼굴을 두 번이나 해냈나?"라고 뒤누아는 나중에 물었다.

"아, 예. 저는 처음 내일 판결이 내릴 소생의 소송에 대한 것을 생각하고, 다음에는 진절머리 나는 마누라를 생각했습니다."

이 막대한 금액을 얻으려는 욕심에서 세 구두쇠는 번갈아 다시 시도해, 폐하께서는 한 시간 남짓하게 그들이 하는 천태만상의 면상, 꾸밈, 짐짓 진지한척 하는 외향, 찡그리는 얼굴과, 또한 그들이 외는 원숭이의 주기도문을 싫증이 나도록 재미있어 하셨다. 그러나, 구두쇠들로서는 광주리로 물을 비벼대는 격이었다. 또한 팔보다 소매를 더욱 귀중하게 여기는 이들로서는, 마담에게 저마다 열 냥씩 지불해야 함은 살점이 떨어져 나가는 듯한 아픔이었다.

그들이 간 후, 니콜이 용감하게 국왕께 여쭈었다.

"폐하, 제가 해볼까요?"

"그만두게! 그대의 엉덩이라면 돈을 그만큼 받지 않아도 짐은 기꺼이 핥을 테니까."

마치 인색한 남자의 말투였다. 또 사실, 국왕께서는 언제나 그러하시었다.

어느 날 저녁, 뚱뚱보인 발뢰 추기경이 다소 계명을 범하는 듯한 외설스러운 언사와 몸짓으로 보페르튀이를 성가시게 군 일이 있는데, 보페르튀이가 꾀 많은 여인네서, 제 어미의 속옷에 구멍이 몇 개 뚫려 있는가를 질문

Les Joyeulselez du roy Loys le unziesme

받고서도 그대로 물러설 성질의 여자가 아니었던 것이 그녀를 위해 다행스러운 일이었다.

"그런데 추기경님, 폐하께서 좋아하시는 것에 성유聖油를 바르려고 하시는 건 좀 월권행위가 아니시겠어요……"라고 그녀는 말했다.

다음에는 이발사인 올리비에 르 댕Ollivier le Dain이 와서 추근추근하게 굴었으나, 그녀는 귀조차 기울이지 않고 그 누추한 헛소리에 대해 대꾸하기를 "털을 깎는 게 폐하의 마음에 드시는지 여쭙고 나서 합시다"고 했다.

그런데 이 이발사는, 자기의 엉뚱한 구애를 국왕께는 비밀로 해달라는 애원도 하지 않았다. 그래서 여인은 이러한 음모가 자기에게 정부가 많거니 의심하신 국왕께서 짜낸 농간인 것을 짐작했다. 그러나, 왕께 앙갚음을 할 수 없는 처지의 그녀인지라, 앞잡이가 된 이 두 사람을 우롱해 골탕 먹이는 동시에 그들을 웃음거리로 만들어 왕을 즐겁게 해드리고자 했다. 어느 날 저녁, 두 사람이 만찬을 함께 누리고 있을 때, 마침 그녀의 방에 국왕께 알현을 청해온 시가지에서 살고 있던 귀부인이 앉아있었다. 이 귀부인은 어느 권세 있는 가문의 정실부인으로 남편의 특별사면을 간청하러 왔는데, 뜻하지 않게 다음과 같은 기이한 사건에 협력한 결과로 그 뜻을 이루었다.

니콜 보페르튀이는 왕께 잠시 별실로 나오시라고 한 다음 말하기를, 오신 손님들에게 어깨로 숨을 쉴 만큼 폭음暴飮 폭식暴食을 시켜주고 싶으니, 식탁에서 잘들 먹고 있는 동안에는 명랑하게 구시고, 이후 식탁을 치우고 나서는 몹시 역정을 내어 그들이 하는 말에 일일이 트집 잡아 난폭하게 대하시면, 폐하 앞에서 그들이 어쩔 줄 몰라 쩔쩔 매는 꼴을 보시게 해드리겠다고 했다. 그리고, 저 귀부인도 이 재미있는 장난에 기꺼이 한몫 끼였으니, 왕께서도 만만치 않은 호의를 갖고 계신 것처럼 저 분을 정중하게 상대하시는 게 그 무엇보다 중요하다고 했다.

"자 여러분, 식탁에 가서 앉읍시다. 오늘 사냥은 매우 좋았소"라고 국왕께서는 돌아오시자마자 말씀하셨다.

이발사, 추기경, 뚱뚱보 주교, 스코틀랜드 군의 근위대장과 의회의 사절,

국왕의 총신인 법관은 두 여인을 따라 식당으로 들어가 입속의 구린내를 털기 시작했다.[71] 또 그들은 제각기 저고리[72]의 틈에 솜을 처넣기 시작했다. 그건 뭣을 두고 하는 말인가? 이는 위胃에 타일을 붙이고, 천연화학을 실험하고, 접시를 조사하고, 창자를 환대하고, 이로 스스로 제 무덤을 파고, 카인의 칼을 놀리고, 소스를 뱃속에 장사지내고, 오쟁이 진 남편이 정력을 키우는 짓을 두고 하는 말이다. 보다 형이상학적으로 말하자면 이를 가지고 똥을 지어내는 일을 말한다. 이걸로 알아들으셨는가? 그대들의 이해력을 파헤치는 데는 참말로 많은 말이 필요합니다그려!

이 산해진미의 음식을 손님들의 뱃속에 넣고 증류시키기 위해서 국왕께서는 적지 않은 애를 쓰셨다. 폐하께서는 손님들에게 완두콩을 많이 먹이며, 스튜를 휘휘 저으며, 서양 자두를 맛있다고 칭찬하며, 물고기를 권하며, 옆 사람에게 "그대는 왜 안 먹나?", 또 다른 사람에게 "부인을 위해 건배하게나!", 일동에게 "여러분, 이 가재의 맛을 보시지 않겠소? 이 술병을 처치해버리지 않겠소? 이 소시지 맛을 모르는 거요? 칠성장어七星長魚의 맛은! 좀 드시지, 입 안에서 스르르 녹소! 자, 이거야말로 루아르 강의 일등 가는 잉어! 어서들, 이 요리를 찍어 들들 보시오! 이걸 맛보지 않는 자는 짐을 업신여기는 것과 마찬가지요!"라고 말했다.

다음에 또 "자아, 어서들 마셔요, 짐의 앞이라고 사양들 말고! 과일의 사탕절임 맛이 어떻소? 마담이 손수 만든 거라오! 포도도 드시고! 짐의 포도밭에서 딴 것이라오. 그렇지, 이 모과도 먹어봅시다."

이렇듯 모든 이의 불룩한 배를 도와 더욱 불룩하게 만들며, 군주君主가 기분 좋게 그들과 함께 웃어대, 일동은 마치 국왕은 안중에 없는 듯 흥겨워하고, 농담하며, 입씨름하고, 침을 튀기며, 코를 풀어대고, 야단법석들 하였다. 어찌나 음식을 들이 처넣고, 술병을 빨아들이고, 스튜를 휩쓸어 넣었던

---

71 Se decrotter les mandibule. 직역하면 mandibule(아래턱·큰·부리)에 묻은 진흙을 털기 시작했다.
72 pourpoint. 옛날에 남자들이 입던 몸통에 꽉 끼는 윗저고리의 일종.

지, 그들의 벌그스름한 얼굴이 추기경의 붉은색 옷처럼 붉게 되고, 입의 깔때기 끝부터 배 아래의 마개까지 마치 트루아Troyes의 소시지처럼 꼭꼭 다져넣었으므로 저고리가 터질 것 같았다.

식당에서 객실로 돌아온 일동은 벌써 땀이 뻘뻘 나고 숨이 차, 이렇듯 공짜로 먹은 맛좋은 음식을 내심 저주하기 시작했다. 이때 국왕께서는 입을 봉하시고 말았다. 일동도 이에 못지않게 기꺼이 침묵했다. 그럴 것이, 매우 세게 꾸룩꾸룩 소리가 나기 시작하며 터져 나올 것 같은 뱃속에 쑤셔 넣은 것을 달이는 일에 전력을 기울이지 않으면 안 되었기 때문이다.

한 사람은 마음속으로 투덜투덜하기를 '그 소스를 먹어치운 게 정신 나간 짓이었어'라고 했다. 또 한사람은 잉어와 뱀장어가 수북한 접시를 깨끗이 뱃속에 저장한 것을 마음속으로 투덜거렸다. '그 소시지 탓으로 배탈이 났는데……'라고 속으로 걱정하는 이도 있었다.

이들 중에서 가장 뚱뚱한 배를 안고 있던 추기경은 깜짝 놀란 말 모양으로 콧구멍으로 숨을 쉬고 있었다. 첫 번째로, 참으려고 해도 참을 수 없어 소리도 요란한 트림을 부득이 낼 수밖에 없었던 사람은 바로 이 분이셨다. 또한 이때만은 트림하는 걸 좋아들 한다는 독일에 사는 몸이라면 얼마나 좋겠는가, 하고 그는 생각했다. 왜냐하면 이 위장의 언어를 들으신 폐하께서 눈살을 찌푸리고 추기경을 바라보시며,

"뭐라고 하셨소? 짐을 한낱 성직자로 아시는 거요?"라고 말씀하셨으니까.

이 꾸중을 듣고 그들은 몹시 겁냈다. 그럴 것이, 국왕은 여느 때 같아서는 뱃속에서 나오는 트림을 매우 흥겨워 하셨으니까.

그러므로 다른 연석자들은 비장脾臟의 증류기 속에서 이미 꾸륵꾸륵 달아오르기 시작한 증기를 다른 방법으로 처리하고자 깊이 생각했다. 우선 잠시 동안이나마 장간막腸間膜의 주름 사이에, 배 안의 증기를 보존시키고자 애써 보았다.

바로 그때, 연석자들이 세금징수원처럼 뚱뚱해진 것을 본 보페르튀이는

국왕에게 귀엣말로 말했다.

"실은 리본 제조상 페카르에게 분부해, 소첩하고 저 부인과 비슷한 두 등신인형等身人形을 만들어놓았어요. 술잔에 몰래 넣은 설사약의 약효로 저 분들이 초심재판소[73] 자리에 달려가도, 우리 둘이 먼저 가서 우리가 차지하고 있는 것처럼 인형을 놓고 올 테니, 저 분들이 어쩔 줄 몰라 몸을 비비 꼬는 꼴을 구경하세요."

이렇게 말한 다음, 보페르튀이는 부인과 함께 여성의 관습에 따라 '물레바퀴 돌리기'를 하려고 자취를 감추었다. 이 '물레바퀴 돌리기'의 기원에 대해서는 훗날 다시 말하겠다.

그 낙수落水에 마땅한 시간을 보낸 다음, 보페르튀이는 물리화학 실험실에 부인을 남겨두고 혼자만 먼저 돌아온 체했다.

그래서 국왕께서는 추기경을 일부러 곁으로 불러, 그 머리쓰개[74]의 술을 만지작거리면서 진지하게 잡담을 하셨다. 기립한 추기경은 물이 지하실에 가득 차 뒷문의 자물쇠가 터지려고 하는 참인지라, 왕께서 하시는 말마다 "지당하신 말씀입니다, 폐하"라고 덮어놓고 대답하며, 1초라도 빨리 이러한 특별대우에서 벗어나 도망치고 싶었다.

자연의 이치로, 어떤 수준에 도달하려는 힘이 소변보다 센 대변의 움직임을 어떻게 멈추게 할지 몰라 연석자들은 모두 쩔쩔 매고 있었다. 그 물질이 물렁물렁하게 되고, 흡사 고치를 뚫고 나오려는 번데기 모양으로 꿈틀꿈틀 지랄치기 시작해 그들을 괴롭히며, 국왕의 위엄에도 감히 아랑곳하지 않았다. 그럴 것이, 이 고약스러울 만큼 무지하고 버릇없는 것도 따로 없으며, 어떻게 해서든지 탈옥하려는 억류자처럼 귀찮은 것도 따로 없을 거다. 그러므로 뱀장어가 그물 밖으로 미끄러져 나가듯 일거일동을 취할 때마다 대변

---

73 Presidial(초심재판소)란 1551년부터 1792년까지 프랑스에 설치되었던 것으로 여기서는 뒷간을 말한다.

74 aumusse. 예전에 성직자가 쓰던 모피로 안을 댄 모자.

이 나올 듯 해, 저마다 있는 힘과 지식을 다 기울여 왕 앞에서 실례하지 않으려고 애를 썼다.

루이 11세께서는 손님들에게 일일이 하문하시는 데 흥겨워하시며, 꿈틀거리는 똥배를 달래는 찡그린 얼굴들의 변화무쌍한 변천을 매우 흥겨워하셨다.

재판소 판사는 올리비에에게 말했다.

"3분하고 30초 정도만이라도 브뤼노Bruneau의 채소밭에 웅크릴 수 있다면 내 직책을 내놓음세."

"옳은 말씀! 쾌적한 변을 보는 것보다 더한 쾌락이란 없으니까요! 오늘부터 저는 파리가 밤낮 똥을 갈겨도 다신 놀라지 않겠습니다!"라고 이발사는 대답했다.

그 부인이 회계심사원에서 영수증을 받았을 시간이라고 어림한 추기경은, 국왕의 손에 머리쓰개의 술장식을 남겨둔 채, 기도를 외는 걸 잊어버린 것처럼 놀라서 상반신을 일으켜 재빨리 문 쪽으로 달려갔다.

"아니 추기경, 왜 그러시오?"라고 국왕께서 물으셨다.

"네, 실은……. 이 저택이 매우 넓군요, 폐하!"라고 추기경은 말하고 나서, 그의 뚱딴지같은 말에 깜짝 놀란 연석자들을 뒤로 하고 나갔다. 그는 허리띠를 조금씩 풀면서 뒷간 쪽으로 의기양양하게 걸어갔다. 그러나, 그가 축복받은 문짝을 부랴부랴 열자, 성별식聖別式을 받고 있는 교황처럼 그 부인이 자리 위에 앉아 근무 중에 있었다.

그래서 추기경은 허겁지겁 문짝을 다시 닫고 무르익은 열매를 도로 넣으며, 이번에는 계단을 내려 정원으로 나가려고 했다. 그렇지만 마지막 계단에서 맹견들이 짖어대, 소중한 엉덩이의 한쪽이 물릴까봐 겁이 나고, 그러한 상황에서 그의 뱃속의 화학적인 산물을 어디에 베풀어야 좋을지 몰라, 하는 수 없이 추운 날 집 밖에 있던 사람처럼 부들부들 떨며 객실로 다시 돌아왔다.

다른 연석자들은 추기경이 돌아온 것을 보고, 그가 하늘이 내려주신 저장소를 비워 성직자의 창자를 가볍게 하고 온 줄로 여겨 매우 부러워들 하였다. 그래서, 이발사도 일어나 융단벽걸이를 구경하며 대들보를 세어보는 식으로 누구보다 먼저 문 쪽으로 이르렀다. 다음에 미리 항문의 힘줄을 늦추면서, 그는 콧노래도 흥겹게 화장실로 달려갔다.

그곳에 이른 그는 추기경 못지않게 문짝을 여는 것도 빨랐지만 다시 닫는 것도 빨라, 역시 밑이 긴 그 여인에게 사과의 말을 중얼거리지 않을 수 없었다. 그는 응집분자凝集分子의 후산後産을 안은 채 별 수 없이 돌아왔다.

이렇게 연석자들은 차례로 열을 지었으나 몸 안의 소스를 배설하지 못하고, 금방 루이 11세 앞으로 다시 돌아와 앞서보다 더욱 쩔쩔매며 서로 이해하는 듯 얼굴을 바라본 것은, 모름지기 얼굴의 입보다 엉덩이의 입 쪽이 서로 통하는 게 빨랐기 때문이었으리라. 도시 생리기관의 처리에 있어서는 모호한 것이 하나도 없고, 모든 게 사리에 맞고, 깨닫기가 쉬우니, 이는 태어나면서 금방 배운 지각이기 때문이다.

"내 생각으로는 그 부인이 내일까지 뒤를 볼 것 같아! 보페르튀이는 왜 그 따위 밑이 긴 여인네를 이 자리에 초대했을꼬?"라고 추기경은 이발사에게 말했다.

"나라면 잠시 동안에 해치울 걸 그 여자는 한 시간이나 걸리고 있다니. 염병이라도 걸려라!"라고 이발사는 외쳤다.

염병에 걸린 신하들이 귀찮게 구는 물질을 억누르려고 발들을 동동 구르고 있을 때, 문제의 여인이 객실에 돌아왔다. 그때의 그녀가 그들의 눈에 어찌나 아름답고 우아하게 보였던지, 매우 근질근질한 엉덩이를, 그녀의 것이라면 핥을 만하다고 생각할 정도였고, 역경에 처해있던 그들의 참담한 배로서는 해방자라고도 할 이 부인의 등장만큼 열렬히 환영받았던 해님도 없었을 거다.

추기경이 일어섰다. 다른 사람들은 교회에 대한 존중과 공경의 뜻으로, 성직자가 학문의 자리에 먼저 들어가는 것을 공손히 양보했다. 다음에 그들은 여전히 참으면서 계속해 얼굴을 천태만상으로 찡그렸다. 폐하께서는 그 꼴을 보시면서 그들을 궁지로 몰아넣어 한숨짓게 한 니콜과 함께 속으로 웃고 계셨다. 약효가 영험한 설사약을 식모가 듬뿍 넣은 요리를 남들보다 배나 더 먹은 근위대장은 가벼운 방귀를 약간 뀌는 셈으로 속옷을 온통 더럽혔다. 그는 쥐구멍이라도 있으면 들어가고 싶을 정도로 부끄러워 한구석으로 물러가서는, 이 고약한 냄새가 왕의 코에 풍기지 않기를 손을 비비면서 신께 기도하고 있었다.

바로 이때, 추기경이 몹시 허둥지둥하는 기색으로 돌아왔다. 보페르튀이가 점잖게 주교 자리에 앉아있는 것을 보았기 때문이다. 하늘이 무너져 내려오는 듯한 고통 속에 있던 지라 그녀가 객실에 있었는지 없었는지 분간 없이 돌아와서야, 폐하 곁에 그녀가 있는 것을 보고는 마치 귀신을 만난 듯 "어이구!"하고 비명을 질렀다.

"왜 그러시오?"라고 폐하께서 상대에게 겁을 주는 눈초리로 성직자를 노려보시며 물으셨다.

"악마를 물리치는 일이 소신의 담당이오니 말씀드리겠사옵니다. 황공하오나 이 저택 안에는 요괴가 있사옵니다."라고 추기경은 무례하게 대답했다.

"뭣이! 이 엉터리 같은 성직자야! 그대는 짐을 우롱할 셈인가!"라고 폐하께서는 버럭 소리치셨다.

이 크신 일갈에 일동은 옷 안의 짧은 바지를 분간 못 하고 얼떨결에 항문을 열어 배설하고 말았다.

"어처구니없구나! 이 무례한 놈들아!"라는 국왕의 크신 일갈에 일동은 새파랗게 질렸다.

"여봐라, 트리스탕!"하고 루이 11세는 느닷없이 창문을 열고 소리치셨다. "이리 올라오게!"

트리스탕은 지체 없이 나타났다. 자리에 있던 귀족들은 왕의 지원을 기회로 출세한 하찮은 자들이며, 화 잘 내는 루이 11세의 마음 하나에 그들의 목이 없어지는 자들이어서, 성직을 믿고 있던 추기경을 빼놓곤 모두가 몸을 굳혀 공포에 허덕이고 있는 꼴을 트리스탕은 괴상한 듯 훑어보았다.

"이놈들을 공원의 치안재판소[75]로 끌고 가게, 너무 처먹어서 똥을 쌌네 그려……"라고 왕께서 분부를 내리셨다.

"제가 꾸민 웃음거리가 얼마나 재미있어요!"라고 니콜이 폐하께 말했다.

"재미나는 익살극이야. 헌데 좀 구리구려!"라고 왕께서 웃으면서 대답하셨다.

국왕의 이 말에, 똥싸개 신하들도 이번엔 국왕이 그들의 목을 두고 노시지 않았던 것을 알아채고 하늘에 뜨겁게 감사했다.

루이 11세께서는 이렇듯 더러운 여흥을 매우 좋아하셨다. 그러나, 트리스탕과 함께 밖으로 나가 공원의 길가에 웅크리고 앉아 마음껏 뒤를 보면서 연석자들이 투덜거린 것처럼 고약한 분은 아니셨다. 트리스탕도 사리를 아는 프랑스 사람이라, 그들의 용무가 끝나기를 기다렸다가 그들을 각각 집에까지 호송했다.

그 후부터 투르의 시민들이 귀족들도 그곳에서 했다고 해서 샤르돈느레의 가로수 길에서 서슴지 않고 뒤를 보게 된 것도 이 까닭이다.

이 위대한 국왕이 세상을 떠나기에 앞서, 라 고드그랑la Godegrand에게 행하신 요절할만한 기이한 이야기를 적지 않을 수 없다. 라 고드그랑이라는 여인은 하느님에게서 삶을 받은 지 사십 해 동안, 아직도 그 단지의 뚜껑을 찾아내지 못한 채, 노새처럼 만년 순결한 것을 거무죽죽한 살갗 밑에서 분하게 여겨 안타까워하고 있던 노처녀였다.

이 노처녀의 집은 예루살렘 거리의 한 모퉁이, 즉 보페르튀이가 거처하는 집 바로 맞은편에 있었다. 보페르튀이의 집 앞으로 나온 노대露臺에 올라서면, 벽 너머로 맞은편 집 아래층에서 노처녀가 무엇을 하고 있고 뭐라고 말하고 있는지 환히 보고 들을 수가 있었다. 그래서 왕께서도 자주 소일거리삼아 이 노처녀를 멀리서 구경하곤 하셨는데, 루이 11세의 소총의 사정거

75 Pretoire. 재판소의 구내를 말하는데, 여기서는 화장실을 의미한다.

리 내에 자기 몸이 있으리라는 사실을 노처녀는 꿈에도 모르고 있었다.

장이 서는 어느 날, 왕께서는 투르의 젊은 시민 하나를 교수형에 처하셨다. 이는 젊은 아가씨인 줄로 잘못 여기고, 약간 나이든 귀부인을 겁탈한 죄목이었다. 이것만이라면 그다지 고약스러운 죄가 아니었고, 겁탈당한 귀부인으로서도 젊은 아가씨로 잘못 여겨진 것을 고맙게 여길 만한 노릇이었는데, 자신이 잘못 보았던 것을 알아챈 젊은이는 그 귀부인에게 입에 담지 못할 욕설을 퍼부으며, 심지어 자기를 속였다고까지 날뛰어, 그 짓을 해준 봉사료 대신으로 값나가는 주홍빛의 은잔 하나를 훔칠 생각을 해냈던 탓이었다.

이 젊은이는 머리카락이 풍성풍성하고 이목구비가 수려한 젊은이여서, 일종의 애석의 정과 호기심에 의해 온 시민이 교수형장에 모여들었다. 남자보다 여자 쪽이 수가 많았던 것은 물론이다. 사실, 이 젊은이는 멋들어지게 축 늘어지고, 무엇보다 당시의 목매달아 죽이는(絞殺) 관습에 따라 가죽으로 만들어진 창을 겨눈 채 풍류남아답게 죽어, 이것이 시정에 크나큰 소문을 일으켰다. 수많은 아낙네들이 서로 수군거리기를, 그처럼 사타구니가 불룩한 용사의 수명을 단축시키다니 살인과 매일반이라고 말할 정도였다.

"라 고드그랑의 침대 속에 목매달아 죽인 젊은이의 주검을 넣어보면 틀림없이 재미나는 일이 일어날 거예요, 안 그래요?"라고 보페르튀이는 왕께 말했다.

"하지만 혼비백산할걸"이라는 국왕의 대답.

"안 그럴 거예요, 폐하. 그 여인네는 산 사내가 그리워서 죽을 지경인 사람이니까, 사내라면 죽은 사내라도 틀림없이 기쁘게 맞이할 거예요. 어제만 해도, 저는 그 여인이 의자 위에 사내의 모자를 올려놓고 어쩔 줄 모르게 좋아하는 꼴을 보았거든요. 무슨 말을 할지, 어떤 짓을 할지, 정말 웃길 거예요……."

그래서 마흔 살의 노처녀가 저녁기도를 바치고 있던 틈에, 폐하께서는 비극적인 공연의 마지막 장을 막 끝낸 젊은이의 주검을 옮겨와, 그것에 흰 내의를 입힌 다음, 두 명의 하인에게 분부를 내려 라 고드그랑 집 뜰의 벽 위로 올려 운반해가지고 바로 거리로 면한 쪽에 있는 침대 속에 그 주검을 뉘어놓았다. 그렇게 하고 나서 국왕은 노대로 나와 보페르튀이와 담소하면서 노처녀가 잠자리에 드는 시각을 기다렸다.

오래지 않아 라 고드그랑은 따따, 아장아장(이는 투레느 사투리의 형용사) 생 마르탱 성당에서 돌아왔다. 예루살렘 거리는 이 성당과 벽으로 접해있어서 지척의 거리였다. 노처녀는 방에 들어서자, 공과책(기도서)·묵주·로사리오[76] 그 밖에 노처녀가 지니고 있는 물건을 한구석에 풀어놓고, 다음에 불을 휘저어 후후 불어 피우고, 몸을 녹이고, 의자에 털썩 주저앉아, 따로 애무할 것이 없어 고양이나 쓰다듬고 있다가, 일어나 찬장으로 가서, 한숨쉬면서 먹고, 먹으면서 한숨쉬고, 홀로 융단벽걸이를 바라보면서 삼키다가, 마지막에 물을 마신 다음, 국왕의 귀에까지 들려오리만큼 커다란 방귀를 한 방 뀌었다.

"어머나, 침대에 누워 있는 죽은 이[絞殺人]가 '시원하시겠습니다!' 고 하면 어쩌나!"라는 보페르튀이의 말에 왕께서는 그녀와 둘이서 소리 죽여 킥킥 웃어댔다.

매우 주의 깊고 매우 경건한 왕께서는 노처녀가 옷을 벗는 현장을 참관하시었다. 노처녀는 스스로 감탄해 마지않는 눈으로 제 사지를 이리저리 훑어 보면서 옷을 벗기도 하고, 털을 뽑기도 하고, 콧등에 심술궂게 생긴 여드름을 손톱으로 짜기도 하고, 다음에 이를 닦고 나서, 숫처녀이든 아니든 간에, 아뿔싸, 모든 여성이 하는 자질구레한 것, 아마 하는 당사자로서는 매우 귀찮은 것— 허나 이러한 타고난 가벼운 흠이 없다면, 여성들은 지나치게 거만하게 되어 좀 상대하기가 거북하게 될 것이다 —을 하기도 하였다.

'쏴쏴' 하는 음악적인 물소리를 낸 다음에 노처녀는 이불 속으로 들어갔는데, 금세 꽥 하는, 날카롭고도 찢어지는 듯한 괴성을 내었다. 목이 매여

---

76 rosaire. 가톨릭교회에서 사용하는 165알의 묵주.

죽은 사람의 소름끼치는 차가움과 젊음의 향긋한 냄새를, 그녀가 보기도 하고 감촉도 하였기 때문이다. 그녀는 수줍음을 크게 타서 뒤로 깡충 물러섰다. 그러나, 상대가 정말로 죽은 사람인 줄 모르는 그녀는 상대가 죽은 시늉을 하고 놀리는 줄 여기고 그 곁으로 다가섰다.

"돌아가요, 고약한 장난꾸러기 같으니라고!"라고 그녀는 말했다.

이 말을 매우 겸손하고도 얌전한 말투로 그녀가 하였던 것은 두말할 나위도 없다.

그래도 상대가 움직이지 않은 것을 본 그녀는 한 발자국 더 다가가서 유심히 남성의 아름다움을 바라보고, 탐나는 듯 그 국부 현상을 들여다보다가, 상대가 목매달려 죽은 자임을 깨닫고는 그를 소생시키기 위해 순전히 과학적인 실험을 해보자는 생각이 무럭무럭 일어났다.

"저 여인은 뭘 하고 있는 거죠?"라고 보페르튀이가 왕께 말했다.

"소생시키려고 해보는 거지……. 그리스도교 신자다운 박애주의博愛主義적인 작업이지……."

이집트의 마리Marie 성녀에게 가호를 빌면서, 노처녀는 하늘에서 떨어진 이 사랑스러운 남편mari을[77] 소생시키려고, 좋고도 좋은 젊은 몸을 이곳저곳 비벼대기도 하고 껴안기도 하다가, 자비롭게 덮여져 있던 망자의 눈을 흘긋 보자 가볍게 움직이는 듯 해, 부랴부랴 사내의 심장에 손을 대보고 약하디 약하게 고동치고 있는 걸 감촉했다. 침대의 따스함과 따뜻한 애정과 아프리카 사막에 이는 열풍보다도 더욱 뜨거운 노처녀의 체온에 의해, 요행으로 서투르게 목매였던 이 아름답고 이목구비가 수려한 젊은이를 소생시킨 것에 그녀는 기뻐서 어쩔 줄 몰라 했다.

"저것 봐, 짐의 사형집행관들의 솜씨란 저렇다니까!"라고 루이 11세께서는 웃으며 말했다.

"어쩌면!"이라고 보페르튀이가 말했다. "그래도 다시 목매지는 않으시겠

77 Marie는 성모 마리아를 말하는데, mari(남편)와 같은 음을 두고 하는 말장난이다.

죠? 죽이기에는 좀 아까운 사람이군요."

"판결문에서도 두 번 목매어 죽일 것이라고는 써 있지는 않지……. 하지만 저 젊은이가 노처녀와 결혼할 것을 명령하겠다!"

노처녀는 종종걸음으로 같은 교구教區에 사는 의사를 부르러 갔다. 의사는 부리나케 달려왔다.

의사는 오자마자 피를 뽑는데 사용하는 바늘을 쥐고 젊은이의 피를 뽑아 내려고 했는데, 한 방울의 피도 나오지 않았다.

"허!"하고 의사는 말했다. "때가 너무 늦었나……. 폐 속의 혈액순환도 멈췄나 보군."

그러나 그때 갑자기 젊은이의 붉은 피가 방울쳐 나오다가 다량으로 분출해 나와, 허술하게 맨 대마大麻로 만든 줄로 인한 졸도가 아무 탈 없이 낫고 말았다.

젊은이는 몸을 움직이기 시작하더니 점차 생기가 돌았다. 동시에 자연의 이치로 심한 의기소침과 깊은 쇠약 가운데 빠져, 살덩어리의 위축과 모든 것의 맥 풀림에 젊은이는 축 늘어지고 말았다.

이 질식해 죽을 뻔했던 젊은이의 몸에 일어난 크고도 현저한 변화를 눈을 크게 뜨고 지켜보고 있던 노처녀는, 외과의사의 소매를 잡고 호기심에 가득 찬 눈짓으로 젊은이의 축 늘어진 물건을 가리키며 물었다.

"이제부터는 쭉 저 꼴인가요?"

"암! 대개는……"이라고 항상 진실을 말하는 외과의사는 대답했다.

"어머나! 그럼, 목매어 죽었을 때의 모습이 더 멋들어지네요!"

이 말에 폐하께서는 허리를 움켜쥐면서 웃으시고 말았다. 창 너머로 국왕의 모습을 본 노처녀와 외과의사는 그 웃음이 이 가련한 청년에 대한 재차의 사형선고같이 들려 몹시 두려워했다.

그러나, 폐하께서는 말씀하신 대로 두 사람의 결혼을 명하셨다. 그 위에 공평하신 왕께서는 신랑에게 모르소프Mortsauf[78] 경이라는 이름과 영지를 하사하셨다. 이 영지는 조금 전에 교수대 위의 이슬로 사라진 죄인의 것을 그대로 하사하신 것이었다. 늙은 색시 고드그랑도 한 바구니 가득한 황금을 갖고 있어서 이들 두 사람은 투레느의 명문의 기초를 세웠는데, 이 가문은 현재도 크게 번창하고 있다. 이는 그 후 모르소프가 루이 11세를 매우 충실하게 섬긴 덕분이기도 하다. 다만 그는 교수대와 늙은 여성 보는 것을 몹시 싫어하였다. 또한 밤의 밀회에는 절대로 응하지 않았다고 한다.

이 이야기는 여인을 잘 확인해 알아보아, 늙은 여인과 젊은 여인 사이에 있는 부분적인 다름에 속지 않도록 주의할 필요가 있다는 것을 우리에게 가르쳐준다. 왜냐하면, 사랑의 잘못으로 목매어 달릴 두려움은 적더라도, 어떤 크나큰 위험을 무릅쓸 경우가 항상 있기 때문이다.

---

78 Mortsauf는 mort(죽음·사형)와 sauf(구조된·무사한)를 합쳐서 만든 이름으로 '사형에서 구조된 자'라는 뜻이다. 이 인물은 발자크의 《골짜기의 백합》에 나오는 주인공의 선조로, 가계家系의 유래가 그 작품에서 설명되고 있다.

원수부인元師夫人

아르마냐크Armagnac[79] 원수는 권세욕에서 본Bonne 백작 부인과 결혼했는데, 부인은 샤를Charles 6세의 시종장의 아들, 사부아지 Savoisy와 전부터 열중하고 있던 사이였다.

원수는 무뚝뚝한 무인武人인데다가 보기에도 가련한 면상面相에, 살갗도 까칠까칠하고 털투성이였던 데다, 항상 흉악한 말을 지껄이고, 언제나 남의 목을 매다는 데 열중하며, 항상 전투에서 땀을 흘리는 것에만 신경 쓰느라 사랑의 계략 따위에는 관심이 없으셨던 분이었다. 그러므로, 이 무사는 이렇듯 결혼이라는 요리에 양념을 치는 따위의 노릇에 도통 무관심해, 보다 높은 신분을 노리는 양반답게 이 상냥한 부인을 사용하고 있었는데, 여인네들이란 이러한 취급에 대해서 슬기로운 혐오의 마음을 느끼게 마련이다. 그

---

79 Bernard Armagnac(1318~1418). 아르마냐크 백작 베르나르 7세가 원수가 된 것은 1415년이다. 그가 횡사한 것이 1418년이니까 이 이야기는 그 3년 사이에 일어난 것이라 하겠다. 아르마냐크는 오를레앙 공의 인척으로 아르마냐크파Les Armagnacs에서 지도적 역할을 했다.

럴 것이, 그녀들의 짐짓 꾸민 애교와 좋은 솜씨의 감정사鑑定士가 오직 말 못하는 침대의 들보만이라니, 바람직한 현상은 아니니까.

따라서 아름다운 백작 부인은 원수부인의 자리에 앉아마자, 사부아지에 대한 그녀의 가슴속에 꽉 찬 연정에 더욱 물고 늘어지기 시작하고, 또한 이 마음이 정인情人에게도 곧장 통했다.

그래서, 둘이 같은 음악을 연주하려던 그들은, 그 즉시 저마다의 악기를 화합시켜 읽기 어려운 사랑의 악보를 해득해 나갔던 것이다. 또한 이 두 사람 사이는 이자벨Isabelle 왕비에게 공공연히 알려진 바로, 사부아지의 말[馬]이 시종장이 살고 있는 생 폴Saint-Paul 저택에 있는 것보다 왕비의 사촌 오빠뻘인 아르마냐크의 집 마구간에 있는 때가 많은 것을 알고 있었다.(누구나 알다시피 시종장의 저택은 대학 당국의 명령으로 헐렸기 때문에, 당시 생 폴에 이사하고 있었다.)

사려가 깊고 총명한 왕비는, 원수가 칼을 휘둘러대는 짓이 사제가 축복을 내리는 짓만큼 무작정하여서 본 부인의 몸에 불상사가 일어날 것을 지레 근심하여, 어느 날, 저녁기도를 바치고 나오면서 사부아지와 함께 성수를 찍고 있던 사촌올케 본 부인에게, 납으로 만든 단검에 금박을 입힌 교묘한 말을 했다.

"이 성수 속에 피가 보이지 않나요?"

"무슨 말씀을!"하고 사부아지가 대신 왕비에게 대답했다. "사랑은 피를 좋아합니다, 왕비님!"

이 대꾸를 지극히 멋스러운 대답으로 여기신 왕비는 머릿속에 그 말을 새겨두시고, 오랜 후에 그것을 실행에 옮겨 폐하를 오쟁이 지게 했는데, 다음 이야기는 그 총애의 자초지종을 적은 것이기도 하다.

허다한 경험을 통해 여러분도 아실 줄 믿으나, 사랑의 첫 무렵에 연인들은 저마다 마음속에 품고 있는 비밀이 남에게 누설될까봐 항상 조심한다. 그것은 조심성에서 발현하여 그런 것이고, 또한 정사情事의 달콤한 놀이가 주는 환락을 위해서 남녀가 다 처음에는 소문이 나지 않게 곧잘 거행한다.

헌데, 그러한 과거의 조심성도 어느 날의 사소한 방심만으로 모든 게 수포로 돌아가는 일이 생긴다. 예컨대, 올가미 속에 잡힌 것처럼 여성이 쾌락 속에 사로잡혀 있을 때라던가, 혹은 정부가 치명적인 우연으로 속옷·띠·박차 같은 것을 놓고 나가, 그것이 그의 존재 또는 간혹 영원한 이별의 표시가 되기도 한다. 그렇게 되면, 모처럼 둘이서 금빛의 환희를 재료로 무늬 또한 곱게 짜낸 옷감도 단검의 일격에 잘려지고 만다. 그러나, 삶이 찬란히 빛나고 있을 때, 죽음을 한탄해 얼굴을 찡그리면 못 쓴다. 만약 아름다운 죽음이 있다고 한다면, 남편의 칼을 받는 것이야말로 멋을 아는 아름다운 죽음이 아니겠는가! 아무렴, 그래서 원수부인의 아름다운 사랑도 그렇게 끝장나고 만다.

숙적인 부르고뉴Bourgogne 공작이 라니Lagny 지방을 포기하여 도망하였기 때문에, 아르마냐크 원수가 잠시 한가로움을 누리던 어느 날 아침, 원수는 부인에게 아침인사를 하고 싶은 생각이 문득 일어나, 부인이 화나지 않게 부드럽게 깨우려고 했다. 그런데 늦잠에 곤히 빠져있던 부인은 남편의 그 짓에 눈꺼풀도 뜨지 않고 대답했다.

"샤를, 그냥 자게 둬!"

"뭣이! 어째!"하고 자기의 수호성자가 아닌 이름을 듣고 원수는 말했다. "샤를과 간통했구나……."

원수는 부인에게서 몸을 빼내, 그대로 침대 밖으로 뛰어나와 이글이글 타는 안색을 하고, 칼집에서 칼을 빼들고는 부인의 몸종이 자고 있는 방으로 올라갔다. 이 간통에 몸종이 한몫 끼고 있는 게 틀림없다고 여겨졌기 때문이다.

"이년! 지옥의 계집년아!"라고 원수는 분노로 가득 찬 첫 마디부터 고래고래 소리쳤다. "이년아, 주기도문이나 외어라! 이 집에 샤를 놈을 끌어들인 벌로 네년을 당장에 죽일 테니!"

"어머! 주인님"이라고 몸종은 대답했다. "누가 그런 말을 했습니까?"

"네년이 사이에 들어 꾸민 밀회와 어떠한 방법으로 서로 정을 통했는지 샅샅이 일러바치지 않으면 가차 없이 요절내고 말 테다. 또한 네년의 혓바

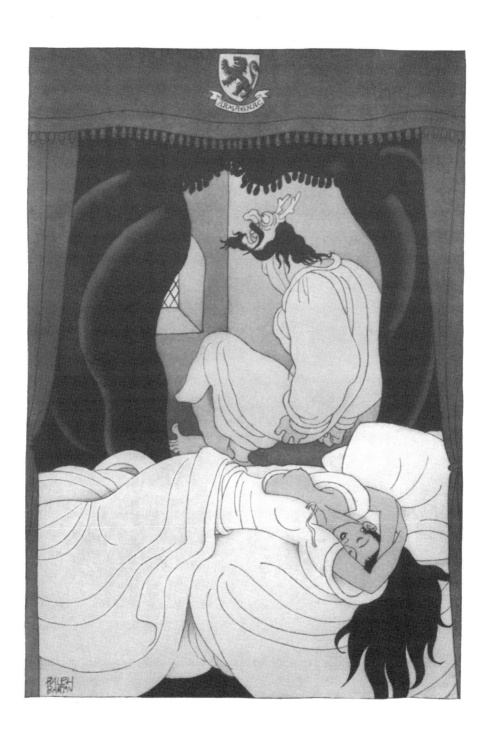

닥이 비비 꼬이거나 비틀거리기만 해봐라! 당장에 단검으로 벽에 못 박아 꼼짝 못하게 할 테니……. 어서 실토해라!"

"저를 단검으로 못 박으시죠. 제 입에서는 아무것도 듣지 못하실 것이니……"라고 몸종은 대답했다.

원수는 이 씩씩한 대답을 잘못 해석하고, 분노를 못 참아 당장 몸종을 못 박고 나서 부인의 방으로 되돌아가려 했다. 그리고 몸종의 비명에 눈을 뜨고 달려온 시종에게 말했다.

"위에 가보게, 빌레트. 그년의 버릇을 좀 지나치게 고쳐주었나 보이……."

원수는 본 앞에 다시 나타나기에 앞서 아들을 데리러 갔다. 때마침 아들이 갓난애처럼 잠자고 있던 것을, 그는 무지막지하게 끌고 본의 방으로 들어섰다.

아들의 비명에 어머니는 눈을 떴다. 다음 남편의 오른손이 피투성이고, 남편이 붉은 눈초리를 자기와 아들에게 던지고 있는 모양을 보고 매우 깜짝 놀랐다.

"왜 그러세요?"라는 본의 말.

"부인, 이 애는 내 허리에서 태어난 거요, 혹은 정부 사부아지의 허리에서 태어난 거요?"하고 성질이 급한 행동가는 물었다.

이 말에 본은 새파랗게 질려, 깜짝 놀라 물 속에 뛰어드는 개구리처럼 아들에게 달려들었다.

"무슨 말씀을 그렇게 하세요! 이 애는 확실히 우리들의 아이예요……."라는 본의 말.

"아이의 머리가 그대의 발밑에 굴러 떨어지는 걸 보고 싶지 않다면, 내게 모든 걸 자백하고 똑바로 대답하시오. 그대는 정부情夫를 얻었지?"

"그래요, 하지만……."

"상대가 누구지?"

"사부아지가 아니에요! 또 내가 알지도 못하는 상대의 이름을 어떻게 말하겠어요!"

이 말에 벌떡 일어난 원수는 본의 팔을 움켜잡아 한칼에 한마디의 말도 나오지 못하도록 베어버리려고 했으나, 본은 매서운 눈초리로 남편을 노려보며 외쳤다.

"좋아요! 어서 죽이세요! 하지만 소름끼치니 이 몸에 다시는 손대지 마셔요……."

"아니, 그대를 살려두지. 죽음보다 더 쓰라린 벌을 주기 위해서 말이야."

이와 같은, 뜻하지 않게 난처한 경우에 직면함에 있어서 여인네들에게 익숙한 기교·함정·엉뚱한 이야기와 책략 같은 것을, 여인네들은 밤낮 이러한 변주곡을 혼자서 혹은 끼리끼리 연구하고 있는 것이므로, 이를 경계한 원수는 이상의 엄하고도 쓰디쓴 말을 뱉고 나서 물러갔다. 그는 즉시로 하인들을 불러 모아놓고, 신처럼 무서운 얼굴을 하고는 심문하기 시작했다. 인류 최후의 심판의 날에 하늘의 아버지 앞에 나선 것처럼 그들은 겁이나 대답했다.

그러나, 이러한 약식심문略式審問, 즉 교활한 문답問答의 밑바닥에 도사리고 있는 중대한 화근을 아는 사람은 그들 중에 한 사람도 없었다. 하인들이 하는 말을 종합하여 원수는 다음과 같이 결론지었다. 곧 저택 안의 남성으로 소스 속에 손가락을 넣은 연루자連累者는 한 녀석도 없고, 단지 개들 중에서 정원의 감시를 맡고 있음에도 불구하고 안 짖던 개가 한 마리 있는 걸 알아채고는, 원수는 그놈을 두 손으로 움켜잡아 홧김에 목 졸라 죽여 버렸다. 정원의 출입구라고는 냇가에 면해있는 뒷문이 있을 뿐이어서, '대리 원수'가 그곳을 통해 저택에 잠입한 것으로, 원수는 아리스토텔레스학파 풍으로 추측하였기 때문이다.

아르마냐크 저택의 위치를 모르시는 분들을 위해 한마디 해야겠다. 이 저택은 생 폴의 왕궁 근처의 중요한 터에 자리를 잡고 있었다. 이곳에 나중에 롱구빌Longueville[80] 저택이 건립되었다.

---

80 Longueville을 글자풀이하면, 긴(longue) 도시(ville)라는 뜻이다.

당시 아르마냐크 저택에는 생 앙투안Saint-Antoine 거리에 면하면서 훌륭한 돌로 쌓아올린 정면 현관이 있었다. 그리고 저택의 사방은 견고히 방비되고, 바슈Vaches 섬에 면한 강 쪽— 현재 그레브Greve 선창 근처 —에도 높다란 벽이 솟아 작은 탑까지 갖춰져 있었다.(이 저택의 도면은 국왕의 옥새를 담당하는 뒤프라Duprat 추기경 댁에 그 후 오랫동안 소장되어 있었다.)

원수는 이리저리 궁리하며 몇 가지 교묘한 함정을 짜본 끝에, 그 중에서 보다 교묘한, 동시에 어떠한 경우에도 적합하여 그 정부를 덫에 걸린 토끼처럼 잡고야 말 한 가지 계략을 택했다.

'천 번을 죽여도 시원치 않을 놈, 나를 오쟁이 지게 한 놈아, 네놈은 내 손 안에 들어온 쥐다. 놈을 어떻게 요리할 것인지 심사숙고나 해보자' 하고 원수는 생각했다.

장 상 푀르[81] 공작과 맞서 맹렬한 싸움을 하였던 털투성이의 무장武將이 숨은 적을 기습하고자 만들어낸 작전 계획이란 다음과 같은 것이었다.

먼저 그는 가장 믿을 만한 솜씨 좋은 궁수를 여러 명 택해 강둑의 작은 탑 안에 배치하고 나서 그 궁수들에게 말하기를, 정원의 문을 통해 밖으로 나가려 하는 자는 원수부인을 제외하고 저택의 어느 놈이라도 쏘아 죽일 것, 또한 밤중에 혹은 낮에 저택에 들어오려는 귀족을 그대로 내버려둘 것, 이상의 명령을 어긴 자는 엄벌에 처한다고 했다.

생 앙투안 거리에 면한 정문 현관 쪽에도 똑같은 배치와 명령이 하달되었다. 따라서, 저택 안의 하인들에서부터, 부속 성당의 전속 사제까지, 위반자는 극형에 처한다는 포고 아래 저택으로부터 한 발자국의 외출도 금지되었다.

다음에는 친위대의 사병士兵들에게 저택의 양 측면의 감시를 명해 옆길까지 잘 지키게 하였다. 그래서, 원수에게 오쟁이 진 남편이라는 간판을 걸어

---

81 Jean-Sans-Peur(1371~1419). 부르고뉴 공작으로 샤를 6세와는 형제 사이다, 1419년에 샤를 7세 부하의 손에 죽임을 당했다.

놓은 정부가 아무것도 모르고 밀회의 어느 시각에 백작 원수 각하의 부속물의 핵심에 불손하게도 그 깃발을 꽂으러 올 것 같으면 당장에 붙잡힐 것은 필연지사였다.

베드로 성자께서 바다가 육지처럼 단단한지 시험해보려는 어처구니없는 생각을 일으켰던 날, 바닷속으로 가라앉는 것을 구세주께서 건져주셔서 살았는데, 그와 같은 진지한 하느님의 가호가 없는 한은 아무리 꾀 많은 사람이라도 빠지고 말 것이 틀림없는 그러한 함정이었다.

각설하고, 원수는 푸아시 지방의 반도 진압 때문에 점심식사 후 말을 타고 나가야만 하였다. 이 계획을 미리 알고 있던 본 백작 부인은 언제나 먼저 굴복한 적이 없는 즐거운 결투에 사부아지를 그 전날부터 부르고 있었다.

원수가 그 저택을 눈과 죽음의 띠로 빙 둘러 포위하고, 어디서부터 나타날지 모르는 정부를 나가는 길목에서 붙잡고자 뒷문 근처에 사병들을 매복시키고 있던 동안, 부인도 완두콩에 실을 꿰거나 또는 숯불 속에서 까맣게 익어가는 소를 보거나 하며, 하는 일 없이 한가로이 시간을 보내진 않았던 것이다.

첫째로, 못 박힌 그 몸종이 몸을 빼낸 다음, 부인에게로 엉금엉금 기어와서, 오쟁이 진 주인이 아무것도 모른다고 말하여, 숨을 거두기에 앞서 소중한 여주인의 기운을 돋우고는, 저택 안에서 빨래 일을 하던 그녀의 여동생이라면 마님의 비위를 맞추기 위해서는 몸이 소시지를 만들 때 쓰는 고기처럼 잘게 토막 나도 마다하지 않을 성격을 지닌, 동시에 동네에서 둘째가라면 서러울 만큼 약삭빠르고도 아양꾸러기이며, 동시에 다급한 정사情事의 경우를 위한 술책이 풍부한 것으로는 투르네르 지방부터 쿠로아 뒤 트라우아르 지방까지 상하계급 사람들 사이에 널리 알려져서 신뢰할 수 있다고 다짐한 다음 세상을 떠났다.

충성스러운 몸종의 죽음을 애도하면서도 원수부인은 그 빨래하는 여인을 불러와, 빨래 같은 건 그만두게 하고는, 원수부인의 내세來世를 걸고서라도 사부아지를 구하기 위하여 두 여인은 머리를 맞대고 들어있는 지혜의 배낭을 뒤집어보기 시작했다.

무엇보다 먼저 정부에게 남편의 의혹이 걸린 것을 알리고, 잠시 동안 가만히 있기를 전언傳言하는 방법을 두 여인은 곰곰 생각하였다.

그 결과, 빨래하는 여자는 노새처럼 잔뜩 빨래거리를 짊어지고 저택에서 나가려고 했다. 그러나, 정문 현관에서 감시병에게 제지되어 아무리 그녀가 항의해보았자 감시병은 귀담아듣지도 않았다. 그래서, 그녀는 세상에서 드물게 보는 그녀 특유의 충성심을 발휘해 그 감시병의 약점을 찌르고자 작심하고는, 애교부리는 태도로 즐겁게 해주니, 감시병은 싸움에 나갈 때처럼 무장하고 있었으면서도 그녀와의 한때를 즐겼다. 그러나, 그 놀이가 끝난 후, 감시병은 여전히 그녀가 거리로 나가는·걸 허락하지 않았다. 그러자, 다시 그녀는 더 잘 생긴, 그리고 더 잘생겼기에 여자의 환심을 사려고 들 것 같은 감시병을 통해 통행증을 얻고자, 이미 더럽힌 몸이라 마구 맡겨보았으나, 궁수도 감시병도 누구 한 사람 저택의 가장 좁다란 구멍 하나 감히 그녀에게 열어주려고 하는 자가 없었다.

"당신들은 마음씨 고약한 배은망덕한 사람들이군요. 내게 같은 짓으로 갚지 않다니!"라고 그녀는 그들에게 소리소리 지르며 욕을 해댔다.

허나, 다행히 이 '생업' 덕분에 그녀는 모든 형세를 탐지해, 부리나케 마님에게로 돌아와서 원수 각하의 괴상망측한 음모를 낱낱이 고해 바쳤다.

두 여인은 다시 이마를 맞대고 협의했다. 그 전투의 진형陣形·매복·수비·명령·배치 같은 모호하고도 음험한, 그럴 듯하고도 악마적인 계략에 대해 할렐루야를 두 번 노래하는 정도의 짧은 시간 동안 상의한 것만으로, 여성에게 갖춰져 있는 온갖 육감을 통해 가련한 정부의 몸에 닥쳐오는 위험의 정도를 두 여인은 알아차렸다.

오직 한 사람, 원수부인만이 저택에서 외출할 권리를 갖고 있다는 것을 금세 짐작한 부인은, 서둘러 그 권리의 행사를 운에 맡기고 감행했다. 그러나, 석궁의 화살이 떨어질 거리도 채 못 가서, 원수가 네 명의 친위병과 두 명의 기수에게 어디까지나 부인을 동반하여 지키도록 엄하게 분부해놓은 것을 알았다.

그래서, 불쌍한 부인은 우리가 성당의 그림에서 보는 '우는 여인 막달레나'를 전부 합친 것만큼이나 엉엉 울며불며 자기 방으로 돌아왔다.

"슬프구나. 나의 애인은 틀림없이 살해될 거야, 다시는 못 볼 거야! 그처럼 따뜻하고 부드럽게 말을 하시는 분, 그처럼 맵시 있게 작업하시는 분을 다시는 못 만날 거야. 내 무릎 위에 여러 번 쉬게 한 그 아름다운 머리가 동강나고 말다니······. 아아, 그토록 매력에 가득 찬 값어치 있는 머리 대신 아무런 값어치도 없는 텅 빈 머리를 남편에게 던질 수 없을까······. 향기로운 머리 대신에 더러운 머리를, 사랑의 머리 대신에 밉살스러운 머리를······"라고 부인은 말했다.

"저어, 마님"하고 빨래하는 여인이 말했다. "제게 미쳐 귀찮게 굴어대는 부엌데기 아들에게 귀족의 옷을 입혀 뒷문을 통해 밖으로 내보내면 어떨까요?"

이 말에 두 여인은 자객과도 같은 눈으로 서로를 바라보았다.

"그 부엌데기가 한번 뒈지고 보면, 감시병들도 두루미처럼 날아가 버리겠지요."

"그렇겠구나! 그러나 남편이 그 불쌍한 녀석을 알아보지 않을까?"라고 말하고 나서, 부인은 가슴을 치고 머리를 저으면서 외쳤다.

"안 돼, 역시 안 돼! 그럴 경우 아무런 가치도 없이 고귀한 피를 흘려야 해."

그러고 나서 부인은 잠시 생각하다가 갑자기 기쁨에 뛰며 빨래하는 여인을 얼싸안고 말했다.

"그래, 네 의견으로 좋은 생각이 떠올랐어. 네 덕분에 그이를 살릴 수 있으니, 네 한평생 편히 먹고 살게 해주마!"

묘안이 떠올랐던지 부인은 눈물을 거두고 약혼한 아가씨 같은 기쁜 안색을 짓고서, 예물 자루와 기도서를 들고 마지막 미사의 시각을 알리는 종소리가 들려오는 성 바오로 성당 쪽으로 나갔다.

궁전의 귀부인들이 다 그렇듯이 그녀도 허세를 부리는지라, 그와 같은 화려한 의식에 한 번도 빠진 적이 없었다. 당시 이 미사는 '옷치장의 미사' 라고 불리었는데, 모이는 이들이 멋쟁이, 이목구비가 수려한 젊은 귀공자, 젊은 귀족, 비둘기 털빛같이 화려하고 향기가 물씬 나는 여인네들뿐, 문장紋章이 들지 않은 의상이나 금박을 칠하지 않은 박차를 보려고 해도 볼 수 없었기 때문이다.

어리벙벙해진 빨래하는 여인에게 저택에 남아 감시를 하라고 이르고, 본 백작 부인은 저택을 떠나 하인배와 두 명의 기수, 무사들을 동반한 화려한 행렬로 성당으로 갔다.

여기서 말해둘 것은, 성당에서 귀부인들의 주위를 뛰어다니는 젊은 귀공자들의 무리 중에는, 본 백작 부인 때문에 사는 보람을 느끼며 진심을 바치고 있는 이가 한 사람뿐이 아니었다는 점이다. 그러나, 젊은 나이 때의 버릇으로 많은 여성에게 눈독을 들여 그 중에서 적어도 하나만은 손안에 넣을 수 있겠거니 하는 속셈인 젊은이도 없지 않아 있었다.

이들 교활한 맹금猛禽들은 항상 부리를 벌이고, 제단이나 사제 쪽을 보는 것보다 부인석이나 부인들이 굴리는 로사리오를 바라보는 쪽이 더 바빴는데, 그 젊은이들 중에서 한 젊은이, 본 백작부인이 이따금 일별一瞥의 정을 베풀어주는 사람이 있었다. 그것은 그가 다른 젊은이들보다 실없이 굴지 않았으며, 또한 보다 깊게 그녀를 사모하는 듯이 보였기 때문이다.

그 젊은이는 언제나 같은 기둥에 붙어 조금도 요동하지 않고, 마음속으로 택한 본 백작부인을 바라보는 것만으로도 넋을 잃고 있었다. 그 새하얀 얼굴에는 부드러운 우수의 빛이 깃들어 있었다.

그 얼굴 모습은 그가 뛰어난 마음씨의 소유자인 것, 뜨거운 정열을 품으며 이루지 못할 사랑의 절망 속에 황홀히 잠겨있는 젊은이임을 보여주고 있었다. 이러한 풍운아는 매우 드물다. 왜냐하면, 일반적으로 사람이란 영혼의 깊숙한 곳에 살며시 피어있는 미지의 행복 같은 것 보다 여러분도 아시는 그것을 더 좋아하니까.

더군다나, 이 귀족은 옷차림도 천하지 않고 산뜻할 뿐만 아니라 깨끗해,

어딘지 모르게 좋은 취미를 풍기고 있었다. 그러나, 본 백작 부인의 눈에는 그가 지니고 있는 것이라곤 한 벌의 외투와 한 자루의 칼뿐, 멀리서 행운을 찾아 상경한 구차한 기사인 듯 보였다. 그러므로, 마음속으로는 숨기고는 있으나, 빈곤한 젊은이임이 틀림없다는 추측과, 그녀가 그로부터 깊이 사랑받고 있다는 점이 주가 되고, 여기에 덧붙여 그가 잘 생기고, 그 칠흑 같은 머리털이 길고 고우며, 몸매가 늘씬하고, 만사에 겸허하며 온순한 것도 다소 도움이 된 탓에, 본 부인은 그가 귀부인들의 애호를 받아 행운이 열리기를 충심으로 바라마지 않았던 것이다. 그리고, 그가 그녀의 환심을 사려는 태도를 쉬지 않고 짓도록, 또한 본 백작 부인은 착한 주부다운 생각에서 그 일시적 변덕에 따라 이따금 그의 용기를 북돋아주기 위해 흘끗 추파를 던지거나 사람을 무는 살모사 모양으로 그쪽으로 기어가는 눈짓을 보내, 일개의 기사보다 더 귀중한 것을 가지고 즐기는 데에 익숙한 왕비로서 그의 젊은 삶의 행운을 모조리 우롱하였던 것이다. 사실, 백작 부인의 남편인 원수도 트럼프 놀이에 잔돈푼이나 거는 모양으로 왕국과 그 밖의 모든 것을 걸고 있지 않았던가.

결국, 3일 전 저녁기도에서 돌아오는 길에, 그녀는 왕비에게 이 사랑의 탐구자를 눈짓으로 가리키며 웃으면서 다음 같이 말했다.

"저 분 질 좋은 사람인가[82] 봐요."

이 말은 고운 말 중의 하나로 남았다. 또한, 세월이 흐른 뒤 궁전의 사람들을 가리키는 한 가지 낱말로 사용하게 되었다. 이 고운 표현이 프랑스어에 포함되게 된 것은 이렇듯 아르마냐크 원수부인의 조어造語에서 비롯된 것으로 다른 출처에서 온 게 결코 아니다.

운 좋게 원수부인의 명찰明察이 맞아, 그는 참으로 착실한 귀족이었다. 쥘리앙 드 부아−부르동Julien de Boys-Bourredon이라는 이름의, 깃발 하나 없

---

[82] Voila un homme de qualite. 'homme de qualite' 는 오늘날에 흔히 쓰이는 숙어로 '상류사회의 사람' '귀족' 을 말한다.

는 일개 기사였다. 부아(bois, 숲)나 부르동(bourdon, 순례자의 지팡이) 같은 나무에 인연이 있는 이름이면서 이쑤시개를 만들 만큼의 나무도 그의 봉토封土에는 없었고, 돌아가신 어머니가 어쩌다가 물려주신 풍요한 자질 외에는 이렇다할 아름다운 소유물도 없었는데, 그는 이것을 밑천으로 삼아 궁전에서 소득과 이득을 얻으려는 생각을 해냈던 것이다. 귀부인들이 이렇듯 '훌륭한 소득'을 얼마나 좋아하며, 저녁노을과 아침노을 사이에 언제나 틀림없이 그것을 징수할 수 있다면, 이를 매우 진중珍重히 여기며 소중히 다룰 것을 그는 알고 있었기 때문이다. 출셋길을 가려고 이와 같이 여성의 좁다란 길을 잡아든 그와 같은 부류는 이 세상에 얼마든지 있다. 그러나, 그는 그 사랑을 잘게 소비하기는커녕, 옷치장의 미사에서 본 백작 부인의 혁혁한 아름다움을 보자마자 밑천이고 뭐고 다 쏟아버리고 말았다. 이는 그가 참다운 사랑에 빠졌기 때문이며, 그 탓으로 먹고 마시려는 생각을 상실하여 그의 구차한 호주머니 속을 위해서는 안성맞춤이 되었다. 이 같은 사랑이란 가장 고약한 종류다. 왜 그런가 하니, 사랑의 절식節食을 하는 동안 절식에 쏟는 사랑을 당사자에게 부추기기 때문이며, 그 한 가지만으로도 사람을 소모시키는 데 충분한 병을 이중으로 치르게 하기 때문이다.

각설하고, 상냥한 원수부인의 머리에 제일 먼저 떠오르고, 죽음에 초대하고자 그녀가 부랴부랴 그쪽으로 가고 있는 젊은 양반의 사람됨은 이상과 같았다.

성당에 들어가면서 부인은 그 가련한 기사가 그 쾌락에 충실하게, 기둥에 등을 대고 태양을 보기 위해 새벽을 갈망하는 병자처럼 그녀를 기다리고 있는 것을 보았다. 연민의 정에 사로잡혀 부인은 시선을 돌리고 왕비에게로 가서 이 절박한 처지로부터 구조를 구하려 했다. 그녀는 왕비께오서 사부아 지에게 호의를 기울이고 있는 줄을 알고 있었기 때문이었다. 그러나 따라온 기사 중의 하나가 공손히 부인을 가로막고 말했다.

"마님, 설령 왕비님이건 고해신부건 간에 남녀를 불문하고, 우리는 마님께 다른 사람을 접근시켜서는 안 된다는 지엄한 분부를 받았습니다. 이 명령은 우리의 목에 관계되는 중대사임을 알아주십쇼."

"그래도 당신네들의 직분이란 죽는 데 있지 않을까요?"라는 부인의 대꾸.

"그렇습니다. 그리고 또한 순종하는 데 있습니다."라고 무사는 다시 말했다.

그래서, 본 백작 부인은 하는 수 없이 늘 앉던 자리에 가서 기도하기 시작했다. 그러다가 다시 그 젊은이를 바라보니, 여태까지 보지 못했을 만큼 그 얼굴이 여위고 뺨이 움푹 들어가 있었다.

'흥! 저 청년의 죽음에 대해선 그다지 양심의 가책을 받지 않을 거야……. 이미 시체나 마찬가지니……' 라고 부인은 속으로 혼자 말했다.

이러한 생각에 기초하여 부인은 그 젊은이에게 뜨거운 추파를 던졌는데, 이거야말로 귀부인들이나 웨일스 지방의 여인네들[83]만이 곧잘 하는 눈짓이다. 부인의 수정같이 고운 눈이 나타낸 거짓 사랑에, 기둥에 기대있던 멋쟁이는 달콤한 고뇌를 느꼈다. 심장의 둘레에 흘러들어와 몸 안의 모든 걸 부풀게 하는 듯한 생명의 뜨거운 공격을 누가 아니 좋아하랴! 기사가 아무 말 없이 이에 답한 반응으로, 부인은 제 추파의 훌륭한 신통력을 여성의 영혼에 있어서는 항상 새로운 일종의 쾌락과 더불어 깨달았다. 또 사실, 다홍색으로 물든 젊은이의 두 뺨의 홍조는 그리스·로마의 웅변가들의 청중의 마음을 울리는 말씨보다 더욱 훌륭하게 자신의 마음속을 표현하였고, 또한 잘 들리기도 하였던 것이다! 이렇듯 쾌적한 광경에 부인은 그것이 자연의 유희가 아님을 다짐하려고, 어디까지 그 눈의 효력이 미치는가를 실험하는 데 한없는 흥취를 느꼈다. 그래서 서른 번 이상이나 젊은이를 흥분시킨 후, 부인은 그가 씩씩하게 그녀를 위해 죽어 주리라는 확신을 견고히 했다. 이 생각은 부인을 몹시 감동시켜, 그 때문에 기도하는 사이 젊은이에게 세 번이나 남성으로서의 온갖 즐거움을 무더기로 주고, 훗날 이 기사의 목숨뿐만

---

83 웨일스〔Galloise〕는 영국 서부에 있는 지방인데, 여기서 '웨일스의 여인들' 이란 엉덩이가 가벼운 여인들을 뜻한다.

아니라 행복마저 없애버렸다는 비난을 남에게서 받지 않도록, 사랑의 추파 속에 그러한 기쁨을 녹여 넣어서 그 젊은이에게 주고 싶은 욕망에 몸이 간질간질해졌다.

이 화려한 금빛의 신도들에게 사제가 "미사가 끝났으니 돌아들 가서 복음을 전하시오!"라는 노래로 쫓아내려고 몸을 돌렸을 때, 원수부인은 그 추종자가 서 있던 기둥 쪽을 통해서 나와 그의 앞을 지나치면서 뒤따라오라는 뜻의 눈짓을 살그머니 보냈다. 그 다음, 이 가벼운 부름의 뜻 깊은 해석과 내통을 그에게 다짐시켜 주려고, 꾀 많은 부인은 그의 앞을 지나치고 나서도 흘끗 뒤돌아보아 또 다시 동행을 요청했다.

그때 그는 있던 자리에서 약간 앞으로 불쑥 나오다가 감히 더 이상 나오지 못하였다. 그만큼 그는 겸양한 성격이었다. 그러나, 이 재차 이루어진 신호에 그도 자신이 불손한 생각을 하는 것이 아님을 확신한 듯, 행렬에 섞여 소리 나지 않는 조용한 종종걸음으로 걷기 시작했는데, 그 모양이 소위 '못된 곳'이라는 장소에 발을 들여놓기 두려워하는 풋내기 같았다. 앞서거니 뒤서거니, 오른편을 또는 왼편을 그가 따라가던 도중, 부인은 끊임없이 그에게 반짝거리는 눈길을 보내 더욱 자기 쪽으로 끌려고 하는 폼이 모래무지를 낚고자 낚싯줄을 살짝살짝 추켜 올려보는 낚시꾼 같았다.

한마디로 말해, 청등홍가靑燈紅街의 아가씨들이 그 물레방아에 축성된 물을 끌어들이려고 수고할 적에 하는 기교를 본 백작 부인이 썩 잘 해낸 것이었다. 참말이지 매춘부와 유사한 이를 거론하자면, 이렇듯 고귀한 신분의 여인 또한 결코 빼놓을 수 없으리라.

저택의 정면 현관까지 돌아온 원수부인은 들어가기를 망설이다가, 또다시 그 불쌍한 기사 쪽으로 얼굴을 돌리고 집 안으로 동행하기를 요청하는 악마 같은 추파를 던졌다. 이 추파로 부인의 부름을 받은 줄로 여긴 그는 '마음의 여왕' 곁으로 달려갔다. 즉시 원수부인은 그에게 손을 내밀었다. 그리고, 이유는 달랐으나 둘이서 저마다 몸 안이 이글이글 끓는 전율을 느끼며 저택 안으로 들어갔다.

이러한 사태에 이르러 아르마냐크 부인은, 타인의 죽음을 위하여 이렇듯 창녀 같은 여러 소행을 저질러가며 사부아지를 구하기 위해 오히려 그 불쌍한 젊은이를 배신하는 행위를 감히 저지르고 있는 것을 속으로 부끄러워했다. 그러나, 이 가벼운 후회의 정도 무거운 후회의 정과 마찬가지로 역시 절름발이이며 또한 늦게 나타난 것에 지나지 않았다. 원수부인은 이미 주사위가 던져졌음을 깨닫고 그의 팔을 꼭 잡고는 말했다.

"내 방으로 빨리 오세요, 말씀드릴 게 있으니까……."

자기의 목숨에 관계되는 이야기인 줄 알 턱이 없이, 그는 오래지 않아 맛보게 될 행복에 대한 희망으로 숨이 탁탁 막혀 감히 대답할 목소리가 나오지 않았다.

손쉽게 낚은 이 잘 생긴 귀공자를 보고, 빨래하는 여인은 속으로 생각했다.

'어머나, 이처럼 빠른 솜씨는 역시 궁전의 귀부인이 아니고서는 못 하지!'

그러고 나서 그녀는 지극히 공손한 인사로 이 젊은이를 맞이했는데, 그 인사 중에는 작고도 작은 것을 위해 죽는 크고도 큰 용기의 소유자에 대한 비꼼이 섞인 존경이 담겨있었다.

"피카르드Picarde"라고 원수부인은 빨래하는 여인의 스커트를 잡아당기면서 말했다. "나는 말야, 여성의 성실함에 저렇듯 굳건한 신념으로 응하려는 저 청년의 말수 적은 사랑에 내가 지불케 하려는 이쪽의 속셈을 아무리 해도 고백하지 않을 수 없구나."

"천만의 말씀이에요, 마님. 무엇 때문에 저 분에게 말을 해요? 저 분을 매우 만족시켜 뒷문으로 내보내면 그만이에요! 싸움터에서는 하찮은 것 때문에 그처럼 많은 사람이 죽어요. 그런데 저 분이 무엇을 위해 죽는지 아세요? 값있는 죽음이 아니겠어요! 이후로 저 분의 죽음을 슬퍼하신다면, 그 위로 삼아 다른 분을 마님께 주선해드리겠어요."

"그만! 듣기도 싫다"라고 본 백작 부인은 외쳤다. "나는 모든 걸 저 청년에게 말하겠어……. 그렇게 하면 적어도 이 몸의 속죄는 될 테니까……."

그에게 약속한 밀회에 방해가 없도록 자질구레한 준비와 비밀사秘密事를 부인이 몸종과 의논하는 줄 여기며, 아무것도 모르던 그는 겸허한 태도로 멀리 떨어져 날아다니는 파리를 바라보고 있었다. 그렇지만, 그는 부인을 대담무쌍한 분이라고 생각하는 한편, 그녀의 대담성의 명분을 세우기에 알맞은 그럴싸한 까닭을 꾸며대어, 그와 같은 규칙에서 벗어난 짓을 그녀의 머릿속에 불어넣을 만큼 제 자신이 훌륭하다고 스스로 여기고 있었다. 꼽추까지 때로는 이와 같은 착각에 빠지게 마련이다.

그가 이러한 염치없는 생각에 잠겨있을 때, 원수부인은 방문을 열고 뒤따라온 기사를 불러들였다.

그리고 이 권세 높은 귀부인은 그 높은 신분의 외모를 모조리 내던지고 단순한 여성이 되어 그의 발아래에 몸을 내던지며 말했다.

"아! 나는 당신에게 크나큰 잘못을 범했어요. 부디 들어보세요……. 당신은 이 저택에서 나가는 길로 죽게 되어있어요……. 어느 분을 사랑한 이 몸은 앞뒤를 분간 못할 만큼 넋이 빠져, 당신으로 하여금 애인의 자리를 이어받음이 없이, 오로지 죽음의 자리만을 차지하게 했답니다……. 내가 초청한 쾌락이란, 어찌 숨기겠요, 죽음의 쾌락이었던 거예요……."

"허!"하고, 마음의 밑바닥에 어두운 절망을 묻어버리면서 부아 부르동은 대답했다. "저를 당신의 소유물처럼 써주셔서 고맙기 한량없습니다……. 그래요! 저는 당신을 뜨겁게 사랑하기에, 숫처녀를 모방하여 한 번밖에 주지 못하는 것을 나는 매일이라도 바치겠습니다! 그러니 부디 저의 목숨을 택하시기를!"

이렇게 말하면서 가련한 기사는 저 세상의 기나긴 세월 동안 그녀의 모습을 마음의 눈으로 볼 수 있게끔 뚫어지게 그녀를 바라보았다.

이 씩씩하고도 사랑의 정에서 우러나오는 말을 듣고 부인은 벌떡 일어났다.

"아아! 사부아지가 없었다면, 당신을 참으로 사랑했을 텐데……."

"부인, 저의 숙명대로 되었습니다!"라고 부아 부르동은 계속해 말했다. "일찍이 점성가가 제게 예언하기를, 저는 어느 고귀한 부인의 사랑에 의해 죽을 거라고 했답니다! 아, 하느님 굽어 살피소서!"라고 말하면서 그는 멋들어진 장검을 움켜잡았다. "저의 목숨을 비싸게 팔겠습니다. 허나 저의 죽음이 제가 사랑하는 분의 행복에 이바지하는 걸 생각하면서 만족하게 죽겠습니다! 저는 이 세상의 현실 속에서 살아남는 것보다 사랑하는 분의 회상 속에서 살아남는 쪽에 보다 더 사는 보람을 느낍니다!"

이 용사의 거동과 그 빛나는 얼굴을 보고, 원수부인은 심장 한가운데가 찢어지는 듯한 느낌이 들었다. 그러나 금방, 근소한 애호마저 그녀에게 구하지 않은 채 그가 그냥 떠나가려는 듯한 거동을 취하는 모양을 보고는, 부인은 적지 않게 마음이 상했다.

"저어, 저를 안아주시지 않으시겠어요⋯⋯"라고 말하면서 부인은 그에게 달라붙으려고 했다.

"허어! 부인"이라고 그는 두 눈의 불꽃을 몇 방울 눈물로 적시며 대답했다. "부인은 저에게 목숨을 아껴 죽기 싫게 하실 작정이십니까⋯⋯."

"그만! 그런 말씀은 그만⋯⋯. 어떠한 결말이 날지 나로서는 오리무중이지만, 상관없어요. 어서 이리 오세요! 일이 끝난 후 둘이 나란히 뒷문에서 죽고 말자고요⋯⋯."

똑같은 정욕의 불꽃이 두 사람의 가슴을 활활 태우고, 똑같은 심금이 두 사람을 위하여 같은 가락을 내어, 그들은 즐겁고도 완벽하게 합쳐졌다. 여러분도 아시는 — 이라고 소생은 바라 마지않지만 — 그 광열狂熱의 감미로운 무아지경에서 두 사람은 이미 사부아지의 위험도, 자기들의 위험도, 원수의 죽임도, 목숨도 모두모두 망각하고 말았다.

한편, 그동안 정면 현관을 감시하던 병사들은 정부가 들어온 것과, 또한 미사가 진행되는 동안과, 돌아오던 도중에 본 백작 부인이 정부의 목숨을 구하려고 몇 번이고 눈짓을 했는데도 짐작 못 하고 정욕에 눈이 어두워진 정부가 저택에 들어온 경위를 원수에게 알리러 갔다.

병사들은 원수가 부랴부랴 뒷문 쪽으로 가는 도중에 마주쳤다. 그럴 것이, 뒷문의 궁수들이 "이제 막 사부아지 경이 뒷문으로 들어왔습니다!"라며 원수를 부르러 왔기 때문이다.

생각한 대로, 사부아지는 약속시간에 와서, 세상 애인들이 다 그렇듯이 머릿속에 상대 여성밖에 없던 그는, 원수가 쳐놓은 함정을 눈치채지 못하고 뒷문으로 몰래 들어갔던 것이다.

이와 같은 정부들의 엇갈림이 있었기에, 원수는 생 앙투안 거리에서 온 감시병의 보고를 중간에서 딱 잘라 이러고저러고 말할 수 없을 만큼 엄한 말투로 말했다.

"아니다. 이미 놈은 잡혔다!"

그래서, 일동은 부산하게 뒷문으로 "죽여라! 죽여라!" 소리치며 쇄도했다.

병사·궁수·원수·기사들이 한 무리가 되어, 국왕의 영세대자領洗代子 샤를 사부아지에게로 달려가, 바로 원수부인의 창문 밑에서 그를 엄습했는데, 기이하게도 불쌍한 젊은이의 단말마의 비명은 커다란 공포 속에 일을 서둘러 치르고 있던 두 연인이 사랑의 콧소리와 탄성을 지르는 동안 병사들의 아우성에 섞였다.

"아!"하고 두려움에 새파랗게 질리면서 본 백작 부인은 말했다. "사부아지가 나를 위해 죽는구나!"

"그러나 저는 당신을 위해 살아가겠습니다!"라고 부아 부르동은 대답했다. "사부아지가 치른 대가를 지금 제가 누리는 행복의 대가로서 치른다면 저도 기쁠 겁니다."

"이 장 속에 숨어요! 남편의 발자국 소리가 들려와요!"라고 부인은 외쳤다.

과연, 아르마냐크 경이 손에 시체의 머리를 쥐고 곧 나타났다. 벽난로 위에 선혈이 낭자한 그것을 놓고 그는 말했다.

"보시오, 부인. 남편에 대한 부인의 의무를 이 그림이 똑똑히 가르쳐줄 것이오!"

"어머, 당신은 무고한 분을 죽이셨군요!"라고 부인은 안색 하나 변하지 않고 대꾸했다. "사부아지는 이 몸의 애인이 아닌걸요!"라고 말하고 나서, 부인은 딴전부리는 얼굴로 여성 특유의 대담성을 갖고서 오만하게 남편을 쏘아보는 바람에, 원수는 여러 사람들 앞에서 실없는 말을 하고만 아가씨 모양으로 어리둥절해졌다.

"그럼, 오늘 아침 누구를 생각하고 있었소?"라는 원수의 물음.

"폐하의 꿈을 꾸고 있었어요!"

"아니 그럼, 어째서 그렇다고 내게 말하지 않았소?"

"짐승처럼 자기 스스로 만들어낸 분노에 빠져 야단치던 당신에게 말한댔자 곧이 들어주셨을 라고요?"

원수는 고개를 저으며 말했다.

"그러나 어떻게 사부아지가 우리 집 뒷문의 열쇠를 가지고 있었을까?"

"그런것 따위야 내가 알 바 아니에요"라고 부인은 딱 잘라 말했다. "설령 내가 대답하는 말을 곧이 믿어주실 아량이 당신에게 있다고 해도요. 모르는 건 모르는 거니까요."

그러고 나서 부인은 바람에 도는 바람개비 모양으로 빙그르르 발뒤축을 돌려 살림살이를 지휘하러 나가버렸다.

생각해보시라! 아르마냐크 경이 사부아지의 죽은 머리 뒤처리에 얼마나 난처해하고, 한편 부아 부르동이 원수가 혼자서 갖은 악담을 투덜거리는 걸 들으면서 기침소리 하나 내지 않으려고 얼마나 애썼는가를.

드디어, 원수는 탁자를 주먹으로 두 번이나 치고는

"이 화풀이로 푸아시 지방의 반도 놈들, 몰살이다!"라고 말했다.

그리고, 그는 떠났다. 밤이 되어 부아 부르동은 변장한 차림으로 저택을 빠져나왔다.

애인을 구하려고 한낱 여성으로서 할 수 있는 이상의 것을 행한 귀부인에 의해 사부아지는 크게 애도되었다. 그러다가, 나중에는 애도되는 것에 더하여 그리움도 받게 되었다. 왜냐하면, 이 사건을 원수부인이 이자보Isabeau 왕비에게 이야기하였더니, 왕비는 부아 부르동의 용감함과 자질에 감동되어, 원수부인을 섬기고 있던 그를 꾀어내 자기 차지로 만들었기 때문이다.

부아 부르동은 죽음의 귀신이 귀부인들에게 추천한 위인爲人이었다.

171

왕비의 덕분으로 출세한 그는 만사에 적지 않게 거만하게 구는 버릇이 생겨, 불쌍한 국왕 샤를 6세[84]가 제 정신이 들어있던 날에도 국왕마저 가볍게 보곤 하여서, 그를 시기하던 중신들이 그의 간통사姦通事를 국왕께 일러바쳤다.

이리하여 부아 부르동은 당장 부대 속에 꿰매지는 몸이 되어, 여러분도 다 아시는 바와 같이 샤랑통Charenton 나루 근처의 세느 강 속에 던져졌다.

덧붙여 말할 필요도 없거니와, 원수가 경솔하게 장검을 휘둘러대려는 못된 생각을 해낸 그날 이후부터, 선량한 그의 부인은 원수가 잘못 저질렀던 그 두 죽음을 좋은 구실로 삼아 툭하면 원수의 코앞에 그 일을 내놓곤 하여서, 원수도 남편의 바른길로 고양이처럼 온순하게 어쩔 수 없이 접어들었다.

원수도 부인의 정숙함과 어엿한 몸가짐을 인정하게 되었는데, 사실 부인은 그만한 인정을 받을 만한 분이기도 하였다.

옛 위대한 문인文人들의 방침에 따라, 이 책자도 여러분이 하시는 너털웃음 사이사이에 어떤 유익한 것을 곁들여 취미가 고상한 교훈을 포함시키지 않을 수 없기에, 이 이야기의 진수眞髓를 말씀드리자면 다음과 같은 것이다.

곧 여성은 아무리 중대한 궁지에 빠졌더라도 당황할 필요가 없는 것이, 사랑의 신이 결코 여성을 저버리지 않기 때문이고, 특히 그 여성이 아름답고 젊고 좋은 집안이라면 더욱 그렇다는 것.

또 한 가지는, 사랑의 밀회에 나가는 남성들은 경솔한 젊은이 모양으로 무턱대고 가지 말고, 정신을 바짝 차려 보금자리 근처를 면밀하게 살피고 함정 따위에 빠지지 않는 경계심이 필요하다는 것. 왜냐하면 아름다운 여성 다음으로 이 세상에서 가장 귀중한 것은 바로 이 멋진 남성이니까.

---

84 Charles VI(1368~1422). 파리 태생으로 1380년부터 1422년까지 프랑스 왕으로 재위하였는데, 광증狂症이 있었다.

틸루즈Thilouze[85]의 숫처녀

틸루즈의 큰 마을에서 그다지 멀지 않은 성관에서 할 일 없이 지내던 발레느Valesnes 영주는 얼마 전에 가냘픈 여성에게 장가를 들었는데, 새색시가 된 분은 궁합이 좋아선지 혹은 나빠선지, 즐거워선지 혹은 안 즐거워선지, 약해선지 혹은 건강해선지 통 까닭 모르게 혼인 약정에 규정된 달콤한 과자와 설탕을 남편에게 그대로 단식시켰다.

사실을 말하자면, 이 영주는 늘 야수의 뒤만을 쫓는 땀내가 고약하게 나는 위인이자, 방 안에 가득 찬 연기 못지않게 재미없는 사람이었다. 더군다나 이미 육십 고개를 넘고 있었는데, 목매달려 죽은 사람의 과부가 밧줄이라는 낱말을 입 밖에 내지 않듯이, 나이라는 낱말을 입 밖에 낸 적이 한 번도 없었다.

그러나, 장식융단을 만드는 장인들처럼 자기가 만든 것을 모르는 자연은, 미남미녀에 대한 특별한 애호 없이, 꼽추·앉은뱅이·소경·추남과 추녀

85 투르에서 남남서 쪽 20km 지점에 있는 마을.

를 이 세상에 한 바구니로 던지고, 생명 있는 모든 것에 똑같이 시큼하고도 달콤한 연정을 주었다. 그러므로 이로 인해 어떠한 짐승도 저마다 짝을 찾아내게 마련이어서 '제 뚜껑을 만나지 못할 만큼 흉한 항아리는 없다'는 속담도 있는 것이다.

따라서 이 발레느 영주도 자신이 덮을 예쁜 항아리를 찾아 이리저리 그리고 자주 야수_{野獸} 이외에 귀여운 암컷까지 쫓아다녔다. 그러나, 이 이목구비가 수려한 종류의 사냥거리는 근방에 희소하였고, 숫처녀를 쏘아 떨어뜨리기란 값싼 수고로 되는 것이 아니었다.

그렇지만 샅샅이 뒤지고 사방팔방으로 알아본 끝에, 드디어 발레느 영주는 틸루즈 마을에 옥같이 아름다운 이팔청춘의 딸을 두고 있는 직조공의 과부가 살고 있는 것을 알아냈다.

이 과부가 딸을 어찌나 애지중지하였던지, 치맛자락에서 한 발자국도 떠나지 못하게 하였고, 드높은 모성애 때문에 소변보는 데까지 졸졸 따라다니고, 밤에는 같은 잠자리에 들고, 아침에는 함께 일어나 둘이서 하루에 여덟 냥 가량 벌고, 축일에는 몸소 성당까지 데리고 가서, 젊은 놈팡이들과 함부로 말을 건네지 않도록, 또 딸에게 손장난이 닿지 않도록, 여가고 방심이고 뭐고 없이 살았다.

그러나, 세상인심이 험하고 살기 힘든 당시였던지라, 모녀 둘이서 버는 것으로는 굶어죽기를 겨우겨우 면하는 형편이었다. 가난한 친척 집의 방 하나를 빌어 살고 있던 모녀는 겨울에는 땔감이 부족했으며, 여름은 여름대로 속에 입을 것이 없을 정도로 궁핍한데다가, 남의 빚에 눈 하나 깜짝하지 않는 집행관이 깜짝 놀랄 만큼이나 방세가 밀리고 있었다. 요컨대, 딸이 아름답게 되어갈수록 과부의 빈곤은 더해갔으며, 만물을 녹이는 도가니 때문에 연금술사가 빚을 짊어지듯, 딸의 새것 때문에 과부의 빚은 날로 늘어나고 있었던 것이다.

이러한 실정을 하나도 빠짐없이 탐지한 발레느의 영주는, 비 오던 어느 날, 짐짓 우연인 듯이 이 모녀의 오막살이 안으로 비를 피하겠다는 구실을 꾸며 들어가서는, 가까운 숲으로 몸을 말리기 위한 나뭇단을 가지러 보냈다. 보낸 사람을 기다리는 동안, 영주는 가난한 모녀 사이에 있는 등 없는 걸상 위에 앉았다.

오막살이집의 회색 그늘과 흐릿한 빛을 기화로, 영주는 틸루즈의 숫처녀의 아리따운 얼굴 생김, 불그레하고도 토실토실한 양 팔, 아기자기한 것이 많은 것 같은 가슴을 추위로부터 막아주고 있는 보루保壘 모양의 단단하고도 볼록하게 나온 가슴팍, 나이 어린 떡갈나무처럼 동그란 허리를 유심히 구경했다.

이 숫처녀의 모습은 보기에, 첫 서리처럼 청순하면서도 짜릿하고 생기 있고 말쑥한데다가, 이른 봄의 새싹처럼 새롭고 부드러워 이 세상의 모든 아름다움을 모조리 갖추고 있는 듯하였다. 겸허하고 슬기로운 숫색시의 푸른 눈이, 성모 마리아의 눈매보다 더욱 조용한 품을 띠고 있었던 것은, 아직 아비 없는 애를 잉태한 경험이 없었던 연고일까.

누군가 이 숫처녀에게 "자, 즐거운 것을 하고 싶으냐?"고 물었다면, 이 처녀는 아마도 이렇게 대꾸했을 것이다.

"즐거운 것이라뇨, 그게 뭐지?"

그처럼 이 숫색시는 풋내기다웠고, 세상 물정에 깨어나지 못한 듯하였다.

그러므로, 늙은 영주가 걸상에서 몸을 비비꼬면서 숫처녀를 탐내는 꼴이란, 호두알을 따려고 목을 길게 빼는 시늉과 흡사하였다. 과부도 그 꼴을 보았으나, 상대가 그 지역에서 제일 가는 영주인지라, 그 위엄에 겁이 나 한 마디의 잔소리도 하지 않았다.

벽난로에 수북이 넣은 나뭇단이 불길을 내뿜기 시작하던 무렵, 늙은 사냥꾼은 노파에게 말했다.

"허! 마치 따님의 눈처럼 몸이 따뜻해져 오는 걸……"

"하오나 영주님, 딸의 눈의 불로는 음식 하나 익힐 수 없지요……"하고 노파는 말했다.

"익힐 수 있지……"라고 대감이 대답했다.

"어떻게요?"

"어렵지 않은 일이지. 따님을 내 안사람의 몸종으로 보내주구려. 그럼, 매일 나뭇단 두 묶음을 할멈에게 보내리다."

"하오나 영주님, 그런 좋은 땔감을 날마다 주시더라도, 그 불로 뭘 익힌다죠?"

"글쎄……. 우유죽이나 끓이구려. 이제부터 계절마다 할멈에게 밀 한 가마씩 줄 테니까"라고 늙은 색마色魔는 말했다.

"주시는 건 고마우나, 어디에 담아야 할지……."

"나무통에 담게, 나무통에!"라고 이 숫색시 구매자는 소리쳤다.

"하오나 영주님, 저희 집에는 그 나무통도 궤도 아무것도 없는걸요."

"그럼 좋아. 나무통, 궤와 냄비, 그릇, 천장에 달린 침대 할 것 없이 살림살이 한 벌을 할멈에게 주지……."

"정말이십니까?"라고 사람 좋은 과부는 말했다. "하오나 영주님, 그 살림살이가 비로 망가지면 큰일인데요……. 집하나 없으니 말입니다……."

"요전에 불쌍하게도 산돼지에게 배를 찢긴, 내 사냥터지기 필르그랭Pillegrain[86]이 살았던, 라 투르벨리에르la Tourvelliere의 집이 저기 보이지 않나?"라고 영주가 물었다.

"보이고말고요"라는 할멈의 말.

"거기서 죽을 때까지 살게나……."

"아이고, 영주님"하고 놀란 김에 누에고치가 가득 담긴 바구니를 떨어뜨리며 과부는 소리쳤다. "참말이십니까?"

"장부일언은 중천금일세."

"그러시면 딸의 급료로는 얼마나 주실는지요?"

"나를 섬기는 데에 따라 얻고 싶은 대로……"라는 대감의 말.

---

86 Pillegrain이란 이름을 글자풀이하면, pille(약탈꾼)와 grain(낱알)이 합쳐진 말로 '낱알털이꾼'을 의미한다.

"오, 영주님, 놀리시는 건 아니겠지요!"

"아니고말고!"

"아, 어쩌지······"라는 과부의 말

"가티앵 성자 그리고 엘뢰테르Eleuthere 성자와 하늘에 우글우글 하는 1억만의 성자들의 이름을 걸고, 나는 맹세코······."

"네, 네, 알아 모셨습니다. 그럼, 우롱하시는 말씀이 아닌 증거로 지금 하신 여러 하찮은 이야기를 공증인公證人 앞에서 증서로 작성해주셨으면 하는데요······."

"우리 주 예수 그리스도의 거룩한 피와 할멈 딸의 귀여운 것을 걸고 맹세하는 증언일세. 나는 귀족이 아닌가. 장난으로 하는 말인 줄 아는가?"

"천만의 말씀을요, 영주님. 실 잣는 가난하기 짝이 없는 과부이기는 하오나, 딸을 떠나보내기가 살을 저미는 듯 가슴 아프니까요······. 아직 어리고 약한 체질이라서 시중들다가 몸이라도 상하면 어쩌나 하고 걱정이 되는군요. 어제 주일 강론에서도 주임 사제님이 말씀하시기를, 애들은 하느님으로부터 맡은 것이라고 하셨고, 또······."

"알았네, 알았어, 그럼, 공증인을 빨리 불러오게"라는 영주의 말.

늙은 나무꾼을 보내 공증인을 불러와 서식대로 약정서를 작성했다. 일자무식인 발레느 영주는 서명 대신 십자가 표시를 그었다. 약정이 끝나자 영주는 과부에게

"자, 할멈, 이것으로 할멈도 하느님 영전影殿 앞에, 딸의 새것을 지키는 책임이 풀린 셈일세······."라고 말했다.

"옳으신 말씀입니다, 영주님. '철이 들 나이까지'라고 주임 사제께서도 말씀하셨고, 내 딸도 이미 철이 났으니까요······."

그런 다음, 딸 쪽을 보고,

"마리 피케Marie Ficquet야"라고 과부는 말을 이었다. "네게 가장 소중한 것은 무엇보다 여인의 정조라는 거다. 그런데, 네가 이제 가는 곳은, 여기 계시는 영주님을 빼놓고는 모두가 네게서 정조를 빼앗으려는 놈들이 있는

곳이니 정신 바짝 차려야 한다. 알겠니? 상대방을 잘 알아보고 적절한 때가 아니고서는 속살을 내맡겨서는 안 된다. 합법적인 동기라면 몰라도, 하느님 영전이나 사람들 앞에서 엉덩이가 가벼운 계집애라고 뒷손가락질을 받지 않도록, 사전에 결혼의 약정이 맺어지기 전까지 손가락 하나 넣지 못하게 해야 한다. 그렇지 않으면 큰코다치니까……."

"네, 알겠어요, 어머니"라고 숫처녀는 대답했다.

이렇게 하여 숫색시는 가난한 어머니의 슬하를 떠나 발레느의 성관으로 가서 마님의 시중을 들게 되었는데, 타고난 미모로 금세 마님의 마음에도 들게 되었다.

발레느, 사쇠, 빌레느와 그 밖의 근방 마을의 현모양처들은, 틸루즈의 숫처녀의 엄청난 몸값을 듣고, 새것보다 이로운 것이 없음을 새삼 깨닫고는 저마다 딸들의 새것을 고이고이 길러내려고 애썼으나, 그것을 길러내는 일로 말하자면, 누에를 치는 것만큼 위태로운 일로 툭하면 터지고 말았는데, 그도 그럴 것이, 숫처녀의 새것은 짚 위에서 모과열매처럼 금세 무르익고 말기 때문이었다. 그래도 단단한 껍질로 소문난 숫처녀가 투렌느 지방에 몇몇이 나타나, 그녀들이 들어가 있는 수녀원에서 동정녀로 통할 정도였다. 허나 본인은 베르빌이 가르쳐준 숫처녀의 완벽한 새것을 가리는 방식을 사용해 그 숙녀들을 친히 확인해보지 못해서, 그 점에 대해서는 뭐라고 대답해야 좋을지 모르겠다.

각설하고, 결국 이 마리 피케는 모친의 슬기로운 가르침을 곧잘 지켜, 주인의 어떠한 감언이설, 달콤한 요구, 눈 뜨고 볼 수 없는 원숭이 흉내에 대해서도 혼례식 없이는 따르려고 하지 않았다. 화가 난 늙은 영주가 달려들려고 하면, 개에게 쫓기는 고양이처럼 숫색시는 성을 발칵 내며 "마님께 일러바치겠어요!"라고 소리치는 것이었다.

그래서 반년이 지나도, 늙은 영주는 아직 나뭇단 한 단의 값도 얻지 못했다. 손을 내밀 때마다 피케는 점점 꿋꿋하고 모질게 되어, 한번은 영주의 간청에 맞서 쌀쌀하게 대꾸했다.

"이 몸에서 그걸 빼앗아 가신다면, 언제 다시 돌려주실 작정이시죠? 흥!"

또 어떤 때는 말하기를

"저에게 체처럼 작은 구멍이 있어도 영주님께는 그 하나도 빌려드리기 싫어요. 그만큼 영주님은 추해요!"

그러나 이 사람 좋은 늙은이는 이와 같은 버릇없고도 상스러운 말도 새것의 꽃으로 여기고는, 짓궂게 한숨을 지어보기도 하고, 장광설을 늘어놓기도 하고, 수백 번 맹세하는 것을 그치지 않았다. 그럴 것이, 이 숫색시의 보기만 해도 군침이 꿀꺽 삼켜지는 볼록한 앞가슴이나, 어떤 동작으로 인하여 스커트 너머로 드러나 보이는 토실토실한 넓적다리나, 어느 신앙심 깊은 성자라 할지라도 뒤틀어지게 하고야 말 이루 형용키 어려운 것을 감탄하는 마음으로 눈앞에서 목격하게 되자, 늙은 영주는 노년의 강한 애착과 더불어 이 처녀에게 반해버렸기 때문이다. 이와 같은 노년의 애착이야말로, 젊은이의 연모의 정과는 거꾸로 기하학적인 비례로 더해가는 것으로, 노인은 더해만 가는 무기력과 더불어 애착하는 대신에, 젊은이는 감퇴해가는 힘과 더불어 애착하는 것이다. 그러므로, 극성맞은 숫처녀에게 거절할 구실을 주지 않으려고, 대감은 칠십 고개가 넘은 늙은 창고지기를 설득시켜 몸을 곧잘 덥게 해줄 마리 피케에게 장가들게 하기로 방침을 정했다.

성관에서 긴 세월을 두고 여러 일에 종사해 지금도 한 해에 3백 냥을 받고 있던 늙은 창고지기는, 그 나이에 다시 새삼스럽게 앞문을 여느니보다 노후의 안락한 홀아비 생활 쪽을 바람직하게 여기고 있던 터라 호락호락 승낙하지 않았으나, 대감에 대한 충성이라는 말과 또 처라고 해도 명의뿐이고 아무 걱정도 할 필요가 없다는 말을 듣고는 하는 수 없이 납득을 하고 말았다.

온갖 구실이 벗겨지고 명령을 거절할 이유가 없어진 마리 피케는 혼인식 날 막대한 혼수와 지참금을 영주에게 치르게 한 다음, 이 늙은 수탉[87] 이 그

---

87 vieux coquart. 늙은 오입쟁이라는 뜻도 된다.

La pucelle de Thilhouze

녀의 모친에게 주는 밀 가마의 수만큼 속살을 허락하기로 약속했으나, 늙은 수탉이 나이가 나이라서 아마도 한 가마 분으로도 족했으리라.

혼인식이 끝나자마자, 부인을 먼저 물러가게 한 영주는 그 즉시 신부 방으로 달려갔다. 암평아리[88]의 몸값, 연금, 나뭇단, 집, 밀, 창고지기에게 준 금액 등등 엄청난 돈이 든 신부의 방은 유리가루를 바르고 돗자리를 깔고 벽을 융단으로 장식한 으리으리한 방이었다.

간단히 말해서, 포근하게 잠자리에 드러누워 도전하는 표정을 짓고, 숫처녀의 향긋한 냄새를 방 안에 풍기며 대기하고 있던 틸루즈의 숫처녀의 모습을 벽난로에 탁탁거리는 장작불의 부드러운 빛 속에서 본 영주는, 어찌나 그 모양이 예쁘게 보였던지 이 세상에 둘도 없을 만치 아름다운 새색시라고 여겨, 이 보석에 치른 막대한 대금이 전혀 아깝지 않았다.

이 늠름하고도 믿음직스러운 열매를 서둘러 첫 한 입 깨물고 싶은 욕심을 억제치 못한 대감은, 백전 연마의 용사답게 초심자의 발원發願에 패물을 달아주고자 일을 시작했다. 그런데 너무나 게걸스럽게 굴어, 이 복 많은 자는 이리 미끌 저리 미끌 좀스러운 짓을 할 뿐 사랑의 씩씩한 본분 쪽은 통 못했다.

이 꼴을 알아챈 마음씨 고운 숫색시는 잠시 후, 늙은 기사에게 천연덕스럽게 말했다.

"영주님, 제 생각대로 아직 거기에 계시다면, 부디 당신의 몸에 달린 그 가죽으로 된 종을 좀더 세게 두들겨대세요."

이 말은 모르는 사이에 온 지역에 퍼져 마리 피케의 이야기는 일약 온 지역에 소문이 났는데, 오늘날에도 우리 지역 투르에서는, 권세 있고 돈 많은 양반에게 바쳐지는friquenelle 새댁을 놀리는 말로 "저 아가씨는 틸루즈의 숫처녀야!"라고 할 정도다.

프리크넬friquenelle이라는 낱말은, 스토아파의 철학에 교육되어 어떠한

---

88 poulette. 소녀, 젊은 여자라는 뜻도 된다.

재난에도 까딱하지 않는 경지를 여러분이 체득하지 않는 한, 첫날밤을 함께 지내는 신부로 권하기 어려운 아가씨들을 두고 하는 말이다.

세상에 흔히 있는 사례지만, 남성으로서 면목 없는 우스꽝스러운 경우에 이르러 어쩔 수 없이 스토아파의 철학자인 체하는 사람들이 많을 것이다. 왜냐하면, 대자연은 돌고 돌지만 변하진 않고, 또 오로지 투레느 지역뿐만 아니라 다른 지역에도 이러한 숫처녀가 수없이 있을 테니까.

때문에 여러분들이, 이 이야기의 교훈은 어디에 있고, 그 뜻은 무엇이냐고 묻는다면, 숙녀들에게는 "이 《해학 30 Les Contes Drolatiques》은 도덕을 가르치는 재미로 씌어진 것이 아니라, 즐거움의 윤리를 마련해드리기 위해 써본 것이라" 대답하겠고, 또한 묻는 분이 허리 기운이 빠진 늙은 주책망나니라면, 노체老體의 누런색 또는 회색의 가발에 치러야 할 경의를 표하면서 "주어지기 위해서 만들어진 보물을 돈 주고 사려고 한 발레느 경을 하느님께서 벌하려고 하신 것이다"라고 대답하고자 한다.

문경지교 刎頸之交[89]

미녀 디안Diane을 총애하신 앙리Henri 2세 치하의 초엽부터 유행되던 의식으로서, 후에 쇠퇴되어 오다가 마침내 옛날부터 전해 내려오던 허다한 순풍미속淳風美俗과 더불어 아주 소멸되고 만 것이 있다. 이 아름답고 고귀한 풍습이란 다름이 아니고, 당시의 모든 기사들이 행한 '전우의 선택', 바로 그것이다.

다시 말해, 두 기사가 상대방의 충성심과 용감성을 서로 알아본 다음, 죽을 때까지 변치 않는 문경지교를 맺고, 싸움터에 나가서는 전우를 위협하는 적을 막고, 궁전에 들어가서는 신하들이 헐뜯는 것을 서로 막아주는 맹약이었다. 때문에 함께하지 않은 곳에서 둘도 없는 벗의 험담이 나와 그 불충함과 의리 없음을 책하는 사람이 있다면, 벗의 명예를 굳게 믿는 또 하나의 벗은 즉시 '그대의 말은 당치도 않은 중상이다!' 라고 반박하여 벗을 험담한 사람에게 결투를 신청해야 했다.

---

89 la frere d'armes. 직역하면 '전우', '맹약을 맺은 기사' 라는 뜻이다.

이렇듯 좋은 일이거나 나쁜 일이거나, 모든 일에 있어서 서로 상대의 보조자가 되어, 행운이건 불행이건 서로 나누는 철석鐵石같은 사이라는 것을 새삼스럽게 덧붙여 말할 필요도 없다. 이는 자연의 우연에 의해 맺어진 것에 지나지 않는 혈육의 인연에 비해, 무의식적이면서도 상호적인 특수한 감정의 유대에 의해 맺어졌기에 보다 절친하였다.

그러므로 이 문경지교의 정은, 옛 그리스, 로마, 그리고 기타 여러 나라의 용사들의 그것 못지않은 훌륭한 특성을 보였다. 그러나, 이는 본 이야기의 주제가 아니다. 그러한 이야기들은 우리나라 역사가들이 수북하게 저술한 바 있어 누구나 다 알고 있는 것이기도 하기 때문이다.

각설하고, 그 당시,[90] 마이에Maille라는 청년귀족[91]과 라발리에르Lavalliere 경이라는 투레느 태생의 두 젊은 귀공자가 첫 싸움터에서 무훈을 발휘하던 날 전우의 굳은 맹약을 맺었다. 두 사람은 다 맹장 몽모랑시Montmor-ency 경의 막하에서 수련을 쌓고, 이름난 무인의 부대에서는 용맹한 기운이 얼마나 전파되기 쉬운가를 실제적으로 보여주었다. 왜냐하면, 라벤나 전투에서 나이든 무사武士들에 못지않은 전과를 두 사람 모두 세웠으니까.

그날 전투가 혼전混戰으로 접어들었을 때, 마이에는 늘 사이좋지 않게 지내오던 라발리에르가 몸소 그를 위급한 상황에서 구해주어, 그 고상한 마음씨에 감동되었다. 두 사람 다 저마다 받은 윗저고리의 상처에서 솟아나오는 피를 서로 빨아 마시고, 그 자리에서 의형제를 맺고, 주장主將 몽모랑시 경의 천막 아래 같은 침대에서 간호를 받았던 것이다.

여기서 말해둘 것은, 마이에 가문은 대대로 미남·미녀를 배출한 집안임에도 불구하고, 유독 어린 마이에만은 조금도 남의 마음에 들지 않을 얼굴

---

90 여기서 '그 당시'란 라벤나 전쟁 이후의 시절을 가리킨다. 라벤나(Ravenne)는 이탈리아의 도시로, 라벤나 전쟁은 1512년에 일어났다.

91 cadet. 둘째 아이 혹은 둘째 이하의 자녀를 뜻하는 말이지만, 연하의 사람, 후배, 병졸로부터 시작해 하급사관으로 근무하는 둘째 아들 이하의 청년귀족이나 기사를 나타내기도 한다. 본문에서는 '연하의 후배 기사' 정도의 뜻이 알맞을 듯하다.

생김새여서 '악마의 고움' 밖에 거의 갖추지 못한 사람이었다는 점이다. 그러나, 사냥개처럼 몸맵시가 좋았으며, 어깨가 떡 벌어졌고, 용맹으로 이름 높은 페펭Pepin[92] 대왕처럼 기골이 튼튼하였다.

이와 반대로 샤토 라발리에르 경은 아름다운 레이스, 화사한 짧은 바지, 매끈한 단화 같은 게 잘 어울리는 맵시 있는 젊은이였다. 그 회색빛 나는 긴 머리털은 귀부인의 머리채처럼 아름다웠다. 한마디로 말해, 그 어떠한 여성이라도 그와 함께 놀고 싶은 마음이 들 정도로 귀여운 젊은이였다. 그러므로 어느 날, 교황의 조카딸인 왕세자비가 취미 고상한 익살을 싫어하시지 않는 나바르Navarre 왕비에게 웃으면서 말하기를,

"이 아이는 만병을 통치하는 약이랍니다!"라고 했었다.

이 투레느의 귀여운 젊은이는 당시 열여섯 살이어서, 이 환심을 사려는 농담을 꾸중으로 알고 얼굴을 붉혔다.

그건 그렇고, 이탈리아로부터 개선한 마이에는 모친의 주선으로 좋은 혼인자리[93]가 마련되어 있는 것을 알았다. 상대는 안느보Annebault라는 아름다운 아가씨로, 얼굴 생김도 풍요하고, 무엇 하나 빠진 것 없이 풍성하고, 바르베트Barbette 거리에 있는, 이탈리아산 살림살이와 그림을 갖춘 큰 저택을 비롯해 막대한 상속 영지까지 지참하고 시집을 왔다.

국왕 프랑수아께서 '나폴리의 병'[94]으로 승하하신 까닭에, 이대로 가면 장차 아무리 지체 높은 공주를 상대하더라도 화류병(성병)에 관해서는 조금도 안심할 수 없다면서 인심이 흉흉하였는데, 국왕께서 승하하신 지 며칠 후, 마이에는 어떤 중대한 용무를 띠고 궁전을 떠나 피에몽Piemont에 부임하지 않을 수 없게 되었다. 짐작해보시라. 그처럼 젊고, 아름다우며, 발랄한

---

92 페펭 르 브레프(Pepin le Bref, 714~768). 프랑크 왕국 카롤링거 왕조의 초대 왕으로 샤를 마르텔의 아들이며, 소小페펭이라고도 한다. 751년에 프랑스 국왕으로 등극했다. 그의 뒤를 이어 아들 샤를마뉴가 왕위에 올랐다. 영어식 발음으로는 피핀.

93 umn bon chausse-pied de mariage. 직역하면 결혼의 좋은 구둣주걱.

94 la mal de naples. 곧 성병을 말한다.

아내를 독수리처럼 방약무인하고도 거만스러운 눈길의 멋쟁이들이 득실득실한 궁전에, 부활절 햄에 굶주린 하인들만큼이나 남의 아낙네들에게 굶주린 오입쟁이들이 많은 궁전에 남기고 가는 것이, 위험과 추적, 함정과 기습 한가운데 남기고 가는 것이 얼마나 달갑지 않았겠는가를.

견딜 수 없는 질투심에 사로잡혀, 그에게는 모든 것이 불만거리가 되었다. 그러나, 곰곰이 생각한 끝에, 다음과 같은 방법으로 아내에게 맹꽁이자물쇠를 채우는 것을 생각해냈다.

곧 그는 둘도 없는 문경지우刎頸之友에게 출발하는 날 새벽까지 와달라고 통지했다. 급히 달려온 라발리에르의 말굽소리가 안마당에서 들리자, 그는 침대에서 일어나 밖으로 나왔다. 게으름뱅이들이 무엇보다 즐기는 새벽녘의 단잠에 아직까지 어렴풋이 잠들고 있던 희고도 부드러운 아내를 잠자리에 남겨두고.

라발리에르가 마이에를 보고 말했다.

"자네의 부름이라 엊저녁 안으로 달려오려고 했지만, 공교롭게 애인의 부름을 받아 어쩔 수 없이 그곳에 갔다가 새벽녘에 헤어지고 왔네……. 나보고 동행해달라는 부탁이겠거니 짐작하여 그녀에게도 자네의 부임을 말했더니, 몸을 단정히 지켜 내가 돌아오기를 기다리겠다고 서약문을 써서 약속해주었다네……. 설령 그녀가 나를 배신할지라도 벗이 애인보다 소중하니까 상관없네!"

"오! 고마우이"하고 벗의 말에 감동된 마이에는 대답했다. "실은 자네의 씩씩한 마음의 드높은 증거를 부탁하고 싶네……. 다름이 아니라, 내 안사람을 보살펴주는 소임을 맡아주지 않겠나? 모든 사람에게 맞서 안사람을 지켜주는 수호자이자 길잡이가 되어 티끌만큼도 안사람에게 침해가 없도록 감시해주지 않겠나? 내가 집에 없는 동안, 내 집 초록빛 방에 기거하며 안사람의 기사가 되어주게……."

라발리에르는 눈살을 찌푸리며 말했다.

"내가 두려워하는 것은 자네도 자네 부인도 나 자신도 아닐세. 그러나 이것을 기화로 우리 사이를 명주실 타래 모양으로 엉클어지게 하려는 뱃속이 검은 자들의 주둥아릴세……."

"나에 대해서라면 걱정 말게!"하고 라발리에르를 껴안으며 마이에는 다시 말했다. "내가 오쟁이 지는 비운이 만약 하늘의 뜻이라면, 차라리 자네 때문에 지는 편이 덜 비통할 걸세……라고 입으로는 말하지만, 상냥하고 싱싱하며 정숙한 안사람에게 홀딱 반해있는 나인지라 어쩌면 비탄에 빠져 죽을지도 모르겠네……."

마이에는 말하고 나서 흘러나오는 눈물을 라발리에르에게 보이지 않으려고 머리를 돌렸으나, 친구의 눈물의 씨앗을 본 잘생긴 귀족은 마이에의 손을 잡으며 말했다.

"여보게, 나는 기사도의 신의를 걸고 맹세하네. 어떤 놈이든 자네 부인을 건드리려고 하는 자가 있다면, 그러기 전에 그놈은 제 뱃속 깊숙이 내 단검의 날이 얼마나 서늘한지를 느끼게 될 걸세……. 내가 죽지 않고 있는 한, 자네는 흠 없는 몸 그대로의 부인을 다시 만나게 될 걸세. 하지만 마음속은 몰라. 상상력이란 기사의 능력 밖의 능력이니까……."

"고맙네. 자네 은혜는 일생 동안 잊지 않겠네. 그럼 부탁하네……"라고 마이에는 외쳤다.

그러고 나서, 그는 작별할 때 부녀자들이 뿌리는 감탄사·눈물·양념 같은 것에 의기소침해지지 않으려고 그대로 즉시 출발했다.

라발리에르는 마을 입구까지 친구를 배웅한 후 저택으로 돌아와, 마리 안느보가 기상하기를 기다렸다가 그녀에게 남편의 출타를 알리고, 차후로 무엇이든 그녀의 말에 따르겠다는 뜻을 이야기했는데, 그 행동하는 모습이 어찌나 우아하였던지 아무리 정숙한 부녀자일지라도 이 기사를 자기 혼자만의 것으로 간직하고픈 욕망에 온몸이 근질근질 아니할 수 없을 정도였다. 그러나, 이 부인의 마음을 움직이기 위하여 그와 같은 훌륭한 주기도문을 욀 필요가 조금도 없었다. 그럴 것이, 부인은 두 친구의 대화를 몰래 듣고 남편의 의심에 크게 화가 나 있었으니까.

아뿔싸! 생각건대 하늘만이 완벽하시도다! 온 인간의 상상 속에는 늘 나쁜 일면이 있구나. 암 그렇고 말고. 무엇이든 ─ 심지어 지팡이까지도 ─ 잡아드는 마당에 그에 합당한 목적으로 그것을 잡는 것이 삶의 멋들어진, 그러나 터득하기 어려운 깨달음이 아니겠는가. 이것이 바로 부녀자의 마음에 들기가 가장 힘든 까닭인즉, 부녀자의 몸 안에는 부녀자들을 초월한 어떤 여성다운 것이 있기 때문이다. 다시 말해, 아니 일부러 그것까지 지적해서 말한다면, 경의를 치러야 할 부녀자들에게 도리어 무례를 범할 듯하다는 두려움이 앞서니 내 입을 봉하도록 하겠다. 하지만, 이 요사스러운 여성다운 것에 대한 환상이 깨어지지 않도록 우리는 깊이 조심하기로 하자. 사실, 여인을 완전히 지배한다는 것은 남자의 마음을 몹시 상하게 하는 일로, 그러기에는 남성이 여인에게 복종하기에 급급해야만 한다. 이게 바로 부부 사이의 고민거리를 푸는 가장 좋은 열쇠라고 본인은 확신한다.

그런 고로, 마리 안느보는 멋쟁이 라발리에르의 태도와 제언에 매우 기뻐하였다. 그녀의 미소에는 요사스러운 기운이 있었다. 둥글게 말해서, 그녀의 그것의 감시역인 젊은이[95]를 명예와 쾌락 사이에 끼워 넣으려는 속셈, 그에게 연정戀情으로 호소하고, 온갖 방법으로 주무르고, 뜨거운 눈길로 추구하고, 그 결과 '색욕色慾의 길'에 나서게 함으로서 '우정의 길'을 등지게 하려는 요사스러운 기운이 거기에 있었던 것이다.

게다가, 그녀의 계획을 실천에 옮기는 데 있어서도 만사가 안성맞춤이었다. 그럴 것이, 라발리에르 경은 저택에 기거하며 그녀와 친교를 거듭하지 않을 수 없었으니까. 또한 그 여인이 '저기다'라고 한번 노린 겨냥을 피할 수 있는 이가 3천 개의 세계 속에 단 한 사람도 없을 만큼, 이 암원숭이는 그 겨냥한 것을 함정에 빠트려 개가를 올리려고 잔뜩 벼르고 있었으니까.

어떤 때는 야밤의 12시까지 벽난로 가에 앉아있던 그녀의 곁에 있게 하고는, 그에게 노래의 후렴을 노래해 들려주며, 특히 그 아름다운 어깨나 풍만

95 son jeune garde-chose. 의역하면 '제 정조를 감시하는 젊은이'라는 뜻이다.

한 상반신의 '하얀 유혹'을 드러내 보이며, 심지어 타는 듯한 눈길을 스르르 보내기도 하였지만, 그러면서도 그녀는 자신의 머릿속에 간직하고 있던 생각들을 안색에 전혀 나타내지는 않았다.

또 어떤 때는, 아침나절에 저택의 정원을 함께 산책하다가 그의 팔에 힘껏 기대어 매달리기도 하고, 뜨거운 한숨을 내쉬기도 하고, 반드시 때맞춰 풀리곤 하는 편상화 끈을 일부러 그에게 다시 매게 하기도 하였다.

다음에는 귀부인들이 곧잘 하는 그 상냥스러운 말과 거동, 손님을 위한 염려의 연속이었다. 예를 들어, 불편한 데가 없느냐고 물어보러 오기도 하고, 잠자리가 편안한지, 방이 깨끗한지 보러 오기도 하고, 실내의 환기가 어떤지, 밤에는 바람이 새어 들어오지 않느냐, 낮에는 햇빛이 너무 들어오지 않느냐, 필요한 것이 없느냐, 있으면 사양 말고 말씀하시라 하고 말하기 위해 오기도 하였다. 이를테면, 다음 같은 말투였다.

"아침 잠자리 속에서 뭘 드시는지……. 꿀물인가요, 우유인가요, 또는 홍차인가요? 식사시간은 지금대로 좋으신가요? 뭐든지 당신이 원하시는 대로 따르겠으니 말씀만 하세요. 저에게 사양하시는 거 아닌가요? 어서 말씀해보셔요……."

이와 같은 지극한 애지중지에다 짐짓 꾸민 애교를 그녀는 아낌없이 발휘해, 그의 방 안으로 들어가면서,

"어머, 제가 폐를 끼치나 봐. 사양하지 마시고 저를 내쫓으시라니까요……. 혼자 편히 계시고 싶으시죠? 곧 물러간다고요……."

그러면 그는 언제나 상냥하게 그녀가 남아있기를 권하곤 하였다. 그러자, 앙큼한 그녀는 언제나 가벼운 옷차림을 하고 와서 아름다움의 갖가지 견본을 구경시키곤 했는데, 그 아름다움이야말로 1백 하고도 육십이 넘은 므두셀라(Mathusalem)[96] 옹翁만큼이나 세월에 약화되어버린 점잖은 영감이라도

---

96 구약성서에 나오는 인물로 유태인의 족장이자 노아의 할아버지다. 성서에 나오는 인물 중 최고령으로 969살까지 살았다고 한다.

무심코 말울음소리를 냅다 지를 것이 틀림없을 정도였다.

비단실같이 섬세한 동거인은 부인으로부터 극진한 대접을 받는 걸 맡은 바 소임을 잘해서 얻는 것인 줄로 여기고 흡족해하며 그녀가 술책을 쓰는 대로 그냥 내버려두었으나, 신의 있는 벗답게 집에 없는 남편에 대한 이야기를 끊임없이 부인 앞에 꺼내기를 잊지 않았다.

그런데, 매우 더웠던 하루가 저물던 어느 날 저녁, 부인의 지나친 희롱을 염려한 라발리에르는 부인에게 마이에가 얼마나 그녀를 뜨겁게 사랑하고 있는지, 또한 그녀가 배필로 삼은 그가 귀족이라 명예를 중히 여기는 한편 그 가문의 명예에 대해서 얼마나 까다로운지 말해주었다.

"그처럼 까다롭다면, 어째서 당신을 이 집에 계시게 하고 갔을까요?"라고 그녀는 말했다.

"그게 바로 깊은 조심성 때문이 아닐까요?"라고 그는 말했다. "당신의 미덕을 지켜주는 어느 사람에게 당신을 맡겨둘 필요가 있지 않았을까요? 그야 물론, 당신이 지조 굳은 것은 알고도 남음이 있지만, 세상에는 별의별 나쁜 놈이 다 있으니까요……."

"그럼, 당신은 저의 감시인이신가요?"라는 그녀의 말.

"그렇습니다. 그리고 저는 그 임무를 저의 영광으로 생각하고 있습니다!"라는 그의 외침.

"어머나, 그렇다면 그이가 너무나도 엉뚱한 분을 골랐네요……"라고 그녀는 말했다.

이 말에 지독하게 요염한 추파가 곁들여졌기 때문에, 의리에 강한 전우는 핀잔주는 식으로 버젓하게 부인을 그곳에 내버려두고 물러갔다. 이미 발사된 사랑의 화살을 차갑게 잘라내 버린 이 말없는 거절에 부인은 마음이 몹시 상했다.

부인은 자신이 쏜 사랑의 화살이 부딪쳤던 진정한 장애가 무엇이었는지 곰곰이 생각하며 찾기 시작했다. 그처럼 고귀하고 값어치 있는 정사情事를 다 큰 어른이 경멸할 수 있다니, 어떤 여인의 머리도 미처 생각하지 못할 노룻이니까. 그런데 이런저런 생각들이 실 잣듯이 나오며 서로 엉켜 한 폭의 천으로 짜지자, 부인은 제 몸이 사랑의 깊은 골짜기에 누워있는 꼴을 그 천 무늬에서 발견했다. 이는 '남성의 무기를 갖고서 함부로 놀지 말지어다'라고 여인들에게 가르치는 둘도 없는 교훈이라고 생각한다. 새잡는 막대기에 쓰이는 끈끈이를 만지면 반드시 손가락에 끈끈이가 묻어나게 마련이다.

이런 식으로 마리 안느보는 모종의 결단을 내리게 되었다. 그것은 처음부터 알았어야 할 이치였다. 곧 그녀의 함정에 안 빠지는 건, 그가 어느 귀부인의 함정에 이미 빠지고 있기 때문이라고. 그래서, 그녀는 이 젊은 손님의 취미에 맞았던 칼집이 어디에 있는지 주위를 탐색하기 시작했다. 먼저 카트린Catherine 왕비의 측근자들, 미녀 리뫼유Limeuil, 네베르Nevers 부인, 에스트레Estrees 부인과 지아크Giac 부인 등등, 모두들 라발리에르와의 염문이 자자하게 난 허물없는 사이였기에, 마리 안느보는 그녀들 중의 한 사람이라고 생각했다.

이리하여, 자신의 아르고스[Argus]⁹⁷를 농락하는 여러 동기에 질투심이라는 것도 첨가되었는데, 그러나 진짜 아르고스 모양으로 목을 자르고 싶지는 않았고, 단지 그의 몸에 향유를 붓고 머리에 입맞춰주고 싶을 정도일 뿐, 해를 가할 생각은 티끌만큼도 없었다. 그녀는 자신이 연적들보다 아름답고, 보다 젊고, 보다 탐스럽고, 보다 귀엽다고, 적어도 머릿속으로 아전인수 격의 판단을 스스로 내렸다. 가슴의 금선琴線과 마음의 용수철이 튕겨지는 동시에 여인을 동요하게 만드는 육체적인 원인에 의해 더 한층 안달이 난 부인은, 기사의 마음에 새로운 공격을 퍼붓고자 맹습해 들어갔다. 여인이란 튼튼한 진지를 점령하기를 좋아하는 것이 일상적이니까. 그래서 부인은 고양이로 둔갑해 그의 곁에 몸을 바싹대고, 살그머니 간질여주고, 상냥하게

---

97 수많은 눈(眼)을 가진 것으로 알려진 그리스 신화의 괴물로 암소로 변한 이오를 감시하라는 헤라의 명령을 받았으나 제우스의 명을 받은 헤르메스의 손에 죽음을 당했다. 따라서 '눈이 날카로운 사람' '감시하는 사람', '밀정' 따위의 뜻으로도 사용된다.

따르고, 귀엽게 응석부리기 시작하였는데, 어느 날 저녁, 그녀가 마음속의 즐거움을 감추고는 겉으로 몹시 침울한 기색을 나타내어, 이에 젊은 감시인은 물어보지 않을 수 없었다.

"왜 그러시죠?"

이 물음에 꿈꾸는 듯 그녀가 대답하던 말은, 그의 귀에 음악의 아름다운 가락처럼 들려왔다. 말하기를, 마이에와 결혼한 것은 본의가 아니었으므로 매우 불행하고, 그 덕에 사랑의 따스함과 부드러움을 전혀 모르고, 남편은 사랑의 비술에 무식하고, 그 탓으로 나날을 눈물로 보내는 거라고 했다. 간단히 말해서, 아직 '사랑의 진정한 의미'를 터득하지 못해 심신이 다 숫처녀와 같다고. 다시 말해, '사랑의 진정한 가르침'에 여인들이 앞을 다투어 달려가 몸을 팔려고, 서로 경쟁하는 상대를 미워하며 질투하는 것을 미루어 보아, 틀림없이 거기에는 갖가지 사랑의 산해진미의 만찬이 있을 테고, 그 때문에 값비싼 희생을 치르는 여인도 있는 듯하니, 자기도 그 진미를 꼭 맛보고 싶은데, 단 하루 아니 단 하룻밤만이라도 사랑의 따스함과 부드러움을 만끽할 수 있다면, 목숨을 내던져도 아깝지 않을 테고, 한마디 불평 없이 정인을 모실 마음의 준비는 늘 되어있건만, 즐거울 것이 한량없을 그것을 함께 나누고 싶은 임은 자기의 안타까운 심정을 통 모르는 듯하고, 또한 남편의 믿음이 두터운 상대인지라 동침한 것을 영원히 비밀로 해둘 생각이고, 그래도 여전히 거절될 것 같으면 자기는 애간장이 다 타서 곧 죽게 될 것이고…… 어쩌고저쩌고…….

모든 여인이 세상에 태어나면서부터 알고 있을 이 우아함이 넘쳐나는 노래를 덧붙여서, 가슴속으로부터 나오는 한숨을 쉬고, 온몸을 비비꼬기도 하며, 눈을 들어 하늘을 우러러보기도 하고, 갑자기 얼굴을 붉히고 머리칼을 움켜잡는 등, 온갖 행동을 침묵 사이사이에 끼워 넣었다. 마침내, 그녀는 가능한 온갖 수단을 다 쓰고 말았다.[98] 또한 이러한 말 속에는 추녀마저도 예쁘게 보이게 하는 강렬한 욕정이 숨어있었다. 이목구비가 수려한 기사는 참을 길 없어 부인의 무릎 밑에 쓰러져 다리를 껴안고 눈물지으며 입 맞추었다. 물론, 부인도 희열에 벅찬 가슴을 안고, 그가 입 맞추는 대로 두고, 그가 하고자 하는 짓을 굳이 바라보지 않은 채 드레스 자락을 내맡기고 있었는데, 부인은 잘 알고 있었으니, 그녀가 그의 것이 되기에는 밑에서 드레스를 올리기만 하면 그만이라는 것을. 그러나, 그날 저녁만은 그녀가 정숙하게 그대로 있게 될 운명이었는지, 미남 라발리에르는 절망과 함께 다음과 같이 말했다.

"아, 부인, 나는 불행한 놈입니다. 수치스러운 놈입니다……."

"그럴 리가 있어요, 어서 기운을 내셔요!"

"아! 굴러들어 온 행운을 받지 못하는 신세입니다."

"어째서요?……"

"내 처지를 부인께 고백할 용기조차 없습니다!"

"그럼, 어디 아프신 데라도 있나요?"

"틀림없이 당신을 부끄럽게 해드릴 것입니다!"

"말씀하셔요, 손으로 내 얼굴을 가리고 있을 테니까요"이라며 말하면서, 교활한 부인은 손가락 사이 너머로 그리운 임이 잘 보이도록 얼굴을 가렸다.

"이제 와서 말해 무슨 소용이 있겠습니까마는……"이라며 그는 말하기 시작했다. "요전 날 저녁, 부인께서 저에게 우아한 말씀을 하셨을 때, 이처럼 분에 넘치는 행운이 가까이 있는 줄 미처 몰랐고, 또한 저의 불타는 연모戀慕의 정을 부인께 고백할 용기도 없었는지라 속으로만 음험陰險하게 연정戀情의 불을 지펴오다가, 부인에 대한 사랑의 정과 저에게 부인을 부탁하고 출타한 벗의 문장紋章을 더럽히는 것과 관련해서, 너무나도 그 명예를 소중히 여기는 마음 사이에 짓눌려있는 고통이 어찌나 괴롭던지. 솔직히 말씀드리자면, 저는 얼마 전 난봉꾼들이나 드나드는 청등홍가에 발을 들여놓아,

---

98 Toutes les herbes de la saint-Jeand furent mis dans le ragout. 직역하면 '모든 고추나물 (herbes de la saint-Jeand)을 잡탕(ragout) 속에 넣었다' 라는 의미다.

Le frère d'armes

그 몹쓸 '이탈리아 병'(성병, 매독)에 걸려, 지금은 목숨마저 위태로운 신세입니다……."

공포에 사로잡힌 부인은 산모같이 비명을 질렀다. 그리고는 정신없이 부드러운 손짓으로 그를 뿌리쳤다. 그러자, 가련한 입장에 놓인 그는 잠자코 객실에서 물러갔다. 그러나, 방문의 장식융단 쪽으로 물러가는 그의 뒷모습을 보며 마리 안느보는 "아아! 참으로 유감천만이군요!"라고 탄식했다. 그때부터 부인은 그를 마음속으로부터 불쌍히 여겨 깊은 우수에 잠겼다. 그러나, 세 겹으로 된 금단의 열매라고 생각하니 그에 대한 부인의 연모戀慕의 정은 더욱 더해갔다.

그래서, 여느 때보다도 그가 더욱 아름답게 보였던 어느 날 저녁, 부인은 그에게 말했다.

"마이에만 없다면, 저는 기꺼이 당신의 병에 감염되고 싶어요. 그러면 같은 아픔을 함께 할 것이 아니겠어요."

"저는 부인을 너무나 사랑하기에 그런 분별없는 짓은 허락하지 못 합니다"라고 그는 대답했다.

그리고 나서 그는 부인의 곁을 떠나 미녀 리뫼유에게로 갔다.

짐작해보시라. 부인의 불타는 눈길을 아니 받을 수 없는 채, 식사 때와 저녁기도를 외는 동안, 두 사람을 태우는 정염情炎은 더욱더 뜨거워져 갔던 것을. 그러나, 부인은 눈길로밖에 기사를 어루만지지 못하고 무료하게 나날을 보내지 않으면 안 되었던 형편을.

마리 안느보는 이러한 일에 열중하게 되어, 덕분에 궁전의 난봉꾼들에 맞서는 견고한 방어공사를 이룩한 결과가 되었다. 실로 사랑만큼 뛰어넘을 수 없는 장벽도 없으며, 또한 이만큼 훌륭한 수호자도 없다. 사랑이란 악마와 마찬가지로 그 손아귀에 넣은 것을 불길로 빙 둘러싸버리니까……

어느 날 저녁, 라발리에르는 카트린 왕비가 개최한 무도회에 부인과 함께 참석하여, 그가 반해있던 아름다운 리뫼유를 상대로 춤을 추었다. 기사들은 애인을 동시에 둘, 아니면 그 이상을 만들어 그녀들을 씩씩하게 이끌어가는 게 당시의 풍습이었다. 그래서 미장부美丈夫 라발리에르에게 몸을 허락하려는 기색이 보이던 리뫼유는 모든 귀부인들로부터 시샘을 받았다. 카드릴[99]을 추기에 앞서, 리뫼유는 라발리에르에게 내일 사냥 때에 감미로운 밀회를 할 장소를 정해주었다.

카트린 왕비는 과자 제조업자가 화덕 불을 이글이글 타오르게 하듯 지체 높은 남녀들의 정염을 부추겨 일으키고 있었는데, 그것은 단수 높은 정략에서 나온 것이었다. 따라서 왕비는 카드릴 춤에 열중하여 쌍쌍이 껴안고 있던 미남미녀들을 훑어보며 남편에게 말했다.

"여기서 저렇게들 사랑싸움에 열중하고 있는데, 역적 음모를 할 수 있겠어요, 안 그래요?"

"옳은 말씀이오, 그런데 신교도들은……."

"염려 마셔요! 그들 역시 잡히고 말 테니……. 전날 신교도로 의심받았던 라발리에르를 보세요. 내 귀여운 리뫼유에게 개종改宗한 모양, 그녀의 개종시킨 그 솜씨야말로 이팔청춘의 어린 몸으로서는 뛰어난 재주……. 라발리에르는 오래지 않아 리뫼유에게 접붙일 거예요……"하고 왕비는 웃으며 말했다.

"여쭙기 죄송하지만 왕비님, 라발리에르 경은 선왕의 귀한 몸을 망가뜨렸던 '나폴리 병'에 걸려있으므로 그리할 수 없는 줄 압니다만……"라고 입을 열면서 곁에 있던 마리 안느보가 말참견을 했다.

이 고지식한 말투에 카트린 왕비, 총희 디안, 국왕은 다함께 웃음을 터뜨렸다. 그리고, 그 자초지종은 곧 모든 참석자의 귀에 전해졌다. 그래서, 라발리에르에게 끝없는 치욕과 조소거리가 되었다.

뒷손가락질을 받게 된 가련한 라발리에르는 더 이상 자리에 있을 수가 없었다. 그럴 것이, 그의 연적들이 그 몸의 위험성이 어떠한 것인가를 고자질한 말을 들은 리뫼유는, 그 병이 감염이 빠르고 낫기가 힘든, 몹시 무서운

---

99 quadrille. 네 사람이 한 패가 되어서 추는 옛 춤.

고약한 병이었던 만큼 몹시 놀라 애인에게 손바닥을 뒤집듯이 쌀쌀한 표정을 지었기 때문이다.

그러므로, 라발리에르는 자기가 문둥이처럼 모든 사람들에게 버림받은 처지가 되었음을 알아차렸다. 국왕은 그에게 매우 불유쾌한 한마디를 하셨다. 그래서 라발리에르는 무도회를 떠났는데, 국왕의 말씀에 절망한 마리도 그 뒤를 따랐다. 마리 안느보는 자기가 사랑하는 분을 온통 망쳐버리고, 그 명예를 떨어뜨리고, 그 일생을 잡치게 하였으니, 물리학자들과 의사들의 정설에 의하면, 성병으로 이탈리아화 된 놈팡이들은 인생 최대의 득을 잃는 것은 물론이려니와 자손 번식의 능력을 잃고 뼛속이 검게 썩어버린다고 하였으니까.

프랑수아 라블레 대가께서 '매우 값지게 돋아난 딱지'[100]라고 이름 붙인 사람들 중의 한 놈이라는 의심을 조금이라도 받는 이상, 아무리 잘생긴 귀족이라 한들 그 사람한테 시집갈 여인이라고는 당시 한 사람도 없었다.

무도회가 개최된 에르퀼Hercules 별궁에서 돌아오던 길에 라발리에르는 돌처럼 묵묵히 우수에 잠겨있었다. 마리 안느보는 그에게 말했다.

"공연한 말을 지껄여 크나큰 폐를 끼쳐드렸군요……."

"아닙니다, 부인. 내 상처는 고칠 수 있으나 당신이 받은 마음의 상처는 그렇지 못할 것입니다……. 저와의 사랑이 얼마나 위험한가를 아시고 몸서리치셨죠……."

"아아!"하고 부인은 말했다. "이제야 저는 당신을 영원토록 제 것으로 삼을 것을 확신해요. 오늘 밤 제가 잘못해 저지른 비난과 불명예를 보상하기 위해 저는 언제까지나 당신의 애인, 여주인, 정인, 아니 하녀가 되어 당신을 모시겠어요. 그 치욕의 흔적을 없애기 위해 당신께 이 몸을 바쳐 갖은 치료와 간호를 다해 당신의 병을 고쳐드리고 싶어요. 그 방면의 사람들의 말마따나 그 병이 악질이고 돌아가신 선왕先王 폐하 모양으로 목숨이 위태

100 ses croutes-leves precieus. 성병에 걸린 사람을 말한다.

롭게 되더라도, 저는 어디까지나 당신의 반려자가 되어 당신의 병을 함께 치르며 영광스럽게 죽고 싶어요……. 그렇고말고요!"라고 그녀는 울면서 말했다. "당신께 끼친 저의 잘못을 다 보상하기에는 그런 고통 따위는 아무것도 아니고말고요."

이 말과 함께 굵은 눈물방울이 주르륵 반주되었다. 매우 정숙한 그녀의 심장 기능이 어느새 사라진 듯 기절해 쓰러졌다.

라발리에르는 소스라쳐, 그녀를 껴안고 비할 바 없이 아름다운 젖가슴 밑에 있는 심장 위에 손을 놓았다. 사랑하는 임의 손의 따스함에 부인은 제 정신이 들고, 쑥쑥 쑤시도록 감미로운 쾌락을 감촉하면서 다시 의식을 잃어갔다.

"아아, 이 겉으로만 하는 깜찍스러운 애무가 이제부터 우리 사랑의 유일한 쾌락이 되는군요. 그래도 그 불쌍한 마이에가 제게 주었다고 여기고 있는 쾌락에 비한다면, 천 배 만 배나 더 짜릿짜릿해요. 당신 손을 그냥 그대로 두세요! 바로 그곳이 저의 넋의 위쪽이자 열쇠이니……."

이 말에 기사는 매우 애절한 표정을 지으며, 그도 역시 이처럼 애무하는 것에 마음 속 깊숙한 곳으로부터 쾌락을 느껴서 거기에 못지않게 병의 아픔도 더해가게 되자, 이러한 고초를 받으니 차라리 죽는 게 낫다고 고지식하게 고백했다.

"그럼, 같이 죽어요!"라고 그녀는 말했다.

그러나 바로 이때, 두 사람이 탄 쌍두마차는 저택의 안마당에 도착하였다. 죽는 방법이 없어진 채, 두 사람은 제각기 떨어져 잠자리에 들어갔는데, 라발리에르는 리뫼유를 잃고, 마리 안느보는 비할 바 없는 사랑의 쾌락을 얻어, 두 사람 다 사랑 때문에 잠을 이루지 못했다. 이처럼 예측 못 했던 차질로 말미암아 라발리에르는 사랑과 결혼에서 배척받아 어느 공석에도 감히 나가지 못하는 신세가 되었다. 그래서, 그는 여성의 곳의 수호가 얼마나 비싼 대가를 치르게 하는지 깨달았다. 그러나, 명예와 미덕에 그가 몸을 종속시키면 시킬수록, 우정에 바친 드높은 희생의 쾌감이 더해 감을 느끼기도

하였다. 그렇지만, 감시의 소임이 끝나가는 나날에 이르러 그의 소임이 보다 어렵고, 까다롭고, 참기 힘들게 되었다. 그 경위는 다음과 같다.

제 정을 고백한 것으로써 정을 나눈 줄로 믿으며, 자신의 실수의 한마디가 기사에게 끼친 폐를 생각하며, 그와 동시에 미지의 쾌락도 알게 되어 더욱 대담해진 마리 안느보는, 아무런 위험성이 없는 아기자기한 쾌락으로 가볍게 완화된 플라토닉 사랑에 빠져들어 갔다. 그것은 거위새끼의 악마적인 오락[101], 프랑수아 1세가 승하한 이래 귀부인들이 마련해낸 것으로, 병독病毒의 감염에 대한 두려움 없이 정부에게 사랑의 정을 나타낼 수 있는 방법이었다. 라발리에르도 자기의 소임을 충실하게 다하기 위해서는 이러한 어루만짐의 잔혹한 쾌감을 하나도 마다할 수 없었다.

이래서 수심에 잠긴 마리는 저녁마다 소중하기 그지없는 손님을 치맛자락 가까이 있게 하고, 그 손을 잡고 뺨을 맞비비며 불타는 눈길로 두루 입맞추는 것을 재미있어하게 되었다. 마리가 성수반聖水盤에 잡힌 것처럼, 그녀의 정숙한 포옹에 사로잡힌 기사는 부인으로부터 크나큰 연정을 호소 받았는데, 이렇듯 채워질 길 없는 욕정의 끊임없는 공간을 달리는 그 연정에는 이미 한계가 없었다. 광선이라고는 안광眼光밖에 없는 칠흑 같은 밤에 여인네들이 그 실질적인 사랑에 있어서 튀기는 온갖 불꽃을, 마리 안느보는 그 두뇌의 신비스러운 동요 속으로, 영혼의 광희狂喜 속으로, 마음의 쾌락 속으로 옮겼다 ─ 오직 지성Theleme만으로 결합된 한 쌍의 천사가 영원한 쾌락과 영원한 행복을 누리며 그들 두 사람이, 당시의 여인들이 사랑의 예찬으로 되풀이하던 우아스러운 기도를 목소리를 합쳐 노래 부르기 시작하였던 것은 당연지사였다. 이 송가頌歌의 몇 구절이 인멸되지 않고 남아있음은 텔렘[102]의 수도원장이 그 수도원의 벽에 새겨놓은 덕분이고, 라블레 대가의 말에 의하면 그 수도원의 소재는 우리 고향 시농Chinon에 있다고 하는

---

101 les diaboliques plaisirs de la petite oie. 성교 전의 애무, 전희를 의미한다.
102 Theleme은 라블레 작품《제1의 서書 가르강튀아》속에 그려진 유토피아를 말한다.

데, 라틴어로 쓴 그 노래 벽을 신자들을 위해 이곳에 옮겨 보겠다.

"아아! 그대는 나의 힘, 나의 목숨, 이 몸의 행복 나의 보물……"이라는 마리 안느보의 말.

"그리고 당신은 진주, 천사……"라는 기사의 응답.

"그대는 내 최고의 천사Seraphin."

"당신은 내 영혼!"

"그대는 내 하느님!"

"당신은 내 저녁별이자 새벽별, 내 행복, 나의 아름다움, 내 우주……."

"그대는 이 몸의 지극히 성스럽고 위대하신 주님."

"당신은 내 영광, 내 믿음, 내 종교."

"그대는 나의 어여쁨, 나의 미남 · 용기 · 고귀함 · 그리움 · 기사, 나의 수호자 · 왕, 내 사랑."

"당신은 나의 천사, 낮의 꽃, 밤의 꿈……."

"그대는 끊임없는 순간의 사념."

"당신은 내 눈의 기쁨."

"그대는 내 영혼의 목소리."

"당신은 한낮의 빛."

"그대는 내 어둠을 뚫는 섬광."

"당신은 여인 중에서 가장 사랑받는 분."

"그대는 남성 중에서 가장 경배받는 분."

"당신은 나의 피, 나보다 위대한 몸!"

"그대는 나의 심장, 나의 광명!"

"당신은 나의 성녀, 나의 유일한 기쁨!"

"그대에게 사랑의 월계관을 바치겠어요. 나의 사랑이 아무리 크더라도 그대의 사랑에는 미치지 못하겠죠. 그대가 곧 주님이시니……."

"아니오. 월계관은 당신의 것, 당신은 내 여신, 내 동정녀 마리아!"

"아니어요, 이 몸은 그대의 하녀, 몸종, 그대가 없애버릴 수 있는 하찮은 몸."

"아니오, 아니오. 나야말로 당신의 노예, 충실한 종복, 당신의 입김처럼 마음대로 사용할 수 있으며, 마루에 까는 자리처럼 당신의 발에 밟히는 하찮은 몸……. 내 심장은 당신의 옥좌라오……."

"아니어요, 정다운 분. 그대 목소리가 이 몸을 얼리리니."

"당신의 눈길은 이 몸을 불타게 하니……."

"이 몸은 그대를 통해서만 볼 수 있으니."

"나는 당신을 통해서만 감각할 수 있으니……."

"그럼, 그대의 손을 내 심장 위에 놓아주세요. 그대의 손 하나로 이 몸과 피에 그 따스함이 전해져, 나의 안색이 이처럼 새하얗게 되어가니……."

이미 불타는 듯했던 두 사람의 눈은, 이러한 노래 싸움 가운데 더욱더 불타올랐다. 충직한 기사도 마리 안느보가 그 가슴 위에 놓인 손을 통해 느끼는 행복감에 다소 가담하였다. 그래서, 이 가볍고 실속 없는 결합에 온 힘을 뻗치며 온 욕정을 기울였기 때문에, 한 것에[103] 관한 그의 사념이 모조리 분해되어, 그 역시 정신이 아리송해지는 황홀경에 자주 들어갔다. 그들의 눈에서는 뜨거운 눈물이 흘러나오고, 불이 집을 태워 삼켜버리듯 두 사람은 서로 껴안곤 하였다. 그러나 그뿐이다! 사실, 라발리에르는 마음이야 어찌되었든 육신만은 손대지 않고 돌려주겠다는 약속을 친구에게 했었기 때문이다.

마이에가 귀국의 소식을 알려온 것은 바로 이 위태로운 고비에 놓여있을 때였다. 아무리 덕이 높다고 하더라도, 이와 같은 석쇠 위에 구워지는 걸 참아낼 수 없는 노릇이며, 또한 두 애인은 금지되면 될수록 그 공상에 기초한 쾌락은 더욱더 감미로움을 더해갔던 것이다.

라발리에르는 마리 안느보를 저택에 남겨두고 봉디Bondy 지역까지 벗을 마중하러 갔다. 도중에 있는 숲들을 무사히 지나오는 데 도움이 되려는 마

103 la chose. 방사房事를 의미.

음에서였다. 옛 관습에 따라 두 벗은 봉디 마을에서 함께 유숙했다.

숙소의 침대 위에서 그들은 서로 이것저것 이야기했다. 하나가 나그네 길의 여러 일들을 이야기하면, 또 하나는 궁전의 소문·정사情事 같은 것을 이야기했다. 그러나, 마이에가 처음으로 물었던 것은 마리 안느보에 대해서였는데, 남편의 명예가 거주하는 소중한 곳이 그대로 무사하다는 라발리에르의 서언誓言에, 아내를 지극히 사랑하는 마이에는 매우 만족해했다.

그 다음 날, 세 사람은 한 자리에 모였다. 마리 안느보는 넌더리가 나 있는 듯 하였다. 그러나, 여인의 타고난 고단수의 능력에 의하여 남편을 정성을 다해 환대하였다. 한편 손가락으로 라발리에르에게 제 가슴을 짐짓 꾸민 애교를 부리며 슬쩍 가리켰다. 마치 '이것은 당신의 것'이라고 말하려는 듯.

저녁식사 때 라발리에르는 싸움터에 나가겠다는 결의를 피력했다. 마이에는 벗의 중대한 결의를 매우 슬퍼해 동행하겠다는 뜻을 말했으나, 라발리에르는 딱 잘라 거절했다.

"부인"하고 라발리에르는 마리 안느보를 보고 말했다. "나는 당신을 목숨보다 더 사랑합니다만 명예보다는 덜……."

이렇게 말하는 라발리에르의 얼굴빛은 창백했다. 부인도 그 말을 듣고는 새하얗게 되었다. 둘이서 거위새끼의 놀이를 할 때에도 지금의 말처럼 참다운 사랑의 정이 숨은 말을 한 번도 한 일이 없었기 때문이다.

마이에는 모오Meaulx 지역까지 벗의 출정을 배웅했다. 돌아온 그는 라발리에르의 갑작스러운 출정의 수수께끼 같은 동기와 미지의 까닭을 아내와 함께 곰곰이 생각했다. 라발리에르의 비통한 심사를 알 리 없는 부인은 말했다.

"저는 알고 있어요. 부끄러워서 이곳에 못 있는 거예요. 그 분이 화류병花柳病에 걸린 사실이 너무나 잘 알려졌으니까요……."

"그가!"하고 마이에는 매우 놀라 말했다. "천만의 말씀이오. 어젯저녁 모오에서 그와 함께 자서 알지만 통 그런 기색이 없었소! 당신의 눈처럼 싱싱하였지."

　라발리에르의 크나큰 신의와 약속을 어기지 않으려는 숭고한 체념과 내적인 정열의 격렬한 고뇌에 탄복한 부인은 와락 울음을 터뜨렸다. 그러나, 부인도 역시 그 사랑을 가슴속에 간직해오다가, 메츠Matz 지방에서 라발리에르가 전사했을 때 뒤따라 세상을 하직한 경위는 브랑톰[104] 대가도 어느 수다 중에 이야기한 것 같다.

---

104 Brantome(1540~614). 본명은 피에르 드 부르데유Pierre de Bourdeilles. 프랑스의 군인이자 작가다. 무인으로서의 풍부한 경험이 들어있는 일화풍逸話風의 《회상록Mmoires》을 집필했는데, 총 9권으로 되어있다. 이 중 제2권인 〈염부전(艶婦傳, Vies des dames galantes)〉은 16세기 후반 궁정 생활에 등장하는 남녀의 스캔들이 생생하게 묘사되어 있다.

아제르리도Azay-le-Rideau[105]의 주임 사제

당시는 성직자들이 합법적인 결혼을 하여 부인을 취할 수 없는 시대였으나, 손안에 넣을 수 있는 한 어여쁜 내연 관계의 여자를 얻고들 하였는데, 그 후, 아시다시피 이것도 종교회의에 의해 엄하게 금지되는 바가 되었다. 그럴 것이, 남에게 극비인 고해 내용이 계집의 웃음거리로 이야기되다니, 그다지 유쾌한 노릇이 아니며, 더구나 가톨릭교회의 고등 정책의 일부가 되는 비밀스러운 교리와 공론이 여인네들 사이에서 이야기 된다면 이는 바람직스러운 것이 못 되니까.

계집을 사제의 주택에 거느리고 스콜라 철학적인 애정으로 그리고 신학적으로 즐겁게 해주던 투레느의 마지막 사제는 아제 르 리델의 주임 사제였다. 이 지역은 나중에 아제 르 브뤼레, 지금은 아제 르 리도라고 불리는 훌륭한 지역으로, 그 성관은 투레느 지방 명소 중의 하나다.

---

105 투르와 시농 중간에 있는 지역. 시대는 아르마냐크의 대소동이 아직 끝나지 않았다고 하니까 1435년 이전이라고 보아도 좋을 성싶다.

여인네들이 성직자의 냄새를 그다지 싫어하지 않았던 시절은 우리가 생각하는 바처럼 먼 옛날이 아니어서, 이전 주교의 아들 도르주몽d' Orgemont은 지금 파리의 주교 자리에 올라있고, 아르마냐크의 대소동도 아직 끝나지 않고 있었다.

참말이지, 이 주임 사제는 좋은 시대에 태어났다고 해야 할 것이, 그는 골격이 튼튼하고, 혈색도 좋고, 뚱뚱한 체격에다 힘도 세고, 회복기의 병자처럼 잘 먹고, 잘 마시고, 또 사실, 시시때때로 녹초가 되는 때에도 반드시 곧 힘줄까지 뻣뻣하게 회복하였으니, 그가 여범금지령女犯禁止令 이후의 사람이었다면, 금욕을 주로 삼는 종교규정을 지키지 않을 수 없어 돼지고 말았을 것이다. 더구나 이 주임사제는 순 투레느 토박이였다. 다시 말해, 불이 지펴지기를 또는 꺼지기를 원하는 '살림살이 도구'의 화덕을 마음대로 지피는 불을 눈에 지니고, 꺼뜨리는 물을 체내에 지닌 갈색 머리털의 위인이었다.

그러므로 그 후 아제에는 이 주임 사제와 비교할 만한 성직자가 한 사람도 나타나지 않았다! 이목구비가 수려한 이 주임 사제에 대해서 말하자면, 어깨가 떡 벌어진 산뜻한 몸매를 지니고 있고, 항상 축복해주고, 너털웃음[106]을 짓고, 장례식보다는 결혼식과 성세성사(聖洗聖事, 영세)를 좋아하고, 우스갯소리 잘하고, 성당 안에서는 경건하였으나 밖에 나와서는 속인俗人과 별로 다른 점이 없는 범부凡夫였다. 잘 먹고 잘 마시는 걸로 이름 날린 주교는 옛부터 여럿 있었고, 축복 잘하는 성직자도 옛날부터 매우 허다하지만, 이러한 성직자들을 한 묶음으로 묶어놓더라도 이 주임 사제에 대해서 한 몸만도 못할 것이, 이 주임 사제야말로 한 몸으로 신자들에게 골고루 축복을 내리고, 남녀노소에게 기쁨을 뿌리며, 괴로워하는 자에게는 위안을 주며, 이렇듯 훌륭하게 맡은 바 천직天職을 다하고 있었기 때문인데, 모든 사람들로부터 어찌나 사랑받고 있었던지, 주임 사제와 마음 속 깊은 곳에 있는 것까

---

106 hennir. 말이 울다.

지 털어놓고 이야기하던 사람이라면 모두가 주임 사제의 골수에 몸마저 들어가기를 바라마지않을 정도였다.

악마도 사람이 생각하고 있는 만큼 시커먼 놈이 아니라고 주일 강론에 설교한 사람도, 또 앵드르Indre 냇물의 농어는 시냇물 속에 숨은 자고새고, 거꾸로 자고새는 하늘에 앉은 농어라고 캉데Cande 부인에게 둘러대어 말하여[107] 자고새를 물고기로 변화시킨 사람 또한 이 주임 사제다. 그는 신앙의 이름을 빌어 남몰래 단물 빼는 짓을 싫어하는 성미였다. 그래서 남의 유언장에 이름이 올라가 한몫을 하는 것보다, 푹신한 이부자리 속에 눕는 편이 바람직하다고, 또한 하느님께서는 모든 것이 풍부하신지라 필요한 게 아무것도 없으시다고, 그는 자주 농담 삼아 말하였다.

그는 항시 손을 호주머니 속에 넣고 있어서, 가난한 이와 그 밖의 사람으로서 그에게 구걸해와 허탕치고 돌아간 이는 한 사람도 없었고, (게다가 꿋꿋하기로 이름난 그가) 모든 불쌍한 사람들과 병약한 이들에게는 정에 보들보들 물려 슬픔, 고뇌, 고통, 상처 따위의 구멍을 틀어막기에 분주하였다.

이 위대한 주임 사제에 대하여 오랜 기간 동안 미담가화美談佳話가 전해진 것도 당연지사가 아니겠는가! 사쇠 근방 발레느 영주의 혼인날의 우스운 이야기도 그 중의 하나다.

---

107 '자고새Perdrix'라는 낱말에 '숨는다perdre'는 뜻을 포함시키고, '농어perche'라는 낱말에 '새가 가지에 앉는다percher'는 뜻을 포함시켜 둘러댄 농담이다. 가톨릭에서는 금요일에는 소제小齋라고 해서 생선은 먹어도 육식은 못하게 되어있다. 프랑스의 《데카메론》이라고도 할 《백 가지 새로운 이야기Les Cent Nouvelles Nouvelles》의 백 번째 이야기 중 자고새를 물고기로 변화시키는 구절이 있다. 그 내용을 간략하게 적어 보겠다. "에스파냐의 어느 신앙심 깊은 주교가 금요일 저녁식사 때 자고새의 요리를 태연하게 먹는 고로, 그것을 본 하인이 말하기를 '주교님, 오늘은 금요일입니다. 소제를 지키셔야죠' 하고 말하니, 주교가 대답하기를 '입 다물게! 참으로 어리석은 자로다. 자기 말을 분간 못하는 놈이로고. 나는 죄를 범하고 있는 게 아니다. 성직자들이 밀과 물에 지나지 않는 면병(麪餅, 미사 때 성체를 이루기 위해 쓰는 밀떡)을 갖고서 기도로 우리 주 예수 그리스도의 거룩하신 몸으로 변화시키는 것쯤이야 누워서 떡 먹기가 아니겠는가? 네가 보기에 이것은 자고새지만, 먹기 전에 기도로 물고기로 변화시켰으니, 나는 네가 보는 바와 같이 자고새를 먹고 있는 게 아니고 물고기를 먹고 있는 거다. 알겠느냐?'"

신랑의 어머니는 잔치음식을, 적어도 한 마을 전체를 먹이고도 남을 만큼 풍성하게 마련하였다. 그럴 것이, 이 혼례 잔치에는 몽바종Montbazon, 투르, 시농, 랑제Langeais, 그 밖의 근방에서 여러 하객들이 운집해 잔치가 일주일 동안이나 계속되었으니까.

하객들이 즐기고 있던 객실에 돌아가던 도중, 주임 사제는 주방에서 일하는 꼬마를 만났다. 신부 쪽 친척들을 접대하고자 신랑 어머니의 자랑인 질 좋은 소시지를 내놓는 단계에 이르러 그 조리법, 속을 혼합하여 넣는 비율 등은 그 댁 마님이 곧잘 아시는 비결이셨던 지라, 필요한 재료, 지방분, 즙, 소스 같은 만반의 준비가 다 되었음을 꼬마가 마님께 알리러 가는 도중이었다. 주임 사제는 주방 심부름꾼의 귀를 가볍게 때리며, "지체 높으신 어른들 앞에 그런 보기 흉한 꼴을 하고 나타나는 것은 결례가 되는 일이니 내가 대신 전해주마"하고 말했다.

객실의 문을 열고 들어서자마자, 이 우스갯소리 잘하는 주임사제는 왼손 가락을 칼집 모양으로 동그랗게 지어 그 구멍 속에 오른손의 가운뎃손가락을 넣고 여러 차례 가볍게 박았다 뺐다 하면서, 발레느 모친 쪽을 의미심장하게 바라보고 말했다.

"자, 오시죠. 모든 준비가 다 되었으니!"

그러자 모친이 일어나 주임 사제 쪽으로 부랴부랴 가는 것을 보고, 그 내용을 알지 못하는 하객들은 웃어댔다. 왜냐하면, 신랑의 어머니는 주임 사제가 시늉하는 것이 소시지 속 넣는 시늉인 줄 알았지, 결코 하객들이 생각하고 있는 것 같은 음탕스러운 것인 줄은 미처 몰랐기 때문이다.

그러나, 이야기 중에서 가장 걸작인 것은, 이 고매한 주임 사제가 그 내연 관계의 계집을 잃게 된 사연이라고 하겠다. 그 후, 대주교께옵서는 주임 사제가 후처를 맞이하는 것을 금하셨는데, 주임 사제는 그런 '살림살이 도구'가 없어도 조금도 불편하지 않을 만큼 염복가艶福家였다. 소교구小敎區의 아낙네들 모두가 그 소유물을 주임사제에게 빌려주는 것을 명예롭게 여겼고, 게다가 고귀하신 몸이라서, 빌려드린 것을 망가뜨리는 일 없이 구석구석 잘

헹구어 돌려주시는 분이라는 소문이 자자하였으니까. 각설하고, 내연 관계의 계집을 여의게 된 경위는 다음과 같다.

아직도 아제 사람들이 이따금 이야깃거리로 삼고 있는 괴상한 모양으로 죽은 농부를 초원으로 인도하고 나서, 저녁 때 식사를 하러 돌아온 주임 사제는 우울한 안색을 하고 있었다.

대식가인 그가, 그날 저녁만은 이 끝으로 밖에 먹지 않고, 그 눈앞에서 유달리 솜씨를 내어 조리한 소 내장 요리 접시도 쓰디쓴 듯 먹다 마는 것을 보고 계집은 물었다.

"기운이 하나도 없어 보이는데, 롬바르드Lombard(코르넬리위스 경 참조)[108]의 앞에라도 지나오신 거예요? 까마귀 두 마리를 보셨어요? 혹은 송장이 구덩이에서 움직이는 거라도 목격하셨나요?"

"허어, 허어……."

"누구에게 속으셨어요?"

"아니! 허어……."

"도대체 왜 그러셔요?"

"이봐, 그 불쌍한 코슈그뤼가 죽은 꼴에 아직도 내 가슴이 미어지는 듯해. 사방 2백 리 아낙네들의 혀와 오쟁이 진 사내들의 혀는 지금 그 이야기로 한창일걸……."

"뭔데요?"

"들어보오……!"하고 주임 사제는 이야기를 시작했다.

밀과 살찐 돼지 두 마리를 장에 팔고 돌아오던 도중, 코슈그뤼는 속으로 이득을 셈하면서 자랑거리인 암말을 몰고 랑드 드 샤를마뉴Landes de Charlmagne의 옛 길 모퉁이까지 종종걸음을 쳐왔다. 그런데 아제를 지나면

---

108 Cornelius. 앞 〈루이 11세의 농담〉에서도 나왔던 인물로 당시 이름난 고리대금업자다. '롬바르드'는 별명으로 'parser devant le Lombard'라는 표현은 재수 없는 꼴을 당할 때 쓰이던 욕과 비슷한 말이다. '장님이 앞을 지나가니 재수가 없다'라는 우리 속담과 비슷하다고 보면 된다.

서부터, 이렇다 할 냄새도 풍겨오지 않는데도 암말이 발정하기 시작한 바로 그때, 거기에는 드 라 카르트de la Carte 경이 울타리 안에 기르던, 정액을 축적시키고 있던 한 필의 종마가 있었다. 경마용의 말, 수사처럼 훌륭하고 키 큰 힘센 말. 일부러 구경나온 경의 말로는 지금이 크게 자란 절정 중의 종마라고 했다.

이 절따말[109]이 암말이 멀찌감치 오는 것을 냄새 맡고는 능청스럽게 울지도 완곡한 표현을 지르지도 않고 있다가, 막 그 앞을 지나치려 할 적에 별안간 40줄[列] 가량의 포도나무를 뛰어넘어 네 발의 편자로 땅을 걷어차며 달려와, 교합에 목말라 하는 말이 냅다 쏘아대는 소총 일제사격을 개시해 명종장치鳴鐘裝置의 제륜기制輪機가 벗겨진 것 같은 소리를 내기 시작했는데, 어찌나 맹렬하였던지, 아무리 대담무쌍한 사람이라도 잇몸이 들뜰 정도여서, 멀리 샹피Champy 지방 사람들까지도 그 소리를 듣고는 오싹 소름이 끼쳤다.

코슈그뤼는 맞붙어버리면 큰일인지라, 랑드의 큰길에 접어들며 그 음탕한 말에 박차를 가하면서 그 빠른 발만을 믿었다. 또한 과연, 암말도 주인의 뜻을 알아채고 순종해 나는 새처럼 달렸다. 그러나, 석궁의 화살이 떨어지는 거리 정도의 간격을 두고 커다란 몸뚱어리의 종마가 철공이 쇠를 내리치는 모양으로 발로 땅을 박차고, 온 힘을 뻗치며, 갈기와 꼬리털을 날리면서 뒤따라왔다.

암말은 죽자 사자 전속력으로 달리고, 종마는 파타팡patapan 파타팡하고 소름끼치는 소리를 내며 뒤를 바싹 따라오는 궁지! 말을 타고 있던 농부는 짐승의 색정色情과 더불어 죽음의 귀신에게 쫓기는 심정으로 정신없이 박차를 가하고 암말도 죽기를 각오하고 달렸다. 코슈그뤼는 새파랗게 질려 절반쯤 시체가 된 몸으로 마침내 자기 집 마당에 이르렀는데, 설상가상으로 외양간의 문이 닫혀있어서 그는 소리쳤다.

109 적다마赤多馬. 붉은색의 털을 가진 말.

"나 살려라! 여보, 어서 빨리!"라고 외치며 도망쳐 못 둘레를 빙빙 돌았다. 종마 쪽은 맹위를 떨치려던 참에 암말을 놓쳐버려 더 한층 색정에 지랄이 나 그 뒤를 쫓아다녔다.

이 소동에 깜짝 놀란 집 안 사람들은, 쇠굽을 단 색한色漢의 발길질과 괴상망측한 얼싸안음에 겁이 나 누구 하나 감히 외양간 문을 열러 가지 못했다.

결국 코슈그뤼의 마누라가 그리로 갔다. 그러나 암말이 외양간으로 몸뚱어리를 반쯤 들여보내는 찰나, 문턱에서 저주받은 종마가 암말을 습격해 올라타고 야만스러운 인사를 하고 나서, 두 다리로 껴안고, 죄고, 끼고, 짰다. 그러는 동안, 코슈그뤼도 반죽되고, 곤죽이 되고, 터지고, 짓눌려, 마치 기름을 짜고 난 호두 덩어리처럼 일정한 모양 없이 잘게 토막 난 조각이 코슈그뤼의 유해로 남았을 뿐이었다. "말이 교미交尾할 적에 해대는 그 우렁찬 콧김에 숨이 끊어져 가는 인간의 구슬픈 소리를 섞으며 산 채로 짓눌려 부스러기가 되었다고 생각하니, 나는 가슴이 메어지는 것 같구료"라는 말로서 주임 사제는 이야기를 끝맺었다.

"어머! 암말은 좋겠네!"라고 사제의 계집은 부러운 듯 외쳤다.

"뭐?"하고 사제는 깜짝 놀라 말했다.

"안 그래요! 당신들 사내들이란, 자두 한 알 짓눌러 터뜨릴 기세조차 없잖아요!"

"흥"하고 사제는 대꾸했다. "당치 않은 핀잔인걸……."

봉사정신이 강한 사내는 계집을 분연히 침대 위에 쓰러뜨리고 뭉뚝한 각인刻印을 갖고 거칠게 눌렀으므로, 계집은 단번에 파열되어 조각조각 나, 접합근의 돌쩌귀도 벗겨지고 붉은 빛을 띤 문 가운데의 칸막이도 부서져, 외과의사나 내과의사가 손댈 수 없을 만큼의 파열상을 입고 끝내 죽고 말았다. 참으로 주임 사제는 앞서도 말한 바와 같이, 남성이라는 고귀한 이름을 더럽히지 않은 대장부였다!

그 지역의 군자들은 물론이려니와 아낙네들마저 주임 사제에게는 하등의 잘못이 없고, 따라서 그것을 극히 정정당당한 권리 행사라고 시인했다. 당시 흔히 쓰던 'Que l' aze le saille!'[110]라는 속담은 아마도 여기서 비롯했을 것이다. 이 속담을 오늘날의 말로 고치면 한층 더 파렴치한 뜻이 될 것이므로, 부인네들을 존경하는 마음씨에서 부연하는 걸 삼가겠다.

그러나 이 고매하고도 위대한 주임 사제가 그 호걸다움을 발휘한 것은 단지 이 방면에 있어서만이 아니었다. 이 재난에 앞서 그는 이미 용맹을 떨치고 있었기 때문에, 스무 명이 한패가 된 도적단이라 할지라도 주임 사제를 습격해 호주머니 속의 금화를 알현하고 싶다고 나오는 따위의 결례를 감히 하지 못했다.

아직 그의 여인이 살고 있던 어느 날 저녁, 거위와 계집과 술과 모든 것을 만끽한 저녁식사 다음, 그는 의자에 앉아 세율이 10분의 1이나 되는 교구 세납물敎區稅納物을 쌓기 위해 새 창고를 어디에 지을까 하고 생각하고 있었다. 그때, 한 심부름꾼이 와서 사쇠의 영주가 임종에 임해 하느님과 화해하고 싶어 하시니, 오셔서 성체성사도 해주시고, 그 밖에 여러 성사를 해주십사 하고 말했다.

"마음씨 착한 신의 있으신 영주셨지. 아무렴, 가고말고!"라고 사제는 말했다.

그는 성당 안에 들어가 성병聖餠이 들어있는 은함을 꺼낸 다음, 부사제를 깨우는 게 귀찮아 손수 방울을 울리고 나서, 발걸음도 마음도 가볍게 길을 나섰다.

그런데, 기름진 들을 가로질러 앵드르 내로 흘러드는 게 드루아Gue-Droyt 근처에서 주임 사제는 말랑드랭[111]을 만났다.

그럼 말랑드랭이란 뭐냐? 생 니콜라스Saint-nicolas의 서생書生이다. 그럼 그 서생이란 누군가? 바로 칠흑 같은 어둠 속에서도 눈이 밝은 위인이다.

---

110 이 성구成句는 'Que l' aze le quille(악마에게 끌려가거라)!' 라는 당시의 욕설을 흉내 낸 것이다. l' aze(현대 철자로는 l' ane)는 당나귀, saille는 교미를 뜻한다.
111 Malandrin. (12~14세기에 프랑스를 휩쓴) 불한당·악당을 일컫는 말이다. 부랑배, 강도라는 의미.

돈주머니를 살피고 뒤집는 학문을 배우는 서생이다. 거리에서 학위를 얻는 놈이다. 이만하면 아셨겠죠?

각설하고 이 말랑드랭은 주임 사제의 은함을 매우 값나가는 것으로 잘못 알고, 이것 때문에 길에서 매복하고 있었던 거다.

"호!"하고 사제는 다리의 돌 위에 함을 내려놓으며 말했다. "자네, 거기 꼼짝 말고 있게."

그런 다음, 그는 도둑 쪽으로 다가가서 다리를 걸어 넘어뜨리고 나서는 쇠를 씌운 몽둥이를 빼앗았다. 그러자 벌떡 일어선 도둑이 덤벼오는 걸, 사제가 배때기의 한 가운데를 냅다 지르니 오장육부가 터져 나와 뻗고 말았다.

주임 사제는 성체함을 다시 들며 씩씩하게 말했다.

"네놈의 하느님을 믿다가는 네놈과 함께 나도 뻗었을 게다!"

그러나, 이 욕설은 하느님께 한 게 아니고 투르의 대주교를 두고 한 말이었는데, 사쇠의 대로에서 그와 같은 불경한 언사를 내뱉었다고 해도 매미의 발에 편자를 박는 짓과 마찬가지로 있을 법도 한 일이었다. 그럴 것이, 주임 사제가 이전에 강론하던 자리에서 빈둥거리는 게으른 자들을 향해, 수확은 하느님의 은총에 의해서 오는 것이 아니고 근로와 크나큰 노고의 보답이라고 설파해 다소 이단적인 냄새가 풍겼으므로, 대주교는 그를 몹시 책망하고 파문하겠다고 위협하며 교회 참사회에서 꾸짖던 일이 있었기 때문이다. 사실 주임 사제 쪽에 다소 잘못이 있었다. 왜 그런가 하니, 지상의 열매에는 하느님의 은총이나 근로나 다 같이 필요하기 때문이다. 그러나, 그는 이 엉터리 학설에 빠진 채 하늘나라로 가고 말았으니, 하느님의 뜻이라면 곡괭이 없이도 수확을 할 수 있다는 것에 좀처럼 납득이 가지 않았기 때문이다. 허나, 이 주장이 참된 것은 전에도 하느님의 힘을 빌리지 않고도 밀이 곧잘 돋아나지 않았느냐고, 학자들이 이미 입증한 바 있다.[112]

112 성모 마리아의 동정설童貞說을 부정하고 곡괭이(남성의 상징) 없는 수확(아기)이 있을 수 없다는 게 주임 사제의 주장이라고 풀이할 수 있겠다. 그러다가 밀의 자생설自生說을 언급해 두루뭉실하는 곡절曲折, 이것이 바로 발자크의 특기다.

Le Curé d'Azay-le-rideau

성직자의 귀감이라고도 할만한 이 주임 사제와 작별하는 마당에 있어, 그의 삶의 일면을 뚜렷하게 드러낸 아주 기이한 이야기 하나를 말하겠다. 옛 성자들께서 가난한 자와 동행자들에게 제 소지품이나 외투를 나눠주는 착한 행실을, 이 주임 사제가 얼마나 열렬하게 모방하려고 하였던가를 다음의 이야기가 증명할 것이다.

어느 날, 종교재판소의 판사[113]에게 경의를 표하고자 투르에 갔다가, 노새를 타고 아제로 돌아오는 길이었다. 발랑Ballan으로 접어드는 길에서 그는 같은 길을 도보로 걸어가는 예쁜 아가씨를 만났다. 눈에 보이게 지치고, 엉덩이를 마지못해 쳐들어 개처럼 어슬렁어슬렁 걸어가는 아가씨의 꼴을 보고 그는 가엾은 생각이 들었다. 그래서, 그가 아가씨를 다정스럽게 부르니, 아가씨는 걸음을 멈추고 뒤돌아섰다. 휘파람새, 특히 암컷을 겁나게 하지 않는 데 익숙한 사제는, 노새 위에 함께 타고 가자고 얌전하게 권했다. 대개, 여성들이란 속으로는 바라마지않으면서도 남이 자신을 먹어주기를 또는 잡아주기를 권해올 때에는 묘하게 거드름을 피우는 법인데, 이 아가씨도 처음에는 사양하기도 하고, 찡그린 표정을 짓기도 하다가, 사제의 권하는 태도가 어찌나 점잖았던지 드디어 사제의 등 뒤에 올라탔다. 신도信徒인 양¥은 목자인 사제와 짝을 지은 가운데, 노새는 노새의 걸음걸이를 내딛기 시작했다. 그러나, 아가씨는 이리저리 미끄러져, 타고 가는 것이 거북하게 보여, 발랑을 지나쳐 올 때 사제는 자기 몸을 꼭 붙잡는 편이 편할 것이라고 일러주었다. 그러나, 아가씨는 주저주저하면서 토실토실한 두 팔로 사제의 가슴을 뒤에서 안았다.

"어떻소, 아직도 흔들리시나? 그렇게 하고 있는 편이 편하죠?"라고 주임 사제는 말했다.

"퍽 편해요, 사제님은요?"

"나 말이오? 매우 기분이 좋소……."

---

[113] l' official. 주교를 대리한다.

사실, 노새를 타고 가는 사제의 기분에는 각별한 것이 있었다. 두 개의 동그라미가 사제의 몸을 비비대어, 이루 형용키 어려운 감미롭고 따스한 기운이 스며들어, 나중에는 그것이 사제의 어깨뼈 사이에 박히고 싶어하는구나 하는 착각까지 들기에 이르렀다. 허나 희고도 훌륭한 명품에 합당한 곳이 아니라서 유감천만이기는 하였다.

　이 어울리는 두 기수騎手의 체내의 열기는, 노새의 움직임에 따라 차츰차츰 교합하기 시작하고, 노새의 흔들흔들하는 움직임에 그들의 안타까운 움직임도 합쳐져, 마침내 두 사람의 피는 더욱 빨리 돌기 시작했다. 이리하여, 드디어 아가씨도 그리고 사제도 상대방의 생각을 짐작하기에 이르렀다.

　그러다가 사제는 아가씨와, 아가씨는 사제와 이웃 사이로 허물없이 되어버렸을 때, 두 사람은 똑같이 들뜬 기분이 들어, 그것이 변해 은밀한 욕정으로 형태를 바꾸었다.

　"어때요! 저기 나무가 무성한 알맞은 숲이 보이는구려……"라고 사제는 뒤돌아보며 아가씨에게 말했다.

　"그래도 길에서 너무 가까운걸요"라고 아가씨는 대답했다. "나쁜 애들이 지나가다 나뭇가지를 꺾거나 소가 새싹을 먹으러 올지도 모르니까요."

　"아가씨는 아직 혼자요?"라고 사제는 노새를 다시 재촉하면서 물었다.

　"네."

　"경험도 없으시오?"

　"어머, 물론이죠."

　"그 나이에 부끄럽지 않소?"

　"부끄럽기는 해요! 하지만 시집가기 전에 애를 배다니, 짐승이나 할 짓이 아니겠어요……."

　이 말에 마음씨 고운 사제는 아가씨의 무지를 가엾게 여겨서, 또한 성직에 몸을 담은 자는 그 신도를 교화시켜 이 삶에 있어서 인간으로서의 의무와 소임을 다 할 수 있도록 바르게 지도해주어야 한다는 종교규정만을 무엇보다 먼저 상기해, 훗날 아가씨가 짊어질 무거운 짐의 맛을 미리 가르쳐주는 것이 성직자로서의 자신의 천직天職이라고 생각하기에 이르렀다.

그래서, 그는 아가씨에게 조금도 겁낼 것 없다고 부드럽게 청하는 동시에, 성직자의 성실성에 완전한 신뢰를 기울일 것을 설득하고, 지금 곧 행할 것을 권하는 '결혼의 구둣주걱'에 대한 실험을 어느 한 놈 모르게 할 것을 약속했다. 발랑을 떠나면서부터 아가씨도 그것을 쭉 생각하고 온 터라, 한편 노새의 따스한 움직임에 의해 아가씨의 욕정도 소중하게 유지되어 더해져온 터라, 아가씨는 사제에게 뾰로통하게 대구해보았다.

"그런 말씀 하시면, 나는 내리겠어요……."

그러나, 주임 사제는 그대로 그 따스하고도 부드러운 요구를 계속하며 아제의 숲에 이르기까지 설득시키려 했다. 그러자 아가씨는 노새에서 정말로 내리려 했다. 그리고, 사제도 아가씨를 내려주었다. 왜냐하면, 이러한 논쟁을 결말지으려면 말을 달리 탈 필요가 있었기 때문이다. 그때에 정숙하기 그지없던 아가씨는 사제로부터 도망치기 위하여 나무가 무성한 숲 안으로 몸을 숨기며 소리쳤다.

"나쁜 분 같으니. 내가 어디 있는지 찾으려면 찾아봐요."

노새는 아름다운 잔디가 난 숲속의 빈 터에 이르렀다. 아가씨는 한 포기 풀에 발이 걸려 쓰러지고 얼굴을 붉혔다. 사제는 그녀에게로 바싹 다가갔다. 다음, 미사의 종소리를 울리던 사제는 거기서 아가씨를 위해 미사를 거행하고 둘이서 천국의 즐거움을 미리 듬뿍 맛보았다. 신도를 충분히 교화시키고자 마음 쓰던 주임 사제는, 이 영세 지원자가 매우 온순하고, 그 영혼 못지않게 살갗도 부드럽고 진짜 보석인 것을 알았다. 그러나, 아제 근방에 와서야 수업을 주기 시작하였기 때문에, 학생에게 자주 같은 것을 되풀이해서 가르치는 선생들처럼 두 번 내리 되풀이하기가 좀 부자유스러워 자연히 수업을 대강 하지 않을 수 없었던 것을 몹시 분하게 여겼다.

"허어, 아가씨! 어째서 아가씨는 그처럼 잔물고기[114]처럼 허리를 팔딱팔딱 들썩들썩 거리면서도, 이렇듯 아제 근방에 와서야 겨우 응했소?"라고 사제는 매우 애석한 듯 말했다.

"그건, 내가 발랑 태생이니까 그렇죠……"[115]

이야기를 간단히 끝내기로 하자. 이 주임 사제가 사택에서 천국으로 들어갔을 때, 애도의 뜻을 표하러 모여든 수많은 남녀노소는 몹시 슬퍼하고, 애통하며, 또한 울며불며 이구동성으로 말하기를

"아아! 우리들의 아버지를 잃었구나……"라고들 했다.

또한 아가씨들, 과부들, 아낙네들, 계집애들은 애인 이상으로 주임 사제를 아깝게 여겨, 서로 얼굴을 쳐다보면서 말하기를 "정말 사제 이상의 분이셨지, 참다운 남성이셨지"라고들 탄식했다.

이처럼 뛰어난 사제의 종자가 지금은 바람에 날리어 어디로 갔는지 흔적도 없어졌으니, 아무리 신학교가 허다하게 생겨도 이후 두 번 다시 생겨날 리 만무하다고 보겠다.

사제의 유산은 가난한 자들에게 주어졌는데, 사제의 죽음으로 말미암아 가난한 이들이 잃은 것은 받은 것보다 더욱 많았다.

사제가 돌봐주어 오던 한 불구의 노인은 성당의 안마당에 와서 울부짖으며 "나는 죽지 않았구나, 나는……"이라고 했다.

아마 말하려던 것은 '왜 죽음의 귀신은 사제님 대신 나를 잡아가지 않았느냐'는 뜻이겠는데, 이 말에 그곳에 있던 일동은 웃고 말았다. 사제의 망령亡靈도 일동이 버릇없이 웃었다고 화내지 않았을 것이 틀림없다.

114 '잔물고기처럼 허리를 팔딱팔딱 들썩들썩 거리다'의 원문 표현은 'fretinfrettaille'인데 fretin(새끼 물고기, 잔챙이라는 뜻의 명사)과 frettailler('팔딱거리다', '들썩들썩 거리다'라는 뜻의 동사로 현대 철자는 frettier)를 합쳐 만든 저자의 조어다.

115 Ah! je suis de Ballan. '발랑 태생'이라는 대꾸에는 두 가지의 뜻이 있는 성싶다. 하나는 발랑으로 가는 아가씨가 주임 사제에게 마음이 끌려 발랑을 그대로 지나쳐 아제 근방까지 왔다는 것과, 또 하나는 발랑이라는 지명에 ballant(흔들거리는)이라는 형용사의 뜻을 포함시켜 "나는 흔들거리고 왔어요" 혹은 "나는 허리를 흔들어대는 데는 익숙해요" 따위의 은근한 뜻을 나타내고자 한 말이 아닌가 한다.

쏘아 붙이는 한마디[116]

이 책자에서 그녀들의 익살맞은 언사를 이미 적은 바 있는 포르티용 레 투르Portillon lez Tours의 세탁업 하는 여인들 중, 깜찍스럽기가 성직자 여섯 명, 또는 적어도 일반적인 여인네 세 명을 합친 것만큼 이었던 아가씨가 있었다. 고로, 귀여운 사내들의 부족을 느낀 적이 없었을 뿐만 아니라, 그 수 또한 어찌나 많았던지, 그들이 그녀의 주위에 모이는 장관이란, 이를테면 저녁때 벌통 속으로 돌아가려고 무리 짓는 꿀벌들의 모습 같다고나 할까.

몽퓌미에[117] 거리에 어쩌고저쩌고 나쁘게 소문이 날 만큼이나 굉장한 저택을 자기 소유로 하고 살고 있던 한 늙은 비단염색업자가, 생 시르의 아름다운 언덕에 있던 그르나디에르의 별장에서 돌아오던 길에, 말을 타고 포르티용 앞을 지나 투르의 다리를 건너갔다. 그때 문지방에 앉아 있던 이 아름다

---

116 L'apostrophe. 질책, 나무람.
117 Montfumier montfumier=mont(山)+fumier(더러운 것. 두엄). 빈곤거리를 뜻한다.

운 여인을 언뜻 보고, 무더운 저녁 날씨 탓이었던지 영감은 미칠 것 같은 욕정에 온몸이 활활 타버렸다. 오래 전부터 이 명랑한 아가씨에게 눈독을 들이고 있던 터라, 아내로 맞이해야겠다는 그의 결심은 당장에 굳어졌다. 그래서 아가씨는 며칠 안에 세탁소에서 일하는 여공의 신세에서 비단염색업자의 안주인이 되어 많은 레이스, 고운 리넨, 많은 살림살이를 소유한 부잣집 새댁으로 투르에서 활개를 치기에 이르렀다. 비록 그 서방 되는 염색업자가 나이는 많았으나, 그녀는 그를 곧잘 곯려주어 매우 행복하게 해주었다.

사람 좋은 염색업자의 친구로 견직기계 제조업자가 있었는데, 키가 작고, 타고난 꼽추이며, 근성이 몹시 고약한 위인이었다. 그러므로 혼인날 그는 염색업자에게 다음과 같이 말할 정도였다.

"자네 결혼해서 좋은 일을 해주었네. 이제부터 우리는 예쁜 마누라를 가지게 되는 셈이군 그려……."

이와 같은 교활하고 짓궂은 농담을 그는 마구 해댔는데, 신랑에게 이러한 농담을 하는 것은 당시의 관습이기도 하였다.

사실상 이 꼽추는 염색업자 안주인의 비위를 살살 맞추기 시작했다. 그러나 그녀는 외모가 제대로 되지 못한 사내를 그다지 좋아하지 않는 성미라, 그 기계 기사의 요청에 어이가 없어 까르르 웃어대며, 그의 상점 안에 잔뜩 쌓여 있던 용수철, 연장, 가락(針筵子)[118] 따위에 빗대어 멋들어지게 놀려대었다.

헌데 꼽추의 일편단심 사랑은 진저리도 내지 않고 그녀를 귀찮게 굴어, 드디어 그녀도 화가 나 고약스러운 장난으로써 그의 정을 식혀주기로 결심했다.

어느 날 저녁, 지긋지긋한 구애에 시달린 후, 그녀는 구애자求愛者에게 자

118 '용수철'의 원문은 'ressort'으로 기력이라는 뜻이 있다. '연장'은 'engin'으로 표현되어 있는데, 그 은밀한 의미가 무엇인지 아실 터. '가락'은 실 잣는 패를 말하는데, 원문인 'bobine'이란 단어에는 우스꽝스러운 몰골이라는 뜻도 가지고 있다. 즉, '용수철' '연장' '가락'은 중의법에 의한 표현이다.

정쯤 뒷문으로 몰래 오면 통로[119]란 통로는 다 열어주마 하고 약속했다.

여기서 말해두어야 할 점은 다름이 아니라, 때가 엄동설한의 밤이었으며, 몽퓌미에 거리는 루아르 강에 접하여, 이 낮은 지대는 여름에도 백 개의 바늘로 찌르는 듯한 찬바람이 들이치는 곳이라는 거다.

꼽추는 외투로 몸을 싸고 약속대로 나타나, 시간이 될 때까지 몸을 덥게 하려고 근처를 오락가락했다.

자정쯤, 그는 몸이 반쯤 꽁꽁 얼어와 영대領帶[120] 안에 잡힌 서른두 마리의 마귀처럼 덜덜 떨려, 행운이고 뭐고 단념해버리려고 할 때, 희미한 불빛이 창문 틈으로 새어나와 뒷문까지 내려왔다.

"아, 겨우 그녀가 나왔구나……."

그는 생각했다. 그리고, 이 희망이 그의 몸을 덥게 했다. 그때 그는 문에 귀를 대고 작은 목소리를 들었다.

"거기 계세요?"라고 염색업자의 안사람이 말했다.

"있고말고!"

"기침을 해 보셔요……. 정말 당신인지 아닌지 알게……."

꼽추는 기침을 했다.

"어마, 사람이 틀리나 봐!"

그러자 꼽추는 커다란 목소리로 말했다.

"뭐라고, 내가 아니라고! 내 목소리를 알아듣지 못하는 거요? 어서 여시오!"

"누구요?"하고 창문을 열면서 염색업자가 소리쳤다.

"어머, 어쩌나! 남편을 깨우고 말았으니……. 오늘 저녁 뜻밖에 앙부아즈 Amboise에서 돌아오셨지 뭐예요……."

---

119 pertuis. 구멍, 수문水門을 뜻하기도 한다.
120 etole. 천주교 의식 집행 시에 사제가 목 뒤로 걸어서 몸 앞 양쪽으로 길게 늘어뜨린 띠 모양의 헝겊.

자기 집 문에 수상한 사내가 서 있는 걸 달빛 아래 목격한 염색업자는 요 강에 가득 찬 오줌을 그 사내의 머리 위에 부으며 "도둑이야!"하고 소리쳐, 꼽추는 도망치지 않을 수 없게 되었다. 그런데 무서운 나머지 길가에 쳐있 던 철망 위를 잘못 뛰어넘어, 그는 고약한 냄새가 나는 구덩이에 떨어지고 말았다(시의 행정관들이 루아르 강으로 떨어뜨리는 배수문의 계획을 아직 세우지 못 했던 무렵의 일이었다). 뜻하지 않은 목욕에, 죽을 고생을 한 그는 요염한 타 슈레트Tascherette를 저주했다. 그녀 남편의 이름이 타슈로Taschereau였기 에, 투르 사람들은 그 여인네를 애칭으로 그렇게 부르고 있었던 것이다.

견직물絹織物을 짜고, 잣고, 마는 기계를 만드는 사람이던 이 꼽추인 카랑 다스Carandas는, 오늘 밤의 망신이 염색업자의 부인 탓인 줄 깨달을 만큼 그녀에게 반해있지 않아, 그는 금세 그녀에게 앙심을 품기 시작했다. 그러 나, 염색업자 집 하수구에 빠진 몸이 마른 지 며칠 후, 카랑다스는 염색업자 집에서 저녁식사를 하게 되었다. 그 자리에서 부인은 카랑다스를 입술에 꿀 바른 말로 어찌나 사리를 따져 납득시키고 어찌나 좋은 약속으로 칭칭 감았 던지, 카랑다스도 의심이 봄볕에 눈 녹듯 풀리고 말았다. 지체 없이 그가 다 시 밀회를 청하자, 그런 것쯤 누워서 떡먹기라는 얼굴로 그녀는 말했다.

"그럼 내일 저녁에 오셔요……. 남편이 3일 가량 슈농소Chenonceaux에 가 있을 예정이니까요. 왕비께서 헌 천을 염색하시는데, 색깔에 관한 일로 남편과 의논하시나 봐요. 아마 오래 걸리시겠죠……."

카랑다스는 흠 하나 없는 최고급 옷을 입고 약속 시간에 나타나 풍성한 저녁식사 자리에 앉았다. 소위 말하기를, 칠성장어, 부브레산産 포도주, 새 하얀 테이블보, 그리고 세탁물의 빛깔에 관해 세탁소 여공 출신인 염색업자 의 아낙네에게 누가 감히 잔소리 하겠는가. 그래서 모든 게 썩 잘 차려져, 카랑다스는 방 한가운데 있던 아주 깨끗한 백랍제白鑞製 접시를 보고, 맛있 는 요리의 냄새를 맡고, 민첩하고도 말쑥하고 여름날의 사과처럼 먹음직한 타슈레트를 눈앞에 보면서, 천만 가지의 공상 속의 쾌락을 누리는 것이 뭐 라고 형용하기 어려울 만큼 즐거웠다.

그래서, 그렇듯 뜨거운 예상에 과열되고 만 기계 기사는 단번에 그녀에게 덤벼들려고 했다. 그러자 거리에 면한 문을 서방인 타슈로가 냅다 두드리는 소리가 들려왔다.

"어쩌나!"라고 그녀는 말했다. "어떻게 된 일일까? 어서 저 옷장 속에 숨어요. 혹시 바깥사람에게 들키기나 해봐요. 화가 나기 시작하면 걷잡을 수 없는 성품이니, 어쩜 당신을 죽일지도 몰라요."

꼽추를 부랴부랴 옷장 속에 가두어 열쇠로 채운 후, 그녀는 남편 쪽으로 빨리 갔다. 저녁식사를 하러 남편이 슈농소에서 돌아올 줄 알고 있던 그녀였다. 염색업자는 양쪽 눈과 양쪽 귀에 아내가 따끈따끈한 입맞춤을 해주는 바람에, 그 역시 유모가 하는 것처럼 아내에게 걸쭉한 입맞춤을 집 안이 덜그럭거리도록 소리 내며 했다. 그러고 나서, 부부는 식탁 앞에 앉아 희롱을 하면서 식사를 마치고 자리에 들었다. 그동안 카랑다스는 기침소리 하나 내지도, 몸 하나 움직이지도 못한 채로 서서 그런 잡소리들을 들어야만 했다.

그는 속옷 사이에 큰 통 속의 정어리 모양으로 담겨져, 물속의 돌 잉어에 햇볕이 덜 미치듯 공기가 부족하였다. 그러나, 그의 심심파적거리[121]로는 정사情事의 노랫가락, 사내의 신음소리, 여인의 교성嬌聲이 있었을 뿐이었다. 겨우 서방 놈이 잠이 들었겠거니 여기고, 꼽추는 옷장을 곁쇠질로 열려고 했다.

"누구냐!"하는 염색업자의 기성.

"어머, 내일은 비가 오겠네……. 저 긁어대는 소리는 아마도 고양이의 짓일 테니까……"라는 아내의 말.

마누라가 이렇듯 얼렁뚱땅 속여 넘기는 바람에, 착한 서방은 머리를 베개 위에 다시 놓았다.

"어머, 여보, 당신은 꽤 잠귀가 밝으신가 봐요……. 성장의 극에 달한 노목老木 같은 당신을 남편으로 맞이하려는 생각은 아무도 하지 않을 거예요.

121 소일거리로 즐길 만한 것.

어서 얌전하게 누워요. 어머, 어머! 여보, 당신 잠자리 모자가 비뚤어졌네……. 고쳐 써요. 내 몸의 귀여운 마개님이니 잠들고 있을 때도 사내다워야 해요……. 알겠어요?"

"응, 알아, 알아."

"잠들었어요?"라고 아내는 입 맞추면서 말했다.

"응, 응……."

새벽녘, 그녀는 살금살금 걸어 카랑다스를 꺼내주려고 갔다. 카랑다스는 송장보다 더 창백한 얼굴로 있었다.

"오! 공기다! 공기를 다오!"라는 그의 외침소리.

상사병이 깨끗하게 나아버린 그는 호주머니 속에 검은 밀알이 들어가지 않을 만큼이나 가슴속에 증오의 정을 품으며 도망쳐 나왔다.

그 후, 꼽추는 투르를 떠나 브뤼주Bruges 시로 가버렸다. 사슬갑옷을 제조하는 기계 설비의 일로 그곳 상인으로부터 초청받아서.

카랑다스는 발랑 태생이었다. 〈아제 르 리도의 주임 사제〉에서 언급한바 있는 이 지역에는 아무것도 나는 게 없어 샤를마뉴의 황야라고 불렸다. 그곳에는 옛날 무어 사람과 프랑스 사람이 싸운 옛 싸움터가 있다. 그때 저주받은 자들과 이교도들이 이곳에 묻혔기 때문에 풀 한 포기 돋아나지 않으며, 소마저 발랑의 풀을 먹으면 지옥에 떨어진다고 하는 지역이다. 그 전투 때 중상으로 유기당한 사라센 사람의 피를 이어받고 있던 카랑다스는 혈관 속에 무어 사람의 피가 흐르고 있었던 만큼, 고향을 떠나 타향에 오랫동안 머물고 있던 동안에도 자나 깨나 자기의 복수욕에 먹이를 주는 일밖에 염두에 두지 않고 있었고, 늘 염색업자의 마누라가 어느 날 갑자기 뒈져버리기를 간절히 기원하였으며, 또한 복수하려는 일념에 애가 타 자주 다음과 같이 생각하곤 하였다.

'그렇다, 그년의 살을 질근질근 씹어 먹어줄 테다! 아무렴, 그렇고 말고. 그년의 젖꼭지를 구워 양념도 안 치고 빠작빠작 깨물어 먹어줄 테다.'

참으로 그것은 빛깔도 선명한 진홍빛 증오이자, 뼈에 사무친 원한이자,

벌(蜂) 또는 노처녀의 앙심이었다. 알려져 있는 온갖 증오의 정이란 정이 단 하나의 증오로 녹았다 다시 끓어올라, 원한과 사악한 생각과 악의의 선약仙藥으로 변해 지옥의 가장 뜨거운 업화業火에 더워졌다고 해도 과언이 아니었다. 아니, 그는 이제 '증오의 주님'으로 화한 것이다.

플랑드르Flandre[122] 지역에서 기계의 제작 기술을 팔아서 많은 돈을 번 카랑다스는 어느 날 투레느에 돌아왔다. 그는 그 돈으로 몽퓌미에 거리에 있던 훌륭한 주택을 샀다. 이 주택은 지금도 현존하며 그 앞을 지나가는 사람들을 놀라게 하는데, 그 돌담 위에 새긴 매우 재미있는 부조浮彫[123] 가 있기 때문이다.

각설하고, 앙심 깊은 그는 친구인 염색업자의 가정에 현저한 변화가 생긴 것을 보았다. 염색업자의 친구가 귀여운 두 아이의 아버지가 되어있었기 때문이다. 그런데 그 애들이 웬일인지 어미 쪽도 아비 쪽도 전혀 닮지 않은 외모를 하고 있었다. 허나 자식인 이상 누군가를 닮아있어야 하는 것이 도리이므로, 조부모가 잘 생겼을 때는 조카 얼굴에서 그 모습을 찾아내려고 하는 교활한 사람들이 세상에는 있게 마련이다. 바로 좀스러운 아첨꾼들! 때문에 염색업자는 조부모 대신에, 두 자식이 지난날 에크리뇰르 성모 성당의 사제이던 그의 아저씨와 꼭 닮았다고 여기고 있었다. 그러나, 빈정거리기 좋아하는 사람들의 말로는, 두 어린애는 투르와 플레시스Plessis 중간에 자리 잡고 있는 유명한 성당 노트르담 라 리슈Notre-Dame la Riche에 적을 둔 삭발削髮한[124] 미남과 깜찍할 만큼 닮았다는 소문이었다.

---

122 벨기에 북해北海 연안의 저지대 지방으로, 과거에는 네덜란드 남부에서 프랑스 북동부 일대를 통틀어 지칭하였다. 벨기에어로는 '블렌데렌Vleanderen', 영어로는 '플랜더스Flanders'라고 한다. 옛날에는 한 나라였다.

123 돌을 새김. 원문은 Ronde-bosse(동그란 곱사등)인데, 꼽추(bosse)라는 낱말이 ronde(둥그스름한)와 비슷해서 옮긴 말이다. 어차피 조각이니까.

124 tonsure. 가톨릭교에서 평신도가 수도사나 성직자로 입문하는 의미로 머리 한가운데를 둥글게 깎는 것을 말한다. 현재는 머리를 깎지 않고 부제품을 받음으로 성직에 입문하는 경우가 많아졌다.

그래서, 한 가지 가르쳐드리니, 독자 여러분들은 명심해 들으시라. 대대손손 전해 내려왔으며 대대손손 전해 내려갈 이 진리의 뿌리를 이 책자 중에서 꺼내고, 추려, 짜서, 뱃속에 들여보낼 것 같으면, 그것만으로도 천하에 둘도 없는 행운아로 아시라. 그럼 무엇인고? 인간이란 코 없이는 결코 때우지 못하는 존재라는 것. 곧 인간이란 항상 코흘리개라는 것. 다시 말해 인간이란 어딜 가도 인간이라는 것. 그러므로, 어떠한 미래의 시대가 오더라도 여전히 인간은 웃고, 마시고, 인간의 껍질을 써, 별로 좋게도 나쁘게도 되지 않고, 동일한 짓을 계속할 것이라는 바로 이점이다. 이러한 서론적개념緒論的概念은 독자들의 머릿속에 다음과 같은 진리를 주입하는 데 많은 공헌을 할 줄로 믿는다. 일반적으로 두 다리 달린 영혼이라 일컫는 인간은, 그 정욕을 간질이는 것들을 참으로 여겨, 그 증오심을 어루만지기도 하고 사랑의 정을 기르기도 하는 것이니, 필경 논리라는 것도 여기서 비롯하는 것에 지나지 않는다!

따라서 카랑다스가 첫날 식탁 앞에 앉아있던 연석자들, 즉 친구의 아이들을 보고, 잘 생긴 사제를 보고, 아름다운 여인을 보고, 사람 좋은 서방 녀석을 보고, 게다가 칠성장어의 최상 토막을 남편을 제치고 사제의 접시에 여인이 거드름 떨며 담아주는 것을 보고, 기계 기사는 논리의 기계를 마음속으로 조립했다.

'친구 녀석이 오쟁이 지고 있구나. 계집이 저 고해신부 놈과 동침해온 게 틀림없지. 애들도 저놈의 성수로 지어낸 거야. 흥, 두고 보자. 꼽추들이 여느 사람들보다 무엇인가 더 갖고 있다는 점을 연놈들에게 보여줄 테다……'

또한 그것은 사실이었다. 멱을 감으며 물과 장난쳐, 새하얀 눈송이 같은 손으로 물결무늬를 철썩 치는 예쁜 아가씨처럼, 투르의 시가지는 루아르 강에 그 발을 담가왔고 앞으로도 담그고 있을 것이 확실한 것처럼, 그것은 참말이었다. 아름다운 투르의 시가지, 세상의 다른 시가지에 비해 투르의 시가지만큼 희희낙락하며, 재미나며, 사랑스러우며, 싱싱하며, 꽃핀 듯 화려하며, 향기로운 곳도 없거니와, 이 세상의 어느 시가지도 투르의 머리를 벗겨줄 만한, 그 허리띠를 매어줄 만한 자격조차 없다.

만약 독자께서 투르에 가보시면, 시가지 한가운데 나 있는 일자로 진 예쁜 선을 보시리라. 그 줄은 천하 만민이 산책하는 감미로운 거리, 사시사철 훈훈한 바람이, 그늘과 햇볕이, 비와 사랑이 있는 곳…… 아하! 웃으셨군. 그럼 어서 가보시라! 그곳은 항상 새롭고 항상 늠름하고 항상 지엄한 거리, 애국심이 넘치는 거리, 양측 보도의 거리, 두 끝이 열려 잘 뚫린 거리, 넓기 때문에 아무도 '조심해!'라고 소리치는 일이 없는 거리. 닳지 않는 거리, 대성당으로 통하는 거리, 다리로 매우 교묘하게 이어진 굴로 통하는 거리, 그리고 끝머리에 장이 서는 아름다운 들판이 있는 거리, 틈새 없이 돌로 포장되고, 더 손댈 구석도 없이 지어지고, 말짱하게 씻겨 거울처럼 깨끗한 거리, 시각에 따라 인기척이 번다하기도 하고 조용하기도 한 거리, 예쁘장한 거리, 귀염성 있는 푸른 지붕으로 밤의 머리치장을 한 거리, 간단히 말해 소생이 태어난 거리. 허다한 거리들의 여왕이며 항상 천지 사이에 있는 거리, 분수가 있는 거리, 수많은 거리 중에서 유독 명성이 놀라워 없는 것이라고는 하나도 없는 거리. 실상 이거야말로 진짜 거리! 투르에 단 하나 있는 거리. 만약 다른 거리가 있다면, 그런 따위의 거리는 검고 꼬불꼬불하고 비좁고 축축하여서, 천하의 온 거리를 굽어보는 이 지체 높은 거리 앞에 머리를 공손히 조아리러 올 수밖에 없다! 헌데 소생은 어디에 있는가. 이 거리에 한 번 발을 들여놓으면 너무나 쾌적하여 누구 하나 거기서 나오고 싶어 하지 않는다. 소생의 이와 같은 자식으로서의 본분, 심장에서 우러나오는 이 서사시적인 찬송가는 소생이 태어난 거리에 마땅히 바쳐야 할 의무이려니와, 그 거리 모퉁이에 안 보이는 얼굴은 동향 사람들에게 잘 알려지지 않은 소생의 스승 라블레와 데카르트님 같은 충직한 얼굴뿐이다.[125]

---

125 "또 그것은~얼굴뿐이다"까지의 이 뜻하지 않은 투르 시가지의 송가는 라블레 풍의 묘사법을 빌어 문체를 표현한 것이 아닐까 한다.

각설하고, 카랑다스는 플랑드르에서 돌아와서, 염색업자를 비롯해 그 밖에 그의 빈정거리는 말투, 익살과 우스운 이야기를 좋아들 하던 사람들로부터 환대받았다. 꼽추는 옛 정을 풀어내버린 듯 아낙네와 사제에게 다정하게 굴며 아이들까지 포옹했다. 그러다가 여인과 단 둘이 있게 되었을 때, 그는 옷장 속의 하룻밤과 하수구의 하룻밤에 대한 이야기로 돌아가 이렇게 말했다.

"그렇지 않습니까, 부인! 나를 몹시도 웃음거리로 만드셨죠……."

"그거야 뿌리신 대로 거두어들이신 것이지 뭐예요!"라고 그녀는 웃으며 대답했다. "하지만 당신이 좀더 참으셔서, 크나큰 연정 때문에 놀림당하고 조롱받으며 우롱당하는 걸 견디어내셨다면, 아마 남들처럼 저를 손안에 넣으셨을 거예요……."

이 말에 카랑다스는 내심 노기충천하면서도 웃어보였다.

다음, 그는 하마터면 목숨을 빼앗길 뻔했던 옷장을 보고 그 분노가 더 한층 열기를 더했다. 그것은 그 아낙네가, 또 하나의 사랑 샘에 지나지 않은 젊은이의 물 속에 잠기면서 다시 젊어져 가는 여인네들이 다 그렇듯이, 이전보다 더욱 아름다워져 있었기 때문이다.

기계 기사는 복수하고자 하는 마음에서 친구 집의 간통의 형태를 연구하기 시작했다. 왜냐하면 집의 수와 마찬가지로 이 종류의 형태도 무쌍하니까. 사내가 모두들 서로 비슷비슷하듯 모든 정사도 모양이 비슷비슷하지만, 그래도 여성을 위해 고맙게도, 하나하나의 정사에는 하나하나의 독특한 꼴이 있어서, 사내끼리 만큼 비슷비슷한 것이 따로 없기는 하나, 또한 사내끼리 만큼 다른 것이 따로 없다는 사실이 제3자의 눈에는 입증되어 있는 것이다. 만사가 뒤섞이는 것은 필경 그 때문이고, 여성의 천태만상의 변덕스러운 생각의 원인 또한 여기에 있다. 때문에 여성은 그 변덕스러운 생각에 따라 허다한 고뇌와 쾌락을 갖고서, 아마 쾌락보다는 고뇌 쪽이 많겠지만, 남성 중에서 가장 마음에 맞는 상대를 찾는 것이다! 그러니 여성의 시도나 변심과 변절을 어찌 욕하겠는가? 자연마저 항시 팔딱, 들썩, 빙빙, 돌고

도는 세상에 여성만이 한 자리에 있기를 바라다니……. 얼음을 참말로 차갑다고 단언할 수 있겠는가? 못하지……. 그럼 좋다! 그와 마찬가지로 간통이 두뇌가 우수하며 다른 사람보다 걸출한 인물을 낳는 호기好機가 아니라고 단언 못 할 것이다! 그러니 하늘 아래 방귀보다 실속 있는 것을 찾으시라……. 그러므로 동일 중심에 집중하는 이 책자의 철학적인 명성이 머지않아 천하에 울리리! 힘쓰시라, 노력하시라. 자연의 엉덩이를 걷어 올리기에 몰두하고 있는 사람들보다 '쥐 죽이는 약 사시오!' 하고 외치고 다니는 행상쪽이 실은 더 앞서고 있는 거다. 왜 그런가 하니, 자연이란 거만스러운 창녀로, 마음이 뜬구름같이 변덕스러워 제 심사에 드는 시간밖에 그 정체를 보이려고 하지 않기 때문이다……. 이제 아셨는가! 따라서 천하 만방의 언어에서도 자연[126]은 여성명사로 되어 있는데, 이는 그 본질상 매우 변하기 쉽고, 또한 속임수에 있어 풍요하고도 기름진 것이기 때문이다.

그래서 오래지 않아 카랑다스는 각양각색의 간통 중에서도 성직자의 간통이 가장 솜씨 좋고 가장 은밀하게 진행되고 있다는 것을 알아챘다. 염색업자의 여편네는 다음과 같은 간통의 과정을 꾸며내고 있었다.

주일 전날, 아낙네는 정해놓고, 레 생 시르에 있는 그르나디에르 별장에 가곤 하였다. 집에 남은 서방은 일을 끝마치거나, 계산하거나, 검사하거나, 일꾼들의 품삯을 지불하거나 한 후, 다음 날 아침, 반드시 사제를 데리고 별장에 가서 명랑하기 비할 바 없는 부인을 만나고 훌륭한 점심식사를 하곤 하였다.

그런데 실상은 전날 밤, 저주받은 사제는 쪽배를 타고 루아르 강을 건너 아낙네를 데워주고, 그 뜬구름 같은 기분을 진정시키고, 그녀에게 깊은 잠을 밤새도록 자게 해주었던 거다. 여인의 수면제로는 젊은이보다 더 좋은 게 없다함은 천하가 다 아는 바다. 날이 밝아 염색업자가 별장으로 놀러가자고 권하러 올 시각까지, 사제는 반드시 제 집으로 돌아와 잠자리에 누워있었다.

126 la nature.

228

쪽배의 사공에게 후한 뱃삯을 주었고, 밤이 깊어진 다음에 가고, 올 때는 새벽이었기에 누구 하나 그것을 눈치 챈 사람이 없었다.

카랑다스는 이러한 간통 과정의 확실한 실행과 일치를 눈으로 다짐한 다음, 두 애인이 어떤 우연한 재계齋戒[127] 후 상대에게 서로 굶주려 만나는 날을 기다렸다.

만남은 오래지 않아 있었다. 아리오스토Ariosto[128] 님의 문장에 의해서 이미 명성이 자자한 겁 많은 영웅 혹은 여성의 환심만 사려는 사람답게 금발에다 날씬하고 모습이 예쁘장한 사제가 밀회에서 돌아오기를 사공이 노를 저으면서 기다리는 현장을, 생 안Saint-Anne 운하 근처의 모래밭 아래쪽에서 꼽추가 목격했다.

그러자, 그 기계 기사는 염색업자 영감에게 그 사실을 일러바치러 왔다. 영감은 아내를 늘 애지중지해 와서 자기 부인의 예쁜 성수반聖水盤 속에 손가락을 넣고 사는 이는 천하에 오직 자기 혼자만이라고 철석같이 믿고 있었다.

"여보게 안녕하신가!"라고 카랑다스가 타슈로에게 저녁인사를 하니, 타슈로는 침실용 모자를 벗었다.

다음에 비밀 사랑의 향연에 관해 이야기하기 시작한 기계 기사는 갖가지 언사를 내뱉어 염색업자 영감의 온갖 아픈 데를 콕콕 찔렀다.

마침내 염색업자가 부인과 사제를 죽일 각오를 굳힌 기색을 보자, 카랑다스는 그에게 말했다.

"이웃 친구, 내게 플랑드르에서 가져온 독검毒劍이 한 자루 있네. 그걸로 할퀸 상처만 입어도 즉사하고 마네. 그러니 자네 계집과 그 정부를 그걸로

---

127 원문 표현은 careme. 사순절(부활절 이전 40일간의 재기齋期) 동안의 근신, 절제, 단식, 금욕 등을 의미한다.

128 Ludovico Ariosto(1474~15 33). 중세 이탈리아의 시인. 르네상스 후기의 대표적인 서사시인 《광란의 오를란도Orlando furioso》는 그의 대표작으로, 그리스도교와 이슬람교의 전쟁에서 일어난 연애담이 주된 내용이다.

한 번 툭 건드리기만 해도 틀림없이 죽을 걸세.”

“그럼, 그걸 가지러 가지!”라고 염색업자는 외쳤다.

두 사람은 부랴부랴 꼽추의 집으로 독검을 가지러 간 다음, 별장으로 달려갔다.

“그런데 그 연놈은 안성맞춤으로 자고 있을까?”라고 타슈로가 말했다.

“자네를 기다리고 있고말고!”라고 꼽추는 오쟁이 진 친구를 조롱했다.

사실, 오쟁이 진 남편으로서는 두 애인의 절정에 이른 장면을 대기하는 큰 고통을 겪을 필요조차 없었다.

귀여운 아낙네와 그 사랑하는 임은, 우리가 다 아는 그 즐거운 호수에서 언제나 도망치기 잘하는 귀여운 새를 붙잡으려고 열중하고 있었다. ‘깔깔’, ‘히히’ 하면서, 그리고 또 다시 또 다시 시도하면서, 여전히 ‘히히’, ‘깔깔’ 대면서……

“아이 좋아, 이봐요!”라고 타슈레트는 말하며, 제 배 위에 사랑하는 임을 새겨 박으려고 하는 듯 얼싸안았다. “당신이 어찌나 좋은지 당신 몸을 모조리 빠작빠작 깨물어 먹고 싶어! 아니야……. 그러기보다 이 몸에서 당신 몸이 영영 떠나지 못하게 내 살갗 속에 당신 몸을 간직하고 싶어.”

“나 역시 그러고 싶지!”라고 사제는 말했다. “하지만 온 몸뚱어리가 그대 몸속에 들어갈 수 없는 노릇이니, 내 몸의 한 부분으로 참아줘.”

이러한 아기자기한 절정에 지아비는 번쩍이는 독검을 쳐들고 들어섰다.

남편의 낯빛을 잘 알고 있던 여인은, 아끼던 사제의 목숨이 위태로운 지경에 이른 것을 알아차렸다. 아낙네는 반나체로 머리털을 흐트러뜨린 채, 대뜸 지아비 앞으로 달려들었다. 그녀는 부끄러움 때문에 오히려 더더욱 아름다웠다. 아니, 그보다 훨씬, 애욕愛慾 때문에 아름다웠다. 그녀는 지아비를 가로막고 쏘아붙였다.

“그만해요, 배은망덕한 사람 같으니! 당신은 당신 애들의 아버지를 죽이려는 건가요!”

이 기세에 사람 좋은 염색업자는, 오쟁이 진 남편의 아버지로서의 장엄함

L'Apostrophe

과, 또한 모르긴 몰라도 아내의 불꽃같은 두 눈빛에 어리둥절해져, 뒤에서 따라온 꼽추의 발 위에 독검을 떨어뜨리고 말아 꼽추는 세상을 하직하고 말았다.

이 이야기는 우리에게 행여 깊은 앙심을 가지지 말기를 가르쳐주는 것이라 하겠다.

맺는말

이 숨결에서, 우리 지역 투레느를 고향으로 옛날 옛적에 태어난 익살 맞은 뮤즈Muse의 멋을 본받은 《해학》의 첫째집이 끝났다. 이 이야기는 뮤즈의 친척인 베르빌이 《출세의 길》에서 적어놓은 명언이자 또한 명심하고 있는 뮤즈의 딸이기도 하다.

환심을 사려거든 뻔뻔스러울지니라.

아뿔싸! 귀여운 어릿광대, 다시 자리에 누워 잠들어라. 이 열 편의 달음박질로 숨이 헐떡이는가 보구나. 아마 현세現世에 앞서는 걸음이 있었나 보구나. 그러니 뮤즈여, 그대는 벌거벗은 예쁜 발을 씻고, 귀를 마개로 틀어막고, 사랑하는 임에게로 돌아갔나 보구나. 그러니 익살스러운 발상發想을 완수하려고 웃음이 섞인 다른 시詩를 몽상한다면, 골(갈리아)의 명랑한 되새의 노랫소리를 듣고 "저런, 외설스러운 새야!"라고 욕설을 퍼붓는 분들의 바보 같은 아우성은 아예 귀담아듣지 마시라!

제 **2** 집

SECOND DIXAIN

머리말

소생을 보고 옛 시대의 언어를 모르고 있다고 나무라는 인사들이 있는데, 이는 산토끼가 옛 이야기를 할 줄 모른다고 이러니저러니 말하는 것과 같다. 이러한 인사들을 두고 옛부터 일부러 식인종, 시끄러운 놈, 뿐만 아니라 고모라 도읍都邑 출신이라고 이름 지어 불러왔도다.

허나 소생은 이러한 옛 풍의 '욕의 꽃'을 그들에게 바치는 것을 삼가하고, 다만 그들의 가죽을 행여 쓰지 않기를 바라 마지않는 것만으로 그만두는 것이, 오늘날의 싸구려 문인文人이 빠지기 쉬운 경향과는 전혀 다른, 이 하찮은 책자를 비난하는 사팔뜨기의 한 패거리가 되지 않기를, 수치를 알고 자신을 중히 여기는 소생이 결심하고 있기 때문이리라.

여보시게! 심술궂은 인사들아, 그대들은 그대들 사이에서 더 요긴하게 쓰일 곳이 있을 그 소중한 침을 창 너머로 함부로 뱉는구나!

그 불후의 필명을 아직도 떨치고 계신 투레느 태생의 한 노옹老翁께서도 당신의 글을 흠잡는 어느 젊은이의 거만한 꼴에는 화를 벌컥 내시어, 역시

237

머리말 중에서 "차후로 한 자도 쓰지 않을 굳은 결심을 했노라"고 말하며 펜을 꺾었던 일화를 생각하면서, 소생의 책자가 만인의 마음에 들지 않는 것도 다 그러한 것이겠거니 생각하며 스스로 마음을 달래었다.

다른 시대, 허나 같은 풍습, 하늘에 계신 주님을 비롯해 땅에 있는 인간에 이르기까지, 무엇하나 변하지 않는 것이 없다. 따라서 소생은 웃으며 창작의 밭에 쟁기질하여 그 크나큰 수고의 보답을 미래에 두고두고 맡기노라.

'백 가지 우스개 이야기'를 깃털 펜에 찍어 백지에 곱다랗게 옮기는 게 확실히 매우 힘든 일인 것이, 시샘이 강한 이들과 색골들이 쏘아대는 불꽃 튀기는 총알, 또한 '친구'라고 일컫는 고마우신 분들이 발사하는 화살의 과녁이 되기 때문이다. 소생의 형편이 나쁜 때 그들은 와서 말하기를, "미쳤는가? 제 정신으로 생각하는 것인가? 그와 같은 이야기를 백 가지나 공상의 자루 속에 넣고 있다니 이게 어디 사람의 짓인가? 그 자루의 과장된 꼬리표를 떼어버리게! 좀처럼 이루지 못할 테니까!"라고들 했다.

이렇게들 말해오는 사람들이지만, 그들은 염세주의자나 식인종이 아니다. 색골인지 아닌지는 모르겠으나, 남의 일에 참견하기 좋아하는 잔소리꾼인 것은 사실이고, 상대가 죽어 없어질 때까지 갖은 냉혹한 말을 뱉으러 오는 용기의 소유자, 삶의 크나큰 재난 때에 달려와서 호의든지 돈주머니든지 다리든지 아낌없이 주겠다는 구실 아래, 여느 때는 언제나 말털용 빗처럼 가슬가슬 거칠고 인색한 사람들, 상대방의 병자성사病者聖事 때에 와서야 우정의 진가를 발휘하는 사람들.

이와 같은 구슬픈 친절에 대해서는 이러니저러니 더 이상 말하지 않겠다. 이쪽에서 사양하겠다. 그러나 그들의 의구심에 다소라도 반대되는 현상이 나타나면, 어렵쇼, 그들은 의기양양, "어험! 보게나! 나는 이럴 줄 미리 알고 있었네, 내 예언대로다!"라고 말하니, 아니 이 딱한 노릇이 또 있는가!

때문에 귀찮게 구는 분들, 이들 친구들의 갸륵한 정을 실망시키지 않기 위해 소생은 이들 친구들에게 구멍 난 헌 실내화를 물려주는 동시에 그들의 기운을 돋우어주고자 확언하노라. 소생의 뇌腦 주름의 천연 저장소 안에 차

238

압될 우려가 없는 동산動産으로서 일흔 가지의 멋있는 이야기가 들어있음을. 이 일흔 가지의 이야기야말로 이성理性의 의붓아들이자 미사여구를 갖추며, 참신한 해학으로 꾸며지고, 파란만장하며, 뭇 인생 희곡으로 구상되고, 태양은 아직 눈에 보이지 않으며, 달이 그 궤도에 떠오르기를 기다리던 시절부터 시작된 교회의 태음력의 매 분 · 매 시 · 매 주 · 매 월 · 매 년에 걸쳐서 인간 권속이 짜낸 가지가지의 줄거리로 알록달록한 색동옷을 입고 있는 의붓아들이니라. 이 일흔 가지의 취향을 속임수, 뻔뻔스러움, 남녀 간의 불의, 협잡, 우롱, 방탕, 야간 배회俳徊 같은 고약 망측스러운 것으로 가득찬 악취미라고 부르고 싶으면 마음껏 그러시기를. 그런데 여기서 마호메트의 배때기를 걸고 맹세하노니, 이제부터 제공하는 이야기 속에 무엇보다도 그러한 취향을 가미하였으니, 약속한 바 있는 '백 가지 우스개 이야기'의 소액 내입금內入金으로 여기시옵기를. 좀을 눈의 원수로 삼고들 계시는 애서광愛書狂, 장서가, 진서眞書 취미가, 장서광藏書狂, 서지書誌학자들을 어리둥절케 만들 두려움만 없다고 한다면, 소생은 백 가지 이야기를 한잔에 가득히 부어 올려, 지금처럼 한 방울 한 방울, 마치 뇌의 배뇨排尿 곤란에 시달리고 있는 듯 찔끔찔끔 부어드리지 않으련만…….

때문에 바지의 개구멍을[1] 걸고 부탁하오니, 소생의 지병일랑 추호도 걱정 마시옵기를. 여기 실린 열 가지 단편 중 군데군데에서 보시는 바와 같이, 소생은 여러 이야기를 한 가지 단편 속에 넣어서, 그 무게가 만만치 않다는 점 또한 밝혔다. 그 위에 소생은 단편 중에서 가장 뛰어난 동시에 보다 방탕한 것만을 도합 열 편 추렸는데, 이는 따분하고 고리타분한 담소라고 비판받지 않으려는 속셈에서 그런 것이다. 따라서 여러분들의 증오의 마음에 보다 큰 우정의 마음을 섞어, 그렇게 해서 우정의 마음으로 그것보다 작은 증오의 마음을 덮으시기를.

글을 쓴다고 하시는 문인들은 세상 천지에 수두룩하지만, 허물없는 단편

1 braguette. 바지 앞쪽의 터진 곳. 바지 앞쪽의 주머니.

작가라고는 손꼽아 세어 일곱도 넘지 않고, 조화의 신께서 이처럼 단편 작가에 대하여 적게 인색하시다는 사실을 깜빡 잊어버린 어떤 사람은, 친구다운 말씨로 다음과 같이 말했도다.

　모두들 저마다 상중喪中에 있는 듯 검은 옷을 입고 있는 시대이니만큼, 지긋지긋하도록 내용이 장중한 것이거나, 장중하게 지긋지긋한 내용의 작품을 써야 하느니라. 차후 문사들은 그 정신을 거대한 건물 속에 모셔놓지 않고서는 살아갈 수 없느니라. 요지부동한 돌, 시멘트로 된 대성당과 성관을 지을 줄 모르는 문필가는 교황의 노새처럼 알려지지 않은 채 죽느니라.

　그러면 친구들이여, 그대들에게 묻노니 최고급 포도주 한 병과 맥주 한 통 중 어느 것을 들겠는가? 십 캐럿의 다이아몬드와 백 근의 돌멩이 중 어느 것을 좋아하는가? 라블레가 쓴 《한스 카르벨의 반지The Ring of Hans Carvel》이야기와 횡설수설로 괴발개발 쓴 근대풍의 작문 중 어느 것을 택하겠는가?
　그럼 그들은 창피해 어쩔 줄 몰라 하실 뿐만 아니라 그런들 소생은 노기 없이 말하리.
　"알아 모셨나, 응? 그래, 그럼 그대들의 영역으로 돌아가라."
　그러나, 그 밖의 분들을 위해서 다음과 같이 덧붙여 말해둘 필요가 있다고 여긴다.
　"불후의 권위 있는 우화寓話와 콩트Conte를 우리에게 남겨주신 작가라 하더라도, 소재는 대개가 남의 것을 빌려왔으며, 작가가 독특한 도구처럼 그것을 사용한 것에 지나지 않는데, 조촐한 화폭에 부린 솜씨야말로 그 이야기에 값비싼 값어치를 부여하고 있는 것이다. 또한 루이 아리오스토 대가처럼 짐짓 멋 부리는 문장과 상상이 너무 심하다는 비난을 받기도 하지만, 그 작가의 손에 의해서 새겨진 곤충 같은 인간들의 세계에 있어서는, 그 후부터 그것이 불후의 기념물이 되어, 덩치 크고 단단한 작품 속의 기념물보다 더욱 확실한 것으로 변해 내려오는 것도 있다. 쾌활한 학식Gay-scavoir의 아치가 있는 지성인들 사이에서는, 자연이나 진리의 모래주머니[2]에서 억지로 뜯어낸 한 장 쪽이 보기에 아름답다고 하나, 웃음 하나 눈물 한 방울 짜낼 수 없는 미적지근한 한 권의 책보다 더 귀하게 아낌 받는 게 관습인가 하노라."

소생은 몸에 있지도 않은 키를 더 높이려고 발끝을 우뚝 세워보는 따위의 생각은 추호도 없으며, 또한 예술의 위엄만을 신경 쓸 뿐, 나 자신의 위엄 같은 건 아랑곳하지 않아서 ─ 소생 따위야 한낱 서기에 지나지 않고, 마침 잉크병에 잉크가 있고 인생 법정의 여러 임들의 말에 귀를 기울여 그 구술하는 바를 잘 받아쓰는 재능밖에 없지만 ─ 다음과 같이 말해도 결코 오만불손하다는 비난은 받지 않으리라. 대체로 보아 작가에게 중요한 것은 솜씨뿐이고, 그 이외는 자연의 영역인가 하노라. 왜냐하면, 아테네의 피디아스[3]가 조각한 비너스 상을 비롯해, 그 당시의 유명한 장인의 고심의 결정結晶인 고드노(godenot, 인형)[4]나 값싼 장신구breloque[5]에 이르기까지 만인의 영역에 속해있는 인간 모방의 영원한 틀에 대해서 연구되어 있기 때문이다. 따라서, 어엿한 문학 생업에 있어서 표절가剽竊家만큼 행복하신 분도 따로 없다. 목매달아 죽이기는커녕 존경받고 아낌을 받는 정도니라. 그러므로, 기질氣質의 우연성으로 얻어진 우월성에 의기양양 점잔빼며 팔자걸음 걷는 분이 계시다면, 세상에 둘도 없는 바보 혹은 머리에 뿔을 열 개 단 바보인가 한다. 까닭인즉, 명성이란 능력의 수련 가운데뿐만 아니라, 또한 인내와 용기 가운데도 있기 때문이다.

소생의 귓가에 아장아장 오셔서, 이 《해학》 때문에 머리칼이 흐트러지고 속치마의 어느 곳이 더러워졌노라고 탄식하시는 피리 같은 목청과 귀여운

---

2 gesier. 새의 모래주머니. 곧 위, 밥통.
3 Phidias. 기원전 5세기 때의 그리스인 조각가. 제우스 신상과 파르테논 신전의 아테네 여신상은 그의 2대 걸작으로 꼽는다.
4 옛날 마술사들이 쓰던, 나무 또는 상아로 만든 인형을 말한다.
5 브르록breloque은 자그마한 장신구. 시곗줄, 팔찌 따위에 매다는 패물을 이른다.

주둥이를 가진 여인네들에게는 "어쩌자고 이런 책자를 읽으셨나이까?"라고 말할 수밖에.

몇 분의 현저한 악의에 접하고 보니, 소생도 너그러운 분들에게 드리는 일러두기를 몇 자 덧붙이지 않을 수 없는 것이, 소생에 대한 너절한 문사文士들의 비방을 너그러우신 분들이 누르는데 이를 이용하실 줄 믿기 때문이다.

어느 믿을만한 이야기에 의하면, 이 《해학》은 메디치가家의 카트린 왕비[6]께서 치세하시던 무렵에 씌어졌다고 하니, 마침 그때는 카트린 왕비께서 가톨릭을 두둔하시어 항상 정사政事에 간섭하시던 재미나는 시절[7]이었느니라. 당시는 많은 인사들이 목덜미 잡는 짓을 일삼아, 위로는 승하하신 국왕 프랑수아 1세로부터 아래로는 기즈[8] 공이 암살된 블루아Blois의 왕궁에 이르기까지 난장판이었다. 그와 같은 난투, 화목, 혼란 시대에 있어서 프랑스 말語도 다소 혼란스럽게 되었음은 구슬치기 하는 학생까지 알고 있는 바다. 당시 시민들은 (오늘날에도 마찬가지지만) 저마다 저 혼자만이 사용하는 프랑스 말을 지어내는 버릇이 있어서, 그들 스스로 만들어낸 괴상한 언어 말고도, 이방인에 의해서 바다 건너에서 들여온 말·그리스어·라틴어·이탈리아어·독일어·스위스어·근동近東의 미사어구·에스파냐의 은어와 갖가지 괴상야릇한 말로서 엉키어, 바벨탑 건설 때와 같이 이루 말 못 할 만큼 프랑스어가 혼잡한 것을 기회로 여겨, 아무리 값싼 문사라 할지라도 이것을 다룰 수 있는 여지가 있던 것을, 후에 가서 드 발자크[9], 블레즈 파스칼, 퓌르티에르[10], 메나주[11], 셍 테브르몽Saint- vermond 같은 인사들이 나서서,

---

6 Catherine de Medicis(1519~1589). 프랑수아 1세의 며느리이자 샤를 9세의 어머니다.

7 카트린 왕비의 아들 샤를 9세가 왕위에 올랐을 때는 겨우 열 살 때였다. 이에 어머니인 카트린 드 메디시스가 섭정을 했다.

8 Henri de Guise(1550~1588). 프랑스의 장군으로 구교도의 수령이었다. 카트린 여왕을 배후에서 조종하여 여러 학살 사건을 일으켰는데, 왕위까지 넘보다가 결국 앙리 3세에 의해 암살되었다.

9 Jean-Louis de Balzac(1594~1655). 프랑스의 문학가. 고전주의적 문예이론의 선구자였으며, 대표작으로는 《서간집》이 있다.

10 Furetiere(1613~1692). 프랑스의 지식인이자 문인.

먼저 프랑스 말을 빗자루로 쓸고 다음에 외래어를 욕하고, 마침내는 다들 일상으로 써서 아는 적출嫡出의 말에 — 롱사르 시인[12]은 그것을 사용하기를 창피해했지만 — 프랑스 시민권을 주었던 것이다.

이로서 할 말 다한 듯하니, 소생은 정다운 임의 품 안으로 돌아갈까 한다. 소생을 아껴주시는 분들께 만복萬福이 깃들기 바라오며, 그 밖의 분들께도 그 정도에 딱 맞는 비운悲運, 땅까마귀[13] 밖에 쪼지 않는 호두라도 잡수라고 권하며 물러가노라. 제비들이 물러갈 시절에 소생은 세 번째와 네 번째[14] 집을 손에 들고 다시 올 것을, 한심한 문객들의 음침한 사색, 우울증, 몽상 따위를 매우 싫어하시는 팡타그뤼엘 풍의 철학가, 풍류객, 모든 애인들에게 굳게 약속드리는 바이다.

11 Menage(1610~1703). 프랑스의 문인.
12 Pierre de Ronsard(1524~1585). 프랑수아 1세의 황태자 오를레앙 공의 시종으로 입궁, 스코틀랜드와 독일에서 체제하였다. 고대 문학 연구에 심취하였고, 프랑스 최고의 시인으로 중세 서정시와 근대 상징시를 잇는 계승자 역할을 하였다.
13 grollier. 비슷한 음으로 gromeller라는 동사가 있는데, 그 뜻은 '투덜거리다', '욕설 따위를 웅얼거리다'라는 말이다. 짐작하시기를.
  * 이와 같이 일일이 원문 표기를 하는 이유는, 발자크 자신이 이 구절에서 말하듯 이 작품의 원문은 여느 프랑스 말이 아니고, 좀 별다른 글이다. 그렇다고 읽어서 아주 해독하지 못하는 글도 아니다. 일종의 의성어擬聲語다. 그것도 그 이름만 별난 친구, 프랑수아 라블레의 문하생답게 재미나게. 그래서 지면이 허락하는 데까지 그 원문을 적어두고자 한다. 내 자신이 옮긴 책을 다시 볼 적에 '이게 어디에 해당하는 말이었지?' 하는 수고도 덜기 위해.
14 발자크가 이 《해학》을 구성했을 적에는 《백 가지 새로운 이야기Les Cent Nouvelles Nouvelles》를 모방하여 백 개의 이야기를 쓰려고 했는데, 여러 사정에 의하여 결국 '백 가지 해학'은 '서른 편의 단편'을 쓰는 것으로 끝나고 말았다. 첫째 집은 1832년에, 둘째 집은 1833년에, 셋째 집은 1837년에 펴냈다.

세 명의 생 니콜라스 서생[15]

옛적 투르에서 트루아 바르보Trois Barbeaulx[16] 여관이라고 하면, 성내에서 가장 맛있는 음식을 먹을 수 있는 집이었다. 주인 되는 사람이 솜씨 좋은 숙수熟手[17]여서, 결혼 피로연의 음식을 만드는 주문을 받아 멀리 샤텔르로Chastellerault, 로쉬Loshes, 방돔Vendosme과 블루아 지방까지 불려갈 정도였다. 게다가, 장사에 빈틈없는 능구렁이, 낮에는 남포를 켜는 일이 전혀 없고, 인색하기 짝이 없어 짐승의 털까지 팔고 새의 깃까지 굽는 안달이, 사방 구석을 살피고, 사전私錢으로 값 치르는 것을 그대로 속아 받는 일이 없고, 셈이 한 푼이라도 모자라면 상대가 왕족이건 말건 과감하게 따져 받아내고야 마는 위인. 요컨대 농담 잘하고, 단골 술꾼들과 어울려 마시고 웃고, '하늘이 내리신 은혜의 거룩하신 이름으로Sit nomem Domivi

15 Les trois clercs de Saint-nicholas. '생 니콜라스의 서생'에 대한 뜻 해설은 제1집 〈아제 르 리도의 주임 사제〉에서 부연 설명한 바 있다. 뜻은 도둑놈.
16 세 마리의 돌 잉어. 비속어로는 세 놈의 기둥서방.
17 잔치 때 음식 만드는 사람이나 그 일을 업으로 하는 사람을 이른다.

Benedictum' 라고 첫머리에 쓰인 전대사全大赦를 지참한 순례자들 앞에서는 반드시 모자를 손에 쥐고 돈을 마구 쓰게 하였는데, 필요시에는 얼렁뚱땅, 요즈음에는 술이 비싸졌느니, 누가 아무리 기를 써도 이 투르에서 무엇이건 사지 않으면, 다시 말해 만사에 값을 치르지 않으면 통하지 않는 까닭을 말 주변도 좋게 납득시킬 줄 아는 위인이었다. 한마디로 말해, 상호商號를 더럽힐 걱정만 없다면, 공기나 경치의 대가까지 계산서에 기입할 위인이었다. 그는 이런 식으로 남의 돈으로 한 재산 만들고, 포도주통을 비계로 싼 것처럼 뚱뚱해져 남들로부터 님monsieur자로 불리는 신분[18]이 되었다.

마지막 장이 투르에 섰을 때, 정체가 아리송한 세 놈이 장돌뱅이들과 그 밖의 사람들을 등쳐먹고 나서, 다시 저마다 재미를 보려고 이 지역에 왔다. 그들은 트집 잡는 것을 생업으로 삼는 법조계의 애송이들, 성자가 되기보다 악마가 될 소질이 다분한 놈팡이들로 줄에 목 매달리기 직전에 일을 해치우는 재주까지 이미 터득하고들 있었다.

이 악마의 학생들은 앙제Angers 성내에서 소송대리인의 견습서기 노릇을 하면서 횡설수설을 배우다가, 주인을 곯려 준 후, 맨 먼저 투르에 와서 이 트루아 바브로 여관에 나타나 돈도 없는 주제에 특실을 요구하고, 또한 식사에 있어서도 까다롭게 굴어 시장에 칠성장어를 주문시키고, 끌고 다니는 물건이나 몸종은 없으면서도, 마치 거상巨商의 홀가분한 유람 여행의 일행인 것처럼 자기들을 알리었다.

여관 주인은 이들을 좋은 봉으로 여겨 종종걸음 치기, 쇠고기 꼬치 돌리기, 그리고 최상품의 술을 내놓는 등 이러한 세 명의 바람잡이[19]에게 임금님 수라상 못지않은 음식을 차려 주어 족히 백 냥을 받을 정도로 부산을 피웠지만, 실상 세 명을 모조리 쥐어짠들, 그 중 하나가 호주머니 속에서 짤랑짤랑하는 동전 한 닢 치를 성싶지 않았다.

18 monsieur는 남성에 대한 존칭이다.
19 원문 표현은 cogne-fetu. 직역하면 '하찮은 일로 떠들어 대는 사람'

그러나, 이들은 돈만 없었지 '연장'에는 부족함이 없었다. 세 사람 다 장날의 도둑처럼 맡은 소임을 능수능란하게 해치웠다. 그것은 먹고 마시는 희극喜劇으로, 장이 서는 닷새 동안 갖가지 먹을거리에 달려들어 먹어치웠는데, 그 양은 식충이 독일 용병의 한 부대가 먹어치운 것보다 더 많았으리라.

외투 입은 이 세 마리의 들고양이는, 아귀아귀 먹고 마시는 아침식사로 배뚱뚱이가 된 다음에 장터에 나가, 거기서 풋내기들과 얼뜨기들을 상대로 노름판을 벌여 야바위 치며, 겉껍질을 벗기고, 따고, 잃으며, 또는 장난감 가게의 간판을 떼어 보석가게, 보석가게의 간판을 떼어 신발가게에 바꾸어 달아 놓으며, 가게 안에 화약을 던지고, 개를 부추겨 싸우게 하며, 매어놓은 고삐를 끊고, 옹기종기 모여 있던 사람들 가운데 고양이를 던지며, 도둑이야 도둑이야 소리치며 앞에 지나가는 사람을 붙잡고서 "앙제에 사는 볼기 사이entrefesse 님이 아니시오?"라고 묻기도 하였다.

일부러 남에게 부딪치며, 밀이 담긴 자루에 구멍을 내고, 귀부인들의 헌 금주머니 속에서 그들의 손수건을 찾는다, 떨어뜨린 보석을 찾는다는 구실로 숙녀의 스커트를 쳐들면서 "부인, 어느 구멍에 들어갔나 봅니다……"라고 우는 소리를 내기도 하였다.

애들을 길 잃게 하며, 까마귀를 멍하니 바라보는 사람의 통통한 배를 두들기고, 남의 것을 슬쩍하며, 뜯어내고, 모든 걸 외설스럽게 둘러대어 농담하기도 하였다. 요컨대, 이 극악무도한 악동들에 비하면 악마 쪽이 훨씬 온순할 정도이며, 또한 그들은 예절바른 사람 같은 행세를 하지 않을 수 없다면 차라리 목매달려 죽는 편을 택했을 것이고, 더더군다나 그들에게 그러한 착한 행실을 소망한다는 것은 노기충천한 두 사람의 소송광訴訟狂에게 인내와 사랑을 요청하는 것과 똑같았을 것이다.

그들은 함부로 그러한 악행을 저지른 다음에 장터에서 물러나왔는데, 그것도 피로해서 그러는 게 아니라 그들이 저지르고 다니던 불법행위에 마침내 싫증이 나서였다. 점심때 여관으로 돌아와서 저녁때까지 먹고, 밤은 밤대로 방탕한 짓을 어둠 속에서 다시 시작하였다. 다시 말해, 장돌뱅이 대신

이번에는 성 안의 매춘부들을 놀리기 위해 나가 허다한 농간을 부려, 그들이 받은 것밖에는 아무것도 내주지 않았다. 동로마제국 황제 유스티니아누스Justinianus의 금언인 '저마다 저의 권리Cuicum jurs tribuere[20]를 지켰던 것이다. 따라서 일을 치른 다음 희롱꺼리 삼아 이들 불쌍한 매춘부들에게 말했다.

"이쪽은 곧은데[21] 네 쪽은 꼬불꼬불 하구나."[22]

마지막 밤참을 먹을 때 고약한 장난거리가 없어지자, 그들은 서로 싸움질하거나 그렇지 않으면 더 우롱하려고 주인을 붙잡고 파리가 많다고 시비를 붙여, 다른 여관에서는 귀인貴人들에게 실례가 되지 않게 파리를 잡아매어 두고 있다고 꾸짖기도 하였다.

그렇지만 열병이라면, 마지막 고비에 이르는 닷새째 되는 날이 되어도 아무리 눈을 접시만큼 크게 떠도 금화에 박혀있는 국왕의 용안을 손님의 손에서 뵈올래야 뵈올 수 없을 뿐 아니라, 반짝반짝 빛나는 것이 모조리 금이라면 모든 게 싸게 먹히는 줄 잘 알고 있는 여관 주인인지라, 콧마루를 찡그리기 시작해 그들 거상들이 소망하는 것에 쌀쌀한 걸음으로밖에 응하지 않게 되었다. 그들과 손해나는 거래를 하고 있는 게 아닌가 하고 덜컥 의심이 난 주인은, 그들의 여행가방의 깊이를 재어보기 위하여 침을 찔러보려고 하기 시작했다.

이 기미를 알아챈 세 명의 서생은, 교수형을 선고하는 재판관 못지않을 만큼 태연하게, 곧 떠나니 최상의 만찬을 서둘러 차리라고 명했다. 그 번듯하고도 쾌활한 태도에 주인의 근심도 덜어졌다. 그래서 돈 없는 못난 놈이라면 엄숙한 안색이 되고 말 것이라고 생각했던 주인은 떡 벌어진 요리 한

---

20 라틴어 'jus' 라는 명사에는 '권리·법률·기능' 이라는 뜻과 '즙·국물' 이라는 뜻도 있다.

21 '곧은' 의 원문 표현은 droit으로 '올바르다' 는 뜻이다. le droit라는 명사가 될 때는 법, 권리라는 뜻이다.

22 '꼬불꼬불한' 의 원문 표현은 told로 이 철자 중의 'd' 를 't' 로 바꾸면 부정, 잘못, 죄 등등의 뜻이 되는 la tort가 된다. 따라서 '이쪽은 옳고 네 쪽은 그르다' 라는 의미가 되기도 한다.

상을 차려냈는데, 경우에 따라서는 싸우지 않고 감옥에 처넣을 수 있도록 곤드레만드레로 만들어놓겠다는 속셈마저 주인은 품고 있었다.

짚 위에 놓인 물고기처럼 앉아 있다가, 거북스러운 방에서 어떻게 달아날 지에 관한 수단에 궁했던 셋은, 창문 쪽을 바라보며 도망쳐 나갈 기회를 엿보았으나, 틈바구니의 틈도 찾지 못한 채 홧김에 먹고 마시고만 했다. 셋은 모든 걸 저주한 끝에, 하나가 복통을 구실로 밖으로 바지를 벗으러 나갈 꾀를 생각해내고, 또 하나가 진짜처럼 기절한 세 번째를 위해 의사를 부르러 갈 꾀를 생각해내었다.

한편, 빌어먹을 여관 주인은 줄곧 화덕에서 식당으로, 식당에서 화덕으로 오락가락하며 이 정체 모를 손님들을 엿보아, 빚을 받으려고 한 발자국 전진하는가 하면, 상대가 진짜로 신사일 경우, 그 신사들에게 얻어맞지 않으려고 두 걸음 뒤로 물러서는 식으로, 돈이라면 한 푼의 동전이라도 고맙지만, 주먹이라면 한 대도 마다하는 씩씩하면서도 신중한 여관 주인답게 그는 엄중한 감시를 조금도 게을리 하지 않았다. 그래서 손님들을 잘 모셔야 한다는 엉큼한 구실 아래, 주인은 줄곧 식당 한쪽에 귀를 기울이고, 안마당에 한쪽 발을 내려놓고, 식당에서 작은 웃음소리만 일어나도 불림을 받은 시늉으로 계산서 대신에 얼굴을 내밀고는 번번히 "손님들, 뭐라고 말씀하셨습니까?"라고 물었다.

지금 당하는 궁지에, 20냥의 금화를 손에 넣을 수 있다면, 세 사람 다 저마다의 여생의 3분의 1을 주어도 무방하다는 그들의 마음속을 뻔히 알고 있다는 얼굴로 말하는 이 물음에, 그들은 대답으로 주인 놈의 목구멍에 쇠고기 꼬치 열개를 한꺼번에 처넣어주고 싶은 심정이 들었다.

짐작해보시라, 의자 대신에 석쇠 위에 앉아 양쪽 발이 차차 근질근질하고 엉덩이가 따끔따끔해오는 그들의 기분을. 주인은 벌써 만찬의 마지막 요리로, 배, 치즈, 그리고 설탕 절임 과일을 그들의 코앞에 내놓았다. 그러나, 그들은 찔끔찔끔 마시고 가로세로 건성으로 씹으면서, 억지를 생업으로 삼는 궤변적인 꾀주머니를 짜내는 자가 혹시라도 자기들 중에 없을까 하고, 서로 들 얼굴을 쳐다보며 매우 구슬픈 마음으로 만찬을 즐겼다.

세 서생 중에 가장 꾀 많은 부르고뉴 태생의 젊은이가 미소하고는, '라블레의 15분'[23]이 드디어 닥쳐온 것을 알아채고,

"여러분, 일주일간의 연기를 선언할 필요가 있다고 인정함이네, 그려?"라고 법정에 서 있듯 선언했다.

다른 두 서생은 닥쳐온 위기에도 불구하고 숨넘어갈 듯 웃어댔다.

호주머니 속의 동전을 짤랑짤랑 하고 있던 젊은이는 "얼마지?"라고 물었다. 그는 동전을 성급하게 흔드는 짓으로 새끼라도 치게 하려는지 여전히 짤랑짤랑해댔다. 이 젊은이는 피카르디Picardie 지방 출신으로, 더욱이 악마처럼 툭하면 화를 내는 성미여서 하찮은 것에도 화를 내어 아무런 양심의 가책 없이 여관 주인을 창밖으로 내동댕이칠 위인이었다. 따라서 그는 마치 에스파냐 금화로 1만 냥의 연금年金이 있는 듯한 거만한 말투로 "얼마지?"라고 물었던 것이다.

"열 냥입니다"라고 주인은 손을 내밀면서 대답했다.

"아니지, 자작子爵, 자네 혼자 내게 할 수 없네……"라고 앙제 태생인 세 번째 서생이 말했다. 이 젊은이는 사랑에 빠진 여성처럼 꾀 많은 위인이었다.

"그렇고 말고, 아무렴 그렇지!"라고 부르고뉴 태생도 말했다.

"여보게들, 여보게들!"이라고 피카르디 태생이 말했다. "나를 우롱하는 건가? 이번 계산은 내게 맡기게!"

"천만에! 이미 세 번이나 자네 혼자서 셈을 치르지 않았나……. 이곳 여관 주인도 그런 돈은 받지 않을 걸세"라고 앙제 태생은 소리쳤다.

"허, 어쩐다, 그럼 이렇게 하세!"라고 부르고뉴 태생은 말했다.

"우리 세 사람 중 가장 재미없는 이야기를 한 사람이 지불하기로 하세."

---

23 '라블레의 15분' 이라는 구절은, 셈을 치르지 못하는 다급한 때를 가리키는 것이다. 옛날 라블레가 리용의 여관에서 셈을 치르지 못해, 갖고 온 짐에 '왕용王用 독약' '왕비용 독약' 이라는 꼬리표를 달아 일부러 중범으로 체포되어 파리로 압송된 후, 국왕 프랑수아 1세에게 그 까닭을 이야기한 후에 석방되었다는, 꾸민 이야기에서 비롯한 성구成句다.

"누가 판정한다지?"라고 피카르디 태생은 동전을 다시 호주머니에 넣으며 물었다.

"그야 물론, 여관 주인이시지……"라고 앙제 태생은 말했다. "보아하니 취미가 매우 고상하신 분인 듯하니까 이야기를 알아들으실 거야! 안 그렇습니까, 주인 양반? 자, 이리 오시죠. 우리와 한잔 나누며 귀를 빌려주시구려……. 개정開廷을 선언하노라!"

"그럼 나부터 먼저 시작함세"라고 앙제 태생은 이어 말했다.

권하는 김에 주막 주인도 앉았다. 물론 철철 넘치는 술잔을 받았다.

우리 앙주Anjou 공작 영지에 사는 사람들은 한결같이 가톨릭교의 아주 독실한 신자들뿐이어서, 고해성사를 받지 않거나 또는 이교도를 죽이는 데 실수한 탓으로 천국에 못 간 사람이 한 사람도 없을 정도이니, 혹시라도 파계한 성직자 중 한 사람이 그곳을 지나가기라도 하면, 어느 곳에서 누구에게 죽었는지 당사자도 모르는 중에 무덤의 신세를 지는 몸이 될 것입니다.

그런데, 자르제Jarze 마을의 어느 점잖은 사람이, 어느 날 저녁, 송원정松圓亭[24]에서 포도주를 배가 터지도록 마신 후 저녁기도를 드리고, 분별도 기억도 술 단지에 놓고 잊어버리고 돌아오던 도중, 잠자리라고 잘못 여겨 자기 집의 야릇한 곳에 떨어지고 말았던 것입니다.

겨울철에 들어서는 시기라, 그가 이미 동태가 되어가던 것을 고드노Gode-not라는 이웃사람이 발견하여 희롱거리 삼아 "여보시오. 거기서 무얼 기다리고 있는 게요?"라고 물었습니다.

"얼음이 녹기를……"이라고 술 취한 사람은 얼음 속에 갇혀있는 것을 의식하고 말했습니다.

이 지역의 터줏대감이신 이 술대감에 대한 깊은 존경심에서, 독실한 그리스도교 신자인 고드노는 그 취한 사람을 그 궁지에서 빼내, 그의 집 문을 열

24 원문 표현은 Pomme-de-Pin. 솔방울.

고 들여보냈습니다.

그런데, 머릿속에 안개가 자욱한 이 술망나니는 앞이 보이지 않아, 젊고 싹싹한 하녀 계집의 침대 속에 어슬렁어슬렁 들어가 누웠습니다. 다음, 술에 곤드레만드레 몸을 가누지 못했을망정 그 동안 해온 것이 밭가는 일이라, 마누라의 것인 줄 알고 하녀의 따끈한 밭고랑에 가래질을 했는데, 가래에 닿는 처녀지의 잔여물殘餘物에 "여기가 어디요?"라고 소리칠 정도로 즐거워했습니다. 그런데, 남편의 목소리를 듣고 부인이 냅다 째지는 목소리를 지르기 시작해, 소름끼치는 목소리에 농부도 겨우 영혼 구원의 길에서 벗어나 있는 처지를 깨닫고, 불쌍하게도 이루 말할 수 없을 만큼 풀이 죽고 말았습니다.

"이걸 어쩐다!"라고 그는 탄식했습니다. "성당에서 저녁기도를 바치지 않았기 때문에 하느님께서 벌을 내리신 거로구나……."

그렇게 중얼거린 다음에 그는 바지 앞주머니의 기억력을 흐리게 한 술에 관해서 온 힘을 다해 변명하고 나서 마누라의 잠자리로 들어가, 마누라에게 집에 있는 가장 좋은 암소를 바쳐서라도 이번 잘못을 양심에서 없애버리고 싶다고 말했습니다.

하녀로부터 애인의 꿈을 꾸고 있었다는 대답을 들은 마누라는, 차후로 그처럼 정신 모르게 잠들지 않을 것을 따끔하게 가르쳐주기 위해 하녀를 꽤 때렸던지라 "대수로운 일이 아니에요"라고 남편에게 말했습니다.

그러나, 고매한 남편은 죄의 중대성에 비추어, 하느님을 두려워하여 초라한 침대 위에 일어나 앉아 술의 눈물을 흘리며 통곡하였습니다.

"여보"하고 마누라가 말했습니다. "그럼 내일 아침, 고해성사 하러 가셔요. 그러니, 이제 이 이야기는 그만두죠."

그 다음 날 아침, 마음씨 착한 서방은 성당의 고해소告解所로 줄달음쳐 가서 소교구小教區 성당의 신부에게 매우 겸손한 자세로 자초지종을 이야기했습니다. 신부는 천국에 가서 하느님의 실내화가 될 만큼이나 덕이 있는 노인이었습니다.

"한 번 잘못은 셈에 들지 않느니라. 가서 내일 하루만 단식하라. 그럼 네 죄는 용서받으리라"라고 신부는 이 회개하는 사람에게 보속補贖을 주었습니다.

"단식이요! 기꺼이 하겠습니다!"라고 그 회개한 사람은 말했습니다. "그런데 마시는 건 무방한가요?"

"호!"하고 신부는 놀라며 대답했습니다. "물은 상관없지. 그리고 빵의 4분의 1과 사과 한 알만은 먹어도 좋네."

제 자신의 기억력에 티끌만큼의 신뢰도 갖고 있지 않은 이 호인好人은 지켜야할 보속을 입속으로 중얼중얼 대며 집으로 돌아갔습니다. 그런데 처음 동안은 '빵의 4분의 1과 사과 한 알'이라고 틀림없이 중얼대어 오던 것이, 집에 이르러서는 '사과의 4분의 1과 빵 하나'가 되고 말았습니다.

다음 날, 영혼을 희게 하기 위해 그는 단식의 보속을 완수하기 시작했습니다. 마누라가 찬장에서 빵 하나를 꺼내고 사과를 꺼내 그에게 주었습니다. 그는 매우 우울하게 먹기 시작했습니다.

땅이 꺼지게 한숨을 내리쉬고 들이쉬고 하면서 겨우 빵의 마지막 한 조각까지 도달했는데, 목의 작은 구멍까지 꽉 차서 어디에 처넣어야 할지 몰라 쩔쩔매는 지아비를 보고 마누라가, 하느님께서는 죄인의 죽음이라도 원하시지는 않을 테니까, 빵의 마지막 한 조각 정도 뱃속에 넣지 않았다고 해서 싱싱한 것에 조금 구멍을 낸 일을 꾸중하시지는 않으실 것이라고 훈계했습니다. 이에

"입 다물어, 여자가 뭘 안다고! 배가 터질지언정 단식해야 하는 거야!"라고 남편이 소리쳤다는 이야기.

"이것으로 내 몫의 계산은 치렀네. 이번에는 자작 차례……"라고 앙제 태생은 말하며 교활한 표정으로 피카르디 태생 쪽을 바라보았다.

"잔들이 비었군요. 제가 따라드리죠……"하는 여관 주인의 말.

"자, 마십시다! 혀를 축이면 나불나불 더 잘 도니까"라고 피카르디 태생

은 외치고 나서, 가득 부은 술잔을 술 한 방울 남기지 않고 마시고, 설교사처럼 마른기침을 한 후 다음과 같은 이야기를 하기 시작했다.

여러분도 아시는 바와 같이, 피카르디의 계집애들은 살림을 차리기에 앞서, 착실한 벌이에다가 스커트·식기·옷장 같은 살림살이도구를 자기 힘으로 버는 게 관습처럼 되어있습니다. 그러기 위해 페론Peronne, 아브빌Abbeville, 아미앵Amiens 같은 성읍城邑의 남의 집에 가서 하녀가 되어 컵을 씻고, 접시를 닦고, 빨래를 하고, 식사를 나르고, 들 수 있는 것을 모두 나르는 따위의 일을 합니다. 그러다가 신랑에게 타고난 것을 지참하고 가는 것은 두말할 나위도 없거니와, 한 사람 몫으로 그 무엇을 할 줄 알자마자 시집을 갑니다. 때문에 섬기거나 시중들기나 그 밖에 모든 걸 썩 잘 터득하고 있는 점으로 보아 살림꾼으로서는 이 세상에서 가장 훌륭하다고 하겠습니다.

나는 아종빌Azonville의 영지를 이어받은 귀족인데, 그 지역의 한 아가씨가 소문에 듣기를, 파리에서는 은전 한 닢 따위를 주우려고 몸을 굽히는 사람이라곤 하나도 없다느니, 구운 고기 요릿집 앞을 지나가 그 기름진 굽는 냄새만 맡아도 하루 종일 아무것도 먹지 않아도 될 정도로 배부르다느니, 하는 말을 듣고, 자기도 파리로 가서 성당의 헌금함 안에 들어있는 정도로 돈을 벌어보겠다고 생각했습니다.

아가씨는 자기의 두 다리만으로 많은 애를 써서, 텅 빈 바구니와 함께 파리에 도착했습니다. 그런데, 생 드니 성문까지 오자, 한 무리의 병사가 대기하고 있던 것과 부딪혔습니다. 이는 그 당시가 종교상의 내란이 일어나 신교新教에 가담한 사람들이 봉기하고 있던 때였으니 그러했던 것이죠.

모자 쓴 암컷이 그물에 걸린 것을 보고, 중사는 펠트 군모軍帽를 비뚜름하게 고쳐 쓰고, 군모의 깃을 흔들고, 수염을 치켜 올리고, 눈을 부라리고, 손을 허리에 놓고, 목소리를 높여 아가씨를 불러 멈추게 했습니다. 구멍이 올바르게 뚫려있는지 (물론 귀의) 보기 위해서인데, 바르게 뚫려있지 않으면 아가씨들은 파리에 못 들어가게 되어있었던 것입니다.

다음에 중사는 아가씨에게 무슨 생각으로 파리에 왔는가, 파리 성의 열쇠를 약탈하러 온 것이 아닌가, 농담 반 진담 반의 얼굴로 물었습니다.

그 말에 순박한 아가씨는 좋은 조건의 일자리를 구하러 왔는데, 돈만 벌 수 있다면 어떠한 고된 일도 할 생각이라고 대답했습니다.

"이상한 인연이군. 아가씨, 나도 피카르디 태생이오. 같은 고향 사람끼리의 정으로 주선해주지. 차라리 여기서 일하면 어떻겠소? 왕비님께서도 자주 소망해 마지않으실 정도의 대우를 아가씨에게 해줄 것은 두말할 것도 없고, 좋은 물건을 수북이 벌게 해줄 테니."

중사는 그렇게 말하고 나서 아가씨를 위병소로 데리고 가, 그곳에서 마루를 쓸고, 술 단지의 거품을 떠내고, 불을 지피고, 병사들의 생활에 한점 유감이 없도록 보살피라고 이르고는, 병사들에 대한 시중이 마음에 들게만 한다면 월급으로 한 사람당 동전 서른 닢씩 아가씨에게 내놓기로 할 테니까, 분대 주둔 기한 한 달 동안 금화 열 냥 이상 벌 수 있을 것이고, 분대가 이동하더라도 새로운 분대가 오니까 계속해 근무할 수 있도록 말해두고 갈 테니, 이 착실한 직업으로 많은 돈과 파리로부터의 선물을 고향에 가지고 갈 것이 틀림없다고 덧붙여 말했습니다.

온순한 아가씨는 실내를 쓸고, 닦고, 요리를 만들고, 그 밖에 무엇이든지 밤꾀꼬리 목소리로 노래 부르며 말짱하게 해치웠기 때문에, 그날 돌아온 병사들은 그들의 소굴이 수도원의 식당처럼 깨끗해진 것을 보고는 아주 좋아들 해, 저마다 동전 한 닢씩을 아가씨에게 주었습니다.

마침 분대장은 자기 정부情婦의 집에 갔기 때문에, 병사들은 그의 침대에 매우 포식한 아가씨를 모시고는, 철학哲學부대, 곧 착한 것을 사랑하는 무사들답게 온갖 친절한 언동으로 그녀를 매우 적절하게 환대하였습니다.

아가씨는 이불 속에 기분 좋게 누웠습니다. 그런데 한창때인 사내들은 싸움과 입씨름을 피하고자 제비를 뽑아 순번을 정해, 활활 타는 몸으로 나란히 열 지어 말 한마디 하지 않고, 실제로 거리에 나가서 하는 뒷거래로 하자면 한 사람마다 동전 스무 닢 이상을 치러야 하는 행위를 공짜로 그 피카르디 태생의 아가씨에게 하러 갔습니다.

아직 익숙하지 못한 막벌이, 다소 고된 시중이었으나, 그녀는 전력을 다해 이에 응해, 밤새도록 한 쪽 눈을 붙이기는커녕 다른 모든 것도 잠시도 닫을 틈이 없었습니다.

다음 날 아침, 병사들이 녹초가 되어 자고들 있던 틈을 타서 아가씨는 일어났습니다. 그처럼 허다한 맹습과 돌격을 받았음에도 배에 할퀸 자국 하나 없는 것을 하늘이 내리신 은혜로 여기고, 얼마간 피곤한 몸을 무릅쓰고, 동전 서른 닢을 쥔 채 야외로 도망쳐 나왔습니다. 이에,

피카르디로 가던 도중 아가씨는 친구 하나를 만났습니다. 이 친구도 아가씨 모양으로 파리에 유혹되어 일자리를 구하려고 오던 길이라서 즉시 아가씨를 붙잡고 파리의 상황을 물었습니다.

"어머나, 페린, 가지 마. 쇠로 된 엉덩이가 아닌 다음에야! 쇠로 된 엉덩이라도 금방 닳아버릴 거야"라고 아가씨가 대답하더라는 이야기.

"여보게, 부르고뉴의 뚱보 나리, 자네 차례일세. 이야기를 뱉어내든지 아니면 셈을 치르든지 하게⋯⋯"라고 피카르디 태생은 옆에 있던 부르고뉴 건달의 툭 튀어나온 배를 톡 치며 말했다.

"얼간이들의 여왕의 이름을 걸고, 믿음을 두고, 빌어먹을! 맹세코! 제기랄! 나는 부르고뉴의 재판소의 이야기들밖에 모르고, 또한 그것은 어디서나 통용되는 이야기가 아니지⋯⋯"라고 부르고뉴 태생은 말했다.

"아무려면 어때, 이 배불뚝이야! 이 지역도 명문 보프르몽Beauffremont[25] 경의 영지와 매일반이 아닌가?"라고 하나가 외치며 빈 술병을 흔들었다.

"그럼 디종Dijon 지방에서 소문난 이야기로, 확실히 후세에 남도록 씌어

---

25 보프르몽 가는 로레느 태생의 명가名家로 부르고뉴 지방에서 권세를 부리던, 그 지역의 제일가는 명문이었다. 투르 지방에도 그 영지가 있었다.

있는 줄로 생각하는 이야기지만 해보도록 하겠네."

프랑 토팽Franc-Taupin[26] 이라는 이름을 가진 집행관執行官이 있었는데, 사람됨이 악의로 가득 찬 헌 자루 같은 인간이라, 항상 투덜대며 남을 치기 일쑤이며, 아무에게나 빙판 같은 실쭉한 낯짝을 보이고, 교수대에 끌려가는 사형수들에게 한 마디의 농담을 건네어 그들을 위로해주겠다는 마음씨를 가져본 적이 없는, 요약해 말해서, 남의 대머리에서 이를 찾아내는 놈팡이, 만사를 하느님의 잘못으로 돌리는 놈이었습니다.

그런데 모든 점에 질색할 이 토팽이 부인을 얻은 것은 당연지사라 치더라도, 운수 대통하여 양파의 껍질처럼 얌전한 여인을 얻게 되었던 것입니다. 이 여인은 신랑의 결점투성이의 성질을 알아보고, 적으나마 집 안에서만이라도 남편이 무엇 하나 부족함 없이 즐겁게 지내도록, 다른 여인 같으면 서방질을 하여 남편을 오쟁이 지게 하려고 기를 쓸 정도 이상으로 정성을 다했습니다.

더구나, 모든 일에 있어 남편의 뜻에 순종하여, 집안의 평화를 위해서라면, 하느님께서만 허락하신다면 황금 알을 남편에게 분만해주고 싶을 정도였습니다. 그런데, 이 배은망덕한 서방은 줄곧 얼굴을 찌푸리고, 채무자가 부도 약속어음을 마구 써대는 것처럼 아내에게 마구 주먹질을 해대었습니다.

이 불쌍한 아내는 아무리 천사와도 같은 시중과 수고를 해도, 남편의 당치 않은 대우가 계속되므로, 드디어 마지못해 친정으로 부모의 의견을 물으러 갔기 때문에 친정 사람들이 간섭하러 집으로 왔습니다.

그러자, 남편은 드디어 다음과 같이 아내의 욕을 늘어놓았습니다.

"집의 마누라가 지각知覺이 모자라, 받는 것이라곤 불쾌뿐이어서 같이 살기가 재미없고 매우 쓸쓸하다, 어떤 때는 첫잠에 곤히 자는 나를 흔들어 깨

26 직역하면 '갱도병坑道兵' 혹은 '두더지 같은 놈.'

운다, 어떤 때는 돌아와도 금방 문을 열어주지 않아 비나 눈 속에서 나를 서 있게 한다, 온 집 안이 깨끗한 적이 한 번도 없다, 옷에는 단추가 없고 견장肩章에는 금줄이 떨어졌다, 내의는 더럽고 포도주는 시고 탁자는 닦지 않고 침대는 항상 때 아니게 삐걱댄다, 요컨대 만사가 고약하다"라는 거짓말을 설사처럼 갈겨대니까, 부인은 대꾸 대신 옷가지라든가 이것저것을 꺼내 손질이 잘 되어있음을 보였습니다.

그러자 집행관은 이번에는 대접하는 자세가 글러먹었다고 우겼습니다.

제때에 차려 놓은 식사라곤 한 번도 못 보고, 국은 멀겋거나 차거나 하고, 술병과 잔이 식탁에 가지런히 놓여있던 적이 없고, 고기에 소스도 파슬리도 덧놓지 않고, 겨자는 번번이 김이 빠졌고, 큰 고기에 머리카락이 묻어있거나, 테이블보가 더럽고 냄새가 나서 식욕을 잃고, 한마디로 말해서 한 번이라도 만족스러운 대접을 받은 적이 없다고 그는 투덜댔습니다.

아내는 자기에게 덮어씌우는 이 까닭 없는 책망에 깜짝 놀라, 참을 수 있는 데까지 참아 적절하게 부인하는 것만으로 만족하였습니다.

"뭣이! 거짓말이라고? 똥만 들어있는 옷아! 그럼 좋다, 여러분, 오늘 여러분 자신이 집사람의 음식을 드셔보시고, 얼마나 집사람이 막 되먹은 여자인가 그 증인이 되어주시죠. 그래서 단 한 번이라도 내 뜻에 맞는 시중을 해준다면, 내가 주장했던 것이 잘못이고 잘못은 내게 있다고 하셔도 좋습니다. 이후로는 집사람의 머리에 두 번 다시 손을 올리지 않을 뿐 아니라, 내 미늘창과 돈지갑을 집사람에게 바치어 이곳의 지휘자로 받들어 모실 것을 맹세합니다."

"아이, 좋아라. 그럼 이제부터는 내가 이 집의 정식 마님이자 어른이 되는 거군요"라고 부인은 아주 명랑하게 말했습니다.

여인의 천성과 결함을 철석같이 믿고서, 남편은 식사를 안마당의 포도덩굴 시렁 밑에 차려놓으라고 명령했습니다. 식탁과 찬장 사이를 오락가락하는 데 만약 늦거나 할 경우, 냅다 큰 소리로 닦달해대려는 심사였던 것입니다.

살림 잘하는 주부는 이때야말로 있는 솜씨를 다 발휘해야 할 기회라고 여겨, 있는 정성 없는 솜씨를 다 들여 식사 준비를 하기 시작했습니다. 얼굴이 비칠 만큼 접시를 깨끗이 닦고, 겨자도 싱싱하고 향기 높은 것으로 가려놓고, 음식은 알맞게 끓여 입을 오므릴 만큼 뜨겁게 하고, 훔친 과일처럼 맛깔나게 만들고, 반짝거리는 컵에 차가운 술, 만사 만반 더할 나위 없이 잘, 눈처럼 하얗게, 번쩍번쩍하게 차려놓았기에 미식가인 주교님의 수다쟁이 계집margot을 모셔도 좋을 만하였습니다.

그녀가 차려놓은 식탁 앞에 서서 혓바닥으로 입술을 핥으며, 살림 잘하는 주부들의 버릇, 빠뜨린 게 없는지 샅샅이 살피려는 그 쓸데없는 시선을 상위에 던지고 있을 때, 남편이 와서 문을 두드렸습니다. 그러자 그 순간 포도덩굴 시렁 위에 올라가 포도로 취해보자는 기막힌 생각을 해낸 빌어먹을 닭이, 상보 한가운데 똑 하고 냄새 고약한 것을 한 덩어리 떨어뜨렸습니다 그려.

불쌍한 아내는 절망이 어찌나 컸던지 하마터면 기절해 쓰러질 뻔했는데, 닭의 망측한 행실을 달리 숨길 수 없어, 옆에 있던 접시로 버르장머리 없는 것을 덮고, 식탁의 조화고 뭐고 아랑곳없이, 호주머니 속에 있던 여분의 과일을 그 위에 올려놓았습니다.

다음, 아무도 눈치 채지 못하게 서둘러 국을 날랐습니다. 저마다 자리에 앉은 손님 일동에게 아내는 흥겹도록 명랑하게 음식을 권했습니다.

손님 일동은, 이 맛깔나는 요리의 훌륭한 순서를 보고서 입에 침이 마르도록 칭찬했습니다. 허나 단 한 사람, 남편이라는 악당 놈만은 시무룩하게, 쌀쌀맞게 눈살을 잔뜩 찌푸리고, 입속으로 중얼대며, 이것저것 바라보면서 억지를 부릴 군더더기를 찾았습니다.

한편 아내는 친정 사람들이 한자리에 있으니까 마음이 든든해 남편을 꼼짝 못 하게 만들려고, 그 곁으로 바싹 다가서며 의기양양하게 말했습니다.

"자아, 이 식사가 어때요, 마음에 드셨나요? 알맞게 따끈하고, 맛깔스럽고, 깨끗한 테이블보에, 가득 찬 소금단지에, 말끔한 접시에, 차디찬 술에, 황금빛 빵이 아닌가요. 뭐 부족한 게 있나요? 할 말이 있거든 해보세요? 뭘 바라세요? 더 필요한 것이라도 있어요?"

남편은 홧김에 버럭 소리쳤습니다.

"똥!"

"예, 그것도 여기 있어요!"라고 아내는 재빨리 그 접시를 벗기며 대답했습니다.

그것을 본 남편은 귀신이 부인의 편을 들고 있는 줄로 여겨 벌린 입을 다물지 못했습니다. 그러고 나서, 그는 아내의 친정 식구들에게 호된 꾸지람을 듣고, 그 성미 고약한 점을 비난받고, 형용하기 어려운 욕설을 들었는데, 그 잠시 동안에 뒤집어쓴 그 욕지거리를 일일이 적으려면 서기 한 명이 한 달을 두고 써도 다 못 쓸 만큼 욕을 먹었습니다.

그 후부터 남편은 부인과 사이좋게 지냈는데, 남편이 조금이라도 애매하게 얼굴을 찌푸리거나 하면, 아내는 "똥"이라고 남편에게 묻더라는 이야기입니다.

"누구 것이 가장 싱겁죠?"라고 앙제 태생은 여관 주인의 어깨를 망나니가 목을 살살 비비는 시늉으로 토닥토닥 거리면서 소리쳤다.

"자네지!", "저 녀석이지!"라고 다른 두 서생이 말해, 그때부터 종교회의에 참석한 성직자들처럼 논쟁이 벌어졌다. 드디어 모두들 일어나 서로 치고 받고, 머리에 술병을 던지고 하는 야단법석을 떨면서, 싸움의 형편에 따라 바깥으로 도망칠 기회를 살폈다.

"내가 손님들을 화해시키죠!"라고 여관 주인은, 세 채무자가 지불하려는 착한 의사를 품고 있으면서도, 지금의 경우 진짜 계산에 대해서는 아무도 생각하고 있지 않은 걸 알아보고 말했다.

그 말에 세 서생은 깜짝 놀라 지랄을 그쳤다.

"내가 더 좋은 이야기를 들려드리죠. 듣고 나서 재미있다고 생각하시면 한 분마다 열 냥씩 주시기로 하시고……."

"주인장의 이야기를 듣기로 하세!"라고 앙제 태생은 말했다.

이 주막이 있는 노트르담 라 리슈의 변두리 구역에, 전에 아주 예쁜 아가씨가 살고 있었습니다. 그녀는 타고난 미모에 더하여 꽤 많은 지참금이 붙어 있었습니다. 따라서 나이가 차 혼인의 무거운 짐을 질 수 있는 힘이 생기자마자, 부활 축일의 생 가티앵 성당의 헌금함 속에 있는 동전의 수만큼이나 구혼자가 많았습니다.

이 아가씨는 그 많던 구혼자들 중에서 한 젊은이를 골라내었는데, 좀 실례되는 표현이 될지 모르지만, 그 젊은이야말로 낮일이나 밤일에 있어서 두 수사를 합친 것만큼 해낼 수 있는 참다운 일꾼이었습니다. 그래서 약혼이 되어 혼례식도 순조롭게 진행되어 갔습니다.

그런데, 첫날밤의 즐거움이 다가옴에 따라, 아가씨에게는 가벼운 불안감이 점점 더해갔습니다. 왜냐하면, 아가씨의 땅 밑 도관導管(파이프)의 고장으로, 체내의 증기를 배출시킬 때 폭탄이 터지는 것 같은 엄청난 소리가 나기 때문이었습니다.

그래서 첫날밤에 임하여, 다른 것만을 염두에 두고 있던 동안, 그 지랄 맞은 가스가 괸 것이 느슨해져 한 방 펑 나오면 어쩌나 조심되어, 어머니에게 빨리 이야기하여 도움을 구했습니다.

그러자 천연덕스러운 어머니는 딸을 위로하면서, 뱃속에 차있던 가스의 배출 소리는 선조 대대로 내려오는 상속물로, 젊은 시절 어머니 자신도 몹시 고생한 일이 있으나, 더 살고 보니, 배출관을 압축하는 기술을 고맙게도 하느님께서 내려주셔서, 지난 일곱 해 이래, 그 불쌍한 남편이 돌아갔을 적에 영별의 예포로 한 발 터뜨렸던 것을 마지막으로 한 번도 발사한 적이 없다고 말하고 나서, 다시 다음과 같이 덧붙였습니다.

"그러나 아가야, 이 쓸데없는 말을 없애고, 괴상한 소리도 없이 발산시키는 확실한 특효약을, 저 세상에 계신 어머니로부터 이어받고 있단다. 그것만 쓰면 그 가스에는 고약한 냄새가 전혀 따르지 않으니까 소문나지 않을 거다. 그러려면 그 가스 덩어리를 약한 불로 오래 끓여서 배출관의 출구에 잔뜩 저장해두었다가 나중에 사람이 없는 곳에서 내놓아야 한다. 그럼, 가스는 힘이 약해져 있으니까 소리 없이 빠져나가지. 이런 방식을 두고 우리 집안에서 뭐라고 하는가 하니, '방귀의 교살絞殺'이라고 하지"라고 가르쳐 주었습니다.

'방귀의 교살 방법'을 배운 새 아씨는 어머니에게 좋아라하고 사례의 말씀을 올리고 나서, 나비같이 춤추면서도 가스만은 그녀의 몸 안의 도관 깊숙이 축적되도록 하였습니다. 마치 미사 때 첫 연주를 기다리는 파이프오르간의 풀무질 꾼처럼 말입니다. 드디어 신방에 들어간 새 아씨는 침상에 올라가기에 앞서 가스를 슬그머니 소산시키려고 하였습니다. 그런데 아뿔싸, 변덕스러운 원소元素는 잔뜩 무르익어 부풀어 매어져서, 좀처럼 나오려고 하지 않았습니다.

그때 신랑이 들어왔습니다. 두 개의 물건을 갖고, 천태만상 변화무쌍하게 할 수 있는 그 즐거운 싸움을 어떠한 모양으로 신랑 신부 한 쌍이 하였는지, 그것은 여러분의 상상에 맡기기로 하겠습니다.

신부는 한밤중에 일어나 어떤 거짓 구실 아래 침대에서 내려왔다가, 금방 돌아와 잠자리에 들어가려고 신랑의 몸 위를 넘어서려는 찰나, 신부의 도관은 변덕스럽게 재채기가 났던지, 침대의 커튼이 찢어지지나 않았나 하고 여길 만큼 쾅 하고 대포를 쏘아댔습니다.

"어쩌나, 잘못 뀌었네……"라고 새 아씨가 말하더군요.

"어허, 그거! 여보, 그걸 아껴 다루지 않고! 군대에 가면, 그 대포로 밥벌이가 될 테니까"라고, 이 이야기를 하고 있는 제가 말했었습죠.

그 새 아씨가 바로 지금의 저의 안사람입니다.

"호오! 호오! 호오!"하고들 세 서생은 외쳤다. 그리고 여관 주인에게 최대의 찬사를 퍼부으면서 배가 터지도록 웃어댔다.

"어떤가, 자작, 이보다 더 멋진 콩트를 들어본 적 있나?

"허! 멋들어진 콩트다!"

"콩트의 하느님이다!"

"콩트의 왕이다."

"아하! 온갖 콩트의 내장을 다 꺼내는구나. 우리 여관 주인의 콩트보다 우수한 콩트는 전대 후대前代後代를 통틀어 없을 거다……."

"하늘에 계신 주님께 맹세하네만, 이처럼 뛰어난 콩트[27]를 듣는 건 내 평생에 처음일세!"

"방귀소리가 들리는 것 같네!"

"오케스트라에 입 맞추고 싶으이!"

"여보시오, 주인장, 우리 일행은 댁의 부인을 뵙지 않고서는 여길 떠날 수 없소"라고 앙제 태생은 장중하게 말했다. "우리 일행이 댁 부인의 악기에 입 맞추겠다고 감히 요청하지 않는 까닭은, 콩트의 명인名人에 대한 크나큰 존경심에서 삼가는 거요."

이렇듯 세 서생은, 주인과 그 콩트, 그리고 그 부인의 것을 격찬하니, 교활한 여관 주인도 이렇듯 소박한 웃음과 으리으리한 찬사에 경계심을 늦추고 말아 안사람을 나오라고 불렀다. 그러나, 안사람은 통 나타나지 않았다. 그러자, 세 서생은 마음속으로 속이려는 뜻을 품고, "우리 쪽에서 알현하러 가세……"라고들 말했다.

그래서 일동은 식당에서 나왔다. 여관 주인은 손에 양초를 들고, 앞서서 계단으로 올라가 통로를 밝혀주었다. 그러나, 거리에 면한 문이 마침 반쯤 열려 있는 것을 본 세 서생은, 그림자처럼 가볍게 재빨리 도망쳐, 혼자 남은 주인은 셈(compte, 콩트)을 받는 데 또다시 마누라의 방귀를 한 방 쏘지 않으면 안 되게 되었다.

27 세 서생이 되풀이해서 콩트conte라고 말하는 것은, 콩트(이야기)라는 발음이 compte(계산, 셈)의 발음과 같기 때문이다. 그러나 정확히 발음하면 구분할 수 있다.

프랑수아 I 세의 금욕[28]

　　국왕 프랑수아 1세가 바보새처럼 잡혀, 에스파냐의 마드리드로 이송되어 간 사건을 다 아실 줄 믿는다. 카를 5세[29]는 프랑스 국왕을 마치 고가의 명품처럼 다루어 성관의 한 곳에 가두어놓았다. 역사歷史에 불후의 이름을 남기신 이 국왕께서는 대기大氣를 좋아하시는 활짝 트인 성품이어서 정사情事, 그 밖에 만사를 마음대로 해 오신 터라 심한 권태를 느

---

28 이 단편에 나오는 인물과 시대 배경, 그리고 그가 포로가 된 경위를 간략하게 그려보면 대강 다음과 같다. 프랑수아 1세Francois I (1494~1547. 1515년에 재위에 오름)는 루이 12세Louis XII 의 사위이자 사촌이기도 하다. 루이 12세에게 자식이 없었기 때문에 프랑수아 1세가 뒤를 이어 즉위하였다. 어려서는 어머니 루이즈 드 사부아Louise de Savoie(1476~1531) 슬하에서 자랐다. 어머니 루이즈는 말수가 적고, 군은 의지를 가진 여성이었다. 프랑수아 1세의 누이 되는 마르그리트 드 발루아Marguerite de Valois(1492~1549)는 드물게 보는 재원으로, 후에 〈7일 동안의 이야기 Heptameron〉를 저술할 정도로 예술에 조예가 깊어 동생에게 예술을 이해시키며, 왕으로서의 너그러운 심정을 어려서부터 심어주는 데 일조하였다. 프랑수아 1세는 선왕 루이 12세와는 정반대로 씩씩하고 기운 차, 예술·사냥·사랑·전쟁·삶을 좋아하는 성격이었다. 모험을 찾아서, 그리고 새로운 권력에 도취되어 그는 여러 차례 싸움을 벌였다. 그는 2만여 명의 용병傭兵을 지휘하여 알프스 산맥을 넘어, 밀라노 공국公國을 점령하고 있던 스위스 용병과 마리냥Marignan에서 충돌해 이를 격파했다(1515). 그리고 이로 인해 밀라노 지방까지 그의 손 안에 들어오게 되었다. 마리냥 전쟁이 끝난 그 다음 해, 프랑수아 1세는 교황청과 상호 이익이 되는 새로운 협약을

끼시고, 고양이가 레이스를 접을 줄 모르는 것처럼 감옥에서 무엇으로 소일해야 할지 전혀 모르시었다.

그래서 야릇한 우수에 잠겨 거룩한 얼굴을 흐리시고 나날을 보내시었는데, 이 국왕의 친서가 모후인 앙굴렘Angoulesme 마마, 왕세자비인 카트린 마마, 뒤프라Duprat 추기경, 몽모랑시Montmorency 경과 프랑스의 기둥이라고도 할 충신들이 참석한 최고 회의석상에서 낭독되었을 때, 모두가 전부터 국왕의 호색好色의 정도를 알아 모시고 있었던지라 신중히 의논한 끝에, 어

체결하였다. 승리자가 된 프랑수아 1세는 마리냥에서 본국으로 돌아오자 곧 야심을 품었는데, 즉 신성로마제국의 황제가 되는 것이었다. 그 당시 경쟁상대로는 카를 5세Karl V(1500~1558, 합스부르크가家의 독일 · 오스트리아 황제, 에스파냐 왕으로는 카를로스 1세, 1516년에 재위에 오름)가 있었다. 카를 5세는 신대륙을 포함해 에스파냐 및 독일에 걸쳐 광대한 영토를 지닌 합스부르크 Habsburg가 왕국을 이루었으나, 이를 싫어한 프랑스와의 분쟁을 거듭하고 있었다. 당시 신성로마제국의 황제는 선거로 선출되었는데, 카를 5세는 선거권을 가진 일곱 명의 제후들 중 다섯 명의 표를 막대한 금액으로 매수하여 신성로마제국의 황제가 되었다. 그래서 프랑수아 1세는 이러한 것을 포함, 여러 이해관계 때문에 카를 5세를 치기로 결심했다. 때마침 카를 5세에게는 에스파냐와 독일에 골치 아픈 분쟁이 있었으므로, 프랑수아 1세는 이 기회를 이용했던 것이었다. 그러나 프랑수아 1세의 이 공격은 제 힘에 자신만만했던 카를 5세를 기쁘게 했다. 전체 유럽 또한 프랑수아 1세의 반대쪽에 가담했다. 이러한 정세에도 불구하고 프랑수아 1세는 알프스 산맥을 넘었지만, 파비아Pavie에서 그의 군대가 격파되고 그는 포로로 잡혀 마드리드로 이송되었다(1952). 포로가 된 프랑수아 1세는 카를 5세가 건 굴욕적인 조건을 한사코 거부하고, 우울증에 걸려 죽기만을 바라는 지경에 이르렀다. 이때 그의 찬탄할 누이 마르그리트가 동생에게로 와서 그에게 희망을 주고 죽음으로부터 구해냈다. 또한 정세가 일변되어 카를 5세는 교황과 적대관계에 놓이게 되었고, 유럽 여러 국가들로부터 그 강대함을 견제 받게 되었다. 헨리 8세Henri IX(1491~1547, 잉글랜드의 왕, 1509년 재위에 오름)는 프랑스의 온 국민으로부터 존경받고 있던 섭정 루이즈 드 사부아로부터 2백만 에큐를 받고 카를 5세와 등겼다. 프랑수아 1세는 탈출이 어렵다는 것을 깨닫고, 약속을 지키지 않을 작정으로 부르고뉴 지방을 양도하기로 결정했다. 그러나, 그는 조약의 이행을 보증하기 위하여 인질로 두 왕세자를 인도하지 않을 수 없었다. 그가 귀국해 조약이 공표되자, 카를 5세에 대한 프랑스 국민의 분개는 봉화처럼 치솟았다. 교황은 그러한 조약은 무효라고 선언했다. 1529년에 이르러 루이즈 드 사부아가 '귀부인의 평화'라고 일컫는 평화조약을 맺는데 성공하여 프랑수아 1세의 두 왕자도 귀국하게 되었다. 그러나 이후에도 프랑수아 1세와 카를 5세의 싸움은 간헐적으로 계속 되었고, 1544년 크레피 조약을 맺음으로서 종결되었다.

29 프랑스어로는 샤를 5세Charles V.

려서부터 국왕을 애지중지 보살펴주시고, 명랑하시며, 소문난 재원이신, 왕의 누님 마르그리트 왕녀를 보내어 국왕의 근심거리를 풀어드리기로 결의하였다.

한편 마르그리트 왕녀께서는, 국왕과 단둘이서 독방에 있다함은 모종의 위험도 없지 않아 있거니와, 영혼에도 관계되는 일임을 이유로 들어 즉시 피즈Fizes 경이라는 영리한 비서관을 로마 궁전에 특파해, 국왕의 우울증을 치료하기 위하여 남매사이라 할지라도 어쩌면 범할지 모르는 우려가 있는 소죄小罪를 사하는 면죄부를 특별히 교황으로부터 받아오게 하시었다.

당시, 네덜란드의 태생의 아드리앵 7세Hadrien VII께서 아직 교황의 관을 쓰고 계시던 시절인데, 이 분이 또한 뜻밖에도 융통성이 많으신 어른이시어서, 에스파냐 황제와는 같은 스콜라 학파로서의 유대를 맺고 있었음에도 불구하고, 일이 가톨릭교회의 적자嫡子의 안위에 관한 것이라고 해서, 곧 왕녀의 영혼과 그 동생인 국왕의 육신을, 과히 하느님을 등한히 하지 않고서도 구제할 수 있는, 영험한 면죄부를 지참한 특사를 에스파냐에 파견하겠다고 쾌히 승낙하시었다.

국왕의 이와 같은 긴급한 중대사에 프랑스 궁전의 권신權臣들은 심중에 걱정이 태산같이 쌓였고, 귀부인들 역시 어쩐지 다리 사이가 근질근질하였다. 국왕께 한결같이 충성심이 강한 열부烈婦들인지라, 신하는 고사하고 국왕의 친가족마저 면회시키려 하지 않는 카를 5세의 시커먼 시기심에 의해 방해받지만 않았다면, 거의 모두가 스스로 마드리드 행을 지원했을 것이다. 그러나 저러나 첫째로 마르그리트 왕녀, 즉 나바르 왕비[30]의 에스파냐 입국을 교섭해야 했다.

평소에 그처럼 기력 좋게 써 오시던 국왕에 대한, 이 한심스러운 금욕禁慾이나 사랑의 훈련이 부족하다는 소문은 삽시간에 항간에 퍼져 일대 소동이

30 마르그리트는 나바르의 왕 앙리 달브레Henri d' Albret와 결혼하여 '나바르 왕비'라는 명칭을 얻었다.

일어났다. 개중에 어느 아낙네들은 이점을 동정한 나머지 왕의 옥체보다 왕의 샅주머니[31] 쪽을 더욱더 걱정하게 되었다.

"이 몸에 날개가 있었더라면"하며 처음으로 한탄하신 분은 바로 왕비시었다. 이 말씀에 오데 드 샤티용Odet de Chastillon 경이 대답하기를 "구원의 천사가 되고자 하면 날개만으로는 안 되지요"라고 말했다는 이야기가 있다.

또한 제독提督 부인인지 다른 부인인지 잘 생각나지 않지만, 아무튼 어떤 귀부인은 국왕께서 그처럼 부족해하시는 것을 우편으로 보낼 수 있다면, 여인이란 여인은 모두가 기꺼이 번갈아 빌려드릴 텐데, 그것을 못하니 하느님을 원망하더라는 이야기도 있다.

"그렇지만 떼고 달고 할 수 없도록 하느님께서 그것을 꼼짝 못 하게 마련해주신 것은 잘 하신 처사예요. 왜냐하면, 그것을 빌려주고 있는 동안을 좋은 구실로 삼아 남편들이 우리들 여성을 배신할 것이 뻔하니까요"라고 왕세자비마저 매우 얌전하게 말씀하시더라는 이야기도 있다.

이렇듯 여러 사람의 입에 오르고 여러 사람의 근심거리가 된 끝에 나바르의 왕비 마르그리트가 출발하기에 이르렀는데, 출발할 때, 이들 마음씨 고운 그리스도교의 여신도로부터 프랑스 왕국의 온 여성을 대표하여 국왕께 입맞춤을 전해달라는 부탁을 짊어졌다. 그러한 부탁으로 쾌락이 겨자처럼 운반될 수 있다면, 어찌나 많은 부탁을 받았는지, 나바르 왕비께서도 그것들을 두 명의 카스티야Castilla[32] 사람에게 팔아버리시고 갈 만큼 짐스러웠으리라.

마르그리트 왕녀께서 흰눈을 박차며, 많은 암노새를 부려 산들을 넘고, 국왕을 위문 차 불난 자리로 줄달음질쳐 가듯 달리고 있던 동안, 국왕은 여

---

31 braguette. 다시 풀이하는 이유인즉, 이 '샅주머니'라는 명사는 본인이 지어낸 말이다. bras(샅, 앞다리, 두 다리 사이)에 guette(감시원, 집 잘 지키는 개, 동정을 살피는 놈)를 합친 말이다. 무엇을 뜻할까? 알아맞히시도록. 그러나 이 익살은 어디까지 본인 독단으로 하는 풀이다. 이 명사는 사전에도 버젓이 나오고 있는 옛말. 그런데 라블레는 이 낱말을 자주 썼다.
32 에스파냐의 한 지역.

태까지 느껴보지 못하리만큼 견디기 어려운 허리의 무거움에 허덕이고 있었다.

극심한 본능이 반사열反射熱에 대한 자비로운 특효약을 받으려는 목적으로, 왕께서는 카를 5세 황제를 보고 극구 비난하시기를, 한 나라의 왕인 나에게 여인 하나 주지 않고 이렇듯 말려 죽이다니 대왕 가문의 대대손손의 치욕이 될 것이라고 말했다.

에스파냐 황제께서도 풍류는 아시는 분이셨다. 그래서 프랑스 국왕의 몸값으로 에스파냐 여인을 물색해주는 손실쯤은 만회할 수 있다고 생각하고는, 경호하는 간수에게 조용히 프랑스 왕이 매우 소망하는 것을 주선해주라는 허락을 내렸다.

따라서 오래 전부터 프랑스 궁전에 들어가 운을 터 보자는 야심을 품어왔던 히오스 데 라라 이 로페츠 바라 디 핑토Hijos de Lara-Y-Lopez Barra di Pinto 경이라는 명문 가문 출신이었지만 빈털터리였던 대위가 프랑스 국왕에게 '생고기로 된 보드라운 찜질약'을 마련해주어, 프랑스 궁전에 있어서의 출세의 문을 열어보려고 했는데, 과연 이 묘안이 들어맞을지 아니 맞을지는 프랑스 궁전이나 프랑스 국왕을 잘 아시는 분이라면 짐작이 가시리라.

이 대위는 순시도 겸해 프랑스 국왕의 방에 들어가 왕을 뵙고 공손히 말씀 올리기를, "교황의 면죄부에 관해서와 마찬가지로 전부터 여쭈어보고 싶었던 것이 있사온데 여쭈어 봐도 무방하시온지요"라고 물어보았다.

이 말에, 왕께서는 우울증에 흐려진 얼굴을 조금이나마 펴시고 의자에 앉으신 채 약간 몸을 움직여 좋다는 몸짓을 하셨다.

대위는 드리는 말씀에 방종함이 있어도 진노 마시옵기를 빈다는 서두를 꺼낸 다음, "프랑스 국왕께옵서는 프랑스라는 나라에서 으뜸가는 호색가好色家시라고 전부터 들어왔사온데, 참으로 프랑스 궁전의 귀부인들은 사랑의 길에 대해서 전문가인지, 국왕께옵서 친히 교시教示해 주옵소서"라고 말했다.

가련하게도 국왕께서는, 지나간 날 하시던 '좋은 솜씨'를 상기하시면서 가슴으로부터 나오는 한숨을 땅이 꺼지도록 내리 쉬시고 말씀하시기를 —

달세계의 여인인들, 이 세상의 어느 나라의 여인인들, 프랑스 여인만큼 사랑의 연금술의 비술을 가지가지 알고 있지 못 하느니라 하시고는, 조국의 한 여인과의 우아하고도 기운 찬, 귀여움이 똑똑 떨어지는 감칠맛이 나는 사랑의 유희를 회상하시니, 갑자기 웅심발발雄心勃勃하여, 만약 그 여인이 그곳에 있었다면, 설령 백 척이나 치솟은 절벽 위의 한 가운데 놓인 썩은 널빤지 위라고 해도, 맹렬하게 편자를 박을 것 같은 기색이시었다……

천하가 다 아는 방랑아인 이 국왕께서는 생명과 정염에 이글이글 타는 눈을 번쩍거리시어, 그 왕다운 사랑의 성스러운 불꽃의 치열함에 아무리 대위가 용감한들 오장육부가 자지러지고 말았다.

그러나, 대위는 용기를 다시 내어, 에스파냐의 귀부인들의 편을 들어 말하기를, "황송한 말씀이오니, 사랑의 작업을 제대로 할 줄 아는 여인은 천하가 넓다 해도 에스파냐의 여인들뿐인 줄 아옵니다. 어째서 그런가 하오면, 어느 그리스도교 국가에 가 보아도 에스파냐만큼 신앙심이 왕성한 곳이 없사온데, 따라서 이곳의 여인은 정부情夫에게 몸을 허락해 지옥으로 떨어지는 것을 무엇보다도 무서워하고 있사온 즉, 한번 정부에게 몸을 내맡기고 보면, 천국에서의 영원한 생명도 미래도 내던져버리곤 하는 치열함을 갖고서, 순간의 쾌락에서 영원한 행복과 쾌락을 누리려 하고자 하기 때문입니다. 만약 대왕께옵서 프랑스 국내의 손꼽는 토지를 내기의 대가로 걸어주신다면, 에스파냐 풍의 사랑의 하룻밤을 소인이 마련해드리겠습니다. 조심하시지 않으시면 그야말로 '하룻밤의 여왕님' 때문에 바지의 개구멍을 통해 넋이 빠지시고 말 것이옵니다"라고 말했다.

"흥, 흥!"하고 국왕은 의자에서 일어서며 말했다. "좋아, 좋아. 짐이 진다면, 그대에게 투레느의 '여인만의 지역'[33]의 영지를, 수렵권狩獵勸과 신분을 막론한 재판권을 첨부해서 하사할 것을 하늘에 계신 주님께 맹세하노라."

그래서 대위는 톨레도 대주교의 총희寵姬, 다마에기d' Amaeguy 후작 부인

---

33 '여인만의 지역'의 원문은 la Ville-aux-Dames.

에게 그 뜻을 알리고, 프랑스 국왕을 따스하고 부드럽게 다루어, 프랑스 여인의 변화 없는 움직임에 비해 에스파냐 여인의 변화무쌍한 재주가 얼마나 우월한가를 보여주라고 부탁했다.

이 부탁에 다마에기 후작 부인은, 하나는 에스파냐 여인의 명예를 위해서, 또 하나는 아직까지 교회의 대감들밖에 상대해오지 않아, 하느님께서 왕자들의 것들은 어떠한 반죽으로 만드셨는가 알고 싶은 마음도 있고 해서 쾌히 승낙했다.

따라서 그녀는 우리를 부수고 뛰쳐나온 암사자 모양으로 국왕의 뼈를 아기작아기작 씹어 골수를 삼키려는 기세로 국왕에게로 왔다. 다른 분 같았으면 십중팔구 이 세상을 하직하고 말았을 정도로 치열하였겠지만, 과연 천하에 이름을 떨치시던 대왕이셨던 지라, 빈틈없는 장비에 더해서 탐욕무쌍貪慾無雙하게 물어뜯으려고 덤벼들던 이 암사자와 맞싸워 반대로 실컷 물어뜯어주었기 때문에, 후작 부인도 만신창이가 되어 이 소름끼치는 혈투에서 몸을 빼낸 뒤 "상대는 음마淫魔였구나"라고 중얼거릴 정도로 스스로 인정하지 않을 수 없게 되었다.

다음 날 아침, 대위는 보내드린 칼집의 성능에 자신만만했던지라 하사하실 영지에 대한 사례말씀을 올리고자 국왕 앞으로 나갔다. 그러나, 국왕께서는 비웃으시는 어조로 그에게 말씀하시기를, "에스파냐 여인의 것은 꽤 열이 높아 그럴듯하게, 기세 좋게, 그리고 억세게 나오기는 하지만, 슬슬 얌전하게 맷돌질해야 할 때에 지나치게 광란狂亂으로 치달리며, 또한 강음强淫 당해 재채기를 하듯 싱거운 콧소리를 내는 게 옥에 티더군"이라고 말씀하시고, "그것에 비해 프랑스 여인은 남녀 간의 교합을 영영 싫증나게 하는 일 없이 더욱더 목마르게 하는데, 특히 궁전의 귀부인들의 경우는 비할 바 없이 다사롭게 응해, 빵집 주인이 밀가루를 반죽하듯 힘만 가지고 하지 않는다네"라고 말씀하셨다.

불쌍하게도 대위는 이 말에 아주 낙심하고 말았다.

국왕께서 하신 엄숙한 귀인약속貴人約束에도 불구하고, 파리의 싸구려 갈

Le Jeusne de françoys premier

보집에서 타락한 서생이 정사情事의 한 토막을 사기 치듯, 국왕이 자기를 골탕 먹이는 게 아닐까 하고 대위는 의심해보았다.

그렇지만, 어쩌면 후작 부인이 국왕을 너무나 에스파냐 풍으로 환대하지 않았던 탓인지도 모른다고 고쳐 생각해, 그는 국왕에게 "이번에야말로 진짜 천사를 바치겠사오니 영지를 또 한번 거시고 재시합을 하소서"라고 간청했다.

인자하시고도 풍류를 아시는 기사이시기도 한 국왕께서는, 이 요청을 기꺼이 허락하셨을 뿐만 아니라, 이번 내기에서는 꼭 지고 싶다는 은혜로우신 말씀마저 내리시었다.

고로 저녁기도 후, 대위는 프랑수아 1세의 실내에 백설같이 반짝이며, 요정같이 귀엽고, 치렁치렁 늘어뜨린 머리카락에 비로드같이 부드러운 두 손, 맵시 있게 토실토실한 속살이 조금만 움직여도 옷 밖으로 터져 나올 것 같은 따끈따끈한 귀부인을 보냈다. 입가에는 미소가 감돌고 눈은 물기로 촉촉이 젖어, 그 첫 마디가 어찌나 다정스러웠던지 국왕의 아랫도리가 삐꺽거릴 정도로, 아비규환의 지옥이 조용하기 그지없는 낙원이 되리만큼 슬기로운 여인이었다.

다음 날 아침, 미녀가 폐하와 아침을 나누고 나서 모습을 감추었을 때, 대위는 의기양양하게 왕 앞에 나타났다.

그 모습을 보자 포로는 소리쳤다.

"어서 오시오, 빌 오 담(여성만의 지역) 남작. 하느님께서 그와 같은 기쁨을 그대에게 얻어주셨느니라! 짐도 감옥살이가 한결 마음에 들었소. 성모님께 맹세하지만, 프랑스 풍의 정사와 우월을 가리고 싶은 마음이 짐에게 이미 없은즉, 내기에 진 것에 대한 대가를 그대에게 하사하겠소!"

"황송한 말씀이오나, 소인도 그러실 줄 알고 있었사옵니다!"라고 대위는 말했다.

"허어, 어떻게?"

"폐하, 그 여인은 소인의 아내이옵니다!"

272

이것이 투레느 지방에 있어서의 라레이 드 라 빌 오 담Larray de la Ville-aux-Dams 가문의 기원인데, 라라 이 로페즈가 라레이로 와음訛音되고 말았다. 그 후 이 가문은 대대로 프랑스 국왕에게 충성을 바쳐, 국왕의 넘치는 은혜를 받아 내려와 지금도 손꼽히는 명문으로 번창하고 있다.

오래지 않아 마르그리트 왕녀, 즉 나바르의 왕비께서도 그곳에 도착하셨는데, 이즈음 왕은 에스파냐 풍에 물리시어 프랑스 풍의 쾌락을 즐기시기를 바라 마지않았던 참이었다. 그러나 그 뒤의 일들은 이 이야기의 줄거리가 아니다. 훗날 다시 펜을 들어 교황의 영험한 면죄부가 어떻게 효력을 나타냈는지, 또한 마그르리트 왕녀, 즉 나바르 왕비께서 어떠한 멋스러운 말씀을 하셨는지 적어보기로 하자. 더구나 왕비께서는 그 〈7일 동안의 이야기 Hepta-meron〉 같은 아름다운 우스개 이야기를 지으신 선배이시니, 이 우스개 이야기에서도, 마땅히 그 성감聖龕 하나를 내어 경의를 표해야 할 줄 안다.

각설하고, 이 이야기의 교훈이 무엇인지 쉽게 아실 줄 믿는다.

첫째, 장기將棋에서도 그렇지만, 한 나라의 왕은 전쟁에서 결코 포로로 잡혀서는 안 된다는 것.

일국의 왕이 적에게 포로로 잡힌다는 것은, 그 국민으로서는 비통하고 몸서리나는 국난이라는 것.

또한 만약에 잡히는 몸이 왕비 혹은 왕녀라면, 그야말로 참담한 운명이리라! 그러나, 그러한 해괴망측한 일은 식인종들 사이에서도 좀처럼 일어나지 않을 것이라고 나는 굳게 믿는다. 왕실의 꽃을 유폐시킬 이유가 어디에 있겠는가? 생각건대, 아스타로트나 루시퍼[34] 같은 아귀들이 왕좌를 찬역篡逆하여, 만민이 겨우 몸을 데우고 있는 은혜로운 빛을, 그 만민의 기쁨을, 당치 않게 숨기려고 하였다고 생각할 수밖에 없다.

---

34 아스타로트, 루시퍼는 모두 악마의 일종으로 원래는 통치자, 천사였다가 신에게 반역한 죄로 지옥으로 떨어졌다고 한다. 흔히 타락한 천사의 전형으로 알려져 있다.

그 중에서도 가장 극악한 본보기가 있으니, 귀녀鬼女라 할지, 사악하고도 이단적인 야차野叉 엘리자베스 여왕이 불손하게도 왕좌를 더럽혀, 스코틀랜드의 아름다운 마리Marie[35]를 변경에 감금시켰던 일은, 그리스도교를 믿는 모든 기사들의 얼굴에 통칠한 짓이나 매일반이었다. 아무런 소명召命이 없다고 해도, 결연히 일어나, 포더링게이Fotheringay의 성을 공격해, 그곳의 나무 한 포기, 돌 하나를 남기지 않을 정도로 발밑에 무찔러 없애버렸어야만 참다운 기사가 아니었을까?

---

35 피의 메리Blood of Mary로 불리는 메리 스튜어트Mary Stuart(1542~1587, 스코틀랜드 여왕)를 가리킨다. 그녀는 1548년 여섯 살의 나이로 프랑수아 2세와 약혼, 1558년 결혼하여 프랑스 왕 세자비가 되었다. 1559년 프랑수아 2세가 왕위에 올랐으나 이듬해 병사해, 메리는 1561년 모국 인 스코틀랜드로 귀국해 스코틀랜드의 통치자가 되었다. 그러나 스코틀랜드 여왕으로 재위 당 시 갖은 스캔들과 강경한 신교도 탄압으로 인해 정치적 입지가 좁아져 결국 영국으로 망명, 19 년 동안 엘리자베스 여왕의 감시 하에 놓이게 된다. 그러던 와중 1586년 당시 영국 구교 귀족들 이 엘리자베스 여왕을 폐위하고 메리를 옹립하려 한 '배빙턴 음모사건'에 연루돼 포더링게이 성에서 사형집행을 당했다.

푸아시Poissy 수녀들의 재미나는 이야기[36]

옛 문인들이 터무니없이 꾸민 이야기로 말미암아, 푸아시의 수녀원은 수녀들의 방탕한 짓의 첫 시도가 행해진 도장道場으로 이름을 떨치게 되어 우리의 거룩한 종교를 희생시켜서 속인들을 웃기게 하는 재미나는 이야기가 거기서부터 허다하게 생겼다. 따라서 이 수녀원을 소재로 삼

---

36 푸아시 수녀원은 1140년에 건립된 유명한 수녀원이다. 발자크가 이 단편의 착상을 얻은 것은 1832년 무렵으로 발자크의 친구(여성) 줄마 카로Zulma Carraud 부인이 보낸 글월에서 얻은 듯 싶다. 그 내용을 간단히 적어보자. "40년 전 이수딩Issoudun 시가지에서 있었던 일. 어느 상관이 부하의 속옷을 한 짐 꾸려 마치 투르의 수녀들이 보낸 것처럼, 같은 곳에 있는 성모방문회수녀원(聖母訪問會修女院, Visitandines)에 보내보자는 생각을 해냈다. 그렇게 하자, 수녀원에서는 이 부피가 큰 짐을 펴보기 위해 충원회합을 열었다. 그런데, 속에 들어 있는 옷을 어디에 써먹는 것인지 알아보는 수녀가 하나도 없었다. 그래서 그 중의 한 수녀가 말하기를, '이것은 부인용 짧은 윗도리일 거다, 그 증거로 양 쪽에 팔이 들어가도록 되어있지 않으냐' 고. 또 한 수녀가 말하기를, '성당 안에 들어갈 때를 위해 새로 고안한 옷이다. 아침기도를 바치는 동안 추위를 막기 위해서 만들어낸 것이다' 라고 말하고 나서 그 야릇한 옷을 괴상스럽게 입어, 조금 전까지 다른 것이 있었던 곳에 머리를 낀 다음 턱 밑에 단추를 채웠다. 그래도 납득이 가지 않는 수녀들은 이러쿵저러쿵하였는데, 그 중의 한 수녀가 벌떡 일어나 '수녀님들은 이 추악한 옷과의 접촉에 의해 더럽혀졌어요. 이 옷은 바로 대죄의 거처입니다!' 하더라는 내용."

은 속담도 많이 생겨 오늘날의 학자들이 그것을 더 잘 소화시키고자, 키로 까불고 잘게 빻지만 여전히 그 속알맹이를 모르는 것이 많다.

학자들 중의 한 분에게 "푸아시의 올리브les olives de Poissy란 무슨 뜻입니까?"라고 한번 물어보시면, 그 분은 엄숙하게 "그것은 송로松露버섯의 한 종류를 완곡하게 표현한 것인데, 옛날 이 푸아시의 덕이 많으신 아가씨들을 놀려서 말한 그 '조리법la maniese de les acconmmoder'에 의하면 특별한 소스를 쳐야 한다고 나와 있느니라"라고 대답하리라. 이처럼 이들 아필牙筆의 문사文士도 백에 하나 정도로는 바로 맞히는 일도 있다.

각설하고, 수녀들에 대한 이야기로 돌아가자. 그녀들은 천사의 외관보다 탕녀의 외관을 쓰는 쪽을 좋아들 한다고 물론 농담 삼아 말들 해왔다.

또한 험담 잘하는 어떤 사람들은, 그녀들이 성녀의 생애를 자기 식대로 모방하는 것을 비난한다. 곧 이집트의 마리 성녀의 생애를 본보기 삼는 것으로는, 사공에게 뱃삯을 정조로 치른 그 보답의 자세만을 존중하고들 있다는 것이다. 여기서 '푸아시 식으로 성녀를 공경한다Honorer les saints a la mode Poissy'는 이단적인 속담이 생겼다.

또한 '푸아시의 십자가상le crucifix de Poissy'이라는 속담도 있는데 무엇을 가리키는가 하니, 아랫배를 덥게 하는 물건을 말한다.

다음에 '푸아시의 아침기도les mattines de Poissy'라는 속담은 합창대의 소년으로 때우는 것을 뜻한다.

정사의 진미를 도통한 흐벅진 여인을 '저분은 푸아시의 수녀다Ce est une religieuse de Poissy'라고 일컫는다.

또한 다 큰 사내밖에 빌려 줄 수 없는, 우리가 다 아는 그 어느 물건을 가리켜 '푸아시 수녀원의 열쇠la clef de l' abbaie de Poissy'라고 한다.

그것에 어울리는 것이 이른바 수녀원의 대문Portail[37]인 것은 아침밥 먹듯 아시려니와, 이 대문, 중문porte, 소문huis, 구멍ouvrouer, 주문朱門(baye)은

---

37 교회나 큰 건물의 정면 현관을 뜻한다.

항상 반쯤 열린 채로 닫는 것보다 여는 편이 수월하여 수선하기가 매우 힘들다.

요컨대, 당시에 유행하던 염언艶言으로서 푸아시 수녀원에서 비롯되지 않았던 것이 하나도 없다고까지 해도 과언이 아닐 것이다. 그러나 이러한 속담·농담·허풍·횡설수설 가운데 적지 않게 거짓말과 과장이 섞여있다는 것은 두말 할 나위도 없다.

이들 푸아시의 수녀들로 말하자면, 다른 대다수의 여성들과 마찬가지로 이따금 악마의 편을 들어 하느님을 간혹 속이려 드는 마음씨 착한 아가씨들이었다. 그럴 것이, 우리들 인간의 본성이란 근본이 연약한 것이며, 또한 외관은 수녀복을 입고 있으나 그녀들도 그녀들대로의 완벽하지 못한 점을 가지고들 있기 때문이었다. 우리들 인간이 다 그렇듯, 그녀들의 몸 가운데도 결함이 있어서 모든 죄악이 그곳으로부터 나오게 마련이기 때문이었다.

허나 사실대로 말하자면, 한가함에 물려서 두고두고 빚어낸, 따라서 모두가 건장한 열 서넛의 아이를 이 세상에 태어나게 한 어느 수녀원장의 행실에서 이러한 악담들이 생겨난 것이다. 왕가의 피를 이어 받은 이 수녀원장의 뜬구름같이 변덕스럽고도 우스꽝스러운 색도色道의 수행으로 말미암아 푸아시의 수녀원은 사람들의 입에 오르내리게 되었던 것이다. 그 후 프랑스 국내 이곳저곳의 수녀원에서 일어난 재미나는 이야기는, 모두가 이 푸아시의 불쌍한 수녀들의 근질근질함에서 비롯한 것처럼 와전되어 온 것인데, 그 중의 10분의 1만이라도 그녀들은 실제로 있기를 바라 마지않았으리라.

그런 후, 누구나 다 알듯이 수녀원도 혁신되어, 수녀들이 누리고 있던 잠시의 행복도 자유도 남김없이 빼앗기고 말았다.

요즘의 잇단 불행한 사태 때문에, 시농에서 가까운 튀르프네 수도원의 옛 기록들은 아제의 현 영주의 정성스러운 보호 하에 그 지역의 도서관에 소장되었는데, 그 중에서 나는 '푸아시의 기도시祈禱時(les Heures de Poissy)라고 제목을 붙인 한 단편을 열람했다. 이 단편은 튀르프네의 쾌활한 수도원장이 인근에 있는 우세Usse, 아제, 몽고제Mongauger, 사쇠, 그 밖의 투레느 지방

각처의 수녀원들의 수녀들의 소일거리를 위해 구성한 것이었다.

　나는 수도원장의 두건의 위신 아래에 이 단편을 공개하겠다. 허나 라틴어에서 프랑스어로 번역하지 않을 수 없었는지라 내 식대로 옮겨놓은 것임을 이해하시기를.

　지나간 좋은 시절, 푸아시의 수녀들에게는 국왕의 따님이시자 그녀들의 수녀원장이 취침하자마자 하던 습관이 있었다.

　환희의 책자를 펼치고, 내용을 읽거나, 재독하거나, 규명하거나, 이해하거나, 알게 되거나 하는 게 아니고, 오로지 환희의 책자의 머리말,

　서론

　서두

　일러두기

　요지

　보기

　주의사항

　소지小誌

　전문前文

　해설

　취의문趣意文

　개요

　도입부

　헌사獻詞

　제사題詞

　표제

　가표제假票題

　목차

　주석

여백 주余白註

겉장

고증

책장 가장자리의 금박

예쁜 끈

맺음

행行

장밋빛

각 장 머리의 컷

장정

판화

같은 것에만 집착하는 것을 '거위새끼 놀이 한다'[38]고 이름 지은 이는 바로 이 수녀원장이었다.

입술에서 나오지만, 아랫입술이기에 소리 하나 나지 않는 이러한 달콤한 아름다운 말의, 법에 저촉되지 않은 자질구레한 온갖 향락법享樂法을 몸에 모은 수녀원장은 매우 슬기롭게 이 법을 실행하였기 때문에 형체가 조금도 망가지지 않은 숫처녀로 죽었던 것이다. 이 즐거운 학술은 그 후 궁전의 귀부인들에 의해서 깊이 연구된 결과, 그녀들은 정부를 거위 새끼 놀이의 상대, 다른 부인들에게 자랑해 보이는 상대, 그리고 간혹 그녀들에 대하여 위아래의 관할권을 함께 소유하는 모든 것의 주인(이 신분이야말로 남성이라면 누구나 바람직하게 여기는 것인데)을 허다하게 갖고들 있다.

한화휴제閑話休題.[39]

이 덕이 많으신 수녀원장이 아무런 부끄러움 없이 벌거벗고 이불 속으로

---

38 제1부 〈문경지교刎頸之交〉에서도 비슷한 표현이 나온다. 즉 성교 전의 애무, 전희를 의미한다.

39 쓸데없는 이야기를 그만두거나 이야기가 다른 데로 새었을 경우 돌아올 때 쓰는 말로, '이쯤에서 각설하고' 정도의 뜻이다.

들어가자, 턱에 주름 하나 없고 마음도 쾌활한 수녀 아가씨들은 저마다 독방을 슬그머니 나와, 모든 수녀 아가씨들로부터 가장 사랑받고 있던 한 수녀의 방에 모이는 것이 상례였다.

거기서 수녀 아가씨들은 즐거운 수다를 늘어놓는 사이사이에 과자를 먹기도 하고, 설탕절임 살구를 먹기도 하고, 무엇인가 마시기도 하고, 어린 아가씨들이 곧잘 하는 싸움도 하고, 늙은 수녀의 욕을 해 그 몸짓을 흉내 내기도 하고, 서로 악의 없이 놀리기도 하고, 눈물이 나오도록 우스운 이야기를 하기도 하고, 그 밖의 여러 놀이로 즐거워들 하였다.

어떤 때는, 누구의 것이 가장 귀엽게 생겼나 발들을 서로 재어보며, 백설 같은 팔뚝의 통통함을 서로 대조해보며, 저녁식사 후 누구의 코가 빨갛게 되는 병을 갖고 있는지 서로 조사해보며, 주근깨를 서로 세어보며, 사마귀가 어디에 나 있는지 서로 일러주며, 가장 맑은 안색, 가장 예쁜 살빛, 가장 늘씬한 키를 하고 있는 이는 누구라고 평가하기도 하였다. 주님께 속하는 이들 아가씨들의 키 안에 가느다란, 동그란, 편편한, 파여진, 두드러진, 호리호리한, 화사한 등등의 각양각색의 키가 있었기 때문이다. 또한 누구의 허리띠가 가장 천이 덜 드는지 서로 입씨름하며, 한 치라도 짧게 드는 수녀 아가씨는 까닭 모르면서도 의기양양해하였다.

또 어떤 때는 꿈과 꿈속에서 본 것을 서로 이야기들 하였다. 간혹 하나 둘, 때로는 전부 '수녀원의 열쇠'를 꼭 쥐고 있는 꿈을 꾸었다. 또 어떤 때는 작게 다친 상처에 대해서 서로 의논들 하였다. 손가락에 가시가 찔렸다는 수녀 아가씨, 표저標疽가 생겼다는 수녀 아가씨, 아침에 일어나 보니 눈이 충혈 되어 있더라는 수녀 아가씨, 묵주기도默珠祈禱를 바치고 있을 때 손가락을 삐었다는 수녀 아가씨. 이렇듯 다들 어떤 작은 소동을 치렀기 때문이었다.

"어머! 당신은 원장님께 거짓말을 했군요. 손톱에 분이 묻어 있으니 말예요"라고 한 수녀 아가씨가 옆에 있던 수녀 아가씨에게 말했다.

"당신은 오늘 아침 오랫동안 고해성사를 했는데, 뭔가 고백할 귀여운 죄라도 있어서 그랬나요?"라고 다른 수녀 아가씨가 물었다.

이렇듯 암고양이가 수고양이와 닮지 않은 것이 거의 없는 것과 마찬가지로, 수녀 아가씨들은 서로 사이좋아지고, 싸우고, 서로 실쭉하고, 말다툼하고, 친교를 맺고, 화해하고, 시샘하고, 웃으려고 서로 꼬집고, 서로 꼬집으려고 웃고, 신참을 곯려주고들 하였다.

그러다가 다음과 같은 우스갯소리를 하는 적도 있었다.

"비 오는 날 근위병이 이곳에 비를 피하려고 들어온다면, 어디에 숨겨두어야 할까?"

"오비드Ovide 수녀님의 방이지 뭐, 그 분의 독방[40]이 제일 크니까 투구의 깃털마저 들어갈 수 있을 거야"

"어머, 별소리를 다 하네. 우리들의 독방은 모두가 비슷비슷하지 않아요……?"

이 항변에 수녀 아가씨들은 무르익은 무화과처럼 입을 크게 벌리고 웃어 댔다.

어느 날 저녁, 그 작은 교의회敎議會에 열일곱 살 난 예쁜 어린 수녀를 맞아들이게 되었다. 이 어린 수녀는 보기에 갓난애처럼 천진난만하여, 고해성사 없이 주님의 품 안에 안길 수 있을 성싶었는데, 젊은 수녀들이 그 몸의 지극히 거룩한 감금생활의 소일거리 삼아 하고들 있던 비밀담소, 조촐한 주연, 놀이에 전부터 침을 흘리며 그 동아리에 못 끼이는 것을 한탄해온 어린 수녀였다.

"이봐요, 귀여운 새끼 암사슴, 밤마다 잠이 잘 오나요?"라고 오비드 수녀가 물었다.

"웬걸요. 벼룩에 시달려 통 못 자요"라고 어린 수녀는 말했다.

"어머! 당신 독방에 벼룩이 있다니? 당장 내쫓아야 해요. 수녀원 생활을 하는 동안에 축 늘어진 꼬리가 수녀의 눈에 띄지 않게 하려고 벼룩을 구축

40 독방의 원문은 cellule. 벌집의 구멍이라는 뜻도 있다.

하라고 종교규정에 의해 엄명되고 있는 것을 모르셨나요?"

"몰랐어요"라고 어린 수녀는 대답했다.

"그럼 내가 가르쳐 드리죠. 어때요, 내 독방에 벼룩이 보여요? 벼룩의 흔적이 있어요? 벼룩 냄새가 나나요? 벼룩의 기색이 있어요? 한번 찾아보셔요……."

"정말 전혀 없군요"라고 드 피엔de Piennes 가문의 아가씨인 어린 수녀는 말했다. "우리들의 냄새밖에 없네요!"

"내 말대로 하면 차후로는 벼룩 같은 것에 다시는 물리지 않을 거예요. 따끔하거든 부랴부랴 속옷을 홀랑 벗어 알몸뚱이가 되는 거예요. 그때 몸을 두루 보면서 죄를 짓지 않도록, 딴 것을 생각하지 말고 다른 것에 주의를 빼앗기지 않도록, 오로지 벼룩에만 몰두하며 벼룩과 그 잡는 일에만 온 정신을 기울이는 거예요. 아셨어요? 하지만 결코 쉬운 일이 아니랍니다. 태어날 때부터 살에 붙어있는 사마귀로 잘못 보는 때도 있으니까요. 아마 당신에게도 있을걸?"

"있어요. 보랏빛 사마귀가 두 개 있어요. 하나는 어깨, 또 하나는 등 아래쪽에. 하지만 엉덩이 선 속에 숨어있으니까 안 보이죠……."

"그럼 어떻게 그게 있는 줄 알았죠?"라고 페르페튀Perpetue[41] 수녀는 물었다.

"나도 몰랐던 것을 몽트레소르Montresor[42] 님이 찾아내서……."

"호오! 호오! 그 분이 본 게 그뿐이었을까……?"

"그 분은 이것저것 다 보셨나 봐요. 나는 아주 어렸으니까. 그 분도 아홉 살 남짓하였을 때여서 둘이서 소꿉놀이 하고 놀던 시절의 일이거든요……."

그때 수녀들은 아까 웃었던 게 좀 이른 감이 들었다. 오비드 수녀는 다시 말했다.

---

[41] '영원히'라는 뜻.

[42] montre(찾아내는) sor(이). 즉 '발견자'라는 뜻.

"그 벼룩은 당신의 다리로부터 눈으로 뛰어오를 거예요. 오목한 곳, 숲속, 도랑 속에 몸을 감추려고 들 거예요. 골짜기로, 산으로 기어가려고 할 거예요. 도망치려고 기를 쓸 거예요. 허나 만사 헛수고! 아베 마리아를 외면서 씩씩하게 벼룩을 추적하기를 종교규정이 굳게 명하고 있으니까요. 그러나, 대개의 경우는 세 번째의 아베 마리아에서 그 짐승은 잡히고 말지요……."

"벼룩이 말이죠?"라고 어린 수녀는 물었다.

"물론 벼룩이죠!"라고 오비드 수녀는 대답했다. "이 벼룩 사냥에서 오는 여러 위험을 피하려면, 당신 몸 중의 어디에서 이 짐승을 붙잡든지, 오로지 그 짐승만을 잡도록 해요……. 그러자면 벼룩의 울음소리, 신음소리, 하소연, 움직임, 몸 꼬기를 신경 써서는 안 됩니다. 간혹 일어나는 일이지만, 혹시 벼룩이 반항한다면, 그 놈을 붙잡고 있는 엄지손가락이나 다른 손가락으로 꼭 누른 다음에, 또 하나의 손으로 머릿수건[43]을 찾아 그 벼룩의 눈을 가려 뛰지 못하게 하기만 하면, 벼룩은 눈이 안 보이니까 갈 바를 모르게 되죠. 그래도 여전히 벼룩이 당신의 살을 물며 분노로 지랄지랄 치거든, 그 주둥이를 반쯤 가볍게 벌려 침대 머리에 매달린 축성된 회양목의 작은 가지를 살며시 넣어보셔요. 그러면 벼룩은 어쩔 수 없이 얌전하게 될 거예요. 그러나 알아두실 점은, 종교규정에 따라 우리는 이 땅위의 어떠한 것이라도 사유물로 갖지 못하는 몸이니까 벼룩을 사유물로 할 수는 없어요. 게다가, 벼룩도 하느님께서 창조하신 것이니 보다 하느님의 뜻에 맞는 것으로 개선하여 돌려드리도록 노력해야 합니다.

그러자면 무엇보다 다음 같은 세 가지 요점을 확인할 필요가 있어요. 곧 그 벼룩이 수컷인가, 암컷인가, 풋내기인가 말예요. 이러한 종은 매우 음탕하고, 몸가짐이 엉망이고, 닥치는 대로 몸을 맡기기 때문에 결국 풋내기 벼룩이란 매우 희귀한 것인데, 만에 하나라도 그렇다면, 먼저 그 뒷다리를 몸체로부터 떼어내 당신의 머리카락으로 매어 원장님께 갖다 바쳐야 해요. 그

---

43 la guimpe. 수녀의 목과 가슴을 덮는 흰 베일.

러면 회합을 연 후에 그 벼룩의 운명을 결정지을 것입니다. 만약 그것이 수컷 벼룩이라면……."

"퓌스(Puce, 벼룩)가 퓌셀(Pucelle, 풋내기)인지 아닌지 어떻게 알아볼 수 있나요……?"라고 호기심이 잔뜩 생겨난 수녀가 물었다.

"첫째, 풋내기 벼룩은 쓸쓸하고 우울한 인상을 하고 있어요. 다른 벼룩처럼 큰소리로 웃지 않고요. 또 심하게 울지도 않고요. 주둥이도 덜 크게 벌리고요. 당신도 아는 그곳에 손이 닿기만 해도 얼굴을 붉히고요……"라고 오비드는 말했다.

"어머, 그럼 나는 정녕 수컷 벼룩에게 물렸군요……"라고 어린 수녀가 말했다.

이 말에 수녀들은 까르르 웃어댔다. 어찌나 웃었던지 그 중의 한 수녀는 #⁴⁴ 기호의 라 음을 한방 뀌고 말았는데, 그 엄청난 폭음에 자기도 모르는 사이에 오줌을 찔끔 쌌다. 오비드 수녀는 마룻바닥에 나 있던 그 흔적을 가리키며 말했다.

"보세요, '비를 몰지 않고 불어오는 바람은 없도다' 지요……."

어린 수녀도 웃어댔다. 방귀 때문에 모두들 웃고 있는 줄로 여기고.

오비드 수녀는 다시 말했다.

"따라서 만약 수벼룩이라면, 가위나 또는 수녀원에 들어오기에 앞서 애인으로부터 정표로 받은 단검 같은 예리한 도구로 벼룩의 옆구리를 신중하게 절개하세요. 물론 벼룩은 울부짖고, 기침하고, 침 뱉고, 용서를 빌고, 몸을 비비 꼬고, 땀 흘리고, 자비심을 구하는 눈짓을 하는 등, 이 수술로부터 어떻게 해서든지 벗어나려고 온갖 꾀를 다 부리겠지만, 그런 것에 놀라지 말아요. 타락한 피조물을 구원의 길로 인도하는 것으로 생각하고 용기를 다시 내어 이 일에 착수해야 합니다. 그래서, 신장, 간장, 폐, 심장, 위장 같은 고귀한 부분을 교묘하게 꺼낸 다음, 여러 번 성수 속에 담가서 깨끗하게 씻고,

---

44 diese. 반음 올림표.

입속으로 '성령'께 이 짐승의 내장을 신성하게 해주십사 기도하세요. 그런 다음, 체내물體內物을 돌려주기를 안달하는 벼룩의 몸 안에 재빨리 예전대로 넣어주는 거예요. 이런 식으로 영세를 줄 것 같으면, 이 피조물의 영혼도 가톨릭 신자의 그것이 됩니다. 그리고, 즉시 바늘과 실을 가지고 벼룩의 배를 힘닿는 한 친절과 주의와 존중하는 마음씨와 더불어 꿰매주는 거예요. 왜냐하면, 우리 주 예수님의 입장으로 보면, 상대도 우리들과 같은 한 무리니까요. 벼룩을 위해 기도하는 것도 필요해요. 그렇게 하면, 벼룩 쪽에서는 당신을 얼마나 고마워하는지, 그 감사의 정으로 가득 찬 시선을 하고서 장궤長跪[45] 할 거예요. 요컨대, 벼룩은 이제 울부짖지도 않고 당신을 깨물려고도 하지 않을 거예요. 우리의 성스러운 종교에는 그처럼 개종한 기쁨에 죽는 벼룩도 간혹 있는 정도예요. 그러니 붙잡는 벼룩 전부에게 같은 식으로 행동하셔야 해요. 그것을 목격하면, 개종자에 깜짝 놀라 다른 벼룩들은 도망쳐 버려요. 그처럼 간악한 무리니까 그리스도교 신자가 되는 것을 아주 두려워하는 거죠……."

"정말 못된 무리로군요"라고 어린 수녀가 말했다. "믿음의 문에 들어가는 것보다 더 큰 기쁨이 어디 있으려고요?"

"옳은 말씀. 이곳에 있으면, 우리는 속세나 사랑에서 부딪치는 하고 많은 위험에서 멀리 떨어져 있는 셈이니까"라고 위르쉴Ursule 수녀가 맞장구쳤다.

"사랑의 위험이라니, 재수 없게 애 배는 것 이외에 또 무엇이 있나요……?"라고 젊은 수녀가 물었다.

"새로운 치세治世가 된 후"라고 위르실 수녀는 머리를 설레설레 저으며 대답했다. "사랑은 문둥병, 생 앙투안Saint-Anthoine의 업화業火,[46] 단독丹毒, 붉

---

45 두 무릎을 대고 몸을 새운 채 꿇어앉는 것을 말한다. 주로 가톨릭 성당 안에서 미사의 주요한 부분에 신자가 취하는 자세를 의미한다.
46 du feu Saint-Anthoine. 성병을 의미한다.

은 규발병糾髮病(la plique rouge) 따위를 물려받아, 사랑의 예쁜 막자사발 속에 발열發熱 · 아픔 · 독약 · 고뇌가 모조리 찧어 섞여져, 거기서 생기는 가공할 아픔이야말로 악마의 처방으로라도 치유 못 합니다. 그러나, 이러한 병도 수녀원을 위해서는 많은 도움이 되었습니다. 이러한 병에 겁이 난 수많은 귀부인들이 수녀원에 들어오게 되었고, 사랑에 대한 이와 같은 공포로 인해 수많은 귀부인들이 몸가짐을 단정하게 가지게 되었으니까요."

이 말에 수녀들은 모두들 부르르 떨며 몸 사이를 서로 좁혔다. 그러면서도 더 알고 싶어들 했다.

"사랑의 짓을 하는 것만으로도 정말로 그러한 병에 걸리나요?"라고 한 수녀가 물었다.

"그렇고말고요. 오, 우리 주 예수여!"라고 오비드 수녀가 외쳤다.

"그 병에 시달리는 멋있는 어른과 사랑의 짓을 조금만 하더라도 비할 수 없는 아픔과 더불어 이가 하나하나 빠진다, 머리칼이 한 가닥 한 가닥 빠진다, 뺨이 창백해진다, 눈썹이 빠진다는 식으로 몸의 가장 귀한 아름다운 것들과는 영원히 이별이에요....... 뿐만 아니라 코끝이 가재처럼 벌겋게 곪아 터지는 불쌍한 여인도 있고, 우리 여성의 몸에서 가장 보드라운 곳에 발이 천 개나 달린 벌레가 항시 득실거리며 좀먹어 들어가는 여인도 있지요....... 그래서, 교황님께서도 어쩔 수 없이 이러한 종류의 정사를 파문하신 거랍니다"라고 위르쉴 수녀는 말했다.

"어머! 내가 그런 병에 걸리지 않은 게 천만 다행이야!"라고 어린 수녀가 얌전하게 외쳤다.

이 사랑의 회고담을 듣고, 수녀들은 이 어린 수녀가 '푸아시의 십자가상'의 온기로 이미 다소 몸을 데웠으면서도, 오비드 수녀를 속여 재미있어 하고 있는 게 아닌지 의심했다. 이렇듯 모두들 세상 돌아가는 일을 너무나도 잘 아는 쾌활한 말괄량이(사실 그러하였다)를 동아리에 넣은 것을 기뻐들 했다. 왜 수녀원에 들어오게 되었느냐는 물음에, 그 어린 수녀는 대답했다.

"아뿔싸! 나는 이미 세례 받은 큼직한 벼룩에게 몸을 물렸던 거예요……."

이 말에 #기호의 라 수녀는 두 번째의 속삭임을 참을 길이 없었다.

"어머!"하고 오비드 수녀가 말했다. "세 번째 속삭임을 삼가시죠……. 합창대에서 그런 소리를 내보세요. 당장 원장님은 당신에게 페트로니유 Pestronille 수녀님께서 하셨던 식으로 식사량을 줄이는 것을 명하실 거예요. 당신 악기에 약음기弱音器를 끼는 게 어때요?"

"패트로니유 수녀님의 살아계실 적 생활모습을 알고 계신다는 말을 들었는데, 주님의 은총으로 그 분은 한 해에 두 번밖에 셈 방[47]에 가시지 않았다는 것은 사실인가요?"라고 우르술라 수녀가 물었다.

"사실이고말고요"라고 오비드 수녀는 대답했다. "한번은 이런 일이 있었어요. 저녁때부터 아침기도가 시작될 무렵까지 쭈그리고 있어도 뒤가 나오지 않으니까, 그 분은 '주님의 뜻으로 내가 여기 그대로 있어도 좋은가 보다!' 라고 생각하셨대요. 그러나, 아침기도의 첫 절이 시작되었을 때, 그 분의 성무일과聖務日課를 거르지 않게 하시려고 주님께서 변을 분만시키셨대요. 그렇지만 돌아가신 원장님께서는, 주님의 눈은 그런 낮은 곳까지 미치지 않으실 거라고 말씀하시고, 그것은 하느님의 특별한 은총에서 나온 것이 아니라고 하시더군요. 그건 그렇고 이야기의 내용은 이래요.

페트로니유 수녀님을 성인반열聖人班列에 모시려고 우리 교단이 교황청에 청원하여, 이제는 인가료認可料만 지불하면 된다고 듣고 있어요. 페트로이유 수녀님은 성자력聖者曆에 자기 이름을 올리고 싶다는 대망大望을 전부터 품어오셨죠. 그야 물론 우리 교단을 위해서도 해롭지 않은 대망이지만요. 그래서 그 분은 날마다 기도로 날을 보내시고, 목장들 쪽으로 면해있는 성모님의 제단 앞에서 천국의 환희에 잠기시고, 또한 천국에서 천사들이 나는 것이 뚜렷하게 들린다고 주장하시어 하늘의 음악을 악보로 쓰실 정도였죠. 아도레무스Adoremus 성가가 그 악보로 만들어진 것은 우리도 다 알지만, 참

---

47 '셈 방' 의 원문은 la chambre des comptes. 여기서는 화장실을 말한다.

말이지 지상의 인간으로서는 그 한 절도 지을 수 없는 신비스러운 곡이죠. 그 분은 하고 많은 날 눈을 별처럼 똑바로 뜨고 단식하셨는데, 가끔 몸의 영양을 보충하시기 위해서 드시는 것이라곤 애 눈 속에 들어갈 수 있을 만한 정도로 소량, 고기라고는 날거나 구운 거나 통 입에 대지 않겠다는 맹세를 하여, 여느 날에는 빵 한 조각, 대축일만은 덤으로 소금에 절인 생선 한 토막, 그것도 소스도 치지 않고 잡수셨어요. 이러한 절식絶食이고 보니, 그 분은 몹시 여위고, 사프랑Safran(사프란) 꽃처럼 누렇게 되고, 묘지의 뼈처럼 메말라졌는데, 설상가상으로 뜨거운 체질을 가지신 분이라서 그 정도가 더 심했어요. 그 뜨거움의 정도를 비유해서 말할 것 같으면, 만약에 말예요, 그 분과 마찰할 수 있는 행운아가 있었다고 하면 부싯돌처럼 그 분의 몸에서 불씨를 쳐 낼 수 있었을 거예요.

그렇지만 아무리 먹는 게 적더라도, 다행인지 불행인지, 적고 많고 간에, 처치하지 않으면 안 되는 범성일여凡聖一如한 약점에서 그 분도 아주 벗어날 수는 없었던 거예요. 만약 이 약점이 없고 보면, 아마 우리는 매우 짐스러워져서 쩔쩔 매게 될 테지만. 이 약점이 뭐고 하니, 먹은 다음에는 모든 동물들과 마찬가지로, 우리 인간도 저마다의 사람됨에 따라 아담한 또는 은혜로운 찌꺼기를 몸 밖으로 치사스럽게 배설하지 않으면 안 된다는 바로 그 점이죠. 그런데 페트로니유 수녀님의 것은 다른 사람들과 달라, 견고하게 시멘트로 굳힌 변으로, 사람의 내장을 통해서 나온 것이라고는 도저히 생각할 수 없을 만큼 물기라고는 하나도 없이 단단하였죠. 숲의 오솔길에서 어쩌다가 밟는 일이 있는 암내 난 암사슴의 똥 같다고나 할까. 사냥하는 사람들의 말로 그것을 사리嗉체[48] 라고들 일컫죠.

그러나 페트로니유 수녀님의 그것은 별로 초자연적인 현상이 아니었어요. 그처럼 변이 단단했던 것은 단식 때문에 그 분의 체질이 영속적으로 익혀지고 있었기 때문이죠. 선배 되는 수녀님들의 이야기에 의하면, 활활 타

48 사리의 원문은 nouee. 동사 nouer(맺다, 굳어지다, 결옥結玉되다)에서 나온 단어다.

는 듯한 체질이셨던 그 분을 한번은 물 속에 넣어보았더니, 시뻘건 숯처럼 치익 하더래요. 엄한 단식을 참지 못해, 밤에 그 분이 두 발가락 사이에 달걀을 끼어, 체열로 익혀서 몰래 잡수셨다고 험담하는 수녀들도 있었을 정도였어요. 그러나 이러한 험담은 다른 수녀원으로부터 시샘을 받을 만큼, 기특하고도 성스러운 그 분의 수행의 광채를 흐리게 하려는 중상모략에 지나지 않아요.

페트로니유 수녀님의 구원과 완덕完德의 길은, 파리에 있는 생 제르맹 데 프레Saint-Germain-des-Preez의 수도원장님의 손에 의해서 인도되었어요. 이 성직자님께서는 언제나 설교 끝에, 모든 게 하느님의 엄중하신 명령 없이 오는 것이 하나도 없으니, 우리는 모든 고통을 하느님께 바치고 하느님의 뜻에 따라야 한다는 말로 맺었어요. 얼른 듣기에 그럴듯한 이 학설은 커다란 논쟁거리가 되었죠. 만약 사실이 그렇다면, 온갖 죄는 일체 소멸되고 말아 성당의 수입이 아주 적어질 것이라고 샤티용 추기경이 이 학설에 반박하였기 때문에, 마침내 사설邪說로 올려지게 되었고요. 그러나, 페트로니유 수녀님은 그 학설의 위험성과는 상관없이 끝까지 수행에 열심이셨어요.

사순절四旬節이 지나 부활 축일의 단식재斷食齋 날도 끝난 어느 날의 일이었어요. 8개월 이래 처음으로 페트로니유 수녀님은 황금방에 가고 싶은 욕구가 생겨 그곳으로 갔지요. 다음 스커트를 얌전히 걷어 올리고, 우리 불쌍한 죄인들이 다소 자주 행하는 것의 그 마음가짐과 몸가짐을 취하셨어요. 그런데, 페트로니유 수녀님이 아무리 힘을 주어도 겨우 한 덩어리의 시작이 나왔을 뿐, 후속 분자는 저장소를 나오려 들지 않는 거예요. 수녀님이 입술을 깨물며, 눈살을 잔뜩 찌푸리며, 몸의 온 기력으로 눌러도, 손님은 그 성스러운 몸 안에 남아있기를 원하는 듯, 대기를 마시려 목을 내민 개구리 모양, 천연의 창밖으로 머리를 약간 내민 채 한사코 안근眼根, 이근耳根, 비근鼻根, 설근舌根, 신근身根, 의근意根의 청정清淨함을 빙자하여, 묘한 향기가 나는 흙으로 가득한 골짜기에 떨어진 다른 부정한 이름 없는 무리들과 섞일 상황이 아니노라고 하였어요. 일개 똥으로서 이 아니 드높은 뜻이겠어요……

그래서 성녀께서는 나팔 근육을 지나치게 벌리기도 하시고, 단식과 수행으로 여윈 안면신경을 불쑥 튀어나올 만큼 팽팽하게 하여 갖은 강압 수단을 다 부려보았으나, 이 세상에 둘도 없는 고통을 겪었을 뿐, 드디어 항문 괄약근의 아픔이 최고조에 이르렀죠. '오, 주여! 이것을 주님께 바치나이다!' 라고 수녀님은 신음소리로 외쳤어요.

그러자, 이 기도문과 동시에, 화석과 같은 물질은 구멍의 입구에서 딱 하고 두 개로 깨져, 마치 돌멩이처럼 달그락croc 달그락, 달그락 쾅crooc paf 하고 뒷간의 벽에 부딪치며 굴러 떨어졌어요. 여러 자매들, 이 이야기로 페트로니유 수녀님께는 밑씻개가 필요 없었던 것을 아실 거예요. 또 남은 것은 대축일 후 여드레 되는 날까지 미루셨더래요."

"그런데 그 분은 정말 천사들을 보셨을까요?"라고 한 수녀가 말했다.

"천사들도 엉덩이가 있을까요?"라고 다른 수녀가 물었다.

"없고말고요"라고 위르쉴 수녀는 말했다. "어느 날 모임의 자리에서 하느님께서 천사들에게 앉아도 좋다고 말씀하시니까, 천사들이 대답하기를 '엉덩이가 없는 걸요' 하더라는 이야기를 못 들으셨는가 보군요."

이러한 이야기를 한 다음에 수녀들은 따로따로 자러들 갔다. 혼자서 또는 거의 한 덩어리가 되어서 잘못된 짓은 자기에게밖에 하지 않던 그녀들은 참으로 착한 아가씨들이었다.

앞서 말한 바와 같이 종교 개혁이 수녀원의 대청소를 행하고, 수녀들을 모조리 성녀로 자리매김하였을 때, 푸아시 수녀원에 일어난 한 사건을 이야기하지 않고서는 소생은 펜을 놓지 못하겠다.

당시, 파리의 주교 자리에 살아있는 성자 같은 분이 한분 계셨다. 이 분은 자기가 행한 것을 나팔 불어대지 않고, 가난에 시달리는 자들과 괴로워하는 자들을 끝까지 돌봐주어 인자한 마음으로 그들의 영혼을 구원하며, 가슴 아파하는 자들을 위하여 자기를 돌보지 않고 이바지하며, 온갖 고초苦楚를 찾아 그때그때 말[語]로, 구원으로, 돌보아줌으로, 돈으로 치료해주시며, 부자들의 재난에도, 가난한 자의 불행에도 똑같이 달려가서 그 영혼을 위로하고 회복시켜 하느님의 거룩한 신전으로 데려오는, 참으로 성직자답고, 신도인 양¥을 참으로 아껴 지키는 고마운 목자였다!

이 고매한 성직자는 육신의 형체가 그렁저렁 덮여있기만 하면 그만이라는 성품인지라, 성직자 복장, 외투, 속옷 따위에는 도무지 무심하기 짝이 없었다. 무신론자마저도 고난으로부터 구해주려고 자기 몸을 저당 잡힐 정도로 그는 자비로웠던 것이다. 따라서 그의 하인들이 의류나 음식 같은 자질구레한 물건들을 마련해드려야만 하였다. 그러나 그의 다 떨어진 옷을, 분부하지 않았는데도 새것으로 바꾸어놓을 것 같으면, 도리어 꾸중을 듣기가 일쑤였다. 그는 옷을 최대한도까지 깁고 누비고 하는 게 습관이었던 것이다.

그런데, 이 마음씨 착한 대주교님은, 고인이 된 푸아시 경이 먹고 마시고, 계집질하는 방탕한 생활로 자녀에게 상속해 줄 재산마저 탕진해 무남독녀에게 한 푼도 남겨주지 않고 저 세상으로 간 사실을 잘 알고 있었다. 무남독녀인 아가씨는 겨울에는 불기 없이, 봄에는 체리 한 알 없이 누추한 집에서 기거하고, 갖가지 삯일에 종사하며, 신분 낮은 사람과의 결혼도, 정조를 파는 것도 일체 마다하며 나날을 보내고 있었다. 대주교님은 마땅한 신랑감을 아가씨에게 중매해줄 때까지, 수선할 그의 헌 속옷 따위를 신랑감의 껍데기 대용품 삼아 보내곤 하였는데, 구차하기 짝이 없는 아가씨는 그 일을 매우 기쁘게 맡아 하고 있었다.

그런데 어느 날, 대주교는 푸아시 수녀원에 가서 '개혁된 수녀들'을 감찰해야겠다고 곰곰이 생각하면서, 긴급히 다시 꿰매야 할 아주 헌 속옷을 하인에게 내주며,

"생토Saintot, 이걸 푸아시의 아가씨[49]에게 전하게……"라고 말했다.

물론 가난한 푸아시 아가씨를 가리켜 말한 것이었다.

---

[49] 아가씨의 원문은 demoiselles. 복수複數니까 '아가씨들'이라고 번역해야 옳다. 그러나 발음은 S 가 없는 단수單數와 똑같다. 여기서 생토의 착오가 생긴다.

그리고 대주교는 수녀원의 일만을 생각하고 있던 참이라, 남 몰래 곤궁한 신세를 돌보아온 아가씨의 집을 하인에게 일러주는 것을 깜빡 잊었다.

생토는 할미새처럼 명랑하게 대주교님의 속옷을 들고 푸아시로 가는 길로 접어들어, 도중에 만난 벗과 이런저런 수다도 떨고, 선술집에서 한 잔 들이키기도 하며, 대주교님의 속옷에게 여러 가지 세상일들을 구경시켜, 이 나그네 길에서 속옷은 세상 물정을 다소 알게까지 되었다. 그러다가 푸아시 수녀원에 도착한 생토는 수녀원장에게 주인께서 이 물건을 보내시더라고 말했다.

그런 다음 생토는 대주교님의 금욕적인 부분의 형태가 당시의 유행에 따라 두드러지게 나타난 외피와, 영생의 아버지께서 천사들에게 안 주신 것, 더구나 대주교님께서는 그 풍만함에 있어서 조금도 남에게 뒤지지 않는 것의 형상을 공손히 수녀들에게 남기고 떠나갔다.

수녀원장은 수녀들에게 대주교님이 친히 보내신 물건이 온 것을 일러주니, 수녀들은 밤송이가 그 공화국 내에 떨어진 개미 떼 모양으로 호기심에 불타 우르르 모여들었다. 그때 한가운데가 반쯤 트인 속옷이 꾸러미 속에서 나타나자, 수녀들은 소름이 오싹 끼쳐 비명을 지르며 한 손으로 두 눈을 가렸다. 그 속에서 악마가 튀어나올 것 같은 느낌이 들었기 때문이다. 당황한 수녀원장은

"여러분, 빨리 얼굴을 가려요. 이것은 대죄大罪의 거처입니다!"라고 외쳤다.

손가락 사이로 그것을 흘끗흘끗 살펴본 수녀원장은, 이 남자용 속옷 속에는 살아있는 짐승이라고는 한 마리도 거처하지 않는다고 아베 마리아 님을 걸고 맹세하면서 성녀 일동의 용기를 북돋아주었다.

그래서, 일동은 이 '생명의 옷' 50을 유심히 바라보면서, 저마다의 생각으로 얼굴을 붉혔는데, 어떤 슬기로운 훈계 또는 복음서적인 비유를 거기서

---

50 Habitavit. 발자크의 조어로 Habit(옷) + a(가진) + Vie(생명). 한문으로 옮기면 양물피복의陽物被覆衣라고나 할까?

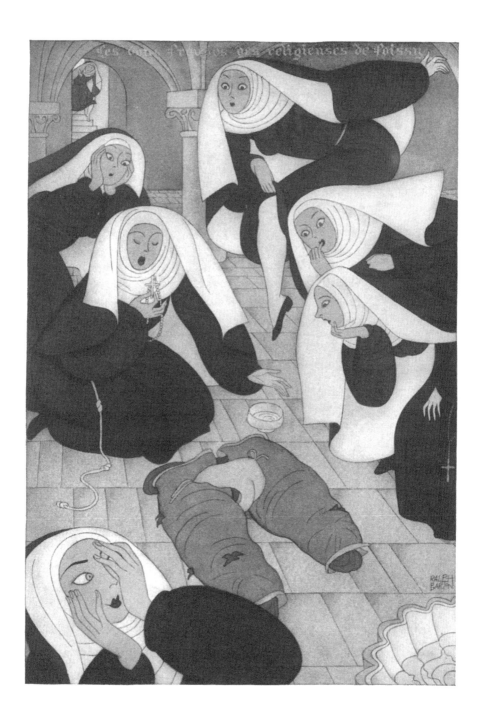

찾아내라는 대주교님의 고마우신 뜻이 담겨 있을 것이 틀림없다고, 일동은 생각하였다.

이들 경건하기 이를 데 없는 아가씨들은 못 볼 것을 보아 마음에 다소의 충격을 느끼면서도, 오장육부의 부르르 떨리는 것을 계산에 넣지도 않고, 이 심연深淵의 밑바닥에 성수를 한 방울 두 방울 떨어뜨리며, 혹은 손으로 만져보기도 하고, 혹은 구멍에 손가락을 넣어보기도 하면서, 수녀 일동은 그 물건을 용기를 내어 뚫어지게 들여다보기 시작했다. 어쨌든 간에 첫 소동이 가라앉자 원장은 침착한 목소리로 말했다.

"도무지 무슨 생각이신지 모르겠어…… 여성의 타락을 완수토록 하는 물건을 보내시다니, 대주교님의 의향을 모르겠어……."

"원장님, 제가 악마의 보따리를 보는 허락을 받은 것은 열다섯 해 만이에요!"

"조용히 해요. 그 따위 말을 지껄이니까 이걸 어떻게 신중하게 다루어야 할지 바르게 생각이 나지 않는군요."

그러고 나서 고마우신 대주교님의 속옷을 이리저리 뒤집어보고, 냄새 맡아보고, 손에 들어 무게를 헤아려보고, 비춰보고, 놀랍게 여기고, 잡아당기고, 잡아당겨 늘이고, 접고, 펴고, 거꾸로 놓고 하는 가운데 일동은 곰곰이 생각하고, 협의한 다음, 다시 심사숙고하며, 몽상하기를 낮과 밤을 통해 하였는데, 그 다음 날, 한 창구唱句와 두 답창答唱을 빠뜨린 아침기도를 바친 다음, 어린 수녀가 말했다.

"수녀님들, 대주교님께서 하시려는 비유를 이제 깨달았어요. 온갖 악덕의 수녀원장 격인 무위無爲를 피하라는 거룩한 가르침을 주시고자, 대주교님께서는 고행 삼아 수선할 속옷을 우리들에게 보내신 거라고 생각됩니다."

그래서 대주교의 속옷을 누가 수선하느냐 하는 데 또 한바탕 야단법석이 일어났다. 결국은 수녀원장이 그 지대한 권위를 내세워 그 수선에 종사하는 묵상을 자기 것으로 만들었다. 수녀원장은 부원장과 함께 지극히 겸허하게, 이 속옷에다 명주를 대고 가장자리를 두 겹으로 단을 대어 열흘 이상 걸려 정성껏 바느질했다.

그러고 나서 수녀원의 모든 사람들이 참석한 회합을 열어, 대주교가 수녀들의 수행을 생각해주신 데 대해 수녀원 일동의 감사의 뜻을 표하고자 훌륭한 선물을 하기로 결의했다. 따라서 대주교의 높은 덕망을 기리기 위해, 드높은 깨달음에 이바지한 이 속옷에 가장 어린 신참까지 모두들 한 바늘씩 꿰매기로 결정되었다.

한편 대주교는 어떤 일에 사로잡혀 속옷 같은 것은 까맣게 잊고 있었으니, 그 일이란 다음과 같다.

대주교는 매우 행실이 고약하고 애도 낳지 못하던 부인을 잃은 궁전의 귀공자와 안면이 있었는데, 그가 그동안 신뢰해온 대주교에게 부탁하기를, 오쟁이 질 우려가 없고, 훌륭하고 튼튼한 자녀를 많이 낳아줄, 신앙심이 독실하고 정숙한 여성을 아내로 맞이하고 싶은데 중매해달라고 했다.

그래서 대주교는 입에 침이 마르게 푸아시 아가씨를 칭찬하게 되어, 금세 이 아름다운 아가씨가 주누아크Genoilhac 부인이 되기로 결정이 났다.

혼인식은 파리의 대주교관에서 거행되어 명문가의 결혼식다운 피로연이 베풀어지고, 궁전 사람들과 상류사회의 귀부인들이 참석하였는데, 그 중에서도 새신부가 가장 아름답게 보였을 뿐만 아니라, 대주교가 친히 보증하니까 틀림없는 새것이라는 게 확실하였다.

신선한 과일, 설탕절임 과일과 케이크가 꾸밈새도 아름답게 탁상에 놓였을 때, 생토가 대주교에게 말했다.

"대주교님, 푸아시의 수녀님들께서 선물 중의 선물을 보내오셨습니다……."

"어디 거기 내놔보게……"라고 대주교는 말하며, 금실과 은실로 수놓고 비로드와 새틴으로 아름답게 싼 고대의 병 같은 모양의 커다란 그릇을 감탄 어린 눈으로 바라보았다. 그 뚜껑에서는 향긋한 냄새가 풍겨 나오고 있었다.

신부는 곧 그것을 열었다. 안에서 사탕과자, 설탕절임 살구, 편도과자, 맛있는 과일의 설탕절임이 나와 귀부인들이 맛있게 먹었다.

그러자 그 중의 한 여인, 호기심 많은 한 신도가 명주로 싼 것이 남아있는 것을 알아채고 그것을 꺼내 풀어보았더니, 부부 관계의 컴퍼스의 함函[51] 이 나타났기 때문에 대주교는 당황해 어쩔 줄 몰라 했다. 일동이 소총을 일제히 사격하듯이 웃어댔기 때문이다.

"과연 선물 중의 선물이군! 수녀님들도 뜻밖에 깨달음이 깊으신걸! 이거야말로 혼인의 사탕과자지!"라고 신랑은 말했다.

주누아크님의 이 말씀이야 말로 뛰어난 도덕적 고찰이 아니겠는가? 다른 말은 다 무용지물이라고 하겠다.

---

51 l' habitacle de boussole conjugale. 직역하면 '부부의 나침반의 함'. boussole는 나침반, 지침指針, 컴퍼스, 또한 속어로는 머리, 정신을 뜻하는 단어다. l' habitacle는 시구에서 처소를 뜻하는 단어인데, 남성의 몸 가운데 가장 중요한 머리의 처소이니, 곧 속옷, 샅주머니, 개구멍바지를 뜻한다.

아제Azay 성城 탄생기[52]

시몽 푸르니에Simon Fourniez, 일명 시몬냉Simonnin의 아들인 장
Jean은 보느Beaune 근방에 있는 물리노Moulinot 마을 태생으로,
투르의 시민이 되어 옛 임금님이셨던 루이 11세의 재무관의 직책을 맡아보
았을 무렵, 징세청부인徵稅請負人들을 흉내 내어 보느Beaune라고 이름을 썼는
데, 후에 임금으로부터 심각할 정도로 총애를 상실하여, 아들인 자크
Jacques[53]를 아주 헐벗다시피 한 상태로 투르에 남겨 둔 채 아내와 함께 랑
그도크Languedoc로 도망치고 말았다.

홀로 남은 자크는 가진 것이라고는 자기 몸과 두건 달린 망토와 칼밖에
없었으나, 속옷 속에 정기가 없어진 늙은이들로부터는 매우 부유한 젊은이

---

52 Comment fust basti le chasteau d' Azay. 직역하면 '아제 성이 지어진 경위' 라는 뜻이다.

53 자크 드 상블랑세(Jacques de Semblancay, 1457~1527). 프랑수아 1세 하에서 재정財政을 담당한
강직하기로 이름난 사람이다. 후에 공금을 낭비한 누명을 쓰고 교수형을 받았는데, 그 태도가
아주 의연했다.

로서 부러움을 받았으며, 자크 역시 부친을 재기시키고 자기 또한 궁정에서 (당시 궁정은 투레느에 옮겨져 있었다)[54] 한 재산 마련해보려는 굳은 결의를 머릿속에 품고 있었다.

아침 일찍부터 이 투레느 태생의 젊은이는 집 밖으로 나가 코만 바람에 쐬는 것 외에는, 온몸을 망토 속에 가리고 비어있는 창자를 움켜쥐고 거리를 쏘다녀서, 소화가 안 되어 병고를 치른 적은 한 번도 없었다. 성당 안에 들어가 그 아름다움에 탄복하기도 하고, 성당의 재산 목록을 작성해보기도 하고, 성화聖畵에서 파리를 쫓기도 하고, 성당 안의 기둥을 세어보기도 하는 폼이, 돈과 시간을 주체하지 못하는 한가한 사람인 듯 보였다. 그러나, 마음속은 귀부인들에게 침묵의 기도를 올리거나, 귀부인들이 성당에서 나갈 때 그녀들에게 성수를 바치거나, 멀찍이서 그녀들의 뒤를 따라가서 이 사소한 봉사의 덕분으로 어떤 사건에 부딪쳐 목숨을 걸고 시중들어, 요행으로 보호자 또는 우아한 정인情人을 얻었으면 하는 희망으로 가득 차 있었다.

허리춤엔 두 닢의 금화를 가지고 있었는데, 그것을 아끼는 마음은 자기 살갗보다 더 하였다. 그럴 것이, 살갗이라면 다시 생길 수 있지만 금화는 그렇지가 않으니까. 있으나마나한 잔돈푼에서 둥그스름한 덩어리 빵과 마른 사과의 대금을 짜내 하루하루 목숨을 붙여나가며, 루아르 강물을 마음껏, 그러나 조심성 있게 마시곤 하였다. 이와 같은 신중하고도 현명한 식사 규정은 그의 금화를 위해서도 좋았을 뿐만 아니라, 그를 토끼사냥용 개처럼 민첩하게 단련시키고, 동시에 두뇌를 명쾌하게, 마음을 뜨겁게 만들었다. 그럴 것이, 루아르 강물은 온갖 시럽 중에서 가장 열 높은 성분이 풍부하기 때문이며, 또한 머나먼 발원지發源地인 골짜기로부터 투르에 이르는 동안 허

---

54 당시 프랑스 왕궁은 사상과 유행과 예술의 원천이었다. 그리고 왕궁은 어디든지 국왕을 따라다녔다. 2천 필의 말, 천막, 짐, 금은상자 등이 대동되었고, 국왕이 가는 곳이 곧 수도였다. 프랑수아 1세(더 올라가서 루이 11세, 샤를 8세, 루이 12세)는 파리보다는 투레느 지방의 루아르 강변의 별궁을 더 좋아했다.(앙드레 모루아 作『프랑스사史』)

다한 모래밭 위를 흘러 데워져왔기 때문이다.

그러니 짐작해보시라! 이 가난한 젊은 사슴이 천에 하나인 행운과 하늘이 내려주신 기회를 얼마나 이리저리 꾀하였는가를! 그런데 그것이 현실화되기에는 한 치가 부족하였으니, 아, 이 아니 좋은 시절이겠는가!

어느 날 저녁, 자크 드 보느(그는 보느의 영주도 아닌 주제에 이렇게 스스로 부르고 있었다)는 강가를 거닐면서 자기 운수와 그 밖의 만사를 저주하고 있었다. 마지막 한 푼의 금화가 실례한다는 말도 없이 그로부터 떠나가려는 표정을 짓고 있었기 때문이다. 바로 그때, 작은 길모퉁이에서 그는 너울을 쓴 귀부인과 하마터면 부딪힐 뻔하였다. 여인 특유의 이루 표현하기 어려운 육체의 향기가 그의 코를 찔렀다.

작고 예쁜 신을 신은 이 산책하던 여인은 새틴으로 안을 댄 커다란 소매가 달린 이탈리아 산의 비로드 의상을 입고 있었는데, 명문가의 여성인 증거로 이마 위 머리털에 단 꽤 큰 백설白雪의 다이아몬드가 때마침 서산에 넘어가는 놀에 반짝거리는 것이 너울 너머로 보였다. 몸종이 세 시간 동안이나 걸려서 땋고, 다듬고, 선명하게 갈랐을 성싶은 머리털은 예쁘장하게 말려 있었다. 그녀는 마차를 타지 않고서는 나들이하지 않는 것이 습관이 된 귀부인의 걸음걸이로 걷고 있었다. 또한 단단히 무장한 몸종 하나가 말고삐를 잡고 있었다.

짐작하건대, 어느 지체 높은 대감의 것이 되어있는 얼빠진 아가씨거나 아니면 궁전의 귀부인이거나 할 것이, 스커트를 약간 쳐드는 것도 그렇거니와 엉덩이를 가볍게 혹은 탐스럽게 흔드는 것도 그렇고, 여느 여성의 행동거지가 아니었기 때문이다.

귀부인이건 신분이 낮은 여자건, 그녀는 자크 드 보느의 마음에 들지 않는 것이 전혀 아니었다. 그래서 그는 어떻게 해서든지 죽을 때까지 그녀와 붙어있고 싶다는 필사적인 상상에 사로잡혔다.

일단 이러한 목적을 정하자, 그가 어디까지 그녀의 뒤를 따라갈 것이며 그녀가 그를 데리고 갈 곳은 어디인가, 천국이냐 아니면 지옥의 변두리에 있는 림보[55]냐, 그것도 아니라면 교수대냐 혹은 사랑의 오두막집이냐, 어쨌든 그는 자기 몸의 비참한 팔자를 어떤 식으로든 결단내고 싶었다.

부인은 루아르 강의 하류, 플레시스 쪽으로 강가를 따라 산책하면서, 잉어처럼 강물의 시원함을 호흡하며, 모든 것을 보거나 맛보고 싶어 하는 짤짤거리는 생쥐 모양으로 옷을 펄럭거리며 어린애 장난감처럼 걷고 있었다.

몸종은, 자크 드 보느가 짓궂게 부인의 일거일동을 뒤쫓아, 부인이 멈출 때마다 멈추며, 하찮은 짓을 하며 노는 부인의 모습을 마치 특별한 허락이라도 받은 것처럼 파렴치하게 바라보고 있는 것을 알아채자, 홱 뒤돌아보며 "이보시오, 물러서시오……"하며, 개의 낯바닥처럼 무뚝뚝하고도 거만한 표정을 지었다.

그러나 자크에게도 할 말이 있었다. 교황의 행차를 개새끼가 보아도 무방하다면 영세 받은 자크가 고운 여인을 보아서 안 될 법이 있을까 보냐. 따라서 자크는 앞으로 나가 몸종에게 짐짓 웃는 얼굴을 꾸며 보이고, 그 부인의 앞뒤를 점잔 빼며 걸어갔던 것이다. 부인은 한마디 말도 없이, 침실용 모자를 쓰고 있는 밤하늘을 쳐다보기도 하고, 별이나 여타 허다한 것들을 바라보기도 하면서 소일하고 있었다. 이처럼 모든 게 순조롭게 나갔다. 그러다가 포르티용의 맞은편에 이르자, 부인은 걸음을 멈추고, 더 잘 보려고 너울을 어깨 위로 벗고서는 자크 쪽을 흘긋 보았는데, 그것은 도둑맞을 위험이 있는지 살펴보는 꾀 많은 아주머니의 눈길이었다.

그런데 여러분도 아시다시피, 자크는 세 사람 몫의 기둥서방 노릇을 거뜬히 해낼 수 있는 대장부이자, 공주 옆에 놓여도 조금도 부끄럽지 않은 사나이다움과, 귀부인들의 마음에 쏙 드는 씩씩하고도 늠름한 풍채를 갖추고 있

---

55 limbo, 프랑스어 표기로는 limbe. 지옥의 변경을 말한다. 로마 가톨릭에서는 세례를 받지 않고 죽은 아이의 영혼이 가는 곳이라고 하여 '영아의 림보'라고 부르기도 한다. 일반적으로 가톨릭 교회에서는 천국이나 지옥, 그 어느 곳에도 가지 않은 죽은 자들의 거처나 혹은 그러한 상태를 일컫는데, 대개 구약성서 시대의 선인善人들의 영혼이 그리스도의 강림 때까지 머물러 있는 곳이라고 한다.

었다. 단지 집 밖으로만 쏘다녔기 때문에 햇볕에 타서 다소 거무스름하였으나, 침대의 커튼 밑에서라면 흰 살갗으로 보였을 것이다.

이 부인이 자크에게 쏘아댄 뱀장어처럼 미끄러운 눈길은, 미사책에 던지는 그녀의 눈길보다 더욱더 생기가 있는 것으로 자크에게는 생각되었다. 따라서 이 일로 인해 자크는 사랑에 대한 뜻밖의 행운에 희망을 걸어, 오늘 저녁의 모험을 치마의 가장자리까지 밀고 나가 거기서 더 앞의 것을 어떠한 것을 걸고라도 감행하리라 결심했다. 그러면 무엇을 건다는 건가. 목숨은 아니다. 그는 본래 목숨 따위에는 그다지 집착하지 않았다. 그러니 목숨보다 더 소중한 것, 곧 그의 '두 귀 주머니', 그것보다 더 소중한 그것마저 걸었던 것이다.

자크는 부인의 뒤를 따라 시가지로 들어갔다. 트루아 퓌셀Trois-Pucelles 거리를 지나, 골목이 얼기설기 나 있는 곳 근처, 현재 크루질Crouzille 호텔이 있는 광장까지 어느덧 이르렀다. 거기서 부인은 어느 으리으리한 건물의 현관 앞에서 걸음을 멈추었다. 몸종이 문을 두드렸다. 하인이 나와 문을 열고 부인이 안으로 들어간 다음, 문은 다시 닫혔다. 뒤에 남은 자크는 자기 목을 주울 생각이 나기 전의 드니Denis 성자[56]처럼 딱 벌린 입을 다물지 못한 채 바보처럼 멍하니 서버렸다.

그는 코를 하늘 쪽으로 쳐들어 은혜의 한 방울이라도 떨어지지 않나하고 우러러보았는데, 계단을 올라가, 방들을 지나, 귀부인의 거실인 듯싶은 아름다운 창에 딱 멈춘 불빛밖에는 아무것도 보지 못했다. 생각해보시라, 이 불쌍한 젊은이가 어찌할 바를 모른 채 꿈을 꾸고 있는 듯 거기 그대로 서서 우수에 잠긴 심정을…….

그러자, 갑자기 창문이 삐꺽 하는 소리가 나서 그의 환상은 중지되었다.

---

56 Saint Denis. 3세기경 프랑스 초대 주교로 순교하였는데, 자신의 잘린 목을 들고 다녔다는 전설로 유명하다. 당시 주교가 마지막으로 도착한 땅은 주교의 이름을 따서 '생드니'라 명명되었다.

그 부인이 부르는 것이 아닐까 하고 생각하며 그는 코를 다시 쳐들었다. 그러나, 창문의 받침이 갑옷 모양으로 그의 머리를 보호해주지 않았더라면, 그는 차가운 오줌을 흠뻑 뒤집어쓰고 요강이 그의 머리위로 낙하하는 것을 면하지 못했을 것이다. 왜냐하면 요강의 손잡이만이, 자크에게 오줌벼락을 내리려던 상대방의 손에 남아있었으니까.

자크 드 보느는 좋다구나 하고 이를 기회 삼아 벽 아래쪽에 일부러 쓰러지면서 "사람 죽인다!"라고 숨이 넘어가는 듯한 목소리로 외쳤다.

다음, 요강의 파편 속에 죽은 듯 꼼짝하지 않고 누워 결과를 기다렸다. 저택의 하인들은 야단법석하며 주인 되는 부인에게 실수를 알려 용서를 빌고, 대문을 열어 자크를 안으로 모셔 옮겼는데, 호송되어 계단을 올라가던 도중, 자크는 스스로 떠오르는 웃음을 금할 수가 없었다.

"차디찬데!"라고 몸종이 말했다.

"피투성이야!"라고 급사장이 말했다. 자크의 몸을 만졌을 때, 그의 손이 축축하게 젖어있었기 때문이다.

"살아나 준다면 생 가티앵 성당에 가서 미사를 올리겠어"라고 실수를 저지른 범인은 우는 소리로 외쳤다.

"마담은 돌아가신 아버님의 상喪을 치르고 계시니, 설령 자네가 교수형을 면하더라도, 필연코 이 댁에서 쫓겨나 해고될 걸세. 아무튼, 확실히 죽었나 봐, 아주 무서운걸!"

'허어! 나는 어느 지체 높은 귀부인의 댁에 있나보군' 라고 자크는 생각했다.

"여보게, 시체 냄새가 나는 것 같지?"라고 가해자가 물었다.

자크를 힘들여 끌어올리던 도중, 난간의 기괴한 동물상에 자크의 저고리가 걸려,

"저고리가 찢어진다!"라고 이 '시체' 는 자기도 모르게 말하고 말았다.

"됐어. 신음소리를 냈는걸……"라고 가해자는 안도의 한숨을 내리 쉬었다.

섭정攝政의 하인들은 — 이곳은 덕이 많으셨던 옛 임금이신 루이 11세의 장녀[57]의 저택이었다 — 자크를 어느 방 안으로 데리고 가 탁상 위에 덜컥 내려놓았는데, 그들 중 그 누구도 그가 살아나리라고는 생각하지 않았다.

"외과 의사를 불러와요. 그대는 이쪽, 그대는 저쪽으로 가 봐요……"라고 보죄 부인이 분부했다.

"성부聖父와"라고 성호를 욀 사이도 없이 하인들은 모두들 빠르게 계단을 내려갔다. 다음, 마음 착하신 섭정께서는 몸종들에게 고약·붕대·찜질할 더운 물 같은 것을 가지러 보내고 혼자 남았다.

그리고는 기절한 아름다운 젊은이를 유심히 살펴보고, 그 늠름함과 죽어 있으면서도 여전히 고운 얼굴인 그에게 감탄한 나머지, 커다란 목소리로 말했다.

"아! 하느님께서는 이 몸을 매몰차게 꾸중하시려는 거다! 평생의 단 한 번, 그것도 잠시 동안, 내 본성의 밑바닥에 존재하는 사악한 의욕意慾이 눈 떠 마귀에게 홀리고 만 것을, 수호천사가 노하시어 내가 삶을 받은 뒤 이제껏 한 번도 보지 못했던 아름다운 이 분을 내게서 빼앗아 간 거야. 오, 주여! 돌아가신 아바마마의 영혼을 걸고 맹세하겠습니다. 이 분을 죽게 한 자들을 모조리 목매달아 죽일 것을……"

"마담!"하고 섭정의 발치에 누워있던 자크는 널빤지에서 벌떡 일어나며 말했다. "저는 마담을 섬기려고 다시 살아났습니다. 이 정도의 부상 따위는 아무렇지도 않습니다. 오늘 밤, 그러니까 지금부터라도, 이교도의 기사 헤라클레스(Hercule)님을 본떠 '한 해의 달수만큼' 마담을 쾌락의 세계로 모실 것을 약속할 수 있을 정도니까요."

뭔가가 성사되려면 다소 거짓말도 필요할 것이라고 생각한 그는 덧붙여

---

57 안 드 프랑스(Anne de France, 1461~1522)를 말한다. 안은 루이 11세의 장녀로 1473년 피에르 드 보죄Pierre de Beaujeu와 결혼하였다. 루이 11세의 사후, 그의 아들인 샤를 8세가 열세 살의 어린 나이로 즉위하자(1483), 그의 누나인 안이 부친의 유언에 따라 샤를 8세가 스물두 살이 될 때까지(1491) 섭정을 담당하였다.

말했다.

"실은 20일 전부터 마담을 사모해, 몇 번이고 몇 번이고 멀리서 몰래 아름다우신 모습을 우러러봤는지 모르겠습니다. 하오나 너무나 지체 높으신 마담[58]이신지라, 감히 선뜻 앞에 나서지 못했던 것입니다. 그러나, 마담의 고귀하신 아름다움에 취한 나머지, 마담의 발치에 무릎을 꿇는 행운을 얻고자, 오늘 저녁 이 꾀를 생각해낸 것입니다."

그는 말하고 나서 열정을 기울여 마담의 두 발에 입 맞추고, 모든 걸 홀리고 말 것 같은 표정으로 마담을 바라보았다. 모든 왕비들마저 존중하지 않을 정도로 나이의 영향에 의해, 당시 섭정이신 공주는 누구나 다 경험하는 바와 같이 여성의 두 번째 청춘기에 있었다. 이 견디기 어려운 갱년기의 위기에 있어서는, 전에는 슬기롭고 몸가짐에 단정하여 정부 따위를 가져본 일이 없었던 여인들이라 할지라도, 하느님을 빼놓고, 온갖 것에 들키지 않게, 여기저기서 사랑의 하룻밤을 보내고 싶어 하는 게 예사다. 그럴 것이, 다 아는 그 특별난 것을 뚜렷이 터득하지 않고서는 손, 마음, 그 밖의 모든 것이 빈 채 저 세상으로 가버리기가 애석하기 때문이다.

따라서 보죄 부인도, 왕가의 분들은 무엇이나 다스(打)로 입수하는 게 상습처럼 되어있으니까, 이 젊은이가 말한 '다스의 쾌락'이라는 약속을 듣고서도 그다지 놀라는 기색 없이, 야심만만한 이 말을 머릿속에, 또는 이 말에 지레 톡톡 튀며 타오르기 시작한 '사랑의 기록부'에 간직해두었다. 다음에 섭정은 자크를 일어서게 했다. 딱한 처지에 놓여있으면서도, 자크는 섭정에게 미소 지어 보일만한 용기를 갖고 있었다. 섭정은 덧신 같은 귀, 병든 고양이와도 같은 살색, 시든 장미와도 같은 위엄을 갖추고 있었으나, 반면

---

58 madame. ① 이름 앞에 붙여 일반 기혼여자에 대한 경칭으로서의 '부인'이라는 뜻. ② 기혼·미혼에 관계없이 상당한 지위에 있는 여성에 대한 존칭. ③ 집의 안주인, 주부에 대한 호칭으로서의 '아주머니' '부인'의 뜻. ④ 프랑스 왕가의 공주·왕세자비, 작위를 가진 여성에 대한 경칭. 본문에서는 ④번의 뜻에 해당한다.

에 옷차림이 좋고, 키도 늘씬하고, 발도 공주답고, 엉덩이도 매우 민첩하여, 자크가 입 밖에 낸 약속을 완전무결하게 완수하는 데 도와줄만한 미지의 탄력을, 자크는 악운惡運 속에 있으면서도 섭정의 몸 가운데서 그것을 발견할 수 있었다.

"그대는 누구입니까?"라고 섭정은 선왕先王의 버릇이었던 엄한 말투로 물었다.

"소인은 자크 드 보느라고 하는 성실한 신하의 한 사람으로, 그 충성된 근무에도 불구하고 선왕의 총애를 상실하였던 재정관 장의 자손이옵니다."

"그렇군요"라고 섭정은 대답했다. "어서 널빤지 위에 다시 누우세요. 사람이 오는가 봐요. 그대와 공범자가 되어, 내가 이 거짓 연극에 한몫 끼고 있는 것을 하인들이 눈치 채서는 안 되니까."

섭정의 부드러운 목소리에, 자크는 그의 엄청난 사랑이 영광스럽게도 받아들여진 것을 알았다. 그래서 그는 탁자 위에 다시 누워, 전에 헌 등자鐙子[59]를 들고 궁정을 돌아다녀 출세한 아무개 경이 있었던 것을 상기하여, 이 생각이 그의 행운과 그를 빈틈없이 결부시켰다.

"좋아!"하고 섭정은 몸종들에게 말했다. "아무것도 필요 없어. 이 분은 회복되신 것 같다. 내 집에서 불상사가 일어나지 않은 것은 오로지 하느님과 성모 마리아의 은총이시다."

이렇게 말한 섭정은 하늘에서 굴러 떨어진 애인의 머리카락 속에 손을 넣고, 다음에 찜질용의 더운물로 그의 관자놀이를 비비고, 부상자를 편하게 해준다는 구실 아래 저고리의 단추를 풀어, 검증에 입회한 서기 이상으로 뚜렷하게, 쾌락의 약속자인 이 억센 젊은이의 살갗이 얼마나 부드럽고 젊디

---

59 헌 등자의 원문은 etrier. avoir le pied a l' etrier라는 숙어는 '떠날 채비가 되어있다', '성공의 첫발을 내딛다'라는 뜻이다. 여기서 발자크는 chausser un vieil etrier라는 숙어를 지어냈는데, '나이 든 귀부인의 후원으로 출세의 길에 오른다'는 뜻이다. 그런데 앞 주註에서 보는 바와 같이 안과 자크의 나이 차는 네 살에 지나지 않는다. 또한 안은 역사적으로 보아, 어린 동생 샤를 8세를 위해 그의 터전을 굳게 마련한 현명하기 짝이 없는 여성이기도 하다.

젊은가를 살펴보았다. 거기에 있던 몸종이나 하인들은 섭정이 몸소 간호하시는 것을 보고 어리둥절해졌다. 그러나, 인정이란 것이 왕족들에게 결코 안 어울리는 게 아니다.

자크는 몸을 일으켜 제 정신이 든 것처럼 꾸미고, 섭정에게 매우 공손히 사례하고, 전대로 몸이 회복되었으니 의사·외과의, 그 밖의 검은 옷을 입으신 분들을 내보내시라고 말했다. 다음에 이름을 말하고 나서 보죄 부인에게 인사하면서 물러가려고 했다. 그는 부친이 선왕에게서 당했던 총애의 상실 때문에 섭정을 두려워하는 듯싶었으나, 모르면 몰라도 조금 전에 한 소름끼치는 장담에 지레 겁이 나서 물러가려고 하였을 게다.

"가면 안 됩니다"라고 부인은 말했다. "내 집에 오신 손님으로서, 그대가 받아야 할 것 같은 대접을 해야 하겠습니다."

그녀는 급사장을 보고 말했다.

"보느 공公께서는 여기서 식사하실 테니 그리 알고 준비하세요. 손님에게 행패부린 자가 지금 당장 나서면 처벌의 경중輕重은 보느 공의 마음에 달렸거니와, 그렇지 않고 범인이 나서지 않는다면 수사대에 명해 끝까지 찾아내 교수형에 처하겠습니다."

말이 끝나자마자, 조금 전의 산책 때에 말고삐를 잡고 있던 몸종이 앞으로 나왔다.

"마담"하고 자크는 말했다. "저는 오히려 이 사람에게 용서와 감사를 담은 조그만 원탁圓卓을 주실 것을 윤허하시옵기를 바라옵나이다. 왜냐하면, 이 사람 덕분에 제가 이렇듯 마담을 알현하는 영광을 입었고, 또한 함께 식사하게 되는 은총까지 받았으며, 또한 선왕께서 내리셨던 원래의 직책에 부친이 복직할지도 모르는 기회마저 주어졌기 때문입니다."

"옳은 말이군요!"하고 섭정은 말했다. 그리고, 몸종 쪽을 돌아보고, "데스투트빌D'Estouteville[60], 그대를 궁수弓手 대장으로 임명하오. 그러나, 두 번

60 발자크의 조어. est(동쪽)+outre(저편)+ville(마을). 동편 저쪽 마을이라는 뜻이다.

다시 창 바깥으로 물건을 던지지 않도록."

보느에게 홀린 섭정은 그에게 손을 내밀어 제 방으로 친절하게 안내했다. 거기서 두 사람은 식사 준비를 기다리며 재미나게 환담했다. 이 자리에서 자크는 자신이 지닌 지식을 피력하여, 부친의 무죄를 증명하면서 섭정의 마음에 들려고 애썼다. 섭정께서는, 다 아는 바와 같이, 정사政事를 처리하는 식도 선왕과 똑같이 속단즉결速斷卽決하시기를 좋아하셨다.

이와 같은 환담을 하면서도, 자크 드 보느는 섭정과 동침한다는 일은 매우 어렵겠다고 속으로 생각하고 있었다. 이와 같은 행사를, 고양이의 혼인처럼, 마음대로 울어대고 가는 인가의 지붕 밑의 낙숫물 홈 통 안에서 치를 수는 없지 않은가. 뭐니 뭐니 해도 소름 끼치는 그 '한 다스'를 치르지 않고서도 준여왕(準女王, la quasi-Royne)[61]과 친지가 된 것이 기뻤다. 왜냐하면, '한 다스'를 치르려면, 다른 것은 그만두고라도 하녀들과 가복家僕들을 멀리해 명예를 지킬 필요가 있었기 때문이다. 그렇지만, 섭정이 어떤 꾀를 꾸미고 있지나 않을까 근심이 되어, 그는 이따금 '과연 내게 그런 소질이 있을까?'라고 마음속으로 살펴보았다.

그러나, 섭정도 자크와 환담하면서도 같은 일을 생각하고 있었다. 섭정은 전에도 여러 번 이와 같은 곤경을 타개해 성사시킨 적이 있었다. 섭정은 비서를 불렀다. 이 비서라는 위인은 왕국의 정치와 관련하여 적절한 지략을 갖춘 요령 좋은 재사才士였다. 섭정은 이 비서에게 식사하는 동안 몰래 거짓 글월을 지참하도록 분부했다.

식사가 왔다. 섭정은 음식에 별로 손대지 않았다. 심장이 해면처럼 부풀어 위가 줄어들었기 때문이다. 섭정은 줄곧 그토록 아름답고 억센 젊은이를 생각해, 그 '한 다스 젊은이'라는 요리 외에는 식욕이 당기지 않았던 것이다.

자크는 앞서 언급된 여러 가지 이유 때문에 실컷 먹어댔다.

말 타고 온 특사가 친서를 갖고 왔다. 그러자 섭정은 노발대발하여 선왕

---

61 quasi(거의, 준準)+royne(reine, 여왕). 곧 섭정을 뜻한다.

모양으로 눈살을 찌푸리고 말하기를,

"이 나라에는 태평세대가 잠시도 없는가? 나의 신세가 참으로 딱하구나! 단 하루 저녁도 편안한 마음으로 식사할 수 없다니!"라고 했다.

그러고 나서 섭정은 일어나 방 안을 왔다 갔다 했다.

"여봐라! 말 채비를 하라. 시종 비에이으빌Vieilleville[62]은 어디 있느냐? 아, 그렇지, 피카르디에 보냈구면. 데스투트빌, 그대는 앙부아즈의 성으로 가 짐의 아이들을 데리고 오너라……."

그리고, 자크가 있는 것을 생각해낸 듯이 섭정은 말했다.

"보느 공, 내 시종이 되어주세요. 보아하니 벼슬길에 오르고 싶으신 모양인데 좋은 기회입니다. 자, 가봅시다. 무찔러야 할 불평분자들이 많으니 충성스러운 신하가 필요하군요."

걸인乞人이 고맙다며 아베 마리아를 백 번 되풀이할 사이도 없이, 말에 재갈이 물리고 고삐·안장띠가 준비되어, 섭정은 마상馬上에, 자크는 그 곁에서 시종이 되어 말고삐를 잡고, 호위병을 거느리며 앙부아즈 성으로 부랴부랴 달려갔다.

간략하게, 아무런 주석 없이 요점만을 적기로 하자.

자크는 염탐하는 뭇 사람들의 눈을 피해, 섭정으로부터 12투아즈toise[63] 남짓하게 떨어져 성중에 묵게 되었다. 궁전의 신하와 가복家僕들은 매우 놀라, 어디서 적이 쳐들어오는지 살피며 서로 수군수군했는데, 언질 잡힌 한 다스 짜리[64]만은 적의 정체가 어떠한 것인지 잘 알고 있었다.

정숙하기로 온 나라에 소문이 자자하던 섭정은 아무런 의심을 받지 않았다. 그럴 것이, 그녀를 함락시킬 수 있을 가능성이 난공불락의 페론Peronne 성에 대한 그것과 같다고 알려져 있었으니까.

---

62 고촌古村이라는 뜻.
63 길이의 옛 단위로 1toise는 1.949m에 해당한다.
64 '한 다스 짜리'의 원문은 douzainier. 역시 발자크의 조어로 douzaine(12, 다스)의 철자 중의 e 를 빼고 의인화시키는 ier를 붙여 만든 단어다. 뜻은 '그 행사를 열두 번 하는 사람.'

소등 시간에 이르러, 귀와 눈이 다 닫히고 성 전체가 잠잠해졌다.

섭정은 몸종을 내보내고 시종을 불러들였다. 시종은 곧 대령했다.

높다란 벽난로의 위턱 밑에 있는, 비로드로 만든 폭신폭신한 의자에 두 사람은 나란히 앉았다. 호기심이 잔뜩 난 섭정은 즉시 자크에게 짐짓 애교 부리는 목소리로 물었다.

"상처는 어떤가요? 하인에게 행패당한 지 얼마 되지 않은 얌전한 시종을 12투아즈나 달리게 해서 미안하기 짝이 없군요. 그게 걱정이 되어 자기 전에 그대에게 물어보려고 불렀습니다. 별로 고달프지 않은가요?"

"어서 하고 싶은 마음에 고달플 따름이옵니다!"라고 한 다스를 장담한 자는 대답했다. 이 경우에 있어 얼굴을 찡그려서는 안 된다고 생각하였기 때문이다. "그럼, 조금 전에 말씀드린 저의 사모의 정을, 고귀하시고도 아름다운 섭정께서는 받아주시는 겁니까?"라고 그는 이어서 말했다.

"헌데, 그대가 아까 말한 것은 속이는 말로서 한 것은 아닐지……."

"무엇을요?"

"그대가 열두 번이나 그것…… 내가 성당이나 그 밖의 곳에 행차할 때마다 뒤를 따랐다는 그 이야기 말입니다."

"정말 그랬습니다."

"씩씩함이 얼굴 모습 속에 뚜렷하게 나타나 있는 그대와 같은 젊은 용사를, 오늘날에 와서 처음으로 만나다니 놀라운 일이군요. 그대를 죽고 만 사람으로 여겼을 때, 내가 입 밖에 낸 말을 그대도 들었을 터. 그 말은 내 진심입니다. 그대가 내 마음에 들어 그대에게 뭔가 좋은 것을 베풀어주고 싶군요……."

이래서 마성魔性의 재물이 바쳐지는 시각을 알리는 종소리가 울려왔다. 자크는 섭정의 무릎에 몸을 던져, 발과 손 할 것 없이 모든 곳에 입 맞추었다. 다음으로 입 맞추면서 활동 개시의 준비를 하여, 군주인 나이든 부덕婦德에게, 국가의 중한 임무를 맡고 계시는 여성이고 보면, 다소나마 뛰 놀 수 있는 권리가 확실히 있다는 것을 허다한 논리로 증명하였다. 모든 죄를 애인에게 돌리고자, 표면상으로는 강요당한 것처럼 꾸미려는 섭정은, 그러한 논증을 전혀 인정하지 않았다. 그럼에도 불구하고 섭정은 사전에 향수를 고루고루 뿌리고, 요염한 밤 옷차림을 하고, 동침하고 싶은 욕정으로 온몸이 빛나, 색정에 타오르는 윤기가 마치 최상품의 화장품을 온몸에 바른 것과 같았다. 섭정은 단지 '무력하게 방어' 했을 뿐, 어느새 그의 돌격에 휩쓸려 계집애처럼 고분고분하게 왕실용 침대로 옮겨져, 거기서 귀부인과 '젊은 한 다스 짜리' 는 진실하게 결합되었다.

그래서 남녀는 장난에서 싸움으로, 싸움에서 희희낙락으로, 희희낙락에서 음탕함으로, 실에서 바늘로 오락가락하다가, 섭정이 표명하기를, 자크가 약속한 한 다스보다 성모 마리아님의 처녀성 쪽이 셀 것으로 믿노라 했다. 그런데 이상하게도 자크에게 이불 속의 섭정이 그다지 나이 들어 보이지 않았다. 밤의 램프 빛에서는 모든 게 변형되어 보이기 때문이었다. 낮에 쉰 살 난 여인도 자정 때는 스무 살 난 꽃으로 둔갑을 하고, 오전에 스무 살 난 아가씨도 밤중에는 백 살 난 노파로 보일 때가 종종 있는 법이다.

따라서 자크는 이와 같은 해후상봉에 죄수들을 목매어 죽이는 날의 국왕보다 더욱 기뻐서, 또다시 한 다스의 내기를 말했다. 섭정은 마음속으로 다소 놀랐으나, 도움의 수고를 아끼지 않을 뜻을 약속하고, 만약 이 결투에서 그녀가 패배할 것 같으면, 기사에게 그 부친의 사면赦免과 더불어 이제 르브륄레Azay-le-Brusle의 영주로서의 특권에 온갖 권리를 첨가해서, 공문서에 특별 등록시켜 주겠다는 내기를 걸었다.

그래서, 이 효자는 마음속으로 말했다.

'이번은 부친 복권의 몫이다.'

'이번은 영지의 몫이다!'

'이번은 영내의 재산 취득세의 몫이다!'

'이번은 아제 숲의 몫이다.'

'이번은 어업권 및 수렵권狩獵勸의 몫이다.'

'이 또 한 번은 앵드르Indre 내 섬들의 몫이다.'

'목장의 몫이다.'

'이번은 부친께서 갖은 신고辛苦 끝에 사들이셨던 카르트Carte 땅의 차압 해제의 몫이다.'

'이번은 궁중의 관직의 몫이다.'

대수로운 지장 없이 이 수까지 치르고 보니, 내기의 성패는 그의 속옷의 잠재력에 달려있었으며, 또한 프랑스라는 나라를 통째로 그의 몸 아래에 깔고 있는 이상, 왕관의 명예에도 관계되는 일이라고 그는 생각했다. 요컨대, 그는 수호성자이신 생 자크Saint Jacques에게 소원 성취하는 날에는 아제 땅에 성당을 지어 올리겠다는 비장한 기도를 올리고, 섭정에 대한 신하로서의 본분으로서 열한 번째의 맑고, 또렷또렷하고, 청량하고, 동시에 잘 울리는 완곡한 기도를 바쳤다.

이 아랫도리 기도의 맺는말로서 할 열두 번째의 것은 아제의 영주가 군주에게 바치는, 은혜로우신 하명下命에 대한 예물삼아, 섭정께서 기상하실 무렵에 듬뿍 드리겠다고 주제넘게 생각하여 남겨두었다. 생각만은 가상하였다. 그러나 만물에는 한계가 있는 법. 육체가 기진맥진해졌을 때, 흡사 말처럼 그 근성을 나타내어 한번 쓰러지자, 죽어라 하고 매질해도 죽어라 하고 요동하지 않고, 온몸의 힘이 다시 생겨 일어나고 싶은 마음이 생길 때까지 그대로 있었다.

따라서 아침에 아제 성의 경포輕砲가 루이 11세 공주마마에게 예포를 쏘려고 했을 때, 아무리 축포를 쏘려고 해도, 왕자끼리의 의례포儀禮砲, 곧 화약만의 공포밖에 쏠 수가 없었다. 그래서 섭정은 기상한 후, 자크와 더불어 아침식사를 하면서 아제의 합법적인 영주라고 자칭하는 자크의 말꼬리를 잡고, 충분치 못했던 열두 번째를 지적하며 내기에 이기지 못하였으므로 영주가 아니라고 주장하였다.

"하느님 맙소사! 100분의 99까지는 다하지 않았습니까!"라고 자크는 말했다. "하지만 저의 정다운 마담이자 고귀하신 군주시여. 이번 건件으로 말씀드리오면, 황송한 말씀이오나, 마담께서도 저로서도 판단할 문제가 아닌 줄로 아옵니다. 본래가 영지의 문제이고 보니, 귀족 최고회의에 붙이는 것이 타당할 줄 아옵니다. 이는 아제의 영지가 왕령직할지王領直轄地에서 떨어져 나가는가의 문제이기 때문입니다."

"뭐라고요!"하고 섭정은 웃으면서 대답했다. 섭정이 이러한 웃음을 짓다니 매우 드문 일이었다. "그렇다면, 본건을 회의석상에서 내 명예를 손상시키지 않고 그대가 진술할 것 같으면, 비에이으빌의 후임으로 그대를 임명하고, 그대의 부친을 추궁하지 않고, 또한 아제의 영지도 하사하고, 궁정부宮廷府의 관직에도 등용하도록 하지요. 단 한 마디라도 나의 명예를 손상시키는 날에는, 그때는……."

"그때는 목이 매달려 죽어도 좋습니다!"라고 말하며 일을 웃음으로 돌리면서 '한 다스 짜리'는 말했다. 의심스럽게 생각하고 있던 섭정의 얼굴에 다소 노기가 나타나 있었기 때문이다.

실상, 루이 11세의 공주께서는 부자연스럽게 태깔부리는 한 다스보다 왕국의 이로움을 더 한층 염려하였다. 돈주머니의 끈을 풀지 않고서도 즐거운 하룻밤을 지낸 줄 여겼던 섭정은, 자크가 실제로 제의하는 까다로운 풀이쪽에 더욱 마음이 쏠려, 갑자기 정사情事 같은 것이 대단하지 않은 것으로 여겨졌기 때문이다.

"그럼, 마담"하고 멋들어진 '하룻밤의 반려자'는 다시 말했다. "저는 틀림없이 마담의 시종이 되겠습니다……."

섭정을 보필하는 대장, 비서관과 그 밖의 신하들은 보죄 부인의 동요와 그 갑작스러운 행차에 놀라, 어느 놈이 저지른 일 때문인지 확인하려고 부랴부랴 앙부아즈 성으로 모여, 섭정이 아침 잠자리에서 일어나기를 기다렸다가, 최고회의를 열고자 대기하고들 있었다.

오래지 않아 섭정은 중신 일동을 소집했다. 중신들에게 기만한 것이 아닌가 하는 의심을 받지 않으려고 섭정은 엉터리 같은 의제를 내놓았고, 중신 일동은 그것을 토의했다.

회의가 끝나자 새로 임명한 시종이 소개되었다.

일어선 중신들에게 대담한 젊은이는 그 자신과 왕령王領에 관련된 해결을 요청했다.

"들어들 보시길 바랍니다"라고 섭정은 말했다. "틀림없으니."

그때 자크 드 보느는 엄숙한 자리의 위용에 조금도 겁내지 않고, 대략 다음과 같이 말했다.

"여러 경들, 제가 말씀드리고자 하는 것은 호두껍데기에 관한 것에 지나지 않사오나, 좀스러운 언사라 허물 마시고 부디 끝까지 들어주시기를 바랍니다.

다름이 아니라, 어느 귀족 한 분이 친구인 또 한 분의 귀족과 함께 과수원을 산책하다가, 우연히 하늘나라의 아름다운 호두나무 한 그루가 서 있는 것을 보았습니다. 그 나무는 뿌리도 깊이 박혀있을 정도로 잘도 자라 다소 속이 빈 곳이 있기는 했어도, 보기에 아름답고 진중珍重히 할 만한 값어치가 있는 나무, 사시사철 싱싱하고 향긋한 냄새가 풍겨 오는 호두나무, 언제 보아도 물리지 않을 호두나무, 하느님에 의해서 금지되고, 우리들의 어머니이신 이브(하와)와 그 부군인 아담께서 그 때문에 추방당한 선악과의 나무와 흡사한 '사랑의 호두나무'라고나 할까요.

그런데 여러 경들, 이 호두나무가 두 귀족 사이에서 가벼운 시빗거리가 되어 친구들 사이에서 곧잘 하는 재미나는 내기꺼리의 하나가 되었던 것입니다. 즉 젊은 귀족은 다음과 같이 허풍을 떨었습니다. '잎이 무성한 호두나무 사이에 장대를 열두 번 찔러 넣어서, 찌를 적마다 매번 호두열매를 땅에 떨어뜨려 보겠다'라고요. 마침 그는 장대 하나를 가지고 있었던 것입니다. 우리가 저마다, 자기 과수원을 산책할 때 자기의 것으로 가지고 다니는 그것 말입니다……. 그런데, 마담. 본건의 핵심은 바로 이 점이 아니겠습니까?"라고 자크는 잠시 섭정 쪽을 바라보며 말했다.

"그렇소, 여러 경들"이라며 섭정은 자크의 돌려 말하기에 놀라 대답했다.

"그런데 또 하나의 귀족은 그 반대쪽에 내기를 걸었습니다"라고 소송인은 계속해 말했다. "그래서 우리 장대잡이는 솜씨와 용기를 갖고서 장대질을 시작했는데, 그 솜씨가 어찌나 멋들어지고 능란하였던지 쌍방이 다 기쁨의 환성을 올렸습니다. 이 모양을 굽어보시고 흥겨워하셨을 것이 틀림없는 성자들이 어여삐 보셔서 내리신 가호加護에 의해, 장대질할 적마다 호두열매가 떨어져 땅 위에 사실대로 열두 개가 열을 지었습니다. 그런데 우연히도, 마지막에 떨어진 열매는 속이 비어 정원사가 그것을 땅에 심은들 호두나무의 새싹의 영양이 될 과육이 전혀 없었습니다. 이러한 결과로 보아 장대잡이 귀족 쪽이 내기에서 이겼다고 보는 것이 가하지 않습니까?

이 점, 여러 경들의 판결이 있기를 바랍니다!"

"그처럼 간단하고도 뚜렷한 것은 없다고 봅니다. 상대방이 할 것은 단 한 가지뿐입니다"하고 당시 국왕 인장 담당관이었던 투레느 태생인 아담 퓌메 Adam Fumee 경이 말했다.

"그럼, 그것은 무엇입니까?"라는 섭정의 질문.

"내기에서 패한 대가를 치르는 거죠, 마담."

"그대는 지나치게 교활하도다!"하고 자크의 뺨을 가볍게 툭툭 치며 섭정은 말했다. "그대는 언젠가는 교수형을 당할 걸……."

섭정은 농담으로 이렇게 말하였다. 그러나 이 말은 사실적인 예언으로 되었다. 후에 재무관이 된 자크는 왕가의 은총이 극에 이르러, 또 한 분의 섭정[65]의 복수와, 그가 출세의 길을 열어준 비서인 프레보Prevost라고 하는 발랑 태생 사람(이 사람을 레네 장티Rene Gentil라고 말하고 있는 것은 큰 잘못이다)의 명백한 배신에 몽폴콩Montfaulcon의 형장에서 교수형을 당했기 때문이다.

들리는 소문에 의하면, 이 배신자인 비서가 루이즈 섭정에게, 자기가 보관하고 있던 자크의 회계장부를 몰래 전해주었기 때문이라고 한다. 그때 자크는 상블랑세 남작, 카르트·아제의 영주가 되어 국가의 중신 중의 한 사람이 되어있었다. 그의 두 아들 중, 하나는 투르의 대주교, 또 하나는 재무상 겸 투레느 주지사가 되었다. 그러나 이런 일들은 이 이야기의 본 줄거리

---

65 루이즈 드 사부아(Louise de Savoie, 1476~1531) 프랑수아 1세의 어머니. 프랑수아 1세가 카를 5세에게 잡혀 포로가 되어있는 동안 프랑스를 섭정했다. 인척인 샤를 드 부르봉Charles de Bourbon 공작과 유산상의 문제로 서로 미워하는 사이가 되었다.

가 아니다.

각설하고, 호남好男, 아니 자크의 젊은 시절의 모험담으로 돌아가자. 느지 막하게 사랑의 '따끈하고도 부드러운 놀이'[66]의 재미를 본 보죄 부인은, 뜻 하지 않게 얻은 정부가 공사公事에도 뛰어난 지략과 지혜가 있는 것을 보고 매우 흡족하게 여겨 그를 왕실 내탕금內帑金 관리자로 임명했다. 그 직무에 서 그는 왕실의 재력을 두 배 이상 증대시킬 만큼 훌륭한 수완을 보여 일약 재정적인 수완에서 명성을 얻었다. 드디어 자크는 국가의 재정을 관리하는 최고 책임자가 되었는데, 큰 잘못 없이 직무를 완수할 뿐 아니라, 그 자신도 많은 이득을 얻었음은 당연지사.

마음씨 고운 섭정은 내기에 진 것을 치러, 아제 르 브뤼레의 영지를 인도 했다. 이 아제 성은 우리가 다 아는 바와 같이, 투레느 지방에 침입한 최초 의 포병들 때문에 그 전에 허물어져 있었다. 또한 이 새로운 영주와 섭정 사 이에 맺어진 조약의 기적 때문에, 이를 공격한 포병들은 국왕의 간섭이 없 었다면, 종교재판에서 악마의 지지자 및 이단자로 몰려 유죄 판결을 받았을 것이 틀림없었던 유서 깊은 성이었다.

그 무렵, 재정관인 보이에Bohier 경의 책임 하에 슈농소 성이 건축되고 있 었다. 이 성은 셰르Cher 강 위를 말 탄 듯이 서 있는 진기하고도 우아한 건 물이었다.

그래서 상블랑세 남작은 보이에 경과는 반대로, 아제 성의 토대를 앵드르 내의 밑바닥에 짓고자 했다. 말뚝 위에 매우 단단하게 지었기 때문에, 이 성 은 지금도 초록빛의 아름다운 골짜기 안의 보석처럼 남아있다. 지방민의 부 역負役에 더하여 자크는 이 성의 건축에 은화 3만 냥을 소비했다.

아름다운 투레느에서도, 이 성은 가장 아름다운, 우아한, 귀여운, 공들인 성 중의 하나로, 잘 치장된 바닥과 레이스가 달린 창문, 다른 모든 병사들과 마 찬가지로 바람이 부는 대로 도는 바람개비가 달린 예쁜 병사인형들이 지금도

---

66 '따끈하고 부드러운 놀이'의 원문은 beau jeu. 섭정의 이름도 Beaujeu. 따라서 빗대는 말이다.

Comment feut
bastn le chasteau
d'Azay

옛날과 변함없이 멋있는 왕족의 모습·모양으로 앵드르 냇물에 비치고 있다. 그런데, 이 성이 완성되기에 앞서 상블랑세 남작은 교수형을 당했고, 그 후 이 성을 완공시키기 위해 돈을 지불하려는 갸륵한 부자는 한 사람도 없었다.

아무튼, 자크의 주군이신 프랑수아 1세께서 이 성에 행차하시어 손님이 되신 사실이 있어서, 지금도 국왕께서 거처하시던 방이 남아있다.

그때 일이다. 국왕께서는 자크의 백발에 경의를 표시하기 위하여 '아범'이라고 부르실 정도로 그를 좋아하셨다. 국왕께서 취침하시려고 할 때 열두시를 치는 시계 종소리가 들려와, 국왕께서는

"아범, 아범 집의 시계는 열두시를 잘 치는데!"라고 말씀하시며 감탄을 표하셨다.

"네, 지금은 낡은 시계가 돼버렸습니다만, 이래도 전에는 열두시를 바로 이때쯤 위세 좋게 친 덕분으로, 소인은 이 영지도, 이 성을 짓는 비용도, 그리고 이렇듯 주군을 모시는 행운도 얻었던 것이옵니다……."

자크의 이 괴상야릇한 말을 들으시고, 국왕께서는 그 자초지종을 알고 싶어 하시었다.

그래서 국왕께서 침대 속에 계시는 동안, 자크 드 보느는 국왕께 여러분이 다 아는 이야기를 해드렸다.

이러한 풍의 멋들어진 이야기를 유달리 좋아하시던 국왕께서는 매우 익살스러운 이야기로 이를 평가하시고, 또한 바로 그 무렵, 어머니 되시는 앙굴렘Angoulesme 공비公妃[67]가 회춘하시어 부르봉 원수[68]로부터 그 한 다스 중 몇몇을 획득하려고 추구하고 계셨던 때라, 국왕께서는 자크의 이 이야기

---

67 루이즈 드 사부아를 말한다.

68 샤를 드 부르봉(Charles de Bourbon, 1490~1527) : 프랑수아 1세가 처음 이탈리아를 공략한 마리냥 전투에서 큰 공을 세웠다. 원래 부르봉가의 일원은 아니었고, 루이 11세의 딸 안과 피에르 드 부르봉의 딸인 쉬잔 드 부르봉과 양자 결혼을 함으로써 부르봉가를 이어받았다. 죽은 아내의 유산 상속 문제로 프랑수아 1세와 사이가 틀어지게 되었는데, 프랑수아 1세가 부당한 방법으로 그의 영지의 일부를 빼앗으려 하자, 신성로마제국의 카를 5세에게로 투신해버려 조국에 반기를 들게 되었다. 카를 5세의 명에 따라 로마를 공격하다가 1527년 5월, 총탄에 맞아 전사하였다.

와 비교하시면서 더 한층 흥겨워하셨던 것이다. 루이즈 드 사부아의 그러한 짓은 고약한 여성의 추악한 사랑인 것인데, 그 때문에 왕국은 위태롭게 되고, 국왕은 포로가 되고, 앞서 말한 바와 같이 불쌍하게도 상블랑세마저 사형을 받았기 때문이다.

어떠한 경위로 이렇듯 아제 성이 건립되었는가를 필자가 이 책자에 기록하는 이유는, 상블랑세의 행운이 이와 같이 시작된 것이 불변의 진실이기 때문이다. 그는 태어난 도시를 장식하기 위해 전력을 다했을 뿐만 아니라, 대성당의 탑을 건립하는 데에도 막대한 금전을 기부하기도 했다.

이 재미나는 이야기는 아제 드 리델에서는, 자손 대대·영주 대대로 전해 내려와, 오늘날까지도 훼손되지 않고 그대로 남겨진, 왕이 묵던 침대의 커튼 밑에서 아직도 깡충거리고 있다.

따라서 이 투르의 '한 다스 짜리'를 독일 태생의 어느 기사의 소행이라 하여, 그 행사로 합스부르크 가문이 오스트리아의 영지를 얻었다는 설은 거짓말 중의 거짓말이다.

신성로마제국의 공문서 보관소에 보관된 문서에도 이와 같은 수단에 의한 획득에 대해서는 한 자도 씌어있지 않은 고로, 그와 같은 낭설을 퍼뜨린 현대의 문사文士들은 그 박식함에도 불구하고, 어떤 연대기저자年代記著者에게 속고 만 것이다.

맥주로 자란 물건 따위가, 라블레 대선배께서도 그처럼 탄복해 마지않으셨던 시농 지역 사람들의 물건의 그 연금술적인 영예를 따른다고 잠시나마 여기다니, 필자는 그러한 문사들이 한스럽기 그지없다. 따라서 필자는 우리나라의 명예를 위해, 아제 성의 양심을 위해, 그리고 소브Sauves 가문과 누아르무티에Noirmoutiers 가문의 종가인 보느 가문의 명성을 위해, 거짓 없는 진상을 진실과 역사의 아치 사이에서 이 책자에 다시 지어본 것이다.

만약 여인들께서 아제 성을 구경하러 가시면, 지금도 그 지역에서 한 다스 짜리를 수 없이 만날 것이지만, 요새는 왜 그런지 다스로 팔지 않고, 하나 둘 파는 소매小賣뿐이다.

가짜 창녀[69]

국왕 샤를 6세의 동생, 오를레앙[70] 공작이 제 명에 못 죽은 진상은 아직도 자세하지 않다. 그분의 갑작스런 죽음을 둘러싸고 생긴 추측 가운데 이 단편의 내용 같은 것도 있다.

색色을 좋아하기로는 남에게 뒤지지 않는 우리 씩씩하고 쾌활한 프랑스 국민의 타고난 특성이자 단점에 빈틈없이 부합할 만큼 방탕했던 왕족들이, 프랑스 국왕으로서, 생전에 나타내던, 생 루이 왕가의 혈통 중에도 허다하게 있어, 마치 악마 없는 지옥을 상상 못 하듯 이러한 이름나고 용감한 왕과 왕자들을 빼놓고는 프랑스라는 나라를 생각하지 못할 정도인데, 그 중에서

---

69 쿠르티잔courtisanne. 이에 대해서는 〈미녀 앵페리아〉에서 설명한 바 있다.

70 루이 1세 오를레앙(Louis Premier d'Orleans, 1372~1407). 샤를 5세의 작은 아들로, 형인 샤를 6세가 왕위에 오르자 발루아 오를레앙Valois Orleans 집안을 형성하였다. 형인 샤를 6세의 자문위원으로 일했고, 형이 정신 이상을 일으키자 삼촌인 부르고뉴 공작 필리프 르 아르디Philippe le Hardi와 권력 다툼을 벌였다. 필립 사후에는 필립의 아들인 장Jean과 권력 다툼을 계속했고, 그 와중에 장의 하수인에게 암살당했다.

도 가장 심하게 색을 좋아하기로는 이 오를레앙 공작이 으뜸이었다.

그러므로, "우리 선조들은 잘났다!"라고 말하는 철학의 소매상인들이나 "인간은 날로 향상해 간다"고 주장하는 박애적博愛的인 둔재 따위는 다 웃어넘기시기를. 이 사람들은 굴의 껍질과 새의 깃이 변하지 않듯, 우리 인간의 행실이 결코 변하지 않는 것을 통 분간 못 하는 눈뜬 소경들이다. 그러니 젊었을 동안 한껏 즐기며, 마음껏 마시고, 울지 마시기를. 왜냐하면 50킬로그램의 우울로써도 1온스의 환락의 대가를 치르지 못하는 것이 상례니까.

이자보Isabeau 왕비[71]가 가장 좋아하던 정부였던 오를레앙 공작의 그릇된 처신은 수많은 기이한 이야기들과 소문들이 만들어지게 했으니, 그는 본래가 빈정거리기 좋아하고 알키비아데스[72] 못지않게 꾀가 많고 프랑스 사람다운 기질이 있었기 때문이다.

예컨대, '여인의 역마驛馬'를 처음으로 생각해낸 것도 그였다. 파리에서 보르도로 갈 때, 묵게 되는 주막마다 좋은 음식과 예쁜 계집이 밤시중 드는 침대를 준비시켜, 탈것에서 탈것으로 줄곧 안장을 바꾸어 타고 갔던 것이다. 자나 깨나 말안장 위에 올라타고 있던 그가 최후도 마상馬上에서 숨을 거두었으니, 이 얼마나 복 많은 장군이냐?

영특하신 루이 11세가 부르고뉴 궁정에 망명했을 때 씌어진 그 《백 가지 새로운 이야기》 중에 이 오를레앙 공작의 놀라운 장난 한 가지가 기재되어

---

71 Isabeau de Barviere(1371~1435). 샤를 6세의 왕비로 방탕한 생활을 일삼았는데, 이 때문에 샤를 6세가 미쳤다는 설說까지 있다. 발루아 부르고뉴 집안과 영국의 랭카스터 집안과 결탁, 샤를 6세를 부추겨 딸 카트린Catherine을 랭카스터 집안의 앙리 5세Henri Ⅴ와 결혼시켰다. 1420년 자신의 아들인 샤를 7세의 왕위계승권을 박탈, 왕세자에서 폐위시키고 헨리 5세를 프랑스의 섭정으로 임명하는데, 이는 프랑스와 영국 간의 왕위 계승을 둘러싼 백년전쟁의 한 원인이 된다.

72 Alkibiades(B.C. 450~404). 아테네의 정치가이자 군인. 아버지가 돌아가신 후 외숙이자 후견인인 페리클레스에 의해 양육되었고, 이따금 소크라테스의 가르침도 받았다. 정치적·군사적 재능을 타고 났으나, 지조가 없고 사적인 이익에 치우쳐 펠로폰네소스 전쟁에서는 고국인 아테네가 패배하는 원인을 만들기도 하였다.

있다. 당시 루이 11세는 밤에 소일거리로 사촌형 샤를 르 테메레르[73] 대공 같은 이와 그 당시의 기이한 소문들과 이야기들을 서로 이야기하여 《백 가지 새로운 이야기》로 적어놓게 하셨다. 또한 이렇다 할 이야기꺼리가 없을 때, 대궐에 있던 사람들은 저마다 재주껏 꾸민 이야기를 하기도 했다.

그러나, 왕가 혈통의 체면을 존중하여, 루이 11세는 오를레앙 공작과 드 카니de Cany 부인에 관한 일화 같은 것은 서민 아낙네의 이야기로 바꾸어 〈메달의 뒷면〉[74]이라는 제목 하에 넣게 했다. 이 이야기는 《새로운 데카메론》중에서도 뛰어난 걸작 중의 하나로, 그 첫 번째에 실려 있으니 읽어보시도록.

각설하고 필자의 이야기를 들어보시라.

오를레앙 공작의 신하 중에, 피카르디 지역의 영주로서, 라울 도크통빌 Raoul d' Hocquetonville[75] 이라고 하는 사람이 있었는데, 부르고뉴 가문과 친

---

73 Charles le Temeraire(1433~1477). 부르고뉴의 마지막 대공大公. 부르고뉴 공인 필리프 르 봉 Philippe le Bon의 아들로 샤롤레이 백작을 거쳐 1467년 부르고뉴 공이 되었다. 당시 국내 통일을 추진하던 루이 11세의 절대체제화에 저항하여 대립적 관계를 형성하였다.

74 《백 가지 새로운 이야기》의 첫 번째 이야기 제목. 간략하게 소개한다면 다음과 같다. 한 동네에 사는, 다른 사람의 부인과 간통하고자 하는 오입쟁이가 그 남편 되는 사람과 사이좋게 지내다가, 하루는 그 남편이 다른 지방에 출타하고 없는 틈에 그의 부인을 자기 집으로 불러 한창 재미를 보고 있었는데, 본 남편이 집으로 찾아왔다. 오입쟁이가 재미를 보고 있는 상대가 자기 마누라라고는 꿈에도 생각 못 한 남편은 혼자만 재미를 보느냐고 따지면서 어떻게 생겨먹은 화냥년인지 구경만이라도 시켜달라고 졸라댔다. 시각은 저녁 무렵, 방 안은 어두컴컴하였다. 오입쟁이는 하는 수 없다는 태도로 말하기를, 이불로 가린 얼굴만은 보지 말고 다른 곳은 다 보아도 좋다고 했다. 미리 얼굴에 이불을 뒤집어쓰고 있던 자신의 마누라의 젖가슴과 아랫도리를 손에 촛불을 쥐고 한참 구경하던 남편은 감탄해 말하기를, "참으로 명품이다. 아름답다. 하지만 내 마누라의 엉덩이와 똑같은 엉덩이를 본 것은 하늘에 맹세해 이번이 처음이다. 지금 이 시각에 마누라가 내 집에 얌전히 있다는 확신이 내게 없다면, 이 여인을 바로 내 마누라로 잘못 볼 정도로 곳곳이 닮았다"라고 했다. 그리고 나서 앞문 쪽으로 나가 길을 돌아서 집에 와보니, 부인은 뒷문으로 나와 가까운 길을 통해 이미 와 있었다. 이러니저러니 마누라에게 캐물어 보나마나 헛수고. 도리어 마누라한테 호되게 욕만 얻어먹었다는 내용이다.

75 Hocquetonville=hoqueton(윗옷)+ville(마을). 상의촌上衣村이라는 뜻.

척 되는 대영주 집안의 딸을 부인으로 맞이했다.(이것이 바로 후에 가서 오를레앙 공작의 걱정거리가 된다.) 세상에 흔히 그렇듯 적잖은 지참금이 딸린 여느 신부와는 달리 그녀는 환하게 아름답고 빛나는 용모여서, 이자보 왕비나 발랑틴[76] 부인을 비롯해 궁중의 여러 미인들도 그녀 앞에서는 무색해질 정도였다.

게다가 이 도크통빌 부인으로 말하자면, 부르고뉴 가문과의 친척, 막대한 지참금, 타고난 정숙함, 부드러운 마음씨에다 숭고할 정도의 순정, 아름다운 겸손함, 순결한 가르침으로 말미암아 스스로 발산하는 성스러운 윤기로 한결 더 빛나고 있었다.

그래서 하늘에서 내려온 이 꽃의 향기를, 오를레앙 공작은 맡자마자 홀리고 말았다. 그는 갑자기 우울해져서 어떤 오입질도 반갑지 않고, 독일 태생의 이자보 왕비의 맛좋은 살갗을 마지못해 씹는 것마저도 뜸해졌다. 드디어, 그는 안타까운 마음에 수단과 방법을 가리지 않고 그 우아한 여인을 마법으로, 힘으로, 속임수로, 또는 호의로 손안에 넣어보리라 맹세했는데, 밤마다 그 아름다운 부인의 몸이 허깨비처럼 눈앞에 어른거려 거듭 맛보는 쓸쓸함과 공허함에 자기 자신이 미쳐버리는 것이 아닌가 하고 두렵기까지 했다.

우선 황금빛의 말로 부인에게 짓궂게 치근거려 보았으나, 어디까지나 순결을 지키려는 부인의 건전한 결심을, 그 구김살 없는 태도를 통해 그 즉시 깨닫지 않을 수 없었다. 그녀는 어떠한 말에도 놀라는 기색 없이, 그렇다고 대드는 여인들이 하듯 화내지도 않고 조용히 대답하는 것이었다.

"공작님, 제 남편의 것이 아닌 다른 사랑을 물리치고 있는 것은, 그 사랑에서 맛볼 쾌락을 멸시하는 데서 그러는 것이 아닙니다. 수많은 여인들이 가정도, 명예도, 몸도, 내세來世도 할 것 없이 모든 걸 아낌없이 사랑의 바닷

---

76 Valentine Visconti Valentine(1370~1408). 밀라노 비스콘티 가문의 태생으로, 오를레앙 공작의 사촌이자 그의 부인이다.

속 깊은 곳에 던지고 있는 정도니, 그만한 기쁨이 있을 테죠. 그러나 저로서는 제 아이들을 진심으로 사랑하기 때문에 그런 식의 사랑을 물리치는 겁니다. 미덕 가운데 여인으로서의 참된 행복이 있다는 신념으로 딸들을 키우려는 저는, 제 아이들 앞에서 얼굴을 붉혀야 할 것 같은 행실은 추호도 하고 싶지 않습니다. 공작님, 젊은 시절은 빨리 가고 늙어서 보내는 나날은 오랫동안이라고 하더군요. 그러니 노년을 생각해야겠습니다. 자연스러운 애정의 확실성을 빼놓고는 모든 게 덧없는 것이라고 어린 시절부터 배워왔고, 삶을 바르게 보라는 가르침을 받으며 자라났어요. 그러므로 저는 여러 사람들로부터, 특히 제 남편으로부터 존경받고 싶습니다. 남편은 제게 온 세상입니다. 따라서 저는 남편의 눈에 어디까지나 정숙한 아내로 보이고 싶습니다. 이걸로 제 말은 끝입니다. 원하건대 저로 하여금 저의 집안일에 평화롭게 종사할 수 있도록 내버려두시기를 바랍니다. 그렇지 않으면 어쩔 수 없이 저는 남편에게 사실대로 이 모든 일을 말하여, 남편이 공작님 곁에서 물러나도록 해야 하니까요."

이 씩씩한 대답에 오를레앙 공작의 연정은 더욱 불타올랐다. 마침내, 그는 이 정숙한 부인을 생포하지 못할 것 같으면 이 여인의 시체라도 상관없으니, 반드시 차지하고야 말겠다는 굳은 결심 아래 그녀를 범할 수단을 이리저리 강구했다. 사냥 중에서 가장 쾌적한 여인 사냥에 조예 깊던 그는, 어느 때 가서는 부인을 꼭 손안에 넣고야 말 것을 조금도 의심치 않았다. 그런데 이 아름다운 사냥거리를 잡는 데는,

몰이사냥,

위장僞裝사냥,

횃불사냥,

밤 사냥,

낮 사냥,

성 내 사냥,

들사냥,

숲 사냥,

물가사냥에 나가,

그물로,

매로,

창으로,

사냥 나팔을 불어대고,

사격으로,

새소리 내는 피리를 불어대고,

올가미로,

덫으로,

속임수로,

보금자리에서,

날고 있는 중에,

소라를 불어대고,

끈끈이로,

미끼로,

끈끈이 바른 막대기로,

소위, 아담이 낙원에서 추방당한 이래 궁리해낸 온갖 함정을 이에 사용해야 할 것이었다.

그리고 그 사냥감을 죽이는 방식도 여러 가지가 있었으나, 대개의 경우는 말을 타고서다.

따라서 교활하기 짝이 없는 오를레앙 공작은, 자신의 속셈을 조금도 내색하지 않고 도크통빌 부인을 왕비실의 시종관으로 임명케 했다.

어느 날, 이자보 왕비가 앓고 계시는 폐하를 뵙고자, 뱅세느Vincenes에 행차하여 생 폴Saint-Paul 궁을 오를레앙 공작에게 맡겼다. 그는 이 기회를 이용해 궁 안의 요리사에게 명하여 성대한 향연의 자리를 왕비실 안에 마련하게 했다. 다음, 일부러 궁전의 시종을 시켜 다루기 힘든 부인을 불러오게 했다.

도크통빌 백작 부인은 이 급한 부르심을 직책상의 용무, 또는 갑작스러운 모종의 초대인 줄 알고 급히 궁으로 왔다.

그런데 악랄한 색마의 손이 이미 뻗어있어서, 정숙한 부인에게 왕비의 부재를 일러주는 사람이 하나도 없었다. 따라서, 부인은 생 폴 궁 안에 들어가 왕비가 기거하시는 방 옆에 있는 아름다운 객실까지 이르렀다.

그러자 거기에는 오를레앙 공작이 있었다. 퍼뜩 어떤 음험한 계략이 아닌가 하는 불안에 사로잡히면서 부인이 재빨리 방으로 가보니, 왕비의 모습은 그림자도 없었고, 오를레앙 공작의 밉살스러운 너털웃음 소리만 등 뒤에서 들려왔을 뿐이었다.

'속았구나!' 라고 부인은 생각했다.

다음, 부랴부랴 도망해 나오려고 했다.

그러나, '여인 사냥' 의 명수는, 왜 그러는지 일러주지 않은 채 부하들을 시켜 문이란 문은 다 잠가 궁을 모조리 닫아놓았다. 그래서 파리 시가지의 4분의 1이 될 정도로 넓은 궁 안에 유폐되고 만 도크통빌 부인은 흡사 사막 한가운데 있듯 구원의 손길이라고는 하느님과 수호천사 밖에 없었다.

짓누르는 듯한 갖가지 불안에 몸을 바들바들 떨면서 부인은 불쌍하게도 의자 위에 쓰러졌다. 교묘하게 짜여진 이 함정의 장치가 호색한의 밉살스러운 웃음 속에 보였던 것이다.

다가서려는 공작의 기색에 부인은 벌떡 일어나 갖은 저주를 그 눈초리에 담으며 우선 세 치의 혀를 유일한 무기로 삼아 외쳤다.

"이 몸을 유린하시지 못할 걸요, 제가 죽지 않는 한! 공작님, 훗날 틀림없이 남들이 알게 될 싸움을 제가 어쩔 수 없이 하게 만들지는 마세요. 지금 이대로 가게 하시면, 저도 잠자코 물러나가 공작님으로부터 받은 이 평생 잊지 못할 치욕을 남편에게 알리지 않겠어요. 공작님, 공작님께서는 여인의 얼굴을 보는 데 너무나 바쁘셔서, 사내들 얼굴을 보실 틈이 없다 보니 공작님 수하에 있는 이들의 마음을 모르시는 거예요. 충성스러운 저의 남편 도크통빌 백작은, 공작님을 위해서라면 사지가 갈가리 찢겨 죽는 한이 있어도, 흠모의 대상이신 공작님의 은혜에 보답하려는 각오로 있습니다. 그러나 사랑에 강한 사람은 증오에도 강하다고들 하죠. 공작님 때문에 제가 어쩔 수 없이 단 한 번의 비명을 지르지 않을 수 없게 된다면, 복수심에 불타 공작님 머리 위에 가차 없이 철퇴의 일격을 가하고야 말 남편인 줄 저는 알고 있어요! 제 목숨을 빼앗고 공작님 자신의 목숨도 내던질 각오가 되어있으신가요? 올바른 아내들이 다 그렇듯, 제 몸에 일어난 모든 행운이나 불행을 남편에게 숨길 줄 모르는 제 성미를 아시고 하시는 행위이신가요? 이래도 저를 그대로 돌려보내지 않을 작정이신가요?"

그러나, 이 호색한은 휘파람을 불어댔다.

이 휘파람 소리를 듣자, 부인은 쏜살같이 왕비의 침실로 달려가 그 동안 보아왔던 장소에서 예리한 단검을 꺼내 들었다. 다음, 도망치던 부인을 뒤쫓아 온 공작을 향해,

"이 경계선을 한 걸음이라도 넘어올 것 같으면, 전 이 칼로 죽고 말겠습니다!"라고 부인은 마루바닥을 가리키며 외쳤다.

공작은 태연하게 의자를 집어다 경계선의 가장자리에 놓고 그 위에 앉아서, 이 다루기 힘든 목석木石같은 여심女心을 불태워, 짜릿짜릿한 쾌락의 기술로 앞뒤를 분간 못 할 만큼, 그 이성이나 마음이나 육신을 뒤흔들어 놓으려는 목적으로 설득시키는 주장을 늘어놓기 시작했다.

그래서 공작은 몸에 밴 달콤한 말투로 말하기를,

"첫째로, 덕이 있다는 여인들은 정조를 비교적 비싸게 보아 확실치도 않은 미래와 내세를 헛되이 기대하며, 현재의 가장 아름다운 쾌락을 잃고 있소. 그 원인은, 남편들이 결혼상의 고등 정책에서, 아내들에게 사랑의 보석함을 될 수 있는 데까지 열어 보이지 않으려는 데서 기인하는데, 그 사랑의 기쁨이 가득 담긴 보석함이란 마음으로 보기에 매우 눈부신 것이며 불처럼 끝없는 쾌락과 간질간질한 육감을 갖고 있는 것이어서, 여인이 한번 이것을 맛보는 날에는 가정이나 살림살이라는 냉랭한 영역에 머물러 있을 수 없기 때문이오.

남편들의 이러한 가증스러운 언동은 심히 괴상망측하다고 하겠소. 적어도 남편 된 자, 아내의 슬기로운 삶과 그 허다한 고귀한 공적을 고맙게 여기는 점에서, 날개를 서로 포개는, 부리로 서로 쪼아대는, 아기자기한 정담을 종알대는, 사랑의 포도주와 사랑의 설탕 졸임을 함께 드는 온갖 수단에 의한 봉사를 아내에게 해주어서, 등골이 부러지도록 운우雲雨를 일으켜 그 정성을 모조리 쏟을 의무가 있다고 하겠소.

　　그대는 아직 모를 테지만, 이와 같은 바람직한 짓의 끝 모를 희열과 파라다이스의 따뜻함과 부드러움을 만약 조금만이라도 맛보고 나면, 현 세계의 다른 것들이 모두 하찮게 보이려니와, 또한 만약 소원이라면 이 일에 대해서는 죽은 사람처럼 입을 봉할 테니까 그대의 명예를 손상시키는 따위의 추문은 결단코 일어나지 않을 것이오" 등등…….

　　다음으로 교활한 호색한은 부인이 귀를 전혀 막지 않은 것을 보고는, 당시 유행하던 아라베스크arabesque의 그림 방식으로 음탕하기 그지없는 음란한 자세들을 이것저것 묘사하기 시작했다. 그 눈은 야릇하게 반짝이고, 말은 불꽃처럼 타오르고, 목소리는 묘하게 변해, 정부情婦의 이름을 하나하나 대면서, 그 각양각색의 하는 모습을 지껄여 묘사하며 자기 스스로 기쁨에 사로잡혀, 드디어는 이자보 왕비의 포옹의 모습과 교태와 맷돌질하는 모양까지 이야기했다. 공작의 뜨겁고도 뜨거운, 듣기에 안절부절못할 한마디 한마디에 부인의 굳은 마음이 스스로 녹아 예리한 단검을 쥔 그 손목이 약간 풀리는 기색을 보자, 공작은 몸을 일으켜 접근하려고 했다.

　　그러나 부인은 뜻하지 않게 뜨거운 생각에 사로잡혔던 것을 스스로 부끄러워하는 듯, 유혹의 마수를 뻗으려 드는 그 괴물을 거만하게 쏘아보며 말했다.

　　"공작님, 여러 가지를 가르쳐주셔서 고맙습니다. 공작님의 말씀을 듣고 보니 고귀한 남편이 더욱 사랑스러워졌어요. 몸가짐이 헤픈 고약스러운 여인들을 다루는 음탕한 수법이나 파렴치한 짓으로 제 침대를 더럽힌 일이 한 번도 없었기에, 남편이 나를 얼마나 존경하며 아껴주었는지 덕분에 잘 알게 되었습니다. 공작님께서 말씀하시는 바와 같이 더러운 잡년들이 우글대는 진흙구덩이에 제가 잘못해서 발을 들여놓을 것 같으면, 영원히 이 몸은 더러워지고 욕될 것입니다. 공작님은 정실부인과 창녀의 차이를 도무지 모르시는군요."

"내가 장담하겠소"라고 공작은 냉소하며 말했다. "입으로는 그렇게 말하지만, 그대도 이후로는 그 일을 할 때에 남편을 좀더 힘껏 껴안을걸."

이 말에 순결한 부인은 치를 떨며 소리쳤다.

"당신은 고약한 분이시군요! 지금이야말로 저는 당신을 멸시해요. 증오해요. 입에 담지 못할 말! 제가 자랑하는 것을 빼앗지 못하니까, 제 영혼마저 더럽히려 들다니! 이보세요, 공작님. 당신의 추잡스러운 언사가 바로 당신에게 앙갚음을 할 때가 올 거예요.

　　설령 이 몸이 그대를 용서한들Si ie vous le pardoint,
　　하느님은 추호도 이를 잊지 않으시리Dieu ne l' oubiera point.

　확실히 이 시는 공작님께서 지으신 작품이 아닌가요?"

"마담, 나는 그대를 묶어서 버릇을 가르칠 수도 있는 신분이오"라고 공작은 노여움에 새파랗게 질려 말했다.

"어머, 천만에! 그 전에 제가 자유로운 신분이 되어있을 거예요……"라고 부인은 예리한 단검을 휘두르며 대꾸했다.

교활한 호색한은 냉연하게 웃어댔다.

"그렇게 두려워할 것 없소. 그대가 멸시하는 잡년들의 진흙구덩이 속에 오래지 않아 당신 스스로 잠길 테니까."

"제 목숨이 붙어있는 한 천만의 말씀이에요!"

"암, 그렇게 되고말고. 그대의 두 발, 두 손, 상아 같은 두 유방, 백설 같은 두 허벅지, 치아, 머리털 할 것 없이 모두 그곳에 밀어 넣게 될 것이오……. 음란한 마음이 일어나 그대 스스로 뛰어들게 하고말고. 사람의 엉덩이를 건

어차 뭉개는 성난 암말처럼, 앞발로 땅을 걷어차며, 뛰어 오르며, 줄방귀를 뀌며, 위에 타고 있는 자를 기진맥진케 하는 지랄을 그대가 치도록 하게 하고말고! 카스튀드Castud 성자를 두고 맹세해도 좋소!"

그러고 나서 오를레앙 공작은 휘파람을 불어 하인을 오게 했다. 그는 자기 앞에 대령한 하인에게 속삭이는 목소리로 도크통빌 경, 사부아지, 탄네기Tanneguy, 시피에르Cypierre 같은 신하들과 풍만한 살덩어리의 창부 몇 명을 다 함께 만찬에 초대하도록 일렀다.

다음에 줄곧 뚫어지게 보고 있던 부인으로부터 열 걸음 남짓한 거리에 있던 의자로 다시 와 앉았다.

"라울은 질투심이 많은 성미 같은데"라고 그는 말했다. "좋은 충고를 일러줘야 하겠군."

"이 구석에"하고 그는 내실內室 문을 가리키며 말을 이었다. "왕비께서 쓰시는 기름과 최상의 향료가 있소. 또한 이쪽 작은 방은 왕비께서 목욕과 여인이 마땅히 해야 하는 뒷물 같은 것을 하는 곳이오. 내 수많은 경험에 의하면, 그대들 여인들의 귀여운 입에는 각자 특유한 냄새가 있어서, 그 냄새를 맡으면 곧 분간할 수가 있소. 그러나 만약 라울이, 그대의 말과 같이 살벌할 정도로 질투가 심하다면, 이 질퍽한 향료를 잊지 않고 사용하는 게 좋겠소. 그렇지 않으면 괴로운 지경을 당할 것이오."

"어머! 공작님, 무슨 말씀을 하시려는 거죠?"

"두고 보면 알 때가 올 것이오……. 나는 그대를 조금도 해치고 싶지 않소. 해치고 싶기는커녕 그대를 진심으로 존경해, 나의 패배에 대해서는 영구히 침묵을 지키겠다는 것을 기사로서 맹세하오. 나 오를레앙 공작은 본래가 착한 마음씨라 여인의 멸시에 보답하는 데 낙원의 열쇠를 줌으로써 고귀한 보복을 하였다는 것을 부디 기억해주기를 바라오. 그대는 단지 옆방에서 떠들어대는 말에 귀를 기울여주기만 하면 되는 거요. 또한 주의 삼아 말하지만, 정말로 자녀들을 아낀다면 기침 소리 하나 없이 숨을 죽이고 있도록."

왕비의 침전에 다른 출구가 하나도 없고, 창살 사이로 머리 하나 겨우 나갈 정도로 비좁은 것까지 빈틈없이 살펴본 호색한은 포로가 된 부인에게 얌전히 꼼짝 말고 있으라고 다짐하고 나서 방문을 닫고 나가버렸다.

쾌활한 신하들은 서둘러 왔다. 와서 보니, 탁상에 늘어놓은 주홍빛 그릇에 담은 산해진미, 은으로 된 술 단지에 든 향긋한 포도주가 밝은 등불 밑에 차려져 있었다. 그들의 주인 오를레앙 공작은 말했다.

"자, 다들 자리에 앉으시오! 너무나 심심해 견디지 못해 그대들을 불러 옛 식으로 부담 없이 마시고 먹고 떠들고 싶었소. 그리스 사람이나 로마 사람은 프리아포스와 바쿠스[77]라는 이름의 뿔난 신에게 기도문Pater nostre을 바치면서 흥겹게 술을 마셨다고 하지 않소. 나의 오랜 경험을 갖고서도, 어디에 입 맞추어야 좋을지 당황할 정도로 세 곳에서 멋들어진 주둥이를 가진 아름다운 암까마귀들을 식후의 상대로 오게 하였으니, 오늘 밤은 이중의 잔치가 될 것이오."

만사에 있어서 공작이 어떠한 분인지 잘 알고들 있던 일동은 이 명랑한 개회사에 갈채를 보냈는데, 라울 도크통빌 만은 공작 앞으로 나가 말했다.

"공작님, 전투에서라면 견마지로犬馬之勞를 다하겠으나, '치마 싸움'에 있어서는 못 하겠습니다. 무술 시합장에서라면 남에게 뒤지지 않을 자신이 있으나, 술 시합에서는 근처도 못 가는 접니다. 보아 하니, 여러분들은 혼자 몸인 듯싶은데, 소생에게는 그날그날의 행동을 숨김없이 알려주어야 하는 아내가 집에서 기다리고 있습니다."

"그럼, 결혼한 몸인 나더러 삼가라는 말이오?" 하는 공작의 말.

"아닙니다! 별 말씀을 다 하십니다. 공작님과 저는 신분 자체가 다릅니다. 공작님은 공작님 식대로 노십시오."

이 훌륭한 말이, 갇힌 몸인 부인의 심정을 얼마나 뜨겁고 또 시원케 하였

---

77 Priapus와 Bacchus. 둘 다 그리스 신화에 등장하는 신이다. 프리아포스는 번식과 다산의 신으로 유난히 큰 성기를 가진 기형적인 모습으로 나타난다. 바쿠스는 익히 알려진 대로 술의 신, 디오니소스를 말한다.

는지 상상해보시라.

'어쩌면! 나의 라울!' 이라고 부인은 혼자 말했다. '당신은 참으로 고귀한 분이세요!'

"음, 훌륭한 말이군"이라고 공작은 대답했다. "그래서 나는 그대가 마음에 드는 거요. 그대야말로 내 신하들 중에서 가장 충성스럽고 존중할 만한 사람이오. 우리들은 모두 악동들이오!"라고 공작은 다른 세 신하를 바라보면서 말했다.

"하지만 라울, 우선 앉으시지"라고 공작은 이어 말했다. "내가 고르고 고른 홍방울새 암컷들이 오거든, 그대만은 먼저 사랑하는 아내에게로 돌아가시오……. 실은 말이오, 그대가 부부 관계 이외의 사랑의 즐거움을 전혀 모르는 건실한 사람이라고 들어왔기에, 그 기쁨이 어떠한 것인지 한번 보여주고 싶은 마음에서, 이 옆방에 레스보스Lesbos 섬의 여왕, 그야말로 온갖 비사秘事에 도통한 천사 한 분을 모셔놓았소. 사랑의 진국을 한 번도 맛본 일이 없으며, 항상 싸움터만을 꿈꾸는 그대에게 한평생 단 한 번만이라도 유색천有色天의 오묘하고도 신비스러운 경이를 알게 하고 싶었던 거요. 귀여운 여성에게 바치는 봉사가 서투른 사람이 내 지휘 하에 단 한 사람이라도 있다면 이 어찌 수치가 아니겠소?"

이 말에, 도크통빌도 공작의 마음을 상하게 하지 않으려고 어쩔 수 없이 식탁 앞에 앉았다. 금방 자리는 웃음바다, 흥겨운 호색담好色談, 차마 듣지 못할 잠자리 이야기들이 쏟아져 나왔다.

그들의 관례에 따라, 그들의 정사, 멋들어진 사랑의 전투 같은 것을 서로 털어놓으며, 저마다 가장 사랑하는 여인을 제외한 모든 여인이 가차 없이 도마 위에 놓여져, 연인마다의 독특한 방식까지 폭로되었다. 술 단지가 줄어감에 따라 더욱더 외설적인 이야기들이 늘어갔다.

전 유산을 손안에 넣은 사람 못지않게 유쾌해진 공작은 진담을 듣고자 꾸민 이야기를 하면서 연석자들을 부추겼기 때문에, 연석자들은 요리 쪽으로는 속보로 걷고, 술 단지 쪽으로는 줄달음질치고, 야한 이야기 쪽으로는 쏜살같이 굴러갔다. 그러한 이야기를 듣던 중에, 얼굴이 붉게 물들어 가면서도, 도크통빌은 차차 반발의 마음이 엷어져 가는 느낌을 어찌할 수가 없었다. 그 온갖 미덕에도 불구하고 그는 자신도 모르는 사이에 정욕의 불꽃이 타오르기 시작해, 기도하면서도 번뇌에 사로잡혀 들어가는 성자처럼 이 추잡스러운 자리의 분위기 속에 휘말려 들어갔던 것이다.

분노와 울분을 풀 기회를 노리고 있던 공작은, 그 꼴을 보자마자 농담 섞인 말투로 라울에게 말했다.

"이봐 라울, 카스튀드 성자께 맹세하지만, 우리는 알다시피 문경지교의 사이가 아니오. 이 자리를 일단 떠나면 입이 있어도 말을 못할 것이오. 자, 어서 옆방에 가보시오. 그대의 집사람에게는 다들 입을 봉하고 한마디도 하지 않을 테니. 내가 이러는 것은 그대에게 하늘나라의 기쁨을 알게 해주고 싶어 그러는 것이오."

"이곳에"라고 말하며, 공작은 도크통빌 부인이 갇혀있는 방문을 두드렸다. "이곳에 궁전 안에서 가장 정숙한 부인이자 왕비의 벗이기도 한 분이 계시오. 이 분이야 말로 사랑과 미의 여신 비너스의 여사제女司祭이시지. 어떠한 창녀도, 갈보도, 매춘부도, 또한 지체 높은 궁중의 여인도 이 여인만은 못 따를 것이오……. 낙원이 기쁨에 잠기는, 지상地上이 교합에 취하는, 초목이 혼례를 올리는, 동물이 발정하는, 삼라만상이 욕망의 불꽃을 톡톡 튀기는 계절에 태어났던 것이 바로 이 여인이오. 침대를 제단으로 삼고 있는 부인이기는 하나, 흘끗 보아도, 목소리를 듣기만 해도 금세 누군지 알 만한 귀부인이니까, 사랑의 신음 소리밖에는 한마디도 하지 않으려니와, 눈이 번쩍번쩍 정욕에 반짝이고 있을 테니까 등불도 필요치 않을 거요. 또한 무성한 숲에서 불의의 습격을 받은 야수보다 빠른 몸 꼬기와 동작으로 말할 테니까 담소 따위도 필요치 않을 거요. 주의 할 점은, 라울, 이는 소문이 나 있을 정도로 씩씩한 암말이니, 능숙한 기수가 하듯 갈기에 몸을 바싹대고 등자鐙子를 힘껏 디뎌 안장에 붙어있지 않다간, 단 한 번의 뒷발길질에 그대의 몸은 들보까지 붕 떠 혹시 등골에 송진이 묻어있다면 거기에 매달리고 말 거요. 뭐니 뭐니 해도 상대는 낮에나 밤에나 새털 이불 위에 앉아, 음란한 욕망을 활활 타오르게 하면서 사내를 갈망하는 것으로 세월을 보내는 여성이오. 그대도 알고 있겠지만, 저승에 간 그 청년 지아크Giac도 이 여인 탓으로 얼굴이 창백해지고, 어느 해의 봄철에는 골수까지 아작아작 깨물어 삼켜졌다는 소문이 있을 정도요. 사실 말이지, 방울소리를 울리며 희열의 성화聖火를 지피면서 거행하는 이 여사도와의 제사를 몸소 체험하기 위해서라면, 어느 사내라도 미래에 올 행복의 3분의 1을 기꺼이 내던지리다. 한번 그 맛을 보고 나서는 두 번째 밤을 함께 보내기 위해서 영혼을 송두리째 바친들 꿈에도 후회하지 않을 것이오.”

“하지만, 그처럼 자연스럽게 합치는 짓을 하는 것에 있어서 뭐가 그토록 판이한 다름이 있습니까?”라고 라울은 물었다.

“하하하!”

이 말에 연석자 일동은 하늘에 닿겠다 싶을 정도로 크게 웃어 댔다. 그리고, 술기운과 공작이 눈짓하는 행동에 고무되어, 일동은 소리소리 지르며 이리 뛰고 저리 뛰며, 혓바닥으로 입술을 핥으면서 천태만상으로 다른 색계色界의 미묘함과 아름다움에 대해서 떠들어대기 시작했다. 순진한 여학생[78]이 옆방에 있는 줄 전혀 모르고, 이들 주악酒惡 무도한 주정뱅이들은 수치심이고 뭐고 다 술 단지에 처박고, 벽난로 벽에 둘러친 대리석과 벽 판자에 새긴 무심한 조각상들마저 얼굴을 붉힐 정도의 외설스러운 이야기를 주워섬겼다.

오를레앙 공작은 한술 더 떠, 옆방에서 임을 기다리며 누워있는 마담은 요염한 독창력이 풍부한 에로스의 여왕, 지독하게 따끈따끈한 새 기술을 밤마다 고안해내는 것을 무한한 기쁨으로 삼는 여인이라고 말했다.

이러한 유혹적인 말에 자극되고 또한 술에 취한 나머지, 라울은 오를레앙

---

78 ecoliere. 초등학생, 중세기의 대학생(여자 대학생이 있었다면). 또한 풋내기, 신참자라는 뜻도 있다. 그러니까 여기서는 ‘신참’ 이라는 뜻이다.

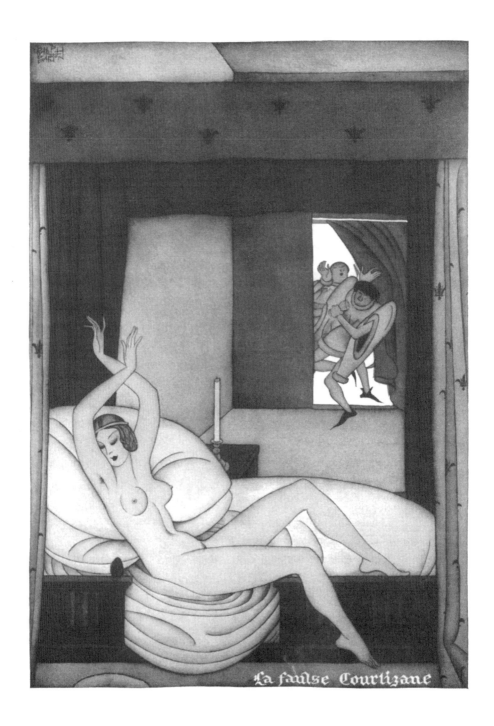

La faulse Courtizane

공작에게 어깨를 떠밀리는 대로, 귀신에 홀린 듯 방 안에 들어가고 말았다. 이렇듯 오를레앙 공작은 삶인가 또는 죽음인가, 그 어느 한 쪽의 칼날을 아니 받을 수 없는 처지에 도크통빌 부인을 빠뜨렸다.

그 자정 무렵, 도크통빌은 '정숙한 아내를 속이고 말았구나' 하는 후회의 정이 없지 않으면서도 매우 기쁜 얼굴로 방에서 나왔다.

그때, 오를레앙 공작은 도크통빌 부인이 남편보다 앞서 자택에 도착하도록 정원에 있던 뒷문으로 내보냈다.

"이 일로"라고 부인은 뒷문을 넘으면서 공작의 귀에 속삭였다. "우리들 세 사람에게 크나큰 보복이 올 거예요!"

그러고 난 지 1년 후, 오를레앙 공작의 휘하를 떠나, 장 드 부르고뉴Jean de Bourgogne 공작[79]의 수하가 된 라울 도크통빌이 탕플Temple의 옛 거리에서 폐하의 동생, 오를레앙 공작의 머리에 제일 먼저 도끼로 일격을 내리쳐 쓰러뜨린 사실은 우리가 다 아는 바다.

같은 해, 도크통빌 부인은 맑은 공기를 잃어버린 꽃, 혹은 진딧물에 빨아먹힌 꽃처럼 시들어 말라 죽었다.

마음씨 고운 지아비는 페론의 수도원에 있는 아내의 무덤의 대리석에 다음과 같은 비문을 새기게 했다.

이곳에 잠드노라
베르트 드 부르고뉴

라울 도크통빌 경의

79 장 상 프르 부르고뉴 공작(Jean Saus Peur, Duc de Bourgogne, 1371~1419). 샤를 테메레르의 할아버지로 샤를 6세와는 사촌 형제간이다. 부르고뉴파의 수장으로, 아버지 필리프 르 아르디를 이어 오를레앙 공작과 권력다툼을 계속하였다. 1407년 오를레앙 공작을 암살하는 데 성공하지만, 이로 인해 오를레앙가의 아르마냐크파가 형성되는 원인을 제공하기도 하였다. 후에 왕위에 오른 샤를 7세의 측근으로부터 암살된다.

거룩하고도 정숙한 부인.
그 여인
그 영혼을 위해 서러워 마라!
그 영혼
천국에 다시 꽃 피었으니.

우리 주 예수 탄생하신 후 1408년
1월 11일, 향년 22세
비탄에 잠긴 남편과 두 자녀를 남기고.

CY GIST
BERTHE DE BOURGOGNE,

NOBLE ET GENTE FEMME
DE
RAOUL SIRE DE HOCQUETONVILLE
Las! ne priez poinct pour son asme.

Elle
Ha este reflorir es Cievlx

le unze ianuier
de l' an de N. S. MCCCCVIII,
En l' eage de XX II Ans,

Lairrant deux fieux et son sievr espoulx en grant deuil.

이 묘비문은 음률이 아름다운 라틴어로 씌어있는 것을 여러분을 위해 편의상 프랑스어로 옮겨놓은 것인데, 정숙한gente이라는 뜻을 지닌 formosa라는 단어를 옮긴 말은 수려한 모습gracieure de formea이라는 원어의 뜻에 비해 좀 약한 감이 없지 않다.

'겁 없는 이Sans Peur' 라는 별명을 가진 부르고뉴 공작은, 도크통빌 백작이 가슴속에 깊이 간직해온 그 고뇌와 비통한 사연을 듣고 나서는, 그러한 방면에 인연이 먼 무뚝뚝한 무인임에도 불구하고, 그 후 한 달 동안이나 그 묘비의 그늘에 숨은 애절한 비극을 상기하고는 깊은 우수에 잠겼다고 한다. 또한 공작은 사촌형뻘 되는 오를레앙 공작이 범한 수많은 죄과 중, 이 지상에서 가장 성스러운 순결을 참혹하게 악덕 속으로 밀어 떨어뜨려 고귀한 두 마음을 서로 더럽히게 한 그 사악함 하나만 보아도 오를레앙 공을 다시 죽여도 시원치 않게 여겼다고 한다.

또한 이런 뜻의 말을 자주 하면서, 그는 도크통빌 부인에 대한 일과 오를레앙 공작 집의 서재에 화냥년들의 초상화와 섞여 부당하게 걸려있던 자기 처의 초상화[80]에 대한 것을 생각해, 자주 깊은 사색에 잠기곤 하였다고 한다.

샤를 테메레르 백작이 이야기한 이 사건은 너무나 잔혹하여 후에 '루이 11세'로 등극하신 왕세자께서 종조부뻘 되는 오를레앙 공작이나, 공작의 서자이자 옛 친구였던 뒤누아Dunoias 경을 고려하는 마음에서, 이 이야기를 《백 가지 새로운 이야기》 중에 포함시키지 않으셨다고 한다.

그러나, 오를레앙 공의 그와 같은 악독스러운 지략과 그에 대한 보복이야 어찌되었든 간에, 도크통빌의 빛나는 미덕과 서글픔에 깊이 감동된 필자는 이를 이 책자 속에 넣을 수밖에 없었다. 하늘에 계시는 부인이시여, 널리 용

---

80 브랑톰의 저작 《염부전》 제6장에 의하면, 오를레앙 공작은 관계한 여인의 초상화를 서재에 수없이 걸어놓고 자랑하였는데, 그중에 부르고뉴 공작부인의 초상화도 끼어있던 것이 남편(부르고뉴 공) 눈에 띄어, 앙갚음하려는 마음에서 오를레앙 공을 암살하고, 그의 처 발랑틴을 암살했다고 한다.

서하소서.

이 호색한 공작 위에 떨어진 천벌은, 그 후 수많은 내란의 계기가 되었으나, 마침내 루이 11세의 용기 있으신 결단으로 한칼에 진압되고 말았다.

이 이야기는 프랑스나 그 밖의 어디서나 어떠한 사건의 뒷면에도 반드시 여성이 숨어있다는 점을 증명하는 동시에, 자기가 뿌린 어리석은 씨앗은 조만간에 제 손으로 거두어들이지 않으면 안 된다는 것을 가르쳐주는 것이라 하겠다.

풋내기끼리[81]

프랑스의 영광스러운 국왕이 된 앙주 공[82]이 몽콩투르Moncontour[83]
에서의 승리를 축하하는 뜻으로, 투레느 태생의 기사 몽콩투르
경에게 레 부브레lez-Vouvray 성관을 짓게 하고, 또한 그 전투에서 수많은
이단자를 무찔러 혁혁한 무훈을 세웠기 때문에, 그가 그곳에 몽콩투르라는
이름을 붙이는 것을 윤허하시었다.

이 무인武人에게는 두 아들이 있었는데, 둘 다 독실한 가톨릭 신자였고, 그
중 맏아들은 궁정에서도 매우 이름을 날렸다.

---

81 풋내기끼리의 원문은le dangier d'estre trop coquebin이다. 직역하면 '너무 고지식한 사람의
　위험'이라는 뜻이다.
82 앙주 공작(Fraucois Duc d'Anjou, 1551~1589). 퐁텐블로 출생. 앙리 2세와 카트린 드 메디시스
　의 셋째 아들. 위그노 전쟁에 참가하여 뛰어난 활약으로 1573년 폴란드 왕이 되었으나, 이듬해
　형 샤를 9세가 죽자, 폴란드 왕위를 버리고 프랑스 왕이 되었다. 바로 이가 앙리 3세(재위
　1574~1587)다.
83 1569년 앙리 3세가 인솔하는 가톨릭군軍이 콜리니(Coligny, Gaspard de Chatillon, 1519~1572)
　제독이 지휘하는 신교도군(위그노)을 무찌른 싸움터다.

성 바르텔르미Saint-Barthelemy 축일[84]로 정해진 학살 음모 전에 일단 강화가 성립되어, 몽콩투르 경은 저택[85]으로 돌아왔다.(저택은 오늘날에 보는 바와 같이 웅장하거나 화려하지는 않았다.) 이 저택에서 그는 맏아들이 빌키에[86] 경과의 결투 때문에 급사했다는 비보를 받았다.

이 비보를 접한 불쌍한 부친은, 때마침 앙부아즈 가문 남계男系의 어느 처녀와 맏아들과의 백년가약이 성립되고 있던 때라 한결 더 비탄에 잠기고 말았다. 그가 바라마지 않고 있던 자기 가문의 행운도, 가문의 번성도 뜻하지 않은 이 가련한 요절 때문에 삽시간에 수포로 돌아갔기 때문이다. 이러한 목적에서 그는 일찍이 막내아들을 뛰어난 추기경으로 만들겠다는 고매한 야심에서 수도원으로 보내 믿음이 굳은 것으로 이름 높은 성직자의 엄한 훈육을 받게 했던 것이었다.

이 교육을 위해 이름 높은 성직자는, 먼저 이 젊은이를 불법 감금하여 머릿속에 고약한 풀이 돋아나지 않도록, 자기 독방에서 함께 기거하며 감독하고 모든 성직자가 마땅히 지켜야 할 참된 회개와 영혼의 깨끗함을 지니도록 길들였다.

따라서 이 어린 성직자는 나이 열아홉이 되도록, 하느님의 사랑 외에는 다른 사랑을 모르며, 천사의 본성 외에는 다른 본성을 모르고 있었다. 하기야 천사는 우리들 인간처럼 육肉으로 된 것을 갖고 있지 않아서 매우 청정한 상태로 깨끗함에 머물러 있을 수 있겠으나, 만약 그렇지 않았다면 천사

---

84 성 바르틀르미 축일le jour de Saint-Barthelemy. 바르텔르미는 바돌로메라고 불리는 그리스도 12제자 중의 한 사람이다. 라틴어로는 Batholomaeus. 카트린은 아들인 샤를 9세가 신교파에 편중해 자신을 권력에서 배제시키려고 하자, 구교파 기즈와 손을 잡고 샤를 9세를 부추겨 1572년 8월 24일로 성 바르텔르미 축일에 신교도들을 학살하였다. 이때 파리에서만 3~4천 명의 신교도가 죽임을 당했다. 이 일로 인해 샤를 9세는 평생 죄책감에 시달려야 했으며 결국 결핵으로 인생을 마감했다.

85 저택의 원문은 manoir로 '영주의 저택'을 뜻하는데, chateau보다는 규모가 작은 성관城館을 말한다.

86 빌키에의 원문은 Villequier. Ville(도시)와 quiet(고요한)의 합성어로 '고요한 도시'라는 뜻이다.

들 역시 그것을 곧잘 써먹었을 것이다. 처음부터 끝까지 완벽하게 깨끗한 시종을 거느리고 싶어 하시는 하늘나라의 왕께서도 그 점을 무엇보다도 걱정하신 것이다. 그래서 천사들이 우리들 모양으로 목로술집에서 나팔 부는, 청등홍가靑燈紅街에서 땅을 파는 능력을 못 가지게 하신 일은 참으로 잘도 하신 조치시니, 그렇게 함으로써 당신은 신성한 시중을 받으시는데, 생각해보면 지당한 것이, 당신은 만물의 주인이 아니시더냐.

각설하고, 목표가 어긋나게 된 몽콩투르 경은, 일단 막내아들을 수도원에서 나오게 하여 교회의 자줏빛 자리[87] 대신에 군인풍의 자줏빛 옷을 입히자는 생각을 해냈다. 그리고, 맏아들과의 혼약이 되어있던 아가씨를 막내아들과 혼인시키려는 생각도 해냈는데, 이것은 지극히 현명한 생각이었다. 그럴 것이, 어린 수도자답게 갖은 수도修道를 쌓고, 극기克己로 온몸이 뒤덮인 막내아들이니만큼, 궁중의 여러 귀부인들에 의해 이미 뒤범벅이 되고, 망가지고, 시들어진 맏아들과 합치는 것보다 아가씨에게 있어서 더욱 행복하고 보다 보람 있을 테니까.

양처럼 온순하게 길들여진 채 이 속세로 되돌아온 수도사는, 부친의 거룩한 의사에 따라 아내라는 게 어떠한 것인지도, 아니 그뿐이랴, 아가씨라는 게 무엇인지도 모르고 결혼을 승낙했다.

싸우는 신구新舊 양 교도들의 반목과 난투 때문에 귀향길이 가로막혀 그 풋내기다움이 천하에 둘도 없을 정도로 풋내기였던 막내아들이 몽콩투르 성관에 도착한 것은 우연히도 결혼식 전날이었는데, 그 와중에도 투르의 대주교로부터 형의 약혼녀와의 혼인허가장을 받아왔다.

여기서 신부 될 아가씨에 대해서 몇 마디 할 필요가 있다.

신부의 모친 되는 앙부아즈 부인은 일찍이 과부가 되어, 파리 성채城砦의 민사 재판관인 브라그론Braguelonne 경의 저택에 살고 있었고, 한편 민사 재판관의 내실은 내실대로 리니에르Lignieres 경과 함께 살고 있어서 당시

---

87 '자줏빛 자리'의 원문은 la place de la Poupre eccleziastique이다. 즉 추기경을 뜻한다.

커다란 스캔들거리가 되고 있었다.

그러나, 당시는 저마다 눈 속에 대들보를 박고들 있어서, 남들의 눈 속의 서까래를 보고 이러니저러니 할 틈도 없었다. 따라서 어느 가정에서도, 시대가 시대이니만큼 이웃들의 행실을 감시하는 일 없이 저마다 타락의 길을 혹은 느린 걸음으로, 혹은 총총걸음으로, 대다수는 달음박질로, 소수는 빠른 걸음으로, 가파르게 경사진 지옥의 가도를 걸어가고들 있었던 것이다. 때문에 방탕이 네 활개를 치던 이 시대에 있어서는 악마가 매우 성공하였다.

덕이 많으시다는 가련한 부인네들은 옛 풍습에 묶인 채 벌벌 떨며 어느 곳에 몸을 숨길 줄 몰라 하면서, 여기저기 행실이 바른 부인네들의 벗이 되어 살고 있던 시대였다.

명문 앙부아즈 집안에는 쇼몽Chaumont의 미망인이 아직 생존해 있었다. 이 미망인은 수많은 시련을 겪은 덕이 많은 노부인으로, 이 명문의 온갖 신앙심과 귀족 정신을 한 몸에 지녔다고 해도 과언이 아닐 정도로 훌륭한 분이셨는데, 신부가 될 이 아가씨를 십 년 전부터 슬하에 거두어 양육해왔기 때문에, 어머니 되시는 앙부아즈 부인은 아무런 걱정 없이 마음대로 방탕한 생활을 누리다가, 해마다 그 지방에 궁정이 이동해왔을 때, 한 해에 한 번 딸을 만나러 올 뿐이었다.

이처럼 제한된 모성애에도 불구하고, 앙부아즈 부인은 딸의 결혼식에 초대되고, 정부情夫인 브라그론 경도 친교 관계가 넓은 몽콩투르 경의 친지라서 초대를 받았다.

그러나, 이 결혼식에서 가장 소중한 존재인 노부인은 통탄할 좌골신경통과 고질병인 감기와 마음대로 움직일 수 없는 다리 때문에 몽콩투르 성관에 오지 못했다. 그래서, 이 착한 할머니는 심한 비탄에 잠기게 되었다. 이 한껏 귀여운 풋내기 아가씨를 궁중과 세속의 위험 속에 내보내다니, 매우 두려웠다. 그렇다고 날려 보내지 않을 수도 없는 노릇이었다. 그러므로, 저녁 기도를 바칠 때마다 할머니의 행복을 기원하며, 미사와 기도를 많이 올리라는 굳은 약속을 손녀에게 되풀이시켰다. 한편, 할머니는 이 오래된 지팡이를, 오래 전부터 알고 지낸 사이였던 수도원장의 교육을 받은, 반쯤은 성자와도 같다는 신랑에게 물려주는 것이 다소 위로가 되었다(수도원장은 이 혼배성사를 위해 많은 수고를 했었다). 드디어 눈물과 함께 입 맞추면서, 이 덕이 많으신 할머니는 부인네들이 신부에게 일러주는 마지막 권고, 시어머니를 존경해 모실 것, 남편에게 항상 복종할 것 등을 당부했다.[88]

다음, 신부의 일행은 쇼몽 가문의 귀족, 시종, 시녀, 몸종을 거느리고 교황 사절의 행렬처럼 거창하게 도착했다.

이렇듯, 신랑 신부는 결혼식 전날에 성관에 왔다. 몽콩투르 경의 친지들이 참석한 가운데, 블루아의 주교가 올리는 미사로, 길일吉日에 성관 안에서 결혼식이 성대하게 거행되었다.

잔치와 춤과 주연이 아침까지 계속되었다. 그러나, 투레느의 풍습에 따라, 자정이 되기에 앞서 신부는 들러리들의 안내를 받아 신방에 들어갔다. 한편, 풋내기 신랑은 불쌍하게도 농담 삼아 하는 허다한 시비를 받아 풋내기 신부 방으로 가려는 발이 구속당했는데, 아무것도 모르는 마음에서 풋내기 신랑은 그러한 우스갯소리에 그 때마다 맞장구쳐주었다. 이를 보다 못한 몽콩투르 경은 장난과 우스갯소리를 가로막고, 아들로 하여금 좋은 뜻을 이룰 수 있게 거들어주었다.

풋내기 신랑은 겨우 신부 방에 들어섰다. 그 방 안에서 본 것은, 항상 무릎 꿇고 그 발밑에서 공손히 기도를 올리던 이탈리아나 플랑드르의 명화에 그려진 성모 마리아보다 더욱 아름다운 신부였다. 그러나, 이토록 삽시간에 남편이 되고 보니, 마음속으로 매우 당황해 마지않았던 것을 우리는 다 짐작할 수 있을 터. 그럴 것이, 신랑은 어떠한 임무를 해치워버려야 한다는 것을 어렴풋이 알고는 있으면서도, 그게 어떠한 임무인지 확실히는 몰라

---

88 이 대목은 어찌나 우리나라 풍습과 똑같은지 저절로 웃음이 나온다. 그래서 역자가 내 멋대로 하는 말이 아니라는 점을 밝혀 두기 위해 원문을 적어둔다. 다음과 같다. "Comme quoy debvoyt estre eu respect devant madame sa mere, et bien obeir en toust au mary."

서, 또한 수줍어하는 얌전한 성격이라서, 그에게 한마디 일러준 부친에게
마저 꼬치꼬치 캐묻지 못했던 사람됨이었으니까.

"네가 완수해야 할 임무를 잘 알겠지, 씩씩하게 해치워라!"

그에게 주어진 이 귀여운 아가씨가 아주 호기심에 불타 이불 속에 누운
채 머리를 갸우뚱하고 있으면서도, 미늘창 끝처럼 사람을 찌르는 눈길로 이
쪽을 살피고 있는 모양을 그는 보았다.

'남편에게 순종해야지' 라고 아가씨는 생각하고 있던 터였다.

하지만, 새아씨 역시 아무것도 모르고, 명목상 자기가 속해있는, 다소 성
직자 냄새가 나는 이 귀공자의 발언만을 기다리고 있었다.

그 모양을 목격한 몽콩투르의 기사는 침대 곁으로 오더니, 귓전을 긁고
나서 무릎을 꿇었다. 이 동작은 그의 장기였다.

"기도하셨습니까?" 라고 신랑이 매우 경건한 말투로 물었다.

"어머 잊었네. 같이 기도하실까요?" 라고 신부가 말했다.

이와 같이 이 어수룩한 신랑 신부는 하느님께 기원하는 것으로써 부부의
일을 시작했다. 이것은 장소와 때에 어울리지 않는 것이 결코 아니었다. 그
러나, 우연한 사고로 기원을 들은 것은 악마뿐, 악마만이 대답했다. 당시 하
느님께서는 고약스러운 새 종교개혁[89] 때문에 대단히 바쁘셨기 때문이다.

"무엇을 하라고 당신에게 이르셨습니까?" 라고 신랑은 물었다.

"당신을 사랑하라고요" 라고 신부는 천진난만하게 대답했다.

"내게는 그러한 지시가 없었지만, 그래도 나는 당신을 더욱 사랑합니다.
말하기 부끄러우나, 하느님보다 당신을 더욱 사랑할 만큼!"

신을 모독하는 이와 같은 말을 듣고도 신부는 별로 언짢게 여기지 않
았다.

"당신의 잠자리에 들어가고 싶은데 상관없을까요?" 라고 신랑은 이어 말

---

[89] 프로테스탄트Protestant를 말한다. 당시 프랑스에서는 구교와 신교의 대립이 첨예하였고, 때로
는 정치적 목적으로 이러한 상황이 이용되기도 하였다.

했다.

"기쁜 마음으로 자리를 마련하겠어요. 저는 당신의 분부에 따를 의무가 있으니까요……."

"그럼, 이쪽을 잠시 보지 말아 주세요. 옷을 벗겠으니."

이 예절 바르고 품행이 단정한 말에, 아가씨는 커다란 기대를 품으면서 벽 쪽으로 몸을 돌렸다. 사내와 단지 내의(속옷) 하나로 경계를 삼는 것이 처음이었기 때문이다.

다음, 풋내기 신랑은 침대로 와서 잠자리 속으로 들어섰다. 이렇게 해서 신랑 신부는 사실상 합쳐졌지만, 여러분이 다 아시는 것에서는 매우 멀리 있었다.

바다 건너에서 온 원숭이가 처음으로 호두알을 받는 꼴을 목격한 일이 있으시겠지? 이 원숭이는 드높은 상상력으로 껍데기 밑에 감추어져 있는 알맹이가 얼마나 맛있는지 짐작하여 원숭이답게 천태만상의 몸짓을 하며, 입술 사이로 어떠한 소리를 내면서 그것을 맡아보고 요리조리 깨물어보는지! 그 어떠한 감동으로 그것을 관찰하고, 그 어떠한 관찰로 그것을 살피고, 그 어떠한 살핌으로 그것을 손에 들고, 던지고, 굴리고, 홧김에 마구 흔들어보는지! 그런데, 그 원숭이가 혈통이 천하고 소견이 좁은 놈일 때, 단념하고 호두알을 내던지고 마는 경우가 종종 있다.

이와 마찬가지로, 이 불쌍한 풋내기 신랑은, 새벽녘이 되어도 어떻게 자기의 직무를 마쳐야 하는지, 또한 그 직무라는 게 무엇인지, 또한 어디서 그 직무를 이행해야 하는 것인지 모르는 채, 어느 박식한 사람에게 물어 그 도움과 구원을 청해야 하겠다는 것을 귀여운 신부에게 고백하지 않을 수가 없었다.

"그러시는 게 좋겠어요"라고 신부는 말했다. "안타깝게도 저는 가르쳐드릴 수가 없으니까요……."

사실, 풋내기끼리 아무리 꾸며대어 온갖 짓을 시험해보아도, 그 길의 능수인들 꿈에도 생각 못할 자세를 허다하게 짜내보아도, 좀처럼 신랑 신부에게는 깨달음을 얻을 길이 없어서, '결혼의 호두'를 깨지 못한 것에 절망한 나머지 두 풋내기는 이내 잠들어버렸다. 그러나, 아주 곧잘 둘이서 해낸 것처럼 남들이 여기도록 꾸민 태도를 부리자고, 두 사람은 슬기롭게 합의했다.

바탕이 굳게 다져지지 않았기 때문에 여전히 아가씨인 신부는, 다음 날 아침 일어나서 첫날밤에 대해 꼬치꼬치 묻는 말에 척척 받아넘기는 대꾸로 자기의 첫날밤의 행운을 자랑하며, 사내 중의 사내를 남편으로 맞이한 것을 자랑하며, 어젯밤의 일을 하나도 모르는 여인들 못지않게 씩씩하게 잡소리와 우스갯소리에 한몫 끼었다.

그래서 듣는 사람마다 이 새것을 다소 방종한 새색시로 알았다. 이중二重의 우롱 삼아, 로슈 코르봉 부인은 그것에 대해 아무것도 모르는 부르데지에르Bourdaisiere 아가씨를 부추겨 신부에게 물어보게 했다.

"신랑님은 화덕에 빵 몇 개를 넣었니?"

"스물하고도 네 개!"

그러나저러나, 풀이 죽어 왔다 갔다 하는 신랑의 꼴을 보고 매우 걱정이 된 신부는, 어떻게 해서든지 신랑의 덜 떨어진 것을 떨어뜨리고 싶어 마음속으로는 안타까워하였다. 그 자리에 있던 부인네들은, 신랑은 첫날밤의 기쁨에 기운이 다 빠지고, 신부는 신부대로 신랑을 단번에 녹초를 만들어버린 것을 후회하고 있는 줄로 여겼다.

잔치의 아침 식탁은 고약스러운 희롱으로 떠들썩했다. 이것은 당시에 있어서 덕담 대신 하던 관습이었다.

하나가 "보아 하니 신부는 금세 열린 모양이야"했다.

또 하나가 "어젯밤 성 안에 천둥소리가 굉장하던데"라고 말했다.

이쪽에서 "화덕에 불이 활활 타던데"라고 말했다.

저쪽에서 "어젯밤 두 집안은 다시 찾지 못할 그 어떤 것을 잃어버렸다지"했다.

허다한 그 밖의 허풍, 횡설수설, 우스갯소리가 쏟아져 나왔는데, 불행하게도 신랑은 뭐가 뭔지 납득이 가지 않았다.

친척들, 이웃사람들과 하객들이 많이 모였기 때문에, 아무도 어젯밤부터 눈을 붙인 사람이 없었다. 젊은 귀족의 혼례 잔치에 따르는 관습대로 모두들 춤추며, 마시며, 뛰며, 흥겨워 노닥거리고들 있었다.

그 중에도 브라그론 경은 매우 유쾌했다. 앙부아즈 부인은 딸이 해낸 좋은 일을 생각해 얼굴에 홍조를 띠며, 파리 민사 재판관에게 매 같은 눈길을 던져 요염한 소환장을 보냈다.

파리의 극악무도한 잡놈들과 도둑들을 다스리는 작자이니만큼, 민사 재판관은 집행관이나 경관 식의 눈짓이나 독촉에 매우 밝아 부인의 속셈을 알고도 남음이 있었지만, 그 행운을 보고도 못 본 체하였다. 왜냐하면, 부인의 크나큰 애착이 요즘에 와서 그의 비위를 몹시 상하게 하고 있었기 때문이었다. 따라서, 그가 관계를 끊지 않고 있는 것도, 주로 그의 준법정신의 소치였다. 그럴 것이, 파리시민의 풍기·치안·종교를 감독하는 것이 그의 직책이었기 때문에, 궁정의 신하들처럼 앞뒤를 가리지 않고 무턱대고 정부^{情婦}를 갈아치우는 짓은, 파리 민사 재판관으로서는 어울리지 않는 행동이었기 때문이었다. 그렇지만, 그와 같은 그의 반항도 끝장이 날 때가 왔다. 혼인 잔치 다음 날, 대다수의 손님들이 물러가고, 앙부아즈 부인과 브라그론 경, 기타 여러 가까운 친척들만이 남아 침실로 들어가지 않을 수 없어서.

따라서 만찬 전에, 파리 민사 재판관은 부인이 작은 목소리로 하는 독촉을 받는데, 소송 일처럼 그것의 연기에 이유를 붙일 수가 없었다.

만찬이 시작되기에 앞서 앙부아즈 부인은 신부와 동석하고 있던 브라그론을 만찬의 자리에서 끌어내리려고 갖은 교태를 다 부려보았다. 헌데 따라나온 이는 민사 재판관 대신 사위였다. 그래서 뜻하지 않게 장모는 사위와 산책하게 되었다.

사위가 뒤따라 나온 것은, 이 풋내기의 머릿속에 모종의 궁여지책이 버섯처럼 돋아났기 때문이었다. 곧 몸가짐이 단정한 부인으로 여기고 있던 이 장모에게 물어보자는 생각이 들었던 것이다. 만사에 있어서 세상물정을 잘

아는 나이 든 사람에게 문의해보라는 수도원장님의 세심한 교훈을 상기하면서, 그는 앙부아즈 부인에게 자기의 처지를 모조리 이야기하고자 했다.

그러나 처음 동안, 그는 어찌 할 바를 몰라 말없이 부인과 함께 오락가락할 뿐……. 자기 처지를 토해버릴 마음이 하나도 나오지 않았다. 부인도 역시 잠자코 오락가락하였으니, 브라그론 경의 자발적인 소경 신세, 귀먹음, 마비증세에 심하게 약이 오르고 있었기 때문이다.

그래서, 빠짝빠짝 깨물어 먹을 만큼 맛나는 요리와 나란히 걷고 있으면서도, 풋내기 따위는 조금도 염두에도 없을 뿐 아니라, 더구나 어린 비계를 마음껏 맛본 이 젊은 수고양이가 늙은 비계를 생각하고 있는 줄은 꿈에도 상상치 못하였다.

'흥, 흥, 흥! 파리의 발 같은 수염을 단 늙은 것 같으니라고.

느른한, 늙은, 쥐색의, 망가진, 하잘것없는 수염 같으니라고.

여성을 존중할 줄 모르는 얼굴가죽 두껍고도 목석같은 수염 같으니라고.

느끼지도, 보지도, 듣지도 못하는 체하는 수염 같으니라고.

잘려져 나간, 무너진, 힘없는 수염 같으니라고.

꼴사나운 수염 같으니라고.

그런 고약한 사내 같은 건 이탈리아에서 온 코 떨어지는 매독으로 죽어버려라.

보기 흉악한 석류 같은 코,

얼어버린 코,

신앙심 없는 매부리코,

진흙 탁자처럼 메마른 코,

창백한 코,

넋 빠진 코,

그늘밖에 없는 코끼리 코,

조금도 구멍이 안 보이는 막힌 코,

포도나무 잎처럼 우그러진 코,

이 밉살스러운 콧놈아!

늙어빠진 콧놈아!

바람 하나 안 통하는 코…….

송장 코.

송로버섯 같은 그 코에, 다 써먹어 짧은 빗장 같은 그 코에, 내가 어쩌다가 마음이 끌렸을까?

명예심 없는 그 늙은 코,

물기 없는 그 늙은 수염,

희끗희끗한 그 늙은 대가리,

괴상망측한 그 낯짝,

누더기 같은 늙은이,

털투성이 늙은이.

뭐가 뭔지 모르는 그 늙은이 따위는 차라리 악마에게 줘버리겠다.

내가 바라는 것은 이 몸에게 그것을 곧잘 해주는 젊디젊은 젊은이…….

또 많이,

또 날마다,

그리고 내게…….'

앙부아즈 부인이 이와 같은 건실한 생각에 잠기고 있던 동안, 풋내기는 그 찬송가를 띄엄띄엄 토해내기 시작했는데, 몹시도 완곡한 그 첫 노래를 듣자마자, 부인의 깨달음은 화승총火繩銃의 낡은 부싯깃처럼 삽시간에 불붙어 온몸이 극성스럽게 간지러워지게 만들었다. 그렇게 되자, 부인은 사위를 시험해보는 것도 슬기로운 일이라 생각하여, 마음속으로 다음과 같이 말했다.

'아아! 젊고도 좋은 냄새나는 수염…….

아아! 아주 싱싱하고도 예쁜 코!

산뜻한 수염,

풋내기 코,

Le Dangier d'estre
trop cocquelin

새 수염,

희열로 가득 찬 코,

봄 같은 수염,

사랑의 귀여운 마개.'

그녀는 넓은 정원을 오락가락하면서 할 말이 많았다.

어느덧, 그러는 가운데 그럭저럭 풋내기와의 이야기를 매듭지었다. 그 결과, 밤이 되면 풋내기는 방에서 빠져나와 부인의 방으로 몰래 들어가, 거기서 아버지로서는 가르쳐 줄 수 없는 것을 교육받기로 했다.

사위는 이를 매우 흡족하게 여겨, 이 거래에 대해 한마디라도 누설하지 말기를 부인에게 부탁하며 진심으로 사례했다.

그동안 브라그론 경은 마음속으로 다음과 같이 투덜거리고 있었다.

'빌어먹을 할망구! 흥, 흥이다, 할망구야! 페스트에 걸려 숨 막혀라!

개에게 급소를 물려라!

이 빠진 헌 말빗!

발이 담기지 않은 헌 실내화!

헌 화승총!

십 년이나 묵은 늙은 대구![90]

저녁이 되지 않고는 요동 못 하는 늙은 거미!

눈을 뜬 늙은 송장!

악마의 헌 요람.

발효도 안 된 빵을 파는 사람의 낡은 초롱!

날카로운 눈길로 사람을 죽이는 마녀 같으니라고……

대허풍쟁이의 아래털 같은 할망구!

파이프오르간의 낡은 발판!

백 개의 단검이라도 들락날락할 헌 칼집!

90 morue. 비속어로는 매춘부라는 뜻이다.

무릎으로 반들반들 낡아빠진 성당의 헌 현관 돌!

누구나 다 넣을 수 있는 헌 헌금함!

네년과 헤어질 수 있다면, 내 내세*世 같은 건 기꺼이 희생하겠지만……!'

경이 이와 같은 경솔한 생각을 끝내고 있을 때, 같은 자리에 있던 귀여운 신부는, 젊은 신랑이 결혼에 있어 근본적인 그것의 관습을 알지 못하고 도무지 그것을 어떻게 하는 것인지 전혀 몰라 크나큰 절망에 빠져 있음을 생각하며, 자기가 몸소 그것을 습득해서 신랑을 고뇌와 수치심과 고민에서 구해보자고 마음먹었다. 그렇게 함으로써, 오늘밤에 신랑에게 그 임무를 가르쳐주면서, "이게 바로 그거예요……"라고 말해, 신랑을 깜짝 놀라게 하는 동시에 기쁘게 해주고 싶었다.

더구나 신부는 할머니로부터 나이든 사람들을 존경하라는 가르침을 받으면서 자라난지라, 부부 교합의 감미로운 비밀을 얻고 싶은 마음에서 이 세상 물정을 다 아는 민사 재판관에게 의심나는 점을 얌전하게 말씀드려보았다.

그런데, 브라그론 경은 이제부터 치러야 할 밤일을 생각하니 한심스러워, 화려한 신부의 말상대를 하고 있는 걸 까맣게 모르고 있다가, 묻는 말이 뭔지도 모르고 당황한 김에 신부에게 젊고도 현명한 신랑을 맞이해 얼마나 행복하냐고 간단히 물었다.

"그럼요, 아주 현명하신 분이세요"라고 신부는 대답했다.

"지나치게 현명한 게 아닐까, 어쩌면……"이라고 미소 지으며 민사 재판관은 말했다.

간단히 말해, 이야기는 두 사람 사이에서 곧 풀려, 껑충 뛸 만큼 기뻐한 브라그론 경은 또 하나의 찬미가를 입속으로 중얼거리면서 그 청을 쾌히 승낙하고, 앙부아즈 부인의 며느리[91]의 본성을 깨우쳐 주는 데 온 정력을 아끼

91 bru. 그러나 이는 출판사의 오식인 듯하다. 그녀는 앙부아즈부인의 딸이니까. 석연치 않으므로 여기에 지적해두기로 한다.

지 않을 것을 다짐했다. 풋내기 신부도 그를 스승으로 모셔 그 교습을 받으러 그의 방으로 가겠다고 약속했다.

만찬 후, 앙부아즈 부인은 브라그론 경을 향해 높다란 음계音階의 가공할 음악을 연주했다.

부인은 그에게 가져다준 것, 곧 그녀의 신분·재산·정숙 등등을 그가 조금도 고맙게 여기지 않는다고 반시간 남짓하게 냅다 쏘아댔으나, 부인의 분노는 4분의 1도 발산되지 않았다.

결국 두 사람 사이에 천 개의 단검이 빼내어졌지만, 칼집만은 저마다 아직 간직하고 있었다.

이러는 사이, 신랑 신부는 즐거운 새 이불 속에 들어갔는데, 서로 상대방에게 인생의 기쁨을 맛보게 하려는 일편단심에서, 이부자리에서 빠져나갈 구실을 저마다 궁리하고 있었다.

웬일인지 안절부절못할 기분이 드니 바깥 공기를 쐬고 싶다고 풋내기 신랑은 말했다.

그 말에 아직 굳게 다져지지 않은 신부는 달빛을 받으며 한가로이 산책하고 오시라고 권했다.

이 말에 마음씨 착한 풋내기 신랑은 잠시 동안이지만 사랑하는 신부를 혼자 두는 게 몹시 가여운 느낌이 들었다.

더 간단히 말해, 신랑 신부는 다른 시각에 동침의 이부자리에서 빠져나와, 지혜[92]를 구하고자 부랴부랴 저마다의 스승의 곁으로 갔다. 두 스승이 초조하게 기다리고 있었음이야 여러분도 짐작하시고도 남음이 있으리.

그래서 두 사람은 저마다 뜻 깊은 교육을 받았다. 어떻게? 그것은 필자도 말 못 하겠다. 무릇 지혜에는 사람마다 독특한 방법과 실행이 있고, 모든 학문 중에서도 이 학문은 그 원리에 있어서 가장 변화무쌍하기 때문이다. 단

---

92 sapience. Livre de la Sapience(솔로몬의 지혜의 책). 구약성서 중 잠언, 전도서, 아가雅歌 같은 책의 이름이기도 하다.

지 어떠한 언어건, 문법이건, 학과건, 그 가르침을 이 두 사람만큼이나 열렬히 받은 학생이 없었던 것을 단언해둔다.

이렇듯 학문을 연마한 결과를 서로 전하려고, 두 사람은 곧 그들의 보금자리로 돌아왔다.

"어머, 당신"하고 예쁜 신부는 말했다. "당신은 벌써 내 선생님보다 더 잘하시네요!"

세상에서 보기 드문, 이와 같은 신기한 시련으로부터 부부 동침의 기쁨과 완전한 정숙함이 비롯되었다. 그럴 것이, 두 사람이 결혼의 길에 들어서자마자 상대가 얼마나 '사랑의 기쁨'에 어울리게 뛰어났음을, 그 스승들보다, 모든 사람들보다 한결 뛰어난 것을 가지고 있는지 경험하였기 때문이다. 따라서 두 사람은 오랜 일생 동안 정당한 소유물 밖에서는 몸을 내놓지 않았다.

그러므로 몽콩투르 경은 노년에 이르러 벗들에게 자주 말하였다.

"나처럼 밭에 풀이 돋아 날 무렵에는 오쟁이 질망정, 농부의 손에 수확 되고 나서는 안 지는 게 제일이지."

이야말로 부부 관계에 있어서의 참다운 윤리라 하겠다.

사랑의 하룻밤

'앙부아즈의 난'[93] 이라고 일컫는 소란에 의해서 종교 전쟁의 첫 싸움이 시작된 해 겨울, 아브넬Avenelles[94]이라고 불리던 변호사가 마르무제 거리에 있던 자기 집을 한 무리의 신교도들의 밀담 장소로 제공하고 있었는데, 당시의 그는 콩데Conde 공[95]이나 라 르노디La Regnaudie 같은 거물들이 국왕 유괴의 음모를 꾸미고 있는 줄은 전혀 몰랐다.

이 아브넬이라는 사람은 감초의 싹처럼 반들반들 윤나는 보기 흉한 붉은 수염이 나고, 재판소의 어둠 속에 묻혀있던 법조계의 인사들이 다 그렇듯이

---

93 Tumulte d'Amboise 또는 Conjuration d'Amboise. '앙부아즈의 음모' 라고도 한다. 1560년 3월 당시 궁정이 있던 앙부아즈에서 당시 어린 나이에 왕위에 올랐던 프랑수아 2세를 유괴하려고 무장한 신교도파(위그노)가 앙부아즈에 집결하기로 한 음모 사건이다. 그러나 내부자의 고발로 발각되었고, 이로 인해 수많은 신교도가 살해되었다. 2년 후 발발한 '위그노 전쟁' 의 전초전이라 할 수 있다.

94 피에르 데 아브넬Pierre des Avenelles. 파리 고등법원의 변호사. 신교도 측에서 꾸민 '앙부아즈의 음모' 를 구교도 측에 밀고하였다.

95 Prince de Conde(1530~1569). 초대 콩데 공 루이 1세를 말한다. 방돔 백작의 다섯 번째 아들로 종교 전쟁 초기의 신교도(위그노) 군사 지도자였다. '앙부아즈의 음모 사건' 에 가담하였다.

악마와 같은 창백한 얼굴을 하고 있었다. 요컨대, 그는 최대의 악질 변호사로, 남이 목매달려 죽는 모양을 보면서 웃으며, 닥치는 대로 배신하는 진짜 유다였다. 따라서 몇몇 문사의 주장에 의하면, 간사한 지혜에 뛰어난 고양이 같은 놈인지라, 아브넬이 그 음모 사건에 몰래 가담해 두 다리를 걸고 있었을 것이 틀림없다고 하는데, 그것이 사실임은 다음의 이야기로 납득하실 줄 믿는다.

이 아브넬은 파리의 중산층의 매우 귀여운 여인을 부인으로 삼고 있었는데, 그가 어찌나 질투심이 강하였던지, 침대의 시트에 수상쩍은 구김이 하나라도 있기만 하면 부인을 때려 죽였을는지도 모를 정도였다. 더구나 누가 보아도 떳떳한 구김이 남는 경우도 종종 있는 고로 이는 위험천만한 노릇이었으나, 부인은 그 점을 잘 알고 있어서 항상 시트를 구김 하나 없이 잘 펴 놓곤 했다.

남편의 흉악스러운 성격을 잘 알고 있었던 부인은 매우 온순하게 굴어, 항상 촛대처럼 채비하고 있어서, 명령일하, 꼼짝하지 않고 금세 열리는 옷장 모양으로 그 의무에 응해왔던 것이었다. 그럼에도 불구하고, 아브넬은 이 정숙한 아내를 심술궂은 노파의 감시 아래 두고 있었다. 이 감시인은 흡사 주둥이 없는 단지처럼 밉게 생긴 노파였는데, 원래 아브넬의 유모였던 관계로 그를 매우 사랑하고 있었다.

허구한 날, 차디찬 가정에 갇혀있는 불쌍한 부인에게 허락된 유일한 즐거움은, 그레브Gresve 광장에 있는 성 요한 성당에 미사 드리러 가는 일이었다. 여러분도 아시다시피, 그곳은 상류 사회의 귀한 숙녀들이 모이는 성당이었다. 그래서 그녀는 기도문을 외면서, 머리털을 곱슬곱슬하게 한, 치장한, 풀을 먹인 것처럼 빳빳한 귀공자들이 나비처럼 민첩하게 왔다 갔다 하는 모양을 보고는, 잠시 눈요기를 하곤 했다. 그러다가 귀공자들 중의 한 사람, 왕세자비의 마음에 들고 있던 젊은 이탈리아 귀공자에게 그녀는 반하고 말았다. 이 귀공자는 인생의 5월을 맞이한 젊은 나이, 우아한 옷차림, 아름다운 거동, 씩씩한 이목구비, 요컨대 결혼의 엄한 굴레에 죄어들어 고생하며, 항상 부부의 규율로부터 도망쳐 나오려고 하는 여인의 연정을 유혹하기에 충분한 사내다움이 있었다.

또한 그 귀공자도 이 중산층 사람의 아내인 여인에게 반했다. 악마도, 당사자인 두 사람도 그 까닭을 모르지만, 무언의 연정이 서로 통했던지, 두 사람은 자신들도 모르는 사이에 사랑의 교감을 남몰래 나누는 사이가 되었던 것이다.

변호사 부인도 처음에는 성당에 간다는 목적으로 치장을 하며 언제나 호사스런 새 옷을 입고 가곤 하였다. 그러다가, 하느님께서도 화내셨겠지만, 하느님 같은 건 염두에도 없이 오직 그 귀공자만을 생각해, 드디어 기도는 하지 않고 오로지 가슴속에 불타는 불길을 부채질하고 있었는데, 이 불길은 반드시 수분으로 변화되는 것인지, 눈이나 입술이나 그 밖의 곳곳이 자기도 모르는 사이에 축축해지는 것이었다. 그래서 부인은 자주 마음속으로 말하곤 하였다.

'아! 나를 사랑해주는 저 아름다운 귀공자와 단 하룻밤이라도 동침할 수 있다면 내 목숨 같은 건 어찌되든 어떠리!'

또한 자주, 성모 마리아께 계속 기도를 바치는 대신에, 마음속으로 이렇게 생각하곤 하였다.

'저 우아한 분과 멋있는 젊음을 즐기고, 단 한순간만이라도 사랑의 기쁨을 만끽할 수 있다면, 설령 이 몸이 이단자들을 태우는 장작더미 불에 던져진들 어떠리……'

한편, 귀공자도 이 아리따운 여인의 모습과 아름다움을 보고, 또한 눈길이 마주칠 때 아낙네가 두 볼을 붉게 물들이는 모양을 보고는, 반드시 저 여인의 자리 가까이 와서 부인네들이 잘 아는 사랑을 탄원하는 눈길을 보냈다. 역시 귀공자도 마음속으로 말하고 있었다.

'아버지의 두 뿔을 걸고 맹세하지만, 반드시 저 여인을 차지하고 말겠다. 설령 그 때문에 내 목숨을 잃더라도.'

그리고 감시하는 할멈이 한눈을 팔고 있을 때, 두 애인은 눈길만으로 서로 몸의 간격을 죄며, 포옹하며, 애무하며, 들이마시며, 먹으며, 게걸스럽게 삼키며, 입 맞추곤 했는데, 그 열렬함이 어찌나 뜨거웠던지 만약 그곳에 화승총이라도 있었다면 당장 그 심지가 타들어갔을 정도였다.

이처럼 가슴 깊이 파고 들어간 연모의 정이 그대로 끝날 리가 만무하였다.

귀공자는 몽테귀Montaigu[96]의 학생 차림으로 변장해, 아브넬의 서기들에게 한턱내어 그들과 놀이친구가 되어 가지고 아브넬의 일상, 집에 없는 시각, 여행과 그 밖의 갖가지를 알아내, 그를 오쟁이 지게 할 틈을 엿보기 시작했다. 하지만 이렇듯 그를 용케 오쟁이 지게 했으나, 그것이 결국 화가 되리라고는 그 누가 알았으랴. 자초지종은 다음과 같다.

음모의 경과에 따라서 재빨리 적인 기즈 당Guyses[97]에게 밀고해버리자는 속셈으로 이 음모에 가담했던 변호사 아브넬은 블루아까지 가보고 싶은 생각이 들었다. 이처럼 악마의 손이 미치고 있던 프랑스 궁정은 당시 블루아에 있었기 때문이었다. 아브넬이 블루아로 간다는 사실을 알아낸 귀공자는, 먼저 블루아 시가지에 가서 이 꾀 많은 변호사를 곯려주어 오쟁이 진 서방의 주홍빛 뿔 표시를 달아주려고 올가미를 치고 있었다.

사랑에 눈이 어두워진 이탈리아 태생의 이 귀공자는 시종과 하인들에게 이르기를, 변호사와 그 여인과 할멈의 일행이 도착해서 여관을 물색해도 궁정의 신하들로 만원이라는 구실로 어디를 가나 거절당하도록 돈으로 매수하라고 했다. 다음에 귀공자 자신은 '솔레유 로얄Soleil Royal'[98] 여관의 주인

---

96 지르 몽테귀가 1314년 파리에 창설한 학교.

97 기즈 당은 프랑스 명문 귀족인 기즈 가문les Guise이 이끌던 가톨릭 교파를 말한다. 로레느가의 L. 클로드가 프랑수아 1세를 위해 세운 전공으로 기즈 공에 봉해진 것이 이 가문의 시초다. 프랑수아 드 기즈(Francois de Guise, 1519~1563)는 영국으로부터 칼레Calais 지방을 탈취한 영웅으로 프랑수아 2세 제위 시절 프랑스의 실권을 장악하고 구교도의 수령이 되었다. 프랑스 위그노 전쟁의 직접적인 원인이 된 '바시의 학살Massacre of Vassy 사건'을 일으켰다. 프랑수아의 장남인 앙리가 기즈 공의 자리를 물려받았으며, 앙리는 카트린 드 메디시스와 손을 잡고 '성 바르텔르미 학살'을 감행하였다.

98 늠름한 태양, 장엄한 해, 큰 해 라는 뜻이다.

을 매수해 거기를 독점하고 만전을 기해 여관 주인과 요리사, 하인들까지 시외로 보내고, 대신 자기의 하인들을 배치해놓아 변호사가 이 '흉계'를 눈치채지 못하도록 꾸몄다.

귀공자는 이렇게 궁정에서 온 친구들을 솔레유 로얄 여관에 묵게 하고, 자신의 방으로는 변호사와 그 아름다운 여인과 할멈이 묵을 방의 바로 위에 위치한 것을 차지하고, 방바닥에 들어올리는 뚜껑을 만들게 했다. 그리고 데리고 온 요리사를 여관 주인으로, 시종들을 사환으로, 여자 종들을 여관의 하녀들로 제 각기 소임을 맡기고, 호객꾼으로 변장한 자가 안내해올 이 희극의 등장인물 ─ 아낙네, 남편, 할멈과 그 밖의 사람들의 도착을 학수고대했는데, 오래지 않아 기다리던 보람이 있었다. 어린 국왕을 비롯해 두 분의 왕비, 기즈 일족, 그 밖에 궁정의 높은 신하들이 이 블루아 시가지에 체류하였기에, 이들을 따르는 관리들, 기사들, 상인들로 시가지가 대혼잡을 이루어, 이 법률가에 대한 그와 같은 함정이나 '솔레유 로얄' 여관을 일변시킨 대이동을 그 누구도 알아챌 여지가 없었다.

따라서 아브넬의 일행은 찾아가는 여관마다 사절되어, 마지막으로 간신히, 그 귀공자가 '연모의 태양'이 되어 타오르고 있던 '솔레유 로얄' 여관에 받아졌을 때 이를 매우 기쁘게 여겼다. 변호사 일행이 여관에 묵게 되자, 귀공자는 사랑하는 부인의 기별을 받고자 여관의 안마당을 오락가락하였는데 그다지 오랫동안 기다리지 않아도 되었다. 그럴 것이, 아브넬의 부인이 여인의 버릇으로 금세 안마당 쪽을 바라보자 꿈에도 잊지 못할 귀공자가 왔다 갔다 하고 있는 게 아닌가! 부인은 하늘로 올라가는 기분이 들 만큼 기뻤다. 그리고, 만약 뜻하지 않은 행운으로 잠시 동안만이라도 둘이서만 있게 될 것 같으면, 금세라도 몸을 허락하지 않고는 못 뱃길 정도로, 부인은 발끝에서 머리끝까지 타올랐다.

맑은 광선이 반짝이고 있던 모양을 보고, 부인은 태양에 대해서 말하는 마음으로 "어머나! 저 분의 광선이 어쩌면 이렇게 뜨거울까……"라고 말하고야 말았다.

이 말을 듣고, 변호사는 창가로 뛰어가 귀공자를 보고 나서 말했다.

"뭣이, 저런 사내놈이 탐이 나는가, 죽일 년"이라고 말하자마자 부인의 팔을 잡아끌어 마치 자루 다루듯이 침대 위에 내동댕이쳤다. "이것 봐, 나는 칼을 차고 있지는 않을망정 필통을 갖고 있다. 필통 안에는 예리한 단검이 들어있어. 네가 티끌만큼이라도 내 아내로서의 도리에 어긋나는 짓을 했다간 당장에 네 심장에 그 단검이 박힐 거다, 알았지? 그러고 보니, 어디서 본 듯한 놈인 걸?"

너무나 사나운 변호사의 행동에 분노가 머리끝까지 치밀어 오른 아내는 벌떡 일어나 변호사를 보고 말했다.

"어서 나를 죽여요! 당신 같은 사람을 속이는 것을 부끄럽게 생각해온 나예요. 그렇지만 이처럼 나를 협박하고 있으니, 당신은 이제부터 내 몸에 손가락 하나 대지 못해요. 오늘부터 나는 당신보다 더 친절한 분과 동침하는 것만을 생각하겠어요!"

"여보, 여보. 너무 지나쳐서 미안하오, 용서하오. 화해하는 표시로 입맞춰 주시오"라고 변호사는 아내의 매서운 대구에 깜짝 놀라 말했다.

"입 맞추는 것도 싫거니와 화해하는 것도 싫어요, 당신은 극악무도한 사람이니까"라고 부인은 말했다.

아브넬도 화가 나서, 아내가 거절하는 것을 억지로 빼앗기 위한 한바탕 싸움이 벌어진 끝에 아브넬이 온 얼굴에 할퀸 자국을 받았을 때, 공교롭게도 그가 가담하고 있던 음모자들의 급사가 와서, 그는 아내를 할멈의 감시 하에 두고 할퀸 상처 그대로의 얼굴을 들고 비밀집회 장소로 달려가지 않을 수가 없었다.

변호사가 출타하는 모양을 보자, 귀공자는 길모퉁이에 하인을 두어 망보게 하고, 자기는 곧장 그 고마운 '들어올리는 뚜껑'이 있는 방으로 올라가 소리 없이 뚜껑을 올려, '이봐요, 이봐요'라고 소리를 죽여 부인을 부르자, 금세 알아채는 귀 밝은 애인의 심장에 곧장 통했다.

부인이 머리를 쳐들어보니, 벼룩이 네 번 뛰어 올라갈 바로 그 높이에 귀

공자의 상냥한 얼굴이 있었다.

신호와 더불어 내려온 굵다란 명주 끈을 잡아 거기에 붙어있던 고리쇠에 팔을 넣자, 눈 깜짝 할 사이에 부인의 몸은 침대로부터 천장에 뚫려있던 공간을 통해 위쪽 방으로 옮겨지고, 뚜껑은 먼저대로 기척 없이 닫혔다. 혼자 남은 감시자 할멈이 머리를 쳐들었을 때는 부인의 옷도 모습도 안 보여 땅속으로 꺼져버린 줄로 알았다. 어떻게? 누구에게? 뭣 때문에? 어디로? 놀라운 현상이다. 있을 수 없는 일이다. 묘한 사실이다. '내가 귀신에 홀렸나?' 라고 마치 연금술사가 용광로 옆에서 헤르 트리파Her Trippa[99]를 읽으면서 모르는 사이에 그 내용을 입 밖에 내듯이 경탄의 소리를 연발했다. 다만, 이 할멈 쪽은 용광로와 그것을 이용한 위대한 작업, 곧 부인의 '썩 좋은 그것' 과의 간통 행위를 잘 알고 있다는 점만이 연금술사와 다소 달랐다.

당황한 할멈은 아브넬이 돌아오기를 기다릴 수밖에 없었는데, 아브넬의 성미로 말하자면, 화가 나면 무엇이나 닥치는 대로 때려죽일지도 모르는 기상이어서, 그를 기다림은 헛되이 죽음을 기다리는 것과 매일반이었으나, 질투심이 강한 아브넬이 용의주도하게도 방 열쇠까지 가지고 가서 할멈은 도망칠 수도 없었다.

아브넬 부인의 눈에 먼저 들어온 광경은 맛있어 보이는 요리, 벽난로의 따뜻한 불, 그것보다 더욱 뜨거운 듯한 욕구를 가슴에 안고 있던 애인의 모습이었다. 귀공자는 부인을 껴안고 기쁨의 눈물과 더불어 먼저 그레브의 성요한 성당에서 기도하는 동안 달콤한 눈짓을 보내준 사례로 부인의 눈에 입맞추었다. 불타오른 부인도 황홀해져 사랑의 주둥이를 조금도 마다하지 않고, 굶주린 애인들답게 열애하는 대로, 껴안는 대로, 애무하는 대로, 그대로 열애되고 껴안기고 애무되었다. 비록 천지가 뒤집혀진들 밤이 새도록 함께 있을 것을 두 사람은 굳게 다짐했다. 부인에게는 미래나 내세來世 같은 것이 하룻밤의 기쁨에 비하여 하찮은 것이라 생각되었고, 귀공자 또한 그 기

---

99 Her Trippa. 세 가지 이상한 일. 책 이름.

력과 장검長劍을 스스로 믿고서, 이러한 상봉을 여러 밤을 두고 거듭할 작정
이었다. 요컨대 한 쌍의 남녀는 그 목숨마저 가볍게 여겨, 오로지 이 일전一
戰에 저마다의 온몸과 마음을 상대에게 주면서, 수천의 삶을 탕진하고 수천
의 쾌락을 맛보려고 하였다. 이 일전에 온갖 정열을 기울여 기세 사납게 겹
쳐져서 비몽사몽간에 아주 깊은 곳으로 슬슬 떨어져 가는 것을 느꼈으며,
또한 그것이 그들이 바라는 바이기도 하였다. 얼마나 격렬하게 서로를 사랑
하였던지! 자기의 아내와 조용한 잠자리만을 거듭하고 있는 불쌍한 분들은
이와 같은 사랑의 정체를 알게 되지 못할 것이니, 거기에 있는 깊음, 심장의
거친 움직임, 따스한 생명의 분출, 기운찬 포옹이란 오로지 이와 같은 사랑
속에 있는 줄을 모르기 때문이다. 보라! 이 두 젊은 남녀는 마침내 새하얗게
맺어져 욕정에 반짝거리며 죽음의 위험을 눈앞에 두고서도 태연하게 결합
한 것을……

따라서 부인과 귀공자는 음식에 그다지 손대지 않고 곧 잠자리에 들었다.
그러니 우리도 한 쌍의 남녀의 작업을 그대로 내버려두는 것이 필요하지 않
겠는가? 왜냐하면, 우리들로서는 통 알 수 없는 하늘나라의 말을 쓰지 않는
한, 한 쌍의 남녀의 기쁨에 기인한 안타까움이나 안타까움에 기인한 기쁨을
이해하지 못할 것이기에.

결혼의 추억도 이 간통에 의해서 깨끗하게 씻겨질 정도로 빈틈없이 오쟁
이 진 아브넬은, 그동안 절대 절명의 입장에 놓여있었다.

신교도들의 음모의 석상에 콩데 공이 당파의 우두머리들과 고관대작들을
데리고 입석하고 나서, 어린 왕, 어린 왕비, 모후母后[100]를 비롯해 기즈 일족
까지 유괴하여 정권을 잡는다는 결의를 표명하였다.

이 중대사에 변호사는 자신의 머리가 풍전등화인 것을 알아채고(그러나 오
쟁이 진 서방의 표시인 막대기가 머리에 꽂힌 줄은 전혀 모르고) 갑자기 겁이 나,

---

100 어린 왕은 프랑수아 2세, 어린 왕비는 메리 스튜어트를, 모후母后라 함은 카트린 드 메디시스를
말한다.

로레느Lorraine 추기경에게 음모를 토하러 달려갔다. 로레느 추기경은 변호사를 자신의 형인 기즈 공에게 데리고 가서, 거기서 세 사람이 머리를 맞대고 협의한 다음, 아브넬은 막대한 포상을 약속 받고 자정 무렵에야 겨우 귀가의 허락을 얻어 남모르게 성관을 빠져나와 귀로에 올랐다.

바로 이 무렵, 귀공자의 시종과 하인들은 주인의 다행스러운 신방 치르기를 축복해 부어라 마셔라 하는 밤참을 먹고 있던 중이었다. 그 난장판에 돌아온 아브넬은, 취한 김에 마구 해대는 빈정거림, 비꼼, 비웃음을 금세 사방 팔방에서 받아 얼굴이 창백해져서 자기 방으로 가보니 거기에는 오직 할멈밖에 보이지 않았다. 불쌍한 할멈은 주인의 모습을 보자마자 당황해하여 말을 꺼내려고 하였으나, 변호사는 주먹으로 할멈의 목을 재빨리 눌러 조용하라는 명령을 몸짓으로 했다. 다음에 그는 트렁크 속을 뒤져 단검 한 자루를 꺼냈다.

단검을 자루에서 꺼내 잘 드는지 감정하려고 할 때, 낭랑하고도 맑은, 기쁜 듯하고도 사랑스러운, 상냥스럽기가 하늘나라의 웃음소리 같은 교성嬌聲이, 그리고 그것에 뒤이어 쉽사리 뜻을 알아들을 수 있는 사내 목소리의 은밀한 언어가 천장의 '들어올리는 뚜껑' 사이로 흘러나왔다. 꾀 많은 변호사는 아내와 그녀의 정부의 목소리인 것을 금세 알아채어 등불을 끄고, 천장의 틈 사이, 곧 비합법적인 '들어올리는 뚜껑'의 틈 사이로 새어나오는 빛을 알아보고 막연하게나마 진상을 알아차렸다. 그리고, 그는 할멈의 팔을 움켜쥐고 살금살금 계단을 올라가, 남녀가 동침하고 있던 방문을 쉽사리 찾아냈다. 이 가공할 기습을 위해 방문을 몸뚱이로 부딪쳐 밀어낸 아브넬은 단숨에 침대 위에 뛰어올라 반나체로 사내의 팔에 안겨있던 부인을 위에서 움켜잡았다.

"아얏" 하고 아내는 비명을 질렀다.

귀공자는 내리치는 칼끝을 피하면서 변호사가 꼭 쥐고 있던 단검을 그자의 손목을 움켜잡아 떨어뜨리려고 했다. 이렇게 생사生死가 걸린 격투를 계속하던 중에, 아브넬은 젊은이의 쇠 같은 손가락으로 움켜잡힌데 더하여 부인이 뼈를 깨무는 개처럼 아름다운 이빨로 물어뜯는 바람에, 격한 분노를 풀기 위한 더 좋은 방법을 금세 생각해냈다. 따라서 뿔이 새로이 달린 악마는, 곁에 있던 할멈에게 사투리로 '들어올리는 뚜껑'의 명주 끈으로 두 애인을 묶으라고 이르고 나서, 단검을 멀리 던졌다. 그리고 할멈을 도와 두 애인을 순식간에 꽁꽁 묶어놓고는 입에 재갈을 물려 소리를 못 지르게 한 다음, 말 한마디 없이 단검을 주우려고 일어났다.

바로 이 순간에 기즈 공 수하의 병사 무리가 방 안에 들어왔다. 격투가 벌어지던 동안, 이 여관에 들어와 아브넬을 위아래로 찾아다녔던 것이었는데, 아무도 그 기척을 듣지 못하였던 것이다. 묶이고, 재갈 물리고, 반죽음을 당한 주인의 위급함을 알리는 하인의 외침소리에 급변을 알아챈 병사들이 2층으로 뛰어올라오자마자, 단검을 쥔 남편과 연인 사이에 뛰어 들어가 흉기를 빼앗고, 즉시 아브넬을 체포하고, 그 부인과 할멈을 직책상 성관의 감옥에 구금하려고 했다.

모후의 뜻으로 회의 자리에 빨리 대령케 하라는 분부를 받은 당사자인 귀공자이자 그들의 주인 기즈 공의 친구인 귀공자를 알아본 병사들은 그에게 함께 가기를 권했다.

귀공자는 곧 포박이 풀리어 옷을 입고서는 호위대장을 곁으로 불러 말했다.

부탁이니 자기의 사랑을 위해 변호사 부부를 서로 멀리 떨어진 곳에 있게 하라고. 이 점을 들어주어 잘만 해준다면 진급은 물론이려니와 금품도 요구하는 대로 주마하고 대장에게 약속했다.

또한 만일을 염려해 귀공자는 대장에게 사건의 경위를 자세히 이야기하고, 덧붙여 부인을 남편의 손이 닿는 곳에 있게 한다면 배를 걷어차 죽일지도 모른다고 말했다. 결국, 대장에게 부탁하기를, 성관의 감옥에 가두어 두는 데 있어, 부인은 정원에 면해있는 1층의 깨끗한 독방에 있게 하고, 변호사 쪽은 꽁꽁 묶은 채 지하 감옥에 처넣으라고 했다.

대장도 이를 승낙해 귀공자가 바라던 대로 조치할 것을 약속했다. 귀공자는 성의 안마당까지 부인과 동반했는데, 그 도중 부인에게 이번 소동으로 틀림없이 그녀는 과부가 되어 자기와 정식으로 결혼하게 될 것이 틀림없다고 속삭이며 부인을 위로하였다.

사실, 귀공자의 부탁으로 아브넬은 공기가 안 통하는 도랑 같은 지하 감옥에 던져지고, 그 귀여운 아내 쪽은 그 위의 작은 독방에 수감되었는데, 이 귀공자는 다른 사람이 아니라 이탈리아의 루카(Lucquois) 지방의 대귀족, 스키피온 사르디니Scipion Sardini라는 이름의 대부호로서, 앞서 말한 바와 같이 만사를 기즈 당과 의논해서 나라를 다스리고 있던 모후 카트린 드 메디시스로부터 총애를 받고 있는 사람이었다.

사르디니는 부랴부랴 모후의 방으로 올라갔는데, 마침 거기서는 긴급 비밀회의가 열리고 있었다. 이 자리에서 그는 처음으로 이번 사건의 전모와 그에 따른 왕실의 위기 상황을 알게 되었다. 사르디니는 신하들이 이 돌발 사건에 깜짝 놀라 당황할 뿐임을 발견하고, 이 위기를 수습해 화를 복으로 돌려 도리어 역습해 나갈 묘책을 신하들에게 일러주어 그들을 안심시켰다. 사르디니의 묘안이란, 다름이 아니라, 앙부아즈 성에 국왕을 머무르게 하여 여우들을 한 자루 속에 몰아넣듯이 그곳에 신교도들을 모이게 하고 일망타진하자는 것이었다.

그의 묘책에 따라 모후와 기즈 당 사람들이 처음에는 모른 체하다가 어떻게 앙부아즈의 음모를 진압하였는지 우리는 다 아는 바다. 그러나, 이 역사상의 사실은 본 이야기의 주제와는 그다지 관계없는 것이다.

그 다음 날 아침, 만반의 준비를 끝낸 중신들은 모후의 방에서 물러나왔다. 라 투르 드 튀렌la Tour de Turenne 가문을 통해 모후의 친척이 되는 리뫼유[101]라는 카트린 모후의 휘하에 속해있던 시녀에게, 그 무렵 사르디니는

---

101 리뫼유(Isabelle de la Tour de Turenne dame Limeuil) : 카트린 왕비의 시녀. 〈문경지교〉에도 등장한다. 이 여인이 콩데 공의 애를 낳았는데, 이는 카트린 왕비의 지시로 콩데 공을 가톨릭교도 측에 끌어들이기 위해서라는 이야기가 있다.

반하고 있었지만, 그래도 아브넬 부인에 대한 깊은 사랑을 잊을 수 없어 변호사가 투옥된 진짜 이유를 신하들에게 물어보았다.

로레느 추기경이 그 물음에 대답하기를, 그를 투옥한 의도는 그에게 박해를 가하려는 데 있는 게 아니라, 오로지 그가 밀고한 것을 후회하여 다시 콩데 공쪽에 붙나 않을까 하는 염려와, 사건이 결말날 때까지 침묵을 지키도록 그를 잠시 동안 어둠 속에 가두어놓았을 뿐, 기회를 보아 석방할 속셈이라고 했다.

"석방이라고!"라고 사르디니는 외쳤다. "천만에, 그 검은 옷을 입은 놈을 자루에 넣어 루아르 강에 던져버려야 하오. 나는 누구보다도 그놈의 정체를 잘 알고 있소. 감옥에 갇힌 원한을 한평생 가슴에 품고 있을 놈이며, 틀림없이 신교도 쪽에 다시 가담할 놈이오. 그러니 이 기회에 사악한 신교도를 한 놈이라도 처치하는 것이 하느님의 뜻에 합당한 좋은 일이 아니겠습니까. 다행이 당신의 비밀을 아는 사람은 하나도 없을 테고, 또한 놈의 무리 중의 어떤 녀석이 배신자인 그놈이 어떻게 되었는지 당신에게 물어보겠소? 그놈의 부인을 나로 하여금 구하게 해주시오. 부디 만사를 내게 맡겨주시오, 내가 당신의 근심을 없애버릴 테니."

"하하! 당신도 여간내기가 아니시오. 그럼 당신의 충고에 따르기에 앞서, 그 두 사람을 굳게 감금해놓도록 지시해야겠군요. 아무도 없느냐!"

법관이 왔다. 추기경은 법관에게 두 죄수를 외부와 절대 접견시키지 말라는 명령을 내렸다.

다음에 추기경은 사르디니에게, 여관에 돌아가면 아브넬 부부는 소송의 일로 파리에 돌아가기 위해 블루아를 떠났다고 소문내라고 부탁했다.

변호사를 구속하였으나 신분 있는 사람으로 대접하라는 명령이 내려있었기에 아무도 아브넬의 호주머니 속을 털거나 헐벗기지 않아, 그는 지갑에 금화 삼십 냥을 그대로 지니고 있었다. 그 금화를 모조리 잃고서라도 복수의 일념을 채워보겠다는 결심을 굳힌 아브넬은, 교묘하게 간수를 속여 한 번만이라도 좋으니 아내와 만나보게 해달라고 부탁했다. 뜨겁게 사랑하고 있는 아내와 부부의 관계를 가지고 싶다는 구실로.

붉은 머리털을 가진 아브넬의 독이 묻은 손이 부인의 몸에 미칠 것을 두려워하던 사르디니는, 밤의 어둠을 타서 부인을 구출해 안전한 곳으로 옮길 것을 강구했다. 따라서 그는 사공과 배를 매수하여 다리 근처로 매복시키고, 날랜 하인 세 명에게 일러, 부인의 독방의 철창을 줄로 쓸어 열어서 그가 기다리고 있을 정원의 벽까지 부인을 데리고 나오라고 했다.

이와 같은 준비가 다 되고 또한 좋은 줄도 입수되어, 사르디니는 이른 아침이었음에도 불구하고 모후를 찾아가서 모후의 방의 바로 밑에 위치한 두 사람이 있는 감옥으로부터 부인을 구출하고 싶다는 뜻을 말하고 협조를 구했다. 모후의 양해를 얻고 나서 사르디니는 다시 부인의 구출에 대해서 기즈 공이나 로레느 추기경에게 알리지 않고 하는 것이 가장 좋으니 알리지 말아주기를 부탁했다. 다음, 한술 더 떠서 그는 아브넬을 수장水葬시킬 것을 로레느 추기경에게 엄명하시라고 간청했다. 이 요구에 모후께서는 "아멘"이라고 대답했다.

그런 다음 사르디니는 한 통의 글월을 오이 담은 접시에 몰래 숨겨 부인에게 보내, 오래지 않아 과부가 된다는 희소식과 탈출의 시각을 전해주니 부인도 매우 기뻐했다.

그날 저녁 무렵, 대비마마께서 달빛이 심상치 않게 무서우니 나가보고 오라고 감시병을 내보낸 사이에, 사르디니의 하인들은 부랴부랴 철창을 부수고 부인의 이름을 부르자, 어김없이 그녀가 나왔기 때문에 재빨리 주인이 기다리고 있던 벽까지 무사히 데리고 나왔다.

그런데, 공교롭게 성의 비밀문이 닫혀있어, 사르디니가 부인과 함께 벽 밖에서 기다리고 있을 때, 갑자기 부인은 망토를 내던지고 아브넬의 형상으로 변하더니, 사르디니의 목을 죄어 물가 쪽으로 질질 끌고 가서 교살해 루아르 강 속으로 처넣으려고 했다.

사르디니도 죽어라 비명을 지르고 이 '치마를 두른 악마'에 맞서 몸을 빼내려고 하였으나, 허리의 장검을 빼낼 사이도 없이 기진되어 진창에 쓰러져 변호사의 발밑에 짓밟히고 말았는데, 이 악독한 싸움의 짓밟힘 너머로 달빛 아래 아내의 피를 뒤집어 쓴 아브넬의 흉악한 얼굴을 사르디니는 어렴풋이 보았다. 횃불을 든 하인들이 달려오는 것을 본 변호사는 간부姦夫의 숨이 끊어진 줄로 여겼던지, 강가에 있던 배에 뛰어올라 부리나케 노를 저어 사라졌다.

이렇게 해서 가련하게도 아브넬 부인은 홀로 죽었으니, 이는 교살될 뻔한 사르디니가 치료의 보람이 있어 다시 소생하였기 때문이다. 훗날의 일이지만, 모후의 방에서 갑자기 해산한 아름다운 리뫼유와 이 사르디니가 결혼한 경위에 대해서는 누구나 다 아는 바이려니와, 모후께서는 리뫼유를 사랑하신 나머지 시녀의 실태를 비밀로 하시고, 또 사르디니도 리뫼유를 극진히 사랑하였기에 그녀를 쾌히 부인으로 맞이하였던 것이다. 사르디니는 카트린 모후로부터 쇼몽 쉬르 루아르Chaumont-sur-Loire의 좋은 영지와 성관을 하사받았다. 그러나, 아브넬에게 목이 몹시 졸리고 두들겨 맞아 사지를 제대로 쓰지 못하게 된 몸이었던지라, 남편으로서 할 일을 못해, 아름다운 리뫼유가 아직 한창인 봄철이었음에도 생과부를 만들고 말았다.

그 악독한 죄에도 불구하고, 아브넬은 쫓기는 몸이 되지 않았다. 범죄인이 되기는커녕 마지막 종교강화회의 때 약삭빠르게 놀아, 과거의 행동을 불문에 붙이기로 해준 무리에 가담하고, 그 후 신교도로서 독일에서 활약을 계속했다고 한다.

그러니 가련하게 홀로 죽은 아브넬 부인을 위해 부디 그녀의 명복을 빌어주시기를. 성당의 위령미사도 없이, 그리스도교 신자로서의 무덤도 없이, 그 주검이 어디에 어떻게 묻혔는지도 모르니. 아, 부디 비 오니, 사랑의 복을 타고난 여인들이여, 그녀에게 한 방울의 눈물을 제사용 술 삼아 부어주시라!

뫼동Meudon의 쾌활한 사제의 설교[102]

프 랑수아 라블레 대가가 앙리 2세의 궁정에 마지막으로 입궐했을 때의 일이다. 천수를 다한 그 해[103] 겨울, 대가는 육신의 저고리를 벗어 찬란한 그 작품 가운데 영원히 다시 살아났는데, 그 뛰어난 철학 작품을 우리는 항상 접하여 새로운 고찰을 해야 함은 두말 할 나위조차 없다.

당시 대가는 이럭저럭 70회나 제비가 알을 품는 모양을 보아왔다. 호메로스 풍의 그 머리는 머리칼이 매우 많이 빠져있었으나, 특색 있는 그 수염은 아직 당당한 위풍을 떨치고, 넓은 이마에는 넘쳐흐르는 슬기가 뚜렷하며, 조용한 그 미소에는 항상 봄인 것 같은 기색이 숨쉬고 있었다. 소크라테스와 그에 맞서는 아리스토파네스[104]라는 지난날 원수였던 자들의 모습이, 지금은 한 사람의 얼굴에 사이좋게 섞인 감이 드는 그의 얼굴 모습을 친히 접

---

102 이 단편은 두 번째 집이 나오기 조금 전 1833년 6월 13일 날짜로 출간된 《바가텔Bagatelle》 잡지에 발표됐다.

103 라블레가 사망한 해는 1553년이니까, 그해 겨울을 가리킨다. 또한 '뫼동의 쾌활한 사제'라 함은 라블레를 두고 하는 말이다. 그럴 것이, 라블레는 수사이자, 사제이자, 의사이자, 문인이었으니까.

104 Aristophanes(BC.445?~385?). 고대 그리스의 희극 시인. 아테네 출생. 아테네의 정치, 사회, 학문, 예술 등의 문제를 풍자하였다.

FRANCOYS
RABELAIS

한 행운을 탄 사람들의 말에 의하면 그것은 참으로 세상에 보기 드문 노옹老翁의 모습이었다고 한다.

임종의 시각이 달랑달랑 울리는 소리를 귀로 들은 대가는 프랑스 국왕께 이 세상의 하직 인사를 하러 가고 싶은 생각이 들었다. 그럴 것이, 국왕께서 마침 투르넬 성에 머물러 계시어 자르댕 생 폴Jarding Saint-Paul에 있던 대가 의 집에서 궁정까지는 원반을 던져서 닿을 거리였기 때문이다.

그때 카트린 왕비의 방에 모인 인사들은, 고등정략高等政略에 의해 왕비께 서 손님으로 맞아들이고 있던 디안[105]을 비롯해 국왕, 원수 각하, 로레느 추 기경과 벨레Bellay 추기경, 기즈 가문의 사람들, 왕비의 비호 하에 당시 이 미 궁정에서 높은 관직을 차지하고 있던 비라그Birague 경을 비롯한 이탈리 아 태생들, 해군 장관, 몽고메리Montgommery, 고관대작들, 그리고 멜랭 드 생 줄레Melin de Saint-Gelays, 필리베르 드 로르므Philibert de l'Orme와 브랑 톰 같은 초대받은 시인들이었다.

그 동안 익살스러운 사람으로만 생각하고 계셨던 대가를 보신 폐하께서

---

105 부인 디안 드 푸아티에(Diane de Poitiers, 1499~1566). 노르망디 귀족의 미망인으로 19세 연 하인 앙리 2세를 사로잡은 미모의 여성이다. 생 발리에르Saint Vallier 백작의 딸. 앙리 2세는 1536년 마드리드로 인질이 되어 가는 도중에 처음 본, 19세 연상의 이 미망인을 줄곧 사랑해왔 다. 이 아름다운 미망인을 앙리 2세가 얼마나 사랑하였는지, 어디를 가나 그녀를 데리고 다녔 고, 그렇지 못할 때는 뜨거운 편지를 보내곤 하였다. 그 내용의 한 구절을 적어보면 '짐은 그대 없이 못 사노라…… 유일의 신, 유일의 여인에게 봉사해온 짐을 항상 생각해주기를……' 등등. 이와 같은 디안에 대한 앙리 2세의 사랑은 그가 죽을 때까지 계속되었고, 급기야 발랑티누아 공작부인의 작위를 제수하였다. 이는 왕비 다음으로 높은 자리였다. 디안은 왕비인 카트린을 제치고 모든 자리의 상석을 차지하는 한편, 공개적으로 왕비를 모욕하는 언사를 서슴지 않았 다. 이러한 디안의 행태에 카트린은 고도의 인내심을 가지고 버텨왔는데, 발자크도 지적해 말 한 것처럼 고등정략에 의해 참아온 것이었다. 그러다 앙리 2세가 신하인 몽고메리 백작과의 마상시합에서 창에 눈을 찔려 생사의 갈림길에 놓이게 되자, 카트린은 앙리 2세의 침대 머리에 서 디안을 쫓아냈다. "죽어가는 국왕은 왕비의 것이오"라며. 앙리 2세 사후, 카트린은 디안에 게 궁정 출입 금지 명령을 내리고, 앙리 2세가 디안에게 준 슈농소 성을 빼앗고 (대신 쇼몽 성 을 주었다), 국고를 위한다는 명목으로 디안의 보석들을 압수하였다. 디안은 아네에 있던 자신 의 저택에서 말년을 보냈다.

는 몇 마디 인사를 나누신 후, 미소를 지으며 말씀하셨다.

"그대 교구인 뫼동의 신자들에게 이젠 아무 강론도 수다도 떨지 않겠지?"

교구로부터 거두어들이는 세금에 대한 것 외에, 폐하가 라블레 대가의 성직에 관해서 근심하지 않았던 것을 잘 알고 있던 뫼동의 사제는, 폐하의 그러한 말씀을 농담인 줄 여기고 대답했다.

"폐하, 소인의 신도는 도처에 있사오며, 소인의 강론도 여러 그리스도 교구教區의 모든 인사들로부터 요청되고 있사옵니다."

이렇게 말하고 나서 궁정의 인사들을 죽 훑어보았는데, 벨레 경과 샤티용 경을 빼놓고는, 그 가운데서 그 누구보다도 박식한 트리불레[106]를 볼 뿐, 그가 정신계의 지존이며, 물질적인 왕관만으로 신하들로부터 숭배받고 있던 국왕보다 더욱더 뛰어난 '철학의 왕'인 것을 아는 사람은 하나도 없었다. 가르강튀아가 노트르담의 탑 위에서 파리 시민들에게 소변을 깔기며 흥겨워하던 것처럼, 대가는 이 세상을 하직하기에 앞서 그 자리에 있던 일동의 머리 위에 형이상학적인 소변을 깔기고 가는 장난이 하고 싶어졌다.

대가는 다음과 같이 덧붙여 말했다.

"폐하, 만약 기분이 좋으시다면, 궁정의 우화 삼아 언젠가는 말씀드리려고 소생이 왼쪽 귀의 고막 밑에 간직해왔던, 그 어느 곳에서도 유익한 설교를 말씀드려 폐하의 흥을 돋우고자 하옵는데 어떠하실는지요?"

"여러분들"하고 폐하께서는 말씀하셨다. "프랑수아 라블레 선생의 말씀을 들어봅시다. 내용이 우리의 구원에 관한 것이라고 하니 조용히들 들으시오. 복음적인 익살에 도통하신 어른의 설교니까."

"폐하, 그럼 시작하겠사옵니다."

그러자 모든 대신들은 잡담을 그치고, 이 팡타그뤼엘의 부친 앞에 버들가지처럼 유순하게 원을 지었다. 그는 비할 바 없이 우아한 웅변으로 다음과 같은 이야기를 했다. 그러나 이 이야기는 오늘날까지 입으로만 전해져왔으

---

106 Triboulet. 루이 12세, 프랑수아 1세의 총애를 받았던 광대. 1582년에 사망.

므로, 내 필법대로 쓰는 것을 먼저 양해하시기를.

노령에 이른 가르강튀아의 소행의 엉뚱함은 식구들도 깜짝 놀랄 정도였는데, 뭐니 뭐니 해도 704살이라는 고령인지라 무리도 아니었습니다. 허나 알렉산드리아의 클레망 성자[107]께서 〈스트로마트Stromates〉(잡록)를 저술한 바에 의하면, 당시의 한 해 365일은 하루의 4분의 1이 실제보다 모자라는 셈이 되는데, 대단치 않은 날수라고 하겠습니다.

이 가장은 자기 집안이 온통 지랄들이 나서 모두가 저마다 자기 자신의 이익만을 채우고 있는 꼴을 보고, 만년에 껍데기만 남는 걸 매우 두려워해, 어떻게 해서든지 자기의 소유지를 보다 더 빈틈없이 다스리는 방법을 생각해내고자 결심하였습니다. 또한 이 결심은 결코 나쁜 생각이 아니기도 하였습니다. 그래서 거대한 가르강튀아 저택의 한구석에 그는 방 하나를 꾸미고, 거기에다 산더미 같은 붉은 참밀 더미를 감추고, 겨자 항아리를 스무 개, 허다한 산해진미, 이를테면,

말린 서양자두,

투레느의 건과자,

구운 과자,

기름을 뺀 돼지고기,

보드랍게 다진 돼지고기,

올리벳 치즈,

랑제에서 로슈에 이르기까지 이름난 염소젖 치즈와 그 밖의 치즈,

버터 항아리,

토끼고기 파이,

매달아 놓은 오리,

---

107 생 클레망(Saint Clement, 150?~216?). 영어식 표기로는 클레멘스Clemens. 알렉산드리아파 그리스도교 신학자로 부모는 이교도였다고 한다. 주요 작품으로는 《그리스인에 대한 권고Protrepticus》 《교사教師(Paedagogus)》《잡록Stromateis》《구제받을 부자富者는 누구인가Quis dives salvetur》 등이 있다.

밀기울에 담근 돼지다리,

빻아놓은 완두콩이 가득 담긴 병,

오를레앙 산의 마르멜로 잼이 담긴 상자,

칠성장어가 가득 담긴 큰 통,

초록빛 소스를 담은 통,

소금으로 절인 강가에서 잡은 사냥거리 ― 곧 자고, 상오리, 흑두루미, 왜가리, 홍학,

건포도,

그 유명한 조상인 아프 무슈[108]가 생각해낸 식으로 구워낸 소의 혀,

축일에 가르가멜[109]에게 진상하기 위한 사탕 과자 등등……

그 밖에 여러 가지 식료품들을 숨겼는데, 그 상세한 품목은 리푸아리 법전[110]에 있으며, 또한 당시의 교회 법규, 나랏일에 관한 조서調書, 왕실 전범典範, 헌법, 제도와 법령 따위의 빼버린 지면에 실려 있는 것이기도 합니다.

각설하고, 가르강튀아는 코에 안경을 쓰고, 아니 안경 속에 코를 놓고, 이 귀중한 보물의 감시를 부탁할 만한, 비룡飛龍 또는 일각수一角獸를 물색하기 시작하였습니다. 그는 이렇듯 중대한 생각에 잠긴 채 정원을 왔다 갔다 하였습니다.

그는 코크시그뤼Coquecigrue[111] 같은 것은 원치 않았습니다. 그럴 것이, 상형글자를 판독한 바에 의하면, 이집트 사람들은 이 괴물을 아주 싫어했던 모양이니까요. 황제들이 매우 싫어하고들 있던 쿠크마르[112]의 보병대도 마

---

108 Happe-Mousche Happe · Mousche는 직역하면 Happe(도가니 집게)+Mousse(무딘)다. 즉, '무딘 도가니 집게'를 이르는 말이다.

109 Garegamelle. 라블레의 저서 《가르강튀아와 팡타그뤼엘 이야기》(전5권)에 나오는 가르강튀아의 어머니다. 팡타그뤼엘은 가르강튀아의 아들.

110 Lex Ripuaria. 리푸아리 법전은 리푸아리 부족의 법전으로 6~8세기경에 만들어졌고, 라틴어로 되어있으며, 모두 98장이다. 리푸아리 부족은 5세기경 라인 강 부근에 살았던 프랑크 족의 일파다.

111 전설에 나오는, 닭·백마·두루미의 형체가 합친 괴조怪鳥.

112 Couquemarres. Cauchemar(악몽, 매우 지긋지긋한 것)를 라블레가 의인화시킨 조어다.

땅치 않았으며, 타시테[113]라는 이름의 음험한 분의 보고 또한 듣고 있어서, 로마 사람에게도 부탁할 마음이 나지 않았던 것입니다. 원로원에 모인 피크로골리에[114] 씨족들도 싫었거니와, 동방의 점성술 전공 박사들도 합당치 않았고, 드루이드[115] 교단들, 파피마니[116] 국의 군사도, 마소레[117]의 군단도 마음에 들지 않았으니, 아들 팡타그뤼엘이 여행에서 돌아와 이야기한 말에 의하면, 그 씨족들은 갯보리처럼 뻗어나가 온 땅을 뒤덮는다고 하기에 그랬던 것입니다.

이처럼 골gauloys의 옛 역사를 나무에서 장대로 열매를 떨어내 듯이 떨면서 어떠한 씨족에게도 신뢰감이 가지 않았던 가르강튀아는, 만약 가능하다면 만물의 창조주로부터 아주 새로운 것을 받고 싶었으나, 그런 버릇없는 아양으로 하늘나라에 계신 분을 귀찮게 해드릴 용기도 없어, 딱하게도 누구를 선택해야 좋을는지 몰라 그 많은 재산을 끌어안고 쩔쩔 매고 있던 중, 조그맣고 귀여운 뾰족뒤쥐를 만났습니다. 하늘빛 바탕에 주홍색이 들어있는, 뾰족뒤쥐 족의 고귀한 피를 이어받은 그것은 멋들어진 대장부, 종족 중에서 가장 뛰어난 꼬리를 달고, 하느님이 창조하신 뾰족뒤쥐답게 씩씩하게 햇볕 아래를 활보하며, 노아의 대홍수 이래 이 세상에 살아온 것을 뽐내고 있었습니다. 노아의 배 안에 뾰족뒤쥐가 있었음은 우주의 서적 구약성서에도 적혀있는 바로, 그 책이 이론의 여지없는 명문 출신인 것을 인정하는 특허증은 이미 우주등기소宇宙登記所에 등록되어 있는 바이기도 합니다.

라블레 대가는 구약성서를 언급했을 때, 모자를 약간 올리고 경건하게 계

113 Tacite(BC.55~30). 로마의 역사가.
114 Pichrocholier. 《제1의 서 가르강튀아》에 등장하는 종족. 가르강튀아에게 전쟁을 걸어온다.
115 Druides. 고대 갈리아 및 브리튼 섬에 살던 켈트족의 종교의 사제를 일컫는다. 드루이드교 Druidism는 이러한 드루이드들이 창시한 종교로, 영혼의 불멸과 윤회를 믿고 죽음의 신을 주신主神으로 받든다.
116 Papimanie. 파피스트Papiste(교황 절대주의자)들을 의미하며, 가톨릭교도를 뜻하기도 한다.
117 Massoretz. 마소라Marsora의 편자編者를 말한다. 마소라는 구약성서의 올바른 헤브라이어 본문을 전하기 위한 주해註解 체계로 7~10세기에 체계적으로 전개되었다.

속해서 말했다.

　처음으로 포도를 심고, 포도주에 취한 행운을 제일 먼저 누렸던 그 길의 대선배인 노아의 배. 곧 우리 인간의 발상지인 노아의 배에 한 마리의 뾰족뒤쥐가 있었던 것은 확고한 대진실입니다. 헌데 우리 인간들은 잡혼雜婚하였으나, 뾰족뒤쥐는 다른 동물과 달리 그 가문의 문장紋章에 걸린 명예를 소중히 여겨 그러한 문란한 짓을 하지 않았을 뿐만 아니라, 설령 들쥐에게 모래알을 싱싱한 개암의 열매로 변질시킬 만큼 천부적인 재능이 있다 한들, 한 무리로 받아들이지 않았던 것입니다.

　이 귀족적인 뛰어난 덕과 긍지가 가르강튀아의 마음에 몹시 들어, 그는 이 뾰족뒤쥐에게 막대한 권력, 곧 사법권·특별 재판 상소권·지방 감찰권 Missi dominici[118]·종교권·군사권·기타 모든 권리를 주어 자기 식량창고의 관리를 일임하고자 하는 생각이 떠올랐습니다. 뾰족뒤쥐도 산처럼 쌓인 밀 무더기 위에서 마음대로 먹고 산다는 조건 하에 충성된 뾰족뒤쥐로서의 맡은 소임과 의무를 훌륭히 다하겠다고 약속하였으며, 가르강튀아도 그 조건을 타당하다고 인정하였습니다.

　우리 뾰족뒤쥐는 이렇듯 으리으리한 우리를 얻어 살게 된 것에 만복萬福을 누리는 왕후王侯처럼 행복감에 넘쳐, 겨자의 대국·사탕과자의 지역·햄의 주州·포도의 공국公國·소시지의 속국·그 밖의 각양각색의 영토를 친히 순시해, 산더미처럼 쌓인 밀 무더기 위에도 올라가보기도 하면서 모든 걸 그 꼬리로 쓸고 다녔습니다. 그러자 도처에서 뾰족뒤쥐를 공손히 환영해, 술병은 침묵으로서 경의를 표하고, 한두 개의 금잔은 성당의 종처럼 뎅그렁거렸습니다. 뾰족뒤쥐는 매우 만족한 표정으로 좌우로 머리를 가볍게 끄덕거리며 답례하면서, 우리 안에 비치는 햇빛 속을 활보하였습니다. 그 털의 거무죽죽한 빛깔도 찬연하게 반짝여 흡사 검은담비의 모피를 뒤집어쓴 북

---

118 지방 감찰사Missi dominici. 고대 프랑크 왕이 지방의 행정을 감찰하기 위해 파견한 감찰사다.

쪽 나라의 왕 같았습니다.

한바탕 왔다 갔다 뛰고 솟고 한 다음, 뾰족뒤쥐는 밀을 두 알 오물오물 씹으며 밤하늘의 반짝이는 별 같은 신하들이 받드는 가운데 옥좌에 등극한 왕처럼 밀의 산더미 위에 턱하니 앉아, 뾰족뒤쥐족 특유의 유아독존_{唯我獨尊}에 취하여 스스로 뻐겼습니다.

바로 이때, 들락날락하던 구멍에 나타난 것은, 살금살금 마룻바닥을 달리며 밤에 나다니는 인사들, 거리를 돌아다니는 사람들과 주부들이 개탄해 마지않는 좀먹는 자들이자, 약탈자들이며, 나태한 자들인 쥐와 생쥐의 무리였습니다. 이 무리가 뾰족뒤쥐를 보자 겁에 질려 쥐구멍 입구에 그대로 멈춰버렸습니다. 그러다가 드디어 위험을 무릅쓰고 그 중의 한 마리가 앞으로 나왔습니다. 그것은 쥐 족속 중에서도 가장 분주히 돌아다니며, 갉아먹고, 회의적인 늙은 쥐로, 용기를 내어 창에 콧마루를 대고서, 뾰족뒤쥐 대왕이 꼬리를 허공에 치켜 올리고 거만하게 버티고 앉아 주위를 노려보고 있는 모습을 바라보았는데, 결국 이 상대야말로 악마이며, 까딱하다가는 발톱의 세례를 받는 게 고작이겠다는 것을 늙은 쥐는 알아챘습니다.

그럴 것이, 가르강튀아가 그의 대리직의 위신을 널리 알리고자 다른 뾰족뒤쥐들, 고양이, 족제비, 흰 담비, 들쥐, 쥐, 생쥐 같은 못된 것들과 금세 식별할 수 있도록, 비계 끼우는 꼬챙이 모양으로 뾰족한 뾰족뒤쥐의 콧마루를 잠시 향유 속에 담가주었기 때문이었습니다. 이 특징은 그 후 뾰족뒤쥐들의 자손들에게 유전이 되었습니다. 왜냐하면, 가르강튀아의 슬기로운 충고에도 불구하고 이 뾰족뒤쥐 대왕은 같은 종족의 다른 무리와 콧마루를 비벼댔기 때문이었습니다. 이로 말미암아, 뾰족뒤쥐 족의 분란이 일어났던 것인데, 시간의 여유만 있다면 역사책에 적힌 그 소란을 일일이 말씀드릴 수야 있지만, 일단 시간이 없어서 그만두기로 하고……

그래서 늙은 쥐는(이 놈이 쥐였는지 생쥐였는지는 유대교 법전의 박사들도 아직 어느 것이라고 판정 못 하고 있습니다만) 앞서 말한 냄새에 의해서 이 뾰족뒤쥐야말로 가르강튀아의 식료품을 감시하는 사명을 띠고 온갖 명예를 수여받은 데다, 충분한 권력마저 부여되고 무력도 구석구석 장비되어 있는 것을 알아보고는, 차후로는 도둑 쥐의 습관에 따라 빵 부스러기나 빵 조각, 빵 껍질 조각, 씹다 남은 것, 먹다 남은 음식, 찌꺼기, 토막, 가루 같은 이 귀족의 낙원의 허다한 음식을 얻어먹고 살 수 없게 된 현실에 공포심이 일어났습니다.

이와 같은 시련에 직면해, 두 섭정 치하와 세 왕조를 두루 역임한 나이 든 대신과도 같은 교활한 늙은 쥐는, 뾰족뒤쥐 대왕이 현명한지 어리석은지 알아볼 결심을 하였습니다. 온 쥐족의 복지를 위해 한 몸을 스스로 희생시킬 결의로 말입니다. 이러한 결심으로 말하자면 인간계에서도 보기 드문 일인데, 하물며 쥐족들의 이기심에도 불구하고 그와 같은 결심을 하였다니 더욱 칭찬할 만한 의지가 아니겠습니까. 무릇 쥐족이란 염치나 수치도 없이 저 혼자만을 위해 살며, 또한 재빠르게 살고자 성체성사용 빵 위에다 똥을 깔기기도 하고, 미사 때 사제의 목에 거는 영대領帶를 파렴치하게 쏠기도 하고, 하느님을 조금도 두려워하지 않고, 성체성사용 컵에 담겨진 포도주를 마시기도 하는 무리가 아니겠습니까.

늙은 쥐는 몸을 굽실굽실하며 앞으로 나섰습니다. 뾰족뒤쥐 대왕은 늙은 쥐가 가까이 오는 걸 그대로 두었습니다. 본래 뾰족뒤쥐 족은 그 본성부터가 근시안적인 것을 여기서 지적해둘 필요가 있겠습니다. 애국지사 쿠르티우스[119]와도 비슷한 이 늙은 쥐는 다음과 같은 말을 하였는데, 보통 쥐의 사투리가 아니라, 쥐족의 이탈리아 토스카나 사투리를 쓰며 말하였습니다.

"나리, 소인은 대왕님의 명성 높은 가문에 대한 소문을 일찍이 들어왔사옵니다. 소인은 대왕님의 종들 중의 한 놈으로, 대왕님 선조들의 모든 전설을 외고 있을 정도입니다. 대왕님 선조들께서는 옛날 이집트의 왕들보다 두터운 존경을 받았었고, 신조神鳥에 못지않은 숭배를 받아왔습니다. 하오나

---

119 Mettius Curtius. 로마의 전설적 인물. 서기 362년 신의 진노로 로마 광장의 땅이 갈라지자 스스로 그 속에 몸을 던져 로마를 구했다.

대왕님께서 걸치신 모피 옷으로부터 풍기는 장엄한 향기로 보거나, 눈부신 다갈색의 찬란한 빛깔로 보거나, 황송한 말씀이오나 뾰족뒤쥐 족의 분으로 보기에 의심스러울 정도로 세상에 둘도 없는 으리으리한 옷차림입니다. 게다가, 대왕께서 낱알을 잡수시는 품이야 말로 순수한 고풍古風이오며, 대왕님의 코 생김새 또한 지혜로운 계략에 뛰어난 코이오며, 옛 지혜의 책에 능통하신 뾰족뒤쥐답게 뒷발길질하시옵니다. 하오나, 진실로 대왕께서 뾰족뒤쥐시라면, 대왕님의 귀가 어디에 있는지 모르기는 하오나, 얼마나 초자연적인 청각의 관管인지도 모르기는 하오나, 얼마나 이상한 분이신지 또한 모르기는 하오나, 어떻게 그것을 닫으시는지조차 모르기는 하오나, 대왕님의 비밀 명령에 따라 마음대로 그것을 닫아 나리의 뜻에 맞지 않는 소리를 귀에 들어오지 않도록 하신다고 들어왔사온데, 사실 그러한 귀를 갖고 계신지, 또한 대왕님의 청각은 너무나 기묘하고도 신비스러워 어떠한 기척도 들려오기 때문에 귀를 닫고서도 거센 소리를 부드러운 소리로 들려오게 하신다는데 이러한 이야기가 과연 사실이온지요?"

"사실이고말고. 보라, 귀의 문이 이렇듯 내려져 있지 않았느냐? 내 귀에는 아무 소리도 안 들려!"라고 뾰족뒤쥐는 말했습니다.

"정말 용하십니다"라고 늙은 쥐는 대답했습니다.

그리고서 산더미처럼 쌓인 밀 무더기로 가서 겨울 동안의 식량을 나르기 시작했습니다.

"무슨 기척이 들리십니까?"라고 늙은 쥐가 묻자,

"내 심장이 팔딱팔딱 뛰는 소리밖에 안 들려"라고 근시안인 뾰족뒤쥐는 말했습니다.

"얼씨구 좋구나! 이 정도라면 이놈을 두고두고 속이겠다!"라고 쥐들은 기뻐하며 소리쳤습니다.

충성스러운 종을 만난 줄로 알고 있던 뾰족뒤쥐 대왕은 음악 구멍의 뚜껑을 열어보았습니다. 그러나, 들려오는 소리는 쥐구멍 속으로 흘러 들어가는 낱알의 기척. 당연히 사법 위원회의 손을 거칠 것 없이, 뾰족뒤쥐 대왕은 그 늙은 쥐에게 달려들어 그 자리에서 목을 물어 죽였습니다. 명예로운 죽음! 밀 한가운데서 죽은 쥐의 영웅도 순교자로서 성자의 반열班列에 올랐습니다. 뾰족뒤쥐 대왕은 늙은 쥐의 귀를 잡아들어 곳간의 문 위에 매달아놓았습니다. 우리 파뉘르주[120]가 하마터면 꼬챙이에 꿰여 죽을 뻔한 그 터키 문™의 주검처럼.

단말마의 비명에, 쥐와 생쥐들은 모조리 바들바들 떨면서 걸음아 날 살려라 하고 쥐구멍으로 달아나버렸습니다. 밤이 되었습니다. 쥐들은 공적인 일을 토의할 회의의 소집을 받고 모두들 지하실에 모였습니다. 그 회의에는, 로마 가족법과 기타의 법에 의해서 정실正室들도 동석하게 되었습니다. 쥐들이 생쥐들의 상석에 앉으려고 하였기 때문에 심한 자리다툼이 벌어져 하마터면 만사가 엉망이 될 뻔하였습니다. 그러나 결국, 큰 쥐는 그 팔 밑에 생쥐를 안고, 남편 쥐는 부인 쥐를 같은 식으로 짝 지우는 것으로 낙착되어, 모두들 꼬리를 하늘 쪽으로 쳐들고, 콧마루를 내밀고, 수염을 팔딱거리고, 눈을 매의 눈처럼 반짝거리며 엉덩이 위에 버티고 앉았습니다.

다음, 토의가 시작되었는데, 온 세계의 지위 높은 성직자들의 교의회教議會를 방불케 할 만큼 소란과 혼잡으로 끝났습니다. 그렇다, 아니다, 하고 떠들어대는 '부, 부, 프루, 우, 우, 후이크, 후이크, 브리프, 브리프, 낙, 낙, 낙, 후익, 후익, 트르, 트르, 트르, 트르, 라자, 자, 자, 브르, 블, 라아아, 라, 라, 라, 라, 푸이크스!' 등등의 소리를 우연히 지나가던 고양이가 듣고 겁이 나 도망쳤다고 하는데, 와글와글한 이 소요는 한데 뭉쳐 요란한 소리의 난리가 되고 말았습니다. 인간사회의 시의원들이라 할지라도 이렇지는 않았을 겁니다.

이때 회의장에 들어갈 나이가 채 못 된 어린 암생쥐 한 마리가, 이때 이 소요 가운데 호기심 많은 콧마루를 틈 사이로 들이밀었습니다. 암생쥐의 털

120 Panurge. 라블레 저서 《제3의 서 팡타그뤼엘》에 나오는 익살스러운 인물. 《제3의 서 팡타그뤼엘》은 이 파뉘르주의 결혼 가부可否 문제가 이야기의 큰 줄기를 이룬다.

은 아직 이성을 모르는 생쥐의 털답게 보들보들하였습니다. 야단법석이 더 커감에 따라 이 암생쥐의 몸은 콧마루를 따라 앞으로 나와 떨어지던 찰나, 술통의 테두리의 철사에 교묘하게 매달렸는데, 그 모습으로 말하자면 고대의 돋을새김(浮彫)에 새겨진 예쁜 걸작품을 방불케 하였습니다.

이때 국난 극복을 하느님께 기원하려고 눈을 하늘을 향해 올리던 한 마리의 늙은 쥐가 이 아리따운 몸매를 한 예쁜 암생쥐를 보고, 나라는 그녀에 의해서 구원되어야 한다고 선언하였습니다. 구국救國의 여신 쪽으로 돌려진 일동의 콧마루는 갑자기 벙어리가 되어 뾰족뒤쥐 대왕에게 그녀를 파견할 것을 만장일치로 가결하였습니다. 그녀를 시기하는 몇 마리의 생쥐도 있기는 하였으나, 환호성 속에서 그녀는 지하실을 활보하였습니다. 그 정숙한 걸음걸이, 탄력 있는 뒷모습의 기계적인 움직임, 지혜로운 머리를 끄덕거리는 모양, 투명한 귀를 한들거리는 모습, 장미색의 작은 혀로 입술 언저리와 목에 나기 시작한 수염을 핥는 모양을 보고, 늙은 쥐들은 그녀에게 반해 흰 털이 성성한 주름투성이의 입술로 바리톤 목소리를 내기도 하고 바이올린을 켜는 소리 같은 목소리를 내기도 하였는데, 그 꼴이란 흡사 옛날 트로이의 늙은 호색한들이 목욕하고 나오는 미녀 헬레네를 침을 흘리며 바라보던 것과 똑같았습니다.

따라서 이 생쥐 아가씨는, 히브리의 미녀 에스더가 하느님의 백성을 구하고자 이슬람국의 군주인 아하수에로의 곁으로 갔던 것처럼, 뾰족뒤쥐 대왕의 마음을 녹여 쥐족을 구하는 사명을 띠고 식료품 창고로 파견되었던 것입니다. 에스더에 관해서는 서적 중에서 으뜸가는 구약성서에도 적혀 있거니와, 바이블Bible이라는 낱말은 그리스어의 비블로스Biblos, 곧 유일한 서적이라는 뜻에서 나온 것입니다.

생쥐 아가씨는 식료품 창고의 해방을 약속하였습니다. 그럴 것이, 다행히 그녀는 생쥐의 여왕, 블론드 빛깔의 포동포동하고 풍만한 미녀, 대들보 위를 유쾌하게 종종걸음 치며 난간을 명랑하게 줄달음치는 권세 있는 자들의 무리 중에서 으뜸가게 귀여운 귀부인, 산책하는 길에 호두나 빵 부스러기나 빵 조각을 발견하고는 상냥한 교성을 지르는, 요염하고도 정숙한 요정, 하얀 눈송이 같은 다이아몬드처럼 맑은 눈매, 조그마한 머리, 윤나는 털, 음탕한 몸매, 장밋빛 다리, 비로드 같은 꼬리, 고귀한 태생, 우아한 말씨, 누워 사는 걸 좋아해 아무 일도 하지 않는 성품, 상냥한 기상, 고전의 내용들을 속속들이 알고 있는 소르본 대학의 늙은 박사보다도 더욱 교활한 재원, 발랄하고, 배가 희고, 등에 줄이 나고, 보일락 말락 하게 오똑 솟은 예쁜 젖꼭지, 진주 같은 치아, 청초한 분위기, 한마디로 말해 그것은 대왕에게 어울리는 미녀였기 때문이었습니다.

이상과 같은 묘사는 매우 대담한 것이었다. 왜냐하면, 이 암생쥐는 그 자리에 있던 디안 부인과 아주 닮았기 때문이었는데, 이에 신하들은 겁이 덜컥 났다. 카트린 왕비는 미소를 지었으나, 국왕은 미소할 마음이 전혀 없었다. 국왕의 정부(디안)의 사위였던 몽모랑시 원수는 무서운 얼굴로 칼에 손을 가져가 자루를 으스러지도록 쥐고 있었다. 라블레의 신상을 걱정해서 벨레와 샤티용 두 추기경이 눈짓을 하는데도 모르는 체하고 대가는 계속해 말했다.

예쁜 암생쥐는 긴 여행을 하지 않아도 되었습니다. 이는 그녀가 식료품 창고에 출두한 첫날 저녁부터 뾰족뒤쥐 대왕을 주물러놓았기 때문이었는데, 어느 나라의 여족女族들이 흔히 쓰는 온갖 함정, 곧 교태, 아양, 간질거리기, 살살 꾐, 마음을 더 끄는 거부, 흘기는 눈, 하고 싶으면서도 감히 하지 않으려는 숫처녀의 농간, 다정한 침, 절반 애무, 전희의 재주, 자기의 값어치를 아는 암생쥐로서의 긍지, 웃기기 위한 싸움, 싸움하기 위한 웃기기, 실없는 짓, 귀여운 언동, 암컷다운 속임수, 끈끈이같이 정이 붙는 담소 따위를 발휘하였던 것입니다.
이에 대해서 뾰족뒤쥐 대왕은 몸을 굽히는 절, 손발의 비벼대기, 콧마루 문지르기, 환심 사려는 언동, 눈살 찌푸리기, 한숨, 세레나데, 밀 더미 위에서의 오찬, 만찬, 간식, 또 다른 갖가지의 익살을 부린 보람이 있어, 암생쥐의 거리낌을 제압하고, 둘은 불운하고도 부정한 사랑을 맛보았습니다. 암생쥐는 뾰족뒤쥐의 사타구니를 꽉 붙잡았기 때문에 그야말로 모든 것의 여왕이 되어, 참밀에 겨자를 바르거나, 사탕과자를 먹기 바라고 또한 이를 모조리 약탈하려고 하였습니다. 대왕은 '마음속의 여왕' 뜻대로 움직이게 되어 모든 걸 '응, 응' 한마디로 허락하였습니다. 하기야 뾰족뒤쥐로서의 의무에 대한 배신과 가르강튀아에게 한 맹세와 관련하여 비록 마음속으로는 그다지 편치 않았습니다.

그러나, 여인의 집요함과 더불어 그 복음의 세력을 계속 밀고 나가 둘이서 즐거워하던 어느 날 밤, 암생쥐는 늙은 아비의 생각이 퍼뜩 나, 아버지께도 끼니때마다 낟알을 잡수시게 해드리고 싶어서, 딸로서의 효심孝心의 실천을 방해할 것 같으면 대왕을 우리에 혼자 두고 나가버리겠다고 위협하였습니다.

발길을 돌릴 사이도 없이, 대왕은 계집의 아비에게 초록빛 초의 커다란 국새를 찍은, 주홍빛 명주의 술이 달린 특허장을 주어, 가르강튀아 궁에 무상출입해도 무방하며, 효녀의 이마에 입 맞추러 올 수도 있고, 구석에서라면 배가 터지도록 밥을 먹어도 상관없다고 허락하였습니다.

그래서 흰 꼬리가 달린 존경할 만한 늙은 아비, 25온스나 무게가 나가는 늙은 쥐가 대심원장 같은 걸음걸이로 머리를 흔들어대며, 톱니 같은 이빨들을 한 15마리던가 20마리 정도의 조카들을 데리고 나타나, 일동은 대왕에게 갖은 감언과 간사스러움을 부리면서 다음과 같이 말하였습니다. 즉 자기들 집안은 대왕에게 분골쇄신의 충성을 바쳐, 대왕이 위탁받고 있는 재고품을 세고, 정리하고, 꼬리표를 붙여서, 가르강튀아가 임검하러 올 때 식량창고 안의 모양이 일목요연하게 보이도록 정돈해 보이겠다고 하였습니다. 이 말도 겉으로 보기에는 그럴듯하였습니다.

그렇지만 뾰족뒤쥐 대왕은 그와 같은 겉으로 보기에 번드르르한 이치에도 불구하고, 하늘나라에 계신 분의 말씀이 두렵고, 뾰족뒤쥐다운 양심의 가책에 가슴이 죄어들었습니다. 때문에 대왕이 만사에 우울해지고 한쪽 다리로밖에 걷지 않는 것을 본 암생쥐는, 자기의 노예가 된 주인의 걱정을 근심하여 (이미 그때 그녀는 잉태하고 있었지만) 소르본 대학 심의회의 의견서를 꾸며, 대왕의 불안을 가라앉히고 그 마음을 위로해주자는 생각이 머리에 떠올랐습니다. 암생쥐는 즉시 쥐의 신학박사들을 소집하였습니다.

그날 안으로 암생쥐는 대왕에게 한 분의 성직자를 모셔왔습니다. 그는 절제와 극기 생활로 나날을 보내던 나이 든 고해신부로, 기름져 번들번들한 얼굴에 아름다운 검은 옷, 탑처럼 네모진 몸, 고양이의 발톱자국을 살짝 가린 머리를 하고 있었습니다. 그것은 수도자의 시주자루처럼 뚱뚱한 배를 한 점잖은 쥐로, 고전의 내용들이 담긴 양피지와 경전의 휴지, 그 외 온갖 종류의 서적을 쏠아먹고 학식의 감각을 터득한 쥐였는데, 그 중의 어떤 조각은 그의 쥐색 빛 수염 위에 퇴색한 채로 남아있었습니다.

그는 그의 높은 덕과 지혜와 하루하루를 수도생활로 보내는 기풍에 경의를 표하는 한 무리의 검은 쥐들에게 둘러싸여 입궐하였습니다. 쥐족 교의회의 종교규정이 아직 제정되어 있지 않아, 이 검은 쥐들도 계집을 데리고 사는 것이 허락되어 제각기 귀여운 짝을 짓고들 있었습니다. 성직자로서의 녹祿을 받던 이 쥐와 생쥐들은, 사은회에 참가하는 대학교수의 행렬처럼 두 줄로 열을 짓고 있었습니다. 그리고 모두들 식료품 창고의 식품들의 냄새를 맡기 시작하였습니다.

일동이 질서정연하게 의식을 위해 착석하자, 쥐족의 늙은 추기경은 입을 열어 생쥐의 라틴어로 강론하기를, 하느님을 제외하고 뾰족뒤쥐 대왕보다 위에 가는 이가 없으니, 뾰족뒤쥐 대왕께서는 오로지 하느님께 복종하기만 하면 그만이라고 말했습니다. 다음에 복음서에서 인용한 너절한 미사어구를 마구 사용하여, 주제로부터는 빗나갔으나 듣고 있던 일동을 열광케 하였는데, 동그랗게 썰린 고기 같은, 말 그대로 억지로 꾸민 듣기 좋은 강론이었습니다. 이 강론은 대왕을 찬양해, 태양 아래 대왕처럼 위대하고 훌륭하며 군자다우신 분은 없었고, 앞으로도 없을 거라는 절찬의 말로 끝을 맺어, 이 말에 식량창고를 감시하는 대왕도 어리둥절해졌습니다.

　마음 좋은 대왕은 머리가 빙 돌아, 아니 빙 돈 머리가 되어, 그처럼 말 잘하는 서생원鼠生員들을 자기 우리에 살게 함으로서, 밤낮 대왕의 영예를 축하하는 금빛의 칭찬과 영광스러운 찬송가가 낭송되었는데, 그와 함께 대왕의 곁에 있던 암생쥐 왕비도 찬양받았습니다. 일동은 그녀의 발에 입 맞추고 콧마루를 숙여 절하였습니다.

　마침내 암생쥐는 젊은 쥐들이 아직 배를 곯고 있는 것을 근심하여, 어떻게 해서든지 일을 성취하려고 마음먹었습니다. 따라서 그녀는 예쁜 주둥이를 놀려 다정스럽게 하소연하며 천 가지 만 가지 아양을 떨었는데, 그 한 가지만으로도 대왕의 넋을 잃게 하기에 충분하였습니다. 그녀는 뾰족뒤쥐 대왕에게 말하기를, "대왕이 임무수행 차 정찰하고 감시하러 나가 돌아다니시어, 둘의 사랑을 위해 귀중한 시간을 헛되이 잃는 것이 불만이에요. 언제나 대왕이 동서로 분주하게 출타하시어 제가 받을 사랑의 분량이 적은 게 한이예요. 이 몸이 대왕의 몸을 원할 때 대왕은 낙수落水 홈통 위에서 말을 타고 계시거나 고양이를 쫓거나 하고 계시온데, 원컨대 항시 창처럼 준비가 되어있고, 참새처럼 얌전하게 있어주세요"라고 하였습니다. 그녀는 슬픈 나머지 회색 털을 쥐어뜯으면서, 자기만큼 불행한 생쥐는 이 세상에 없다면서 눈물을 줄줄 흘렸습니다.

　이러자 뾰족뒤쥐 대왕은 그녀가 모든 것의 주인임을 설득시켜 유혹에 반항해보려고 하였으나, 그 귀여운 것이 쏟는 눈물의 소나기를 받고는, 드디어 휴전을 애원하고 그녀의 소망을 물었습니다. 재빨리 눈물을 거둔 그녀는 발에 입맞춤을 허락하면서, 쥐의 병사兵士, 경험 있는 쥐 참모, 쥐 용병, 혈기 왕성한 쥐 장정들을 편성하여, 감시와 순찰 임무에 배치하라고 대왕에게 권고하였습니다. 즉시 그녀의 말대로 만사가 이루어졌습니다. 그러고 나서부터 뾰족뒤쥐 대왕은 춤추는 데, 콧수염을 늘어뜨리는 데, 시인들이 바치는 찬양의 감미로운 시rondeaux나 시조ballades를 듣는 데, 류트(luth, 비파)와 만도라mandore를 타는 데, 술 단지를 비우며 먹고 마시는 잔치를 벌이는 데 하루의 대부분을 보냈습니다.

　어느 날 암생쥐는 귀여운 생쥐를 닮은 뾰족뒤쥐, 아니 뾰족뒤쥐를 닮은 귀여운 생쥐를 분만하였습니다. 저로서는 이와 같은 사랑의 연금술적인 산물을 뭐라고 불러야 할지 모르겠으나, 법관의 고양이들이 적자嫡子로 고쳐 줄 것입니다.

　각설하고, 그녀가 해산의 자리에서 다시 일어나던 날, 식량창고에서 잔치가 벌어졌는데, 그 성대함은 궁정의 어느 축하연도 만찬도 따르지 못하려니와 '황금 옷'의 화려함마저 능가할 정도였습니다. 온 구석구석에서 생쥐들이 흥겨워 노닥거렸습니다. 도처에서 온갖 종류의 춤, 연주, 주연, 요리, 사라반드 무곡, 음악, 흥겨운 노래, 축가가 넘쳐흐르고 또한 울려 퍼졌습니다. 쥐들은 포도주를 바닥내어 항아리 뚜껑을 벗기고, 둥글넓적한 유리병을 넘어뜨려 남겨둔 것들을 들통 내었습니다. 겨자는 강이 되어 흐르고, 햄은 산산조각이 나 흩어지고, 곡식은 사방으로 뿌려졌습니다. 모든 것이 마룻바닥위에 새어나오고, 흐르고, 내던져지고, 굴렀습니다. 어린 쥐들이 초록빛 소스의 개울을 질벅질벅 기어가고 있었습니다. 생쥐들이 사탕과자의 바다를 헤엄치고, 늙은 쥐들이 파이의 산을 옮기고 있었습니다. 소금에 절인 소혓바닥에 올라타는 장난꾸러기 쥐도 있었습니다. 술 단지 안에서 헤엄치는 들쥐도 있었습니다. 그중에서도 가장 교활한 놈은 잔치의 야단법석을 기회삼아 한몫 두둑하게 챙기려고 자기의 쥐구멍으로 분주히 밀을 나르는 쥐였습니다. 오를레앙 산 마르멜로의 열매 앞을 지나다가, 이로 한 입 또는 대개는 두 입, 그것을 깨물어 경의를 표하지 않은 쥐는 하나도 없었습니다. 그야말로 로마의 사육제를 뺨칠 뒤죽박죽인 대향연이었습니다. 요컨대 귀 밝은 신분이라면, 프라이팬의 딩동댕동, 부엌의 달가닥 덜거덕, 화덕의 오닥탁거리기, 절구의 빵빵, 냄비의 달가랑 덜거렁, 고기꼬치 돌리는 장치의 꾸르륵 꾸르륵, 바구니의 부스럭거리기, 밀가루 반죽으로 만든 과자의 바삭바삭, 쇠고기 꼬치의 질그럭 거리기, 마룻바닥 위를 달리는 종종걸음의 우박 같은 소리를 들었을 겁니다. 그것은 분주한 혼인잔치의 기척이었고, 손님과 집안 식구들, 주방에서 일하는 사람들, 하인들, 심부름꾼들이 오락가락 하는 소음이었습니다. 음악, 광대의 수선, 각자의 칭찬, 군악대의 작은 북, 교회의 시끄러운 종소리 같은 것을 계산에 넣지 않고서도 말입니다. 말하자 면, 이 즐거운 하룻밤을 축하하기 위하여 모두들 선두에 나서서 한바탕 지 랄들을 쳤던 거죠.

그러나, 식료품 창고에 볼일이 있어 계단을 올라오던 가르강튀아의 무서 운 걸음소리가 대들보, 마룻바닥과 모든 것을 흔들게 하며 들려왔습니다. 늙은 쥐들은 이 기척을 알아듣고, 가르강튀아의 걸음소리라고는 어느 쥐도 몰랐지만, 겁이 나 저마다 도망을 쳤는데, 그것은 잘한 일이었습니다. 왜냐 하면 가르강튀아가 거기에 불쑥 들어왔기 때문입니다. 가르강튀아는 서생 원들의 난장판을 보고, 저장한 물품과 술 단지가 비고, 겨자가 깨끗이 없어 지고, 모든 것이 엉망으로 되어버린 현장을 보고, 비명을 지를 사이도 주지 않고 그 음탕한 암생쥐를 짓밟아버려, 새틴의 옷·진주·비로드·비단 조 각이 모조리 못쓰게 되어, 잔치의 소란도 끝장이 나버렸습니다.

"그럼, 뾰족뒤쥐 대왕은 어이 되었는가?"라고 국왕께서는 명상에 잠기신 안색을 버리시고 하문하시었다.

"네, 폐하"하고 라블레는 대답했다. "가르강튀아 족이 얼마나 불공평한지 소인도 놀라움을 금치 못 하옵나이다. 뾰족뒤쥐는 처형당했습니다. 허나, 귀족으로서의 체면도 있어서 그는 깨끗이 목 잘렸사옵니다. 그는 속임을 당 한 것뿐이기에 확실히 지나치게 가혹한 조치인 줄 아옵니다."

"그대의 이야기는 지나치군"이라고 국왕께서 말씀하셨다.

"아니옵니다, 폐하"하고 라블레는 대답했다. "지나치게 높은 뜻이 있사옵 니다. 사제의 강론단講論壇을 왕관보다 위에 놓으신 분은 바로 폐하가 아니 시옵니까? 폐하께서 소인에게 설교를 구하셨사옵니다. 따라서 소인은 복음 서풍으로 말씀 올린 것뿐이옵니다."

"궁정의 주임 사제님"하고 디안 부인은 라블레의 귀에다 속삭였다. "제가 혹시 앙심을 품었다면 어쩌실래요?"

"부인, 풍뎅이처럼 궁정에 번식해가는 왕비 무리의 이탈리아 사람들에 대하여 폐하께 미리 충고해두는 것도 필요하지 않습니까?"라고 라블레는 대답했다.

"엄청난 설교를 하셨소. 그러니 빨리 외국으로 망명하시는 게 좋을 것 같소"라고 오데트Odet 추기경은 라블레의 귀에 대고 말했다.

"추기경님, 얼마 있지 않아 소인은 다른 나라로 갈 몸입니다"라고 대가는 말했다.

"무례막심하군요, 너절한 문객門客님. 지체 높으신 분들을 그토록 대담하게도 빈정거려 말하다니, 노인은 높다란 곳에 매달리고 싶으시오? 좋소이다. 내가 맹세코 노인을 높다란 곳에 매달고 말겠소"라고 몽모랑시 원수는 말했다. 누구나 다 알다시피, 몽모랑시는 비열하게도 이미 약혼한 사이였던 피엔Pienne 아씨를 버리고, 국왕과 디안 부인 사이에서 태어난 딸과 결혼했었다.

"우리들 모두는 언젠가는 높다란 곳에 갈 몸이오. 헌데, 만약 경이 국가와 폐하의 벗이라면 나에게 감사해야 하오. 왜냐하면, 모든 것을 망치는 쥐족들과도 같은 로넨 가문의 음모를 나는 폐하께 충고하였으니 말이오."

"대가, 대가의 《팡타그뤼엘》의 다섯 번째 책의 출판 비용은 내가 대겠소이다. 국왕을 호리고 있는 저 늙은 암사냥개와 그 무리의 짓을 잘도 폭로하셨소"라고 샤를 드 로레느 추기경은 대가 귀에 속삭였다.

"그런데 이 설교에 대한 여러분의 의견은 어떻소?"라고 국왕께서 하문하셨다.

"폐하"하고, 일동이 만족하는 기색을 보면서 멜랭 드 생 줄레는 대답했다. "이처럼 뜻 깊은 팡타그뤼엘 풍의 설교는 난생 처음 들었사옵니다. 텔렘Theleme 수도원에

　이곳에 들어오시오, 그대들, 세상의 비난과 박해도 아랑곳하지 않고
　진심으로 복음서의 가르침을 설교하는 자들이여.

이 안이야말로, 은신처와 성채를 갖추어

사악한 말주변으로 세상에 독을 퍼뜨린다고 화내는

그 적의敵意 있는 엉터리 주장에 맞서 그대들을 막아주리.[121]

라는 시편을 기록한 대가에게, 우리는 진정 사례해야 할 줄로 아옵니다."

모든 신하들은 라블레를 칭찬해, 저마다 한 마디씩 치하했다. 대가는 특
명에 의해 횃불을 든 시종들에게 배웅되어 경의를 받으면서 궁정에서 물러
나왔다.

우리 지역의 무한한 명예, 프랑수아 라블레에 대하여 심술궂은 말과 원숭
이 같은 헛소리를 해대는 사람들이 있는데, 이는 이 철학적인 호메로스, 학
식의 왕자, 찬란한 광명이 사해四海에 비치는 놀라울 정도로 허다한 걸작의
출처인 어른께 당치도 않은 욕인 것은 두말할 나위도 없다. 라블레의 거룩
한 머리를 더럽히는 자들에게 재앙이 있으라! 라블레의 슬기롭고도 구수한
맛을 터득하지 못한 놈들은 한평생 그 이로 모래알이나 씹어라!
그윽한 맛이 나는 맑은 물을 즐기시는 분, 금욕禁慾에 충실한 종, 25캐럿
의 다이아몬드 같은 대학자 라블레 대가시여, 만약 그대가 시농에 다시 소
생하시어 그대의 비할 바 없는 저작을 해석하고, 주석하고, 찢고, 욕되게 하
고, 오해하고, 왜곡하고, 변조하고, 과장하는 어처구니없는 바보들의 몰상
식한 수정이나, 돼먹지 않은 보완이나, 헌 휴지를 읽는다면, 벌린 입을 다물

---

121 《제1의 서 가르강튀아 이야기》 제54장에 있는 시구로 원문은 다음과 같다.

　　Cy Vous entrez, qui, le saint Evangile

　　En sens agile, annoncez, quoy qu' on gronde

　　Ceans, aurez un refuge, et Bastille

　　Contre l' hostile erreur qui tant postille,

　　Par son faulx style empoisonner le monde.

지 못하는 웃음과 재채기에 걸리시고 말리라. 파뉘르주가 성당에서 어느 귀부인의 치맛자락을 여러 마리의 개가 차지하고 있는 모양을 보았던 것과 마찬가지로, 머리에 뇌가 없고 심장의 횡격막에 수축력 없는 두 발 달린 대학 물 좀 먹었다고 잘난체하는 교수가 그대의 고상한 대리석의 피라미드를 통투성이로 만드는 짓을 보시리라. 그 피라미드야말로 환상적이고도 익살스러운 창의력創意力의 온갖 씨앗이 시멘트로 접합되고 있으며, 만물에 대한 으리으리한 가르침이 수록되어 있는 곳인데, 이 어이한 망발들인지.

사상, 체계, 덧없는 것, 종교, 예지, 인생의 농락 등등의 큰 바다로 나가, 숭고한 편력을 행하는 그대의 거대한 선박의 항로를 뒤따라갈 정도로 숨이 긴 순례자가 설령 적더라도, 이 소수가 바치는 훈향薰香의 예찬은 불순한 것이 조금도 섞이지 않은 순수한 양질의 것이외다. 그대의 전능함, 박식함, 온 구절은 그들에 의해서 바르게 인식되어 있소이다.

따라서 쾌활한 투레느 지역의 가난한 아들인 소인도 그대를 정당하게 평가하고자, 초라한 것이기는 하나 그대의 모습을 찬양하며, 그대의 불후의 걸작을 칭송하는 바이오. 이와 중심을 같이하는 동심의 작품을 좋아하는 독자에게, 그대의 작품만큼 칭송을 받고 있는 것도 따로 없소이다. 그대의 작품에는 광대놀이 식으로 과장된 익살맞은 언동만이 아니라, 정신세계의 우주가 있고, 통 속의 정어리처럼 온갖 철학적인 사색, 갖가지 학식, 여러 예술, 비할 바 없는 웅변이 꽉 차 있기 때문이외다.

마녀 이야기[122]

고귀한 지역 투레느의 옛 이야기, 기이한 이야기, 우스갯소리, 재미나는 언동 같은 것을 열심히 물색하여 온 필자는, 이 지역에 사시는 여러분들을 적지 아니 깨우쳐드린 바가 있었던 모양으로, 필자라면 틀림없이 무엇이나 다 알 것이라고 여기는지, 그야 물론 한잔 얼큰한 김에 하는 수작이겠지만, 투르의 거리 중 쇼드Chaulde[123] 거리의 이름의 내력, 투르 시내 여인네들이 강한 호기심을 품고 있는 그 어원적인 이유를 밝힐 수가 있는가 하고 질문해오는 같은 지역 사람들이 많다.

나는 그와 같은 질문에 대해, 그 거리에 수도원이 허다하게 있는 것을 토박이들이 까맣게 잊고 있다니 놀랍다고 대답해주었다. 다시 말해서 수도사

---

122 원문은 le succube. 음몽마녀淫夢魔女 영어식 표기로는 succubus라고 한다. 자고 있는 남자와 성교를 하는 악령으로, 꿈속에서 남자의 정액을 훔쳐낸다고 하는 여성형 몽마夢魔를 말한다. 남성형은 incube.

123 Chaulde. '뜨거운'이라는 뜻의 형용사. 현대어로는 Chaude

와 수녀들이 성욕의 불길을 엄하게 억압한 결과, 그 재가 벽을 벌겋게 달아오르게 할 만큼 뜨거워져, 저녁 무렵에 양가의 아낙네들이 너무 천천히 벽을 끼고 산책할 것 같으면 금세 잉태할 정도가 아니냐고 대답했던 것이다.

그런데 학자인 체하는 시골 신사 한 분은 옛날 시내의 토끼굴[124]이 모조리 이 거리로 몰리게 된 데서 유래한 이름이라고 말했다.

또한 학식의 자질구레한 지엽枝葉 속에 칭칭 감겨, 아무도 이해 못 하는 금언金言을 말하고, 낱말을 수식하고, 옛날의 음절을 조율하고, 관용어를 늘어놓고, 동사를 한 방울씩 똑똑 떨어뜨리고, 노아의 홍수 이래의 여러 언어를 연금술로 변질시키고, 히브리 · 칼데아Chaldea · 이집트 · 그리스 · 라틴, 다음에는 투르를 건립한 투르누스Turnus의 언어를 인용하고, 드디어는 Chaulde에서 h와 l을 빼버린 Cauda(꼬리)라는 뜻의 라틴어로부터 유래한 고로, 본건에는 꼬리가 관여하고 있을 것이라고 말하시는 분도 계신데, 여인네들에게는 이 마지막 것밖에 이해가 가지 않는 듯했다.

또한 이곳에서 옛날에 온천이 나와 고조부도 그 물을 마셨다고 말하는 노인도 있었다. 요컨대, 파리가 한 번 교미하는 짧은 시간 동안에 호주머니 가득히 어처구니없는 어원설語原說들이 모여, 그 유래의 진상은 성 프란체스코파 카푸친회 수사의 더러운 수염 가운데서 한 마리의 이를 찾아내는 것 이상으로 어렵게 되고 말았다.

그런데 그 중의 한 분, 여러 수도원을 돌아다니시고, 밤새워 탁상용 등불을 밝히시느라 많은 기름을 소비하시고, 수많은 서적을 파헤치시고, 지역 역사에 관한 문헌과 기록, 양면서판(兩面書板, diptiques), 서류뭉치, 문서 따위를 쌓기를 무려 8개월 동안 농가의 헛간에 있는 밀짚보다 더 많이 쌓아놓은, 박식하고, 노쇠한, 다리에 통풍이 있는 노인이 아까부터 한구석에 앉아 말 한마디 없이 한 잔 두 잔 마시고 있었는데, 이 분이 입술을 비뚜름히 하고 학자다운 미소를 짓고 있다가 그 미소가 '체!' 하고 혀 차는 소리로 뚜렷

---

124 clapier. 싸구려 갈보집을 의미한다.

하게 변한 것을 알아들은 필자는 '옳지, 이 분이야 말로 역사상 재미나는 이야기를 수북하게 알고 있을 것이 틀림없으니 이 따스하고도 부드러운 책의 편찬에 한 떨기의 꽃을 가공해 주십사하고 부탁하고 싶구나' 라고 마음속으로 생각했다. 그런데 다음 날 이 통풍환자가 필자에게 말하기를,

"당신이 쓴 〈가벼운 죄〉라던가 하는 제목의 시문詩文을 읽고 나는 당신을 달리 보았소. 존경하는 마음이 들었단 말이오. 그 내용이야말로 철두철미 사실이오. 그와 같은 소재를 다루는 데 있어서는 진실의 과잉이야말로 무엇보다 귀중한 것이라고 나는 믿고 있소이다.

헌데 당신은 브뤼앙 드 라 로슈 코르봉Bruyn de la Roche-Corbon 경에 의해서 수녀원에 들어가게 된 무어 태생의 아가씨가 그 후 어떻게 되었는지 아마 모르시겠지? 나는 그걸 알고 있소이다. 그러니 만약 쇼드 거리의 어원과 이집트 태생인 수녀의 그 후의 일을 꼭 알고 싶다면, 오늘 저녁에 붙어있던 머리가 내일 그대로 성하게 남아날지 모르던 시절, 겁탈 당하던 도서관에 있던, 대주교 관구大主敎管區의 판례집olim 가운데서 발견한 신기한 옛 소송서류를 빌려드리리라. 만족하시오?"

"부디 빌려주십시오"라고 필자는 대답했다.

이 진실의 수집가는 필자에게 훌륭한, 그러나 먼지투성이의 양피지 문서를 빌려주었다. 필자는 적지 않은 수고 끝에 이 종교재판 문서의 라틴어 문장들을 프랑스말로 옮겼다.

옛날의 소박한 그리고 무지함으로 가득 찬 이 옛 풍의 재판 사건을 현실적으로 소생시키는 것만큼 익살스러운 것도 따로 없을 것이라고 필자는 믿는 바이다.

그러니 한번 들어보시라. 여기에 실린 것은 원본의 순서대로이지만 용어가 아주 어려웠기 때문에 필자의 방식을 사용한 점을 밝혀둔다.

1장 요마의 정체에 대한 것

∾

✝

성부와 성자와 성령의 이름으로, 아멘.

주님이 탄생한 지 1271년째 되는 해, 본인 제롬 코르니유Hierosme Cornille 는 앞서 투르의 대성당 생 모리스Saint-Maurice의 참사회원들에 의해 대주교 장 드 몽소로Jehan de Monsoreau 예하規下께서 참석하신 가운데 임명되어진 이단심문소장異端審問所長, 즉 종교재판 판사이온데, 투르의 주민들이 고충을 호소해온 고소에 관해 많은 사람들의 의견을 엄히 묻고자 하며, 또한 고소 문은 부록으로 첨부하였사온바, '여인의 얼굴을 취한 혐의가 있는 악마'의 소행에 관하여 주교 관구의 귀족, 서민, 종들은 본인의 면전에서 부록의 내 용과 같이 증언하였음. 당 주교 관구의 인심을 심히 소란하게 한 혐의로 문 제의 여인은 현재 참사회원 소속의 감옥에 가두어놓고 있으며, 고소장의 진 위 여부를 가리기 위해 12월 11일 월요일, 미사 후 이 심문에 착수해 각자 의 증언을 '여인의 얼굴을 취한 악마'에게 전달하고 그 죄상의 반박과 변명 을 청취한 다음에 악마조복령惡魔調伏令에 따라 이를 심판하고자 함.

증인 심문 때, 교회 참사회의 서기이자, 이름난 박사인 기욤 투르느부쉬 Guillaume Tournebousch가 입회하여 본인을 위해 그 증언의 전부를 기록하 였음.

첫번째로 우리들 앞에 출두한 이는 장. 일명 토르트브라Tortebras[125]라고 하는 투르의 서민. 관허를 받아 퐁(Pont, 다리) 광장에 '시고느(Cigogne. 황새) 정亭'이라는 여관을 경영하는 사람인데, 복음서에 한쪽 손을 올려놓고 그

---

125 tortbras는 '비틀린 팔'이라는 뜻이다.

영혼의 구원을 걸어 몸소 보고 듣고 한 것밖에는 발언하지 않겠다는 서약 후에 다음과 같이 진술하였음.

불꽃놀이가 있던 성 요한 축일부터 소급하여 대략 두 해 전에 있었던 일입 니다.

그때 성지로부터 개선하신 폐하의 수하인 듯 했던 한번도 뵌 적 없는 한 귀족이 소인의 집에 찾아오더니, 생 에티엔Saint Etienne 근방에 있는 참사회 소 유지에 소인이 지어놓은 별장을 세놓아달라고 하기에 비잔틴 순금화폐 서 푼 으로 아홉 해 동안의 임대계약을 맺었습니다.

그 별장에 기사는 사라센과 이슬람교도 풍의 이국적인 옷을 입은, 보기에 여 인 같은 이를 귀여운 애첩으로 두고 있었는데, 화살이 닿을 거리 이내로는 아 무도 얼씬 못 하게 하였고 또한 엿보게도 못 하게 하였기 때문에, 소인이 이 눈 으로 본 것은 단지 그 여인의 머리에 붙어있던 이상야릇한 것과 초자연적인 안 색과 지옥의 유황불이라도 빌려온 듯한 이글이글한 눈뿐이었습니다.

그 집의 모양을 엿보는 놈은 용서 없이 때려죽이겠다고 이미 고인이 된 기 사가 위협하였기에 소인은 매우 겁이 나 그 집을 그 분에게 일임해두었던 것 입니다.

그러나, 저는 오늘날까지 그 이국 여인의 상스럽지 못한 외모에 대해서 마음 속에 어떤 추측과 의혹을 품어왔습니다. 사실 그 여인처럼 정숙한 모습과 아름 다움을 소인의 눈이 맛본 것은 난생 처음 있는 일이었습니다.

당시 각층의 많은 사람들이 다음과 같은 소문을 내고 있었습니다. 곧 "그 기 사는 이 세상의 사람이 아니다. 투레느 지방에 살고 싶었던 악마가 여인의 모 습을 빌어 악마의 주문과 기이한 약과 매혹과 요술의 업業에 의해서 그 기사의 두 다리를 서 있게 하고 있는 것이다"라고. 또 그렇게 소문이 난 것도 당연합니 다. 왜냐하면, 언제 보아도 그 기사는 송장처럼 창백해 그 안색은 부활제의 축 성된 초와 같았습니다. 시고느 여관의 종업원들도 다 아는 바와 같이, 도착한 지 아흐레 되는 날 기사는 매장되었습니다. 망자亡者의 시종이 말한 바에 의하

Succube

면, 고인은 7일 동안 별장에 죽치고 들어앉아 한 발짝도 외출하지 않고 무어 여인과 열렬히 동침하였다고 합니다. 이 말은 망자의 시종이 망자의 베갯머리에서 소름이 끼치는 듯이 저에게 털어놓은 그대로입니다.

당시 어떤 사람들의 소문에 의하면, 그 마녀가 긴 머리털로 기사를 칭칭 얽어 배 위에 동여매었기 때문에 열기를 띤 그 머리털은 그 그리스도교도에게 지옥불을 전달하고 그의 영혼을 육신으로부터 뽑아내 사탄에게 바칠 때까지 그것을 풀지 않았을 거라고 하였습니다.

하지만, 제가 그것을 눈으로 직접 본 것이 아님을 밝혀둡니다. 눈으로 본 것은 고인이 된 기사가 초췌해지고 시들어져 몸을 제대로 가누지 못하면서도 고해신부에게 대들면서까지 또다시 애첩한테 가려고 한 것뿐인데, 그의 이름은 뷔에유Bueil 경. 십자군에 가담하여 다마스Damas인가 하는 어느 아시아 나라에서 우연히 만난 그 마녀에게 매력을 느끼고 만 것이라는 소문이 자자하였습니다.

임대 계약 조항에 따르면, 뷔에유 경의 사후에도 그 집을 그 미지의 여인에게 그대로 빌려주게 되어있었습니다. 그래서 저는 뷔에유 경이 작고하였지만 그 이방의 여인이 그 집에 그대로 살 속셈인지 알아보려고 여인을 찾아갔습니다. 시비 끝에, 하얀 눈을 가진 반나체의 검둥이에게 안내되어 그 마녀 앞에 갔습니다. 금과 보석으로 번쩍거리며 눈부신 빛으로 밝은 내실內室, 얇은 옷을 입은 그 무어 태생의 여인은 아시아 융단 위에 앉아 있었습니다. 곁에는 그 마녀에게 넋을 잃은 다른 귀족 하나가 앉아있었습니다. 소인도 그 여인의 눈을 보자마자 금세 탐닉하고 싶은 마음이 들고, 목소리를 듣자마자 배가 불기로 우그러들고, 머릿속이 띵해지고, 영혼이 타락되고 말 것 같아 그녀를 유심히 보려고 하는 배짱조차 생기지 않았습니다. 그래서, 하느님을 두려워하며 지옥을 무서워하는 나머지, 저는 선뜻 발꿈치를 돌려 별장 같은 건 마녀가 구워먹든 삶아먹든 맡겨버리기로 하였습니다. 그만큼 소인은 악마 같은 열기가 솟아나는 그 무어 여인의 얼굴 모습을 보는 것이 겁이 났던 것입니다. 그 위에 살아있는 여인의 발이라고는 도저히 생각지 못할 정도로 화사한 작은 발이라든지 사람의 마음을 깊이 파고드는 목소리라든지, 아무튼, 그러한 것들을 기억하다보면, 정말 그날 이후, 내 집이면서도 두 번 다시 가볼 생각이 나지 않았습니다. 지옥에 떨어지는 게 겁이 나서요. 소인의 이야기는 이걸로 끝입니다.

상기上記한 토르트브라에게 아비시니아Abyssinia 사람인지, 에티오피아 사람인지, 혹은 누비아Nubie 사람인지 모를 머리부터 발끝까지 새까만 검둥이를 면접시켰는데, 이 자는 그리스도교도가 모두들 보통으로 갖추고 있는 '남성의 소유물'이 없으며 수차례의 채찍질과 고문에도 신음소리만은 내었으나 침묵으로 일관했으므로 프랑스어를 할 줄 모르는 것으로 입증된 자임. 토르트브라는 이 이단의 아비시니아인이 그 마녀의 집에 있던 귀신 들린 혼과 기氣를 통하며 주문을 거는 것을 거들었다는 의혹이 가는 남자와 동일인물임을 인정함.

또한 상기의 토르트브라는 가톨릭의 신앙에 대한 자신의 크나큰 믿음을 증언한 후, 앞서 증언한 것 이외의 일은 하나도 모르며, 다른 것은 남들이 다 잘 알고 있다는 소문을 들었을 뿐이며, 그것 역시 다만 '들었다'고 하는 사실밖에는 하등 증언할 수 없다고 진술함.

그 다음으로 소환에 응해 마시우Mathiu, 일명 코느페튀Cognefestu[126]라는 이름의 생 에티엔 일터의 품팔이꾼이 출두해 사실을 진술하기를 성서에 맹세한 후 다음과 같이 자백함.

그 이국 여인 집에는 항상 찬란한 불빛이 켜 있고, 제일祭日이나 단식일에도 주야장천 수많은 손님이 있는 듯 괴상하고도 악마 같은 웃음소리가 번다하게 들리고, 특히 부활절이나 성탄절에는 그것이 심하였다고 함. 창 너머로 보아하니, 겨울에도 여러 종류의 꽃이 찬란하게 만발하여 엄동설한에도 유달리 장미꽃이 으리으리하였는데, 그러기에는 막대한 열기가 필요하였

---

126 cognefestu. 하찮은 일로 떠들어대는 사람.

을 것이며, 이 또한 하나도 놀라울 일이 못되는 것이 그 이국 여인이 체내에서 뜨거운 열기를 발산하고 있었기 때문이며, 저녁때에 그 여인이 벽을 따라 산책하거나 하는 다음 날 아침에는 이웃에 있는 자기 집 밭의 야채가 크게 자란 것을 발견, 또한 그녀의 치마가 슬쩍 나무에 스치는 것만으로 나무의 수액水液이 발동해 움이 때 이르게 돋아난 일마저 있다는 사실. 끝으로 그는 뭐니 뭐니 해도 자기는 아침 일찍 품팔이에 나가 저녁에는 닭이 횃대에 올라타는 시각에 잠자리에 드는 것이 습관이라서 더 이상은 아무것도 모르노라고 진술함.

다음, 코느페퓌의 아내에게 재판정 출두 선서 후 본건에 관해 아는 바를 모조리 진술하기를 요구하였던 바, 당치 않게도 그 이국 여인의 예찬을 수다스럽게 지껄이는 말로, 해님이 사방팔방에 햇빛을 투사하는 것처럼 대기 중에 사랑을 팔방으로 뿌리시는 그 착하신 여인을 이웃으로 모신 후 부인에 대한 남편의 행실이 보다 따뜻하고 부드러워졌다고 하는 내용의 것이고 보니, 이곳에 기록하기를 삼가 함.

상기의 코느페퓌 부부에게 앞서 언급된 정체를 알 수 없는 그 아프리카인을 보였던바, 그 집의 정원에서 본 적이 있는 자라고 입을 모아 말함으로서, 악마의 한패인 것을 인정함.

세번째로 앞으로 나온 이는, 마이에Maille의 영주 아르도앙Harduin 5세인데 성교회聖敎會(천주교)의 종교규정을 빛내줄 것을 우리가 공손히 간청하였던바, 이에 쾌히 승낙하고, 친히 보아 온 것밖에는 말하지 않을 것임을 기사의 명예를 걸고 맹세한다고 함.

문제의 마녀와 내가 처음으로 알게 된 것은 십자군에 출전하였을 때 다마스 시가지에서 고인이 된 뷔에유 기사가 그녀를 독점하고자 결투하는 것을 목격한 때부터요. 그것이 계집인지 악마인지는 모르나, 어쨌든 그 여인은 그 당시 로슈 포자이Roche-Pozay의 영주 조프루아Geoffroy 4세의 소유물로 사라센 태생이나 투레느로부터 데리고 온 것을 그는 자랑 삼아 이야기하며 프랑스의 여러 기사들을 깜짝 놀라게 하였는데, 그러한 내력보다도 그들 기사를 놀라게 하였던 것은 그 외모와 아름다움이 십자군 진중에 파다한 소문을 일으키고, 그 결과 무서운 참사를 일으키는 원인이 되었기 때문이오. 원정 도중, 그 계집을 둘러싼 허다한 유혈의 참극을 보았으며, 마녀의 애호를 몰래 받은 약간의 기사들의 말에 의하면 어떠한 여인도 따르지 못할 쾌락을 베풀어주는 그 마녀를 혼자 차지하고자 궁리하던 십자군의 호걸들이 수없이 로슈 포자이 경의 손에 의해 저 세상으로 갔다고들 하오. 그러나 최종적으로 뷔에유 기사가 로슈 포자이 경을 찍어 넘어뜨려 이 '살인 칼집'의 주인이자 영주가 되어 수녀원풍 또는 사라센 풍의 하렘Harem 속에 그 마녀를 가두어두었던 거요. 이보다 앞서의 일이지만, 그 마녀의 연회에 참석한 사람들은 마녀가 바다 건너 나라의 갖가지 방언, 아라비아의 언어, 로마 제국 내의 그리스 말, 무어 말, 그 위에 진중에서 가장 프랑스 말을 잘하는 사람들도 혀를 내두를 정도로 멋들어진 프랑스 말까지 자유자재로 그 붉은 입술을 놀려 말하는 것을 보기도 하고 듣기도 하였는데, 그녀의 마성에 대한 일반의 소문도 주로 여기에서 비롯된 것이 아닌가 하는 바요.

라고 아르도앙 경은 진술함.

이어 아르도앙 경이 참회하여 말하기를, 성지에서 그녀의 쟁탈을 위한 혈투에 영주가 가담하지 않았던 이유는 공포에서도 아니고, 무관심 또는 그 밖의 이유에서도 아니고, 실은 진품眞品 십자가의 한 조각을 영주가 지니고 있던 것과 어느 그리스의 귀부인과 친하게 지낸 덕분이며, 이 귀부인이 영주로부터 그의 몸과 마음을 실질적으로 모조리 빼앗아 다른 여인의 몸 같은 건 마음에도, 그리고 몸의 어느 곳에도 남겨두지 않았을 정도로 아침에나 밤에나 색정色情을 영주로부터 뽑아내어 그와 같은 위태로움에서 영주를 구해주었기 때문이라고 함.

영주가 우리에게 확언한 바에 의하면 토르트브라 소유의 집에 살고 있던 그 여인은 시리아 나라에서 온 바로 그 사라센 여인이 틀림없으며 크루아마르Croixmare라는 젊은 귀족의 초대를 받아 마녀의 집에서 베풀어진 연회에 참석하였을 때 그의 눈으로 확실히 보았고, 또한 크루아마르의 모친이 영주에게 한 이야기로는 그 연회가 있은 지 일주일 후, 젊은 귀족은 그 계집과의 교합에 온 정력을 소모해, 마녀의 변덕에 따라 재물을 탕진한 끝에 헐벗은 몸으로 급살 맞았다고 함.

본 지역에 있어서 영주를 청렴과 예지와 권위를 갖춘 명문귀족으로 알아모셔, 그 여인에 대한 기탄없는 견해와 또한 교회의 신앙과 하느님의 정의에 관계되는 매우 고약한 중대사이므로, 원컨대 본심을 피력하라고 우리가 간청하였던바, 대감은 다음과 같이 대답함.

십자군의 진영에서 기사들이 말하기를, 그녀를 말 타듯이 타는 기사에게 있어서 그 마녀는 언제나 그때마다 숫처녀였으니, 실상 마몬Mammon[127] 이 그녀 가운데 있어 그 제각각의 정인들에게 접할 때마다 마녀에게 새것을 부여해 온 것이 틀림없다고들 하는 식의 취한 사람들의 허튼소리 같은 것을 허다하게 들었는데, 이는 복음서 제5편을 꾸미는 데 자료가 될 성질의 것이 못 되었다고 함.

하지만 여기서 확실한 것은 인생의 내리막 언덕에 있는 늙은 무인, 이미 쾌락을 하나도 느끼지 않는 늙은 영주가 크루아마르 경의 초대를 받았던 최후의 만찬에 있어서는 회춘의 정욕을 느껴, 삽시간에 젊은이로 변한 듯 그 마녀의 목소리가 영주의 귀에 들어오기도 전에 심장에 곧장 들어와 영주의 몸에 애욕의 격동을 어찌나 발발하게 하였던지, 나이든 영주의 생명도 생명을 받은 그곳으로 썰물이 되어 나갈 정도였는데, 마침내 마녀의 불타는 눈을 보지 않으려고, 또한 마녀로 인해 액운을 받지 않으려고 사이프러스 산의 포도주 잔을 마구 기울여 눈을 감고 의자 밑에 쓰러졌었기에 망정이지,

---

127 Mammon. 부富의 신. 신약성서에 나오는 '부요富饒'라는 뜻의 아람어 '마모나'에서 유래되었다. 탐욕의 상징으로 통한다.

그렇지 않았더라면 마녀를 단 한 번이라도 품안에 넣고자 젊은 크루아마르 경을 틀림없이 살해했을 거라고 대감은 회상하며 진술함. 그 후 나이 지긋하신 영주께서는 이 사악한 생각을 고해하고 또한 신부의 권고에 따라 진품의 십자가 유물을 정실부인으로부터 도로 찾아 몸에 지니고 성관 깊숙이 들어앉았으나, 이상과 같은 그리스도교적인 예방에도 불구하고 마녀의 목소리가 영주의 머릿속에서 자주 팔딱거리고, 아침에는 심지처럼 뜨거운 마녀의 유방을 자주 상기하였다고 함.

그와 같이 뜨거운 계집과 만난다는 것은 반송장과 같은 노체老體를 젊은 몸처럼 불타게 할 우려도 있거니와 그 때문에 정력을 마구 소비토록 하여 몸을 축낼지도 모르니, 그 '사랑의 여왕'과의 대면만은 시키지 말아달라고 우리에게 요청하면서, 영주는 그 여인이 만약 마녀가 아니라고 하면 남성의 것을 제압하는 이상한 허락을 하늘의 아버지이신 주님으로부터 부여받은 뛰어난 여인이라고 함.

자기 증언의 구술서 낭독에 귀를 기울이고, 그 아프리카 사람이 그 여인이 부리고 있던 하인인 것을 시인한 후 나이 드신 영주께서는 물러감.

네번째로는 참사회 및 대주교 예하의 명의로 일체 고문과 매질을 하지 않겠다는 것, 업무상 여행 관계로 본 증언 후 다시는 소환하지 않겠다는 것, 청취 후는 자유롭게 물러가도 무방하며 구속 따위는 하지 않겠다는 것, 이상 세 가지 점을 우리에게 맹세하도록 한 뒤 살로몽 알 라스틸드Salomon al Rastchild라는 유대인이 출정하였음.

사람됨의 천함과 그가 믿는 유대교를 불문에 붙이고 그를 소환해 증언을 들어보기로 한 것은 그 악마의 비행에 관한 것을 모조리 알고자 하는 열의에서 비롯된 것임. 또한 살로몽에게 선서를 시키지 않았던 까닭인즉 그가 교회 밖에 있고 (우리들 사이에 있는 구세주의 살해자) 우리 주 예수의 피로 말미암아 우리들과 떨어져 있기 때문임.

왕명과 교회의 명령을 무시하여 머리에 녹색 모자를 쓰지 않고 옷의 왼쪽 가슴에 눈에 띄는 황색의 고리를 달지 않고서 출두한 까닭을 문책하자, 알라스틸드는 국왕으로부터 수여받고 투레느 및 푸아투의 재판관의 이에 관한 허가 내용이 들어있는 통행증을 우리에게 제시함.

토르트브라의 별장에 살고 있는 부인과 막대한 상거래를 한 바에 대해 유대인이 진술하기를, 정교한 조각을 한 여러 가지 금촛대, 도금한 은접시, 보석, 에메랄드와 루비로 장식한 굽 달린 큰 잔, 그녀를 위해 동방으로부터 구해온 수많은 값진 옷감, 페르시아의 융단, 견직물, 섬세한 천, 그리스도교도 국가의 어느 여왕도 소유하고 있지 못할 정도로 으리으리한 보석과 살림살이들을 그녀에게 판매하였으며, 또한 인도의 꽃, 앵무새, 깃털, 향료, 그리스의 포도주, 다이아몬드 등등 진귀한 물품을 사방으로 물색해 그녀에게 보낸 결과, 30만 리브르의 금화를 그녀로부터 받았다고 함.

주술 및 마법의 여러 요소, 갓난애의 피, 마법서, 그 밖에 술사가 사용하는 온갖 부적을 공급하였는지의 유무, 설혹 요구에 응하였더라도 추호도 벌하지 않겠으니 사실대로 말하라고 심문당한 유대인은, 그런 종류의 장사를 한 일이 절대로 없는 것을 히브리인들의 신앙에 걸어 선언함. 그런 다음, 유대인이 말하기를 그와 같은 너절한 장사를 안 하는 것은 지나치게 비싼 이자에 몸을 결박지우는 것과 마찬가지로 몽페라 공작, 영국 국왕, 사이프러스 국왕, 예루살렘 왕, 프로방스 백작, 베네치아의 국가원수Doge 및 독일의 제후諸侯 같은 귀하신 분들의 재무관이자 각종 무역용 범선帆船을 소유하여 이슬람 군주의 비호 아래 이집트를 오가며 투르의 환전시장換錢市場에 와서는 각 나라의 금화나 은화 등의 귀중품을 광범위하게 거래하는 거상巨商인 자기의 체면에 관계된다는 뜻을 진술함.

또한 문제의 그 여인은 법에 어긋나는 행위를 하지 않는 올바른 여성이며, 그처럼 뛰어난 외모와 아리따운 용모를 갖춘 여인은 처음 보았다고 말하고, 그녀를 악마의 여인이라고 말하는 당치 않은 소문도 그 뛰어난 미모가 원인이 된 것인 줄로 안다고 말함.

또한 기이한 상상력에 사로잡혀 그녀에게 반한 끝에 그녀가 독수공방을 하고 있던 날, 그가 그녀에게 자기의 연모의 정을 하소연하였던바 그녀도 이에 응하였다고 함. 그러나, 이 하룻밤의 교합으로 말미암아 그는 그 후 오랫동안 뼈마디가 탈구脫臼되고 허리가 부러지는 듯한 느낌이 들기는 하였으나, 한번 빠진 자는 다시 돌아올 수 없다든가, 연금술사의 용광로 속의 납덩어리처럼 녹아버린다고 하는 항간의 소문 같은 경험은 전혀 겪지 않았었다고 함.

악마와 교합한 사실을 시인하는 이상과 같은 증언에도 불구하고 통행증에 따라 우리는 살로몽을 그대로 물러가게 함.

그리스도교도였다면 목숨을 잃었을지도 모르는 지경에서 무사통과하는 마당에, 그는 그 악마에 관해 한 가지 제안을 함. 곧 그 여인이 산 채로 화형되는 선고를 받을 경우, 그녀의 몸값으로 현재 건축 중에 있는 생 모리스 성당의 맨 끝의 탑의 건축비를 대성당의 참사회에 기증하겠다고 함.

상기와 같은 제안에 대해서는 적당할 때 참사회를 열어 협의하기로 하고 이를 여기에 기록함.

살로몽은 자기 주소를 말하기를 바라지 않기에 참사회의 회답은 투르의 유대인거리에 사는 유대인 토비아스 나타네우스Tobias Nathaneus를 통해 통고해달라고 말하고 나서 퇴정함.

이 유대인이 퇴정하기에 앞서 그 아프리카인을 면접시켰던 바, 악마의 시종인 것을 인정함. 여기에 더하여 그는 사라센인은 고대로부터 내려오는 관습상, 여인의 감시역을 맡기는 노예를 그와 같이 거세시킨다고 말하고, 자세한 것은 풍속사風俗史 '콩스탕티노폴리스Constantinopolis의 총독 나르세즈Narses의 항목' 및 그 밖의 항목들을 참조하면 명백해질 것이라는 뜻을 말함.

다음 날 미사 후, 다섯번째로 출정한 분은 매우 고상하고 덕망 높으신 크루아마르 부인. 부인은 성서를 걸어 맹세한 후, 눈물과 더불어 음란한 행위의 결과로 애지중지 길러온 아들이 사망하게 된 자초지종을 이야기함. 스물세 살이었던 아들은 완전무결한 체질에다 사내다웠고 돌아가신 아버지 못지않게 수염이 수북한 기골이 장대한 젊은이였는데, 항간에 소문이 파다한 '쇼드 거리의 마녀'와 교합을 거듭하였기 때문에 피골이 상접하여 초라한 몰골이 되어가더니, 겨우 90일 만에 온몸이 축나, 아들에 대한 어머니의 권위로서도 도저히 말릴 수가 없었다고 함. 마침내, 마지막 며칠 동안은 집 안 치우는 하녀가 방 한구석에서 발견했던 깡마른 벌레와 거의 비슷하게 되었는데, 그래도 걸어 다닐 기력이 남은 한 그 체력과 재산을 비워버린 그 저주받아 마땅한 여인의 집에서 삶을 마치려고 하다가 병상에 눕게 되어 자기의 마지막 시간이 가까워지는 줄 알자 온 집안 식구를, 누이를, 동생을, 모친마저 저주하고, 협박하고, 허다한 욕설과 불경한 언사를 마구 퍼붓고, 병자성사를 주려는 신부를 우롱하고, 하느님을 부정하고, 지옥에 떨어진 저주받은 자로서 죽으려고 들어 온 식구를 매우 슬프게 하였다고 함. 따라서 아들의 영혼을 구원하여 지옥으로부터 건져내기 위해, 해마다 대성당에서 미사를 두 번 올리고 또한 이에 더하여 성스러운 땅에 죽은 이의 시체를 매장하는 것을 허가받기 위해 크루아마르 가문은 앞으로 백 년 동안 부활제 당일의 초를 작은 성당과 큰 성당에 기증하겠다는 뜻을 참사회에 약속함. 임종 시에 오신 마르무티에의 수도사 루이 포Louis Pot 님이 들은 욕설을 빼놓고는 죽은 크루아마르 남작이 그 목숨을 앗은 악마에 관하여 언급한 것을 듣지 못하였다고 마지막으로 입증한 후, 고상하고도 덕망 높으신 부인은 크나큰 슬픔에 잠긴 채 퇴장함.

휴정한 후에 여섯번째로 우리 앞에 출두한 이는 자케트Jacquett, 일명 비외 오앵Vieux-Oing.[128] 주방의 접시 닦는 품팔이, 현재 생선 시장 거리에 거주하고 접시 닦기 일을 하면서 여러 가정을 돌아다니는 노파임. 사실이라고 여기는 이외의 것은 일체 말하지 않겠다고 자신의 신앙심을 걸고 맹세한 후, 노파는 다음과 같이 진술함.

128 vieux-oing. 굴대에 칠하는 윤활유.

저는 마녀가 남성만을 먹이로 삼는 것을 알고 있기 때문에 조금도 두려워하지 않고 마녀의 부엌에 일하러 가곤 하였는데, 어느 날 절묘하게 차려입은 마녀가 정원을 귀공자와 산책하면서 여느 여인처럼 웃고 있는 것을 보았습니다. 그때 저는 그 마녀가 투레느 및 푸아투의 재판관, 고故 브뤼앙 드 라 로슈 코르봉 백작님에 의해 에크리뇰르의 성모 수도원에 귀의한 무어 태생의 아가씨와 똑 닮은 것을 알아보았습니다. 대략 18년 전, 이집트의 불한당이 우리 구세주의 모친이신 성모 마리아님의 성상聖像을 훔치고 그곳에 내버리고 간 무어 태생의 소녀에 대해서는 당시 투레느 지방에 빈번히 일어난 소란 때문에 기록에 나와 있지 않으나, 대략 열두 살 나던 이 지옥의 소녀는 타죽을 뻔한 화형을 면하고 세례를 받아 이미 오래전에 돌아가신 재판관 부부께서 대부 대모가 되어주셨던 것입니다. 당시 수녀원의 세탁 일을 맡아하고 있었던 저는 그 무어 소녀가 들어온 뒤 스무 달 후에 탈주한 것을 기억하고 있습니다. 그 탈주한 경로가 어찌나 교묘하였던지 오늘에 이르기까지 어디를 어떻게 통하여 빠져나갔는지를 통 알지 못합니다. 물론 그 때 수녀원에서는 샅샅이 조사해보았지만, 탈출 경로의 흔적도 없고 모든 게 평상시 그대로였기 때문에 악마의 도움으로 하늘로 날아 도망친 것이라고 모두들 수군거렸습니다.

접시닭이 노파에게 그 아프리카 인을 면접시켰던바, 만난 일이 없었다고 말하면서 그래도 무어 여인의 구멍에 의해 등쳐 먹힌 허다한 남성들과 뛰노는 장소를 감시하던 사람이라 호기심을 품어왔었다는 뜻을 자백함.

일곱번째로 우리 앞에 소환된 자는 브리도레 경의 아들, 당년 23세 되는 미치광이 위그Hugues로서 부친의 영지를 보증삼아 잠시 동안 보석시킨 자인데, 특별히 본 재판정에 출두시킴. 그는 신분을 알 수 없는 몇 명의 악동과 결탁하여 대주교 및 교회 참사회의 감옥에 침입하여 문제의 마녀를 탈옥시켜 교회법의 권위를 떨어뜨리려고 하는 천인공노할 만행을 계획했던 죄로 인해 정식으로 기소되어 그 처단의 여부는 오로지 본건의 결과 여하에 달림. 따라서, 악마에 대해 알고 있는 것 전부를 성실하게 증언하도록 마녀와 열렬하게 교합한 것으로 여겨지는 그 미치광이 위그노에게 호령하는 동시에, 그의 영혼의 구원과 그 마녀의 목숨에 관계되는 중대사인 것 또한 설득시킴.

선서 후 그는 다음과 같이 말함.

저의 영원한 구원과 지금 이 손에 있는 성서를 걸어 맹세합니다. 마녀라고 의심받고 있는 그 여인은 그야말로 천사, 욕할 점이 하나도 없는 훌륭한 여인입니다. 그 육체보다 영혼으로 보아 더욱 그러하옵니다. 진실로 참다운 생활을 하며, 사랑의 귀여움과 수려함에 가득 차고, 악의 같은 건 하나도 없고, 고매하며, 가난한 자와 괴로워하는 자를 수없이 도와온 사람입니다. 저의 벗인 크루아마르 경이 죽었을 때도 그 여인이 진심으로 눈물지으며 우는 것을 저는 이 눈으로 보았습니다. 그리고 그날, 사내로서의 소임을 맡아 하기에 너무나 약한 화사한 체질의 젊은 귀공자들의 사랑의 정을 금후 일체 받지 않기로 성모 마리아님께 맹세한 그녀였기 때문에 제게 몸을 허락하는 것을 씩씩하게 계속 거부해왔으며, 마음으로부터의 사랑과 그 소유를 제게 허락해주어 저를 그 여인의 마음의 주인으로 삼아주었던 것입니다.

이 우아한 선물을 받은 이래, 저는 정염情炎이 더욱 활활 타오르는데도 불구하고, 하루의 대부분을 혼자 사는 그녀의 집에서 보내, 그 모습을 보고 그 목소리를 듣는 것을 더할 나위 없는 행복으로 여겼습니다. 저는 그 여인의 곁에서 밥을 먹고, 그 여인의 목구멍에 들어가는 공기를, 그 여인의 아름다운 눈을 반짝이게 하는 빛을 함께 나누는 것 같은 사소한 것에서도 천국에 있는 분들이 누리는 것 이상의 행복을 느꼈습니다. 또한 어느 날에 가서 그 여인을 저의 비둘기, 저의 아내, 저의 유일한 애인으로 삼을 것을 마음속에 굳게 정하고 있습니다. 불쌍한 미치광이인 저는 그 여인으로부터 장래의 쾌락에 대한 약속 같은 건 전혀 받은 적이 없습니다. 도리어 그 여인에게서 고마운 충고를 많이 받았습니다.

훌륭한 기사로서의 명성을 어떻게 얻어야 하는가, 강하며 씩씩한 대장부가 되려면 어떻게 수행해야 하는가, 하느님밖에는 두려워 말 것, 귀부인들을 존중하고 그 중의 한 사람에게만 진정을 다 바쳐 그 사람을 항상 머릿속에 두면서 그 밖의 모든 여인들을 경애해야 한다는 것 등등의 훈시를 제게 주었습니다. 그러고 나서 무예의 단련으로 심신이 튼튼하게 되었을 때 저의 마음에 아직 그 여인이 바람직하다면 그때야 비로소 저의 것이 되어주겠다고 약속했습니다. 저를 매우 힘 있게 사랑하면서 그때를 기다려달라는 것입니다.

이상과 같이 말하며 젊은 위그 경은 눈물지어 울면서 다음과 같이 덧붙임.

차고 있는 금으로 된 사슬의 가벼운 무게조차 감당 못 할 듯이 귀여운 그 여인의 섬세한 팔이 무참하게도 쇠사슬에 묶이고 부당한 죄를 받아 감옥에서 비참한 나날을 보내는 것을 생각하니 격분을 참을 길이 없어 드디어 반항을 기도하였다는 뜻을 말함. 또한 그는 종교재판에 대항해 당당히 항소할 권리가 있다는 뜻을 항변하고, 자기의 생명은 그 우아한 여인의 목숨에 굳게 맺어져 있는 고로 그 여인이 비운을 당하는 날이 자기의 최후의 날이라고 말함.

또한 그는 마녀의 예찬을 허다하게 큰소리로 했는데, 이야말로 그가 마녀에게 심하게 홀려있는 증거로, 그가 지금 빠지고 있는 처치해야할 만큼 더러운 '구할 길 없는 삶'과 '허망한 요기妖氣'에 잠겨있음을 증거 하는 것으로 보아, 악마의 술수 때문에, 늦지만 않았다면, 지옥의 함정에서 이 젊은 영혼을, 마귀를 쫓는 주문과 회개에 의한 속죄贖罪로 구원하기 위해 대주교 예하의 재결을 요청함.

다음 젊은 귀족에게 그 아프리카인을 면접시켜 마녀의 하인인 것을 인정시킨 후, 부친의 손에 인도함.

여덟번째로 대주교 예하의 무장한 하인이 공손히 모시고 나온 분은 몽 카르멜Mont Carmel파에 속하는 성모 수녀원장. 지극히 성스러운 자클린 드 샹

쇠리에Jacqueline de Champcheurier 수녀님임. 현재 이 수녀원의 첫째가는 기부자인 로슈 코르봉 백작의 선친 고故 투레느 지방의 재판관에 의해 '블랑슈 브뤼앙'이란 세례명을 받았던 이집트 태생이 전에 이 수녀원의 규율 하에 맡겨진 한 여성이었기 때문임.

성스러운 교회의 안정, 하느님의 영광, 한 마녀에게 시달리는 교구민의 영원한 복지, 또한 무고일지도 모르는 한 여성의 목숨이 본건에 관계되는 일대사라고 수녀님에게 사건의 대략을 이야기함. 다음 클레르Claire(빛)라는 수녀의 이름으로 구세주와 결혼한 하느님의 딸, 블랑슈 브뤼앙의 마술 같은 행방불명에 대해서 그 아는 바를 모조리 증언하시기를 요청하였던바 지극히 거룩하신 수녀원장님은 다음과 같이 진술함.

출생지는 알 수 없으나 하느님의 적인 이교도 부모에게서 태어난 것으로 짐작되는 클레르는 무자격자임에도 불구하고 종교규정에 따라 본 수녀원장이 관리하는 수녀원에 귀의하였던 사실이 있다고 함.

처음에는 클레르도 수녀원의 수련기간을 규정대로 마치고 수녀원의 성스러운 규율에 따라 서언을 굳게 하였다고 함. 그러나, 선서식 후에는 몹시 우수에 잠겨 안색이 창백해졌기에 수녀원장이 그 우울증의 이유를 묻자, 클레르는 그 까닭을 전혀 모르겠노라고 눈물지으며 대답하는 동시에 이야기하기를, 머리 위에 아름다운 머리털을 느끼지 못하는 것이 천子하고도 또 하나의 눈물의 원인이라고 말하고 그 밖에 공기에 목마르다느니, 하늘 아래서 누린 옛 생활대로 나무에서 뛰어내리고 기어 올라가고 돌아다니고 싶다느니, 지난날 우거진 나뭇잎 아래서 잠자던 숲을 꿈꾸며 밤마다 눈물로 지새고 있다느니, 그와 같은 추억에 숨이 탁탁 막히는 수녀원 공기가 싫어 죽겠다느니, 몸 안으로부터 고약스러운 김이 무럭무럭 솟아나온다느니, 어쩔 줄 모르게 하는 심상치 않은 잘못된 생각으로 말미암아 성당 안에서 마음속으로 수차례 기분 전환을 하였다느니 등등 속마음을 이야기했다고 함.

그래서, 수녀원장은 성교회의 거룩한 가르침을 갖고서 클레르의 잘못된 마음을 꺾어 누르는 동시에, 죄짓지 않은 여인이 천국에서 누리는 영원한 행복을 상기시켜 현세의 삶이 얼마나 덧없는 것이며, 그와는 반대로 잃어버린 젊은 혈기의 쾌락 대신에 끊임없는 사랑을 우리들에게 베풀어주고 계시는 하느님의 자비가 얼마나 견고한 것인가를 누누이 설명했다고 함. 이 같은 어머니가 해주시는 것 같으신 분별 있는 훈계에도 불구하고 클레르 수녀의 몸 안에는 여전히 악령이 깃들어 있어서, 미사나 기도시간에 성당의 창 너머로 잎이 무성한 수목과 작은 목장의 풀을 언제나 멍하니 바라보고, 침대에 누워있고 싶은 고약한 마음에서 수시로 핏기가 하나도 없는 새하얀 안색이 되었다가, 때로는 말뚝에서 풀린 염소처럼 수녀원 안을 이리 뛰고 저리 뛰어다녔다고 함. 그래서 결국 몸이 여위고 절세의 미모도 잃고 보잘것없는 꼴이 되었다고 함. 때문에 어머니이신 수녀원장께서는 클레르 수녀의 목숨을 걱정하여 병실에 들여보냈는데, 겨울의 어느 날 아침, 홀연히 클레르 수녀의 모습이 꺼진 듯이 사라졌는데, 아무런 발자취도 남기지 않고, 문도 안 부수고, 빗장도 안 뽑고, 창문도 안 열고, 빠져나간 경로를 나타낸 자국 또한 하나도 남기지 않은 놀라운 사건이었기 때문에, 이는 필시 클레르를 괴롭히며 귀찮게 굴던 악마의 도움을 얻어 행해진 것으로 단정했다고 함.

요컨대, 본당성당本堂聖堂[129]의 여러 성직자들의 덧붙이는 말에 의하면 이 '지옥의 딸'은 수녀들을 성스러운 길에서 이탈시키는 사명을 받고 온 자였는데, 진실하고 아무 죄 없는 수녀들의 신앙심 깊은 생활에 경탄한 나머지 앞서 우리의 종교를 우롱하려고 성모 마리아님 대신에 무어 태생의 소녀를 놓고 간 사탄 무리의 방법으로 하늘로 날아 돌아간 것으로 결론지었다고 함.

이상과 같이 진술하고 나서 수녀원장님은 위엄 있게 퇴정하였는데, 대주교 예하의 지시에 따라 몽 카르멜 수녀원까지 무장한 하인들이 수행함.

아홉 번째의 소환에 응해 출두한 이는 다리의 상류 쪽에서 '비잔틴의 금화'라는 간판을 내걸고 환전상換錢商을 경영하는 조세프Joseph, 일명 르샬로

---

129 l' eglise metropolitaine. 대주교가 있는 성당을 말한다.

피에Leschalopier. 종교재판소에서 행하는 본 소송에 관해, 자신이 알고 있고 사실이라고 믿는바 이외에는 가톨릭교의 신앙에 걸어 말하지 않겠다는 맹세를 한 후 다음과 같이 증언함.

저는 하느님의 거룩한 의지를 몹시 애통해하고 있는 불쌍한 아비올시다. 쇼드 거리의 마녀가 오기 전까지 저는 전 재산으로 단 하나뿐인, 그야말로 귀족처럼 잘 생기고, 성직자 지망 학생처럼 글 잘하고, 열두 번 이상이나 외국을 여행한 독실한 가톨릭 신자인 아들을 갖고 있었습니다. 그 녀석도 제 놈을 저의 노후의 지팡이, 눈의 사랑, 마음의 끊임없는 기쁨으로 삼고 있다는 걸 알고 있었던지 날아 들어오는 혼처를 거들떠보지도 않고, 연애의 가시[刺]에서도 몸을 멀리하고 있었습니다. 프랑스의 국왕께서 그러한 아들을 가지셨다면 마음 든든하셨을 정도로 착하고 씩씩하여 제 영혼의 광명, 제 지붕 밑의 즐거움, 단 한마디로는 평가 못 할 보물이었습니다. 그럴 것이, 팔자 사납게도 아내를 먼저 저 세상으로 보내고 또 다른 자식을 얻기엔 이미 너무 늙어서 이 세상에서 홀몸이기 때문입니다. 그런데 나리, 이 비할 바 없는 보물을 빼앗겨, 그 악마 때문에 이렇듯 지옥의 심연으로 끌려 들어가고 만 것입니다. 네, 판사님, 천 자루의 칼집, 모든 게 파멸의 일터이자 사악하고 음탕한 쾌락의 마디, 그 무엇으로도 욕망을 채워줄 수 없는 그 마녀를 아들놈이 한번 보자마자 그 욕망의 함정에 걸리고 말았습니다. 그러고 나서 아들놈은 비너스의 둥근 기둥 사이에서 나날을 보냈는데 그것도 오래가지 못했습니다. 그럴 것이, 그곳에는 뜨거운 열이 깃들고 있기 때문에 그 깊디깊은 곳의 갈증을 일으키는 불꽃을 꺼뜨린다는 것은 그 어떠한 것을 가지고서도 안 되고, 설령 온 세상의 씨를 그곳에 처넣은 들 허사일 것이기 때문입니다. 그러니 내 불쌍한 자식 놈도 그 '씨앗주머니', 그 자손 번식의 희망, 그 영생, 그밖에 자식 놈의 모든 것이, 아니 자식 놈 이상의 것이 어린 암소의 입 안으로 낱알이 삼켜지듯, 그 붉은 구멍 속으로 휩쓸려 들어가고 만 것이죠. 이처럼 늙은 고아가 되어버린 저는 이 세상에서 남은 즐거움이 있다면 단 한 가지, 피와 황금을 먹고 사는 그 마녀, 허다한 결혼을, 미래의 허다한 가족을, 허다한 심장을 그리스도교 나라의 온 나병환자 요양소에 있는 문둥이보다 많은 그리스도교 신자를 농락하고 빨아먹는 그 암거미를 태워 죽이는 걸 이 눈으로 보는 것이죠. 영혼을 뜯어먹는 식인귀, 흡혈귀, 살아있는 사람의 피를 마시는 흡혈귀, 온갖 독사의 독액을 끓이는 그 음탕한 욕망의 기원인 램프를 부디 불태워주시기를. 세 번 네 번 죽도록 고문하시기를. 사람으로서는 그 바닥을 발견할 수 없는 그 깊은 우물을 막아버리시기를……. 마녀를 태워 죽일 장작은 제가 교회에 기증하겠고 불붙이는 소임은 제 팔이 하겠습니다. 판사나리, 부디 그 마녀를 엄하게 감금하고 감시하십쇼. 지상의 어떤 불보다 뜨거운 불을 그녀는 몸에 지니고 있습니다. 그 사타구니에 지옥의 온갖 불꽃을 지니고 있는 여인이올시다. 그 머리털에는 삼손의 힘을, 그 목청에는 하늘나라의 음악과도 같은 꾸밈을 갖고 있는 여인이올시다. 단 한 번의 관계에 육체와 영혼을 죽이기 위해 그녀는 사람을 홀려댑니다. 물어 씹기 위해 미소 짓는 것입니다. 아귀아귀 삼키기 위해 입 맞추는 것입니다. 요컨대 그녀는 여색의 더러움을 지니지 않은 성자마저 매혹시켜 그로 하여금 하느님을 거부케 할 것입니다. 오, 내 아들아! 내 목숨의 꽃아, 지금 어디에 있느냐. 가위로 잘린 듯 그 여인의 칼집으로 잘린 꽃아, 지금 어디에 있느냐. 아아, 판사나리, 어째서 저를 부르셨습니까! 만인에게 죽음을 주고 아무에게도 삶을 주지 않는 그 배 때문에 영혼이 흡수된 내 아들을, 어느 분이 내게 돌려주십니까! 그 짓을 하고서도 애를 배지 않는 것은 오직 악마뿐이 아니겠습니까? 이상이 저의 증언입니다. 투르느부쉬 나리. 실례되는 말씀 같으나, 한 자도 빼지 마시고 기록해 주십쇼. 그리고 그 사본을 제게 주십쇼. 제 기도 중에 밤마다 그것을 외어 하느님께 읽어드리겠습니다. 무고한 자의 피를 하느님의 귀에 끊임없이 외치게 하여 그 끝이 없으신 자비심으로 제 아들의 죄에 대한 용서를 얻어주고 싶사오니.

뒤이어 스물일곱이나 되는 증언이 있었는데, 진정한 객관성을 갖고서 또한 많은 장수張數를 들여 그것을 옮겨 쓴다는 것은 매우 진력나는 일이고, 매우 길게도 되는데다가 진귀한 사건의 줄기를 빗나가게 할 우려도 있으므로, 이야기는 사실에 단도직입적으로 파고 들어가야 한다는, 황소가 주역主役 투우사〔마타도르Matador〕에게 덤벼들 듯이 해야 한다는 옛 가르침에 따라 그 구술서의 골자를 추려서 써 보겠음.

살기 좋은 지역, 투르 시의 주민인 수많은 그리스도교 신자 서민 여성에 의해서 대략 다음과 같이 진술되었다. 곧, 그 악마는 매일같이 성대한 연회와 큰 잔치를 벌였다. 성당에 온 일이 한 번도 없었다. 하느님을 저주하였다. 신부들을 비웃었다. 어느 곳에서도 성호를 그은 일이 없었다. 주님에 의해서 예수님의 제자이셨던 열두 사도에게만 부여된 여러 나라의 언어를 말하는 재능을 갖고 있었다. 미지의 동물을 타고 구름 위로 날아가는 마녀의 모습을 들판에서 여러 번 보았다. 조금도 늙지 않고 언제나 젊디젊은 얼굴을 하고 있었다. 문에는 조금도 죄가 없다고 말하며 같은 날에 아비와 아들을 위해 허리띠를 풀었다. 그 마녀는 틀림없이 몸에서 요기妖氣를 발산하였다. 왜냐하면 어느 날 밤, 문 앞에 있는 의자에 앉아있던 과자장수가 마녀를 보았는데, 색욕의 뜨거운 입김을 씌었는지 집 안으로 들어가 부랴부랴 잠자리 속으로 들어가더니 기세 사납게 마누라에게 덤벼들었는데, 다음 날 아침에 보니 말 타고 있는 자세로 죽어있던 일이 있었기 때문이다. 시가지의 노인들은 지나간 젊은 시절의 죄 되는 즐거움을 맛보고자 마녀의 작업장으로 남은 수명과 금전을 소비하러 가서, 모두들 하나같이 하늘 쪽을 향하지 않고 파리같이 엎드려 죽었는데, 다들 무어인 못지않게 검은 송장이 되어있었다. 그 마녀가 아침, 점심, 저녁 식사하는 모습을 남이 보지 못하게 혼자서 하였던 것은 사람의 뇌와 심장으로 살았기 때문일 것이 틀림없다.

으슥한 밤중에 묘지로 가서 어린애의 시체를 깨물어 먹는 마녀의 모습을 여러 사람이 보았는데, 그 마녀의 뱃속에서 발을 구르며 천둥·번개처럼 지랄치는 악마를, 그렇게 하지 않고서는 만족시킬 수 없었기 때문이다. 또한 거기서 허다한 사내가 창백하게 되어 몸을 축내고 물어뜯기고 비비 꼬이고 초라해지고 힘이 빠져서 허우적허우적 돌아오고 마는, 그 언제나 사랑스럽고도 쾌감이 넘치는 포옹, 몸짓 따위에 악독하게 맵디맵고, 시큼시큼하고, 짭짤하고, 새큼 새큼하고, 따끔따끔하고도 짜릿짜릿한, 그야말로 그녀에게 빨아 먹히고 싶어 지는 마음이 생긴 것이 틀림없다.

　마왕을 돼지새끼의 몸 안에 가두어 버리셨던 구세주께서 이 세상에 오신이 래, 그와 같은 흉악무도한 짐승은 지상의 어느 곳에서도 본 적이 없는 것이, 투 르의 거리를 그 비너스의 발에 던진들 그 마녀는 모든 건물을 곡식으로 변화시 켜 딸기처럼 삼키고 말 것이 틀림없다 등등.

　이상과 같은 허다한 증언, 진술 등에 의해서 악마의 딸·자매·할머니· 아내·첩 또는 형제이기도 한 이 여인의 흉악하기 짝이 없는 행위들이 백일 하에 밝혀지는 동시에, 마녀가 모든 가정에 뿌린 하고 많은 재앙과 참혹한 죽음의 증거가 속속 드러났던 것이다. 이러한 문서를 발견한 노학자가 보 존해둔 내용대로 여기에 적어놓는다면, 아마 이집트 사람이 유대인들의 출 애굽 때에 야기된 일곱 번째 슬픔의 날에 냅다 질러대었던 그 무서운 울부 짖음의 보기와 같은 것이 되리라. 따라서 이 조서를 맡아 모조리 기록한 기 욤 투르느부쉬님의 뛰어난 필력을 높이 살만한 것이라고 하겠다.

　10회에 걸친 개정 후, 심리는 수많은 믿을만한 증언을 갖추어, 논증·고 소·금지명령·이의·적발·소환·검진·공개 및 내적인 자백·선서·연 기·임의 출두·논쟁 따위로 충분히 부풀어져서, 마침내 증거를 대는 성숙 기에 이르러 종결되었으므로, 악마도 이러한 것에 맞서 반증하지 않으면 안 되게 되었던 것이다. 때문에 서민들은 도처에서 말했다고 한다. 설령 그녀 가 진짜 마녀로 사내의 살아있는 피를 마시고 그 인생을 망치는 내부나팔관 內部喇叭管을 그 몸 안에 감추고 있다 한들, 지옥에 무사히 도달하기까지는 이 러한 문서의 바다를 오랫동안 헤엄치지 않으면 안 될 것이라고.

2장 여악마를 심리하게 된 경위

✿

✝

성부와 성자와 성령의 이름으로, 아멘.

구세주께서 탄생하신 지 1271년, 종교규정에 의해 임명된 본관, 이단심문소장·종교재판 법무판사 제롬 코르니유의 앞에 다음과 같은 분들이 나타나셨음.

트루 시 및 투레느 지역의 대법관이시며 샤토뇌프의 로티스리Rotisserie[130] 거리에 사는 필리프 디드레Philippe d' Ydre 경.

'묶인 베드로 성인[Saint-Pierre-ez-liens]'이라는 간판을 걸고, 브르타뉴 Bretaingne의 강가에 거처하면서, 모직물 상인 친목회장을 맡아 하고 있는 장 리부Jehan Ribou 님.

'돈을 셈하는 마르코 성자[Saint-Marc-comptant-des-liures-tournoys]'라는 간판을 내걸고, 다리의 광장에 사는 환전상 조합장 겸 투르 시 교회의 참사회원인 앙투안 장Antoine Jehan 씨.

성 안에 사는 투르 시 순찰대장 마르탱 보페르튀이Martin Beaupertuys 님.

'야고보 성인 섬[l' isle Saint-Jacques]'의 항구에 사는 루아르Loire 수운조합 회계역·선박 제조업 및 선박 도료업자인 장 라블레Jehan Rabelays.

노사분쟁조정위원회 회장이자 '생 세바스티안Sainte-Sebastienne'이라는 간판을 걸고 양말 판매상을 하는 마르크 제롬Marc Ierosme, 일명 마스슈퍼 Maschefer.[131]

---

130 rotisserie. 구운 고기를 파는 집, 음식점.
131 maschefer. 광재鑛滓 혹은 쇠똥.

큰길에 사는 포도 경작인이자 주점 '솔방울(Pomme-de-Pin)'의 경영주 인 자크Jacques, 일명 빌도메Villedomer 씨.

그리고, 대법관 필리프 디드레 경 이하 시민대표들이 종교재판소에 고소하기 위한 협의를 마친 뒤에 서명한 다음의 청원서를, 본관은 그들의 면전에서 다시 읽었음.

청원서

투르의 시민, 아래에 서명한 사람들은 시장市長의 부재不在로 인해 투레느 지방 대법관 디드레 경의 저택을 방문하여 아래와 같은 사실에 관한 우리들의 하소연을 말씀드리는 동시에, 종교 범죄를 심판하시는 대주교 예하의 재판소에 이를 고소함.

一. 오래 전부터, 이 시가지에 여인의 탈을 쓴 악마가 와서 생 에티엔 성당의 소유지 내에서 여관업자인 토르트브라 소유의 가옥을 빌어 거주하여 왔음(동지同地는 교회 참사회의 소속지로 대주교 영지의 속무관할구역俗務管轄區域으로 되어있음). 이 이국 여인은 방탕하고도 방종한 수법으로 매춘부의 천한 직업을 영위하여, 그 간사하고도 음란한 행위 때문에, 이제는 이 시가지의 가톨릭 신앙조차 위태로운 지경에 놓이게 됨. 예를 들어, 그녀의 집에서 물러나오는 자는 모조리 영혼을 잃고 말아, 허다한 언어도단의 욕설과 더불어 교회의 구원을 거부하고 있음.

一. 동同 여인에게 열중한 자 중의 대다수는 목숨을 잃었고, 또한 동 창녀는 몸 하나로 이 시가지에 왔음에도 불구하고, 항간의 아우성에 의하면, 지금은 무한한 재물과 왕자를 능가하는 보물들을 소지하고 있는 것으로 보아, 이는 필경 초자연적인 힘을 빌려 갖추게 된 여성적 매력의 힘을 이용하여 도둑질을 하였거나, 아니면 요술을 부려 획득한 혐의가 역력함.

一. 상기와 같은 이유로, 이는 우리들의 가족의 명예와 안위에 관계되는 중대사가 아닐 수 없음. 또한 그 음탕한 작업으로 그와 같은 해악을 우리들에게 끼치며, 이 시가지의 온 주민의 생명 · 저축 · 풍기 · 순결 · 신앙 · 그 밖의 모든 것을 그처럼 공공연히 모질게 위협하는 음란한 여인 또는 매춘부는 이 지역에서는 처음으로 보는 바임.

—. 하오니 동 여인의 사람됨, 그 재물, 그리고 그릇된 행위 등을 심사하여 상기와 같은 욕정의 작용이 정당한 것이며, 고약한 것임은 면할 수 없으나, 그것이 또한 악마의 저주스런 짓이 아닌 것을 규명할 필요가 있다고 봄. 돌이켜 생각해 보건대, 악마가 여인의 탈을 쓰고 그리스도교국을 방문한 예는 자주 있었던 것으로 성서에도 기록되기를, 우리들의 거룩하신 구세주께서 산꼭대기로 끌려가시어, 루시퍼 또는 아스타로트라는 사탄의 손가락 끝으로 유대의 기름진 평야를 주겠다는 유혹은 받으신 바 있다고 함. 또한 여러 장소에 있어서 여인의 탈을 쓴 마녀 또는 악마가 지옥에 돌아가기를 원치 않았고, 탐욕스러운 불을 몸 안에 간직한 채 사람의 영혼을 붙잡아 삼켜 그 목을 축이고 활력을 유지하고 있는 것은 드문 일이 아님.

—. 시가지의 온 주민이 공공연히 말하고 있는 마법에 대한 수많은 증언을 동 여인으로 하여금 분명히 이해시켜주시기 바람. 이는 만약 이 모든 내용이 무고誣告인 것이 사실로 밝혀질 때, 동 여인도 그 죄업 때문에 파멸을 받은 사람의 공격을 받을 우려도 없으려니와 몸과 마음의 안정을 얻을 것이기에.

—. 이 조치는 귀하의 직책상 지당한 의무수행이오며, 또한 이 시가지의 치안을 맡아보는 우리 일동의 임무상 당연한 조치이므로, 각자 그 직무상 타당한 처사인 줄로 사료됨.

따라서 우리 일동은 우리 주께서 탄생하신 지 1271년째 되는 당일, 모든 성자 축일, 미사 후 이에 서명함.

투르느부쉬 씨가 소원서의 낭독을 마쳤으므로, 본관 제롬 코르니유는 청원자들에게 아래와 같이 말함.

"여러분은 오늘까지 청원서의 내용을 그대로 고집하는가? 본관이 지금 들은 것 이외의 증거를 가지고 있는가? 청원서의 내용이 진실인 것을 하느님, 여러 사람, 그리고 피고 앞에서 여러분은 끝까지 주장할 심사인가?"라고 물어보니, 장 라블레를 제외하고 일동은 그들의 확신을 고집함.

418

장 라블레는 그 무어 태생의 여인을 여느 여성과 다름없고, 그 결함이라 고는 다만 사랑의 열도가 좀 지나치게 높다는 것뿐이라고 말하면서 본 소송 으로부터 물러남.

따라서 판사로 임명된 우리는 심사숙고하여 깊이 논의한 끝에, 주민들의 청원서를 받아들이고 본건을 언론에 발표하기로 하여, 교회 참사회의 감옥 에 갇혀있는 여인에 대해 악마를 물리치는 데 관한 종교재판법 및 교회 법 령에 기재되어 있는 모든 소송 수속을 밟아 심문하기로 결정함.

마녀 소환에 따르는 포고는 시의 선전관宣傳官을 통해 온 거리에서 나팔소 리와 함께 공포할 것이며, 양심에 따라 증언하는 자는 그 악마와 대면시킬 것이니, 관례를 좇아 피고인에게도 변호인을 알선할 것을 일반에게 알림.

서명 제롬 코르니유

말단末段에, 투르느부쉬

✝

성부와 성자와 성령의 이름으로, 아멘.

우리 주 탄생하신 지 1271년째 되는 2월 10일 미사 후, 본관 종교재판소 의 판사 제롬 코르니유는 생 모리스 대성당의 참사회 소유지에서 여관업을 경영하는 토르트브라의 가옥으로부터 구속해온 여인을 참사회의 감옥에서 끌어내오기를 명하고, 투르의 대주교의 세속권世俗權 및 영주권 재판 수속에 붙이며, 동시에 그녀가 속하고 있는 죄과의 성질상 이단심문재판의 재판에 도 회부한다는 뜻을 피고에게 말함(피고는 종교재판이라는 것이 무엇인지 몰라, 우리는 피고에게 어떠한 것인지 설명함).

다음, 먼저 주민의 청원서, 그러고 나서 투르느부쉬가 22장의 서류에 기 록한 증언, 하소연, 비난, 고소를 낱낱이 엄숙하게 읽어 주었던바, 피고는 그 취지를 잘 이해한 듯함. 하느님과 교회의 기원 및 비호 아래 본관은 본건 의 진상을 규명하고자 먼저 피고에게 다음과 같이 심문함.

─. 어느 나라 또는 어느 도시의 태생인가?

피고는 '모리타니Mauritanie'[132] 라고 대답함.

─. 피고의 부모 또는 친척이 있는가?

피고는 전혀 모른다고 대답함.

─. 본명은 무엇인가?

피고는 아라비아 말로 '줄마Zulma' 라고 대답함.

─. 프랑스 말을 할 줄 알게 된 경위는?

피고는 이 나라에 온 적이 있었기 때문이라고 대답함.

─. 와서 살았던 시기는?

피고는 대략 열두 해 전이라고 말함.

─. 그때 피고의 나이는 몇 살이었나?

피고는 열다섯 살하고 조금 더 였다고 말함.

─. 그럼 현재 스물일곱 살인가?

피고는 "네"하고 답함.

─. 그럼 피고는 성모 마리아님의 조각상 근처에서 발견되었던 무어 태생의 소녀로, 고 로슈 코르봉 경 및 그 부인 아제의 아씨가 대부모가 되어 대주교 예하로부터 영세를 받은 후, 몽 카르멜 수녀원에 귀의하여, 클레르 성녀를 수호자로 삼아 순결, 청빈, 침묵, 하느님을 향한 사랑의 서원을 한 기억이 없는가?

피고는 사실이라고 말함.

─. 고귀하고 덕망 높으신 몽 카르멜 수녀원장님의 진술과, 또한 주방의 접시 닦기를 생업으로 삼는 노파 자케트, 일명 비외 오앵의 증언이 틀림없는가?

피고는 두 분의 말은 대부분 사실이라고 말함.

─. 그렇다면 피고는 그리스도교 신자인가?

132 현재의 모로코.

피고는 "네, 신부님"이라 답함.

이 순간, 본관은 피고에게 성호를 긋기를 요청하고, 또한 기욤 투르느부쉬가 피고의 손 가까이 놓은 성수반에서 성수를 손으로 찍으라고 요청하자 피고는 그대로 함. 이로서 모리타니 태생의 여인 줄마, 우리나라에서는 블랑슈 브뤼앙 이라고 불려진 몽 카르멜 수녀원의 수녀, 악마가 여인의 탈을 쓴 혐의가 있는 클레르 수녀는 우리들 면전에서 종교의식을 행하고 또한 종교재판의 권위를 인정한 것을 우리는 눈으로 목격하고 틀림없는 사실인 것을 다짐함.

이어서 본관이 그대가 수녀원에서 빠져나온 방법이 초자연적이므로 악마의 도움을 받았다는 의심을 받고 있는데 사실인가 라고 묻자, 피고는 다음과 같이 말함.

"그때 저는 저녁기도 후, 거리 쪽으로 나 있는 문을 통해 자연스럽게 밖으로 빠져나왔습니다. 수녀원을 방문한 장 드 마르실리스Jehan de Marsilis 신부님 의 옷 밑에 숨어서 말이에요. 시가지의 탑 근처 퀴피동Cupidon(큐피트) 거리에 있는 신부님의 방에 저는 우선 숨어, 그때까지 전혀 모르고 있었던 성적 쾌감 의 감미로움을 오래오래 그리고 아주 쾌적하게 신부님으로부터 배웠는데, 그 야릇한 맛에 저는 무한한 행복을 느꼈습니다. 그러다가, 제가 숨어있는 창문을 통해 제 모습을 본 앙부아즈 경께서 제게 크나큰 연정을 느껴 그만 열중되고 말았습니다. 저도 신부님보다 앙부아즈 경이 진정 더 좋아져서 쾌락의 도구 삼 아 저를 유폐시키고 있던 마르실리스 신부님 방에서 도망쳐 나왔습니다. 그 길 로 성큼성큼 앙부아즈 성관으로 가서, 거기서 사냥이라든가, 춤이라든가, 여왕 님의 의상 같은 아름다운 옷이라든가, 많고 많은 소일꺼리로 세월을 보냈습니 다. 그런데 어느 날, 앙부아즈 경의 초대로 놀이에 참석한 로슈 포자이 경에게, 앙부아즈 경은 저도 모르는 사이에 목욕하고 알몸으로 나오는 이 몸의 모습을 구경시켰던 것입니다. 그렇게 해서, 저의 모습을 구경하고 난 로슈 포자이 경 은 저를 소유하고자 하는 강렬한 욕망에 빠져, 그 다음 날 기발한 결투로 앙부 아즈 경을 쓰러뜨리고 저의 눈물도 아랑곳없이 난폭하게 성지로 데리고 갔는데, 그 땅에서 저는 '미의 여왕'으로 받들어 모셔지고, 또한 '사랑받는 여인'의 나날을 보냈던 것입니다. 그런 식으로 파란만장한 삶을 겪은 후, 이 지역에 다시 돌아오게 되었던 것은, 불길한 예감이 들어 마음 내키지 않았던 저도 이 몸의 남작이자 주인이셨던 뷔에유 기사의 뜻에 따르지 않을 수 없었기 때문입니다. 남작은 아시아의 나라가 죽도록 싫어지셔서 고향의 성관으로 돌아가고 싶어 하셨던 것이죠. 그래서 그 분은 장래의 온갖 말썽으로부터 저를 보호해주시겠다는 약속을 해주셨으므로, 저로서도 또한 뜨겁게 사랑하고 있던 분의 말씀이고 보니 저도 그 약속을 하느님의 말씀을 섬기듯이 믿어 의심치 않아 그분과 함께 돌아왔습니다. 그런데 이 지역에 도착하자마자, 뷔에유 경은 병에 걸려 제가 아무리 정성껏 권해도 약 드시는 걸 마다하시더니 그만 요절하시고 말았습니다. 그 분은 내과 의사나 외과 의사나 약사를 매우 싫어하신 분이셨으니까요. 이상이 이 사건의 진상입니다."

―. 다음 아르도앙 경과 여관업자 토르트브라의 증언을 사실로 생각하는가?
　　피고는 그 대부분은 사실로 인정하나, 몇 군데의 증언은 사실 무근인 엉터리로 어리석기 짝이 없는 말이라고 일축함.
―. 주민들의 진정과 진술이 증언하는 바와 같이 피고는 수많은 귀족 및 서민들과 정을 통해 육신의 교접을 행한 적이 있는가?
　　피고는 매우 불손한 태도로 정은 있었지만 교합은 모른다고 대답함.
―. 그러므로 피고의 잘못으로 많은 사람이 죽지 않았는가?
　　그들의 죽음은 결코 피고의 잘못이 아니라고 말하고 나서, 다음과 같이 변명함.

"저는 언제나 사내 분들을 계속해 거절해왔습니다. 그렇건만, 피하면 피할수록 더욱더 제게 와서 대단한 기세로 이 몸에게 대들곤 하였습니다. 그러다가 한번 사내 분들의 손에 꼭 잡히고 보면, 하느님의 은총에 따라 저도 마음을 합쳐 충동에 사로잡히고 마는 것이, 그와 같은 한없는 쾌락이란 다른 데선 도저히 맛볼 수 없었기 때문입니다. 이처럼 제가 비밀스러운 감정까지 털어놓고 말하는 것은 판사님으로부터 엄명을 받은 것과 고문의 심한 고통이 무엇보다 두려웠기 때문이죠."

一. 계속해서 피고와의 교합의 결과 귀하신 분들이 죽었다는 소문을 들었을 때 피고의 심정은 어떠하였는가? 바른대로 말하지 않으면 고문을 각오하라!
피고는 다음과 같이 대답함.

"비보悲報에 접할 적마다 저는 깊은 우수에 잠겨 자살하고파 하느님, 성모 마리아님, 그리고 성자들에게 저를 천국으로 거두어주시기를 몇 차례나 기도하였는지 모릅니다. 왜냐하면, 저와 만난 분들은 하나같이 마음씨 고운 착하신 분들이어서 악인은 한 분도 없었으니까요. 그 분들이 돌아가셨다는 비보를 들을 적마다 깊은 슬픔에 잠겨 나라는 인간은 남에게 해만 끼치는 나쁜 년인가, 혹은 고약한 운명을 타고나서 그 때문에 흑사병처럼 남에게 재앙을 전파하는 것일까 하고 슬퍼하곤 하였습니다."

一. 피고는 어디서 기도를 하고 있는가?
피고는 자기의 기도실에서 성서에 기록되어 있는 바와 같이 어디에나 계시며, 모든 걸 보시고, 모든 걸 들으시는 하느님 앞에 무릎을 꿇고 기도한다고 대답함.
一. 그렇다면 피고가 미사나 축일에도 성당에 가지 않는 것은 어인 까닭인가?
피고는 대답하기를, 피고의 집에 사랑의 정을 나누러 오시는 분들이 대개는 축일을 택해 오므로 그 뜻에 따르기 때문이라고 함.
一. 그럼 피고는 하느님의 뜻보다 인간의 뜻에 따르는 못된 자인가?
기독교도답게 훈계하였던바, 피고는 다음과 같이 말함.

"저를 사랑해주시는 분을 위해서라면, 저는 활활 타는 장작불 속에라도 몸을 던질 거예요. 제가 사랑하는 경우, 그분의 마음 밖에 쫓지 않는 게 제 습관이니까요. 아무리 황금을 산처럼 쌓아놓아도, 설령 상대가 왕이라 할지라도 제가 마음으로, 발로, 머리로, 머리털로, 이마로, 그리고 곳곳으로 사랑하고 있지 않는 분에게 몸이나 사랑을 드린 적은 없답니다.

제가 '이 분이라면' 하고 택하지 않았던 분에게 단 하나의 사랑의 실오라기도 판 적이 없었으며, 그런 매춘부와 같은 짓을 한 적이 결코 없어요. 그러므로, 저를 한 시간 동안이나마나 팔 안에 안았던 분, 제 입에 잠깐이나마 입 맞추셨던 분이라면 그가 죽는 날까지 쭉 계속해서 저를 소유하고 계셨다고 말할 수 있습니다."

一. 그대의 가옥에서 발견하고, 이하 교회 참사회의 금고에 보관중인 보석류, 금은 그릇, 보물, 호화로운 가구류, 융단 따위와 감정사의 평가로 금화 20만 냥에 해당되는 물건들의 입수 경로는 어떻게 되는가?
피고는 하느님께 자신을 대하듯, 재판관에게 온갖 희망을 걸고 있으나, 그 물음에는 대답할 수 없는 게, 피고가 이제까지 살아온 사랑의 감미로운 비밀 이야기를 백일하에 드러내놓기가 어렵기 때문이라고 대답함. 따라서 목소리를 높여 재차 심문하자, 피고는 다음과 같이 대답함.

"제가 사랑하는 사내를 얼마나 열렬하게 모시는지, 좋은 일에나 궂은일에나 얼마나 온순하게 사내에게 순응하였던지, 얼마나 기쁘게 사내의 욕망에 응하는지, 얼마나 급급하게 사내의 입술에서 새어나오는 성스러운 말을 빨아들이는지, 얼마나 사내를 숭배하며, 아낌없이 이 몸의 사지를 내드리는지, 그 공손함을 여러분 재판관님들이 아신다면, 아무리 늙으신 여러분이라도, 모든 남자들이 죽자하고 뒤쫓는 그 크나큰 애정을 아무리 많은 금전을 주고도 살 수 없다는 것을 제 애인들 모양으로 틀림없이 깨달으실 거예요. 저는 좋아하는 분에게 선물이나 물품을 달라고 해서 받은 적이 한 번도 없답니다. 좋아하는 분의 마음속에 살기만 하면 그것으로 저는 아주 만족스럽거든요. 이루 말 못할 무궁무진한 쾌락을 맛보거든요. 어떠한 물질을 손 안에 넣은 것보다 더한 마음의 풍요함을 즐기거든요. 좋아하는 사내로부터 제가 받은 이상의 기쁨과 행복을 상대에게 보답하는 것밖에 저는 생각하지 않거든요. 그러니 제가 아무리 재삼 거절해도 애인들은 제게 감사의 정을 나름대로 우아하게 표시하려고 언제나 애쓰지요. 어떤 분은 진주 목걸이를 갖고 와서 '당신의 살갗이 새틴처럼 매끄러움은 진주보다 더욱 흰 것도 따르지 못하는 바를 보이려고 가져 왔습니다'라고 말하면서, 제 목에 진주를 걸어주고 목덜미에 세게 입 맞춥니다. 이러한 철없는 낭비에 저도 눈살을 찌푸리곤 하였으나, 제게 달아주고 나서 상대가 기뻐하며 바라보는 보석을 그대로 간직하고 있는 걸 마다할 수가 없었어요. 사람마다 각양각색의 변덕이 있나 봐요.

제가 애인을 기쁘게 해주려고 애써 입고 나온 값진 옷을 찢기를 좋아하는 분이 있는가 하면, 제 팔에, 다리에, 목에, 또는 머리털에 사파이어를 달아주고 황홀하게 바라보는 분도 있어요. 새하얀 눈송이 같은 긴 비단옷 또는 검은 비로드를 제 몸에 입혀 융단 위에 누이고는, 그 아름다움에 며칠이고 황홀해져서 곁을 떠나지 않는 분도 있고요. 요컨대 제가 좋아하는 사내 양반들이 욕망하는 것을 채워주는 게 저의 한없는 기쁨이었답니다.

또한 선물 주는 기쁨에 주는 쪽도 몹시 기뻐하고들 있었어요. 우리들 인간에게는 그 타락만큼 좋은 것도 따로 없으며, 또한 마음속에 있어서나 마음 밖에 있어서나, 모든 것이 아름다움과 조화에 빛난다는 것은 모든 사람의 소망이기도 하여, 제가 살고 있는 방을 이 세상에서 가장 아름다운 것으로 장식해보고 싶었던 것은, 저를 비롯해 제가 좋아하던 분들이 바라는 바이기도 했으니까요.

이러한 생각에서 제가 좋아하는 분들은 황금, 비단, 꽃 같은 것을 제 집에 뿌리는 걸 좋아하셨답니다. 또한 이렇듯 아름다운 물건이란 본래 흥겨운 기분을 망치게 하는 것도 아니기에 저로서는 좋아하던 기사나 부유한 분들이 그 하고 싶어 하는 짓을 말릴 힘도 없었거니와 이래라저래라 호령할 수도 없었던 거예요. 그래서 귀중한 향료와 값진 선물을 아니 받을 수도 없었는데, 저도 그러한 물품이 진정 싫었던 건 아니었어요.

　이러한 까닭으로 집행관의 손으로 제 집에서 차압된 금으로 된 접시, 융단과 보석의 가지가지 물품들이 제 주위에 모였던 거죠."

악마라는 의혹을 받고 있는 클레르 수녀에 대한 제1차 심문은 이상으로 끝내기로 함. 왜냐하면 본건의 판사들 및 기욤 투르느부쉬는 피고의 음성淫聲을 귀담아듣기가 매우 피곤하였으며, 또한 머릿속이 혼란됨을 느꼈기 때문임.

　따라서 오늘부터 3일 후, 제2차 심문을 시행하여 여인의 몸 안에 사는 악마의 존재와 마귀 들린 증거를 다시 규명하기로 함. 또한 재판관의 지시에 따라 그 여인을 기욤 투르느부쉬의 인솔로 감옥에 가둠.

†

　성부와 성자와 성령의 이름으로, 아멘.

　같은 해 2월 13일, 본관 제롬 코르니유와 기타 판사들 앞에, 피고 클레르 수녀를 출두시켜 고발 받은 그 행위와 행적에 대하여 다시 심문함.

　본관은 피고에게 말하기를, 전번의 심문에 있어서의 피고의 여러 답변들로 미루어 보건대, 어떠한 특권을 부여받았든 간에 (단 그러한 특권이란 있을 수 없음) 만인에게 다 같은 쾌락을 주는 이렇듯 육신만 중히 여기는 무모한 여성의 생활을 하고, 많은 사내를 저승으로 보내 그 마법을 완수한 것은, 몸 안에 머무르고 있는 악마의 가호나 혹은 악마와 특별한 계약을 맺어 그 영혼을 악마에게 팔아넘긴 자에 의해서가 아닌 이상 도저히 일개 여인의 힘으로는 할 수 없는 것이기에, 이러한 악랄한 행위의 장본인인 악마가 피고의 몸 안에 숨어있다 함은 뚜렷하게 입증된 바이거니와, 피고는 몇 살 때부터 악마와 접촉하였으며, 또한 피고와 악마 사이에 맺은 계약의 내용, 공동 작업자의 진상 등에 대해 이실직고하라고 호령하였던바, 피고는 다음과 같이

426

답함.

　"우리들 인간의 재판관이신 하느님께 대답하는 것처럼, 저는 재판관님께 모든 걸 사실대로 대답하겠습니다. 저는 아직까지 악마를 본 적도 없으며, 이후로도 만나고 싶지 않습니다. 또한 창부의 생업을 한 적도 없습니다. 사랑이 지어내는 각양각색의 쾌락을 여러분으로 하여금 누리게 하였던 것은, 창조주께서 그것 안에 두신 쾌락에 제가 먼저 자극되었기 때문이고, 그것도 항상 몸 안에서 격렬하게 날뛰는 음탕한 욕망에 부추겨져서 그랬던 것이 아니라, 제가 좋아하는 분에게 감미롭고도 좋은 것을 맛보게 해주려는 욕망에서 그렇게 한 것에 지나지 않아요. 저의 이러한 의도가 옳건 그르건 간에, 재판관님이 한 가지 알아주셔야 할 것은 제가 아프리카 태생의 불쌍한 여인이라는 것이에요. 뜨겁고도 뜨거운 피를 하느님으로부터 받고 태어난 저는 사랑의 기쁨을 쉽사리 깨닫는 두뇌를 갖고 삶을 받았기 때문에 사내 분이 저를 바라보기만 해도 금세 마음에 커다란 감동을 느낍니다. 좋아진 사내로부터 저의 어느 곳이나 손으로 만져지고 애무되면 저도 모르게 그 사내 분에게 따르지 않을 수 없을 만큼 저는 금세 가슴이 울렁거리고 말아요. 손이 닿자마자 사랑의 온갖 감칠맛 나는 기쁨의 추억이 머릿속에 떠올라 몸의 중심부가 눈 떠요. 그러면 거친 열기로 온몸이 달아오르고, 머리가 활활 타고, 혈관은 부글부글 끓고, 머리부터 발끝까지 이 몸은 사랑의 몸짓과 희열에 가득 차버려요. 마르실리스 신부님이 처음으로 저에게 성의 비밀을 깨우쳐준 그날부터 저는 다른 생각을 할 수가 없었을 뿐 아니라, 사랑이야말로 저의 특수한 체질에 완벽하게 부합된다는 사실을 그때부터 깨달았어요. 저의 이와 같은 생리는 남성과의 '자연스러운 관계'의 결핍으로 인한 것이기 때문에 만약 제가 수녀원에 그대로 있었더라면 아마 말라죽었을 거예요. 그 증거로 수녀원에서 탈출한 이래 저는 하루라도 한시라도 우울증에 걸리거나 서글픔에 잠기거나 한 적이 없이 언제나 명랑하게 쾌활하게 살아오게 된 것은, 저에 대한 하느님의 거룩한 뜻에 따르게 되었기 때문이라고 저는 티끌만큼도 믿어 의심치 않아요. 따라서 제가 수녀원에 있었기 때문에 시간을 허비했던 것은 하느님의 고마우신 뜻을 어긴 것으로밖에 생각되지 않습니다."

이 말에, 본관 제롬 코르니유는 악마에게 반박하여 다음과 같이 비난함. 곧 피고의 대답이야말로 하느님에 대한 공공연한 모독이니, 우리 인간이 창조된 것은 하느님의 크나큰 영광을 보기 위해서이며, 또한 세계가 창조된 것은 하느님을 찬양하고 하느님께 봉사하기 위한 것이니라. 다시 말해, 하느님의 거룩한 계명을 지키고 삶을 정결하게 누려 영원한 행복을 얻기 위해서이지, 짐승조차 일정한 때밖에는 행하지 않는 짓을 허구한 날 누워서 하기 위해 태어난 것이 아니라고 함.
이와 같은 비난에 피고는 다음과 같이 대답함.

"하느님을 공경하는 데 있어서는 저도 남에게 뒤지지 않아요. 어느 나라에 가든 저는 가난한 자들과 고생하는 사람들을 불쌍히 여겨 그들에게 많은 돈과 옷을 주었고, 그 비참함을 보고 듣고서는 그들과 함께 울기도 했어요. 따라서 마지막 심판의 날, 주님께서 기뻐하시는 거룩한 일을 하신 분들이 무리지어 둘러싸고 하느님께 저를 위해 영원한 행복을 빌어주실 거라고 생각해요. 제가 창피를 당하지 않고, 또한 교회 참사회의 여러 회원분의 비난을 두렵게 여기지 않게 되고, 그 분들의 노여움을 겁내지 않을 수 있게 된다면, 저는 기꺼이 전 재산을 내놓아 생 모리스 대성당의 완공을 위해 이바지하겠으며, 제 영혼의 구원을 위해 아낌없이 저의 쾌락이나 육신을 바쳐 이바지하겠어요.
이와 같은 생각을 진작 했더라면 저는 밤마다의 즐거움을 곱으로 얻었을 거예요. 저의 사랑의 행위 하나하나가 성당 건축을 위한 나무 하나 혹은 돌 하나가 되었을 것이고, 또한 이 목적에 더해서 저의 영원한 행복을 위해, 모르면 몰라도 저를 사랑해주시는 분들도 모두가 기쁜 마음으로 그 재물을 기증하였을 테니까요."

본관 다시 악마에게 말하기를, 피고는 그 빈번한 교합에도 불구하고 아이 하나 분만한 일이 없이 돌계집으로 오늘에 이른 까닭을 어떻게 설명하겠는가, 이야말로 몸 안에 악마가 있다는 것을 증거 하는 것이 아닐까, 오로지 아스타로트만이 또는 예수님의 열 두 제자들만이 이 세상의 모든 언어를 말할 수 있는 것으로 되어있는데, 피고는 또한 여러 나라 말을 한다니 이 역시 피고의 몸 안에 악마가 존재하는 증거가 아니고 무엇인가, 하고 심문하였던 바 피고는 다음과 같이 말함.

"여러 나라 말을 할 줄 안다고 말씀하시나, 그리스 말로는 '키리에 엘레이송kerie eleison'[133]밖에는 모릅니다만 이 기도문을 일상 외어왔고, 라틴어로는 '아멘Amen' 밖에 모릅니다만 자유를 얻고 싶은 마음에서 하느님께 이 말을 입이 닳도록 외어왔습니다. 또 돌계집이라고 책망하시는데, 정말이지 애를 잉태하지 못한 것은 저의 크나큰 걱정거리였어요. 여인들이 애를 잉태하는 것은 그 일에 있어 초라한 쾌락밖에 느끼지 못하는 탓이라고 저는 생각되는데, 저는 다소 지나치게 쾌락을 느끼는가 보죠. 하지만 그 역시 지나치게 크나큰 행복을 느끼면 세계가 망할 위험이 있다고 여기시는 하느님의 거룩한 뜻이 틀림없어요."

그럴싸한 이단적인 이치를 언제나 들이대는 것이 악귀의 특성이므로, 피고가 늘어놓는 가지가지 변명은 악마가 피고의 몸 안에 있다는 증거라고 본관은 생각하였기에, 고통을 주어 악마를 항복시켜 교회의 권위에 굴복시키고자 본관의 눈앞에서 피고에게 고문을 가하도록 명함. 따라서 참사회의 의사인 외과의사 프랑수아 드 앙제 선생의 입석을 요구하고자 다음과 같은 소

133 '주여 불쌍히 여기소서' 라는 뜻.

환장을 내어 피고의 여성기관virtures valvae의 상태를 검증하여 그 성기에서 사람의 영혼을 덥석 무는 악마의 수법을 알아내는 동시에, 어떠한 속임수가 거기에 있는가를 발견하여 우리들의 교회를 계몽하도록 의뢰함.

그러자 무어 태생의 피고는 지레 울고불고하여 쇠사슬에 묶여있음에도 불구하고, 무릎 꿇어 상기 명령의 취소를 슬피 울며 애원하기를, 온 몸이 연약하고 뼈가 가냘파서 유리처럼 깨질 것이라고 이의를 제기하고 나서, 마지막에는 참사회에 그 전 재산을 기증하는 동시에 즉시 이 나라를 떠나는 것으로 몸값을 치르고 자기 몸을 구하겠노라고 제안함.

이에 이르러 본관은 피고에게 사악하고 음란하며 흉악한 쾌락과 수법을 갖고서 그리스도교 신도를 타락시키는 사명을 띠고 온 '음몽마녀淫夢魔女'인 것을 스스로 인정하라고 요청하였는바, 피고는 답하기를 자기는 항상 자신을 여느 여성으로 알아왔으므로 그러한 증언은 새빨간 거짓말이라고 함.

고문자가 앞으로 나와 피고의 쇠사슬을 벗기자, 피고는 스커트를 벗어던지고 그 몸의 일부를 드러내놓고서 악의로, 동시에 음험한 생각으로 법관들의 판단력을 흐리멍덩하게, 뒤범벅이 되게, 그리고 몽롱하게 만들었는데, 이는 남성에게 초자연적인 위압을 느끼게 하고도 남음이 있다고 하겠음.

기욤 투르느부쉬 씨는 인간 본성의 힘에 못 견뎌 이 구절에서 깃털 펜을 던지고 별실로 물러갔는데, 그는 그 순간 악마가 그의 몸에 기세 사납게 덮치는 것을 느꼈기 때문에 엄청난 유혹에 머리가 사로잡힐 우려가 있으므로 이 고문에 입회할 수 없었다고 함.

이상으로 제2차 심문을 끝냄. 참사회 집행관의 말에 의하면, 프랑수아 드 앙제 선생이 시외로 출타하였기 때문임. 그러므로, 고문과 심문은 내일 정오 미사 후에 시행하기로 함.

기욤 투르느부쉬 씨의 결석으로 말미암아 끝 절의 구술은 본관 제롬이 기록하였기 때문에 기록자의 이름으로 서명함.

제롬 코르니유
이단심문소장

금일 2월 24일, 본관 제롬 코르니유 앞에 장 리부, 앙투안 장, 마르탱 보페르 튀이, 제롬 마스슈퍼, 자크 드 빌도메, 투르 시장 대리 디브레 경 등, 앞서 시청에서 작성한 소원서에 서명한 시민들이 출두함. 따라서 클레르 수녀의 이름으로 몽 카르멜의 수녀원에 다시 귀의할 결의를 보인 블랑슈 브뤼앙의 의견을 채택하여 마귀에 들린 혐의가 있는 피고가 여느 여성과 다를 바 없으며 그 무고함을 증거 하기 위해 참사회 및 투르 시 앞에서 '물불의 시련'[134]을 겪어 하느님의 심판을 받고자 하는 피고의 신청을 수리하였음을 선고함.

이 재결에 원고들도 찬성하고 시가지에 위험을 미칠 우려가 없는 한 '시련의 장소' 및 장작더미 등을 원고 쪽이 철저하게 준비 하겠다 함.

다음, 본관은 시련의 날짜를 새해의 첫날, 곧 오는 부활절 첫날 정오의 미사 후로 정한 바, 원고 및 피고도 각자 이 집행유예에 찬동함.

따라서 본 결정은 원·피고의 쌍방 청구에 따라 그 비용으로 투레느 및 프랑스의 온 시가지, 온 마을, 온 성안에 널리 선포하여 알리기로 함.

제롬 코르니유

3장 마녀가 늙은 재판관의 영혼을 빨아들인 경위 및 악마적인 환락의 내용

지금부터 기록하는 것은 구세주께서 탄생하신 지 1271년 되는 해의 3월 1일, 생 모르스 대성당의 참사회원 및 이단심문소장으로서의 직무를 더럽힌 것을 스스로 인정하는 부덕한 파계사제破戒司祭, 제롬 코르니유의 임종 시의 참회문임. 타락한 늙은 사제, 임종 시에 본심으로 돌아가 그 범한 죄와 그

---

134 l' epreuve. 시련試鍊, 험증驗證을 뜻함. 곧 결투 또는 하늘의 심판으로 흑백을 가리는 시험을 말한다.

범한 사유를 낱낱이 회개하여 그 고해를 천하에 공포하고서, 진리 · 하느님의 영광 · 법의 정의에 대한 교황님의 말씀에 이바지하는 동시에 저 세상에 있어서의 형벌이 완화되기를 원함.

임종의 침상에 누워있는 제롬 코르니유의 고해를 듣고자 그 침상머리에 모인 분들은 다음과 같음. 생 모리스 성당의 보좌신부 장 드 라 에이Jehan de La Haye(Johannes de Haga), 대주교 장 드 몽소르 예하의 명에 의해 서기 노릇을 하고 있는 참사회의 출납관 피에르 귀야르Pierre Guyard, 마이우스 모나스테리움Maius Monasterium(Marmoutiers) 수도원의 수사로 대주교 예하의 선임에 의해 그의 영적인 스승과 고해 성사를 맡아보는 루이 포Louis Pot님. 이상 세 분 이외에 교황 사절로서 본 교구에 파견되신 로마의 부주교이시자 지극히 학식 높고 거룩하신 기욤 드 상소리Guillaume de Censoris 박사께서도 왕림하심.

때가 사순절인지라, 지옥으로 가는 길에 놓인 불쌍한 신자들의 눈을 크게 뜨도록 하고자 공개고백을 희망한 노사제의 임종에 입회시키기 위해 많은 평신도들 역시 이곳에 참석시킴.

극도로 쇠약한 제롬이 말할 수 없기 때문에, 대신해서 루이 포님이 그의 면전에서 다음의 참회문을 일동의 크나큰 경악 속에 낭독함.

"나의 형제들이여, 일흔아홉 살이 되는 오늘에 이르기까지 나는 그리스도교도로서 성스러운 나날을 어엿하게 보내왔다고 생각하오. 하기야 아무리 성스러운 신자인들 하느님께 대하여 잘못을 저지르는 사소한 죄, 속죄에 의해서 넉넉히 보속 받을 수 있는 소죄小罪를 범하지 않았던 것은 아니오만, 덕분에 나도 이 교구에서 다소나마 이름이 알려지고 칭송도 받아 분에 넘치는 이단심문소장의 중책까지 맡게 되었소이다. 허나 하느님의 끊임없으신 영광을 통하여 악인과 부당행위를 저지른 자들에 대한 지옥의 지독한 형벌을 목격하면서 공포심이 든 나는 임종에 이르러 회개의 정이 샘처럼 솟아나 본인이 범한 대죄를 감소시키고 싶어진 거요. 때문에 나는 고대의 그리스도교 신자가 하던 식으로, 공적으로 나를 비난할 기회를 주시기를 교회에 청원하였소이다. 교회의 권리와 정의의 이름을 배신한 이 늙은 몸은 보다 큰 뉘우침의 마음을 일으키기 위해, 다시 며칠 동안의 수명을 연장받기만 한다면, 대성당의 현관에 가서 온종일 무릎 꿇고 앉아 벗은 발로 목에 밧줄을 매고 초를 한 손에 들고 모든 신도들의 비난의 과녁이 되어 하느님의 거룩한 이익과는 반대로 지옥에서 방황하던 나의 죄를 고해했을 거요. 악마 루시퍼에게 홀리어 이 몸의 약하디 약한 신앙심의 배를 크게 난파시키고만 나는, 여러분의 기도에 의해 우리 주 예수 그리스도의 자비로우심을 입고 싶은 마음에서 이 불쌍한 배신자가 눈물을 흘리면서 여러분의 구원과 기도를 간청하는 바이지만, 그와 함께 나의 죄를 교훈삼아 여러분들께서는 악을 피하시고, 악마의 함정에서 도망치고, 온갖 구원이 있는 교회로 도피하는 데 이바지하는 가르침으로 삼아주시도록, 나는 저 세상으로 가서 속죄하기 위한 고행에 저 세상에서의 삶을 다 바칠 작정이오. 그러니 나의 이야기를 듣고 크나큰 공포에 부들부들 떠시오!

나는 참사회에 의해서 이교도의 나라에서 왔고, 줄마라고 부르는 하느님을 모독한 수녀의 여체女體를 빌어 출연한 악마를 심문하는 재판관으로 선출되었소. 이 악마는 본 교구에서 몽 카르멜 수녀원에 소속된 클레르 수녀라는 이름 하에 날뛰어 지옥의 왕자들, 즉 마몬·아스타로트·사탄에게 사내의 영혼들을 복종시키고자 뭇 사내의 밑에 깔린 채 생명이 비롯하는 바로 그곳에서 급살急煞을 주어 대죄를 범한 자를 지옥으로 끌고 가는 것으로 이 지역을 괴롭혀왔는데, 재판관인 이 몸도 노후에 이르러 그 함정에 빠지고 말아 분별력을 잃은 결과, 나라는 인간의 결코 적지 않은 나이에서 나올 것이라 기대한 냉철함을 신뢰한 참사회로부터 맡겨진 임무를 배신하게 된 것이오. 그러니 음험하기 짝이 없는 악마의 간계가 어떠한 것인지 잘 듣고 그 농간에 말려들지 않도록 조심들 하시오.

그 마녀에 대한 첫 심문 때, 그 수족에 맨 쇠사슬이 하등의 흔적도 남기지 않은 것을 보고 놀란 나는 그 은밀한 힘과 표면상의 화사함에 어리둥절했소

434

이다. 때문에 악마가 옷을 입고 있는 모습에서 선뜻 수려함을 깨달은 나의 정신은 삽시간에 아찔했소이다. 사람의 온몸을 뜨겁게 해주는 그 목소리의 음악을 듣자, 나는 다시 젊은 몸이 되어 이 악마에게 온 마음과 온 정신을 주고 싶은 마음이 무럭무럭 일어나, 단 한 시간만이라도 그 마녀와 함께 보낼 수 있다면, 나에게 보장된 '영원한 생명' 따위는 그 아리따운 팔 안에 안겨 맛보는 사랑의 쾌락의 떨이상품에 지나지 않을 것이라는 생각이 들었소이다.

그래서 나는 재판관이 갖추고 있어야 할 꼿꼿함을 이미 잃고 말았소. 나의 심문에 사리를 따져 교묘하게 대꾸하는 악마의 그 두 번째 심문 때, 무고한 어린아이처럼 울고불고하는 불쌍한 소녀를 감옥에 가두어 고문하는 대죄를 범하고 있는 것 같은 착각이 들었던 것이오.

허나, 하느님의 목소리는 내게 "너의 의무를 다하라, 금가루 칠한 말에 조심하라, 듣기에는 깨끗한 목소리지만 악마의 거짓 감정이니라, 보기에 귀엽고도 따스한 몸이지만 날카로운 발톱을 한 털투성이의 무서운 짐승으로 변하리라, 탐스러운 엉덩이도 비늘 달린 꼬리로 변하리라, 장밋빛의 어여쁜 입도 악어의 커다란 주둥이로 변하리라"하는 은혜로우신 경고가 나의 머릿속에 스쳐갔소이다. 겨우 제 정신으로 돌아온 나는 예전부터 그리스도교 국가에서 자주 실행해온 바와 같이 이 마녀를 고문하여 맡아온 그 사명을 이실직고하게 하고자 결심했소이다.

하지만 고문을 실행하는 마당에, 마녀가 내 눈 앞에서 벌거벗는 몸을 드러내놓았을 때, 나는 역시 삽시간에 악마에 들려 그 요기妖氣의 힘에 굴복하고 말았소. 나의 늙은 뼈는 삐걱삐걱 소리 내고, 나의 뇌는 뜨거운 빛을 받고, 심장에는 젊은 피가 부글부글 넘쳐흘러 온몸과 오장육부가 금세 가벼워졌소이다. 그 마녀의 손에 의해 나의 눈에 던져진 최음제催淫劑의 작용인지 이마에 쌓인 백발의 눈마저 스르르 녹았소이다. 그러한 상황에서는 그리스도교도다운 한평생의 깨우침마저 잃을 정도였소.

그래서 그 순간 나는 수업을 빼먹고 몰래 사과를 따 먹으며 들판을 돌아다니는 악동의 기분을 느꼈소이다. 단 한 번의 성호를 그을 기운조차 없어지고, 교회나 아버지이신 하느님도, 부드러우신 구세주도 머리에 떠오르지 않았소이다. 이와 같은 사악한 저격수의 화살에 온몸이 뚫리고만 나는 거리를 걸어가면서도 그 마녀의 목소리의 감미로움, 고약하도록 어여쁜 그 몸을 생각하고서는 가지가지 고약스러운 것을 마음속으로 되뇌었던 것이오. 떡갈나무에 박힌 낫처럼, 내 머릿속에 박혀버린 악마의 갈퀴 같은 몸에 이끌려, 그 날카로운 쇠가 이끄는 대로 신들린 것처럼 발을 감옥 쪽으로 돌렸소이다. 나의 팔을 이따금 붙잡아 이 따위 유혹으로부터 보호해준 수호천사의 말림에도 아랑곳없이, 그 거룩한 훈계와 원조에도 아랑곳없이 나의 심장에 처박힌 몇 백만의 발톱에 이끌려 이 몸은 빨리도 감옥 안에 있었소이다.

그때, 감옥 문이 열리자 감옥의 형태라고는 하나도 눈에 띄지 않았소이다. 그도 그럴 것이, 악령 또는 요정의 도움을 받아 향기와 꽃으로 가득 찬 비단과 자줏빛의 정자를 꾸며낸 마녀는 목에 쇠로 된 형틀(鐵枷)도 발에 쇠사슬도 없이 화려한 옷을 입고 놀고 있었던 것이오. 나는 성직자의 옷이 벗겨지는 대로 그냥 두고, 향수로 목욕을 했소. 다음, 마녀는 내게 사라센의 옷을 입히고 값진 그릇에 담은 희귀한 요리, 금으로 된 잔, 아시아의 포도주, 신기한 노래와 음악, 나의 영혼을 귀를 통해 간질거리는 허다하고 요상한 말 같은 대향연으로 나를 극진히 대접했소. 마녀는 내 곁에서 한시도 떨어지지 않은 채 붙어있었는데 가늠할 만큼 감미로운 그 관계맺음은 나의 온몸으로부터 새로운 열기를 한 방울씩 똑똑 떨어뜨리게 했소이다. 이렇게 되고 보니, 나의 수호천사도 마침내 내게서 떠나버렸소이다. 그때 나는 그 무어여인의 눈의 무시무시한 빛으로 살고, 요염한 몸의 뜨거운 포옹을 갈망하고, 나로서는 자연스러운 것으로 생각되었던 그녀의 붉은 입술을 두고두고 감촉하기를 바라면서 지옥의 밑바닥으로 이끄는 마녀의 이빨이 깨물어 대는 것을 하나도 두려워하지 않았소이다. 그녀의 손의 비할 길 없는 부드러움을 몸에 감촉하기를 좋아하던 나는 그것이 더럽고 사나운 새의 발톱이라는 사실조차 미처 깨닫지 못했소이다. 한마디로 말해, '영원한 죽음의 신부

新婦'인 줄도 미처 깨닫지 못하고 그녀 쪽으로 가려고 하는 신랑처럼 나는 엉덩이를 들썩거렸던 거요. 이 세상의 만사도, 하느님의 이익에 대한 것도 하나도 걱정하지 않고서, 정욕으로 내 사지를 불태우는 이 여인의 아름다운 유방만을, 이 몸을 모조리 던져 넣고 싶은 마녀의 하복부에 위치한 지옥문만을 꿈꾸었던 거요. 아뿔싸! 나의 형제들이여! 세 밤과 세 낮 동안 나는 이렇듯 온몸의 기력을 모조리 짜내지 않을 수 없게 되었는데, 나의 허리로부터 그대로 흘러나오는 샘을 바짝 말리지도 못했소이다. 마녀의 두 손은 두 자루의 창처럼 내 허리 속에 파고 들어가 뭔지 모르는 정욕의 땀 같은 것을 불쌍한 이 늙은 몸에게, 물기 하나 없는 내 뼈에 옮겼소이다. 먼저 이 마녀는 이 몸을 자기 쪽으로 끌어당기는 미묘한 우유 같은 것을 내 몸 안으로 흘러 넣었소이다.

그러자 나의 뼈를, 골수를, 뇌를, 신경을 백 개의 바늘로 쑤시는 듯한 짜릿짜릿한 쾌감이 닥쳐왔소이다. 이러한 희열에 뒤이어 나의 머리 속의 복잡한 것들이, 피가, 신경이, 살이, 뼈가 불타올라 진정 지옥의 불길로 온몸이 타고 관절 마디마디를 불에 달군 집게로 비비 트는 느낌과 더불어 믿을 수 없는, 견딜 수 없는, 그리고 찢기는 듯한 쾌감이 내 목숨의 끈을 풀어놓았소이다. 나의 가련한 몸을 덮고 있던 마녀의 머리털은 불꽃의 이슬을 이 몸에 뿌려, 땋아 늘인 머리카락 하나하나가 벌겋게 단 석쇠꼬챙이처럼 느껴졌소이다. 이 목숨을 빼앗는 환락 가운데 요마의 타는 듯한 얼굴을 바라보자, 생글생글 눈웃음치며 천 가지 만 가지 자극적인 발언들을 내게 건네 왔소이다. 예컨대 내가 그녀의 기사, 그녀의 주님, 무기, 태양, 희열, 벼락, 생명, 좋은 것, 가장 훌륭한 기수騎手, 또는 나와 보다 더 깊이 결합하고 싶다, 나의 살갗 속에 들어가고 싶다, 아니 나를 그녀의 살갗 속에 들여보내고 싶다 등등. 이러한 음란한 언어를 들으며 내 영혼을 빨아내는 마녀의 혀의 바늘 때문에 나는 지옥 속으로 더욱 깊이 데굴데굴 떨어져 들어갔는데, 그래도 밑바닥에는 이르지 못했소이다. 나는 혈관에 한 방울 남았던 피도 없어지고, 이제는 영혼도 몸도 움직이지 못하고 아주 녹초가 되었을 때, 여전히 싱싱하고, 희고, 발그스름한, 환하게 빛나는 얼굴을 한 마녀는 웃음을 띠고 다음과 같이 내게 말했소이다.

"사람들이 저를 악마라고 하니 당치 않은 말이 아니겠어요? 한번의 입맞춤을 허락할 테니 당신의 영혼을 팔라고 요구하면 그렇게 하실래요?"

"물론이지"라고 나는 말했소.

"이렇게 감미로운 짓을 늘 계속하기 위해서는 갓난애의 피를 빨아 마셔 당신의 원기를 보충해주고, 또한 그것을 제 침대에서 모조리 소모하실 각오가 필요한데, 기꺼이 갓난애의 피를 빨아 마시겠습니까?"

"물론이지"라고 나는 말했소이다.

"봄철의 젊은이처럼 쾌활하게 인생을 즐기고 루아르 강에서 수영하는 사람들처럼 쾌락을 마시며, 희열의 바다로 잠기고, 항상 말 타고 있는 기수가 되기 위해 당신은 필요하다면 하느님을 부인하시고, 예수의 얼굴에 침을 뱉으시겠어요?"

"물론이지"라고 나는 대답했소이다.

"이제부터 다시 20년 동안의 수도사 생활을 허락받은들, 당신의 몸을 불태우는 사랑의 두 해, 이 즐거운 동작을 하기 위해서라면 그 세월을 기꺼이 교환하시겠어요?"

"물론이지"라고 나는 대답했소이다.

그러자 나는 백 개가 되는 날카로운 발톱이 나의 눈의 횡격막을 마구 찢는 듯한 것을 느꼈소이다. 나는 천 마리나 되는 사나운 날짐승들이 요란스럽게 소리 지르며 그 부리로 쪼아대는 느낌이 들었소이다. 이는 갑자기 이 마녀가 날개를 펼치고 나를 지상으로부터 들어올렸기 때문이었소. 그 마녀는 내게 말했소이다.

"말 타라, 타라, 나의 기수! 그대의 암말 엉덩이에 꿋꿋하게 타라. 그 갈기에, 그 목에 꼭 매달려라. 말 타라, 타라, 나의 기수! 만물은 말 타느니라!"

이렇게 해서 나는 지상의 도시들을 안개처럼 보았소이다. 저마다의 남성이 여성의 모습을 한 악마와 교미하고, 크나큰 음탕한 욕망에 선동되어 지랄지랄 날뛰며, 이 세상의 온갖 음란한 언어와 각양각색의 고함을 지르며 합치고, 쐐기를 박고, 철봉으로 두드리는 모양이 신기하고도 불가사의한 작용에 의해 내 눈에 역력히 들어왔소이다. 하늘을 날아 구름을 헤치면서 무어 여인의 머리를 한 나의 암말은 태양과 짝짓고 있는 지구의 모습을 내게 가리켰소이다. 이 거대한 행위로부터 별들의 정액이 흘러나왔소. 또한 보니까, 음성천체陰性天體[135]는 양성천체陽性天體와 짝짓기를 하고 있었는데, 짝짓기에 열중들 하고 있는 천체들은 생물들이 내지르는 말 대신에 그 사랑의 탄성으로 뇌우雷雨를 치고 번갯불을 발사하고 천둥을 으르렁거리고 있었소. 더 높이 올라가니, 나는 유상무상有象無象의 유성의 위로부터 삼라만상의 음성陰性이 우주 운행의 왕자와 짝지어 교환하고 있는 것을 보았소. 이때 마녀는 장난삼아 나를 무시무시하고도 끊임없는 짝짓기의 현장의 한가운데 내려놓았는데, 그 때의 나의 모습은 바닷가의 한 알의 모래알처럼 작아져 사라지고 말았소.

나의 흰 암말은 또다시 "말 타라, 타라, 나의 기특한 기사! 만물은 말 타느니!"라고 말했소. 사나운 기세로 금속, 돌, 물, 공기, 천둥, 어류, 식물, 동물, 인간, 정기精氣, 유성 따위가 짝지어 계속해 교합하고 있는 뭇 천체의 정액의 분류 가운데 있어서, 일개 사제의 동작 같은 것은 한없이 아주 작은 것으로 생각되어, 나는 그 순간 가톨릭 신앙을 포기하고 말았소. 이때 마녀는 하늘에 보이는 별들의 커다란 얼룩을 가리키며, 저 은하수는 뭇 천체가 교환할 때 사정한 하늘의 정액방울이라고 말했소이다. 나는 몇 천만의 별빛 아래서 또다시 기세 사납게 마녀의 몸에 탔는데, 나는 말 타면서 이러한 몇 천만의 본성本性을 포옹해보기를 바랬소이다. 이 정사의 크나큰 노력의 결과로 내가 무기력한 자가 되어 나가떨어지던 바로 그 순간, 아주 커다란 지옥의 웃음소리를 이 귀로 들었소이다. 깨어나 보니, 나는 나의 하인들에게 둘러싸여 침대에 누워 있었소이다. 물통 하나 가득한 성수聖水를 침대 위에

---

135 La monde femelle. 직역하면 '암컷인 별, 여성 천체'라는 뜻이다.

부으며, 하느님께 열심히 기도를 올려주면서 하인들은 나를 위해서 악마와 굳세게 싸워주었던 것이오.

허나, 이와 같은 도움에도 불구하고, 나는 내 심장을 발톱으로 할퀴고 끊임없는 고통을 여전히 주는 그 마녀와의 무서운 싸움을 여전히 하지 않을 수 없었소이다. 더구나 나의 하인, 친척, 친지들의 목소리에 의해 다시 살아난 나는 성호를 그으려고 애써보았으나, 마녀는 내 침대 머리에, 머리맡에, 발치에, 그리고 도처에 그 모습을 나타내어 나의 기력을 소진시키고, 까르르 웃어대고, 눈살을 찌푸리고, 내 눈앞에서 몇 천에 이르는 외설스러운 형상을 보이며, 내 머릿속에 몇 천의 부끄러운 욕망을 불어넣어 주었소이다.

그러나 다행히, 대주교 예하께서는 나를 불쌍히 여기시어 가티앵 성자의 유골을 내게 보내주셨소. 그래서 내 머리맡에 성자의 유골이 담긴 성물궤聖物櫃가 안치되는 동시에 마녀도 물러가지 않을 수가 없게 되자, 그 뒤에 유황과 지옥불의 냄새를 남기고 갔는데, 어찌나 그 냄새가 고약했던지 하인들이나 친지들이 하루 종일 목구멍이 아팠다 하오. 그때 처음으로 나는 하느님의 거룩한 빛이 내 영혼에 비치어 나의 죄과와 또한 악마와의 싸움의 결과, 하마터면 죽을 뻔했던 크나큰 위험을 깨달았소이다. 따라서 나는 신자들의 구원을 위해, 십자가 위에서 돌아가신 우리 주 그리스도의 한없는 은혜를 찬미하여, 하느님과 그 교회의 영광을 찬송하고자 잠시 더 사는 은총을 내리시옵기를 간절히 기도하였소이다. 이 기도를 통해 내가 범한 죄를 스스로 책망하기 위한 기력을 다소 회복하여, 이 자리에서 끝없는 고통과 더불어 내 잘못을 보속補贖하기 위해 가게 될 연옥煉獄으로부터 내 영혼을 끌어내주시도록 생 모리스 성당의 모든 신자들에게 그 도움과 구원을 내게 베풀어주시옵기를 희망해 마지않는 바이오. 마지막으로, 나는 다음과 같이 딱 부러지게 말하겠소. 곧, 그 악마에게 하느님의 재판이 내리도록 물불의 시련을 가하기로 한 나의 판결은, 그 악마에 의해 넌지시 이루어진 잘못된 생각에 기초한 속임수이니, 악마는 그러한 술수를 부려 대주교 및 참사회의 시험으로부터 피하려고 했던 것인 바, 이에 관해 그 악마가 나에게 슬며시 고백한 바에 의하면, 그러한 시련에 익숙한 악마를 그 피고 대신 세우는 허락을 받았다는 것이오.

마지막으로 할 말은 나는 내 모든 재산을 모조리 생 모리스 성당의 참사회에 기증하며, 그 성당 안에 작은 성당을 건립하여 제롬 성자 및 가티앵 성자께 바치는 바요. 제롬 성자는 내 수호성자이시고 가티앵 성자는 내 영혼의 구원자이시니까."

일동이 귀를 기울여 들은 이 참회문은 장 드 라 에이(요하네스 드 아가)에 의해서 종교 재판소에 제출됨.

교회의 관례에 따라 참사회의 총회로부터 생 모리스의 이단심문소장으로 선출된 본관, 장 드 라 에이(요하네스 드 아가)는 이하 참사회의 감옥에 감금되어 있는 요마에 대한 심문을 다시 추궁하기를 결정하며, 새 조서를 갖고서 임하는 관계로 본건에 관계있는 교구 주민들은 아는 바를 증언하기 바람. 또한 이 밖의 다른 소송기록 · 신문訊問 · 판결 등은 일체 무효로 하고, 참사회 전원의 이름으로 취소하는 동시에 본건의 앞서의 내용의 경우에 있어서도 고약한 악마가 개입한 것이 이로서 역력해짐에 따라 하느님의 재판을 가하기로 하였던 판결도 마땅히 기각함. 지난달 포고한 것이 고故 제롬 코르니유님의 고백에 의해 악마의 속임수로 인한 거짓 포고인 것이 명백히 드러났으므로, 앞서 포고가 선포된 본 교구의 각 구역에 본 포고를 나팔소리와 더불어 공포하는 바임.

모든 신자는 우리의 거룩한 교회와 그 규율에 정성을 다하시기를.

장 드 라 에이

4장 쇼드 거리의 무어 태생 여인이 혹독한 화형을 받는 경위

이 글은 유언의 형식으로 1360년 5월에 씌어진 것이다.

　나의 소중하고도 사랑스러운 아들아. 네가 이 글을 읽을 무렵이면, 나는 이미 묘 안에 누워 네 기도를 애원하는 몸일 게다. 가문의 번영, 한 몸의 행복, 집안의 안녕 같은 것에 도움이 되는 아래와 같은 가훈家訓을 너는 잘 준수하여 편안한 삶을 영위할 수 있도록 나는 진정으로 저 세상에서 기원하겠다. 인간의 더할 나위 없는 부정함에 접하여 그 생생한 모습 밑에 나는 이 글을 써 놓는다.

　젊은 시절, 나는 종교계에서 이름을 떨치어 높은 지위를 얻고자 하는 야망을 품은 적이 있었다. 그럴 것이, 이보다 더 훌륭한 삶이 따로 없을 것 같아 보였기 때문이다. 그래서 이 야망을 품고 나는 읽고 쓰는 것을 배워 숱한 고생 끝에 성직자라는 신분을 얻게 되었다. 그러나, 이렇다 할 후원자도 없거니와 이렇다 할 출세의 길도 보이지 않았기에 생 마르탱 참사회의 서기원書記員, 기록원, 주서원朱書員[136]이 되고자 하였다. 이 참사회로 말하자면 그리스도교 국가에서 가장 저명한 인사들의 모임으로, 프랑스 국왕도 이 참사회에서는 한낱 정회원 자격에 지나지 않았다.

　따라서 나는, 거기에 들어가 높으신 분들의 시중을 잘 들어드리면 그 분들의 눈에 띄어 그 애호를 받는 동시에 그들의 주선으로 교회 안에서 명성을 얻어 주교 또는 대주교로 영달되는 허다한 사례도 있고 해서 좋은 곳이라고 생각했던 것이다. 그러나, 이렇듯 처음에 품었던 뜻이 지나친 자만심이자 다소 분에 넘치는 야망이었다는 것을 하느님께서 실제로 깨닫게 해주셨다. 실상 나중에 추기경이 된 장 드 빌도메 예하가 그 자리를 차지하고 나는 창피하게도 참패를

---

136 la rubricateur. 책의 제목 따위를 주서朱書하는 사람, 책을 장식하는 미세화가微細畵家. 중세기의 각종 증화證畵의 머리글자와 표제表題 따위를 주서하였다.

당했기 때문이다. 이러한 역경에 있을 때도 나는 네게 수차 이야기한 적이 있는 대성당의 고해신부인 제롬 코르니유님으로부터 위로와 격려를 받았던 것이다. 이 그리운 사제께서는 친절하게도 내게 투르의 대주교 교구, 생 모리스 참사회의 서기가 되기를 권하셨는데, 나는 스스로 능필能筆이라 여기고 있었기 때문에 그 책무를 맡았다.

내가 성직에 들어가려고 하던 해에 일어난 것이 그 유명한 쇼드 거리의 악마 공판으로, 아직도 노인들은 젊은이들에게 밤에 이 이야기를 해주고 있을 정도인데, 당시 프랑스의 모든 화롯가에서 이 이야기가 입에 올려졌다. 그래서, 나의 야심을 위해서라도 이득도 있거니와 공판을 거들어주고 보면 참사회도 나를 출세의 길로 밀어줄 것이라고 생각하신 이 나이 드신 사제께서는 나를 이 중대한 공판의 서기로 발탁하시어 기록계의 일을 주셨던 것이다.

당시 제롬 코르니유님은 팔십에 가까운 고령高齡으로 그 나이에 걸맞은 올바른 분별력과 정의감과 소양素養을 갖추신 분이었는데, 처음부터 이 사건에는 어떤 악의가 개재하고 있다고 의심하셨다. 본래 음란한 여인을 매우 싫어하시며 한평생 여인을 접하신 일이 없으셨던 이 나이 드신 사제께서는, 살아있는 성자라고도 할 수 있을 정도로 존경할 만한 신성한 분이므로 재판관으로 선출되었는데, 원고의 공술도 듣고 피고의 진술도 듣고 난 후, 이 매춘부는 수녀원의 규율을 파계했을망정 요상한 기운 같은 건 티끌만큼도 없고 다만 그 막대한 재산을 그녀의 적과 그 밖의 사람들로부터 ― 나는 신중을 기하기 위해 그 이름을 대지 않겠다 ― 시기 받고 있는 것에 지나지 않는다는 사실을 금세 깨달으셨던 것이다.

당시 항간에선 그녀가 마음만 내킨다면 투레느의 백작 영지까지 살 수 있는 막대한 금은을 갖고 있다는 소문이 자자하였다. 때문에 얌전한 아낙네들이 부러워할 만큼 그녀에 대한 파다한 낭설과 무고한 이야기들이 항간에 나돌아 마치 복음서의 말씀처럼 믿어지고들 있었던 것이다.

이와 같은 국면에 임해 제롬 코르니유님은 '사랑의 악마' 이외의 악마가 이 여인의 몸 안에 있지 않은 것을 알아보시고, 여생을 수녀원에서 보내도록 그녀를 납득시키셨다. 한편 전투에는 강하고 영지도 많은 씩씩한 기사들이 그녀를 구하기 위해서는 어떠한 짓이든지 힘으로 해내리라는 것을 알아채신 사제께서는, 원고들에게 손을 써서 하느님의 재판을 승낙시키도록 몰래 그녀에게 모종의 활동을 권하시는 동시에 항간에 나돌던 험악한 말들을 침묵시키기 위해 참사회에 그녀의 전 재산을 기증하도록 그녀를 설득시키셨다.

이렇게 해서 하늘이 이 지상에 날려 떨어지게 한, 이 '진귀하게 귀여운 꽃잎'은 화형을 모면하는 듯싶었다. 도무지 이 꽃잎은 구애자들의 마음에, 그 눈을 통해 상사병에 대한 좀 지나친 다정스러움과 동정을 던진 것밖에는 흠이라곤 전혀 없었던 것이다. 그런데, 정말로 악마가 성직자의 탈을 쓰고 이 사건에 관여하고 있었던 것이다. 그 경위는 다음과 같다.

제롬 코르니유님의 덕망, 청렴, 청정淸淨을 눈의 가시처럼 생각하고 있던 장 드 라 에이 신부는 감옥에서 그 여인이 여왕과 같은 대접을 받고 있다는 것을 알고 나서는 이단심문소장이 마녀와 연루되어 그 종이 되어있다고 심술궂게 거짓증언하고, 심지어는 마녀가 이 나이 드신 사제를 회춘回春시켜 홀려가며 사내로서의 행복을 누리게 하고 있다고 소문까지 냈던 것이다. 때문에 불쌍하게도 사제께서는 장 드 라 에이가 자기를 실각시켜 그 자리를 차지하려는 책략인 줄 알면서도 겨우 하루 사이에 화병이 나서 돌아가시고 말았다.

이 무고한 말을 들으신 대주교 예하는 그 즉시 감옥을 감찰했는데, 하필이면 그 무어 태생의 여인이 쇠사슬 없이 쾌적한 곳에서 기분 좋게 누워있는 것을 발견했다. 그럴 것이, 대개의 사람이 미처 생각도 못할 여성의 성기에 몰래 다이아몬드를 감추고 있던 마녀가 그것으로 간수를 매수하여 관대한 대우를 받고 있었기 때문이었다.

당시의 소문으로는 이 간수가 그녀에게 반해선지 또는 이 여인의 정인情人들인 젊은 기사들에게 위협을 받아서였던지 그녀의 도망을 획책하고 있었다고 할 정도였으니까.

착하신 코르니유님은 당시 임종의 자리에 누워계셨는데, 이 때 참사회는 장 드 라 에이의 책동에 의해 나이 드신 사제께서 이루신 소송기록과 그 판결을 무효로 취소할 필요가 있다는데 동의했다.

당시 대성당의 한낱 보좌신부에 지나지 않았던 장 드 라 에이는 꾀를 내어 임종 자리에 있던 나이 드신 사제의 공개참회로 충분하다고 말했기 때문에, 다 죽어가시던 사제께서는 참사회, 생 마르탱과 마르무티에의 성직자들, 대주교 예하와 교황 사절 대표 같은 분으로부터 교회의 이익을 위해 앞서의 판결과 소송기록을 취소하라고 시달리고 학대받으셨만, 끝끝내 승낙하려 하지 않으셨다. 그러나, 많은 곡절과 시비 끝에 다 죽어 가시는 사제의 공개참회문이 작성되어 몇 분의 시민까지 그 자리에 입회하게 되고 말았다. 때문에 뭐라고 말할 수 없는 공포와 경악이 지역 전체에 퍼지고 말았으니, 교구 내의 성당마다 이 끔찍한 사태에 대한 대기도를 올리고 악마가 자기네 집으로 침입해 오지나 않을까 다들 전전긍긍하였을 정도다.

그러나, 이 일의 진상은 제롬님이 고열로 신음하시며 비몽사몽간에 방 안에서 곡두(환영)를 보고 계실 때 이 죽어가시던 사제로부터 앞서 이야기 속의 문건에 대한 공식취소를 얻어낸 것에 지나지 않는 것이다. 그래서 발작이 끝나, 내게서 그들의 농간을 들으신 불쌍한 사제님께서는 그만 울음을 터뜨리고 말았다. 사제님께서는 주치의에게 손을 잡히시고 나의 팔 안에 안기시면서 숨을 헐떡헐떡하시다가 그 거짓 의식儀式에 절망하신 나머지, 우리에게 그와 같은 통탄할 부정이 다시는 이루어지지 않기를 하느님 앞으로 가서 말씀하시겠노라고 하시며 숨을 거두셨다. 이렇듯 불쌍한 무어 태생의 여인은 눈물과 회개로 나이 드신 사제님의 마음을 매우 감동시켰던 것이다.

하느님의 재판을 받기로 정해지기에 앞서 사제님께서는 친히 그녀에게 고해성사를 주시어 그 몸 안에 남아 있던 성스러운 영혼을 되찾아주셨기 때문에, 그 고해성사가 끝난 후 설령 생명을 빼앗기는 일이 있더라도 하느님의 성스러운 왕관을 장식하는 데 어울리는 다이아몬드처럼 그녀는 깨끗하게 되었다고 사제님께서 내게 말씀하실 정도였다.

나의 소중한 아들아. 그래서 항간의 소문이나 이 불쌍한 여인의 솔직한 대답으로 본건의 줄거리가 모조리 알려져서 나는 참사회의 촉탁의사 프랑수아 드 앙제 선생의 권고에 따라 병을 구실로 생 모리스 성당 및 대주교 교구의 근무를 그만두었다. 나는 지금도 울부짖고 있으며 또한 하느님 앞에서 행하게 될 최후의 심판 날까지 울부짖고 있을 그 무고한 여인의 피 속에 내 손을 담그기가 싫어서였다.

간수도 금세 해고되고, 그 후임으로 고문관의 차남이 들어왔다. 이 새 간수는 그 무어 태생의 여인을 지하 감옥에 처넣고 50파운드나 되는 무게의 쇠사슬을 여인의 손과 발에 무자비하게 달고 나무로 만든 허리띠까지 두르게 하였다. 감옥은 투르 시의 궁수들과 대주교의 호위병들에 의해 엄하게 감시되었다.

여인은 뼈가 부서지도록 고문과 고통을 받아 차마 아픔을 견디지 못해 장 드라 에이가 바라던 대로 고백했기 때문에, 유황색의 죄수복을 입혀 성당의 정문에 놓은 다음 생 에티엔의 빈터에서 화형에 처하는 동시에, 그 전 재산은 참사회가 몰수한다는 판결이 금세 내려졌다.

이 판결이 크나큰 소란의 원인이 되어 시가지에서 유혈의 참극을 보게 된 원인이 된 것이다. 왜냐하면, 투레느의 젊은 기사 세 명이 그 무어 여인을 위해 죽음을 무릅쓰고 노력하여, 온갖 고난으로부터 그녀를 해방시키기로 함께 맹세하였기 때문이다. 그래서, 기사들은 그녀가 전에 병·기아·빈곤으로부터 구해준 일이 있는 천 명에 가까운 빈민·천민·노병老兵·전사戰士·장인匠人과 그 밖의 사람들을 이끌고 시가지로 몰려와서, 지난날 그녀의 도움을 받은 일이 있던 사람들을 빈민굴에서 다시 한 번 찾아냈다. 폭도들은 기사의 부하들의 보호 아래 몽 루이Mont-Louis 빈터에 모여 주둔했다. 시가지의 사방 2백 리의 젊은 패들 또한 모조리 모여들었다.

날이 밝자, 폭도들은 대주교의 감옥을 포위하고 무어 여인을 내놓으라고 고함을 쳤는데, 마치 그들이 그녀를 죽이려고 그러는 성싶었다. 하지만 실은 능숙한 기수처럼 말 잘 타던 그녀를 몰래 말에 태워 도망시키려는 책략에서 나온 것이었다. 이 무시무시한 인파의 폭풍우 속에 놓인 대주교관과 다리 사이에는 1만 이상의 군중이 운집하고, 그뿐이랴, 폭도의 소란을 구경하려고 집집의 각 층에는 사람들이 주렁주렁 달리고 지붕 위까지 기어 올라간 사람들로 인산인해를 이루었다. 진지한 의도로 모인 신도들과 여인을 탈옥시키려는 목적으로 감옥을 포위한 폭도들이 고래고래 외치는 무시무시한 고함은 루아르 강 건너 생 상포리앙 기슭까지 들렸다. 그녀를 알현하는 행운을 받을 것 같으면 모두가 그 무릎 밑에 무릎을 꿇고 넙죽 절할 것이 틀림없는 사람들이었으나, 그녀의 피에 목말라하던 이들 인파가 어찌나 밀고 밀리고 누르고 눌리고 붐볐던지, 어린이가 일곱 명, 여인이 열한 명, 사내가 여덟 명이나 그 발디딤이 되고 말아, 짓밟히고 납작하게 되어 마치 진흙덩어리처럼 누가 누군지 분간할 수 없게 되었다. 무서운 괴수, 군중의 레비아탕[137] 이 그 커다란 입을 어찌나 크게 벌리던지, 그 포효가 몽틸 레 투르Montil-lez-Tours까지 울렸다. 군중은 소리소리 고함쳤다.

"마녀를 죽여라! 악마를 내놓아라! 야, 내게 그년 몸뚱이의 4분의 1을 다오! 털을 다오! 내게는 발을 다오! 네놈에게는 갈기다! 내게는 머리를 다오! 내게는 그걸 다오! 붉을까? 그걸 모시려나? 네놈은 구워먹겠나? 죽여라! 때려죽여라!" 라고 저마다 멋대로 소리치고 있었다. 그러나, 그 중에서 "하느님, 자비를 Lsrgesse a Dieu!"이라는 고함과 "마녀를 죽여라!"라는 고함이 동시에 그리고 어찌나 가혹하게, 어찌나 사납게 울리던지 귀도 심장도 그 때문에 피가 날 정도였으며 이것 이외의 다른 울부짖음은 집 안에서는 들리지 않았을 정도였다.

닥치는 대로 모조리 무너뜨리고 말 것 같은 이 기세 사나운 소란을 진정시키려고 대주교는 한 가지 꾀를 생각해내어 성체를 모시고 성당으로부터 화려한 행렬을 짓고 나왔기 때문에 참사회는 겨우 그 붕괴를 모면했다. 젊은 패거리들과 기사들은 수도원을 무너뜨리고 불태워 참사회원들을 모조리 죽인다는 계획을 처음에 가지고 있었기 때문이었다. 하지만, 결국 이 술책에 말려들어 폭도들도 해산하지 않을 수 없게 되고, 더구나 식량 준비도 없었기 때문에 밥을 먹기 위해 자기 집으로 제각기 돌아가고 말았던 것이다.

---

137 Leviathan. 영어식으로는 리바이어던으로 읽는다. 구약성서에 욥기에 나오는 거대한 바다의 괴물이다. 홉스의 저작《리바이어던》이란 제목도 이에서 비롯되었다.

투레느의 모든 수도원과 여러 영주, 그리고 부유한 주민들은 내일 약탈이 일어나지 않을까 매우 걱정하며 밤늦도록 협의한 끝에 교회 참사회의 편을 들기로 결정했다. 그리고 나서 곧 경호병들·궁수들·기사들·투르 시의 자경단원自警團員들을 많이 모이게 하여 살벌한 경계망을 펴고, 투르 시가지의 혼란을 틈타 불평분자들의 무리를 증대시키러 온 목동, 약탈을 일삼는 무사, 불한당의 한 무리를 살해했다.

늙은 귀족 아르도앙 드 마이에 경 같은 분은 그 무어 태생 여인의 옹호자인 기사들에게 "옳고 그름을 따져볼 적에 고작 여자 하나 때문에 그대들은 투레느를 온통 불과 피의 개울로 만들 셈인가! 설령 그대들이 이긴다고 한들 그대들이 불러 모은 불량배들을 어떻게 통솔할 셈인가! 약탈자인 그들은 그들의 적인 여러 성관을 휩쓸어버린 다음 반드시 그대들의 성관도 습격할 것이 틀림없지. 폭동의 시작을 알리는 신호용 화살을 쏘아 올렸지만 첫 공격이 실패로 돌아가 이미 폭도들은 후퇴하고 말았으니 그 처음의 뜻을 이루기란 하늘의 별을 따는 것보다 어렵게 되었을 뿐만 아니라, 또한 나라님의 후원이 있는 투르의 교회를 제압할 만한 승산이 그대들에게 있는가?" 하는 등의 노회老獪한 설교를 해댔다.

이러한 설교에 젊은 기사들은 참사회가 그 여인을 밤의 어둠을 타고 슬그머니 도망치게 내버려둔다면 소동의 원인이 없어져 만사 해결이 날 것이 아니냐고 제안했다.

슬기롭고 인정미 있는 이 제안에 대해 교황 사절 상소리 예하는 교회와 교의教義의 권위를 확립할 필요가 있다는 점을 역설하였다. 그 결과로 그 여인에게 모든 죄를 뒤집어씌워 이번 소동의 주모자들의 잘못을 불문에 붙이기로 결정했다.

그래서 참사회는 그 무어 여인에 대한 형벌을 공공연히 시행하게 되었다. 집행의식과 처형행사를 구경하려고 사방 120리로부터 구경꾼이 꾸역꾸역 모여들었다. 하느님께 올리는 속죄식贖罪式이 있은 후, 속세의 재판에 의해 마녀가 군중 앞에서 화형 되던 그 날에는 황금 한 냥을 주어도 평신도는 물론 성직자도 투르 시가지에서 방을 얻어 들기가 어려울 정도로 사람들로 붐볐다. 그 전

448

날 밤, 대다수의 구경꾼들이 시외에서 천막 아래 또는 밀짚 위에서 노숙했다. 시가지의 식량도 바닥이 나 든든한 배를 하고 온 많은 사람들이 멀리서 불길이 내뿜는 것을 구경했을 뿐, 다들 아무것도 얻은 것 없이 빈 배로 돌아들 갔다. 또한 불한당들이 길에서 칼질을 했다.

가엾은 무어 여인은 거의 다 죽어있었다. 그 머리털도 백발이 되어있었다. 말하자면 그것은 살로 겨우 덮인 해골에 지나지 않아 몸에 달린 쇠사슬이 그녀의 몸무게보다 더 무겁게 보였다. 설령 그녀가 일생 동안 하고 많은 환락을 누려왔다 하더라도, 지금 이 순간에의 쓰라림으로도 그 보속을 다했다고 해도 과언이 아니었다. 끌려가는 그녀의 처참한 꼴을 구경한 사람들의 말에 의하면, 그녀를 가장 밉게 여기고 있던 사람들까지 측은한 마음이 들 정도로 그녀는 울고불고했다고 한다. 그래서 성당 안에서는 그녀의 입에 재갈을 물리지 않을 수 없었는데, 그녀는 그 재갈을 도마뱀이 막대기를 물어뜯는 것처럼 깨물었다고 한다. 이따금 몸이 미끄러지고 수없이 쓰러졌기 때문에 그 몸을 서 있게 하려고 사형집행인이 그녀의 몸을 말뚝에 밧줄로 비끄러맸다. 그러자 그녀의 손목은 기운을 되찾아 기를 쓰고 밧줄을 풀더니 성당 안으로 도망쳐 지난날에 배운 곡예사의 솜씨를 십분 발휘해 몸도 가볍게 회랑 안을 통해 천장으로 기어 올라가 작은 기둥과 작은 난간을 따라 나는 새처럼 날아갔다. 지붕을 통해 도망치려던 찰나, 사수 하나가 노리고 쏜 화살이 그녀의 발뒤축에 꽂혔다. 불쌍한 그녀는 반 동강이 난 발을 끌고 여전히 성당 안을 날쌔게 달려 피를 철철 흘리면서 부서진 발 뼈로 간신히 디디며 도망 다녔다. 장작더미의 불꽃이 그녀에게는 그토록 무서웠던 것이다. 하지만 마침내 잡히고 말아 밧줄로 묶여 짐수레에 실려 장작더미 쪽으로 끌려갔는데, 그러고 나서 그녀는 아무런 외마디 소리도 내지 않았다. 성당 안을 달음박질했다는 이 사실로 말미암아 어리석은 군중은 더욱더 그녀를 악마라고 믿게 되었고, 그 중에는 마녀가 공중을 날더라고 까지 말하는 사람마저 있게 되었다.

사형집행인이 그녀를 불 속으로 던졌을 때 두세 번 가공할 뜀뛰기를 했을 뿐, 장작더미 불꽃의 밑바닥으로 가라앉고 말았다. 장작불은 하루 낮과 밤을 계속해서 탔다.

다음 날 저녁, 나는 그 귀엽고도 부드럽고 사랑스러운 무어 아가씨의 흔적을 보러갔는데, 단지 골반의 뼛조각이 겨우 남아있을 뿐이었다. 그와 같은 엄청난 불꽃에도 불구하고 아직 축축한 기운이 그 뼛조각에 남아있었고, 그 짓이 고조에 이르렀을 때의 여인처럼 그 뼈가 꿈틀꿈틀하고 있더라고 말하던 사람도 있었다.

나의 소중한 아들아. 그 후 십년 동안 내게 닥쳐온 감히 그 어떤 것과도 비교할 수 없는, 그리고 그 수많은 괴로움을 어찌 다 말하겠느냐. 못된 놈들의 손으로 구겨진 이 천사가 항시 내 머릿속에서 떠나지 않았고 사랑에 가득 찬 그 눈초리 또한 늘 눈앞에 아른거렸던 것이다.

그 아름답고 순박한 아가씨의 초자연적인 타고난 매력이 밤이나 낮이나 내 앞에서 빛나서, 나는 몇 번이나 그녀가 박해 당했던 성당 안에 들어가 그녀의 명복을 기도하였는지 모른다. 그리고 나는 이단심문소장 장 드 라 에이의 얼굴을 소름 없이 바라볼 용기도 기력도 없었다. 그러나 그는 이[138]에 물려 죽었다. 천벌로 문둥병에 걸렸기 때문이다. 그의 저택은 불태워지고, 그의 내연의 아내와 그 무어 아가씨의 화형에 기를 쓰던 놈들은 간신히 불속에서 꺼내어졌다.

나의 사랑하는 아들아, 이와 같은 일로 나는 천 가지 만 가지 생각에 잠기게 되어 그 결과 우리 가문의 본보기로 다음과 같은 가훈을 적어두는 바이다.

나는 교회의 근무에서 떠나 네 어머니와 결혼하고 나의 삶, 재물, 영혼과 그 밖의 모든 것을 함께 나눠 한없는 행복을 누렸다. 네 어머니도 다음의 훈계에 대해서 나와 동감이었다.

첫째, 행복하게 살기 위해서는 교회 사람들로부터 멀리 떨어져 있어야 할 필요가 있다는 것. 뿐만 아니라 바른 또는 바르지 못한 권리에 의해서 우리의 주인으로 간주되는 권세 있는 가문의 인사들도 모조리 멀리하여 결코 우리 집의 문지방을 넘게 하지 말 것.

---

138 pouil=pouilles. 이, 욕설, 비판, 더러운 것 등을 이름.

둘째, 끝까지 검소한 생활을 하여 남에게 재물 있는 것처럼 보이지 말 것. 남의 부러움을 받지 않도록 조심할 것이며, 상대가 누구든지 어떠한 모양으로라도 상처내지 말 것. 시기하는 무리들의 머리들을 짓밟아버리려면 발밑에 있는 다른 식물을 근절시키고야 마는 떡갈나무처럼 강해져야 할 필요가 있기 때문이다. 그래도 자기 자신이 쓰러질 경우가 있으니 떡갈나무계의 인간이란 유별나게 드문 존재이기 때문이다. 그러니 투르느부쉬가家의 사람들은 어디까지나 투르느부쉬[139]일 것이기에 자기를 떡갈나무처럼 강하다고만 여기지 말 것.

셋째, 수입의 4분의 1밖에 쓰지 말 것. 자기의 재물을 남에게 말하지 말 것. 자기의 말을 숨겨둘 것. 그 어떠한 공직도 맡지 말 것. 남들처럼 평범하게 성당에 다닐 것. 언제나 자기 생각을 자기 머릿속에만 간직해둘 것. 그러면 이쪽 마음대로 상대의 생각을 외투로 만들어 입을 수 있어서 이쪽을 비방하는 남들 멋대로 되지 않을 터.

넷째, 언제나 투르느부쉬가의 신분으로 살아갈 것. 다시 말해 현재나 미래나 모직물상인일 것. 딸들은 훌륭한 모직물상인에게 시집보내고, 아들들은 국내의 다른 공장의 모직물상인에게 견습공으로 보내, 야심적인 생각을 일체 품지 못하도록 분별 있는 이 가훈을 몸과 마음에 베이도록 하여 어디까지나 모직물상인의 명예를 중히 여기도록 교육시킴으로서 '투르느부쉬다운 모직물상인'이라는 것이 자손 대대의 명예, 가문家紋, 직함, 표어, 목숨이 되도록 할 것. 그러면 자손 대대로 모직물상이 되어 투르느부쉬가는 대대로 남으리니, 설령 그 이름이 세상에 나지 않더라도 대들보에 한번 구멍을 뚫고 들어가 보금자리를 잡고서는 실 뭉치를 만들 때까지 아주 안전하게 살아가는 작은 벌레처럼 안락하게 살아가리라.

다섯째, 모직물에 대한 언어 외에는 다른 용어를 말하지 말 것이니, 종교나 정치에 관해서 일체 언쟁하지 말 것. 또한 정치, 종교, 신神이 어떻게 바뀌거나, 어떻게 우로 좌로 변덕스럽게 간다 해도 항시 투르느부쉬의 본분을 지켜 모직

---

139 tournebouche는 삐뚤어진 입이라는 뜻이다. toume(빙그르 돌린다)+bouche(입을).

물 안에 머물러 있을 것. 그렇게 하면 시가지에서 남의 눈에 띄지 않은 채, 투르느부쉬 가는 투르느부쉬의 자손들과 더불어 안락하게 살아가리라. 십일조, 세금, 기타의 지불 등 힘으로 강요되는 모든 것은 신이건 왕이건 시市건 또는 구청이건 간에 순순히 지불하며, 결코 그들과 시비하지 말 것. 가문의 세습 재산을 보존하여 평화를 얻고 평화를 사서, 결코 남으로부터 빌리지 않고, 곡식은 집안에 저장해두고, 대문과 창문을 꼭 잠그고 나서 재미를 보도록.

이렇게 하면, 국가나 교회나 영주도 투르느부쉬 가문으로부터 강탈 못 하려니와, 혹시 상대 쪽에서 무력으로 나올 경우에는 다시 뵙자는 (물론 금전의 얼굴이다) 말과 함께 다시 만날 희망 없는 몇 푼의 금전을 빌려줄 것. 이와 같은 처세의 길을 똑바로 걸어가면 온갖 시절에 모두가 투르느부쉬 일가를 좋아할 것이니, 투르느부쉬 집안 놈들은 하찮은 놈들, 똥구멍이 작은 놈들, 그 어떠한 계산에도 들어가지 않는 놈들이라고 설령 우롱하는 놈들이 있어도 세상 돌아가는 이치를 모르는 놈들이니 멋대로 지껄이게 내버려둘 것. 그러는 동안 국왕 때문에, 교회 때문에, 또 다른 어떤 것 때문에 투르느부쉬 가는 불태워 죽거나 목매달려 죽거나 하는 참변을 결코 겪지 않을 뿐만 아니라, 현명한 투르느부쉬 가는 아무도 모르게 금궤 속에 돈을 저축하고 자기 집안에서 소문나지 않게 삶의 즐거움을 맛보리라.

그러니 나의 소중한 아들아. 평범하기 짝이 없는 조촐한 생활이기는 하나, 네 아비의 훈계를 따라다오. 헌법처럼 이를 가문의 가훈으로 삼아다오. 네가 죽는 마당에서는 네 상속자에게 이를 투르느부쉬의 성스러운 복음으로서 굳게 지켜 나가도록 일러다오. 그렇다, 하느님께서 이 세상에서 투르느부쉬 가문은 이제 필요 없다고 하실 때까지 오래오래 지켜나가도록 하여라.

이 글월은 왕자님의 대법관, 베레츠Veretz의 영주 프랑수아 투르느부쉬가 왕자 편을 들어 국왕에게 모반하였다는 혐의로 파리 재판소에서 사형 및 재산 몰수라는 극형을 받았을 때, 그 집안의 재산 목록을 작성하던 중에 발견되었던 것이다.

이 글월은 역사상의 진귀한 문서로 간주되어 투레느의 지사에서 들려온 것을 본관 피에르 코티에(시 참사회원, 노사분쟁위원회장)가 투르 대주교 교구 소송서류 중에 철해둠.

필자는 이상과 같은 양피지 문서의 판독과 옮겨 씀에 있어서 옛날의 괴상하기 짝이 없는 언어를 프랑스어로 고쳐 쓰는 데 매우 많은 수고를 했거니와, 이 문서의 제공자가 필자에게 말한 바에 의하면 투르의 쇼드 거리는 태양이 시가지의 다른 장소보다 더 오래 비치고 있는데서 유래한 이름이라고 하는 설도 있다고 한다. 그러나, 그러한 해석보다도 '마녀의 그 따끈따끈한 길La voie chaulde' 이 거리 이름의 진짜 유래라는 것은 머리 좋은 사람이라면 금세 짐작이 가시리라. 필자도 이 설에 찬성한다.

어쨌든 간에 이 이야기는 우리 몸을 함부로 굴리지 말고 영혼의 구원을 위해서도 알맞게 사용하라는 훈계라고 생각하면 그만이다.

사랑의 좌절¹⁴⁰

당시 샤를 8세께서는 앙부아즈 성관을 아름답게 꾸미시려는 생각
에서, 이탈리아로부터 이름난 조각가, 화가, 석수, 건축가 같은
장인들을 불러왔습니다. 이 당시 이 장인들이 이 성관의 회랑의 구석구석까
지 예술품으로 장식했었는데, 그 후 내버려두었기 때문에 지금은 망가져 보
잘것없게 되고 말았습니다.

그때 이 살기 좋은 지역에 궁정이 체류하고 있었고, 또한 누구나 아시다
시피 젊은 임금께서는 장인들이 가지가지 창작물을 만들어내는 과정을 구
경하시기를 매우 좋아하셨습니다. 타국에서 온 장인들 중에서도 피렌체 태

---

140 샤를 8세가 앙부아즈 성관의 수복공사를 시작한 것은 1491년이니, 그 무렵에 일어난 이야기로
보아도 무방하겠다. 이 콩트의 초판에는 다음과 같은 첫 구절로 시작되었던 것이 다음 판부터
는 생략되었다. "어느 백설처럼 희고도 수려하신 귀부인으로부터 특별한 지시가 있어 필자는
이 이야기를 둘째집의 끝맺음으로 삼고자 합니다. 둘째집 중의 다른 이야기와는 달리 이 이야
기는 다소 애수에 싸이고, 우수의 흙탕물을 뒤집어쓰고, 슬픔의 수레 자국 속에 다소 깊이 빠
져 들어간 감이 없지도 않습니다."

생으로 앙젤로 카프라Angelo Cappra라고 하는 사람은, 젊은 나이지만 이미 그 재주가 뛰어나 조각과 판각版刻에 있어서는 따를 자가 없었고, 아직 인생의 봄철인데도 그 도통함에는 누구나 다 경탄해 마지않았습니다. 남성의 위엄을 돋보이게 하는 수염도 앙젤로의 턱에는 겨우 살짝 나 있을까 말까 하였습니다. 이러한 앙젤로에게 수많은 귀부인들이 홀딱 반하고들 있었는데, 이는 그가 흡사 꿈처럼 아름다웠고, 짝을 여의고 보금자리에 외톨이로 있는 산비둘기처럼 우수에 젖어있는 젊은이였으니까요. 그럼 어째서 침울하였을까요? 이 조각가는 매우 가난하여 인생 만사가 그의 마음대로 되지 않았기 때문이었습니다. 실상, 그는 먹고 싶은 것을 다 못 먹는 가혹한 나날을 보내며, 재산 없는 것이 부끄러워 자포자기로 오로지 작품의 제작에만 열중하였는데, 그것도 정신의 일에 종사하는 사람들로서는 더할 나위 없는 낙이라고도 할 여유롭고 느긋한 세월을 어떻게 해서든지 즐기고 싶다는 소망에서였습니다. 그러나 앙젤로는 허세를 부려 언제나 산뜻한 옷차림을 하고서 궁정에 출입하고 있었는데, 젊음에서 오는 수줍음과 자신의 불행에서 오는 소심함 때문에 감히 국왕께 금전을 청구하지 못하였고, 한편 국왕께서도 앙젤로의 산뜻한 옷차림을 보시고 아무 부족 없는 부유한 신세인 줄로 오해하시고 계셨습니다. 궁정의 높은 관리들이나 귀부인들도 앙젤로의 뛰어난 작품과 사내다운 행동거지에 저마다 감탄의 소리를 내었을 뿐, 동전 한 푼 내놓는 이가 없었습니다. 모두들, 특히 귀부인들은 앙젤로를 타고난 부자로 간주하고, 아름다운 젊음과 길고 검은 머리카락, 그리고 맑은 눈 등을 갖춘 젊은 예술가로 존중하여, 이것저것 가당치않은 것까지 상상하면서도, 그 젊은이의 지갑 속 상황에 대해서까지 생각해보는 이는 하나도 없었습니다. 그것은 무리가 아니었으니, 미모를 미끼로 삼아 땅이건, 재물이건, 무엇이건 손안에 넣고 있던 재주꾼들이 궁정에 수두룩하던 시대였으니까요.

　아름다운 소년의 티가 그대로 남아있던 앙젤로였으나, 이미 스무 살이었고, 조금도 어리석지 않았으며, 가슴에는 큰 뜻을, 머리에는 아름다운 시상詩想을 품고 있었을 뿐만 아니라, 더구나 드높은 상상력을 지니고 있었습니다. 그러나, 가난에 시달리는 사람이 다 그렇듯이, 앙젤로도 제 자신을 몹시 낮추고, 무능한 자들이 성공하는 현실을 볼 때마다 어리둥절하였습니다. 그래서 자기의 몸 또는 영혼에 부족한 곳이 있는 줄 알고 깊은 고민에 잠기곤 하였습니다.

그렇지만 별들이 반짝이는 밝은 밤에 앙젤로는 어둠을 향해 하느님에게, 악마에게, 삼라만상에게 안타까움을 하소연하였습니다. 그처럼 뜨거운 심정을 가지고 있으면서도, 마치 벌겋게 단 쇠처럼 모든 여성들이 멀리하고 있던 자신의 신세를 한탄하였던 것입니다.

그리고 만약 자기에게 아름다운 애인만 있다면 아주 뜨겁게 그녀를 사랑하련만, 평생토록 숭배하련만, 더 없이 충실하게 애착하련만, 깊은 애정으로 시중들련만, 어떠한 분부라도 고분고분 따르련만, 가랑비 내리는 날 그녀의 우수 깊은 슬픔의 엷은 구름을 흩어버리는 재주도 부리련만, 이라고 자신에게 독백처럼 이야기하곤 하였습니다.

그 하는 모양을 표현하자면, 망상으로 한 여성을 눈앞에 만들어내어 그 발치에 몸을 뒹굴려 입 맞추고, 애무하고, 포옹하고, 씹어 먹고, 핥고 하는 그의 광적인 행동이란 흡사 감옥의 좁다란 틈 너머로 푸른 목장을 보며 미쳐서 빙빙 도는 죄수와도 같았습니다.

그리고 그 환영을 향해 다정스럽게 말을 건네기도 하고, 얼빠져 숨이 탁탁 막히도록 껴안기도 하고, 경배하면서도 유린하려고도 하고, 침실에 홀로 있으면서도 아름다운 여인을 찾아 열광한 나머지 기세 사납게 닥치는 대로 물어뜯는 식으로, 혼자 있을 때는 용감무쌍하였지만, 다음 날 지나가는 길에 한 여인이 몸에 스치기만 하여도 얼굴을 붉힐 만큼 마음 약하고 수줍어하는 성품이었습니다.

환상적인 연정에 온 마음을 활활 태우면서도, 앙젤로는 또다시 일손을 들어 대리석의 얼굴을 조각하고, 사랑의 아름다운 열매인 유방을 새겨 그것을 보는 사람으로 하여금 침을 흘리게 하고, 그 밖의 여러 다른 부분을 불쑥 드러나게 하고, 끌로 화사하게 다듬고, 줄로 깨끗이 밀어 실물 그대로 만들어

내었기 때문에, 아무리 풋내기라도 그 모양을 한번 보면, 당장에 그 사용방법을 완벽하게 깨달아 세상 물정에 확 트인 어른이 될 정도였습니다.

또한 귀부인들도 그와 같은 아름다운 여러 곳이, 마치 자기의 것을 모델로 삼은 것처럼 지레짐작들 하여, 더욱더 앙젤로에게 열을 올리곤 하였습니다.

그러나 상대방인 앙젤로는 불타는 눈으로 그녀들의 눈과 서로 스치어, 어느 날 그녀들 중에 자신의 손가락에 입 맞추는 것을 허락해줄 여인이라도 만날 것 같으면, 그때야말로 그녀의 모든 것을 자기 것으로 만들겠다고 마음속으로 단단히 벼르고 있었던 것입니다.

어느 날, 지체 높은 귀부인들 중의 한 분이 몸소 앙젤로 옆에 오더니, 어째서 그처럼 사귐성이 없이 구느냐, 궁정의 여인들 중에서 그대를 길들이는 사람이 없느냐, 라고 물었습니다. 그리고 나서 저녁 무렵 자기 저택으로 오라고 다정스럽게 초대했습니다.

앙젤로는 새틴으로 안감을 댄 술 달린 비로드로 된 상의를 사고, 큰 소매가 달린 외투와 단추 달린 저고리, 명주 바지를 친구들로부터 빌려 입고, 온몸에 향수를 뿌린 다음에 저택을 찾아갔는데, 상기된 걸음걸이로 계단을 올라가면서, 희망을 목구멍 가득히 호흡하며, 염소처럼 깡충깡충 뛰는 심장의 울렁거림을 어쩔 줄 몰라, 이를테면 머리끝에서 발끝까지 연정에 화끈거려 등에 땀이 날 지경이었습니다.

사실 그 귀부인은 그토록 아름다웠습니다. 앙젤로는 직업이 직업인만큼 토실토실한 팔, 늘씬한 사지의 곡선미, 아름다운 엉덩이의 은밀한 풍만미豐滿美, 그 밖의 갖가지 신비로운 미를 알아보고 있었던 것입니다. 이 귀부인이야말로 예술의 특수한 여러 아름다움의 기준에도 꼭 맞았으며, 백설같이 희고도 화사한 모습 위에, 목소리마저 생명이 있는 존재들의 내부를 속속들이 흔들어놓았고, 마음·머리·그 밖의 모든 곳을 뒤적거려 놓을 만큼 매혹에 가득 차 있었습니다. 한마디로 말해서, 이 귀부인은 갖고 있던 감미로운 인상을 일부러 남의 상상 속에 던져주면서도, 정작 모르는 체하는 저주 받을 여성의 특성을 지니고 있던 분이었습니다.

앙젤로가 객실에 들어가 보니, 부인은 벽난로 가에 있던 높다란 의자에 앉아있었습니다. 부인은 앙젤로를 보고 말주변도 좋게 잡담하였습니다. 그러는 동안 앙젤로는, 단지 '네' 또는 '아뇨' 라는 말밖에 목구멍에서 나오지 않았고, 머릿속에는 아무 생각도 떠오르지 않았습니다. 햇볕에 붕붕 나는 파리처럼 경쾌하게 희희낙락하고 있던 이 아름다운 부인을, 이렇게나마 보고 듣고 하는 행운마저 없었더라면, 앙젤로는 저 자신이 부끄러워 스스로 벽난로에 머리를 꽈당 부딪혀 자살했을는지도 몰랐습니다.

이와 같은 무언의 숭배에도 방해되지 않고, 두 사람은 사랑의 꽃이 핀 오솔길로 덫에 걸린 듯 아장아장 걸어 들어가, 어느 사이에 밤중까지 함께 시간을 보낸 뒤, 앙젤로는 행복에 겨워 귀갓길에 올랐습니다.

길 가면서 앙젤로는, 만약 귀부인이 이날 밤의 네 시간 가량만이라도 자기를 좀더 치맛자락 가까이 있게 했더라면, 그녀로 하여금 나를 아침까지 있게 하기는 누워서 떡 먹기였을 것을, 이라고 자기 멋대로 결론지었습니다.

그러나저러나, 이와 같은 전제 하에 수많은 즐거운 내용들을 짜내어, 앙젤로는 급기야 부인에게 '여느 여인이라면 다 아는 그것' 을 요구하기로 결심하였습니다. 따라서 자기의 몸에 달린 누에고치로 한 시간 동안 쾌락의 실을 만들어내지 못한다면, 그녀의 남편이건, 부인이건, 또는 자기 자신이건, 그 외 모든 살아있는 존재들을 모조리 저승으로 보내겠다고 까지 혼자서 맹세하였습니다. 사실 진지한 연정에 사로잡힌 앙젤로에겐 목숨 같은 건 사랑의 승부에 있어서는 보잘것없는 내깃돈으로 밖에 생각되지 않아, 하룻밤의 정에 천백의 목숨을 걸어도 비싸지 않다고 여기고 있었던 것입니다.

다음 날, 앙젤로는 어젯밤 일을 생각하면서 돌을 자르다가 다른 아래코를 연상한 나머지 대리석상의 코를 몇 개 망그러뜨렸습니다. 그날 자신의 서투른 솜씨를 보고 나서 일하기가 싫어진 앙젤로는 몸에 다시 향수를 뿌리고, 이번에야말로 행동을 실제로 하고 말겠다는 희망을 품고, 귀부인의 꿈같은 이야기를 귀로 듣고자 갔습니다.

그러나 그의 모든 것인 그 귀부인 앞에 나서자, 그녀의 여성다운 위엄이 어찌나 지엄하던지, 거리에서는 사자 같은 앙젤로도 그 제물을 보고서는 갑자기 작은 양처럼 작아져버렸습니다. 그렇기는 하나, 정욕이 서로 뜨거워질 무렵, 앙젤로는 부인의 몸 위에서 거의 덮치는 자세로 꼭 껴안았습니다. 그리고 겨우 한 번의 입맞춤을 빼앗고, 행운에 겨워 어쩔 줄 몰라 하였습니다.

여인이 입맞춤을 줄 때에는 거부할 권리를 간직하고 있지만, 입맞춤을 훔치는 대로 내버려둘 경우에는 천 번의 입맞춤도 쾌히 도둑질하도록 그냥 있는 법이죠. 그래서 여인이란 여인이 입맞춤을 빼앗기는 대로 그냥 내버려두는 데 익숙한 것도 이 까닭이죠. 따라서 앙젤로도 수북이 입맞춤을 훔치고 나서, 이제야 만사가 뜻하는 대로 전개되어 나가려 할 때, 몸의 천[141]을 아끼는 성격이었던 귀부인은 "남편이 돌아왔나 봐!"라고 무정하게 소리쳤습니다.

실제로 주인이 테니스 놀이에서 돌아왔기 때문에, 앙젤로는 아기자기한 밀회가 중지되었을 때 여성이 던지는 농염한 추파를 귀부인으로부터 받으면서 자리를 떠나지 않을 수 없었습니다.

한 달 동안 이러한 것이 앙젤로의 수확의 전부였고, 받은 수당, 아니 쾌락의 전부였습니다. 그럴 것이, 쾌락의 가장자리에 이르면 언제나 남편이라는 것이 돌아와서 여인의 또렷한 거절과 그 거절에 양념 치는 달콤한 위안 사이에 반드시 현명하게 끼어들었기 때문이었습니다. 이와 같은 자질구레한 시도야말로 더욱더 상대의 열정을 돋우며, 더욱 기세 사납게 만드는 요인이라는 것은 여러분들도 다 아실 줄 믿습니다. 그래서 안달이 난 앙젤로는 뜻하지 않은 방해로 겨우 오쟁이 지지 않고 있던 남편이 돌아오기 전에 개가를 올리고자, 도착하자마자 치마싸움을 재빨리 시작했는데, 앙젤로의 눈에 적혀있던 그 욕망을 금세 알아본 앙큼한 귀부인은 말다툼과 싸움을 끝없이 앙젤로에게 걸었습니다.

141 etoffee. 우리말과 어쩌면 이렇게도 똑같은 뜻으로 쓰이는지 신기하다. 천이란 옷이나 이부자리를 만드는 감을 말한다. 그와 함께 본바탕 곧 제 신분을 뜻한다.

거짓부렁으로 질투해보기도 하고, 사랑의 즐거운 욕설을 들려주기도 하고, 입맞춤의 물기로 앙젤로의 분노를 진정시키기도 하고, 영원토록 떨어지지 않을 것을 맹세시키기도 하고, 자기의 사랑을 받으려면 얌전히 굴어야 한다고 달래기도 하고, 자기의 뜻에 따르지 않을 것 같으면 몸도 마음도 내주지 않겠다고 공갈도 하고, 사내의 정욕 따위를 여인 앞에 보이는 것은 보잘것없는 짓이니, 자기로 말하자면 남보다 열 배나 연정이 강한 만큼 희생도 더 커서 더욱 씩씩하지 않느냐고 요리조리 교묘하게 피하곤 하였는데, 그래서 앙젤로가 더더욱 그녀를 추구하려들자, "손대지 말아요!"라고 여왕처럼 단호하게 딱 잘라 말하기도 하고, 때로는 그 아름다운 눈썹을 치켜 올리며, "내 말을 듣지 않는 분별없는 짓을 이렇듯 계속 하실 것 같으면, 나는 다시는 당신을 사랑하지 않겠어요!"라고 앙젤로의 비난에 또렷하게 대꾸하는 일도 있었습니다.

요컨대, 구두쇠가 금전을 아끼듯 쾌락을 아끼는 사랑이란 고귀한 사랑이 아니라는 것을 불쌍한 앙젤로가 깨달았을 때는 이미 너무나도 때가 늦었습니다. 부인의 희롱거리 사랑은, 사랑의 어여쁜 성역에 앙젤로의 몸이 닿지 않기만 하면, 그 밖의 어느 곳에서든지 하고 싶은 대로 마음대로 하게 내버려두어, 덮개 위에서 날뛰게 하며 재미있어 하는 것이었습니다.

앙젤로는 이와 같은 부인의 수법을 깨닫자, 죽일 듯이 화가 났습니다. 그래서 절친한 서너 명의 친구에게 사정 이야기를 한 다음, 부인의 남편이 국왕과 테니스 놀이를 한 다음에 집으로 돌아가는 길을 막아달라고 부탁했습니다.

사랑하는 남녀 한 쌍이 지어내는 즐거운 놀이, 곧 숨이 막힐 만큼 달콤한 입맞춤, 손가락으로 비비꼬고 풀고 하는 머리칼 놀이, 손을 기세 사납게 물어뜯기, 귀를 살금살금 깨물고 핥고 하는 등의 이 세상에 존재하는 모든 형태의 기쁨의 행위를 한참 하다가 — 올바른 문인으로서는 쓰기조차 상스러운 그 짓만 빼놓고 — 다소 긴 입맞춤과 입맞춤 사이에 앙젤로는 말했습니다.

"귀여운 분이여, 나를 가장 사랑해주십니까?"

"아무렴요!"라고, 말에는 본전이 들지 않으니까 부인은 대수롭지 않게 대답했습니다.

"그럼, 모조리 내 것이 되어주십시오"라고 앙젤로는 그 독촉을 다시 했습니다.

"하지만 남편이 돌아올 시간이라서……."

"형편이 좋지 않다는 것은, 그 이유뿐입니까?"

"네."

"그렇다면 안심하십시오. 친구들에게 부탁해서 바깥어른이 돌아오시는 길을 막아, 이 창문에 촛불을 내놓는 것을 신호로 길을 터주기로 약속이 되어있으니까요. 또한 설령 바깥어른이 친구들을 폐하께 고소한다고 해도, 친구끼리의 장난을 하려던 것이 사람을 잘못 보고 그랬노라고 변명하기로 되어있습니다."

"어머나, 빈틈없는 분이시군요. 그래도 집 안 사람들이 잠들고 있는지 잠깐 보고 오겠어요."

부인은 자리에서 일어나자 창가에 촛불을 놓았습니다.

그 짓을 보자 앙젤로는 촛불을 불어 끄고, 칼자루를 잡아들고서는 부인 앞에 턱 섰습니다. 사내의 순정을 짓밟아버리는 부인의 우롱과 배신을 앙젤로가 깨달았던 것입니다.

"나는 당신을 죽이지는 않겠습니다, 부인. 그러나 당신이 두 번 다시 젊고 불쌍한 애인을 손안에 넣어 그의 일생을 가지고 노는 일이 없도록, 당신 얼굴에 보기에도 끔찍한 상처를 내주겠습니다. 당신은 부끄럽게도 나를 속였습니다. 당신은 마음씨 착한 여인이 아닙니다. 한 입맞춤이 진정으로 사랑하는 애인의 일생으로부터 결코 씻기지 않는다는 것을, 입맞춤을 맛본 입이 그 밖의 것을 갈구해 마지않는다는 것을 당신은 아셔야 합니다. 당신 때문에 나의 생애는 영영 더럽고도 참혹한 꼴이 되고 말았습니다. 당신 탓으로 신세를 망치고 만 나라는 존재를 영영 잊지 않도록 당신에게 기억나게 해드리고 싶습니다. 이제부터 당신이 거울을 볼 때마다 내 얼굴도 그 거울에 반드시 비쳐지도록 해드리고 싶습니다."

다음으로 앙젤로는 팔을 치켜 올려 칼을 쳐들고는 그의 입맞춤의 자국이 아직 생생한 부인의 예쁜 볼의 한 조각을 도려내려고 했습니다.

그러자 부인은 앙젤로에게 "악독한 놈!"이라고 욕했습니다.

"입 다무세요"라고 앙젤로가 말했습니다. "무엇보다도 나를 가장 사랑한다고 한 그 입에서 그런 욕이 나오다니! 밤마다 부인은 이 앙젤로를 하늘로 조금씩 조금씩 끌어올리면서 단번에 지옥으로 차버리셨습니다. 배신당한 애인의 분노를 치마자락으로 피할 수 있으리라고 생각하십니까……. 아니 될 말씀."

"아아, 나의 앙젤로, 난 당신의 것이 되겠어요!"라고 분노에 이글이글 타는 앙젤로의 남성미에 감탄해버린 부인은 외쳤습니다.

그러나 앙젤로는 세 걸음 물러나며 말했습니다.

"흥, 그게 바로 궁정 여인의 썩은 근성. 부인은 애인 따위보다 자신의 얼굴 쪽이 더욱 소중한 거죠! 자아, 각오를……."

부인은 새하얗게 질렸습니다. 그리고 겸손하게 얼굴을 내밀었습니다. 이제야 비로소 지난날의 갖가지 허위가 지금 새로 눈뜬 사랑의 방해가 되고 있다는 것을 깨달았기 때문이었습니다. 앙젤로는 부인의 볼에 한 번 칼질하고 나서, 그 집에서 나와 타향으로 도망했습니다.

창에 촛불이 보였기 때문에 길이 막히지 않고 그대로 돌아온 남편은, 아내의 왼쪽 볼이 말이 아닌 것을 보았습니다. 심한 아픔에도 불구하고, 부인은 한마디도 하지 않았습니다. 칼질을 받은 그 순간부터 부인은 앙젤로를 목숨보다, 이 세상 무엇보다도 더욱 사랑하였기 때문입니다. 그렇지만 남편은 이 상처가 누구의 짓인가를 끝끝내 알아내려고 했습니다. 그래서 앙젤로밖에 저택에 온 사람이 없었기 때문에, 그 사실을 국왕께 고소한 지 얼마 되지 않아, 앙젤로는 체포되어 블루아에서 교수형에 처해지기로 판결이 내려졌습니다.

교수형이 집행되던 날, 어느 지체 높은 귀부인이 이 씩씩한 앙젤로야말로 애인 중의 애인이라고 여겨, 국왕에게 석방을 간청해 앙젤로를 구해냈습니다. 그러나 앙젤로는 자신이 사랑했고 또한 저주했던 그 부인에게 온몸과 마음이 사로잡히고 말아, 아무리 애써도 그 추억을 내쫓을 수 없다는 뜻을 표명하고는, 성직자의 길로 들어가 나중에는 매우 박식한 추기경이 되었습니다. 만년에 이르러 앙젤로는 자주 한숨짓기를, 그 부인으로부터 매우 좋게도 그리고 나쁘게도 취급되었던 잠시 동안의 한심스러운 쾌락의 추억으로 있으나마나 한 목숨을 이어가고 있다고 하였다 합니다. 또한 일설에는, 그 후 볼의 상처가 아문 부인과 앙젤로는 '치마 안의 사이'가 되었다고도 하는데, 필자로서는 이 설을 믿을 수가 없는 것이, 앙젤로는 사랑의 성스러운 기쁨에 대하여 드높은 이상을 품고 있던 신념가였기 때문입니다.

이 이야기는 정말 있었던 실화니까, "세상에는 이런 불행한 밀회가 다 있었구나"라는 정도의 교훈밖에 주지 않습니다. 그러나 이 익살스러운 책자의 다른 곳곳에서, 펜을 놀려대는 일에만 치중하느라 사실에서 다소 빗나간 기미가 없지도 않은 필자를, 이 이야기 덕분에 사랑을 하고 있는 남녀들이 다소나마 너그러운 눈으로 보아주신다면 다행으로 생각하겠습니다.

맺는말

이 둘째집은 속표지에 눈과 추위의 계절에 다 써냈다고 기입했는데, 세상에 내놓기는 삼라만상이 초록으로 물든 아름다운 6월이요, 필자가 섬기는 귀여운 뮤즈님은 여왕의 변덕스러운 사랑보다 더욱 변덕스러워, 그 열매를 꽃이 만발한 무렵에 던지고 싶다고 신비스럽게 원하셨기 때문이오.

사실, 이 뮤즈를 마음대로 다루었다고 뻐길 수 있는 자는 이 세상에 한 사람도 없을 거요. 필자가 어떤 중대한 사색에 골몰하여 머릿속이 온통 뒤범벅이 되어있을 때, 이 생글생글 웃는 쾌활한 뮤즈가 내게 와서, 귀에다 달콤한 이야기를 속삭이고, 그 짓으로 필자의 입술을 간질거리고, 사라반드 춤을 추고, 온 집안이 들썩들썩하리만큼 야단법석을 시작하오. 그래서 필자도 때로는 학문을 내동댕이치고 유흥에 한몫 끼려고 '기다려라 귀여운 것아, 당장 갈 테니'라고 외치며 부랴부랴 일어나자, 이상하게도 이미 뮤즈의 모습은 온데간데없소!

뮤즈는 자기 굴속으로 돌아가 몸을 숨기고 뒹굴며 신음할 뿐, 불쏘시개·성당의 지팡이·투박한 방망이·귀부인용 지팡이를 쳐들고 욕설을 퍼부으며 두들겨도 신음할 뿐, 옷을 홀랑 벗겨도 신음할 뿐, 애무하며 귀여워해도 신음할 뿐, 입맞추어도 신음할 뿐. 허어, 뮤즈가 차가워지는구나. 아이고, 뮤즈가 죽어가는구나. 사랑이여, 영원히 이별이구나. 웃음도, 기쁨도, 재미나는 이야기도 이것으로 영원히 이별이구나. 뮤즈의 시신을 깊은 애도와 더불어 장사지내 눈물 흘리며 탄식할 수밖에 없구나.

이렇게 눈물을 짜내고 있던 찰나, 뮤즈는 머리를 쳐들어 까르르 웃더니, 그 흰 날개를 펴서 어느 곳에 날아갔다가 공중을 빙빙 돌아와서는, 깡충깡충 뛰며, 그 작은 요정 같은 꽁지, 여인의 젖꼭지, 힘센 허리, 천사 같은 얼굴을 자랑 삼아 보이며, 향기로운 머리칼을 찰랑찰랑 흔들어대고, 태양광선 가운데 몸을 굴리고, 완벽한 우아함으로 반짝반짝 빛나고, 비둘기의 가슴팍처럼 색깔을 변화시키고, 눈물이 나도록 웃고, 눈물을 바다에 던져, 아름다운 진주로 변한 그 눈물을 어부가 주워 여왕의 이마를 장식하도록 한다고나 할까. 마침내 도망친 젊은 말처럼 몸을 온갖 방법으로 비비꼬아 순결한 그 엉덩이와 탐스러운 곳곳을 보였는데, 그 얌전한 뮤즈의 모습을 한번 보고 나면, 지엄하신 교황님인들 지옥에 떨어질 대죄를 범하고 말리라.

제어할 수 없는 이 신마神馬가 야단법석 하는 동안, 이 가련한 시인에게 다음과 같은 말을 내뱉는 무식쟁이들과 상놈들이 있소 그려.

"그대의 승용乘用 말은 어디에 있는가? ― 그대의 열 가지 이야기는 어디 있는가? ― 그대는 이교도의 예언자다 ― 그렇지, 그대는 경관이다! ― 자네는 잔치자리에만 가는데, 식사 사이에 하는 일이라곤 아무것도 없네그려 ― 자네 작품은 어디 있지?" 등등. 필자는 본래가 온순한 성품이기는 하나, 이런 상놈들 중의 한 녀석을 터키 식으로 엉덩이부터 꼬챙이에 꿰는 형에 처해 그러한 모양새로 토끼사냥이라도 가라고 말해주고 싶소 그려.

아무튼, 이것으로 두번째 열 가지 이야기도 끝났소이다. 부디 악마가 그 뿔로 이 책자를 밀어주기를. 그러면 웃기 잘하는 그리스도교 신자들로부터 돈독한 환대를 받을 것이 틀림없으리.

TROISIESME DIXAIN

머리말

무엇 때문에 '우스운 이야기'에 그처럼 기를 쓰느냐, 해마다 반드시 펜을 놀려대니 어찌된 노릇이냐, 여인들이 겉으로 눈살을 찌푸리고 마는 정도의 고약 망측스러운 낱말이 섞인 구절을 긁적거리다니 도무지 무슨 까닭이냐고, 수많은 빈 밤송이를 필자에게 던지시는 분들이 적지 않게 있노라. 길가의 잔돌처럼 뿌려진 이러한 빈말에 마음속 깊이 찔리는 것을 인정하기는 하나, 본 저자 자신의 의무를 십분 알고 있으므로, 특별히 청중에게, 이 머리말에 있어서는 둘째집의 머리말과는 다른 말대꾸를 올리노라. 어린이들에게는, 그들이 커서 옳고 그름을 분간하여 그 입을 봉할 때까지 다 큰 어른이 옳고 그름을 대신 따져주는 것이 필요하거니와, 또한 이 《해학》의 본뜻에 일부러 눈을 감으려는 수많은 시끄러운 사람들 중에는 마음씨가 거꾸로 박힌 악동들이 우글우글하다는 것을 내 이미 간파하고 있기 때문이다.

첫째로, 만약 정숙한 귀부인들 ― 내가 정숙하다는 형용사를 쓴 것은 다름이 아니라, 방탕한 필부匹婦나 잡년들은 이러한 서적을 전혀 읽지 않고, 또한 알려지지 않은 것을 실지로 행하기를 더 좋아하기 때문인데 ― 이와는

반대로 신앙심이 양쪽 소매에 가득할 만큼 깊은 아낙네들은 이 책 내용에
그야 물론 마음을 언짢아하면서도, 그릇된 상상력을 만족시키기 위해 매우
경건하게 탐독하시고, 그 결과로 슬기로운 품행을 유지하기 때문이니라.
동감이 아니겠는가, 나의 친애하는 오쟁이 진 놈들아! 색마色魔들의 화제에
등장하는 오쟁이 진 서방이 되느니보다 이 책의 이야기를 통해 오쟁이 진
서방이 되는 편이 훨씬 낫지 않겠는가, 바보천치의 남성들이여. 그러면 그
대들의 피해도 별로 없을 것이며, 게다가 그대들의 부인도 이 책을 몰래 읽
은 탓으로 춘정을 일으켜, 그대들이 갖춘 '생식력이 왕성한 모피 두드리는
방망이'를 자주 소망하리.

따라서 이 《해학》이야말로, 국토의 인구 증산에 크나큰 이바지를 할 것이
며, 또한 국민들의 즐거움·명예·건강을 유지하는 삼덕三德을 갖추었다고
하겠노라.

필자가 즐거움이라고 말한 것은 그대가 이 책에서 무한한 쾌락을 맛볼 수
있기 때문이요, 명예라고 말한 것은 켈트Celte어로 'Kokvaige(정부)'라고 불
리는 늙지 않은 젊음이 악마의 발톱으로부터 그대의 사랑의 보금자리를 구
할 수 있기 때문이며, 건강이라고 말한 것은 뇌출혈을 피하는 특효로써 살
레르노(Salerne)[1] 성당이 권장하는 그 일을 이 책이 그대에게 부추기기 때문
이오. 이와 같은 확실한 이익을, 다른 거무튀튀한 활판 인쇄물에서 찾아보
시오. 하하! 어린애를 만드는 책이 어디 따로 있습디까? 없소이다. 눈에 띄
는 것이라곤, 권태롭기 짝이 없는 것을 품고 있는 책을 만드는 우글우글한
어린이들뿐이오.

각설하고, 만약 성품에 있어서는 정숙하고, 정신에 있어서는 잘난 체하는
어떤 귀부인들이, 이 《해학》에 대해서 공공연히 이러니저러니 말씀하시지
만, 그 대다수는 속으로는 매우 좋아하시어 필자를 책망하기는커녕 '참 좋
으신 분이야', '사내다우신 분이야', '텔렘 수도원의 원장감이야'라고 말씀

---

1 이탈리아의 도시.

들 하시면서 존경하고 계실 것이 틀림없소이다. 따라서 높고 높은 하늘에 반짝이는 별들의 수만큼이나 허다한 까닭에, 필자는 《해학》이라는 이야기 소리가 나오는 피리를 여전히 입에서 떼지 않고, 남들의 핀잔에는 아랑곳없이 처음에 품은 뜻을 끝까지 관철할 결심이오. 왜냐하면, 본래 이 고귀한 프랑스라는 나라는 "싫어요, 싫다니까, 절대로 싫어요! 이보세요! 뭘 하시려는 거예요? 난 거절하겠어요, 아프다니까"라고 고함지르고 몸을 비비꼬면서 그대가 아는 그것을 거절하려 드는 여인네와 흡사하기 때문이고, 그러면서도 온갖 훌륭한 것들로 가득 채워진 한 권의 책이 나올 때마다 "어머나 선생님, 이것뿐인가요, 또 없나요?"라고 반드시 말씀하리라는 것을 잘 알고 있기 때문이오.

필자는 사람됨이 담백하므로 '영광', '유행' 또는 '항간의 평판'이라고 일컫는, 부녀자들의 고함이나 눈물이나 몸을 꼬아대는 것 등에는 눈 하나 깜짝하지 않는 남성이어서, 부녀자들이 그것을 매우 좋아하며, 또한 맹렬한 공격으로 함락시켜주기를 은근히 기다리는 성품이라는 것도 잘 알고 있소이다.

프랑스에서, 싸움터에서 냅다 지르는 고함이 '몽 주아Monte Joye'[2]인 것도 또한 잘 알고 있소이다. 참으로 웅장한 함성이 아니고 무엇이겠소. 그런데 그 뜻을 왜곡해서 '쾌감은 이 세상의 것이 아니라 저 세상의 것이니 재빨리 잡아라. 아니면 영영 잡지 못하리라!'라고 풀이하는 문사文士도 있기는 하지만, 필자는 라블레가 그것에 대해 말한 뜻으로 해석하고 있소이다. 왜냐하면, 역사를 뒤져보십시오. 프랑스는 즐겁게 올라타고 있을 때, 용감무쌍하게 올라타고 있을 때, 한마디라도 말한 적이 있소이까? 프랑스는 모든 일에 격하기 쉽고, 본래가 마시는 것보다 올라타기를 좋아한다오, 안 그렇

2 Monte Joye. mont(언덕)+Joie(기쁨). 본래는 기원 전 3세기경 파리 초대 교주였던 드니 성자가 포교한 생 드니 언덕을 가리키는 말로 군대의 함성으로도 사용되기도 하였다. 또한 Mon Joie와 발음이 같기 때문에, 발자크는 여기서 '나의 기쁨', '나의 희열'이라는 뜻으로 사용하고, mont 에다 e를 붙여 monte(monter의 명령형), '희락에 올라타라'라는 뜻으로 사용하고 있다.

소? 그러니 이 《해학》은 기쁨에 있어서도 프랑스식, 말하는 데 있어서도 프랑스 취미, 앞문도 프랑스 풍, 뒷문도 프랑스 풍, 두루두루 곳곳에 프랑스의 냄새가 풍풍 나는 것을 아셨을 터. 따라서 생각 없는 자들아, 물러서라. 풍악을 울려라. 위선자들아, 입 닥쳐라. 자, 앞으로 나오시오, 풍류아들, 생각 있는 무리들아. 그대들의 부드러운 손을 아름다운 여인들의 손에 드리시오. 서서히 그녀들의 중심을 긁어주시오. 잠깐! 필자가 말하는 건 손의 중심을 두고 하는 것이니 명심하도록! 하하! 이와 같은 생각이야말로 사방팔방에 찡 울리는 잘 짜여진 진리이자, 아리스토텔레스 학파풍의 원리가 아니고 무엇이겠소. 아니면 필자는 아리스토텔레스도, 종소리 울리는 법도 전혀 모르는 얼간이라고 할 수밖에.

참견하라. 필자의 한 편으로는 프랑스의 방패이자 국왕의 깃발이신 생 드니 님이 계시오. 드니 성자께서 목이 잘려지셨을 때, "Monte-ma-Joie(나의 희열에 올라타라)"라고 말씀하셨소. 그대들, 네 발 달린 동물들아, 이것도 거짓말이라고 할 테냐. 아니지, 이 말씀은 그 당시의 대중이 귀로 또렷이 들었던 것이로다. 허나 비참하기 이를 데 없는 오늘날에 이르고 보니, 거룩한 성자님의 말씀마저 안 믿게 되고 만 것이오!

필자가 말하고 싶은 것은 또 있소이다. 이 《해학》을 눈으로 혹은 손으로 읽으시는 분들, 단지 머리로만 느끼고, 주어진 즐거움과 심장에 올라오는 기쁨 때문에 이 책자를 좋아하시는 분들에게 한마디 하고 싶은 말이 있소이다. 다름이 아니외다. 지난날 불행하게도 필자가 나의 도끼, 곧 나의 가장 소중한 재산이라고도 할 '하느님께서 내려주신 영감靈感'을 잃고 찾아보았으나, 결국 찾아내지 못하고 비참한 나날을 보낸 적이 있었소. 그때, 은사恩師 라블레님의 책 머리말[3]에 있었던 나무꾼 모양으로 "다른 도끼를 하사해 주옵소서"라고 하늘에 계신 성인, 만물의 주인이신 하느님의 귀에 들어가도록 고함을 질렀소이다. 그러자 지극히 높으신 곳에 계시는 하느님께서는 피조물들로부터의 세금징수에 관해 천사들과 회의하시느라 대단히 바쁘신 와중이셨음에도 메르쿠리우스Mercurius(헤르메스) 사신使臣에게 명하시어, 잉크종지가 두 개 달린 잉크스탠드를 내게 던져 보내셨는데, 그 표면에는 진짜 잠언인지 Ava라는 세 글자가 새겨져 있었소. 달리 구원을 받을 길도 없던 가련한 필자는, 그런 잉크스탠드 덕분에 매우 자극되어 대단히 깊은 뜻을 지닌 표현을 탐구해, 신비스러운 낱말의 수수께끼를 풀어내고 깊은 뜻을 명확하게 밝히려고 애썼소. 그래서 언뜻 먼저 생각난 것이 하늘에 계신 주님께서는 이 세상 전체를 소유하시므로 그 누구로부터도 하사받으심이 없으셨던 크나큰 영주님이시기에 하늘과 땅 사이에 둘도 없으신 세련된 분이 틀림없겠거니 하는 생각이었소. 하지만, 나의 젊은 시절을 곰곰이 돌이켜 회상해 보건대, 주님께 이렇다 할 아부도 해본 일이 없었기에, 이와 같은 주님의 인사치레(禮儀)도 실상은 빈 구멍이 난 것이 아니겠는가 하고 불손하게도 의심이 안 드는 것도 아니었으나, 머리를 쥐어짜 심사숙고해본들 하늘이 내리신 이 도구로부터 이렇다 할 현실적인 이득을 꺼내지 못했소. 그래서 이 잉크스탠드를 이리저리 돌려보고, 광선에 비춰보고, 잉크를 채워보고, 비워보고, 무엇인가 손바닥으로 두드려보고, 똑바로 세워보기도 하고, 옆으로 놓아보기도 하고, 거꾸로 놓아보아 규명한 끝에, 드디어 반대 방향으로 읽고 보니 Eva. 이는 무엇이냐? 온 여성을 몸 한가운데에 구현시키고 있으신 분이 아니오!

따라서 하느님의 목소리는 필자에게 다음과 같이 알리신 거요 — "여성을 생각하라, 여성은 그대의 상처를 낫게 해줄 것이며, 그대의 '지혜의 주머니'의 빈틈을 틀어막아 주리니. 여성은 그대의 보물! 한 여성만을 평생토록 소중히 하라. 옷을 입히고 벗기고 하며, 여성을 애지중지 하라. 여성에 대해

---

3 라블레 저 《가르강튀아와 팡타그뤼엘Gargautua et Pantagruel》 네번째의 책(제4의 서 팡타그뤼엘)의 머리말 가운데 있는 나무꾼 루이야트리와 그 도끼에 관한 구절을 가리킨다. 도끼cognee에는 여러 은밀한 비유가 있는데 '여성의 그것'도 그 중의 한 가지다. 왜냐하면, cogner라는 동사가 '두드리다, 박아 넣다, 치다, 때리다' 따위의 뜻이니까, 그 수동형인 cognee는 곧 '두드려 박힌 것'이라는 뜻이 되기 때문이다. 또한 도끼의 손잡이가 끼워지는 쇠붙이 쪽의 구멍을 뜻하기도 한다.

서 중얼거려라. 여성이야말로 너의 전부이니라. 여성도 그 잉크스탠드를 갖고 있으니, 밑바닥 없는 그 잉크스탠드로부터 퍼내라. 여성은 사람을 좋아하나니, 잉크스탠드에 그대의 깃털 펜을 담가 여성과 사랑을 누리라. 여성의 환상을 간질여주어, 아기자기한 사랑의 변화무쌍한 자세와 방법을 재미나게 여성에게 그려 보여라. 여성은 너그러워서, 한 여성 때문에 온 여성이, 온 여성 때문에 한 여성이 화가의 노력의 결과물을 사줄 것이며 그 화가를 위한 깃털 펜도 공급해주리라. 여기 씌어진 교훈에 두 가지 뜻이 있음을 잘 생각해보라. Ave는 곧 salue(복되도다), Eva는 곧 여성. 혹은 Eva는 곧 이브(하와), Ave는 곧 '영광이 있으라(salue)', '혹은 구원을 얻도다(saure)'[4]이니, 아무렴, 여성이란 만들어내는 동시에 해체하느니라."

따라서 잉크스탠드 만만세요. 여성은 무엇을 가장 좋아하느뇨? 여성이 바라는 건 무엇이뇨? 색色, 사랑의 유별난 것들 전부를 좋아하며 바라오. 또한 그 점에 있어서 여성은 옳소이다. '분만하다', '잉태하다' 함은 항시 진통을 겪고 있는 자연에 대한 여성의 모방이 아니겠소! 그러니 나에게 여성을, 이브(하와)를 나의 것으로.

그래서 필자는, 하느님께서 지혜로우시게도 우리 인간이 도저히 밝혀낼래야 밝혀낼 수 없는 신비한 힘으로 조제하신, 뇌의 죽이 든 이 풍요한 잉크스탠드로부터 하늘나라에서 온 이 신비한 잉크를 퍼내기로 결심하였소. 곧 한 쌍의 한쪽 종지에서 중대한 이야기를 꺼내어, 이를 갈색 잉크로 쓰고, 또 한쪽 종지에서 사소한 이야기를 찍어내어 종이를 장미색으로 재미나게 칠하였소. 허나 보잘것 없는 인재인 필자가 여기저기 함부로 잉크를 혼용한 것도 한두 번이 아니오. 시대의 기호에 맞는 저작의 둔하고도 거친 구절을 대패로 밀고, 유약을 바르고, 반들반들 윤을 내자마자, 필자는 심기일변하고 싶어, 왼쪽 종지에 남아있던 '크게 웃도록 만드는 이야기'의 잉크의 분량이 적음에도 불구하고, 더할 나위 없는 기쁨과 더불어 몇 방울을 찍어 열

---

4 sauve(sauver). 영혼의 구원을 받는다는 뜻이나, 여기서는 목숨을 빼앗긴다는 뜻도 된다.

심히 지어낸 것이 바로 이 《해학》이오. 이상과 같은 필자의 솔직한 속내 이야기로도 명백하듯 이는 모두가 하느님으로부터 오는 영감으로 된 것이니, 그 권위를 두고 왈가왈부하는 일이 있다면 하느님을 모독하는 거나 매일반이오.

그래도 고약한 사람들은 이에 반대하여 여전히 고함을 치리. 하지만 묻노니, 이 진흙 부스러기 같은 지상에서 완벽하게 만족해하는 인간이 한 토막이라도 있는가? 있다면 그 사람이야말로 수치덩어리가 아니겠는가? 그러므로 필자는 하느님을 본떠 슬기롭게 처신하는 거요. 또한 그에 관한 소박한 고백을 하겠으니 들어보시오.

대우주의 주인이신 하느님께서 엄청나게 커다란 차바퀴, 거대한 쇠사슬, 무시무시한 방아쇠, 꼬치 돌리는 장치 같은 나사와 분동分銅으로 복잡한 무서운 회전기 같은 둔하고 무겁고 중요한 기계류를 수없이 만드시고, 한편, 바람처럼 가볍고 작디작은 귀여운 것과 기괴한 것도 허다하게 만드시는 것으로 마음을 바꾸시곤 하시어, 보기만 해도 웃지 않을 수 없는 천진난만하고 재미나는 것의 창조주이시기도 한 것은 천하의 학자들이 명백하게 명시하고 있는 바가 아니겠소? 따라서 필자에 의해서 시도된 거대한 규모의 건축물 같은, 동일한 중심에 집중하는 《인간희극》이라는 대업大業에 전력하는 한편, 앞서 말한 바와 같이 하늘나라의 법칙을 본떠 이런 귀여운 꽃, 재미나는 곤충, 비늘 빛깔이 호화찬란하게 꿈틀거리는 아름다운 용, 종종 황금에 궁핍한 필자이지만 황금을 칠한 용 같은 것을 만들어서, 영원한 백설로 뒤덮인 산봉우리, 암벽과 높이 솟은 철학의 봉우리, 길고도 다루기 힘든 저작, 대리석의 기둥들, 반암班岩에 새긴 기묘한 상상의 발밑에 던지는 것이 어느덧 당연한 것이 되었소이다.

아, 지극히 예쁘고 익살스러운 뮤즈가 연주해주는 둔주곡fugue, 환상곡fantaisis, 광상곡contre-peterie, 급주곡roulade 따위를 욕되게 하며 거부하는 추악한 목석木石 같은 자들아, 정맥이 하늘빛으로 보이는 뮤즈의 흰 살갗이나, 사랑스러운 허리나, 우아하고도 맵시 있는 옆구리나, 얌전히 침상에 머무르는 발이나, 새틴처럼 반들반들한 얼굴이나, 윤나는 온 몸 구석구석이나, 쓰라림 없는 그 심장에 행여 손톱자국을 내지 않도록 그대들의 손톱을 물어뜯어라. 맥주컵 같은 머리들아, 《해학》이라는 이름의 이 귀여운 아가씨로 말할 것 같으면, 프랑스의 심장에서 태어나고, 게다가 여성의 본연의 성격에 일치하여, 하느님의 사신 메르쿠리우스의 사사로운 선물로, 천사들로부터 상냥한 'Ave(복되도다)'[5]의 인사를 받아, 이를테면 예술의 가장 맑은 정수精髓인데, 이에 대해서 반대할 말이 있거든 해보시게. 이 책 안에는 필연, 미덕, 환상, 여성의 소원, 팡타그뤼엘 무리의 맹세 같은 것이 모조리 있소이다. 그러니 입 닥치고, 필자를 축하하는 동시에 필자로 하여금 한 쌍의 종지를 갖춘 잉크스탠드로부터 영광스러운 백 가지 익살맞은 이야기를 짜내어 풍류계風流界에 기여하게 하라.

따라서 지각없는 자들아, 물렀거라. 풍악을 울려라. 위선자들아, 입 닥쳐라. 자, 앞으로 나오시오, 풍류아風流兒들, 지각 있는 무리들이여! 그대들의 부드러운 손을 아름다운 여인들의 손에 잡히시오. 그리고 그 가운데를 긁어주면서, 상냥스럽게 "웃기 위해 읽어 보시죠?"라고 말해보시오.

그 다음, 더 재미나는 말을 들려주시고 그대가 마음에 두고 있는 그 여인을 까르르 웃게 하시오. 미인이 웃을 때 그 입술이 벌려져, '사랑의 침입'에도 대수로운 반항이 없으리라.

1834년 2월
제네브 오 비브 여관에서.

---

5 아베마리아Ave Maria. '성총을 가득히 받으신 마리아여' 중의 첫마디 인사말에 해당한다.

완강한 사랑[6]

구세주께서 탄생하신 지 13세기가 흘러간 초엽, 파리 성내에서 투르 태생의 한 사람에 의한 연애사건이 일어나, 시내는 물론 궁전 안까지 왁자지껄해진 일이 있었다. 또한 성직계聖職界로 말할 것 같으면, 이 이야기는 성직자분들의 덕택으로 후세에 전해지게 된 만큼, 성직계가 맡아 한 몫에 대해서는 앞으로 이 글에서 언급되어질 것이며 밝혀질 것이다.

살기 좋은 우리 지역 투레느에서 태어났기에 그는 '투레느 사람'이라는 별명으로 불렸으나, 본명은 앙소Anseau였다. 시청이나 수도원의 옛 기록에 의하면, 그는 만년에 투르에 돌아와 생 마르탱의 시장이 되었는데, 파리에 있던 시절에는 솜씨 좋은 금은세공인이었다. 젊은 시절, 정직·근면·기타 여러 장점 덕분으로 그는 어엿한 파리 시민이 되어 당시의 관습에 따라 나라님으로부터 보호장保護狀을 사서 그 신하가 되었다. 그는 생 드니 거리의 생 뢰Saint-Leu 성당 근처에 토지세를 면제받는 집을 지었고, 값나가는 장신

---

6 1833년 9월 8일 《L'Europe Litteraire》지에 발자크는 이 단편을 발표했는데, 현대문의 형식으로 서었다. 그 후 의고문擬古文으로 개작하여 이 세번째 집에 재록再錄했다.

구를 구하려는 사람들 사이에 그 공방工房은 널리 알려져 있었다.

색도色道에 뛰어난 자들의 출신지인 투르 태생이자 정력이 넘칠 만큼 풍부함에도 불구하고, 그는 파리의 유혹에 아랑곳없이 참된 성자처럼 몸을 지켜, 젊은 시절에 청등홍가靑燈紅街에서 속옷을 벗은 일이 한 번도 없었다. 이는 거룩한 종교의 신비를 위해 치러야 할 신앙심을 돕기 위하여 하느님께서 우리들 마음 가운데 부여하신 소신의 능력을 훨씬 초월한 노릇이라고 대다수 분들이 말할 것이 뻔하니까, 그가 몸의 순결을 유지할 수 있었던 원인을 알기 쉽게 낱낱이 해명할 필요가 있겠다. 그 원인으로는 먼저, 옛 동료의 말을 빌리자면, 그가 욥보다도 더한 가난뱅이의 몸으로 파리에 첫발을 내디뎠던 것을 생각해보시기 바란다. 또한 열정밖에 없는 우리 지역 사람들과는 달리, 그는 금속같이 단단한 성격 때문에 복수심을 가진 수도사 모양으로 그 처음 품었던 마음을 고집하였던 것이다. 따라서, 직공이던 시절에는 쉴 새 없이 일하고, 주인이 되고 나서도 여전히 근면하게 일하여, 항시 새로운 비법을 배우며, 새로운 기술을 생각해내고, 또한 열심히 연구하여 각종 아이디어를 짜내었다. 밤에 돌아다니는 악동이나 야경꾼이나 밤늦게 지나가는 사람들은, 그의 공방 창 너머로 번번이 램프의 성스러운 불빛이 새어나오는 것을 보고 옷깃을 여미었는데, 그는 대문을 닫고 귀를 열고는, 한 견습공과 더불어 두드리고, 새기고, 깎고, 큰 가위로 자르고, 줄로 쓸고, 닦곤 하였다. 빈곤은 근로를 낳고, 근로는 분별력을 낳고, 분별력은 부유함을 낳는다. 금화를 먹고, 술을 오줌으로 싸는 카인Cain의 자손들아, 이 구절을 잘 듣거라!

성호를 긋는 걸 악마가 눈을 부릅뜨고 노리는 듯한 표정을 짓자마자, 가련한 홀몸을 불에 달군 집게로 집듯이 괴롭히는 그 야릇한 욕망에 그가 이따금 사로잡히기라도 하면, 그는 금속을 더욱 세게 두드려 정교한 공예품이나 화려한 금속 조각품이나 황금의 작은 상像이나 은으로 된 조상彫像을 만드는 데 골몰하여, 머리에서 폭동의 기운을 쫓아내며 제 몸에서 일어나는 '비너스의 분노'를 진정시키는 것이 버릇이 되었다. 뿐만 아니라, 이 투르 태생은 본디가 단순하고 소박하여, 두려워하는 것이 첫째로 하느님, 다음이 도둑, 셋째로 귀족들이라는 순서로, 무엇보다도 요란한 것을 싫어하는 착실한 성품이었다. 두 손을 갖고 있기는 하였으나, 동시에 한 가지 일밖에 하지 않았다. 또한, 혼례식을 앞둔 새색시처럼 말투가 얌전하였다. 더구나 성직자, 기사, 그 밖의 사람들은 그를 그다지 학자로는 인정하지 않았으나, 어머니로부터 배운 라틴어를 잘 해보라는 독촉을 받지 않아도 올바르게 술술 말하였다.

또한 파리의 시민들은 그에게 다음과 같은 것을 가르쳐주었으니, 곧 한눈 팔지 말고 똑바로 걸어라, 남의 일에 간섭하지 마라, 수입 이상의 쾌락을 즐기지 마라, 남에게 훈장을 마련해주기 위해서 제 살가죽이 벗겨지지 않도록 하라, 자기의 이익을 끝까지 지켜라, 상자 겉모양에 속지 마라, 지금 하고 있는 것을 남에게 말하지 마라, 말한 것은 반드시 지켜라, 물 외에는 무엇이나 소중하게 써라, 벌레들이 평소에 가지고 있는 것 이상의 기억력을 가져라, 자기의 고통과 지갑을 남에게 보이지 마라, 거리를 다니다가 검은 구름 같은 것을 보고 마음 쓰지 마라, 본전 이상의 값으로 가진 것을 팔아라, 등등을 슬기롭게 준수한 덕분으로 그는 장사를 하고 싶은 대로 만족하게 하는 데 필요한 지혜를 얻었다.

그는 또한 아무에게도 폐를 끼치지 않고 살아갈 수 있었다. 그렇기에, 이 사람 좋고 키 작은 사람에 대한 이야기를 알고 "백 년 동안, 파리의 진창에 무릎까지 빠지는 꼴을 당해도 좋으니, 저 금은세공사의 팔자가 되고 싶은 걸"하고 말할 정도로 많은 사람들이 부러워할 정도였다. 허나 그러한 희망은 프랑스 국왕이 되고 싶다는 야망과 비슷했으니, 왜냐하면 그의 팔로 말하자면, 뼈대가 굵고, 억세고, 털투성이고, 또한 어찌나 기운이 센지 한번 그가 주먹을 불끈 쥐었을 때는, 아무리 힘깨나 쓰는 날품팔이꾼이 집게로 그의 손아귀를 풀려고 해도 좀처럼 되지 않았을 정도였기 때문이다. 그는 한번 쥐면 막무가내로 놓지 않았다. 치아로 말하자면 쇠라도 씹고, 위는 쇠를 녹이고, 내장은 쇠를 소화하고, 항문은 찢어지는 일 없이 쇠를 배설하고, 두 어깨로 말하자면, 옛날 옛적에 지구를 등에 짊어지는 일을 맡아오다가 때마침 예수 그리스도의 강림으로 책임을 면한 이교도 아틀라스Atlas처럼 지구를 버티고도 설 수 있었을 게다. 참말로 그는 하느님의 손으로 단번에 지어진 걸출한 인물이었다. 이와는 반대로 다시 손질하여 만들어진 대개의 사람들은 살아있는 동안 수리와 보충이 몇 번이나 필요하므로 그다지 값어치가 없다. 한마디로 말하자면, 장인匠人 앙소는 종자種子 때에 이미 채택된 남성으로서 그 얼굴도 사자 같아, 눈썹 밑에는 만약 용광로의 불이 시원치 않으면 이것으로 금을 녹일 기세의 뜨거운 눈빛이 일어났다. 그러나, 그와 같은 타는 듯한 뜨거움도, 만물의 조정자께서 그의 두 눈에 뿌리신 맑은 물기로 적당히 부드럽게 되어 있었기에 망정이지, 만약 그 물기가 없었더라면 이 세상 모든 것들은 그의 눈빛 때문에 삽시간에 재가 되고 말았을 것이다. 그러니, 이 아니 천하제일의 사내다움이 아니더냐?

도리를 아는 인간의 본보기와도 같이 덕이 많은 그의 행실을 보고, 뛰어난 것을 타고난 몸이니만치 어디서나 멋들어지게 사용하련만, 어째서 장인 앙소는 개펄의 굴처럼 홀몸으로 그대로 있는 것인지 꼬치꼬치 따지는 사람도 있으리라. 그러나, 따지기 좋아하는 이러한 돌대가리들은 과연 진정한 색도色道의 사랑이란 어떤 것인가를 아는지? 알게 뭐야!

애인의 임무란 무엇인고 하니, 가는 것, 오는 것, 귀담아 듣는 것, 목 지키는 것, 침묵하는 것, 지껄이는 것, 몸을 웅크리는 것, 크게 보이는 것, 작게 보이는 것, 아무것도 아니게 보이는 것, 기꺼이 받아 주는 것, 음악을 연주하는 것, 괴로움을 참고 견디는 것, 악마가 있는 곳에 찾아가서 그를 불러내는 것, 비둘기 모이통 안의 푸른 콩의 수를 세는 것, 눈 밑에서 꽃을 찾아내는 것, 달을 향해 기도문을 외는 것, 집 고양이와 개를 쓰다듬어 주는 것, 친구들을 환영하는 것, 코감기나 신경통에 걸린 아주머니에게 그 병에 대해서 위로하는 것, 시기적절하게 아주머니에게 '안색이 참 좋으신데요, 인류전체를 위한 장례식 날에 그 비문碑文을 쓰실 만큼 장수하시겠습니다' 라고 아부하는 것,

뿐만 아니라 또 있다. 암, 또 있고말고. 친척 일동의 마음에 드는 것을 코

로 맡아 알아내는 것, 누구의 발도 밟지 않도록 조심해서 걷는 것, 컵을 깨 뜨리지 않게 조심하는 것, 매미에게 편자를 박는 것, 벽돌을 씻는 것, 하찮은 일들을 말하는 것, 손안에 얼음을 쥐어 보이는 것, 값싼 장신구에 감탄해 하는 표정을 짓는 것, '참으로 좋은 거군요' 또는 '정말이지 부인처럼 아름다우신 분은 이 세상에 또 없습니다' 라고 감격해 외치는 것 따위. 또한 이러한 것을 여러 가지 모습으로 변화무쌍하게 보여야 한다.

그뿐이랴. 귀족처럼 몸단장하여 옷에 주름내고 풀 먹이는 것, 혀를 재빠르게 놀리면서 슬기롭게 지껄이는 것, 악마가 하는 가지가지 못된 장난을 껄껄 웃으며 참는 것, 자기 자신의 마음속의 온갖 분노를 감추는 것, 본성 그대로 지랄치지 않으려고 애쓰는 것, 하느님의 손가락과 악마의 꼬리를 겸해 갖는 것, 어머니에게 선물하는 것, 사촌누이에게 선물하는 것, 몸종에게 선사하는 것, 요컨대 언제나 웃는 표정을 짓고 즐거운 표정을 지을진데, 그렇지 않고 보면 상대방인 여인은 이렇다 할 이유 같은 건 한마디도 남기지 않고 그대로부터 도망쳐 그대를 멍하니 두고 가버리리. 헌데 그래도 전부가 아니리.

또 있다. 하느님께서 기분이 상쾌하실 때에 창조하신 더할 나위 없이 너그러운 마음씨의 아가씨에게, 설령 그 애인이 훌륭한 서적처럼 말을 한들, 벼룩처럼 깡충깡충 뛴들, 주사위 모양으로 대굴대굴 구른들, 다비드 David(다윗) 왕처럼 신비한 가락을 탄들, 지옥의 어지러운 춤을 춘들, 그 옛날 그리스의 건축물들을 장식하던 '악마의 원기둥' 중에서 코린트corinthe 풍의 것을 사랑하는 그 아가씨를 위해 건립한들, 만약 여인네가 무엇보다도 좋아하는 그 유별나고도 남모르게 하는 비밀스러운 행사, 여인 자신조차 종종 이를 모르지만 또한 알아야 할 필요가 있다고 하는 그것에 있어서 부족함이 있는 날에는, 문둥병에 걸린 환자라도 본 것처럼 너그러운 마음씨의 아가씨도 즉각 등을 돌리고 말게다. 그렇지만 아가씨는 그 특권을 행사했을 뿐이다. 그렇기에, 아무도 다시 이어줄 고리를 거기서 찾아내지 못한다. 이처럼 딱한 경우에 부딪치면 어떤 남성들은 상상도 못 할 만큼 당황해버려 얼굴을 찡그리고, 약이 올라 발버둥친다.

그뿐이랴. 이 치마 휘둘리기에 부딪혀 자결하고 만 사람도 세상에 허다하다. 그러므로 이 점에 있어서야 말로 인간은 짐승과 확실하게 구별되니, 이는 사랑에 대한 절망 때문에 넋을 잃었던 동물이 이제껏 없었기 때문이고, 또한 동물에 영혼이 없다는 것이 이로써 뚜렷하게 증명된다. 따라서 애인의 임무란 요술쟁이, 기사, 허풍쟁이, 어릿광대, 귀공자, 바보, 나랏님, 한가한 사람, 수사, 뚜쟁이, 오입쟁이, 사기꾼, 큰소리치는 사람, 아첨꾼, 빈 대가리, 바람잡이, 싱거운 놈, 무식한 놈 같은 생업과 다를 바 없고, 예수님께서 끝끝내 삼가 하신 바로 그 생업이다.

때문에 예수님을 본떠 드높은 깨달음을 터득한 수사들은 이러한 생업에 종사하기를 수치스럽게 여긴다. 이 사실에도 일리가 있으니, 한몫을 단단히 하는 남성으로 하여금 그 마음, 영혼, 뇌는 물론, 그의 시간, 목숨, 혈액, 그리고 미사여구마저 써버리게 하는 크나큰 일이며, 모든 여성이 지독하리만큼 썩 좋아하여 자주 요구해 마지않는 일이기 때문이다. 그래서 혀가 나오고 들어가고 하게 되자마자, 여성들은 남성으로부터 모든 것을 차지하지 못하면 아무것도 차지하지 못한 것이나 매일반이라고 서로 이야기하는 정도다. 분부대로 백 발을 쏘았는데도, 백하고도 또 한 발을 쏠 수 있지 않느냐고 따지고 들어 눈썹을 찌푸리며 바가지를 긁는 원숭이 암컷도 간혹 있다. 참으로 여인이란 정복욕과 압제욕壓制欲 때문에 보다 많은 수의 '발사'를 바라 마지않는다. 또한 이러한 고등 법규는 파리의 관습 밑에서는 항상 활기를 띠어왔으니, 파리 여성은 영세를 받을 때, 세계의 그 어느 지역에서보다도 소금을 듬뿍 받아, 태어난 지 얼마 되지 않고서도 짭짤하게 깜찍스럽기 때문이다.

따라서 이 금은세공인은 항상 공방에 앉아 금속을 갈거나 은을 녹이거나 하였는데, 사랑에 녹거나, 제 망상을 갈고 빛내거나, 허세를 부려 점잔빼거나, 귀처럼 생긴 틀을 찾아 서투른 몸짓으로 방탕하거나 하는 일이 여태껏 없었다. 왕실 전용의 금은세공사라 한들, 꽃의 도시 파리라 한들, 이 총각의

482

침대에 아가씨가 굴러 떨어져 오지 않은 것은 거리에 공작새 통구이가 내리지 않는 것과 마찬가지라서, 앙소도 앞서 말한 바와 같이 풋내기 그대로 있을 수 있었던 것이다.

그렇지만, 장신구의 값에 대해 입씨름하는 귀부인들이나 아낙네들이 풍요롭게 갖추고 있던, 동시에 자랑스럽게 내보이는 타고난 장점, 곧 여성 특유의 아름다움에 그 역시 눈감고 있지는 못하였다. 그래서, 종종 그의 호의를 얻으려고 칭찬하거나 아양 떠는 여인네들의 상냥한 말씨를 듣고는, 보금자리 없는 뻐꾸기 이상으로 절망을 느껴 시인처럼 명상에 잠기면서 집으로 돌아가던 도중에 그는 마음속으로 생각하는 것이었다.

'나도 아내를 얻어야겠다. 아내는 집 안팎을 청소할 거고, 따끈한 음식도 마련해줄 거고, 이부자리도 개어 줄 거고, 옷도 꿰매줄 거고, 집 안에 즐거운 노래도 들릴 거고, 집 안의 모든 것을 자기 취미에 맞도록 꾸미려고 나를 귀엽게 괴롭힐 거고, 보석이나 장신구를 갖고 싶을 때에 모든 여인들이 남편에게 졸라대는 식으로 "여보, 이것 좀 보세요, 참 멋있죠?"라고 내게 말하겠지. 동네 사람들도 모두 내 아내를 칭찬해주고, 또한 나를 부러워할 거야. 천하에 둘도 없는 복 많은 사람이라고 말이야. 결혼한다, 잔칫상을 떡 벌어지게 차린다, 아내를 귀여워한다, 훌륭한 옷을 입힌다, 금줄로 치장해준다, 머리에서 발끝까지 어루만져 준다, 저금을 빼놓고 살림살이 전부를 맡긴다, 2층 방에 있게 한다, 창유리를 끼고, 돗자리를 깔고, 벽에는 장식융단을 드리우고, 으리으리한 장롱을 놓고, 나사 모양의 기둥에 레몬 빛 비단 휘장이 달린 폭 넓은 침대를 들여놓는다, 아름다운 거울도 사준다, 집에 돌아가자 둘 사이에서 난 애가 열두 명이나 모인다……'

하지만 집에 돌아오면, 아내도 어린애들도 망치 두드리는 소리로 말끔히 사라지곤 하였다. 앙소는 자기의 우울한 상상력을 환상적인 모양으로 바꾸어, 사랑의 환상을 아름다운 장식품으로 세공하였기 때문에 그것을 사는 사람들은 매우 흥겨워하였으나, 그가 만든 금은세공품 때문에 그가 얼마나 많은 아내와 어린아이들을 잃었는지는 까맣게들 몰랐다.

그래서 앙소는, 그 기술적 재능에 마음과 영혼을 기울이면 기울일수록 더욱더 쇠약해져갔다. 그러니 만약 하느님께서 그에게 자비로움을 내리시지 않으셨다면, 그는 사랑의 맛이 어떤 것인지 이 세상에서 알지 못한 채 하직하여 저승에 가서나 그 맛을 알게 되었을 거다. 다만 육체의 변화metamorphose가 없다는 가정 하에서.

육체의 변신이 있다면 사랑이고 뭐고 볼 장 다 본 것. 이렇게 말하고 보니 권위자 플라톤platon님의 말씀을 뒤집는 말 같으나, 플라톤님은 그리스도교 신자가 아니었으니까 우연히 잘못 생각했을 거다.

쓸데없는 이야기는 그만! 이러한 예비 객담은 쓸데없는 여담이자 싱거운 주석이다. 이는 알몸으로 뛰어 다녀야 할 어린애에게 억지로 배내옷을 입히는 것처럼, 이야기를 칭칭 감아 모호하게 표현하려 드는 자들의 상투적인 수단이다. 그러니 대마왕이 그 시뻘건 삼지창을 들고서 기나긴 군소리에 관장灌腸을 해야겠다고 덤벼들지 모르니, 필자도 단도직입적으로 본 이야기로 들어가겠다.

각설하고, 그의 나이 마흔한 살 때 앙소에게 일어난 사건이란 다음과 같은 것이다. 어느 주일, 세느 강 왼쪽 물가를 산책하던 그는, 여느 때처럼 결혼에 대한 망상에 잠기던 동안, 후에 프레 오 클레르Pree aux Cleres[7]라고 불리어졌으나, 당시는 대학의 소속지가 아니고 생 제르맹 수도원의 소속지所屬地였던 초원까지 이르고 말았다. 정신없이 초원을 걷다가 그 한가운데서 보기에 가난한 아가씨를 만나게 되었다. 아가씨는 앙소의 옷차림이 훌륭한 것을 알아보고 인사로 "하느님의 성총이 있기를, 나리!"라고 말했다. 그 인사하는 목소리가 어찌나 다정스럽도록 감미로웠던지, 그 여성스러운 멜로디에 앙소는 정신이 황홀해지는 것을 느껴 삽시간에 그 아가씨에게 연정을 품고 말았는데, 마침 결혼 문제에 온몸이 간지러웠던 참이라 모든 게 그쪽으로 쏠리는 것도 무리가 아니었다. 그렇지만, 그는 이미 아가씨 곁을 지나쳐

7 '성직자의 초원'이라는 뜻이다.

Persévérance d'amour

고 만 후여서 되돌아갈 만한 용기가 나지 않았다. 그는 쾌락 때문에 속바지를 벗느니 차라리 속바지를 입은 채 죽기를 바라는 아가씨처럼 수줍은 사람이었기 때문이다. 그러나, 화살이 닿을 거리에 이르렀을 때 그는 다시 생각해보았다. '십 년 전부터 금은세공방 주인이라는 신분이자 어엿한 시민, 개의 수명의 두 배나 나이 먹은 자로서, 상상력이 지랄지랄 발 구르고 망상에 사로잡힌 이상 여인의 얼굴을 다시 한 번 똑바로 보아서 나쁘다는 법은 없지 않은가' 라고. 그래서 그는 산책의 방향을 변경한 것처럼 뒤돌아 아가씨 쪽으로 갔다. 그 아가씨는 길가 도랑의 푸른 가장자리에서 잘 자란 풀을 뜯어먹고 있던 소의 낡은 고삐 줄을 쥐고 있었다.

"허어 아가씨, 주일인데도 일을 하시다니, 살기가 매우 구차하신가 보군요. 감옥에 갇히는 게 무섭지 않으시오?"[8]라고 앙소는 아가씨에게 말을 걸었다.

"무섭기는 뭐가 무서워요, 저는 수도원에 매인 몸인 걸요. 원장님께서 저녁기도 후에 소를 방목시켜도 좋다는 허락을 주셨거든요"라고 아가씨는 눈을 내리감으며 대답했다.

"그럼 아가씨는 영혼의 구제보다 소 쪽이 더욱 소중한가 보오."

"아니면 어떻게 해요? 우리의 구차한 생활의 거의 절반을 이 소가 맡고 있는 걸요."

"그렇지만 아가씨, 수도원 영지를 두루 찾아도 찾을 수 없는 보물을 몸에 지니고 있으면서도 넝마 같은 옷을 입은 볼품없는 꼴로 주일에 맨발로 들판에 나와 있다니 깜짝 놀랄 일이오. 동네 젊은이들이 아가씨에게 반해 추근추근 따라 다니면서 괴롭히겠지."

"천만에요, 저는 수도원에 매인 몸인 걸요"라고 말하면서 아가씨는 왼팔에 달려 있는 팔걸이를 앙소에게 보였다. 그것은 들판의 가축이 달고 있는 목걸이와 다름없는 것으로, 다만 방울만은 달려있지 않았다. 한없는 슬픔이 가득 찬 아가씨의 눈길을 받고 앙소의 마음도 무한히 슬퍼졌으니, 이는

8 가톨릭교의 법규상 일요일, 즉 안식일(주일)에는 일을 못 하게 되어 있었다.

감정이 강할 때 눈길을 통해 이심전심이 이루어지기 때문이다.

"허어, 그건 무슨 표시입니까?"라고 앙소는 호기심이 잔뜩 나서 물었다. 그리고 수도원의 문장이 뚜렷이 새겨져 있는 팔걸이를 손으로 만졌으나, 자세히 보려고 하지 않았다.

"저는 '수도원의 종homme de corps'의 딸입니다. 때문에 저와 결혼하는 분은 파리의 시민이건 무엇이건 간에 종의 신분으로 떨어져, 그 몸도 재산도 수도원에 매인 것이 되고 말아요. 설령 결혼에 의하지 않은 방법으로 저를 사랑해도, 두 사람 사이에서 태어난 애는 역시 수도원의 소유물이 되고 맙니다. 이 때문에 저는 마치 들판의 가축처럼 모든 사람들로부터 버림받고 있어요. 그러나 저로서 가장 쓰라린 것은, 수도원장님의 뜻에 따라 수도원의 다른 종(奴) 사내와 적당한 시기와 장소에서 장차 짝 지어지는 현실이랍니다. 그래서 지금의 저보다 좀더 밉상이 아니게 태어났더라도, 저의 팔걸이를 보자마자, 저를 아무리 사랑하는 분이라 한들, 흑사병 환자라도 본 것처럼 도망칠 거예요"라고 말하면서, 아가씨는 두 사람의 뒤를 소가 따라오도록 고삐를 당겼다.

"아가씨는 몇 살이오?"라고 앙소가 묻는 말에,

"모르겠어요. 그러나 수도원장님이 장부에 적어놓았겠죠."

이 크나큰 비참함이 오랫동안 고난의 빵을 먹어본 일이 있던 앙소의 가슴을 뭉클하게 했다. 그는 아가씨와 걸음걸이를 맞추었다. 그리고 나서 두 사람은 숨 막히는 침묵 속에 물가로 나왔다. 앙소는 아가씨의 아름다운 이마, 발그레하고 보기 좋은 팔, 여왕과도 같은 몸체, 먼지투성이지만 성모 마리아의 발처럼 생긴 발 모양, 파리의 수호성녀이자 들판에 사는 아가씨들의 수호성녀인 주네비에브[9] 와 아주 흡사한 온화한 얼굴 모습을 바라보았다.

9 Genevieve(422~502). 오세르에서 온 처녀로 7세 때 생 제르맹 주교의 권유를 받고 평생 수녀로 살기로 결심을 했다고 한다. 부모가 돌아간 후에 파리로 왔는데, 금욕적인 생활과 자비로운 행동으로 널리 알려져 있었다고 한다. 451년에 훈 족의 아틸라Attila 왕이 군대를 이끌고 파리에 침입했을 때, 이에 대항해 파리를 구해내었고, 이 일을 계기로 파리의 수호성녀가 되었다.

머리에서 발끝까지 아주 풋내기인 이 총각이, 아가씨의 젖꼭지의 희고도 예쁜 꽃봉오리까지 머릿속으로 그려보았으니 이 아니 신기한 일인가. 하기야 그녀의 젖꼭지는 보잘것 없는 넝마조각으로 다소곳하게 소중히 덮여져 있었지만, 여름의 더운 날에 붉은 사과가 아이의 본능적 욕구를 돋우는 모양으로 그것은 앙소의 욕망을 돋우었다. 그와 같이 이 새싹처럼 볼록하게 튀어나온 아리따운 젖가슴은, 수도자들이 소유하고 있는 것이 다 그렇듯이, 완벽한 감미로움을 자아내고 있어 이 사랑의 과일에 손대는 짓이 금지되어 있으면 있을수록 그의 입에 군침이 괴고, 심장도 목구멍까지 뛰어오를 지경이었다.

"멋들어진 암소군요"라고 그는 말했다.

"우유를 좀 드시겠어요?"라고 아가씨는 말했다. "5월 초순치고는 지나치게 덥군요. 동네까지 가시려면 오래 걸리니 갈증도 나실 테니까요."

사실, 하늘은 구름 한 점 없이 맑고 화덕처럼 이글이글 타올라 만물이 초록빛의 잎도, 푸른 하늘도, 아가씨도, 총각도 모두 젊음에 빛나고 있었다. 모든 것이 불타고 있었다. 초록빛이었다. 향유처럼 향기로웠다. 아가씨의 말씨의 유별난 우아함이야말로 아무리 많은 금화를 갖고서도 살 수 없는 것이어서, 아무런 보수를 기대하지 않고 말해온 순수함에 바탕한 한 마디여서, 아가씨가 뒤돌아보면서 말할 때의 몸짓의 겸손함에 앙소는 마음이 죄어들어, 이 노비의 딸에게 여왕의 옷을 입혀 파리를 그 발밑에 무릎 꿇게 할 수 있다면 오죽 좋을까 하고 생각했다.

"아니오, 아가씨. 우유에 목말라 하고 있는 게 아니고 아가씨에게 목말라 하고 있는 거요. 어떻게 해서든지 아가씨를 종의 신분에서 해방시킬 수속을 밟고 싶은 거요."

"그렇게는 안 될 거예요. 저는 수도원의 종으로 끝내 죽고 말 거예요. 아버지로부터 아들로, 어머니로부터 딸로, 대대손손 우리는 오랜 세월 동안 이 수도원의 종으로 살아왔어요. 저의 불쌍한 선조들처럼 저도 이 땅에서 한평생을 지내야 할 운명이고, 또한 앞으로 있을 저의 자손들도 그렇게 될 것이니, 왜냐하면 수도원장님은 우리를 강제로 결혼시켜 애를 낳게 하거든요."

"뭐라고!" 하고 앙소는 말했다. "내가 폐하로부터 자유를 산 것처럼, 아가씨의 아름다운 눈을 보고 아가씨의 자유를 사고자 한 사람이 아무도 없었다니!"

"자유의 대가가 너무 비싼걸요. 그래서 첫눈에 저에게 반해도 첫눈에 어이없이 도망치고 말지요."

"준마駿馬에 애인과 같이 몸을 싣고 딴 나라로 도망칠 생각을 해본 일도 없었소?"

"글쎄요. 하지만 만약 잡히고 보면, 저는 적어도 교수형, 또한 저의 애인은, 설령 귀족이더라도 그 소유지의 하나나 둘쯤은 물론이거니와 그 밖의 모든 것을 잃어버릴 게 뻔해요. 저는 그만한 값어치가 있는 몸이 아니에요. 또한 저의 발이 아무리 빨라도, 수도원의 팔은 그 이상 멀리 뻗어요. 그렇기 때문에 이 땅에 이 몸을 심어놓으신 하느님께 저는 전적으로 순종해 살고 있어요."

"아가씨의 아버님은 무얼 하고 계시오?"

"수도원의 밭에서 포도나무를 가꾸고 계셔요."

"어머님은?"

"수도원의 빨래 일을."

"아가씨의 성은?"

"저에게는 성 같은 건 없어요. 아버지의 영세 이름은 에스티엔Estienne, 어머니는 라 에스티엔, 그래서 저는 에스티엔의 꼬마 티엔네트Tiennette라고 해요. 잘 부탁합니다."

"아가씨, 아가씨처럼 내 마음에 든 여인은 이제껏 없었소. 아가씨의 마음속에는 착실한 보물이 가득 차 있는 것으로 나는 확신하오. 내가 나의 반쪽을 얻으려는 굳은 결심을 한 순간에 아가씨가 내 눈 앞에 나타난 것도 하느님의 뜻인 줄로 믿소. 그러니 만약 내가 싫지 않으시다면, 나의 아내가 되어

주기 바라오."

아가씨는 또다시 눈을 내리감았다. 엄숙한 말투와 심금을 울리는 태도로 앙소가 장중하게 이러한 말을 했기 때문에, 아가씨는 드디어 울음을 터뜨리고 말았다.

"안 돼, 안 돼요. 저는 나리의 불행의 원인이 되어 허다한 폐를 끼치게 될 거예요. 구차한 종의 몸에 그것은 지나친 말씀이세요"하고 아가씨는 대답했다.

"허, 아가씨는 나라는 인간을 몰라보는군요"하고 앙소는 말하고 나서, 성호를 긋고는 두 손을 모으고 말했다.

"금은세공인의 수호성인이신 엘루아Eloi[10]님께 맹세합니다. 저는 저의 힘과 기술을 다하여 세상에 둘도 없이 아름다운 붉은 기가 도는 은으로 된 벽감壁龕을 두 개 만들어 봉헌하겠습니다. 하나는 앞으로 나의 가장 사랑하는 아내가 자유의 몸이 되는 날, 이를 감사하고자 성모 마리아님의 상을 모시기 위해 봉헌하고, 또 하나는 엘루아 성자님의 가호를 받아 수도원에 매인 몸인 티엔네트가 해방되는 때 성자님의 상을 모실 벽감으로서 봉헌하겠습니다. 아울러 저는 저의 영원한 생명을 두고 맹세하겠습니다. 한 발짝도 물러나지 않을 씩씩한 결심을 갖고서 이 일을 완수하려는 마당에 있어서, 제가 소유한 모든 것을 탕진하여도 후회하지 않을 것이며, 또한 제가 목숨을 붙이고 있는 한, 저의 아내와 함께 삶을 누릴 것을 거듭 맹세합니다. 하느님, 굽어 살피소서"라고 그는 아가씨를 돌아보며 말했다. "아가씨, 아가씨도 잘 굽어 살피시지."

"어마, 나리, 고맙습니다. 저것 봐, 소가 들판으로 도망쳤네"라고 아가씨는 소중한 사내의 무릎 위에서 울며불며 소리쳤다. "아무려나 소가 도망치건 말건 저는 평생토록 당신을 사랑하겠어요. 그렇지만 지금 하신 맹세는 거두세요."

10 Eloi(588~660). 프랑스의 옛 지역 리무쟁Limousin 태생이다. 금은세공인으로 성인 반열에 올랐다.

"그보다 저 소를 뒤쫓아 붙잡아야지"라고 앙소는, 아가씨 쪽에서는 할 준비를 다하고 있음에도 입 맞출 용기도 감히 내지 못한 채 아가씨의 몸을 일으켰다.

"아무렴요, 소를 잃기라도 하다간 죽도록 두들겨 맞을 거예요."

그래서 앙소는 두 사람의 무지개 같은 사랑 따위에 아랑곳없는 빌어먹을 암소의 뒤를 쫓아 뛰어다녔다. 암소는 금세 뿔을 잡히고, 앙소의 두 손의 엄청난 힘 때문에 큰 집게에 쥐어진 것처럼 옴짝달싹 못 했다. 경우에 따라서는 지푸라기처럼 소를 공중에 날려버릴 듯한 기세를 그는 보였던 것이다.

"안녕, 나의 사랑하는 아가씨. 시내에 들어오거든 생 뢰 근처에 있는 내 집에 들러주시오. 내 이름은 앙소, 프랑스 국왕께서 단골이신 금은세공인이오. 엘루아 성자님을 그린 간판이 붙어 있소. 오는 주일, 이곳에서 만나자는 약속을 해주시오. 미늘창이 비 내리듯 떨어져도 나는 반드시 오겠소."

"알아 모셨어요. 저는 울타리를 뛰어넘어 오는 한이 있더라도 꼭 오겠어요. 그리고 감사하는 마음으로 아낌없이 나리의 것이 되겠어요. 저의 저 세상에서의 영원한 행복을 내팽개치더라도 나리에게 해가 미치지 않게, 또한 불행이 오지 않게 꾸밀 작정이에요. 행복할 때가 오도록, 나리의 몸에 도움이 있기를 하느님께 기도하며 나리를 기다리겠어요."

아가씨는 성인의 석상처럼 선 체 꼼짝하지 않고 앙소의 뒷모습을 배웅했다. 앙소는 천천히 떠나며 이따금 아가씨 쪽을 뒤돌아보았다. 앙소가 멀리 가서 시야에 보이지 않을 때도 아가씨는 그에 대한 명상에 넋을 잃고, 저녁 때까지 그 자리에 멍하니 서서 지금 일어났던 일이 꿈인지 생시인지 분간 못하는 듯 했다. 저녁 늦게야 아가씨는 집에 돌아갔다. 늦게 돌아왔다고 매를 맞았으나 조금도 아프지 않았다.

앙소는 입맛을 잃고 공방 문을 닫아버렸다. 수도원 노비인 아가씨에게 반해버린 그는, 머릿속에 오직 그 아가씨에 대한 생각밖에 없어, 도처에서 그녀의 모습을 보며, 모든 것이 그에게는 그 아가씨였던 것이다.

그 다음 날, 앙소는 수도원에 가서 원장에게 조심조심 말해보려고 공방을 나섰다. 가는 도중에 슬기롭게도 궁정의 높으신 어른의 후원을 부탁하는 게 좋겠다는 생각이 들어, 당시 파리에 있던 궁정으로 걸음을 돌렸다. 본래가 그는 그 정직함 때문에 모든 사람들로부터 존경을 받아왔고, 뛰어난 솜씨와 친절 때문에 모든 이들이 좋아들 하였다. 왕의 시종에게, 그가 마음에 둔 귀부인에게 선사할 보석 박은 금으로 된 설탕절임 단지 하나를 정성을 다해 시급히 만들어준 일이 있었는데, 이에 이 시종이 앙소에게 도움을 약속하고 말을 준비하도록 시켜, 앙소에게도 말을 빌려준 다음, 두 사람은 곧 수도원으로 가서 당시 아흔세 살이었던 원장, 위공 드 센네크테르Hugon de Sennecterre에게 면회를 요구했다. 자기를 위한 판결이 내리기를 숨 막히는 느낌으로 기다리던 앙소와 함께 실내에 들어선 시종은 위공 원장을 향해, 부탁드리고자 하는 건은 원장에 의해서 쾌히 허가 될 수 있는 사소한 것이니 우선 허가한다는 말씀을 내리시라고 간청했다. 이 간청에 원장님은 머리를 설레설레 가로저으며, 그와 같은 언질을 준다는 것은 교회 법규가 금하는 조항으로 할 수 없다고 대답했다.

"실은 원장님, 나와 함께 온 이 왕실 금은세공인이 원장님의 수도원에 소속되어 있는 노비의 딸에게 크나큰 사랑을 품고 있습니다. 원장님의 소망을 십분 채워드리도록 주선하겠으니, 저의 얼굴을 보시고 그 아가씨를 해방시켜 주십시오"라고 시종은 말했다.

"허어, 이름은?"하고 원장은 앙소에게 물었다.

"티엔네트라고 합니다"라고 앙소는 조마조마하며 말했다.

"오호! 크고 훌륭한 물고기가 그 미끼에 걸렸군"하고 원장은 싱글벙글 웃으면서 말했다. "이 일은 중대사야, 나 혼자서는 결정 못 하오."

"원장님, 그 말씀의 뜻은 짐작하고도 남음이 있습니다"라고 시종은 미간을 찌푸리며 말했다.

"허나 경, 그 아가씨의 값어치를 아시나?"라고 원장은 말했다. 원장은 서기에게 분부하기를, 사람을 시켜 티엔네트를 불러 가장 아름다운 옷을 입히고 가능한 대로 몸단장을 시켜 데리고 오라고 했다. 시종은 앙소를 한구석으로 끌고 가서 말했다.

"자네의 사랑은 위험천만하이. 그런 일시적인 변덕을 어서 버리게. 좋아라하며 그대와 결혼할 젊고, 예쁘고, 재물 있는 여인이 도처에, 궁 안에까지 수두룩하지 않나. 그 때문에 필요하다면, 귀족 영지권의 획득에 관해서 국왕께서 틀림없이 자네를 도와주실 거고, 또한 세월이 흘러감에 따라 명문으로서의 기초도 잡혀 갈 걸세. 자네의 재산 정도만 있고 보면, 귀족 가문의 선조가 되기에는 충분하이."

"그렇게는 할 수 없는 걸요. 저는 이미 굳은 맹세를 했습니다"라고 앙소는 대답했다.

"그렇다면, 그 아가씨의 몸값을 치르게. 나는 수사들의 속셈을 잘 읽고 있네. 그들을 상대로 한 일이라면 금전으로 만사가 해결되지."

원장 쪽으로 돌아가서 앙소가 말했다.

"원장님, 원장님은 이 세상에 있어서 하느님의 자비심을 나타내시는 소임과 직무를 지니고 계시는 거룩하신 분이십니다. 하느님은 우리에게 자주 너그러움을 드러내시어, 우리의 비참함을 위해서 자비로우심의 보물을 가지고 계십니다. 원장님께서 만약 그 아가씨를 저에게 합법적인 아내로 주시어 두 사람 사이에서 태어난 아이들을 종으로 삼지 않으신다면, 저는 원장님의 자비심으로 한없는 행복을 받은 것을 평생토록 잊지 않으려니와, 밤마다 아침마다 한평생 동안 기도 가운데 원장님의 이름을 넣어 외겠습니다. 또한 저는 금과 보석, 그리고 날개 있는 천사의 얼굴로 장식한 성찬배聖餐杯를, 그야말로 천하에 둘도 없는 명품 성찬배를 공들여 만들어서 원장님께 바치겠습니다. 주제넘은 말인지는 모르나, 그리스도교 국가들 안에 다시없을 명품을 봉헌하여 원장님의 눈을 기쁘게 하여 드리는 동시에 제단의 영광이 되게 하겠습니다. 신분과 귀천을 가리지 않고 모든 사람들이 구경하려고 모여들 정도로, 으리으리하고 찬란한 것을 수도원에 바치겠습니다."

"여보게, 머리가 돈 것이 아닌가. 정식으로 그 아가씨와 부부가 되고 보면, 자네 재산도 몸도 이 수도원의 참사회에 귀속되고 마는 걸세"라고 원장은 말했다.

"네, 원장님, 저도 잘 알고 있습니다. 하지만 저는 그 불쌍한 아가씨를 뜨겁게 사랑하고 있습니다. 그 아가씨의 외모보다 그 비참한 생활, 경건한 마음씨에 더욱 감동되었습니다. 그러나 그보다도 더욱 저를 놀라게 한 것은 원장님의 무정함입니다. (이 말을 하는 그의 눈에는 눈물이 괴고 있었다) 저의 운명이 지금 원장님의 손 안에 있다는 것은 물론 잘 알고 있습니다만, 그래도 저는 감히 말씀드리겠습니다. 원장님, 그야 물론 저는 수도원의 법을 잘 알고 있습니다. 저의 재산이 수도원에 귀속되고, 저의 몸도 수도원의 종이 되고, 집도 그리고 파리 시민권도 상실되겠지만, 저에게는 노동과 연구에 의해서 얻은 기술이 남아 있을 것입니다. 그리고 그것은 '여기에' 자리잡고 있습니다(라고 말하면서 그는 자신의 '이마를' 두드렸다). 하느님 외에, 아무도 '여기서는' 저의 주인이 될 수 없습니다. 또한 여기서 나오는 특별한 창작물은 이 수도원의 온 재산으로도 사지 못할 것입니다. 저의 몸도, 아내도, 자식들도, 원장님의 소유가 될 테지만, 그 어떠한 방법을 쓰더라도 저의 기술만은 빼앗지 못할 것입니다. 저는 고문도 두렵지 않습니다. 저는 쇠보다 더 단단하게 단련되어 있을 뿐만 아니라, 그 어떠한 고통도 능가하는 불굴의 인내력을 가지고 있으니까요."

이렇게 말하고 난 그는, 자신의 재산을 수도원에 받아들일 작정인 듯싶은 태도를 노골적으로 보이고 있던 원장의 침착한 냉혹함에 화가 나서 떡갈나무로 된 의자를 주먹으로 냅다 쳤기 때문에, 의자는 쇠뭉치로 두들겨진 것처럼 와지끈 산산조각이 나고 말았다.

"원장님의 종이 되는 나의 역량은 보시는 바와 같습니다. 성스러운 물건을 만드는 장인을 원장님은 짐수레나 끄는 말처럼 부리실 작정인가요?"

"여보게"하고 원장은 대답했다. "자네는 좀 신중치 못한 사람인가 보군. 나의 마음을 경솔히 판단하기도 하고, 내 의자를 부수기도 하니 말일세. 그 아가씨는 수도원의 것이지 내 것이 아냐. 나는 이 명예로운 수도원의 권리나 관습에 충실한 하인에 불과하네. 그 아가씨의 배에 자유민의 애를 잉태케 할 허락을 설령 내가 줄 수 있다고 하더라도, 나는 그 사실을 하느님과 수도원 앞에 보고해야만 하는 거야. 그래서 이 땅에 성당과 수도원의 종과 수사가 생긴 이래, 다시 말해, 기억할 수 없는 아주 오랜 옛날부터 어엿한 자유민이 종의 딸과 결혼해 수도원에 귀속되고 만 일은 한 번도 없었다네. 따라서 수도원의 철두철미한 규정을 행사하여 그 관습을 널리 알리는 것이 필요하니, 그렇지 않고 보면 수도원의 규정이 지닌 권위가 땅에 떨어져 약해지고, 늙고, 쇠약해져 결국에 가서는 유명무실해지고 마는 결과, 허다한 소란의 원인이 되고 말 것이기 때문일세. 또한 이것은 국가로서나 수도원으로서나 자네의 그 어떠한 정교한 세공품보다도 훨씬 중대한 관심사야. 왜냐하면, 우리 수도원은 아름다운 보석으로 살 수 있는 보물을 가지고 있으나, 그 어느 보물을 갖고서도 규정이나 법령을 확립할 수 없으니까. 우리 폐하께서 나랏법의 유지 때문에 날마다 얼마나 애쓰고 계시는지, 폐하를 곁에서 모시어 잘 알고 계실 줄로 믿는 궁정 시종께서도 이 늙은이와 같은 의견이라고 보는데, 어떠시오?"

"그렇게 말씀하시니, 말문이 막힙니다"라고 시종은 말했다.

법학자가 아니었던 앙소는 생각에 잠긴 채 묵묵히 서 있었다. 그때 티엔네트가 나타났다. 이제 막 문질러낸 주석으로 만든 접시처럼 반짝반짝 윤이 나고, 머리도 땋아 올리고, 푸른 허리띠에 흰 모직 옷을 입고, 흰 양말에 귀여운 단화를 신고 나온 아가씨의 모습이 어찌나 장엄하게 아름답고 그 행동거지가 고귀한지, 앙소는 넋을 잃고 멍하니 바라볼 뿐이었고, 시종도 그녀처럼 매력적인 미녀는 난생 처음 본다고 고백했다. 이와 같은 눈요기는 불쌍한 앙소를 위해 너무나도 위험한 것이라 판단한 시종은, 그를 부랴부랴 시내로 데리고 가서, 파리 사회의 시민이나 귀족을 낚는 데 그처럼 알맞은 낚시를 원장이 쉽사리 해방시킬 리가 만무하니 심사숙고해 보라고 앙소에게 권고했다.

생각했던 대로 수도원의 참사회는 불쌍한 애인에게 다음과 같은 뜻을 알려왔다.

곧, 만약 그가 그 아가씨와 결혼하고 싶다면, 집도 재산도 수도원의 소유가 될 것을 각오 할 것, 그 자신은 물론이거니와 이 결혼에서 태어나는 아이들도 수도원의 종이 된다는 것을 인식할 것, 그러나 특별한 친절을 베풀어, 동산動産 목록을 제출하고 해마다 그 임대료를 지불하는 경우, 현재의 가옥에 그대로 거주해도 무방하나, 해마다 일주일 동안 수도원 영지에 부속한 오두막집에 와서 종의 일을 해야 한다는 조건이었다.

수사들의 고집불통에 대해서 이미 여러 사람들로부터 이러니저러니 하는 말을 들어왔던 앙소는, 원장이 이 결정을 끝까지 고집하려니 생각하여 얼빠질 정도로 절망하였다. 심지어, 어떤 때는 수도원에 불을 질러버릴까, 또한 어떤 때는 수도원장을 납치해서 티엔네트의 해방 서류에 서명할 때까지 괴롭혀줄까, 하는 등의 금세 사라져버리고 말 수많은 망상에 사로잡히기까지 했다.

그러나 극심한 비탄 끝에, 그는 아가씨를 유괴하여 아무에게도 들키지 않을 안전한 곳에 숨어버리기로 결심하고, 남몰래 그 준비에 착수했다. 왕국의 밖으로 나가기만 하면, 그의 친구 또는 왕도 수사들에게 맞서 강경히 나갈 수 있겠거니 생각하였기 때문이었다. 그러나 그러한 속셈도 노회한 수도원장을 계산에 넣지 않은 허튼 생각일 뿐이었다. 왜냐하면, 티엔네트와의 약속대로 다음 주일에 그 초원에 가보았더니, 그녀의 모습이 보이지 않았기 때문이었다. 알려주는 말에 의하면, 아가씨는 수도원 내에 엄중히 갇혀, 거기서 데리고 나오려면 수도원을 포위 공격하지 않으면 안 될 정도였다. 따라서 앙소는 하늘을 우러르며 비탄과 통곡과 원망을 늘어놓을 따름이었다.

시내가 온통 이 사건으로 떠들썩해져 서민과 아낙네들의 수다스러운 입방아에 올라, 드디어 나라님의 귀에도 들어가, 국왕께서는 늙은 수도원장을 궁정에 입궐토록 하여, 어떠한 이유로 앙소의 위대한 사랑에, 경우에 따라서는 양보하지 않고, 또한 그리스도교도로서의 인자함을 실행하지 않느냐고 하문하시었다.

"황공하오나 폐하, 모든 권리는 한 벌의 갑옷의 어느 한 부분 모양으로 서로 연결되어 있는 것으로, 만일 어느 한 부분이 빠진다면 갑옷 전체가 다 허물어지듯이 허물어지고 맙니다. 마찬가지로 만일 그 아가씨를 우리 수도원의 의사를 어기고 우리 수도원으로부터 빼앗고 만다면, 또한 만일 오래전부터 내려온 규정이 준수되지 않는다면, 이것은 나쁜 전례가 되어 백성을 도탄의 구렁텅이로 몰아넣고 있는 오늘날의 무거운 세금과 고통 또한 없애라며 폐하의 백성들이 봉기해, 크나큰 반란을 일으켜 폐하의 왕관을 빼앗는 일이 아니 일어난다고 누가 장담하겠습니까?'라고 원장은 대답했다.

이에 국왕께서는 입을 봉하시고 말았다. 따라서 이 사건의 종말이 어떻게 될 것인지 모두들 걱정하였다. 날이 갈수록 호기심만 더 커져서 몇몇 귀족들은 앙소가 그 사랑을 단념하는 쪽에 내기 돈을 걸었고, 귀부인들은 그 반대쪽에 거는 수선까지 피웠다. 앙소는 왕비에게, 수사들이 그 아가씨와 만나는 기쁨마저 방해하고 있다고 눈물로 하소연하자, 왕비께서는 가증스럽고도 난폭한 처사라고 생각하시었다. 그래서 당장 수도원장을 대령토록 한 왕비께서는, 앙소가 날마다 수도원 면회실에 가서 티엔네트와 만나도 좋다는 허락을 원장으로 하여금 내리게 했다. 티엔네트는 언제나 귀부인처럼 으리으리한 몸단장을 한 채 늙은 수사의 감시를 받으며 나타나곤 하였다. 두 애인은 서로 얼굴을 보고 이야기해도 좋다는 허락을 얻었을 뿐, 쾌락의 한 조각도 몰래 덥석 집어먹지 못해, 만나면 만날수록 그들의 연정은 더해 갔다.

어느 날 티엔네트는 앙소에게 다음과 같이 말했다.

"소중한 임이시여, 당신의 고통을 덜기 위해 저의 목숨을 당신에게 바칠 결심을 했어요. 다름이 아니라, 여러모로 알아 본 결과 저는 수도원의 법규정을 속일 비법을 생각해냈어요. 그대로 하고 보면, 이 몸의 열매로부터 당신이 기대하시는 온갖 행복을 모조리 당신에게 드릴 수 있어요. 종교재판소 판사님의 말씀에 의하면, 당신은 노비의 몸으로 태어난 것이 아니라, 단지 가입加入하는 것에 의해 수도원의 노비가 되는 것이기 때문에, 수도원의 노비가 된 원인이 사라지기만 하면 다시 자유민이 돼요. 그러니 만약 당신이 저를 무엇보다도 가장 많이 사랑해주신다면, 우리 두 사람의 행복을 얻기 위해 재산을 희생시켜 저와 결혼해주세요. 그리고 저를 흡족하게 즐기시고 충분히 만끽하신 다음, 애를 가지기에 앞서 저는 기꺼이 자결하겠으니, 부디 또다시 자유의 몸이 되어주세요. 당신에게 호의를 품고 계시는 폐하께서 반드시 당신과 한편이 되어주실 테니까, 뒷일은 걱정 안 해도 되실 거예요. 저 또한 저의 남편을 자유의 몸이 되게 해주기 위해 희생하는 것이니, 하느님께서도 틀림없이 저의 죄를 용서해주실 거예요."

"나의 소중한 티엔네트, 더 이상 아무 말 마오. 나는 이 수도원의 노비가 되리라. 그대도 내가 살아있는 동안 길이길이 살아 나의 행복을 완전하게 해주시오. 그대와 함께라면 아무리 혹독한 쇠사슬도 결코 짐이 되지 않으려니와, 한 푼 없는 신세가 된들 어떠리. 나의 모든 보물은 그대의 마음속에 있으며, 내 단 하나의 쾌락은 그대의 따뜻하고 부드러운 몸 안에 있으니 말이오. 나는 엘루아 성자님의 가호를 굳게 믿소. 곤경에 빠져 있는 우리 두 사람에게 성자께서는 반드시 자비로운 눈길을 던지시며 온갖 재앙을 막아주시리. 나는 이 발로 공증인에게 가서 필요한 서류 일체를 작성해 오리다. 내 삶의 꽃인 그대의 일생 동안, 적어도 그대는 좋은 옷을 입고, 훌륭한 집에서 살고, 왕비마마처럼 시중을 받게 될 거요. 원장님도 앞으로 내가 번 돈만은 마음대로 사용해도 좋다고 하셨으니까."

티엔네트는 울다가 웃고, 웃다가 울면서 자기의 행운을 받기를 거부해, 자유민이 종이 되지 않게 하기 위해 그 원인이 된 자신이 자살하기를 바랐으나, 앙소가 부드러운 말로 설득시키는 한편, 만약 자살한다면 자기도 무덤까지 쫓아가겠다고 위협했기 때문에, 마침내 티엔네트도 결혼을 승낙했다. 사랑의 쾌락을 맛본 후에 언제라도 죽기만 하면 그만이 아닌가라고 속으로 생각하면서.

앙소가 굴복하여 애인을 위해 자유도 그리고 재산도 헌신짝처럼 버렸다는 소문이 온 시내에 퍼지자, 저마다 앙소의 얼굴을 보고 싶어 했다. 궁정의 대다수 귀부인들이 그의 공방에 와서, 그에게 말을 건네 보려는 핑계로 사거나 팔거나 하는 장신구들로 그의 공방은 들끓었다. 여인 없이 지내던 기간을 채우고도 남을 만큼이나 많은 여인이 하늘나라의 구름으로부터 그에게 내려왔던 것이다. 그러나, 아름다움에 있어서 티엔네트에 가까운 여인은 그 중에 많았으나, 티엔네트와 같은 마음씨의 소유자는 하나도 없었다. 요컨대 수도원의 노비의 신분이 되는 시각을, 동시에 결혼의 시각을 알리는 종소리를 들으면서, 앙소는 가지고 있던 황금을 모조리 녹여 왕관을 만들고, 가지고 있던 진주와 보석을 거기에 다 박은 다음, 왕비께 몰래 가지고 갔다.

"소인은 재산을 어떻게 처분해야 좋을지 몰라 왕비님께 가져왔사옵니다. 내일, 소인의 집에 있는 모든 것이 소인에게 티끌만큼도 자비심이 없는 저주받을 수사들의 손에 들어가고 맙니다. 그러니 부디 이 물건을 받아주시기를. 왕비마마의 은혜로 티엔네트를 만날 수 있었던 기쁨을 감사드리기 위한 사소한 물건이옵니다. 하기야 아무리 많은 금품인들 티엔네트의 눈길 하나에 비길 수 있겠습니까마는. 일단은 이 몸이 앞으로 어찌 되올지 소인도 도무지 모르겠사옵니다. 하오나, 어느 날에 가서 소인의 자식들이 해방될 것 같으면, 그것은 왕비마마의 여성다우신 자비심의 덕분인 줄 소인은 믿어 마지않겠사옵니다"라고 그는 말하였다.

"잘 말했소, 착한 사람아"라고 곁에 계시던 국왕께서도 참견하셨다. "앞으로 수도원도 짐의 도움을 구해올 날이 있겠지. 그때 그대의 일을 기억해 내리라."

티엔네트의 결혼식으로 수도원에는 수많은 하객이 운집했다. 왕비께서는 티엔네트에게 혼례복을 하사하시고, 국왕께서는 날마다 금귀고리를 달아도 무방하다는 윤허장을 사람을 통해 보내시었다. 이제 수도원의 노비가 되고 만 앙소 부부가 수도원에서 생 뢰 근처에 있는 집으로 돌아오는 길에는, 그 지나가는 모양을 구경하려고 창마다 횃불이 나 있었고, 거리의 양쪽에는 마치 나라님의 행차처럼 수많은 사람의 울타리가 이루어졌다. 신랑은 생 제르맹 수도원에 종속하는 표시로, 그가 손수 만든 은팔찌를 왼팔에 끼고 있었다. 그러나, 노비의 신분인 그에게, '만세! 만세!' 하고 흡사 새로운 왕을 맞이하듯이 사람들은 환호하였다. 티엔네트의 우아함과 얌전함에 사람들이 나타내는 탄복소리에 신랑은 매우 기뻐하며, 행복해서 어쩔 줄 모르는 애인처럼 연신 정중하게 머리를 굽실거렸다. 그러고 나서 신랑은 자기 집 문기둥에 초록빛 나뭇가지와 수레국화의 화환이 걸려있는 것을 보았다. 그리고, 동네의 어른들이 모두들 몰려와서 인사하고, 새 부부를 위해 풍악을 울리고, 또한 신랑에게 외쳐 말하기를 "수도원이 뭐라고 한들 당신은 종신토록 귀족이오"라고 했다.

신부와 신랑의 정신이 몽롱해지고 하늘이 뱅뱅 돌도록 서로 검술을 시행한 것은 말하기조차 쑥스럽거니와, 정력이 왕성한 앙소가 귀여운 틀 속에 억센 쇠망치로 몇 번이고 타격을 가했지만, 티엔네트도 씩씩한 야성의 아가씨인지라 잘 받아내어, 이른 봄에 보금자리를 만들려고 작은 나뭇가지를 하나둘 물어들이는 한 쌍의 비둘기처럼, 두 사람은 한 달 동안 세월 가는 줄 모르고 행복하고 쾌활하게 보냈다. 티엔네트는 아름다운 집에서 아주 만족스럽게 살게 되어, 공방에 오는 손님들이 돌아가는 길에는 그녀를 감탄해 마지않았다.

이 '꽃의 달'이 지나간 어느 날, 그들의 주인이자 영주인 위공 수도원장이 장인의 집(정확히 말해서 수도원 참사회의 집)에 들어와서 부부에게 말했다.

"자녀들아, 너희들은 해방이 되어 어엿한 자유민의 몸이 되었노라. 실은, 처음부터 나는 그대들의 애절한 연모의 정에 심히 감동되었도다. 이렇듯 수도원의 법규가 준수된 이상, 나는 하느님의 잔속에서 그대들의 거룩한 마음을 시험한 다음에 완벽한 기쁨을 그대들에게 주려고 홀로 결심했느니라. 또한 이러한 노비신분으로부터의 해방에 한 푼의 대가도 치르지 않아도 좋다"라고 말한 뒤, 수도원장은 두 사람의 볼을 손으로 가볍게 두드렸다.

부부가 원장의 무릎에 쓰러져 기쁨의 눈물을 터뜨린 것도 무리가 아니라 하겠다. 앙소는 동네사람들에게 위공 수도원장의 너그러움과 축복을 알려서 모두들 모여들게 했다. 앙소는 경의를 표하기 위해서 수도원장의 말의 고삐를 스스로 잡고 뷔시Bussy의 문까지 배웅하면서, 자신의 돈 자루에서 꺼낸 돈을 가난한 자들에게 뿌리며 "너그러움이다, 하느님의 자비심이다, 수도원장님께 하느님의 가호가 있기를! 위공 수도원장님 만만세!"하고 소리소리 외쳤다. 집에 돌아온 그는 친구들을 불러 일주일 동안 새롭게 혼인 잔치를 베풀었다.

좋은 먹이를 삼키려고 아가리를 벌리고 있던 수도원의 참사회로부터 수도원장이 그 너그러움 탓으로 혹독한 책망을 받은 것은 다시 말할 것도 없겠다. 그러므로 한 해가 지나 위공 원장이 병석에 누웠을 때, 부원장은 이거야말로 원장이 수도원 참사회와 하느님의 거룩한 이익을 등한시해서 받은 천벌이라고 말했을 정도였다.

"그 사람이 내가 판단한 그대로의 사람됨이라면, 우리에 대한 고마움은 반드시 잊지 않고 있을걸"하고 원장은 그 얼토당토한 소리를 지껄여대던 자에게 대꾸했다.

기이하게도 그날은, 두 사람의 결혼 1주년 기념일이었다. 앙소가 원장의 면회를 청해왔다고 한 수사가 전했다. 원장의 방에 나타난 앙소는 으리으리한 한 쌍의 성감聖龕을 봉헌했다. 그 후 그리스도교 세계의 어느 지역의 장인의 솜씨라 할지라도 이보다 뛰어난 명품을 만들어낸 예가 없을 만큼 빈틈없는 신품神品으로, 이 진귀한 기물器物은 '완강한 사랑의 기원품'이라는 이름으로 일반에게 알려지고 있다. 여러분이 아시다시피, 지금도 성당의 미사대에 안치되어 있는데, 앙소가 자신의 전 재산을 기울여 만들었기에 희귀한 보물로 오래도록 존중되어 왔다. 그러나, 이 제작도 그의 지갑을 가볍게 하기는커녕 오히려 더욱 불룩하게 만드는 결과가 되었으니, 그의 명성이 이로서 더욱 빛나게 되었고, 따라서 막대한 이득을 보게 되었기 때문인데, 그는 후에 귀족의 칭호와 광대한 영지를 사서 앙소 가문의 기초를 쌓아, 오래도록 이 가문은 투레느에서 번창했다.

이상과 같은 이야기는 인생을 살아가는 데 있어서, 하느님이나 성인들의 가호를 항상 구하고, 한번 좋은 일이라고 인식한 것은 어떠한 일이건 끝끝내 밀고 나가 목적을 달성해야 한다는 진실을 가르치는 동시에, 위대한 연정은 만사萬事의 고난을 극복한다는 사실을 가르친다. 하기야 이것은 옛 격언일지는 모르지만, 필자가 다시 쓰는 까닭은, 필자의 마음에 든 금언이니까.

제 것도 기억 못하는 법관

살기 좋은 부르주Bourges 시가지에서 우리 폐하께서 활개 치시고 계시던 무렵, 왕으로부터 치안유지의 중책을 맡은 재판관이 그곳에 있었다. 이 국왕은 바로 샤를 7세로, 그 후부터는 쾌락의 뒤를 쫓는 일보다 왕국을 정복하는 데 진력하시어, 나라의 영토를 넓히시었다. 이 때 당시 재판관직을 '왕실 재판관Prevot Royal' 이라고 일컬었다. 그 후 국왕의 아드님 루이 11세 치하에 제정된 감찰 판사Prevot de l' Ostel 제도도 여기서 비롯된 것이고, 통칭 트리스탕[11] 이라고 하는 메레Mere 경이 후에 이 재판관직에 임명되어 다소 가혹한 행동을 했다. 이 트리스탕은 명랑한 사람됨이 아니지만 이 《해학》에서 이미 소개한 바가 있다. 신기한 것에 오줌을 깔기려고 고문서古文書에서 신기한 일을 모으는 친구들에게 필자가 이러한 말을 하는 바는, 이 《해학》은 별로 그런 티를 나타내지는 않지만, 얼마나 아는 것이 많은가를 보이기 위해서다. 알아 모셨나!

11 Tristan. 제1집 〈루이 11세의 장난〉 참조.

각설하고, 이 부르주의 재판관은 이름은 피코Picot[12] 또는 피코오Picault라고 하였다. 피코탱Picotin, 피코테Picoter, 피고레Picoree 같은[13] 낱말은 그의 이름에서 나온 것이다. 어떤 사람은 그를 피토 또는 피토오라고 부르기도 하였다. 피탕스Pitance[14]란 낱말도 역시 여기서 비롯한 것이다. 오크어langue d' oc[15]를 사용하는 남쪽 사람들은 그를 피쇠Pichot라고 불렀는데, 여기서는 별로 이렇다 할 낱말이 생기지 않았다. 오일어langue d' oil[16]를 쓰는 북쪽 사람들은 그를 프티오Petiot, 또는 프티에Pettiet라고 불렀고, 리무쟁Limousin 지방 사람들은 그를 프티토Petitot, 혹은 프티노Petinault, 또는 프티니오 Petiniaud라고 불렀는데, 부르주에서는 그를 프티Petit[17]라고 불러, 결국 이것이 그의 가문의 성이 되었다. 가문은 매우 번창하여 현재 프랑스 도처에서 '프티'를 볼 수 있을 정도다. 그러므로, 이 이야기에서도 그를 '프티'로 부르기로 하자. 필자가 이처럼 어원설명을 하는 것은, 프랑스 말을 밝히는 동시에 서민들이 어떻게 해서 성을 얻었는가를 가르쳐드리려는 목적에서다. 그러나, 학문 이야기는 일단 그만두기로 하자.

궁정이 옮겨가는 지역에 따라 이름이 사투리로 불리어진 이 재판관은, 사실, 태어날 때 모친이 약간 먼지를 덜 털어 여덟 달 반인 듯한 감이 없지 않은 구석이 있었다. 다름이 아니고, 그가 제 딴에는 웃고 있다고 여기는 때, 암소가 오줌을 싸려고 꼬리를 쳐드는 모양으로 그는 두 입술을 벌리고 있을 뿐이었다. 이 웃는 식을 궁정에서는 '재판관의 웃음'이라고 일컬었다. 그러

---

12 picot. 쐬기. 석공이 사용하는 뾰족한 망치. 목재나 철사 따위의 가시.

13 picotin은 메귀리를 되는 단위, 그 한 되 분.

　picoter는 꼭꼭 찌르다, 따끔따끔하다, 쪼다, 쐬기를 박다.

　picoree는 밭의 과일 도둑, 혹은 약탈.

14 pitance. 한 사람분의 식량. 그날그날의 양식.

15 중세기에 루아르 강 이남에서 쓰인 남방 프랑스어.

16 중세 루아르 강 이북에서 쓰던 북방 프랑스어.

17 petit. 형용사로 쓰일 때, 작은, 어린, 대수롭지 않은, 적은 등등의 뜻이 되고, 명사로 쓰일 때는 새끼, 어린애, 꼬마, 너절한 놈 등등의 뜻이 된다.

나 어느 날 폐하께서 신하를 통해 궁정에 널리 알려진 이 별명을 들으시고 농담 삼아 말씀하시기를 "경들의 표현은 틀려. 프티는 웃지를 못해. 얼굴의 아래쪽 가죽이 모자라거든"이라고 하셨다.

헌데 이 거짓 웃음을, 프티는 나쁜 놈들을 덥석 잡거나 감시하는 데 매우 적절하게 써먹었다. 요컨대, 그는 녹을 먹을 만큼의 값어치는 하는 벼슬아치라고 하겠다. 그에게 있어서 제대로 되지 못한 것은 어느 정도 오쟁이 지고 있다는 것이었을 뿐, 나쁜 버릇이라고는 저녁 때 외출하는 것뿐, 머릿속에 든 지혜라고는 형편이 좋을 때 하느님께 순종하는 것뿐, 즐거움이라고는 집에 아내가 있다는 것뿐, 즐거움 사이사이에 소일거리로 목매달아 죽일 죄인을 찾아내는 것뿐이었다. 죄인을 내놓아야 할 필요가 있을 때는 반드시 적당한 놈을 찾아내었으나, 집에 가서 이부자리 속에 들어가 있을 때는 도둑 따위에 결코 마음 쓰지 않았다. 온 그리스도교 국가의 법관들 중에서 프티만큼 바르지 못한 짓을 하지 않는 재판관을 찾아보시려면 찾아보시오, 한 사람도 없으리라. 재판관치고, 지나치게 과하게 아니면 지나치게 적게 죽이지 않는 사람이 없는데, 프티로 말하자면, 재판관이라는 칭호를 받기에 꼭 필요한 수의 죄인밖에 목매달아 죽이지 않았다.

이 사랑스러운 법관, 사람 좋은 법관 프티는 부르주 태생의 아름다운 여인을 정식 결혼에 의해 아내로 삼고 있었다. 이 사실에 그 자신도 남들 못지않게 놀라고 있었다. 그래서 종종 목매달아 죽이는 현장에 입회하러 갈 때, 그는 한 가지 의문을 하느님께 제기하곤 하였다. 그것은 항간에서 미심쩍게 생각하고 있던 것과 같은 의문이었다. 곧 어떠한 까닭으로, 그 법관, 왕실 재판관인 프티에게, 법관이자 왕실 판사인 프티의 소유물로 그처럼 아리따운 미녀, 당나귀조차 그 지나가는 것을 보고는 냅다 히잉히잉 거릴 정도로 요염한 여인이 하사되었는가 하는 바로 그 점이다. 이 의문에 대해 하느님께서는 아무런 말씀도 하지 않으셨다. 그러나 틀림없이 깊은 까닭이 있어서 그렇게 하셨을 게다. 그런데 항간의 말 지어내기 좋아하는 사람들이 하느님을 대신해서 대답해주기를, 그녀가 프티의 여자가 되었을 무렵 숫처녀라고 하기에는 한 뼘 정도 가량 치수가 모자랐다고 하는 이도 있고, 그녀로 말하자면 실은 프티만의 전용물이 아니라고 하는 이도 있고, 당나귀가 보기 좋은 외양간에 들어가는 건 흔히 있는 일이 아니냐고 빈정대는 이도 있었다. 이와 같은 험담을 모조리 긁어모으려면 커다란 갈퀴가 필요한데, 어쨌든 그 4분의 4는 버릴 필요가 있다. 왜냐하면, 프티 부인으로 말할 것 같으면 세상에 둘도 없을 정도로 행실과 정조에 있어서 얌전한 아낙네로, 쾌락을 위한 정부가 하나, 그리고 의무를 위한 남편이 하나밖에 없었기 때문이다.

　프티 부인만큼 마음과 입을 아끼는 여인을 항간에서 따로 발견할 수 있을까? 만약 찾아낸다면 수고한 값으로 원하는 만큼 동전 한 푼이건 발길질이건 주마. 남편도 정부도 없는 여인이라면 허다하게 있겠지. 정부는 있는데 남편이 없는 여인도 있겠지. 또한 남편은 있는데 정부가 없는 여인도 있을 거다. 허나 맹세코 말하지만, 남편 하나에 정부 하나를 정숙하게 지켜 음탕한 근성을 나타내지 않는 슬기로운 여인을 만나기란 기적 중의 기적이다! 그러니 알아 모셨는가, 바보, 풋내기, 무식꾼들아! 알아 모셨다면, 프티 부인의 품행 점수를 최고로 높게 매기고, 그대는 그대, 나는 나, 저마다의 길을 가자꾸나.

　항시 한들한들 한 곳에 몸 둘 줄 모르며, 거품이 일고, 보글보글 끓고, 종종걸음치고, 진흙투성이가 되고, 놀아나고, 심신에 고착시키거나 잡아매어 두는 것이라고는 아무것도 없이, 매우 엉덩이가 가벼워서, 흡사 방귀처럼 가벼워서, 그 본체인 제5원소의 뒤를 쫓아가듯, 그 가스의 뒤를 쫓아가는 바람난 여인들이 세상에 하도 많은데, 프티 아낙네는 단연코 그렇지가 않았다. 그렇기는커녕 반대로 정숙한 아낙답게, 항상 의자에 앉아있거나 아니면 침대에 누워있어, 촛대처럼 준비가 되어있어 가지고, 재판관이 외출하고 없을 때는 정부를 기다리고, 정부가 돌아간 뒤에는 재판관을 맞이하곤 하였다. 그리고, 이 고귀한 여인은 다른 아낙네들을 구멍에서 꾀어내려고 하는 야한 몸치장 같은 건 전혀 생각하지 않았다. 아무렴, 프티 부인은 그녀의 젊음을 즐거운 시절에 알맞게 사용하는 방법을 잘 알고 있었으며, 또한 젊음의 수명이 더 오래 가도록 그 관절 속에 생명을 끼워 넣고 있었다. 어떻소! 이만하면 재판관과 그 아낙네의 사람됨을 알 만하시겠지.

이러한 결혼 작업에 있어서, 프티 재판관의 '대리직'을 맡아하던 사람은 국왕으로부터 미움을 받을 정도로 광대한 땅을 소유하고 있던 (이 점은 이 사건의 중대한 실마리이므로 기억해두시기를) 귀족이었는데, 이렇듯 결혼 작업은 프티 여인에게는 두 사내의 힘을 빌어야 할 만큼 무거웠던 것이다.

스코틀랜드 태생의 난폭한 원수元帥 리슈몽Richemont[18] 경이 우연히 프티 부인을 멀리서 보고 눈에 들어, 새벽 무렵, 그녀와 단 둘이서 묵주기도默珠祈禱를 바치는 시간 동안 가량 ─ 묵주기도라니, 이 아니 그리스도교 신자다운 지성, 지성 있는 그리스도교 신자가 아니고 무엇이냐 ─ 만나고 싶다고 간청했다. 그 목적은, 그녀와 단 둘이서 도학道學의 사리, 또는 사리事理의 도학에 관해서 가볍게 이야기하고 싶다는 데 있었다. 도학의 오묘한 사리를 터득한 바, 스스로의 경지가 높은 것으로 자부하여선지, 프티 부인은 원수의 학문을 즐겨보고자 하는 뜻을 좌절시켰다. 앞서 말한 바와 같이, 프티 부인은 슬기롭고도 정숙하고 행실이 바른 여인이었으니까.

그래서, 원수는 있는 말재주를 다 부려 따지고, 농간 부리고, 아부하고, 글월을 보내고, 심부름꾼을 보내고 하였으나, 모든 게 수포로 돌아가서, 세력 있는 사람이기는 하나 그녀의 정부의 내장을 꺼내고야 말 것을, 제 커다란 검은 코크두유coquedouille를 두고 맹세했다. 이렇듯 그는 여인에 대해서는 살벌한 맹세를 하지 않았다. 이야말로 프랑스 사람의 좋은 취미를 표시하는 것이니, 예절 모르는 다른 나라의 상놈이라면, 이런 경우 다짜고짜 쳐들어가 칼을 휘둘러 세 사람밖에 없는데 네 사람까지 죽이고 마는 살인극이 벌어졌을 테니까. 이 원수 각하는 만찬 전에 트럼프 놀이를 하고 계시던 국왕과 그분의 애인 소렐sorel 부인 앞에서, 그 커다란 검은 코크두유를 걸고 그것을 맹세했다. 국왕께서는 몹시 싫어하시던 세력 있던 귀족이 손 하나

---

18 Richemont(1393~1458). 1424년에 원수의 자리에 오름.

까딱하지 않고 처치되게 되었다는 말을 듣고는 적잖이 만족하시었다.

"그런데 어떻게 그 상대를 끝장내시나요?"라고 소렐 부인은 귀엽게 물었다.

"허허, 마담, 나도 내 커다란 검은 코크두유를 잃고 싶지는 않으니, 자신만만합니다"라고 원수는 대답했다.

헌데 이 커다란 코크두유라 함은 당시에 있어서 무엇을 두고 하는 낱말이냐? 하하하! 이 물건은 어둠 속에 있기 때문에 옛 서적을 들추어보아도 눈만 아프게 할 뿐이지만, 확실히 어떤 중대한 것이기는 하다. 그러니 우리도 안경을 쓰고 찾아보기로 하자. 두유douille라는 명사는 브르타뉴 말로 아가씨fille를 뜻한다. 그리고 코크coque는 요리사가 쓰는 프라이 팬poile을 뜻하는데, 이 낱말은 본래 라틴어의 사투리coquus(요리사)에서 비롯한 것이다. 이 낱말이 프랑스에 들어 와서 coquin(부랑아, 건달, 깡패, 할 일 없는 놈)이 되었다. 코캥coquin, 곧 아귀아귀 먹고, 마시고, 재빨리 튀기거나, 잘게 썰어 무치거나, 스튜로 만들거나 해서, 훌훌 먹거나, 야금야금 핥아먹거나, 한 입 가득히 처넣고, 시종 야단법석, 무턱대고 먹기만 하는 못된 놈을 가리키는 낱말인데, 이런 놈은 식사와 식사 사이에 할 일이 없기 때문에, 결국에 가서 비뚤어지고 동시에 가난하게 되어, 어쩔 수 없이 도둑질이나 구걸을 하게 된다. 이상 말한 것을 미루어 학자들의 결론으로는, 커다란 코크두유[19]란 아가씨를 기름에 튀기는 데, 다시 말해 요리하는 데 적합한 질그릇 주전자coquemar의 모양을 한 살림 도구의 하나를 가리키는 것이 된다. 짐작하셨나!

"그러니까"하고 리슈몽 공은 말을 계속했다. "어명이라고 일러서, 그 법관을 하루 낮과 하루 밤을 지방으로 출장 보내어, 영국인과 음모를 꾸민 혐의가 있는 농부들을 체포하라는 명을 내립니다. 그러면 서방의 출타를 좋은 기회 삼아 두 마리의 비둘기는 급료를 받은 병사처럼 기뻐하며 즐거운 작업

---

19 coquedouille. 역자의 풀이로는, coque(호두 따위의 껍질)+douille(도구를 꽂는 통, 구멍, 칼집)= 불알.

을 시작할 것입니다. 그때 그 법관을 불러다 두 사람이 있는 곳으로 보내어 어명으로 가택 수색을 시킬 것 같으면, 그 좋은 '끈 꼬는 기계cordelier'를 혼자 차지하고 있을 속셈으로 있던 정부는 그곳을 못 떠난 채 그 남편 되는 법관의 칼에 맞아죽고 말 테죠."

"코르드리에cordelier[20]라니 뭐죠?"라고 국왕의 애첩이 물었다.

"두 가지 뜻이 있는 말을 쓴 거요"라고 국왕께서는 미소하시며 말씀하셨다.

"자, 그럼 만찬의 자리에 참석을 하셔요"라고 아녜스 소렐 부인이 말했다. "항간의 여인네와 성직자에게, 한마디로 쌍방에게 무례한 짓을 하다니 공도 이만저만 고약한 분이 아니시군요."

실상, 오래 전부터 프티 부인은 인근에 들릴 두려움 없이 목구멍이 터지도록 소리소리 지를 수 있는, 그 귀족의 저택에서 아기자기한 깡충깡충 뛰기를 밤새도록 마음껏 하기를 바람직스럽게 여겨왔다. 법관의 집에서 하고 보니 소리 나는 것을 조심해야 하였고, 그러자니 남몰래 사랑의 모이를 주워 먹는 꼴밖에 되지 않아, 달콤한 맛도 한입밖에 못보고, 그것도 감히 기침 소리 하나 못 낼 정도로 구차하게, 기껏해야 말이 한쪽의 두 발을 동시에 올리고 달리는 정도밖에 못 해, 단 한번이라도 발굽에서 불꽃이 튀어나오도록 질주해보고 싶었던 것이다.

그래서 다음 날 정오 무렵, 프티 부인은 하녀를 귀공자 댁으로 서둘러 보내 재판관의 출타를 알리고, 법관의 접목接木[21]님께서 댁에서 오늘 저녁 갈증을 매우 느끼실 것이 틀림없사오니, 환락의 준비와 주식酒食의 채비를 서둘러 하시라고 이르게 했다. 하녀는 귀족으로부터 많은 선물을 받아왔기에 그에게 매우 호의를 품고 있어서 이를 그대로 알렸다.

---

20 cordelier. '끈 꼬는 기계'를 뜻하기도 하고(corde〔끈〕+lier〔잇다〕=끈을 잇다), 성 프란체스코회 수사(수녀)들이 허리에 매는 띠를 말하기도 한다.
21 접목의 원문인 greffe는 남성인 경우 재판소의 서기과書記課라는 뜻도 있다.

"알았소, 추호도 허기지게 해드리지 않을 거라고 마님께 전해주오"라고 귀공자는 말했다.

귀족의 저택 주위를 망보고 있던 저주받을 원수의 하인들은, 귀공자가 멋을 내고 술과 음식을 마련하기 시작하는 모양을 보고는, 원수에게로 돌아가서, 만사가 원수의 노여움에 일치한 것을 알렸다. 이 말을 듣자 원수는 재판관이 휘두를 칼부림을 생각하며 만족한 모양으로 두 손을 비볐다. 그는 즉시 국왕의 특명에 의해 재판관을 시내로 들어오게 하여, 매우 음험한 음모에 가담하고 있는 의혹이 짙은 귀족의 저택에서 그 귀족과 내통하고 있을 영국 귀족을 체포하도록 명했다. 그러나, 명령을 이행하기에 앞서 왕 앞에 대령하여, 그자를 포박함에 있어서의 특별한 예의에 관해 폐하의 분부를 들으라고 일렀다. 국왕을 알현할 영광을 받아 자신이 마치 국왕 본인이나 된 듯이 기뻐한 재판관이 어찌나 빠르게 돌아왔던지, 그가 시내에 도착한 시각은 바로 두 정인情人이 저녁기도의 첫 종을 막 울리고 있던 참이었다. 오쟁이 진 지역과 그 주변의 영주이신 우직한 대감께서, 만사가 순조롭게 진행되어 원수 그리고 나랏님과 더불어 이야기하고 있을 때, 때를 같이하여 그 여인도 정부인 귀공자와 꿀물 같은 속삭임을 단 둘이 나누고 있었으니, 이에 서방도 매우 만족하였거니와 부인 역시 그러하였다. 이처럼 같은 시각에 같은 희열을 느낀다는 것은 결혼 생활에 있어서 극히 드문 현상이라고 하겠다.

법관이 국왕의 실내에 들어왔을 때, 원수는 그를 보고 말했다.

"우리 왕국 내에서는, 간부姦婦와 그 정부가 말하고 있는 현장을, 만약 남편이 발견했을 때, 두 사람 다 사지를 찢어 죽여도 좋다는 권리가 있음을 지금 폐하께 말씀 올렸더니, 인자하신 우리 폐하께옵서는, 말을 탄 사람은 죽여도 무방하나 말은 죽여서는 안 된다는 분부시오. 그러니 재판관, 가령 말이오, 그대가 하늘의 법과 인간의 율법에 의해서 그대 혼자에게만 허락되어, 개화開花시절의 꽃에 물을 주고 가꾸어 주고 하는 화원花園에 딴 놈팡이가 침입하는 현장을 목격한다면, 어찌하겠소?"

"단칼에 그 두 연놈을 박살내버리죠. 꽃이건, 종자건, 주머니건, 기둥이건, 사과 씨건, 풀이건, 초원이건, 암컷이건, 수컷이건, 삼라만상의 5천만의 악마처럼 산산조각을 낼 따름 입니다"라고 재판관은 말했다.

"그것은 그대가 잘못 생각한 것이오"라고 국왕께서 말씀하셨다. "교회의 법과 나라의 법에 위배되는 처사요. 나라의 법에 위배되는 까닭은 짐에게서 한 신하를 없애는 결과가 되기 때문이고, 교회의 법에 위배된다는 이유는 무고한 자에게서 고해성사도 받지 못한 채 그를 저 세상으로 보내는 결과가 되기 때문이오."

"폐하의 바다와 같이 넓으신 지혜에는 탄복할 따름이옵니다. 폐하께옵서는 온 세상의 정의의 중심에 계심을 거듭 알아 모셨사옵니다."

"그럼 말을 탄 사람만을 죽일 수 있는 거구려. 아멘" 하고 원수가 말했다. "그럼 말을 탄 놈을 죽여라. 자, 재판관, 그 수상쩍은 귀족 집에 빨리 가시오. 허나 골탕 먹지 않게 정신 똑바로 차리시오. 그렇다고 해서, 그 귀족에게 마땅히 해야 할 일을 아니 하지 않도록 하시오."

재판관은 이 대명大命을 완수해내기만 하면 대법관이 될 것이라 믿고, 성관에서 나와 시가지로 들어가, 부하를 데리고 그 귀공자의 저택에 당도하여, 무장한 부하를 배치해놓고, 저택의 출입문을 굳게 지키게 한 후, 왕명이라고 작은 소리로 대문을 열게 하여, 계단으로 올라가, 하인에게 귀공자의 거처를 물은 후에 하인을 포박하고, 혼자 올라가 두 정인이 여러분도 다 아는 그 검술 시합을 한참 벌이고 있던 방문을 두들기며 "문 열어라, 어명이다!"라고 외쳤다.

여인은 남편의 목소리를 알아들었으나, 그녀가 왕의 명령을 기다려 자신의 앞문을 연 것도 아니었기에 크게 웃지 않을 수가 없었다. 하지만 웃고 난 후 금세 공포심이 들었다. 귀공자는 외투를 걸쳐 알몸을 가린 후 문틈 쪽으로 나갔다. 자기 목숨에 관계되는 중대사인 줄 알 리가 만무했던 그는, 궁정이나 왕실하고 자기는 극히 친근한 사람이라고 말했다.

"무슨 소리! 나는 폐하의 특명을 받고 나온 사람이오. 당장 문을 열지 않으면 반역죄로 용서 없이 다스리겠소"라고 재판관이 말했다.

그래서 귀공자는 얼굴을 내밀고, 문을 쥐며 말했다.

"이곳에서 뭘 찾으려고 하시지?"

"폐하의 적이 있을 거요. 내놓으시오. 당신도 그 사람과 함께 성관까지 동행합시다."

귀공자는 생각했다— '이건, 그 원수가 내 귀여운 것으로부터 거절당한 앙갚음이군. 어떻게 해서든지 이 말벌의 벌집에서 벗어나야 해' 라고 생각한 그는, 재판관 쪽으로 머리를 돌리고 되든 안 되든 이 오쟁이 진 법관을 설득시켜 결판을 내려고 다음과 같이 말했다.

"이보시오 재판관, 나는 전부터 당신을 법관직에 아주 적합한 멋쟁이 어른으로 여겨왔소. 그래서 나는 당신을 사나이로 믿고 말씀드릴 게 있소이다. 다름이 아니라, 나는 궁정에서 제일가는 아름다운 귀부인과 지금 동침하고 있는 중이오. 영국인 따위에 대해서는 경을 내 집에 보낸 리슈몽 공이 아침식사로 뭘 먹었는지 모르듯 전혀 모르는 일이요. 사실대로 말하자면, 이건 필시 나와 원수님 사이에 장난삼아 한 내기 때문에 이러는가 싶소. 폐하께서는 리슈몽 공편에 내기 돈을 걸고 계시오. 즉, 내가 마음을 드리는 귀부인이 누구신지 알고 있다고 두 분이 내기를 거셨기 때문에, 나는 그 반대쪽에 내기를 건 거요. 피카르디의 내 소유지를 빼앗아간 것이 영국인이므로, 나만큼 영국인을 미워하는 사람도 없을 거요. 나하고 한 내기에 임금님의 손을 빌어 조사하려고 하다니, 비겁하기 짝이 없소. 허, 그것 참. 원수 각하라고 하지만 하인만도 못한 근성인걸. 창피한 꼴을 당하게 해야 하겠는걸. 프티 경, 어서 마음대로 오늘 하루 종일 내 집을 구석구석 뒤져보시오. 허나, 이 방 안은 혼자 들어와 수색하시오. 방의 구석구석, 침대를 옮겨서까지 마음 내키는 대로 조사해보시구려. 다만, 우두머리 천사의 옷차림을 하고 계신 알몸의 귀부인만은, 깃발이나 또는 수건으로 얼굴을 가리고 있게 해주시오. 그녀의 남편이 누구인지 재판관님께 알려드리고 싶지 않으니까."

"기꺼이"하고 재판관은 말했다. "하지만 나는 늙은 여우니까, 꼬리를 쳐들게 하여 약 오르지 않게 하시오. 안에 계신 분이 정말 궁정의 귀부인이고 영국인이 아니라는 것이 내 눈으로 다짐만 된다면 그만이오. 영국인이 여자의 살갗처럼 희고 반들반들한 살갗을 하고들 있는 것은, 그놈들을 수없이 목매달아 죽였기 때문에 나도 잘 알고 있소이다.”

“좋소! 당치도 않게 이렇듯 고약한 혐의를 받은 이상, 이 혐의를 어떻든지 간에 씻지 않을 수 없으니, 귀부인께 부탁해 잠시 동안 수치를 참아달라고 하겠소. 그녀도 나를 매우 사랑하고 있으니까 나의 당치 않은 혐의가 벗겨지는 일이라면 싫다고 안 할 거요. 그러니 그녀의 명예에 누가 끼치지 않게, 돌아누워 여성의 특징만을 경께 보이도록 그녀에게 부탁할 테니, 뒤로 돌아누운 모습이긴 하지만, 확실히 귀부인이라는 것을 당신도 알아보실 거요.”

“그만하면 됐소”라고 재판관이 말했다.

여인은 세 귀로 다 듣고 나서, 옷을 차곡차곡 베개 밑에 감추고, 남편에게 티끌만큼이라도 눈치 채일까 봐, 속옷마저 훌훌 벗은 채 알몸으로 머리를 시트 속에 처박고는, 장밋빛 등골의 예쁜 선으로 둘로 나누어진, 둥글게 두드러진 살의 방석을 밖에 내놓았다.

“들어오시오, 경”하고 귀공자가 말했다.

법관은 벽난로 속을 들여다보고, 옷장과 찬장을 열어보고, 침대 밑과 이부자리, 이것저것 등을 뒤진 다음, 침대 뒤를 조사하기 시작했다.

“경, 본관은 이와 같은 등을 한 영국인 젊은이들을 여러 명 본 일이 있소이다”라고 법관은 자기의 정당한 소유물을 곁눈질로 쳐다보면서 말했다.

“직무 이행 상, 매우 실례되는 일이지만, 다른 쪽을 보여주시오.”

“다른 쪽이라니?”하고 귀공자가 말했다.

“반대쪽 모습 말이오. 뒤의 겉, 아니 겉모습 말이오.”

“그렇다면, 부인은 얼굴을 감추고, 우리의 행운이 거처하는 곳의 최소한의 부분만을 그대에게 보여주는 것으로 검문검색檢問檢索을 마치기로 합시다”라고 귀공자는 부인이 쉽사리 알아볼 수 있는 곳에 주근깨가 있는 것을 아는지라, 이렇게 말했다. “법관 어른은 잠시 뒤돌아서 있어주시오, 부인이 알맞게 몸을 가지시도록.”

아낙네는 정부에게 방긋이 웃어 보이며, 그 좋은 두뇌에 감탄해서 살짝 입 맞추었다. 그리고 교묘하게 몸을 꾸몄기 때문에, 남편은 그 부인이 한 번도 열어 보인 적이 없던 곳을 똑바로 보고는, 이와 같은 윤곽이 나 있는 것은 향기 그윽한 영국 여성이 아니고서는 있을 수 없거니와, 결단코 영국 사내의 윤곽이 아닌 것을 납득했다.

"경, 실례했소이다"라고 법관은 그 대리직의 귀에 대고 말했다. "궁정의 귀부인이 틀림없소. 우리네 아낙들의 그것은, 이처럼 크지도 않고 그윽하지도 않으니까."

온 저택 안을 다 뒤져보아도 영국인이라고는 그림자도 없었기 때문에, 법관은 분부대로 궁 안으로 돌아왔다.

"죽였나?"라고 원수가 물었다.

"누굴요?"

"그대의 이마에 오쟁이 진 서방의 뿔을 접붙인 그 놈 말일세."

"본관은 그 귀족의 침대에서 귀부인 한 분을 보았을 뿐입니다. 그 부인과 함께 한창 재미보고 있더군요."

"이 오쟁이 진 서방 놈아, 너는 네놈의 눈으로 그 여인을 보았겠지! 그러면서도 정부를 그냥 두다니, 이 능지처참할 놈아!"

"무슨 말씀을 그렇게 하십니까! 그냥 여인이 아니고 궁정의 귀부인이던데요."

"똑바로 보았나?"

"그럼요, 그 곳뼤 속까지 맡아보았습니다."

"이제껏 들어보지 못한 괴이한 말도 다 듣는군!"하고 국왕께서는 몸이 뒤집어지도록 웃으시며 말씀하셨다.

"폐하 앞에서 실례되는 말씀인 줄 아오나, 본관은 위와 아래 것을 양쪽 다 똑똑하게 검문하였사옵니다."

"아니 그럼, 그대는 아내 것의 모양도 알아보지 못했다니, 참으로 기억력이 없는 연장이군! 그대의 죄야말로 목매달아 죽이기에 족할세!"

O maq instidard qui
ne se remembroqt les chouses

"하오나 원수님께서 말씀하시는 것을, 본관은 제 아내의 몸에서 보려고 한 적이 없을 만큼 본관의 아내를 존중하고 있습니다. 게다가 아내는 신앙심이 매우 깊어, 그것을 조금이라도 보이느니 보다는 차라리 죽기를 바랄 것입니다."

"옳은 말이야. 구경시키려고 만들어진 것이 아니니까"라고 국왕께서 말씀하셨다.

"이 낡아빠진 질그릇 주전자 같은 사람아, 그건 네 마누라야"라고 원수는 소리쳤다.

"하오나 원수 각하, 제 아내는 집에서 자고 있을 텐데요!"

"어서 빨리 가보세! 말을 대령시켜라! 자, 가세. 만일 그대의 아내가 집에 있다면, 그대의 죄를 소의 힘줄로 만든 채찍으로 백 번 치는 것으로 용서해 주마."

원수는 법관을 데리고, 거지가 헌금함을 털 새도 없을 만큼 삽시간에 법관의 집에 당도했다. "여봐라, 문 열어라!"라고 외쳐대는 벽을 무너뜨릴 것 같은 소란에, 하품을 하며 두 팔로 기지개를 켜면서 하녀가 문을 열었다. 원수와 법관은 방으로 뛰어 들어갔는데, 여인을 깨우는 데 이만저만한 수고를 하지 않았다. 부인이 어찌나 정신 모르게 자고 있는 체했던지, 눈에 눈곱이 더덕더덕 끼어있을 정도였다. 이 모양을 보고 재판관은 의기양양해져 원수에게 말하기를, 각하는 속은 것이고 내 아내만큼 정숙한 여인은 따로 없다고 말했다. 또한 실상, 부인이 짐짓 놀란 체하는 바람에 원수는 하는 수 없이 물러가고 말았다. 법관은 옷을 벗고 1초라도 빨리 자리에 들려고 했으니, 이는 이 사건 때문에 아내가 더욱 그리워졌기 때문이었다.

법관이 겉옷을 벗고 속옷을 푸는 동안, 여전히 멍청한 체하고 있던 여인은 남편에게 말했다.

"여보, 도대체 이 소란은 뭐죠? 어째서 원수 각하와 그 하인들이 온 거죠? 무엇 때문에 제가 자고 있는지 보려고 온 거죠? 남의 집안이 어떤지 엿보러 돌아다니는 게 이제부터 원수의 새로운 직책이라도 된 거예요?"

"난들 알겠소?"라고 법관은 말하고 나서, 아내에게 지금까지의 자초지종을 이야기했다.

"그럼, 당신은 내 허락도 없이 궁정의 귀부인의 그것을 보았군요. 아이 분해라. 흥! 핏! 칫!"하고 아낙네는 신음하기, 한탄하기, 외치기 시작했는데, 어찌나 애처롭고 기세 사나웠던지, 법관은 어리둥절해지고 말았다.

"여보, 아니 왜 그래? 어떻게 하라는 거야?"

"아이고, 내 신세야! 궁정의 귀부인들의 명품을 보았으니, 나 같은 건 이젠 사랑하지 않겠죠."

"천만에, 여보. 상대는 위대한 귀부인이라서 그런지, 당신한테만 말하지만, 모든 게 엄청나게 커."

"정말이어요? 그럼 내 것이 보기 좋아요?"하고 아낙네는 방긋이 웃으며 말했다.

"아무렴! 임자의 것보다 꼭 한 뼘 가량 크던데"하고 아주 속아 넘어간 법관이 말했다.

"그럼, 그분들은 그만큼 즐거움도 크겠군요"라고 아낙네는 한숨지으며 말했다. "저의 이처럼 작은 것에서도 그처럼 크나큰 쾌락이 얻어지는 것에 비한다면 말이에요."

이렇게 말하는 마누라를, 법관은 이치를 따져 납득시키려고 그럴 듯한 논리를 찾다가 그럭저럭 설득시켰으니, 이는 하느님께서 작은 것 속에 끼워두신 크나큰 쾌락에 의해서 부인도 마침내 납득되고 말았기 때문이다.

오쟁이 진 남편의 굳건한 신념만큼 견고한 것이 이 세상에 따로 없다는 사실을 이 이야기는 우리에게 가르쳐준다.

517

아마도르 수사의 전기傳記[22]

이슬비 내리는 날, 귀부인들은 즐거운 마음으로 집에 그대로 있으니, 이는 그녀들이 습기를 좋아하는 성격인데다가, 또한 싫지 않은 사내들을 치맛자락 곁에서 볼 수 있기 때문이다. 왕비[23]께서는 앙부아즈 성관의 거실, 창문 휘장 아래에 계셨다. 의자에 앉아 소일거리 삼아 수를 놓고 계셨는데, 바늘을 옮기는 손가락 끝에 어딘지 모르게 맥이 없고, 루아르 강에 내리는 빗방울을 자주 물끄러미 바라보며 아무 말씀도 없이 몽상에 잠겨 계셨는데, 함께 있던 귀부인들 중에도 이 모양을 모방하는 분이 허다하

---

22 원문은 Sur le moyne Amador qui feut un glorieulx abbez de Turpenay. 직역하면 '튀르프네 수도원을 빛나게 한 아마도르 수사의 전기'라는 의미로 풀이될 수 있겠다. 아마도르 수사가 활약한 시대는 샤를 5세 치하로, 본 이야기의 전개 시기는 1370년 무렵으로 보면 되겠다.

23 안 드 브르타뉴(Anne de Bretagne, 1477~1514). 루이 11세의 아들인 샤를 8세의 비妃다. 샤를 8세의 누이 안 드 보죄가 섭정으로 있을 당시 이들의 결혼이 성사되었다. 샤를 8세가 죽고 루이 12세가 즉위한 후에 안은 루이 12세와 재혼을 하는데, 루이 12세는 루이 11세의 사위로 샤를 8세가 후사가 없이 죽자 왕위에 올랐다. 왕위에 오른 지 얼마 안 되어 루이 12세는 루이 11세의 딸 잔 드 프랑스와 이혼하고 안과 재혼하였다.

였다.

국왕[24]께서는 주일 저녁기도를 바치고 막 돌아오신 참이라 작은 성당에서 동행하여 온 신하들과 가볍게 이야기하고 계셨다. 한바탕 잡담을 하신 다음에, 폐하께서는 왕비를 비롯한 귀부인들이 우수에 잠겨있는 기색과 또한 자리에 있던 모두가 결혼과 관련한 모든 크고 작은 일들에 정통하신 분들이신 것을 보시고,

"그런데"하고 입을 떼셨다. "뒤르프네 수도원장이 보이던데?"

이 말을 듣고 수사는 왕 앞으로 나갔다. 이 수사는 다른 분이 아니라, 지나간 날, 소송사의 청원을 통해 루이 11세를 몹시 성가시게 하였기 때문에, 루이 11세께서 트리스탕에게 엄명하기를, 수도원장을 없애버리라고 했던 바, 트리스탕의 잘못으로 다행히 목숨을 건진 바로 그 분인데, 자초지종은 제1집 〈루이 11세의 장난〉에서 이미 이야기했다. 이제는 이 수사도 삶의 경험이 축적되어 마음이나 몸이 매우 복스럽게 넓어지고, 그 얼굴에는 초자연적인 기운으로 번들번들 윤이 났다. 그래서 귀부인들의 마음에 들어, 오찬·만찬·연회 같은 자리에 반드시 초대되어 술·과자·특별요리 등을 대접받곤 하였다. 말솜씨도 좋거니와 음식을 씹는 치아도 좋은, 즉 흰 치아를 한 상냥한 성직자가 중요한 손님으로 환대받는 게 관례였기 때문이다. 헌데 이 수도원장은 수사의 옷을 걸치고도, 귀부인들에게 재미나는 이야기를 마구 하는 해로운 성직자였다. 그래서 귀부인들은 그 이야기를 다 듣고 난 후에는 미간을 찌푸리는 게 상례였다. 하기야 사물을 비판하려면 다 듣고 난 다음에 해야 하지만.

"신부님"[25]하고 국왕께서는 말했다. "저녁녘이 되었는데 여인네들의 귀에

---

24 샤를 8세를 말한다.

25 원문은 Mon reverend pere다. reverend는 '존귀하신' 이란 뜻을 가지고 있으며 사제나 수녀에 대한 존칭으로도 쓰인다. pere 역시 '신부, 사제' 의 뜻을 가지고 있다. le reverend pere, mon reverend 모두 사제에 대한 존칭으로 '신부님' 이란 뜻이다.

재미나는 이야기를 들려주시구려. 여인네란 얼굴을 붉히지 않고서도 웃고, 웃으면서 얼굴을 붉히는 것을 마음대로 할 수 있으니까, 유쾌한 이야기를 하나 들려주시오. 수사에 대한 이야기가 좋겠소. 짐도 기꺼이 귀를 기울이겠소. 짐도 즐기고 부인들 역시 즐기는 것이 짐의 소망이니까.”

“폐하의 마음에 들기 위하여 우리 여인네들도 잠자코 듣기로 하겠습니다. 이렇게 말씀드리는 바는, 원장님의 이야기는 언제나 다소 지나친 감이 있기 때문입니다”라고 왕비께서 말씀하시었다.

“허어, 그러시오”라고 국왕께서는 대답하시고 나서, 수사 쪽을 돌아보시며 “그럼 부인네들의 소일거리를 위하여, 신부님, 기도문이라도 읽어주시구려.”

“폐하, 이 몸은 시력도 약하거니와 날도 저물어가니…….”

“그럼 ‘허리띠에서 멈추는 이야기’를 들려주시오.”

“알아 모시겠사옵니다, 폐하”라고 수사는 방긋이 웃으며 말했다. “제가 하려고 하는 이야기도 거기서 멈출 예정입니다. 허나 발부터 시작해서 말입니다.”

한 자리에 있던 귀족들이 왕비를 비롯한 귀부인들에게 상냥스럽게 이의를 말하고 간청도 하고 해서, 왕비께서는 과연 브르타뉴 태생답게 수사에게 우아한 미소를 보내시며 말씀하셨다.

“신부님, 그럼 그 이야기를 하십시오. 그러나, 하느님께 대한 저희의 죄는 신부님이 도맡아 주시겠지요.”

“기꺼이. 왕비 마마, 저의 몫까지 내놓으시라는 분부시면 공손히 바치겠사옵니다.”

이 말에 모두들 웃었다. 물론, 왕비께서도. 왕께서는 가장 사랑하는 분 곁에 자리 잡았다. (왕비마마에 대한 국왕의 사랑의 뜨거운 정도는 다들 아는 바이다.) 다음에 신하들도 앉도록 허락을 받았다. 그러나 늙은 신하들만이 앉고, 젊은 신하들은 자신들의 마음에 있던 귀부인들의 허락을 받아, 저마다 그 의자 곁에 가서 둘이서 함께 킥킥 웃을 자세를 취했다. 그때 튀르프네 수도원장은 다음과 같은 이야기를 애교 있게 했다. 진흙구덩이들이 놓여있던 대목을 지나칠 때, 그의 목소리에는 피리를 통해 나오는 바람처럼 가락과 부드러움이 있었다.

대략 백 년 전에, 우리 교회 안에 대판 싸움이 일어나 로마 교황이 두 분이나 모셔져서, 두 분이 서로 자기가 합법적으로 선출되었다고 우겨대신 탓으로 수도원, 수도원장과 주교 자리에 크나큰 손실을 입었습니다. 왜냐하면, 자신의 적수보다 더 인정을 받으려고, 두 교황은 저마다 그 지지자에게 칭호와 권익을 남발했기 때문에, 도처에 이중의 우두머리 사제(領袖)가 생겨났기 때문입니다. 그래서 이웃사람들과의 사이에 소송관련 일이 있던 성당이나 수도원은, 쉽사리 어느 한 쪽의 교황을 인정할 수가 없었으니, 이는 교회 참사회의 적에게 유리한 판결을 또 하나의 교황으로부터 받을까봐 인정하기를 서두르지 않았던 탓입니다. 하오나, 이 고약한 종교적 권세의 분립分立으로부터 무수한 해악害惡이 흘러나왔으니, 아무리 지독한 흑사병이라도, 이는 '교회의 간통'만한 사태는 기독교 전체를 통하여 없다는 것이 이로서 밝혀졌기 때문입니다.

그런데 이처럼 악마가 맹위를 떨치고 있던 그 당시, 제가 지금 주관하고 있는 튀르프네 수도원의 장원莊園에 대하여, 캉데Cande라는 이름의 당시 악명 높은 귀족, 비할 바 없는 무신론자이자 사악한 교인敎人이었던 이 귀족과 우리 수도원 사이에 권리상의 문제로 중대한 시비가 생겼습니다. 귀족의 탈을 쓰고 이 세상에 나온 이 악마는, 그래도 제법 용맹스러운 무인武人, 궁중에서 인기도 있고, 또한 위대하신 샤를 5세의 총애를 받던 신하인 부로 드라 리비에르[26] 경과 친한 사이이기도 하였습니다. 그래서, 리비에르 경의 그늘 아래서 보호를 받고 있던 이 캉데 경은 앵드르 골짜기도 비좁다는 듯이,

[26] Bureau de la Riviere Bureau de la Riviere. 샤를 5세 및 6세의 시종장관 겸 왕실 고문. 1400년 파리에서 사망했다.

천벌도 두려워하지 않고, 몽바종Montbazon에서 유세Usse에 이르기까지 모조리 제 장원처럼 여겨, 이루 말 못 할 만큼 멋대로 날뛰었습니다. 이웃사람들은 그를 매우 미워하며 두려워하였습니다. 또한 어쩔 수 없이 그가 하고 싶은 대로 지랄하게 내버려두고는 있었지만, 캉데 경을 땅 위에 돌아다니도록 내버려두기보다는 땅속에 파묻어버리는 쪽을 더욱 바람직하게 여겼는데, 그런데도 당사자는 그런 것 따위에는 전혀 마음 쓰지 않았습니다. 골짜기 일대에서, 이 악마에게 대항할 수 있었던 것은 당시 우리 수도원뿐이었습니다. 교회가 그 품안에 약한 자와 괴로워하는 자를 모으고, 압박받는 사람들을 보호하는 데 온 힘을 다하는 것은 항상 그 존재의의로 삼고 있는 바이오며, 더구나 그 권리와 특권이 침해되는 경우 교회가 이에 맞서 싸운다는 것은 당연한 것이라 하겠사옵니다. 이 험악스러운 무인은 수사들을 극히 싫어하였고, 특히 튀르프네의 수사들을 미워하였으니, 이는 그가 힘으로나 책략으로나 그 밖의 다른 모든 방법을 동원해도 그 수도원의 권리를 빼앗지 못하였기 때문이었습니다. 물론, 그는 이 시기 교회의 분열을 매우 좋아 하였고, 우리 수도원이 어느 한쪽의 교황을 선택하는 경우, 그 상대편인 교황에게 붙어 수도원의 권리를 사유화하려고 대기하고 있었습니다. 캉데 경이 성관에 돌아온 후로는 장원 내에서 우연히 만나는 성직자들을 괴롭히며 난처하게 하는 짓이 그의 습관이 되고 말았습니다. 한번은, 장원 내의 물가를 따라 걸어가던 수사가 캉데 경과 딱 마주쳐서, 냇물 속에 스스로 몸을 던지는 길 밖에는 살 길이 없었는데, 열심히 구원을 기도한 보람이 있어, 하느님의 각별한 기적에 의해 수사의 옷이 그의 몸을 물위에 뜨게 해주어, 수사는 캉데 경이 구경하고 있는 앞에서 멋들어지게 건너편까지 헤엄쳐 갔습니다만, 경은 아무런 부끄러움도 없이 성직자의 이와 같은 고생을 보며 껄껄 웃어대기만 할 뿐이었습니다. 이것만 봐도 그자의 저주받을 사람됨이 어느 정도였는지 짐작되셨을 줄 믿습니다.

당시 이 수도원을 주관하시던 수도원장님은 지극히 성스러운 나날을 보내시며 깊은 신앙심을 가지고 하느님께 마음을 바치고 계셨는데, 그 깊은 신앙심으로 말하자면, 그 몹쓸 놈의 캉데 경의 독이 든 이빨로부터 수도원을 구해낼 기회를 한 번 발견하시기에 앞서, 자기 영혼을 열 번이나 구원할 정도였습니다. 늙으신 수도원장은 이러한 사태를 매우 우려하시면서도 비참한 운명이 들이닥치는 것을 그대로 기다리고만 있으셨습니다. 그럴 것이, 하느님의 구원이 반드시 일어날 것을 굳게 믿고 계시던 원장은 수도원의 재산을 한 푼이라도 축내는 짓 따위는 결코 용서치 않겠다고 말하기도 하고, 또한 히브리 인 사이에서 유딧[27] 공주를, 로마인 사이에서 루크레티아[28] 여왕을 궐기시키셨던 하느님의 손이, 반드시 이 이름난 튀르프네 수도원에도 구원을 내려주실 거라는 등등의 지혜로우신 말씀을 자주 하시곤 하였습니다. 허나, 그분 밑의 수사들은, 매우 유감천만하게도 깊은 신앙심이 없는 자들이어서, 원장의 무심함을 책망하며, 하느님의 뜻을 담은 수레가 때맞게 도착하려면 국내의 소를 모조리 그 수레에 매어야 한다느니, 예리코Jerico[29]의 나팔은 이제는 세상의 그 어느 곳에서도 만들지 않는다느니, 하느님께서는 당신이 창조하신 것이 마음에 들지 않으시어 이제는 거들떠보시지도 않

---

27 Judith. B.C. 7세기경. 미모의 유대인 미망인으로 베툴리아를 포위하고 있던 아시리아 적진 속으로 들어가 적장 홀로페르네스를 살해, 이스라엘을 구한 인물이다. 구약성서 외경外經 중의 하나인 유딧서를 보면 이러한 유딧의 이야기를 알 수 있다.

28 Lucretia(?~B.C. 509) 로마의 공화제를 이끌어낸 여인이다. 콜라티누스의 아내로 타르퀴니우스 왕의 아들에게 겁탈을 당하자, 아버지와 남편에게 복수를 다짐받고 자살로 생을 마감했다. 이 사건은 로마의 왕정이 무너지고 공화제가 성립하는 데 중요한 요인이 되었다.

29 요르단 강 서안에 위치한 도시로 예루살렘 북동쪽 35km 지점에 위치하고 있다. 구약성서에서는 '여리고' 라고 불려지는데 여호수아가 군대를 이끌고 예리코 성을 공략한 적이 있다. 그 내용을 성서에서 참고해보면 다음과 같다.
"이스라엘 자손들로 말미암아 예리코는 굳게 닫혔고 출입하는 자가 없더라. 여호와께서 여호수아에게 이르시되 보라 내가 여리고와 그 왕과 군사들을 네 손에 넘겨주었으니 너희 모든 군사는 그 성을 둘러 성 주위를 매일 한 번씩 돌되 엿새 동안을 그리하라. 제사장 일곱은 일곱 양각羊角 나팔을 잡고 언약궤 앞에서 나아갈 것이요, 일곱째 날에는 그 성을 일곱 번 돌며 그 제사장들은 나팔을 불 것이며 제사장들이 양각 나팔을 길게 불어 그 나팔 소리가 너희에게 들릴 때에는 백성은 다 큰소리로 외쳐 부를 것이라. 그리하면 그 성벽이 무너져 내리리니 백성은 각기 앞으로 올라갈 지니라 하시매." (여호수아 6장 1절~5절, 개역개정판)

는다느니 등등 하느님에 대한 의혹과 탄식으로 가득 찬 천편일률적인 그 시절 식의 넋두리를 늘어놓기 예사였습니다. 이처럼 한심스러운 시기에 궐기한 인물이 바로 아마도르[30]라고 일컫는 호걸 수사였습니다. 사람됨이 이교도의 목신牧神인 팡Pan(판)과 꼭 닮았다고, 사람들이 놀리는 말로 그렇게 부르고 있었던 것입니다.

사실, 그는 팡처럼 배뚱뚱이고, 역시 휜 다리, 망나니의 팔 못지않은 억세고 털투성이의 팔, 바람을 짊어지기에 알맞은 등허리, 술주정뱅이보다 더 붉은 얼굴, 번쩍번쩍하는 눈, 텁수룩한 수염, 벗겨진 이마를 하고 있었는데, 지방脂肪과 요리로 그 거대한 몸이 불룩한 모양이 애를 밴 여자와 비슷하였습니다. 나날의 행동거지로 말할 것 같으면, 아침 기도는 포도주를 저장한 지하실의 계단에서 바치고, 저녁 기도는 주님의 포도원에서 바치는 식이었습니다. 상처가 곪아터진 노숙자처럼 누워만 있다가, 간혹 일어나면, 원장의 금지령 따위는 아랑곳하지 않고, 골짜기의 민가로 내려가 수다를 떤다, 하찮은 짓을 하며 논다, 결혼 잔치를 축복한다, 포도송이를 흔들어 떨어뜨린다, 심지어 계집애 소변보는 걸 구경하기도 하는 이루 말 못 할 약탈자 · 느림보, 근엄하게 처신해야 할 성직자 군단軍團에 있어서 가장 망측한 병사이고 보니, 수도원에서는 아무도 그를 염려하는 이가 없었고, 다만 그리스도교도다운 자비심에서 이 파계 수사를 미친놈으로 생각하여 놀고먹게 하였던 것이죠.

돼지우리에 있는 수퇘지처럼 빈둥빈둥 놀아도 먹여 주리라고 하늘처럼 믿어왔던 수도원이 이렇듯 위태로운 지경에 빠져 있는 현실을 알아차린 아마도르는, 수염을 쓰다듬고, 이것저것 못된 짓도 그만두고, 수사의 독방마다 찾아가고, 식당에서 귀를 기울이고 한 다음, 입술을 부들부들 떨면서 수도원을 구할 명안이 내 손 안에 있다고 큰소리를 탕탕 쳤습니다. 그리고 그는 난리의 핵심을 살피고, 소송을 화해로 결말지을 허가를 원장에게서 받은

---

30 Amador. amadou(부싯깃)을 인명화人名化했다. 곧 '성미가 욱한 사람'을 이른다.

다음, 또한 사태가 수도원에 유리하게 해결되는 날, 비어있는 부수도원장 자리를 자기에게 줄 것을 수도원 참사회에 약속시켰습니다.

다음, 캉데 경의 잔인성이나 학대 같은 것은 염두에 두지 않고, 자기의 수사복 안에 캉데 경을 꼼짝 못 하게 만들 수 있는 물건이 있다고 큰소리치며 떠났습니다. 노자라고는 오직 수사복과 몸뚱어리뿐, 그러나 그의 몸뚱어리는 생 프랑수아 드 폴Saint Francois de Paul의 수도회를 너끈히 양육할 만큼 기름져 있었던 것입니다.

온 집의 나무 들통이 빗물로 가득 찰 만큼 비가 억수같이 쏟아지던 날을 일부러 택해서, 성관 쪽을 바라보고 떠난 그는, 캉데 성관이 보이는 근처까지 개미 새끼 하나 만나는 일 없이 도착해, 물에 빠진 개처럼 씩씩하게 성관의 안마당으로 슬그머니 들어가, 돼지우리 처마 밑에서 하늘의 억수가 가라앉기를 잠시 동안 기다리다가, 캉데 경이 있을 것 같은 객실로 거침없이 들어가려고 했습니다. 때마침 저녁 식사를 나르고 있던 하인 하나가 아마도르의 모습을 보고 불쌍한 생각이 들어, 당장 나가지 않을 것 같으면 성주로부터 이야기의 시작을 겸하여 볼기짝 백 대를 맞을 것이라고 말하고는, 문둥병 환자보다 수사를 더 싫어하시는 영주님이 계시는 이 성관 안에 감히 들어오다니 제 정신이냐고 물었습니다.

"허어"하고 아마도르는 말했습니다. "나는 수도원장님의 심부름으로 투르로 가는 길이오. 만일 캉데 경이 이 하느님의 불쌍한 종에 대하여 그다지 고약하게 굴지 않으실 분이시라면, 이러한 큰비를 안마당에서 피하게 할 것이 아니라 성관 안에 들어오라고 하실 거요. 경의 임종 시에 하느님의 은혜가 내리시기를 나는 기도하고 있소이다."

하인은 이 말을 캉데 경에게 전했습니다. 캉데 경은 처음에 수사를 성관의 큰 구덩이, 오물 가운데 던져버리려고 하였습니다. 그러나 남편에 대하여 절대적인 권세를 쥐고 있는 동시에 남편이 두려워하고 있던 캉데 부인이 말렸습니다. (성주는 크나큰 부자인 부인의 유산 상속을 기대하고 있었기 때문에, 부인은 어느 정도 '작은 폭군'의 행세를 하고 있었던 것입니다) 부인은 매몰차게 말하기를, 비를 피하는 수사도 그리스도교 신자임에는 틀림없다, 이처럼 큰비가 내리는 때는 도둑일망정 순찰병에게 비를 피하고 가라고 집 안으로 모실 것이다, 더구나 교회 분열 문제에 관해서 튀르프네 수사들이 어떠한 결정을 내렸는가를 알아내기 위해 그 수사를 후하게 대접해볼 필요가 있다, 그리스도께서 탄생하신 이래 교회에 대항할 만큼 강력한 성주는 하나도 없었고 조만간에 이 성채도 수도원에 굴복되고 말 것이 틀림없으니, 수도원과 캉데 장원 사이에 일어난 분쟁을 힘으로 결말지을 것이 아니라 타협으로 결말지어야 한다, 등등 분별 있는 이치가 섞인 말을 늘어놓았습니다. 대개 여인들은 삶에 대한 권태를 느끼면, 삶의 폭풍의 결정에 있어서 이와 같이 논리적인 말을 하는 법입니다.

한편 아마도르의 얼굴이 어찌나 가련하고, 모습이 사납고, 우롱하기에 알맞았던지, 비 때문에 쓸쓸하던 성주는 소일거리로 그를 놀리고, 괴롭히고, 식초를 먹여, 성관에서 대접받은 것을 한평생 잊지 않도록 학대해주자고 생각해냈습니다. 따라서 성주는 마침 페로트Perrotte라고 부르던 아내의 몸종과 몰래 간통하고 있었는데, 이 몸종과 짜고 불쌍한 아마도르에 대한 그 악의에 유종의 미를 거두려고 했습니다. 두 사람 사이에서 음모가 짜여지고, 성주의 마음에 들기 위해 수사를 미워하게 된 몸종은 아마도르를 완전무결하게 속이려고 애교가 넘치는 얼굴을 꾸미고서는, 돼지우리 처마 밑에서 비를 피하고 있던 아마도르 쪽으로 가서 말했습니다.

"수사님, 객실에 빈 자리가 있고, 벽난로에 따뜻한 불이 타오르고 있으며, 식사 준비도 되어있는데, 하느님을 모시는 종을 이렇듯 비를 맞고 계시게 하다니 참으로 수치스러운 노릇이라고 성주님이 말씀하셨습니다. 또한 마님의 분부도 그러하시고 해서, 이렇듯 제가 수사님을 모시러 왔습니다."

"이 미천한 수사는 부인과 성주님께 진심으로 감사를 표합니다. 그리스도교 신자다우신 두 분의 환대를 받게 되어서 그러는 것이 아니라, 가련한 죄인, 저 같은 수사에게 우리 수도원의 제단에 계시는 성모 마리아님처럼 귀여우신 미美의 천사를 사자使者로 보내신 그 고마움에 진심으로 감사를 표하는 바입니다."

이렇게 말하면서 아마도르는 코를 들고, 번쩍번쩍하는 두 눈으로부터 튀어나오는 두 줄기의 불꽃을 쑤시어 일으켜서, 몸종도 수사를 그다지 추하게, 더럽게, 꼴사납게 여기지 않았습니다. 그런데 페로트와 함께 계단을 올라가던 도중, 아마도르는 별안간 코, 입술, 그 밖의 다른 곳에 냅다 갈겨대는 채찍을 얻어맞아, 성모찬가magnificat를 바칠 때의 촛불이 온통 눈앞에 보이는 듯하였습니다. 채찍으로 사냥개를 벌주고 있던 성주가 아마도르를 못 본 체하고 그를 냅다 갈겼기 때문이었습니다. 성주는 아마도르에게 자신의 실수를 용서하기를 빌고 나서 개를 뒤쫓아 뛰어갔는데, 도망가는 개 때문에 아마도르는 넘어지고 말았습니다. 처음부터 이 곯려주기를 알고 있던 몸종은 교묘하게 몸을 비키고 있다가, 아마도르가 넘어지는 꼴을 보고 까르르 웃어댔습니다. 이렇듯 준비된 속임수를 알아차린 아마도르는 성주와 페로트 사이가, 또는 페로트와 성주 사이가 보통 사이가 아니구나 하고 의심했지만, 전부터 이 두 사람의 간통에 대해서는 마을 아가씨들이 빨래터에서 하는 수다를 통해서 엿들은 적이 있던 것이었습니다.

헌데, 객실에 있던 사람들은 아무도 수사에게 자리를 내주는 이가 없어 아마도르는 방문과 창문의 바람을 몸으로 막은 채, 캉데 경과 부인, 열여섯 살 난 가문의 상속자인 딸을 지도하고 있던 캉데 양(이 분은 대감의 누이뻘 되는 늙은 처녀였습니다)이 함께 객실에 들어와 여러 사람들로부터 옛 방식에 따라 멀리 떨어진 상석上席에 위치한 그들의 자리에 앉을 때까지 얼어 들어가는 몸으로 그대로 서 있게 되었습니다. 이렇듯 옛 방식에 따라 멀리 떨어진 상석에 앉는 오래된 풍습을 당시의 귀족들을 고수하고 있었는데, 그다지 칭찬할 만한 짓이 못 되는 줄로 생각합니다.

캉데 경은 아마도르를 거들떠보지도 않고, 그를 지독하게 곯려줄 임무를 맡고 있던 두 명의 고약한 하인이 양쪽에 서 있는, 한 구석의 말석末席에 앉는 것을 그대로 내버려두었습니다. 사실, 이 두 하인은 수사의 발, 몸, 팔을 괴롭히는 데 있어 전문 고문기술자 못지않아서, 컵에 물 대신 백포도주를 따랐으니, 이는 아마도 그의 정신을 잃게 하여 놀림감으로 만들어보자는 속셈에서였을 겝니다.

헌데, 컵으로 일곱 잔을 마시게 했는데도 딸꾹질도, 트림도, 소변을 보러 일어서지도, 방귀 한 방 뀌는 일도 하지 않고 태연자약한데다, 눈알도 맑기가 거울 같아 두 하인은 몹시 놀랐습니다. 그렇지만 대감의 눈짓에 의해서 못된 짓을 계속하였는데, 수사에게 경의를 표하면서 소스를 수염에 튀겨주기도 하고, 또한 그것을 닦아내면서 수염을 눈물이 날 정도로 잡아당기기도 하고, 뜨거운 국물을 따라주는 과정에서 머리에 세례를 주기도 하고, 등골을 따라 뜨거운 국물이 똑똑 떨어지게도 하였는데, 아마도르는 이 수난을 온순하게 참았으니, 이는 하느님의 성령이 그의 몸 가운데 임하여 계셨고, 또한 사태를 결말지으려는 소망이 그로 하여금 성관 내에서 견뎌내게 하였기 때문입니다.

술병 주둥이를 마개로 틀어막는 것처럼 애주가인 수사에게 기름진 고깃국의 세례를 주었을 때에는, 실내가 떠나가는 듯한 웃음과 우스꽝스러운 말이 일어나서, 캉데 부인도 말석에서 무슨 일이 벌어지고 있는지 눈치채지 않을 수가 없었습니다. 부인이 아마도르 쪽으로 눈을 돌렸을 때, 아마도르는 완전히 체념한 눈길과 더불어 얼굴을 닦고, 주석접시에 담겨있던 커다란 쇠뼈다귀를 박살내고 있던 중이었습니다. 수사는 큼직한 뼈를 단칼에 두 동강 내더니, 털투성이의 두 손으로 그것을 집어 들고, 그 안에 든 뜨뜻한 골수骨髓를 자못 맛있게 빨아먹었습니다.

'어머나, 하느님께서는 저 수사님에게 어마어마한 기운을 주셨나 봐' 라고 캉데 부인은 생각하였습니다.

이러한 생각이 들자, 부인은 하인들에게 수사를 괴롭히지 않도록 엄하게 분부하였습니다. 수사 앞에는 말라빠진 사과와 썩은 호두알 몇 개가 그를 조롱하듯 놓여있었습니다. 캉데 부인과 누이와 따님과 하녀들이 큼직한 소뼈를 박살내는 모양을 열심히 구경들 하고 있는 것을 알아챈 아마도르는, 소매를 걷어 올려 팔의 근육이 세 겹인 것을 보이고는, 손목 마디에 호두를 놓고, 한 알 한 알 손바닥으로 두드려 기운차게 깨트려나갔는데, 그 모습이 마치 무르익은 모과를 다루는 듯 하였습니다. 그 다음, 삽시간에 개의 치아처럼 흰 치아로 그것을 어기적어기적 씹어 호두 껍데기, 속, 알맹이 할 것 없이 모조리, 건더기 하나 없는 죽으로 만들어 꿀물처럼 삼켜버렸습니다. 그의 앞에 몇 개의 사과밖에 없게 되자, 그는 두 손가락을 나무 자르는 큰 가위처럼 사용하여 거침없이 썰어 먹어치웠습니다. 여인네들은 어안이 벙벙하여 기침소리 하나 내지 못하였고, 하인들은 이 수사의 몸 안에는 틀림없이 악마가 숨어있을 거라고 생각하였으며, 하느님을 매우 두려워한 성주는 아내와 밤의 어두운 장막만 없었더라면 아마도르 수사를 밖으로 내쫓으려고 하였을 것입니다. 모두들 이 수사는 성관을 구덩이 속에 던질 수도 있는 '호걸 수사'라고 여겼을 정도였습니다. 저녁 식사를 함께 하던 사람들이 저마다 입을 닦고 나자, 캉데 경은 보기에도 위험천만한 이 괴력의 악마 수사를 가둬두려고, 악취가 풍기는 누추한 방으로 그를 데리고 가게 했습니다. 그곳은 이미 페로트가 수사를 괴롭히려는 목적으로 꾸민 준비가 철저하게 되어있던 곳이었습니다.

성관의 수고양이들은 그에게서 고해성사를 받으라는 비상소집을 받아, 욕망을 느끼게 하는 개다래나무에 혹해 그 죄를 고백하게끔 마련되어 있었고, 또한 돼지새끼들은 침대 밑에 놓여진 송로松露버섯 냄새에 모여들어, 수사가 되기를 소망하는 돼지새끼들로 하여금 수사가 낭송하는 리베라libera[31] 때문에 어쩔 수 없이 수사가 되는 것을 단념하지 않을 수 없게끔 준비되어 있었으며, 뿐만 아니라 이부자리에 잘게 자른 말총을 넣어 아마도르가 몸을 움직일 때마다 따끔따끔 찌르도록, 또한 침대에 찬물방울이 똑똑 떨어지도록 꾸며놓는 등의, 성 안의 장난꾸러기들의 상투적 수단이기도 했던 각종 '짓궂은 놀이들'이 준비되어 있었습니다. 이렇듯 성 안의 모두가 수사의 야단법석을 기대하면서 자리에 들어갔습니다. 수사가 있던 방은 작은 탑 위의

31 가톨릭에서 망자를 위해 바치는 기도문.

지붕 밑이고, 아래쪽의 출구에는 수사에게 맹렬히 덤벼들 기세로 있는 개들이 용의주도하게 지키고 있어서, 수사의 야단법석이 필연코 있으리라고들 확신하고 있었던 것입니다. 수사가 고양이, 돼지새끼들과 어떤 언어로 묻고 답하는지 확인하고자 성주는 그 옆방에 있던 페로트와 동침하러 갔습니다.

이와 같은 대접을 보고, 아마도르는 자루에서 칼을 꺼내 교묘하게 빗장을 뽑았습니다. 다음, 성관의 상황을 살피기 시작하여, 성주가 몸종과 희희낙락하며 몸을 굴리고 있는 중인 것을 귀로 들었습니다. 두 사람의 운우지정雲雨之情을 괘씸하게 여기면서, 그는 캉데 부인이 혼자 이부자리에 들어가는 순간까지 기다리다가, 샌들이 소리 낼까 봐 벗어들고 맨발로 침실 안으로 들어갔습니다. 모든 걸 엄청나게 크게 보이게 하는 수사복의 효과 때문에 일반인들로서는 오래 지탱하기 어려운 그 놀라운 모습으로 밤중에 수사가 나타나는 식으로 램프의 환한 빛을 받고서 그는 모습을 드러냈습니다. 그는 자기가 바로 수사임을 부인에게 보이고 나서, 다음과 같이 상냥하게 말했습니다.

"부인께 알립니다. 성주님이 소유하고 있는 것 중에서 가장 귀중한 것이, 비겁하게도 부인으로부터 가로채어져 몸종에게 수여됨으로써, 마님의 미덕이 크나큰 손상을 입고 있는 추악한 사태를 종식시키라는 명령을, 예수님과 성모마리아님으로부터 받아 이곳에 온 몸입니다. 부인께 바쳐져야 할 공물이 다른 곳간에 넣어져도 상관없습니까? 안주인으로서의 체면이 설까요? 이로 인해 당신의 몸종이 마님이고 당신은 그저 몸종에 지나지 않습니다! 그 몸종이 싫도록 맛보고 있는 쾌락이야말로 마땅히 당신께서 차지하셔야 할 것이 아닙니까? 그러므로, 괴로워하는 자의 위안인 우리 교회로 오십시오. 그곳에는 부인 같으신 분들을 위한 많은 기쁨이 쌓여있으니, 만일 부인께서 남편과의 빚을 단념치 못 하신다면, 이 수사를 그 빚을 지불할 준비가 되어있는 사자로 생각하셔도 무방합니다"라고 말하면서, 수사는 조금 전부터 거북해지기 시작한 허리띠를 약간 풀었습니다. 그는 캉데 경이 돌보

Sœ le Moyne Amador

지 않던 그 아름다운 것들을 구경하고 멋대로 감탄하고 있었으니까요.

"수사님, 만일 말씀하시는 것이 정말 있는 일이라면, 수사님이 하라는 대로 하겠어요"라고 부인은 침대 밖으로 가볍게 뛰어내리면서 말했습니다. "수사님이야말로 하느님의 사자예요. 왜냐하면, 제가 이 집 안에서 오래 전부터 눈치채지 못한 일을 단 하루 만에 알아내셨으니 말예요."

그리고 부인은 아마도르와 동행하였는데, 극히 성스러운 수사복을 살짝 스치는 바람에, 어김없이 '큼직한 것'을 감촉하고는 크게 신이 나, 남편이 잘못을 저지르고 있기를 오히려 바랄 정도였습니다.

실제로 부인은 남편이 몸종과 한 이불 속에서 수사에 대하여 이러니저러니 잡담하고 있는 현장을 제 귀로 들었습니다. 이렇듯 명백한 배신을 당한 부인은 격한 분노에 사로잡혀, 여인의 버릇에 따라 몸종을 벌하기에 앞서 분노를 말로 변화시키려고, 큰 입을 열고 한바탕 소리소리 외치려고 하였습니다. 그러던 것을 아마도르가 막아, 먼저 복수를 한 뒤에 소리치는 것이 현명하다고 타일렀습니다.

"그럼, 고래고래 소리칠 수 있게, 어서 빨리 복수시켜 주셔요, 수사님"이라고 부인은 말했습니다.

이래서 수사는 맹렬하고도 감미로운 앙갚음을 수도원 풍으로 부인으로 하여금 성취토록 했기 때문에, 부인은 술통 꼭지에 입술을 댄 술망나니처럼 거리낌 없이 그 짓에 탐닉耽溺하였습니다. 부인네가 앙갚음을 할 때, 앙갚음을 하는 데 도취하든가, 아니면 전혀 향락하지 않든가 둘 중에 하나이기 때문입니다. 캉데 부인의 경우는 몸을 요동 못 할 만큼 앙갚음을 하는 데 도취되고 말았습니다. 정말이지 분노에 바탕한 앙갚음만큼 사람을 흥분시키며, 숨을 헐떡거리게 하고, 기진토록 하는 것도 따로 없습니다. 그래서 부인은 복수하고, 재차 복수하고, 거듭거듭 복수했으나, 이 수사와 더불어 가끔 복수할 권리를 그대로 가지고 싶은 마음에서 여전히 남편을 용서해줄 아량이 좀처럼 나지 않았습니다. 복수에 대한 이와 같은 애착을 보고, 아마도르는 부인의 분노가 계속되는 한 복수하는 데 도움을 드리기로 굳게 약속하였습니다. 사물의 실상實相을 명상하여 깨닫는 성직자답게 그는 복수를 행하는 양식, 방법, 기교의 무한수無限數를 알고 있음을 부인에게 알려주었습니다. 그리고 복수하는 것이 얼마나 그리스도교 신자다운 것인지 교리教理에서 낱낱이 예를 들어 가르쳐주었습니다.

곧 성서의 전편을 통해, 신은 다른 어느 특성보다도 첫째로 '복수의 신'이심을 스스로 자랑하시고, 또한 지옥에 관한 구절에서 신의 복수는 영원한 것이라 그 복수가 얼마나 장엄하고 신성한 것인가를 명시하고 있는 바이니, 따라서 여인이나 성직자는 저마다 복수에 정성을 다하지 않고서는 신도라고 할 수 없을 뿐만 아니라, 하느님의 가르침에 따르는 충실한 종이 될 수 없다고 설명해주었습니다. 이 교리가 부인의 마음에 쏙 들었던지, 자기는 교리를 아직 잘 모르는 사람이니, 부디 그 오묘한 진리까지 친히 깨우쳐주시기를 사랑하는 수사에게 간청하였습니다.

이와 같은 복수의 결과, 새로운 기운이 몸 안에 가득 찬 부인은 몸종이 뛰놀고 있던 방으로 들어갔습니다. 바로 그때 몸종은, 장사치가 귀중한 상품을 도둑맞지 않으려고 그 위에 자주 눈길을 보내듯, 부인이 감시를 게을리하지 않아왔던 남편의 물건 위에 손을 얹고 있었습니다. 리제Lizet 대법관[32]이 기분이 좋았을 때 했던 말을 빌어서 말하면, 그것은 '침대에서 잡힌'[33] 한 쌍의 현행범이었습니다.

들킨 남녀의 부끄러워하는, 어쩔 줄 몰라 하는, 한심스럽게 구는 꼴이야말로 눈뜨고 볼 수 없었거니와, 그 꼴을 목격한 부인도 말할 수 없이 약이 올라, 수문水門이 열린 그녀의 못의 물이 흘러나오는 모양으로 기세 사납게 그 입에서 욕설이 마구 흘러나왔습니다. 그것은 높은 음계의 음악으로 반주되고 반음올림표[#]가 붙은 각종 가락으로 변주된 3절의 설교였습니다.

32 Pierre Lizet(1482~1554). 파리의 재판소장.
33 '침대에서 잡힌'의 원문은 flagrant au lit다. flagrant delit(현행범)이라는 숙어 중의 delit를 au lit(침대에서)라고 농담으로 한 말이다.

"부인으로서의 덕이야말로 고맙지 뭐예요. 이 성관의 마님인 내가 이런 꼴을 당하다니, 당신은 부부의 성실성에 의지하는 것이 얼마나 어리석은 짓인지 저에게 이렇듯 잘도 가르쳐주셨군요. 어째서 내가 아들 복이 없는지 그 까닭을 이제야 알았어요. 당신은 얼마나 수많은 애 종자를 이 천한 가마솥에, 헌금함에, 밑 빠진 동냥자루에, 문둥이의 대접에, 캉데 가문의 무덤에 던지셨죠? 이 몸에 아이가 없는 게 내 탓인지 또는 당신의 죄인지 밝히고 싶군요. 당신은 몸종들하고 마음대로 지랄치세요, 나는 나대로 잘나신 기사 분을 초대해서 이 가문을 이을 아들을 얻을 테니까. 당신은 많은 서자庶子를 만드세요. 나는 적자嫡子를 만들 테니까!"

"여보, 그렇게 고함치지 마시구려"라고 어리둥절한 성주는 말했습니다.

"고함치지 말라고요, 왜 못해요, 더 고함치겠어요. 대주교님에게, 교황 사절에게, 왕에게, 내 형제들에게 들리도록 고함치겠어요. 그럼, 그 분들이 이 수치스러움을 저를 대신해서 씻어주시겠지요"라고 부인은 대꾸했습니다.

"이토록 당신의 남편을 욕보이지 마시구려."

"욕이라고요, 수치라고요? 알긴 아시는군요. 욕이고말고요, 수치고말고요. 그러나 이 수치도 당신에게서 온 것이 아니라 요 계집 때문에 받은 것이니까, 요년을 부대 속에 넣어 꿰맨 다음 앵드르 시내에 던져버려야지. 그러면 당신의 수치도 씻겨질 테니까. 여봐라, 누구 없느냐!"라고 부인은 외쳤습니다.

"제발 조용히……"라고 눈먼 개처럼 부끄러워진 성주는 말했습니다.

사람을 죽이는 데 손 빠른 이 위대한 무인도 부인의 일별一瞥에는 어린애처럼 되고 말았습니다. 그럴 것이, 무사들의 몸 안엔 힘이 있으며 물질적인 둔한 육체성肉體性이 존재하는 데 반하여, 여성의 몸 안에는 오묘한 정신적인 것과 하늘의 낙원을 비추는 향기로운 불꽃의 번득임이 존재하기 때문에, 이에 남성들의 대다수가 어리둥절해지고 말기 때문입니다. 정신이란 물질의 왕이어서, 대다수의 여인네가 그 남편을 엉덩이 밑에 깔고 있는 까닭도 바로 여기에 있는 것입니다.

이 말에 자리에 있던 귀부인들은 웃어대고, 국왕 또한 웃으셨다. 수도원장은 계속해서 이야기했다.

"조용히 못 하겠어요"라고 캉데 부인은 말을 이었습니다. "나는 크나큰 모욕을 받았어요. 나의 많은 재산, 나의 정숙한 품행에 대한 정당한 보답이 바로 이것 인가요! 당신에게 순종하기를 언제 거부했던가요? 사순절四旬節에도 당신의 요구에 응하지 않았던가요? 해를 얼릴 만큼 이 몸이 차던가요? 의무감 또는 당신의 마음에 들려는 순전한 속셈, 아니면 폭력 밑에서 어쩔 수 없이 내가 그것을 한 줄 아셨나요? 나의 곳이 매우 신성해서 가까이 할 수 없는 성물함聖物函이던가요? 그래서 들어가려면 교황의 허가장이라도 필요했던가요? 코에서 냄새가 날 만큼 아주 친숙하게 되었나요? 하느님, 굽어 살피소서. 나는 당신이 하라는 대로, 당신의 기호대로 하지 않았던가요? 하녀들이 귀부인들보다 사내양반들의 취미를 더 잘 알고 있기라도 합니까? 그렇지, 틀림없이 그럴 거야, 그녀들은 씨 뿌리지 않고 밭을 갈게 하니까. 나에게도 한번 그 비결을 가르쳐주시죠, 내가 좋아하는 분과 그것을 실지로 해보겠으니. 왜냐하면, 내가 자유로운 몸이라는 건 이미 결정된 사실이니까요. 고맙지 뭐예요. 당신과 부부가 된 후 권태롭기 짝이 없어 몸이 근질근질하였고, 당신은 내게 그 치사스러운 환희를 너무나 비싸게 팔아왔거든요. 이제야 나도 당신으로부터, 당신의 변덕스러움에서 벗어나 '수사'의 수도원에 은둔할래요……."

부인이 '수녀'라고 말하려는 것을 '수사'라고 잘못 말한 것은, 아마도르의 복수의 솜씨의 영향인 듯싶었습니다.

"……아무렴요, 이런 썩어빠진 더러운 곳보다 딸과 함께 수녀원에 은둔하는 편이 더 좋을지 몰라요. 당신은 몸종의 재산이라도 상속받으시구려. 참 우스워라, 몸종이 캉데의 마나님이라니!"

이때 아마도르가 불쑥 나타나 말했습니다.

"왜들 그러시죠?"

"일대 괴변怪變이 일어났답니다"라고 부인이 대답했습니다. "저는 지금 복수를 부르짖고 있어요. 이를 위해 저는 먼저 캉데 가문의 종자를 유용한 이 음탕한 계집을 자루 속에 꿰매 넣어 물속에 던지려고 해요. 그렇게 하면 망나니의 수고도 덜거니와 남편 쪽은……."

"그만, 그만. 노여움을 푸십시오"라고 수사는 말했습니다. "영원한 생명에 바탕한 행복을 소중히 여기신다면, 자기에 대한 남의 죄를 용서하라고 '주主의 기도'를 통해 교회에서 명하고 있습니다. 남을 용서하는 자, 하느님께서도 용서하십니다. 남에게 앙갚음을 하는 악인에게만 하느님께서는 영원한 복수를 하게 하시고, 그 반대로 남을 용서한 자들을 천국에 머무르게 하십니다. 빚도 죄도 감면되기 때문에 크나큰 기쁨의 날인 대사大赦[34]가 여기서 비롯된 것입니다. 그러므로 용서한다는 것은 하나의 행복입니다. 남을 용서하십시오, 용서하십시오! 용서는 성스럽고 성스러우며 착한 일입니다. 성주님을 용서하십시오. 부인의 상냥한 관용에 대해 성주님께서는 반드시 감사해 마지않아 이후로 부인을 더욱 뜨겁게 사랑하실 것입니다.

이 참을성 있는 관용이야말로 부인으로 하여금 젊음의 꽃을 다시 피우게 할 것입니다. 그리고 아름답고 젊은 부인이시여! 용서는 경우에 따라 복수의 한 방법임을 믿어 의심치 마십시오. 몸종을 용서하십시오. 몸종은 부인을 위해 하느님께 기도할 것입니다. 그러면 모든 이로부터 기원 받으신 하느님께서 부인을 어여삐 보시고 이 관용을 가상히 여기시어, 틀림없이 부인에게 적통嫡統의 아들을 내려주실 것입니다."

이렇게 말하고 나서 수사는 성주의 손을 잡아 부인의 손에 쥐여주고는, 덧붙여 말했습니다.

---

34 Jubilé. 가톨릭에서는 고해성사를 통해 그 죄를 면죄해준다. 그러나 그 죄에 따른 벌은 여전히 남아있고, 이는 이승이나 지옥에서 그것을 속죄하는 보속으로 사면 받아야 하는데, 이 보속을 현세에서 면제해주는 것을 대사大赦라고 한다. 유태 오십년 절繭은 모세의 율법에 따라 50년마다 축제를 올리는데, 이날에는 모든 부채가 일체 소멸되고 노예는 해방이 된다. 이를 본받아 가톨릭에서는 일정한 규례에 따라 교황이나 주교가 보속을 면제해주는 '대사大赦 제도'가 만들어졌다.

"어서 가시어 이 용서에 대한 이야기라도 나누십시오!"

그런 다음 아마도르는 성주의 귀에 다음과 같은 슬기로운 충고를 속삭여 주었습니다.

"성주님, 당신의 위대한 증거를 내세우십시오. 반증을 들기만 하면 부인을 침묵시킬 수 있을 것입니다. 여인의 입이란 그 구멍이 비어있을 때만이 말로 가득 차 있는 법이니까요. 그러니 이제부터는 세 치의 혀를 잘 사용하십시오. 반드시 부인을 움쭉달싹 못 하게 할 것입니다."

"이 아니 깨달음을 얻으신 수사가 아니고 무엇인가!"라고 성주는 물러가며 중얼거렸습니다.

아마도르는 페로트와 단둘이 되자, 그녀에게 말했습니다.

"하느님의 불쌍한 종을 곯려주기 위해, 그대는 크나큰 죄를 범하였도다. 때문에 진노의 벼락이 반드시 그대의 몸 위에 떨어져, 그대가 어디로 도망가든, 저세상에까지 그대의 뒤를 쫓아가 그대의 마디마디를 움켜잡아 찢으리. 지옥의 화덕 속에 밀가루 반죽처럼 그대를 처넣고, 영원히 굽고 끓이리. 또한 그대의 의견 때문에 내가 받은 채찍의 벌로, 그대는 날마다 7천억 번의 매질을 당하리라……."

"아이 무서워라! 수사님"하고 몸종은 수사의 몸에 닿을락말락하게 몸을 던지며 말했습니다. "수사님만이 저를 구원하실 수 있어요. 수사님의 옷 밑에 도망치면, 하느님의 분노에서 몸을 피할 수 있을 테니까요"라고 말하면서, 수사 옷 밑에 몸을 숨기려는 듯 그것을 쳐들어보더니, 페로트는 깜짝 놀라 감탄의 외침을 냅다 질러대었습니다.

"어머 어머, 맹세코 수사님 쪽이 성주님 것보다 더 훌륭해."

"악마의 유황불에 맹세하는 바, 그대는 수사의 것을 본 적도 맡아본 일도 없는가?"

"없어요"라고 몸종은 대답했습니다.

"흠, 그래? 그럼 수사가 말 한마디 없이 기도문을 외는 의식이 있다는 걸 전혀 모르나?"

"전혀 몰라요"라는 페로트의 말.

이래서 아마도르는, 축일 수도원의 관례대로 파fa 조調로 노래하는 성가, 황황한 촛대, 아동들의 합창, 커다란 종을 갖고 그 미사를 엄숙하게 올리기 시작하여, 초입경l' introit[35]부터 종미사l' it missa est[36]까지 몸소 정성껏 거행하여, 이렇게 해서 몸종도 아주 신성하게 되었습니다. 따라서 하느님의 어떠한 분노도 그녀의 온몸 어느 한 구석에서 수도자답게 충분히 깨끗하게 되지 않은 곳을 발견 못 했을 것입니다.

아마도르의 명에 따라, 페로트는 그를 성주의 누이 캉데 여인이 있는 방으로 안내했습니다. 그는 나이 든 아가씨에게 말하기를, 보아하니 수사가 이 성관에 방문하는 예가 드문 것 같은데 자기에게 고해성사를 받을 의사가 없느냐고 했습니다. 대다수의 선량한 그리스도교의 여신도들이 그렇듯, 나이 든 아가씨도 양심의 때를 벗길 수 있는 기회를 무엇보다 좋아했습니다. 그래서 아마도르가 그녀에게 양심을 내보이기를 청하자, 그녀는 순순히 내보였는데, 정녕 그것은 처녀의 양심답게 아주 시커맸기 때문에, 여인의 온갖 죄는 이곳에서 완성된다는 사실을 알려주고, 나중에까지 아무런 죄 없이 있으려면 '수사의 면죄부'로 양심을 틀어막을 필요가 있다고 말했습니다. 이 말에 대해 아무것도 모르는 나이 든 아가씨가 어디서 그러한 면죄부를 입수해야 할지 모르겠다고 대답하니까, 아마도르는 말하기를, 다행히 그 '면죄부'라는 보물을 몸에 지니고 왔는데, 천하에 이보다 더 관용 있는 것도 없거니와, 말 한마디 하지 않고서도 한없는 따스함과 부드러움을 일으키는 것이라, 이것이야말로 진실로 '면죄부'의 참되고, 영원하고, 또한 제일가는 성품性品이라고 하였습니다. 나이든 아씨는 난생 처음으로 목격하는 이 보물을 보고는 눈이 휘둥그레지며 몸과 마음이 황홀해졌습니다. 수사가

---

35 l' introit . 미사를 시작할 때 올리는 기도.

36 l' it missa est. '이제 미사가 다 끝났도다'라는 뜻의 라틴어. 불어로 하면 'Allez, la messe est dite.'

지참한 유물의 효험을 진심으로 믿어마지않던 아가씨는 면죄의 행동에 경건하게 집착하는 모양이, 마치 캉데 부인이 복수에 탐닉했던 것과 흡사하였습니다.

이러한 고해성사에 따른 소란에 캉데의 따님이 깨어나 보러왔습니다. 아마도르는 이러한 만남을 은근히 바랐던 모양이었습니다. 이 '고운 과일'을 보자, 그는 입에 침이 괴어 이를 씹지도 않고 삼켰습니다. 그럴 것이, 캉데 따님이 바라마지 않던 면죄의 나머지가 그녀에게 수여되는 현장을 나이 드신 아가씨가 막을 수 없었으니까요. 이래서 아마도르도 그 노고에 대한 충분한 보상을 받은 셈이 되었습니다.

아침이 되었습니다. 돼지새끼들도 송로버섯을 다 먹어치우고, 고양이들도 개다래나무의 냄새가 나는 장소를 오줌바다로 만들었을 정도로 욕정도 다 식어버린 듯하여, 아마도르도 자기 침대로 휴식하기 위하여 돌아왔습니다. 당연히 페로트가 이미 앞서 언급한 여러 장치들을 없애버린 상태였습니다. 수사 덕분에 성관의 주인 되시던 분들 또한 모두들 푹 잠들어, 점심시간인 정오 전까진 한 사람도 일어나지 않았습니다. 그래서 하인들은, 악마가 수사로 둔갑하여 고양이·돼지새끼와 더불어 주인들까지 휩쓸어간 것이라고 여겼습니다. 그러한 수다에도 불구하고 식사 때에는 주인들도 객실에 모습을 나타냈습니다.

"수사님, 어서 이리 오셔요"라고 캉데 부인은 아마도르에게 팔을 내주며 자기 곁에 있던 성주의 의자에 앉게 하였는데, 캉데 경이 한마디의 불평도 하지 않는 것을 보고 하인들은 매우 놀랐습니다.

"이봐요, 이걸 아마도르 수사님께 갖다드려요"라고 부인이 말했습니다.

"아마도르 수사님께 올려라"라고 캉데 경의 누이도 말했습니다.

"아마도르 수사님의 술잔에 가득 채워드려라"라고 성주도 말했습니다.

"아마도르 수사님께 빵을 더 드려요"라고 이에 캉데 따님도 말했습니다.

"무엇을 더 드릴까요?"라고 페로트도 한마디 하였습니다.

무슨 일에 관해서나, 여기서도 아마도르님, 저기서도 아마도르님이었습니다. 아마도르는 혼례 첫날밤의 귀여운 새색시처럼 환대받았습니다.

"더 잡수셔요, 수사님. 어제 저녁은 변변치 않은 음식으로 결례가 심했으니까요"라는 부인의 말.

"더 잔을 비우시오, 수사님. 수사님처럼 깨달음이 높으신 분은 난생 처음 뵈오"라는 성주의 말.

"아마도르 수사님은 정녕 멋있는 수사님이셔"라는 페로트의 말.

"너그러운 수사님이야"라는 나이 든 아씨의 말.

"자비로운 수사님이야"라는 캉데 따님의 말.

"위대하신 수사님이시지"라는 부인의 말.

"모든 점에 드높은 경지에 이른 수사님의 이름에 부끄럽지 않은 수사님이시군"이라고 성관의 서기도 한마디 거들었습니다.

아마도르는 산돼지가 닥치는 대로 먹어치우듯 접시를 수없이 깨끗이 비우고, 계피 넣은 포도주를 핥아 마시며, 혓바닥으로 입술을 핥으며, 재채기 하며, 목장의 황소처럼 목구멍이 막힐 만큼 잔뜩 먹어 트림을 '크으' 하였습니다. 하인들은 그를 마법사로 여겨, 공포심을 갖고서 휘둥그레진 눈으로 바라보고들 있었습니다. 식사가 끝나자, 캉데 부인을 비롯해 나이 든 캉데 아가씨, 캉데 따님은 그 소송 사건을 끝장내라고 흐르는 물 같은 미사여구로 캉데 경을 칭칭 감기 시작하였습니다. 성주는 부인의 입을 통해 수사가 얼마나 성관에 이로운 존재인가를 듣게 되고, 앞으로도 수시로 '양심의 때'를 닦게 하고 싶었던 누이의 입을 통해 수사가 얼마나 고마운 분인가를 듣게 되고, 따님한테는 수염을 잡아끌리면서 아마도르를 영구히 성관에 있게 해달라는 청을 듣게 되었습니다. 성관 안의 여러 시빗거리가 무마된 것도 오로지 수사님의 덕분이고, 수사님이야말로 성자처럼 깨달음이 높으시고, 매우 얌전하시며, 또한 슬기로우시니, 그러한 수사님이 많이 있는 수도원을 적으로 삼는다는 것은 불행이라 아니 할 수 없으며, 만약 모든 수사가 다들 아마도르처럼 깨달음이 높은 수사라면, 지상 어느 곳에서나 수도원은 성채를 점령하여 성주 따위는 망하고 말 것이며, 이는 또한 수사가 그토록 강하기 때문이라고 여인들이 입을 모아 말의 홍수처럼 천 가지 만 가지 이유를 늘어놓으니, 그것이 성주의 머리 위에 큰비 내리듯 쏟아졌기 때문에, 여인들의 소망을 들어주지 않는 날에는 도저히 성관의 평화가 있을 수 없을 것임을 알아챈 성주는 마침내 양보하지 않을 수 없었습니다.

그래서 캉데 경은 서기와 아마도르를 불렀습니다. 그리고 아마도르가 사태에 대한 화해가 한시라도 지연되는 것을 성주나 서기에게 허가하지 않기 위해서 정식 서류와 신임장을 성주 앞에 당장 제출하자 성주는 몹시 놀랐습니다.

캉데 부인은 소송 사건이 타협되어 가는 모양을 보고, 장 속에서 품질 좋은 모직물을 꺼내 소중한 아마도르를 위하여 새로운 수사복을 지었습니다. 그의 수사복이 얼마나 낡아빠졌던지, 집 안 사람들 모두의 눈에도 띄어, 그처럼 멋들어진 앙갚음의 연장을 그토록 더러운 자루 속에 담겨있는 대로 그냥 두기가 매우 유감스럽게 생각되어서였습니다. 이 수사복 짓기 작업에 모두들 지원하였습니다. 캉데 부인이 천을 자르고, 누이가 바느질하고, 따님이 양 소매를 달고, 페로트가 두건을 만들었습니다. 모두들 한결같이 수사를 멋지게 호강시키고 싶은 마음에서 한 마음으로 온 힘을 다하여 일해서 저녁 식사 전에 그 일을 모두 끝내고, 또한 화해의 증서도 다 작성되고 나니 성주는 거기에 인장印章을 찍었습니다.

"수사님, 크나큰 일로 매우 고단하시겠어요. 페로트에게 일러서 목욕물을 데워놓았으니 한 차례 하세요"라고 부인은 말 했습니다.

이 말에 따라 아마도르는 향수 넣은 목욕물에 들어갔습니다. 목욕하고 나와 보니, 명품 모직물로 지은 새 수사복과 보기 좋은 샌들까지 놓여있었습니다. 이것을 입고 신은 그의 모습은 모든 이의 눈에 이 세상에서 가장 영광스러운 수사로 보였을 정도였습니다.

이러는 동안, 튀르프네의 수사들은 아마도르에 대해 매우 걱정들 하여, 두 수사에게 성관의 형세를 살피고 오라고 명했습니다. 이 염탐꾼들이 도랑 근처까지 와서 보니, 마침 페로트가 깨진 조각들과 함께 아마도르의 기름

묻은 헌옷을 도랑 속에 던지고 가는 것을 보고, 그들은 그 불쌍한 미친 수사도 드디어 저승으로 가고 말았구나 생각했습니다. 그 길로 날듯이 수도원으로 돌아온 그들은, 아마도르가 수도원을 위해 참혹한 순교를 했음을 보고하였습니다. 이 보고를 들은 수도원장은 수사 일동을 성당 안에 집합시켜, 순교한 하느님의 종이 연옥의 고통을 면하게 되기를 하느님께 기도하였습니다.

한편, 아마도르는 저녁식사를 끝내고, 증서를 허리춤에 꽂고서 튀르프네로 돌아가려고 했습니다. 계단 아래까지 내려와 보니, 굴레를 씌운 안장이 놓인 캉데 부인의 말을 말구종이 잡고 있었습니다. 성주도 가는 도중 아마도르의 신상에 아무 일이 없도록 무장한 부하들을 딸려 보냈습니다. 이렇듯 극진한 대우를 보고, 아마도르는 일동에게 어젯밤의 좋지 못한 행동들을 용서하고, 이렇게 해서 개종한 이웃을 떠나기에 앞서 모든 이들에게 축복을 내려주었습니다.

부인은 떠나가는 수사의 뒷모습을 바라보며 훌륭한 기수騎手라고 말했습니다.

페로트는 수사님이면서도 기사들보다도 말 위에서의 허리가 더욱 꿋꿋하다고 말했습니다.

캉데 양은 그저 한숨만 내리쉬었습니다.

따님은 아마도르를 고해신부로 성관에 오래오래 모시고 싶었습니다.

"그 분은 이 성관을 거룩하게 하시고 가셨어"라고 여인들은 객실로 돌아와서 입을 모아 말했습니다.

말을 탄 아마도르가 수도원의 입구에 도착하자 일대 소동이 일어났습니다. 왜냐하면, 불쌍한 아마도르를 죽임으로써 수사의 피에 입맛이 동한 캉데 경이 튀르프네이 수도원을 휩쓸어버리려고 말을 타고 온 줄로 문지기 수사가 생각하였기 때문입니다. 그래서, 아마도르는 그 굵직한 목소리로 이름을 고래고래 소리쳐 알리고 나서야 겨우 안마당으로 들어갈 수 있었습니다. 그가 캉데 부인의 말에서 내렸을 때, 봄철에 때 아닌 눈이라도 본 것처럼 수사들은 깜짝 놀라 야단법석을 피웠습니다. 성당 안에서 환호의 외침을 고래고래 지르던 수사들은, 증서를 좌우로 흔들어 보이는 아마도르에게 축하하려고 우르르 몰려왔습니다. 무장한 캉데의 부하들은, 부르레의 포도원을 장원으로 소유하고 있던 마르무티에의 수도원으로부터 튀르프네 수도원에 보내져온 최고 품질의 포도주를 대접받았습니다.

캉데 경과의 계약문서를 수사 일동에게 읽어 준 다음 수도원장은 말했습니다.

"이러한 가지가지의 경우에, 하느님의 손가락은 반드시 발현發現하시므로, 우리 일동은 그 은총에 깊이 감사해야 하느니라."

수도원장이 아마도르에게 감사하면서도, 여전히 하느님의 손가락에 대해 언급하였기 때문에, 아마도르는 제 몸의 여섯 번째의 손가락이 작게 평가된 불만에서 수도원장에게 다음과 같이 말했습니다.

"적어도 하느님의 팔정도로 크다고 말씀하시고, 원장님, 그 이야기는 그쯤에서 그만두시죠."

캉데 경과 튀르프네 수도원 사이의 분쟁 해결은, 그 위에 캉데 경으로 하여금 신앙심이 두터운 신자가 되게 한 좋은 결과를 가져오게 하였으니, 이는 그가 아홉 달을 다 채우고 아들을 보았기 때문이었습니다. 그로부터 2년 후, 아마도르는 수사들에 의해 수도원장이 되었는데, 이는 이 미친놈 같은 아마도르를 원장으로 모시고 나서, 수도원을 이래도 좋고 저래도 좋은 느슨한 규율 밑에 놓으려는 수사들의 책략에서 나온 것입니다. 헌데 그 고약한 기대와는 정반대로, 수도원장이 되고 난 아마도르는 현명하고도 매우 엄격한 원장이 되었으니, 수도를 거듭한 결과, 그는 인간 내부의 악마와 같은 본능을 이겨 만물을 정화시키는 성스러운 화기火氣인 여성의 대장간에서 그의 성격이 다시 주조되었기 때문입니다. 이 성스러운 불이야말로 정녕 지상에 있어서 가장 영원하고, 굳어있는 영혼에 충격을 일으키는 것이며, 또한 끈기 있는 것이니까요. 더욱이 이 불은 모든 것을 태워버리고, 아마도르의 몸 가운데 있는, 인간의 본성을 흐리게 하는 것들마저 깨끗이 불태웠기 때문에, 남은 것은 없어지지 않는 것, 곧 그의 정신만이 남게 되어, 다이아몬드로 된 구슬처럼 찬연히 빛나고 있었던 것입니다. 여러분이 다 아시다시피, 우리의 지구덩어리를 옛적에 탄화炭化시킨 크나큰 불의 찌꺼기가 다이아몬드입니다. 따라서 아마도르는 우리 수도원의 개혁을 위해 창조주님으로부터 택함을 받은 도구였던 것입니다. 이 분은 거기서 모든 걸 다시 바르게 하고, 밤낮을 가리지 않고 수사들의 행동을 감시하고, 아침 기도를 위해 모두를 깨우고, 목자가 양의 수를 셈하듯 성당 안에서 그들의 수를 세고, 줄을 적당히 잡아당기고, 잘못을 가차 없이 벌해 수사들을 매우 경건한 현자賢者들로 양육시켰습니다.

이 이야기는, 여인과 접하는 데 있어서 쾌락을 얻고자 함에서가 아니라 깨달음을 얻기 위해서 하라는 가르침과, 또한 결코 교회의 성직자들과 싸워서는 안 된다는 것을 훈계하는 것이기도 합니다.

왕과 왕비께서도 이 이야기를 지극히 고상한 취미에 바탕한 것이라고 칭찬하시고, 신하들 및 궁녀들 또한 이처럼 재미나는 이야기는 난생 처음 듣는다고 말하였으며, 귀부인들은 모두들 그와 같은 일이 자신들에게도 실제로 일어나기를 마음속으로 바라 마지않았다.

베르트Berthe의 뉘우침

1장 베르트가 결혼한 몸이면서도 그대로 풋내기로 있었던 까닭

후에 루이 11세로 등극하신 왕세자께서 처음으로 피신을 하시어, 부왕父王 되시던 개선왕凱旋王 샤를 7세의 마음을 괴롭히시던 무렵, 샤를 7세는 모후母后 이자보 여왕이 오를레앙 공과 관계한 일로 출생을 의심받아 영국왕 헨리 5세에게 왕위권을 양도당했다. 그러한 때에 성녀聖女 잔 다르크가 등장해 영국군을 무찔렀던 시절,[37] 투레느의 한 명문가에 뜻하지 않은 불상사가 일어나, 그 후 가문이 멸절滅絶 상태에 이르렀는데, 이와 관련하여 매우 슬픈 이야기가 그 그늘에 숨어있었으니, 그 사연을 밝히기로

37 샤를 7세는 프랑스에서 정식으로 대관식을 거행하고 왕위에 오른다. 루이 11세는 이러한 샤를 7세의 아들로 부왕과는 대립적 상황에 놓여 있었는데, 1440년 부왕 샤를 7세에 반대하는 제후의 반란에 가담하였으나 실패로 돌아가 유배생활을 하였다. 유배에서 풀려난 뒤로는 부왕의 총희 아녜스 소렐과의 불화로 음모에 가담했다가 결국 왕의 노여움을 사 1456년 부르고뉴 공에게 도망가 1461년 부왕인 샤를 7세가 사망할 때까지 그곳에서 지냈다. 이러한 정황으로 보아 이 이야기는 1456년 무렵의 일로 추측된다. 또한 이 이야기는 발자크가 〈마녀 이야기〉와 더불어 가장 아끼던 작품으로 '모든 작품 중에서 가장 아름다운 것'이라고 자화자찬한 작품이기도 하다.

하자. 이 이야기에 있어서, 하느님의 분부에 따라, 선善의 주창자가 된 신앙 고백자들, 순교자들, 주천사들Dominations[38] 같은 거룩한 분들의 가호 하에 필자는 써 나가고 싶다.

투레느 지방에서 가장 큰 장원을 소유한 영주 중의 한 분 앵베르 드 바스타르네Imbert de Bastarnay 경은, 그 성격상의 한 결함으로서, 인간의 암컷의 정신에 전혀 신뢰의 정을 갖지 않고, 여인이란 질 주변의 꿈틀거림[39] 때문에 너무 많이 흔들어대는 존재라고 여기고 있었는데, 그럴 법한 일리가 없는 것도 아니라 하겠다.

따라서 앵베르 경은 이와 같은 못된 생각에서 아내 없이 노인이 되었는데, 이는 그를 위해 하나도 이롭지 않았다. 언제나 홀몸이라 남에게 다정하게 굴 줄 몰랐으며, 싸움의 나그네 길에 계속해 출정하여 체면 차릴 줄 모르는 젊은이들과 어울려 야단법석에 탐닉하여 왔기 때문에, 영주의 짧은 바지에는 더러운 것이 묻고, 갑옷에는 땀이 배고, 손은 시커멓고, 얼굴은 원숭이와 비슷하게 되었다. 한마디로 말해서, 영주는 겉으로 보기에 그리스도교 나라의 남성들 중 가장 흉악하고 천한 사람으로 보였다. 그러나, 그 마음씨, 지혜, 그 밖에 겉으로 보이지 않는 점에 있어서는 갖가지 장점을 갖추고 있어 매우 존중할 만한 인물이었다.

이 기사처럼 자기의 진지를 굳히고, 얼룩 없는 명예심을 갖추고, 말이 없고, 충성스러운 분을 이 천하에서 만나보려면, 천사도 걸음 깨나 걸어야 했을 게다. 하기야 천사에게도 발이 있다는 가정에서지만. 그래서, 이 영주와 함께 지내본 사람들의 말에 의하면, 영주는 매우 분별심이 풍부하고, 지략에도 뛰어나 정말로 믿음이 가는 분이라고들 평하였다. 그러니 이처럼 꼴사

---

38 Dominations는 천사의 중급 제1위의 천사다. 천사(善天使)는 상급 3대, 중급 3대, 하급 3대와 같은 단계로 나누어져 있다고 한다. 이 중 주천사는 중급 3대의 제1위에 해당한다.

39 circumbilivaginations. circum은 circon(주위를 뜻하는 접두사), bili는 bile(담즙, 분노, 안달하는 성미, 까다로운 성미를 뜻하는 명사), vagination은 vaginisme(질 경련을 뜻하는 명사)을 합친 발자크의 조어造語다. 이를 미루어 무엇을 뜻하는지 짐작하시라.

나은 사람에게 가지가지 완벽한 장점을 주셨다니, 우리를 놀리시는 하느님께서 고의로 하신 장난이 아니겠는가?

이 영주는 아직 쉰 살밖에 아니 되었는데도 이미 예순 고개를 넘은 것처럼 보였는데, 혈통을 얻고자 하는 목적에서 아내를 업어들일[40] 결심을 했다. 그래서 알맞은 틀을 여기저기서 물색하던 중, 당시 투레느에도 장원을 갖고 있던 명문 로앙Rohan 가문의 따님인 베르트라고 하는 재색을 겸비한 아가씨에 대한 소문을 들었다. 앵베르는 곧 몽바종의 성관에 아가씨를 보러가, 베르트 드 로앙의 귀엽고도 순진한 숫처녀다움에 반해, 이처럼 가문도 좋고 훌륭한 따님이 그 본분을 어길 리 없을 거라고 믿고 아내로 맞아들이기로 당장에 결심했다.

그 당시를 말하자면, 전쟁에서 겨우 회복되어 전쟁의 상처를 깁기에 여념이 없던 때라, 일곱 명의 따님을 슬하에 두고 있던 로앙 경은 그 혼처를 구하느라 골치를 앓고 있던 참이라서, 두말없이 승낙해, 곧 결혼식도 거행되었다. 베르트는 과연, 그 훌륭한 교육과 모친의 완벽한 가르침의 증거를 보였을 뿐만 아니라, 더욱이 실제로 풋내기여서, 앵베르 경은 그것을 제일가는 행운으로 여겼다. 그러므로 새색시를 얼싸안는 허락을 공공연하게 얻은 첫날밤에 영주는 기세 사납게 애 종자를 심었는데, 결혼한 지 두 달이 되어 그 충분한 표적이 나타나 앵베르 경은 매우 기뻐하였다.

이야기의 이 첫 부분을 끝내기 위해 한마디 덧붙이겠는데, 이 적출嫡出의 종자로부터 후의 바스타르네 경이 태어나, 루이 11세의 은혜로 공작이 되고, 왕의 시종관, 다음에 유럽 여러 나라에 국왕의 대사로 파견되어, 일편단심으로 충성을 다했기 때문에, 당시 사람들이 매우 두려워하던 루이 11세로부터 깊은 총애를 받았다. 이와 같은 충성은 실로 부친으로부터 이어받은 것이니, 부친 되는 앵베르 경도 일찍이 루이 왕세자를 경애하여, 왕세자의 운명에 자신의 운명을 맡겨, 반역에 있어서도 왕세자의 편에 가담하기까지

---

40 s'enchargier. se charger. '짊어지다', '떠맡다', '부양하다'는 뜻으로 만든 조어.

하였으니, 만약 왕세자의 명이라면 그리스도를 다시 십자가에 매어다는 짓도 마다하지 않을 정도로 충성스러웠기 때문이다. 생각건대, 높으신 분들이나 귀하신 분들의 주위에는 이와 같은 충의忠義의 꽃도 매우 드물다고 하겠다.

베르트는 처음부터 얌전히 처신하여, 여인의 영광에 의하여 영주의 머릿속에 품고 있던 짙은 안개와 검은 구름도 금세 사라지고 말았다. 그러자 대다수의 신앙심 없는 자들이 그렇듯, 대감은 삽시간에 불신에서 맹신盲信으로 옮아가, 집안 일 전체를 베르트에게 맡기고, 아내를 그의 행동과 행실의 주인공으로 삼고, 만사에 군림하는 지상至上, 그의 명예의 여왕, 그의 백발의 수호신으로 삼았으므로, 만일 이 부덕婦德의 거울에 욕을 하는 자가 있기라도 하면, 영주는 당장에 그놈을 박살내 죽였을 것이니, 정녕 남편 되는 영주의 차갑고도 시들은 입술에서 나오는 입김밖에 그 거울에 서리지 않았으므로, 가히 열녀烈女의 거울이 아니고 무엇이랴.

허나 사실대로 말하자면, 다음과 같은 사실을 덧붙여 말할 필요가 있다.

다름이 아니라, 베르트가 몸을 바르게 처신하는 데 많은 도움이 된 것은 사랑하는 애가 있었다는 사실이다. 여섯 해 동안 베르트는 낮이나 밤이나 애를 기르는 데 몰두해, 애지중지 젖을 먹이고, 애를 애인의 대리로 삼아 아름다운 젖꼭지를 마음대로 빨게 하며 마음대로 깨물게 하는 품이, 흡사 애인에 대하여 마음 쓰듯 하였다. 이 착한 어머니가 알고 있는 쾌적한 자극이라고는 아이의 장밋빛 입술이 주는 그것밖에 없으며, 알고 있는 애무라고는 장난치는 생쥐의 다리 모양으로 그녀의 몸 위를 돌아다니는 아이의 고사리 같은 손의 그것밖에는 없으며, 그녀가 읽는 사랑의 책이라고는 푸른 하늘이 비치고 있는 아이의 맑고도 귀여운 눈의 그것밖에 없으며, 귀로 듣는 사랑의 음악이라고는 그녀에게 하느님의 말처럼 들리는 아이의 울음소리밖에 없었다. 베르트는 아이를 하루 종일 가볍게 흔들고, 아침에 일어나자마자 아이에게 입맞춤을 퍼붓고 싶어 죽을 지경이었고, 밤에는 마지막 일로서 아이에게 입 맞추고, 한밤중에 아이를 애무하고 싶어서 일부러 일어나는 등,

마치 그녀 자신이 아이가 된 것처럼 어리석게 굴었는데, 모성애의 신성한 의무를 다해 아이를 길러, 한마디로 말하자면, 이 세상에서 가장 훌륭하고 가장 행복한 어머니처럼 처신해왔던 것이다. 이렇게 말해도 성모 마리아님께는 실례가 되지 않으리라 믿는다. 우리 구세주님을 키워주시는 데 있어서도, 마리아님은 모르긴 몰라도 그보다는 적게 애태우셨을 테니까. 그럴 것이, 아드님이 바로 하느님이시니까.

이런 식의 양육과 부부 접합에 대한 베르트의 무신경함은 앵베르 경의 마음에도 매우 들었으니, 이는 부부 접합을 거듭할 만한 기력이 없어 두 번째 아이의 성분을 아내에게 공급해주는 데 매우 인색하게 굴지 않을 수 없었기 때문이다.

이렇게 해서 여섯 해가 지나자, 베르트는 사랑하는 아들을 마술馬術 교사와 하인들 손에 맡기지 않을 수 없는 날이 왔다. 가문의 이름 그리고 장원과 더불어, 가문의 체면·무훈·무용·고결한 기상마저 혈통에게 이어주려는 목적에서, 씩씩하게 단련시킬 것을 부친 되는 영주가 명하였기 때문이다.

베르트는 자신의 유일한 행복을 빼앗겨 몹시 울었다. 사실, 이 크나큰 모심母心으로서는, 남의 손때가 묻은 사랑하는 아들을 잠시 동안 포옹할 허락을 얻는다는 것은 포옹 못 하는 것만도 못한 쓸쓸함이었다. 그래서 베르트는 깊은 우수에 잠기고 말았다. 아내의 이 비탄을 보다 못해, 사람 좋은 영주는 또 하나의 아이를 만들어주려고 있는 기력을 다 써보았으나, 아무리 해도 되지가 않고 아내를 공연히 괴롭히기만 하였다. 왜냐하면, 애 만드는 일 따위는 아주 귀찮고 싫은 짓이라고 베르트가 일상 말해왔기 때문이다. 있을 법도 하지 않은 거짓말이라고 하시는가. 허나 정말이니 어쩌랴. 만약 베르트의 이와 같은 꾸밈없는 말을 신용치 않는다면, 교회 측의 온갖 교리敎理도 참이 아니고, 복음서를 허위의 책자처럼 불태워버려야 마땅하다. 그렇지만 베르트의 이 주장은 대다수의 여인들에게 받아들여지지 못 할 거짓말로 들릴지 모른다. 그러나, 남성들은 있을 법도 한 일이라고 할 거다. 그도 그럴 것이, 남정네들에게는 학식이라는 게 있으니까. 그래서 필자는, 여인네들이 이 세상에서 무엇보다도 좋아들 하고 있는 것을 베르트가 싫어하고, 더구나 그러한 쾌락의 결핍에도 불과하고, 얼굴이 하나도 늙지 않고 마음도 괴롭지 않았다는 기묘한 사실의 숨은 이유를 이제부터 자세히 설명해드리겠으니 잘 들어보시라. 필자만큼 여성에게 친절하며 상냥하게 구는 문사文士를 만나보신 일이 있습니까? 없으시겠지. 안 그렇습니까? 필자는 본래 여성을 매우 좋아하는데, 불행하게도 마음속에 품고 있는 만큼 그 뜻을 나타낼 수 없는 게 무엇보다 유감천만이니, 필자가 항시 깃털 펜을 손에 쥐어온지라, 이 깃털로 여인네의 입술(그야 물론 동의를 얻은 다음이지만)을 간질여 웃기며, 아주 깨끗하고 순수하게 즐겁게 해드리는 여유가 아무래도 나지 않기 때문이다. 각설하고, 그 까닭은 다음과 같다.

앵베르 경은 배우지 않고서도 세상물정을 아는 속이 꽉 찬 사람도, 색도色道의 아기자기한 행위에 도통한 사람도 아니었다. 그는 죽이기만 하면 그만이라는 무인으로, 죽이는 방법에는 조금도 개의치 않고, 실례한다는 말 한마디 없이 닥치는 대로 죽여 왔다. 물론 싸움터에서. 그래서 사람을 죽이는 마당에서 행한 이와 같은 무심함은 생명을 만드는 잠자리에서 행한 무심함과 일치하였으니, 여러분이 아시는 그 화덕 속에서 애를 빚어 구워내는 그 기술과 만드는 방식에는 매우 무관심하였다. 다시 말해, 영주는 화덕을 가열시키기 위하여 거기에 넣는 작은 나뭇단, 순서에 따르는, 지연시키는, 중간의, 준비 공작적인, 감미로운, 천태만상의 기법을 전혀 알지 못하였다. 사랑의 숲에서 가지를 하나하나 쌓아올리는, 향기도 그윽한 나뭇가지의 냄새 맡기, 가짓단 묶기, 토닥토닥 두드리기, 소중히 다루기, 귀여워하기, 씨부렁거리기, 둘이서만 먹는 잼을 고양이처럼 혀로 핥아주기, 그 밖에 천하의 애인들이 존중하며, 여성이라고 하기보다 암고양이에 가깝기 때문에, 여인네들이 미래의 영원한 행복보다도 좋아하며, 방탕아들이 잘하는 '사랑의 놀이와 기술'을 전혀 알지 못하였다. 여인네들이 암고양이에 가깝다는 사실은 그녀들의 소행 가운데 유감없이 나타나 있는 바다. 그러니 만약 그녀들을 구경할 만한 값어치가 있다고 생각한다면 주의 깊게 살펴보시라. 예를 들어, 여인네가 음식을 먹는 모양 같은 것을. 필자가 여기서 여인네라고 말하는 건 신분 높고 교양 있는 귀부인들을 두고 하는 말인데, 이 분들은 사내들이 난폭하게 하는 것처럼 다짜고짜로 칼을 고기에 꿰어 한입에 넣고 게걸스럽게 먹는 짓은 결코 하시지 않는다. 우선 요리를 뒤적거리신다. 마음에 드는 부분을 작게 골라내신다. 양념 국물을 야금야금 빨아들이시고, 입을 크게 벌려야 할 것은 남겨두신다. 법의 전거典據에 의해 하는 수 없이 먹기라도 하듯이 숟가락과 칼을 놀리신다. 이처럼 그녀들은 일직선으로 진행되는 걸 싫어하여 만사에 있어서 우회, 섬세함, 기교, 아양을 거침없이 사용한다. 이것이 바로 여인들의 특색이며, 또한 아담의 아들들이 그녀들에게 열중하는 원인이기도 하다. 그럴 것이, 그녀들은 만사를 사내들과는 아주 다르게 하며 또한 고상하게 잘하기 때문이다. 여러분, 안 그렇소이까? 옳다고요! 허, 이래서 필자는 여러분이 좋다니까.

각설하고, '여인의 방'에서 해야 하는 일에 대한 내용에 대해서 일장 무식이었던 늙은 기사 앵베르 경은, 흡사 한 성곽도시城郭都市를 쳐들어가듯 눈물 흘리는 가련한 주민들의 아우성을 들은 체 만 체, 비너스의 아름다운 꽃밭 안으로 단숨에 들어가, 어둠 속에 화살을 냅다 쏘듯 애를 꽂았던 것이다. 더구나 얌전한 베르트는 그와 같은 취급을 받는 데 익숙지 않던 어린애였다! 겨우 열다섯 살이었다. 애 어머니가 될 행운을 얻으려면, 이처럼 무시무시한, 지독한, 공략적인, 지긋지긋한 작업을 참아야 하나 보다 하고, 풋내기답게 굳고 단순하게 믿고 말았다. 그래서 이 괴로운 직무를 수행하는 동안, 베르트는 있는 정성을 다 들여 하느님의 가호를 기도하고, 성모 마리아님께 아베 마리아를 바치며, 성령聖靈을 잉태하시는 것만을 참으셨을 뿐 별다른 고생을 하지 않으셨던 성모 마리아님의 행운을 부러워마지 않았던 것이다.

이런 까닭으로 부부 접합에 불쾌감을 품었을 뿐이어서, 베르트는 남편에게 두 번 다시 그 일을 요구하지 않았다. 한편, 앞서 말한 바와 같이, 영주도 그 방면의 길에는 고독 속에서 나날을 보내왔다. 베르트는 사내와 함께 있기를 싫어하고, 그 지독한 고통밖에 받지 못했던 그것에 하느님께서 한없는 쾌락을 봉해놓으셨으리라고는 꿈에도 생각해본 적이 없었다. 그래서 낳기에 앞서 그처럼 그녀에게 하고 많은 고통을 주었던 아들이 더욱더 사랑스러웠다. 베르트가 그 멋들어진 마상시합— 다만 이 마상시합에 있어서는 말쪽이 기수를 압도해, 기수를 지휘하고, 지치게 하고, 비틀거리기라도 하면 욕설을 퍼붓고 있지만 —을 싫어하여 눈살을 찌푸렸다고 해서 조금도 놀랄 일은 아니다. 노인들의 말로는 이와 비슷한 불쌍한 색시의 예가 뜻밖에도 세상에 허다하다 하거니와, 또한 뒤늦게, 어떻게 알아챘는지 모르겠으나, 속은 걸 깨닫고 삶의 자기 몫을 되찾으려고, 하루 동안에 스물다섯 시간 동안 끼고 있으려고 기 쓰는 발정 난 여인네들의 분별없음도 아마 이러한 까닭에서 비롯되는 것인지도 모르겠다.

벗들이여, 이보다 더한 철학적인 사색이 어디에 또 있겠는가? 그러므로 이 대문★☆을 잘 공부하시라. 그래서 벗들의 부인, 첩, 전생의 인연으로 그대가 수호하는 여인들을 슬기롭게 다스리는 좋은 방편으로 삼으시라. 그러면 하느님의 가호가 그대에게 있으리라.

쓸데없는 수다는 그만두기로 하고, 애 어머니이면서도 실은 풋내기와 똑같은 베르트는, 방년 스물하나가 되었다. 그녀는 성관의 꽃, 남편의 자랑, 지역의 자랑이었다. 수양버들 가지처럼 경쾌하고, 물고기처럼 날쌔고, 사랑하는 어린 아들처럼 천진난만하고, 그러면서도 분별력이 풍부하고, 생각이 깊은 베르트가 성관 안을 어린아이처럼 오락가락하는 모양을 보고 앵베르 경은 큰 기쁨을 느끼곤 하였는데, 그는 무슨 일에 관해서나 아내의 의견을 묻지 않고 정하는 일이 한 번도 없었다. 백설 같은 천사들의 정기가 그 맑음을 흐려지게 하고 있지 않는 한, 의견을 묻는 어떠한 일에 대해서도 참되고 솔직한 대답을 얻을 거라고 영주는 굳게 믿고 있었으니까.

당시 베르트는 로슈 시가지에서 가까운 성관에 머물며, 결혼한 여자들의 옛 관습에 따라 살림 이외에는 눈 하나 팔지 않고 나날을 보내고 있었다. 파티를 매우 좋아한 카트린 왕비와 그 심복인 이탈리아 사람들이 올 때까지 프랑스의 귀부인들도 이렇듯 현모양처의 길을 지켜왔던 것이다. 그러던 것을 프랑수아 1세와 그 후손 되는 왕들이 부인들을 타락시키는 일에 가담하고, 아울러 교회의 성직자들의 가증스러운 행실로 말미암아, 마침내 프랑스도 주지육림酒池肉林을 벌여 낮이건 밤이건 진탕 놀아대 타락하고 말았다. 다시 본론으로 돌아가자. 그 무렵, 국왕께서는 궁정의 신하들과 함께 로슈의 행궁行宮에 체류하고 계셨는데, 앵베르 부부를 행궁 안으로 초대하셨다. 이는 베르트의 미모에 대한 소문이 행궁 안에서도 자자하였기 때문이다. 로슈의 행궁에 입궐한 베르트는 국왕으로부터 그 은혜로우심이 넘쳐날 정도로 칭찬의 말씀까지 듣고, 한편으로는 이 사랑의 사과를 눈으로 실컷 먹고 있던 젊은 귀족들의 갈망의 대상이 되고, 또한 그녀의 태양으로 몸을 데우고 싶어들 하던 나이 든 귀족들의 경애敬愛의 초점이 되었다. 늙거나 젊거나 상하 불문하고, 사내라는 사내는 모조리 눈을 호리며, 머리를 혼란토록 하는 이 여인이 소유하고 있을 그 향락 제조의 보기 좋은 연장을 한 번만이라도 써 볼 수 있다면, 천 번 죽어도 마다하지 않겠다는 결심을 얼굴에 나타내었다. 로슈에서 베르트에 대한 평판이 나돌기가, 복음서에서 하느님에 대한 이야기가 언급되기보다 더 파다하여 마침내 베르트만큼 매력 있는 가지가지를 수북하게 갖추지 못한 귀부인들의 대다수는 매우 시샘이 나서, 설령 천하에 둘도 없는 추남에게 열흘 밤 동안 몸을 내주는 한이 있더라도, 그 미소 모으는 아름다운 여인을 먼저 있던 성관으로 도로 쫓아보내고 싶을 정도였다. 그 중의 한 여인, 제 정부가 베르트에게 홀딱 반해버린 사실에 앙심을 품은 한 귀부인이 있었는데, 이 때문에 베르트는 뜻밖에 재앙을 당하는 동시에 이 세상의 행운도 만나, 이제껏 모르고 있던 사랑의 꿀물이 흐르는 나라를 발견하게 된다.

이 심술궂은 귀부인에게 사촌이 있었다. 이 사촌이 제일 먼저 이 귀부인에게 속내를 이야기하기를, 베르트를 한번 보고 난 후로는 그녀와 사랑을 나눌 수만 있다면, 한 달째 되는 날 저 세상으로 가도 한이 없을 정도로 상사병에 걸리고 말았다고 했다. 이 사촌 되는 사람은 나르시스처럼 잘생긴 젊은이로, 턱에 수염 한 오라기 없고, 젊디젊은 목청은 듣기에 어찌나 좋던지 적에게 목숨을 살려달라고 애걸하면 틀림없이 들어주었을 테고, 나이도 겨우 스무 살이었다.

"이봐요 사촌, 궁에서 나가 댁에서 기다려요"라고 그 심술궂은 귀부인은 사촌에게 말했다. "당신의 소원을 풀어보도록 애써보겠어요. 하지만 베르트의 눈에 띄지 않도록 조심하세요. 그리고 그 아름다운 요정의 주인이자 그리스도교 신자의 줄기에 자연이 잘못 접붙인 그 원숭이 영감의 눈에도 띄지 않게 주의하세요."

잘 생긴 사촌을 숨겨놓은 다음, 귀부인은 그 음험한 콧마루를 문질러대려고, 베르트를 자신의 벗이니 보물이니 아름다움의 별이니 라고 불러대며 마음에 들기 위한 아첨의 언사를 늘어놓았는데, 이는 죄 없는 베르트에 대한 복수를 반드시 이루고야 말겠다는 속셈에서였다. 베르트는 아무것도 모르는 사이에 귀부인의 정부를 정신적으로 부실不實하게 만들었는데, 사랑의 야망에 강한 여인으로서는 마음의 부정不貞이야말로 온갖 부정 중에서도 가장 견디지 못할 고약한 부정인 것이다.

잡담을 하고 난 다음, 이 교활한 귀부인은 베르트가 사랑에 있어서 풋내기이며, 그 눈에는 맑은 물이 풍부하게 있으며, 관자놀이에 주름 하나 없으며, 흔히 쾌락의 꿈틀거리기의 자국이 나는 코의 귀여운 곳 위도 작은 점 하나 없이 눈같이 희고, 이마에 주름살 없는 것을 보고, 한마디로 말해 쾌락을 항시 즐겨본 기색이 얼굴에 하나도 없어 아무것도 모르는 숫처녀의 얼굴처럼 깨끗한 것을 보고, 베르트가 풋내기인 것을 짐작했다. 그리고 이 음험한 귀부인은 여인끼리 오가는 물음을 이것저것 건네어 그것에 답하는 베르트의 말을 통해 베르트가 애 어머니로서의 득은 얻고 있지만, 사랑의 쾌락에 있어서는 아무것도 얻은 것이 없음을 충분히 확인했다. 그래서 사촌을 위해 이를 매우 다행스럽게 여겼으니, 이 아니 기특한 여인인가.

이때 귀부인은 베르트에게 말하기를, 로슈 시가지에 루앙Rouhan 가문의 불량한 따님이 한 분 살고 있는데, 이 따님은 부친 되시는 루이 드 루앙Loys de Rouhan 경의 노여움이 풀리도록 여러 귀부인의 도움을 바라고 있으므로, 만일 베르트가 하느님으로부터 몸에 수많은 아름다움을 받고 있듯 선한 마음도 갖고 있다면, 그 불쌍한 아가씨를 성관에 거두어들여 깨끗한 생활로 되돌아왔는지 확인한 후에 그녀를 자기 저택에 받아들이기를 꺼려하는 부친인 루앙 경과 화해를 시켜주어야 한다고 말했다. 이 말에 베르트는 주저 없이 응했다. 그녀는 어떤 사내와 도망한 아가씨의 곤경을 전부터 들어왔기 때문이다. 그러나 베르트는 실비Sylvie라는 이름의 그 아가씨와 만난 적이 없었고, 또한 외국에 가 있는 줄 알아왔었다.

국왕께서 어째서 앵베르 경을 초대하여 환대하였는가를 여기서 밝혀둘 필요가 있다. 국왕께서는 왕세자가 부르고뉴로 도망한 것을 걱정하시어, 앵베르 경과 같은 충성스러운 신하를 왕세자로부터 가로채려고 하신 것이 었다. 그러나, 루이 왕세자에게 충실한 늙은 영주는 한마디도 입 밖에 내지 않았지만, 이미 마음속으로 굳게 결심한 바가 있었다. 때문에 나이든 영주는 급히 베르트를 자기 성관으로 도로 데려가기로 했다. 베르트는 여자친구를 얻은 것을 남편에게 말하고 그녀를 소개했다. 그것은 베르트를 시기해 그 정조에 오점을 찍으려고 하는 귀부인의 주선에 의해 아가씨로 변장한 젊은이였다. 실비 드 루앙의 행실을 듣고 앵베르 경은 잠시 눈살을 찌푸렸으나, 베르트의 착한 마음씨에 매우 감동되어 길 잃은 암양을 양의 우리로 도로 끌어들이는 중개자 역할을 하라고 일렀다.

출발 전날 밤, 나이든 영주는 아내를 십분 환대하고, 성관에 부하들을 남겨놓고, 왕세자가 있던 부르고뉴로 떠났는데, 잔인한 적을 아내의 무릎 위에 놓고 간다는 것을 꿈에도 생각해 본적이 없었다. 이는 그 젊은이의 얼굴을 영주가 본 적이 없었기 때문이었는데, 이 젊은이로 말하자면, 왕의 궁정을 구경하려온 시종으로, 뒤누아Dunois[41]의 수하로 있으면서 후보기사의 자격으로 경을 섬기고 있던 사람이었다. 그래서 앵베르 경은 이 젊은이를 아

---

41 장 뒤누아(Jeant Dunois, 1403~1468). 〈가짜 창녀〉에 나오는 오를레앙 공의 사생아다. 루이 11세의 신하로 영국군을 물리치는 데 공헌했다.

가씨로 믿어, 매우 신앙심 깊은 겁 많은 성품의 아가씨로 여겼다.

젊은이는 제 눈의 언어를 두려워하여 언제나 눈을 내리뜨고 있다가, 베르트의 입이 제 입에 맞추어오는 것을 감촉하였을 때, 제 치맛자락이 비밀을 지키지 못할까 봐 창가로 물러가곤 하였는데, 이는 앵베르 경에게 자기가 사내인 것이 드러나 애인을 손안에 넣기도 전에 영주의 손으로 처단되지나 않을까 전전긍긍하였기 때문이다. 그러므로 아무리 용감무쌍한 애인인들, 그의 입장에 놓이고 보면 역시 전전긍긍하였으리라. 영주가 교외로 말을 타고 떠나가자, 그는 땅이 꺼지라고 안도의 한숨을 내리쉬었다. 그동안 어찌나 불안하였던지, 이 위험에서 용케 벗어나기만 한다면, 사례로 투르의 대성당에 기둥 하나를 세워 올리겠다고 하느님께 맹세할 정도였다. 사실, 그는 자신의 기쁨을 하느님께 보답하기 위해서 쉰 냥의 은화를 성당에 바쳤다. 헌데 우연한 일로, 그것은 악마에게도 기쁨의 봉사를 한 셈이 되었는데, 이 이야기에 재미를 느껴 계속 읽고 싶은 의사가 있으신 분이시라면, 이제부터의 이야기에서 그 사연을 아시게 되시리라. 재미나는 이야기가 다 그렇듯, 이 이야기의 계속도 매우 간결하다.

2장 사랑의 진정한 기쁨을 알고 난 베르트의 그릇된 행실에 대한 이야기

장 드 사쇠Jean de Sachez라는 이름을 가진 이 기사 후보자는 몽모랑시 경과 사촌형제지간이 되는 젊은이였다. 훗날의 일이지만, 장의 사망 후, 장원 종속莊園從屬의 관례에 따라, 사쇠와 기타 장원은 몽모랑시 경의 소유가 되고 말았다. 당시 장의 나이는 스무 살, 뜬 숯처럼 활활 불붙기 쉬운 나이였다. 그래서 베르트의 곁에서 첫날을 보냈을 때, 그가 얼마나 어려운 시련을 겪었는지 여러분도 짐작하시리라. 나이든 앵베르 영주가 말을 타고 외출하던 동안, '사촌 사이였던 두 여인'은 성문의 뾰족탑에 올라앉아, 될 수 있는 대로 더 오래 영주를 배웅하며 작별의 손짓을 보내었다. 그러다가 말굽이 일으키는 먼지구름이 지평선에 가물가물 해지자, 두 여인은 탑에서 내려와 객실로 올라갔다.

"뭘 할까, 실비!"하고 베르트는 가짜 실비에게 말했다. "음악을 좋아해요? 둘이서 노래라도 불러볼까, 옛 음유시인들의 고상한 노래라도 불러볼까? 어때, 안 할래? 오르간 쪽으로 가요, 어서! 자, 노래를 불러 봐요!"

베르트는 이렇게 말하고 나서 장의 손을 잡아 오르간의 건반 위로 끌어당겼다. 장은 여인처럼 아주 얌전하게 오르간 앞에 앉았다. 첫 가락을 치고 나서, 장이 합창하려고 베르트 쪽으로 얼굴을 돌렸을 때, 베르트는 자기도 모르게 외쳤다.

"어마, 실비의 눈이 어쩌면 이렇게 아름다울까, 겁이 날 만큼 고운 눈길을 하고 있네! 어쩐지 내 심장이 찔리는 것 같아."

"그렇지만 이 눈길이 저를 망치게 한 원인이 되었지 뭐예요"라고 가짜 실비는 말했다. "영국의 어느 친절한 귀족이 내 눈을 아름답다고 말하면서, 기절할 만큼 감미로운 입맞춤을 거듭거듭 하였기 때문에, 그만 저의 몸을 내주고 말았지 뭐예요."

"어머나, 실비, 그럼 사랑은 눈에서 굳어지는 거니?"

"퀴피도cupido(큐피트)의 화살은 눈에서 두드려서 만들어져요"라고 애인은 불과 불꽃의 눈길을 베르트에게 던지며 말했다.

"노래하자, 실비!"

장의 뜻에 따라 열렬하게 사랑을 노래한 크리스틴 드 피상Chtisine de Pizan의 대화시對話詩를 둘이서 노래하기 시작했다.

"어머, 실비, 목소리가 정말 그윽하고 음량이 풍부해! 내 몸 속으로 스며들어오는 것 같아."

"어머, 어디로요?"

지옥에 떨어질 실비가 말했다.

557

"여기로 말야"라고 베르트가 대답하며, 그 귀여운 눈의 횡격막 근처를 손가락으로 가리켰다.

사랑의 협화음協和音은 귀보다 여기를 통해 더 잘 들리는 법이다. 그럴 것이, 눈의 횡격막 쪽이 심장 그리고 여러분이 아시는 그곳에 더 가깝게 자리잡고 있기 때문이고, 그곳이야말로 여성의 첫 번째 뇌이자 두 번째 심장이자 세 번째 귀인 것이다. 필자가 더할 나위 없는 존경심을 갖고서 이렇게 말한 것은 오로지 생리학적인 이유에서이며, 다른 뜻에서가 아님을 거듭 말해둔다.

"노래 그만 하자"라고 베르트가 말했다. "어쩐지 마음이 싱숭생숭해졌어. 창가로 가자. 저녁때까지 함께 바느질이나 해."

"그런데, 나의 영혼의 사촌, 나는 손에 바늘을 어떻게 쥐는지도 모르는걸요. 내 신세를 망치게 한 그 다른 것만 해왔거든요."

"저런! 그럼, 하고한날 무엇에 몰두해왔니?"

"아뿔싸, '사랑의 흐름'에 저를 맡겨왔어요. 날[日]을 잠시로, 달[月]을 며칠로, 해[年]를 몇 달로 변하게 하는 '사랑이라는 물'의 흐름에 이 몸을 맡겨왔어요. 만약 그 사랑이 더 계속되었더라면, 영원함마저 딸기처럼 삼켰을 터. 그럴 것이, 사랑에 있어서는 모든 것이 싱싱하고, 향기롭고, 따스하고, 부드럽고 한없는 기쁨이니까요."

그리고 나서 이 말주변 좋은 말 상대는 반짝이는 눈 위에 아름다운 눈꺼풀을 깜빡거리고, 깊은 우수에 잠긴 듯한 안색을 지었다. 그 모양은 흡사 사내에게 버림받아 눈물 흘리는 여인이 끝까지 사내를 붙잡고 싶어, 만약 사내가 지난날 좋아하던 사랑의 품안으로 가는 향기 높은 길을 다시 밟아갈 마음만 품더라도, 그 배신마저 용서해줄 것 같은 모습이었다.

"실비, 결혼한 상태에서도 사랑이 꽃필까?"

"오, 천만에!"라고 실비는 말했다. "왜냐하면, 결혼한 상태에서는 모든 게 의무가 되거든요. 이에 반해 사랑에 있어서는 모든 것을 마음의 자유 가운데서 하거든요. 그리고 이와 같은 차이점이, 사랑의 꽃들인 애무에 이루 말할 수 없이 감미로운 향기를 전달하거든요."

"실비, 그 이야기는 그만. 어쩐지 노래할 때보다 마음이 더 싱숭생숭해지는구나."

베르트는 갑자기 하인을 불러 아들을 데려오라고 분부했다. 방 안에 들어온 아들을 보자 실비는 감탄의 고함을 질렀다.

"어쩌면, 사랑의 신처럼 아름답구나!"라고 말하고 나서 애의 이마에 여러 번 입 맞추었다.

"이리 와요, 나의 귀여운 아가"라고 베르트가 말하자, 아이는 어머니의 무릎 위로 달려왔다.

"이리 와요, 아가. 아가는 어머니의 기쁨이야. 불순물 없는 행복의 전부야. 끊임없는 환희야. 보물같은 왕관이야. 보석이야. 깨끗한 진주야. 흰 영혼이야. 보물이야. 초저녁에 뜨는 별이자 샛별이야. 유일한 불꽃이자 귀중한 심장이야. 어서 손을 다오, 먹어주련다. 어서 귀를 이리 돌리렴, 깨물어주련다. 어서 머리를 치켜라, 머리털에 입 맞추련다. 나의 작은 꽃아, 네 어머니의 행복을 바란다면 부디 행복하게 되어다오."

"어머, 언니도! 마치 사랑의 속삭임처럼 말씀하시네."

"그럼, '사랑의 신'은 이 아이 같은 어린애일까?"

"그럼요, 언니. 그래서 이교도는 언제나 어린애 모습으로 사랑의 신을 그리고 있어요."

이와 같은 사랑의 숨겨진 비유가 우글우글한 잡담을 숱하게 나누면서, 두 사람은 저녁식사 때까지 아이와 함께 재미나게 놀았다.

"아이를 또 하나 갖고 싶지 않우?"라고, 장은 적절한 순간에 뜨거운 입술로 베르트의 왼쪽 귀를 건드리며 속삭였다.

"가지고 싶고말고, 실비. 그러한 기쁨을 하느님께서 내게 주시기만 한다면, 난 지옥에 백 년 동안 있어도 좋아. 그런데 이상해. 나로서는 몹시 괴롭고 하기 싫은 부부의 일을 남편이 아무리 애써 해도, 내 허리띠는 통 달라지지 않으니 말야. 아이가 하나밖에 없으니, 있으나마나 할 정도로 안타까워.

성관 안에서 아가의 울음소리라도 들릴 것 같으면, 내 심장은 터질 것 같이 두근거리지. 귀여운 아가의 몸에 무슨 일이 생기지 않을까, 동물도 사람도 두렵고, 승마 · 검술 · 궁술의 연습 따위 모든 게 무서워. 아가의 몸 안에서 살고 있기 때문에 내 몸 안에서 사는 느낌이 하나도 없는 거야. 그렇지만 웬걸! 그와 같은 두려움에 가슴 태우고 있는 것이 조금도 고달프지 않은 건, 내가 근심 걱정하고 있는 게, 곧 아가의 몸이 무사하고 건강하다는 표시이기 때문이야. 성자님과 사도님께 내가 기도하는 것도 오로지 우리 아가의 행복을 위해서야. 이런 이야기를 내일 아침까지 해도 다 못 할 테니까, 요약해서 말하면, 이 몸의 호흡도 아가가 하고 있지, 내가 하고 있는 게 아냐."

이렇게 말하고 나서, 베르트는 어린애를 포옹할 줄 아는 어머니답게 어린애의 마음의 부분만을 부서뜨리는 정신적인 힘과 더불어 아들을 젖가슴에 꼭 껴안았다. '괴상야릇한 표현도 다 하는구면' 하고 말씀하시는 분들은, 자기 새끼들을 주둥이로 물어 나르는 어미 고양이를 보시라. 아파서 우는 새끼 고양이가 한 마리라도 있는가.

어여쁜 이 불모의 초원에 기쁨의 물을 뿌려 배라도 불룩하게 하면 어쩌나 하고 걱정하였던 장은 베르트의 속내를 듣고 아주 기운이 났다. 베르트의 영혼이 사랑을 숭배하도록 한다는 것은 하느님의 계명에 따르는 이유라고까지 생각하게 되었는데, 아전인수도 이만하면 제법 옳은 생각이라고 아니할 수 없으리라.

밤도 깊어, 베르트는 옛 풍습에 따라 ― 오늘날의 귀부인들은 이 관습을 싫어하고들 계시지만 ― 성관의 큰 침대에 둘이서 눕자고 말상대에게 청했다. 양가의 따님 역役에 어긋나지 말아야겠다는 목적에서 실비도 이에 쾌히 응했다.

취침시간을 알리는 종이 울리자, 사촌 자매는 양탄자, 술 달린 휘장, 으리으리한 벽장식용 융단으로 장식된 호화로운 침실에 들어갔다. 베르트는 몸종들의 시중을 받으며 얌전히 옷을 벗었다. 이와 달리 기사 후보자는 몹시도 수줍어하며, 몸종의 손이 몸에 닿는 것을 질색하여 부끄러움으로 얼굴을 새빨갛게 붉히며 사촌에게 말하기를, 사랑하는 임의 시중을 못 받게 된 후로는 몸소 옷을 벗는 버릇이 생기고, 다른 여인의 손이 몸에 닿는 게 싫고, 한편 이 잠자리 준비로 회상되는 일은 사랑하는 임이 자기의 옷을 벗기면서 하던 달콤한 말과 일상에서 벗어난 가지가지 행위인데, 지금 생각하니 괘씸하지만, 그래도 입에 침을 괴게 한다고 했다. 이 말에 매우 놀란 베르트는, 실비가 침대의 휘장 밑에서 기도나 그 밖에 잠자리에 들 때의 여러 가지 채비를 하도록 내버려두었다.

휘장 밑으로 들어간 장은 뜨거운 욕정에 활활 타면서, 부랴부랴 몸을 감추고, 한 점의 흠도 없는 베르트의 경탄할 만한 아름다움을 슬쩍 엿볼 수 있는 것에 감지덕지했다. 몸을 망친 아가씨와 함께 있는 줄로만 알고 있던 베르트는 여느 때처럼 잠자리 채비를 하나도 빼지 않고 다 했다. 다리를 쳐든 정도가 낮거나 높거나 하나도 개의치 않으면서 발을 씻고, 고운 어깨를 드러내놓고 당시의 귀부인들이 잠자기 전에 하던 여러 가지를 유유히 하고 나서, 드디어 이부자리 속으로 들어가 사지를 마음껏 쭉 편 다음, 옆에 있는 실비의 입술에 입 맞추었는데, 그 입술이 지나치게 뜨거운 것을 감촉했다.

"이런, 실비, 몸이라도 불편하니? 열이 심하구나."

"으응, 난 이부자리에 눕기만 하면 언제나 이처럼 몸이 화끈화끈해져요. 그 분이 나를 기쁘게 해주려고 생각해낸 여러 가지 감미로운 애무가 이부자리에 들자마자 머리에 떠올라. 그 때문에 더욱더 몸이 화끈거려 견딜 수 없게 되는 거예요."

"그래, 그 분은 어떤 사람이었지? 이야기해줘. 사랑이 얼마나 좋은 것인지 이야기해줘. 나는 늙은 대감의 백발의 그늘에서 살아와서, 백발의 눈(雪)에 네가 말하는 바와 같은 그러한 열기가 모조리 녹아버렸어. 어서 이야기해봐. 실비는 사랑의 열병을 앓고 난 몸이 아냐? 내게도 좋은 훈계가 될 거야. 실비의 잘못도 대단한 것이 아닌데다 불쌍한 우리 두 여성에게도 이로운 가르침이 될 거야."

"언니의 말에 따라야 할지, 아니면 말아야 할지 나도 모르겠어요"라는 실비의 말.

"어째서 이야기 못 하지?"

"아아!"하고 실비는, 도레미파의 도와 같은 커다란 한숨을 내리쉬며 말했다. "말하느니보다 행하는 쪽이 더 좋아요! 그 영국 귀족이 내게 준 쾌락이란 일일이 입에 담지 못할 만큼 감미로운 것이어서, 그 극소량이라도 베르트에게 행하여 전할 수만 있다면, 충분히 베르트에게 아기를 줄 거예요. 나는 아가를 만드는 몸 안의 힘이 약해서 키우지 못했지만."

"그랬니? 우리 둘 사이의 비밀로 삼고 가르쳐다오. 그건 죄 되는 짓일까?"라는 베르트의 말.

"천만예요, 그 반대예요. 이 세상에서도 천국에서도 사랑이 잔치를 하고 있는 걸요. 천사들도 기꺼이 언니에게 향을 뿌려줄 것이고, 우아한 가락도 계속 타 줄 거예요."

"좀 더 자세히 이야기해줘, 실비"라는 베르트의 말.

"그렇다면, 이렇게 해서 내 애인은 더할 나위 없는 쾌락을 내게 해주었어요"라고 말하면서, 장은 베르트를 두 팔에 껴안아 비할 바 없는 욕정과 더불어 베르트를 꼭 포옹했다.

램프의 희미한 빛 아래 흰옷을 입고 이 저주받을 침대에 누워있던 베르트의 모습은, 흡사 백합꽃의 순결한 꽃받침 속에 있는 예쁜 암꽃술같이 보였다.

"그 분은 나를 이렇게 껴안고, 지금의 내 목소리 따위야 곁에도 못 갈 만큼 부드러운 목소리로 '아아, 실비, 그대는 나의 영원한 사랑이오, 나의 천 가지 보물이요, 나의 낮과 밤의 기쁨이요. 그대는 해보다 더 빛나오. 만물 중에 그대보다 더 귀여운 것은 없소. 나는 하느님보다 그대를 더 사랑하오. 그대가 내게 주는 행운을 위해서라면, 나는 천 번 죽어도 마다하지 않소'라고 말하고서는 입맞춤을 내게 퍼부었어요. 또한 그 하는 식이 남편들이 하는 식으로 거칠지 않고, 비둘기가 하는 것처럼 아주 부드러운 입맞춤이었어요."

애인들이 하는 식이 얼마나 뛰어난 것인지 즉시로 증명하려는 듯, 장은 베르트의 입에서 모든 꿀을 빨고, 고양이의 혀처럼 작고도 장밋빛 나는 혀로 말 한마디 없이 상대의 심장에 하고많은 사연을 어떻게 말할 수 있는가를 가르쳐주었다. 그리고, 이 놀이에 더욱더 활활 타오른 장은, 입맞춤의 불을 입에서 목으로, 목에서 더할 나위 없이 수려한 과일, 여인이 아가에게 젖을 빨리기 위하여 물리는 그 곳으로 불이 번지도록 했다. 장의 입장에 놓인 사내치고 만약 장의 흉내를 내지 않았다고 하면, 그 사람이야말로 천하에 둘도 없는 극악무도한 인간이라고 아니 할 수 없으리.

"아, 아이 좋아라"하고 뭐가 뭔지도 모르는 사이에 사랑의 맛에 꼼짝 못하게 된 베르트가 말했다. "이 좋은 것을 앵베르에게도 곧 알려주어야지."

"머리가 돌았어요, 언니? 늙은 남편에겐 아무 말도 말아요. 빨래 방망이처럼 꺼칠꺼칠한 그 분의 손은 나의 손처럼 부드럽고 즐거운 짓을 못할 테니까요. 또한 이 영원한 행복의 중심부, 우리들의 복·사랑·재산·정수·영혼이 깃들어 있는 이 장미에 그 분의 까칠까칠한 수염을 비벼댄들 무슨 소용이 있을까요. 아무것도 없어요. 아시나요, 이것이 살아있는 꽃, 이렇게 귀여움을 받기를 원하고 있는 것이지, 싸움터의 대포처럼 무턱대고 쏘아대기를 바라고 있는 게 아닌 것을 아시나요? 나의 애인, 영국 귀족의 '썩 좋은 식'은 이랬답니다."

이렇게 말하며, 장은 아주 씩씩하게 행동하여 소총 발사를 하기에 이르렀기 때문에, 그 방면에 무지몽매하던 베르트는 자기도 모르게 참을 수 없어 소리쳤다.

"아, 실비, 천사들이 강림하셔! 연주하고 있는 가락이 어찌나 아름다운지 이제는 내 귀에 들리지 않아. 천사들이 던지는 빛이 어찌나 눈부신지 눈이 스르르 감겨져!"

사실, 사랑의 기쁨의 무거운 짐 밑에 베르트는 정신을 잃었다. 그 기쁨은 파이프오르간의 최고음계最高音階처럼 그녀의 몸 안에서 요란스럽게 울리고, 가장 으리으리한 새벽의 태양 광선처럼 빛나고, 또한 가장 미묘한 사향麝香

처럼 그녀의 혈관 속에 스며들어, 삶의 움직임을 늦추는 동시에 사랑의 종자를 주었는데, 그 종자는 여태껏 느껴보지 못한 흥분과 소란을 피우면서 자리 잡을 곳에 자리 잡았던 것이다. 베르트는 하늘나라의 낙원에 있는 기분이 들었다. 잠시 동안 천국의 황홀경에서 놀았던 베르트는, 잠시 후 이 아름다운 꿈에서 깨어나 장의 두 팔 안에 있는 자신을 알아채고 말했다.

"나도 영국에서 결혼했더라면 좋았을걸!"

삶을 받은 후 처음으로 감촉한 기쁨에 잠기고 만 장은 말했다.

"아름다운 베르트, 그대는 나와 프랑스에서 결혼하고 있습니다. 프랑스에서는 모든 게 더욱 그윽하고 좋지요. 왜냐하면, 실은 나는 사내이기 때문입니다. 그대를 위해서 할 수만 있다면 천 명의 아기라도 드리겠습니다!"

불쌍하게도 베르트는 벽이 뚫어질 만큼 외마디 비명을 지르더니, 이집트 지역에 내렸던 일곱 가지 재앙 중의 하나였던 메뚜기처럼 침대 위에서 톡 튀어 내리자마자, 기도대 앞에 무릎을 꿇고 두 손을 모아 마리아와 막달레나가 흘린 것 이상으로 눈물의 진주를 흘리며 말했다.

"아뿔싸! 어쩌면 좋아, 나는 천사의 얼굴을 한 악마에게 속았어. 내 신세도 파멸이야. 틀림없이 애를 뱄을 거야. 마리아님! 나도 마리아님만큼이나 죄가 가볍지 않을까요. 지상의 사람들로부터 설령 용서를 받지 못하더라도, 하느님의 용서만은, 마리아님, 부디 대신 빌어주세요. 그렇지 않으시려면 당장 저의 영혼을 거두어주세요. 저는 남편 앞에서 조금도 얼굴을 붉히고 싶지 않으니까요."

베르트가 그에게 욕설 한 마디 하지 않는 것을 보고, 장은 몸을 일으켰는데, 둘이서 짝지어 한 즐거운 춤을 베르트가 그런 모양으로 생각하고 있는 것을 보고는 어리벙벙해하고 있었다. 베르트는 자기의 가브리엘 천사가 몸을 일으키는 기척을 듣자마자 벌떡 일어나 눈물로 가득 찬 얼굴로 장을 바라보았는데, 그 눈은 성스러운 노여움으로 반짝거려 보기에 참으로 아름다웠다.

"만일 당신이 한 발짝이라도 이쪽으로 다가온다면, 나도 죽음 쪽으로 한 발짝 더 다가가겠어요!"라고 말하고 나서, 베르트는 부인용 단검을 잡아들었다.

베르트가 취한 이와 같은 고통의 비극적인 모습을 목격한 장은 가슴이 찢어지는 듯하여, 그녀의 말에 대답했다.

"이 세상에서 가장 깊게 사랑을 받았을 여인이여, 죽는 건 그대가 아니라 나입니다."

"저를 사랑하셨다면, 이 모양으로 저를 죽이지는 않으셨을 터. 왜냐하면, 남편으로부터 책망을 듣느니보다 차라리 죽기를 원하니까요."

"그러면 꼭 죽고야 말겠다는 건가요?"

"물론이죠."

"그렇다면, 이 장소에서 제가 난도질을 당하면 그대는 부군夫君의 용서를 받을 것입니다. 그대의 순결은 더렵혀졌으나, 그대를 속인 사내만은 죽여 남편의 명예만은 지켰다고 남편 되시는 분께 말씀하면 그뿐일 것이니까. 또한 저를 위해서 살아있기를 그대가 거부한 이상, 그대를 위해서 죽는다는 것은 나로서 할 수 있는 가장 큰 인과응보라고 하겠습니다."

눈물을 뚝뚝 떨어뜨리면서 말하는 이 다정한 말에 베르트는 자기도 모르는 사이에 단검을 떨어뜨렸다. 장은 달려들어 그것을 집어 들자마자 자기 가슴을 푹 찌르며 외쳤다.

"그러한 행운이란 마땅히 죽음으로써 갚아야 하는 거다."

그리고 장은 털썩 거꾸러졌다.

베르트는 깜짝 놀란 김에 몸종을 소리쳐 불렀다.

몸종이 왔다. 그리고 마님의 방 안에 피 묻은 사내가 있고, 마님이 그 사내를 안고서 "이게 무슨 짓이에요?"라고 외치고 있는 모양을 보고는 몸종 역시 매우 놀랐다. 베르트는 장이 죽은 줄 알고, 조금 전에 맛본 과격한 쾌락을 상기하여, 또한 앵베르 경을 비롯해 저마다 아가씨로 생각하리만큼 잘생긴 장이었던 것을 새삼 애석해 마지않았다. 어찌나 슬펐던지, 베르트는 몸종에게 자초지정을 이야기하고, 울며불며 자기의 마음은 아가의 생명을 받은 것만으로도 기쁨이 가득 찼는데, 이 분을 저 세상으로 떠나보내는 슬픔마저 더불어 가지다니 너무하다고 넋두리를 했다. 이 말을 어렴풋이 들은 장은 눈을 뜨려고 애썼는데, 겨우 흰 자위밖에 보이지 못했다.

"마님, 공연히 울고불고하실 때가 아니에요. 정신을 똑바로 차리고 이 잘생긴 기사님을 살리는 것이 최우선 과제예요. 외과의사에게 이 비밀을 누설하기도 뭣하니, 제가 가서 팔로트Fallotte를 불러오겠어요. 팔로트 할멈은 마법사니까, 이 상처를 흔적도 없이 아물게 하는 기적을 보여, 마님의 마음에 들도록 모든 걸 해줄 것입니다."

"그럼, 빨리 갔다 와요"라고 베르트는 말했다. "이 은혜는 한평생 잊지 않고 반드시 후에 갚아줄 테니까."

무엇보다도 먼저, 이 사건에 관해서 절대로 침묵을 지키고, 장을 모든 눈에서 숨겨두기로 하는 데 마님과 몸종의 의견이 일치했다. 밤중에 팔로트를 부르러 가는 몸종을, 베르트는 뒷문까지 인도했다. 베르트의 특명 없이는 보초가 조교弔橋(성문의 다리용 문)를 내릴 수 없었기 때문이다. 베르트가 방 안에 들어와 보니, 장은 심한 아픔 때문에 정신을 잃고 피가 상처에서 철철 솟아나왔다. 이 광경을 보고, 베르트는 장이 자기 때문에 흘린 피라고 생각하면서, 그 피를 조금 마셨다. 장의 크나큰 사랑과 시시각각으로 닥쳐오는 목숨의 위험에 감동된 베르트는, 이 어여쁜 쾌락의 시종侍從의 얼굴에 입 맞추고, 더운 눈물로 그의 상처를 찜질하면서 붕대로 싸매고, 죽지 말라고 거듭거듭 말하고, 살아나 주기만 하면 아주 뜨겁게 사랑하겠다고 맹세했다. 솜털이 나고, 눈같이 희고, 꽃같이 활짝 핀 장과 같은 젊은이와 털투성이고, 누렇고, 주름살이 쪼글쪼글한 앵베르 같은 늙은이와의 사이의 갖가지 차이점을 눈으로 보고, 베르트의 연정이 아니 뜨거워질 수가 있었겠는가! 이렇듯 하늘과 땅만큼 큰 차이는 베르트로 하여금 사랑의 쾌락과 관련하여 금방 발견한 또 다른 그 무엇인가를 더욱 상기시켰다. 이러한 회상으로 베르트의 입맞춤이 꿀같이 감미로워져서, 그 바람에 장도 정신이 들고 눈에 생기가 돌아, 곧 베르트를 다시 알아보게 되자, 가냘픈 목소리로 베르트에게 용서를 구했다. 그래서 베르트는 팔로트가 오기까지 장에게 말하는 것을 금했다. 때문에 두 사람은 서로 눈과 눈으로 사랑하면서 그동안을 보냈다. 베르트의 눈길에는 연민의 정밖에는 없었지만, 이러한 경우에 있어서 연민의 정은 사랑의 정에 매우 가까운 것이 상례다.

팔로트는 꼽추 할멈이었는데, 마법을 장사한다는 소문이 자자하고, 마법사의 관습에 따라 빗자루를 타고 마녀들의 야간파티에 참석한다는 의혹도 짙었다. 낙수홈통 밑에 있는 외양간에서 빗자루에 마구馬具를 달고 있던 팔로트를 목격했다고 우기는 사람이 있었을 정도였다. 그러나 실은, 할멈은 의료의 비법에 정통해, 부인네들의 어떤 종류의 치료와 귀족들을 위해 많은 수고를 하여서 큰돈을 벌고, 장작더미 위에서 죽기는커녕 깃털 이부자리 위에서 안락한 나날을 보내왔다. 할멈이 독약을 매매하고 있다고 책망하는 의사들도 있는데 이는 사실이고, 그 까닭은 이 이야기에서 언급될 것이다. 몸종과 팔로트는 암당나귀를 같이 타고 서둘러 와서, 날이 밝기 전에 성관에 도착했다.

꼽추 할멈은 마님의 침실에 들어오면서 "얘들아, 무슨 일이 생겼니?"라고 말했다. 상전을 별로 어려워하지 않고 스스럼없이 구는 것이 할멈의 버릇이었다. 할멈은 안경을 걸치고 상처를 자세히 검사한 후 "고운 피로군, 맛보셨나? 대단치 않은 상처야, 외출혈이야"라고 베르트를 보고 말했다. 그러고나서 숨을 죽이고 있던 베르트와 몸종의 코 앞에서 상처를 좋은 해면으로 씻어냈다. 요약해 말하자면, 팔로트가 아는 체하면서 말하기를, 이 젊은이는 이번 상처로는 죽지 않을 것이라고 했다. 그리고 장의 손금을 본 다음, 그러나 이 밤의 사건으로 말미암아 비참한 죽음을 면치는 못할 것이라고 했다. 베르트와 몸종은 이 야릇한 예언에 몹시 놀랐다. 팔로트는 긴급한 치료를 지시하고 나서, 다음 날 밤에 다시 오기로 약속했다. 팔로트는 약속한 대로 두 주일 가량 밤중에 몰래 와서 상처를 치료하고 돌아가곤 했다. 성관의 하인들에게는 몸종의 입을 통해, 실비 아가씨가 '배가 불러오는', 즉 목숨에도 위험한 큰 병을 앓고 계신데, 베르트와 사촌 자매 사이므로 마님의 명예를 중히 여기는 마음에서 비밀로 해두기를 바란다고 일러두었다. 하인들은 모두가 이 허풍에 만족해, 이 허풍으로 입이 가득 차졌기 때문에 남들에게도 이 허풍을 나누어주었다.

여러 사람이 이 병을 위험천만한 것으로 여겼을는지는 모르지만, 전혀 그렇지 않고, 위험은 도리어 그 회복기에 있었다. 그럴 것이, 장이 기운이 나면 날수록 베르트는 기운이 더 빠졌기 때문인데, 너무나 약해져서 드디어 장이 올라가게 해준 낙원 안에서 떨어지고 말 정도였다. 더 요약해서 말하자면, 베르트는 장을 더욱더 뜨겁게 사랑하게 되었다. 그러나, 그러한 기쁨 중에도 팔로트가 행한 불안스러운 예언에 대한 근심과 베르트의 드높은 신앙심에서 비롯하는 괴로움이 베르트를 항상 괴롭히고 있었다. 베르트는 앵베르 경이 두려워 견딜 수가 없었다. 베르트는 앵베르에게, 제 몸이 남편에 의해서 잉태되었고, 태어날 아기와 더불어 돌아오시는 날을 손꼽아 기다린다는 사연을 써 보내지 않을 수 없었으니, 태아보다 더 큰 거짓말을 하고 만 셈이 되었다. 눈물로 젖은 손수건을 짤 만큼 훌쩍훌쩍 울면서 이 거짓말의 편지를 쓰던 날, 불쌍한 베르트는 하루 종일 장을 피했다. 불이 한번 덥석 문 장작에서 좀처럼 떨어지지 않는 것 이상으로 서로 떨어지기 어렵게 된 두 사람의 사이였던지라, 따돌림을 받게 된 것을 금세 알아챈 장은, 베르트가 자기를 싫어하고 있는 것으로 알고 그 역시 울었다.

그날 밤, 베르트는 씻고 또 씻어도 그대로 눈가에 흔적이 남아있는 장의 눈물에 감동되어, 자기의 고뇌의 까닭을, 미래에 관한 공포의 고백을 섞어가면서 이야기하여, 두 사람이 얼마나 중대한 잘못을 범하고 있는지를 성스러운 눈물과 회개의 기도로 장식된 아름답고도 경건한 이야기로 말하였기 때문에, 장도 베르트의 비할 바 없는 신앙심에 마음속까지 감동되었다. 뉘우침과 고지식하게 결부된 이 사랑, 죄 가운데 있어서의 이와 같은 고귀함, 강함과 약함의 이와 같은 혼합은, 옛 문사文士들도 말한 것처럼, 용맹한 호랑이 같은 사람의 성격을 무르게 하고야 만다. 그러니 베르트를 이 세상과 저 세상에 있어서 천국으로 이끌기 위하여, 그 지시하는 것이라면 무슨 일이든지 따르겠다고, 장이 기사의 서약에 걸고 맹세하지 않을 수 없었다고 해도 조금도 놀라운 일이 아니다. 그녀에 대한 이와 같은 신뢰의 정과 넓은 마음씨에, 베르트는 장의 발치에 몸을 던져 그의 두 발에 입 맞추며 말했다.

"당신이 참으로 착하고 또한 불쌍한 저를 이렇듯 가엾게 여겨주시니, 크나큰 죄인 줄 알면서도 저는 당신을 사랑하지 않을 수가 없어요. 오, 장, 제가 앞으로 두고두고 당신을 다정하게 생각하기를 바라신다면, 귀엽고 감미로운 샘에서 나오는 제 눈물의 흐름을 막아주시려면……."

이렇게 말하고, 베르트는 그 샘을 보이기 위하여 장이 그 입맞춤을 훔치는 짓을 그대로 두었다.

"장, 우리의 하늘나라에서의 쾌락에 대한 추억, 천사의 음악, 사랑의 향기가 제 가슴을 무겁게 짓누르지 않고, 반대로 불행한 나날에 있어서 저의 위안이 되기를 바라신다면, 어찌할 바를 몰라 지금의 사정을 성모님께 하소연하여 그 도움을 기원하였을 때, 제 꿈에 나타나신 성모님께서 당신에게 이르라고 제게 말씀하신 분부를 제발 그대로 실행해주세요. 이미 저의 태내에서 움직이는 아기를 위하여, 또한 팔로트의 점괘로는 남의 손에 의해 비참하게 돌아가실 것이라는, 아버지가 된 죄 값을 자기 목숨으로 갚아야 할 것이라는 그 아버지를 위하여, 불안한 나머지 밤낮 무시무시한 고통을 겪고 있음을 저는 성모님께 하소연했어요. 그러자 성모님께서는 빙긋 웃으시며 제게 말씀하시기를, 우리가 그 분부대로 따르기만 한다면 교회가 우리 두 사람의 죄를 사해줄 것이니, 하느님이 진노하시기 전에 일각이라도 빨리 회개하여 지옥 불을 받지 않을 궁리를 스스로 하라고 하셨어요. 그러시고 나서, 당신과 똑같은, 그러나 당신이 장차 입으셔야 할 옷을 입은 장을, 성모님께서 그 흰 손가락으로 제게 가리키셨어요. 그러니 만약 당신이 이 베르트를 구원久遠의 사랑으로 사랑해주신다면, 부디 그 모습이 되어주세요."

장은 베르트를 부축해 일으켜 자기 무릎 위에 앉히고 뜨거운 입맞춤을 퍼부으면서, 베르트의 말에 전적으로 따르겠다고 확언했다. 가련한 베르트는 장에게, 그 옷이라는 게 바로 수사의 옷이라고 말하고, 혹시라도 거절당하지나 않을까 벌벌 떨면서, 성직자가 되어 투르의 저편에 있는 마르무티에 수도원에 은둔하기를 청하고, 그 전에 최후의 하룻밤을 그에게 베풀어주고 나서는, 그 다음으로는 다시는 그의 것도 그리고 이 세상의 누구의 것도 되지 않겠다고 굳게 맹세했다. 그 대신에 한 해에 하루, 그의 아이를 보러 그녀의 성관에 와도 무방하다고 했다.

기사의 서약에 묶인 장은, 베르트의 뜻대로 교회에 절대복종할 것을 약속하며, 수사가 됨으로서 그 자신이 베르트에게 얼마나 충실한가를 실제로 보이는 동시에, 베르트와 함께 맛본 거룩한 사랑의 쾌락을 남과는 누리지 않고서, 오로지 그 그리운 추억 속에서만 살아가겠다는 굳은 결의를 피력했다. 이 다정다감한 말을 듣고서 베르트는 장에게 말하기를, 그녀가 범한 죄가 아무리 크더라도, 또한 하느님으로부터 어떠한 벌을 받더라도 그때의 행복을 생각하면 모든 걸 참고 견딜 수 있을 것이라 했는데, 이는 그녀가 인간과 접한 게 아니라 천사와 접한 느낌이 들었기 때문이라고 했다.

따라서 그들은 그들의 사랑이 부화되고 있던 보금자리로 자리가 아름다운 온갖 꽃에 마지막 작별인사를 고했다. 그와 같은 쾌락을 맛본 여인은 이 세계의 어느 곳에서도 없거니와, 사내 쪽도 같은 느낌이 들었으니, 이 큰 잔치에 관여한 퀴피도(큐피트) 경의 야단법석을 이로서 미루어 짐작하시리라. 생각건대, "사랑의 특성이란 한쪽이 주는 만큼 또 한쪽은 그대로 받아, 상호 간에 그것이 거꾸로 되풀이된다는 일종의 의기투합에 있는 것으로, 사물이 그 자체에 의해서 무한히 곱해가는 수학 방정식의 어떤 경우와 똑같은 것이다"라고 말해도 학문에 대한 인식이 없으신 분들에게는 납득이 잘 안 갈 것이니, 다시 비유하건대, 단 한 가지가 천 가지 모습으로 보이는 비너스의 거울과 같다고나 할까. 이렇듯 두 애인의 저마다의 가슴속에 쾌락의 장미가 깊이깊이 곱해져 나갔는데, 그 지나친 즐거움에 심장이든 무엇이든 하나도 터지지 않은 게 오히려 이상할 정도였다. 베르트도 장도 이 밤이 그들 목숨의 마지막 시간이 되기를 바라며, 그들의 혈관 속에 흐르는 기절할 것 같은 허탈함에, 사랑이 죽음의 입맞춤을 갖고서 그 날개 위에 그들을 타게 하려는 것이 아닐까 생각될 정도였다. 그래도 그들은 이 한없는 곱하기에도 불구하고 용케 몸을 지탱해 나갔다.

앵베르 경이 돌아올 날도 멀지 않은지라, 그 다음 날 실비 아가씨는 떠나야만 했다. 불쌍한 아가씨는 눈물과 입맞춤을 사촌에게 뿌렸다. 언제나 마지막, 마지막이어서, 그 마지막은 밤까지 이르렀다. 마침내 정작 떠나지 않을 수가 없게 되자, 심장의 피가 부활제의 큰 초에서 떨어진 밀랍처럼 굳어지고 말았을 때, 베르트와 작별했다. 장은 베르트와의 약속대로 마르무티에로 가서, 그날 오후 11시에 이르러 수련자가 되었다. 앵베르 경에게는, 실비가 영국 귀족milord과 함께 돌아갔다고 했다. 밀로드milord(my lord)는 영국 말로 주님이라는 뜻도 되니까, 베르트는 이 경우 전혀 거짓말을 한 것이 아니었다.

베르트가 배가 불러져서 허리띠를 맬 수 없게 된 것을 보고, 앵베르 경은 이만저만 기뻐하지 않았는데, 남을 속일 줄 모르는 베르트의 순교가 이때부터 시작되었다고 해도 과언이 아니었다. 어쩔 수 없이 거짓말을 할 적마다, 베르트는 기도대 앞에 무릎 꿇고, 눈에서 피눈물을 흘리면서 온 마음을 다해 기도에 몰두하여, 천국에 계시는 여러 성자들의 도우심을 간청하곤 하였다. 베르트가 어찌나 극성스럽게 하느님을 소리쳐 불러댔던지 주님의 귀에도 그 소리가 들렸다. 그럴 것이, 주님은 모든 소리를 빠짐없이 다 들으시니까. 물속에서 돌이 구르는 소리도, 가난한 이들의 신음소리도, 공중에 나는 파리소리도 다 들으신다. 이 점을 잘 알아두셔야 할 것이, 그렇지 않고서는 이제 말하려는 이야기가 곧이들리지 않을 테니까. 주님께서는 우두머리 천사 미카엘을 부르시어, 그 뉘우치는 베르트가 분명히 천국에 들어오도록 지상에서 지옥의 속죄를 시키라고 명하시었다.

분부를 받은 성 미카엘은 하늘로부터 지옥문까지 내려가 악마에게 세 영혼을 내주며, 베르트와 장과 그 아이의 목숨이 붙어있는 동안 세 사람을 마음대로 괴롭혀도 좋다는 뜻을 악마에게 전했다. 주님의 착하신 뜻에 의해, 온갖 악의 주인인 악마는 그 사명을 그르침 없이 마치겠다고 우두머리 천사에게 맹세했다.

천상에서 세 장의 영장이 전달되는 동안, 지상에서는 이렇다할 변고 없이 만사가 순조롭게 진척되고 있었다. 앵베르 부인은 남편에게 세상에서 가장 잘생긴 아가를 주었다. 백합꽃 같은, 장미꽃 같은 사내아이로, 아기 예수처럼 현명하고, 이교도의 사랑의 신〔cupito〕처럼 명랑하고 깜찍스러운 아기였는데, 나날이 더욱더 아름다워져 갔다.

이와는 반대로, 맏아들 쪽은 무서우리만큼 부친을 닮아가 원숭이 얼굴처럼 되어갔다. 막내는 아버지와 어머니를 닮아 별처럼 반짝반짝 빛났으니, 어버이의 몸과 정신의 정화精華가 완벽하게 조화된 우아함과 찬란한 예지의 혼합이 그처럼 만들어낸 것이었다. 남보다 뛰어난 유전인자의 혼합으로 생긴, 이 몸과 정신의 영구한 기적을 막내의 몸 안에서 알아본 앵베르 경은, 막내를 맏이로 바꿀 수만 있다면, 저승에 가서 억만 겁의 업화를 당해도 마다하지 않겠다고 말하고, 국왕의 특별한 후원에 의해 막내에게 모든 걸 상속하리라고 굳게 결심했다. 베르트는 장의 아들을 귀여워하고 또한 사랑하여 자연히 맏아들에게는 사랑의 정이 덜 가고 있었는데, 이런 경우에는 어떻게 처신해야 좋을지 몰라 쩔쩔 매던 끝에, 그래도 앵베르 경의 그릇된 의사에 반대하여 큰아들을 끝까지 두둔했다. 베르트는 모든 일이 진행되어 가는 상황에 만족해, 양심에 거짓의 신발을 신기고서, 모든 것이 무사태평하게 끝난 줄로 알고 있었다. 그럴 것이, 어언 열두 해의 세월이 흘러갔고, 이따금 가벼운 의심이 그녀의 기쁨을 잡치게 하였을 뿐이었으니까.

그 약속에 따라 한 해에 한 번, 마르무티에의 수사가 아들을 보려고 성관에 와서 하루 동안 지내고 가곤 하였는데, 그 몸종을 빼놓고 누구 한 사람이 수사를 알아보는 이가 없었다. 그래도 베르트는 장 수사에게 그 권리를 포기하라고 여러 번 애원하곤 하였다. 그 때마다 장 수사는 베르트에게 아들을 가리키며 말했다.

"그대는 일 년 내내 이 아이를 보고 있지만, 나는 고작 하루뿐이오."

이 말에 불쌍한 어머니는 대꾸할 말을 찾지 못하곤 했다.

루이 왕세자께서 부친에 대하여 마지막 반기를 들었던 그 몇 달 전, 막내도 이미 열두 살이 되고, 모든 학문과 예술에도 뛰어나 틀림없이 장래 이름 높은 학자가 될 거라는 촉망을 받고 있었다. 때문에 앵베르 경은 부친으로서의 기쁨을 억제할 길 없어, 아들을 부르고뉴 행궁에 데리고 가기로 결심했다. 왜냐하면, 샤를 대공이 그의 아들을 왕자들도 부러워할 만큼 높은 자리에 올려놓겠다는 약속을 하였기 때문이다. 대공은 도움이 될 신하를 매우 아끼시는 분이었다. 만사가 이처럼 순조롭게 되어가는 것을 보고, 악마는 장난칠 때가 왔다고 판단해, 그 꼬리를 쳐들고 이 행복 속에 돌입하여 마음대로 흩뜨려놓겠다며 달려들었다.

3장 베르트가 무시무시한 속죄와
하느님의 용서를 받아 죽게 되는 과정

베르트의 몸종이 어언간 서른다섯 살이 되었을 무렵, 몸종은 영주의 시종 무인과 넘지 못할 사이를 넘어 어리석게도 그 화덕에 빵을 여러 차례나 굽게 하여, 그 지역에서 사람들이 조롱 삼아 '9개월의 수종水腫'이라고 일컫는 대자연의 종기가 그녀의 몸 안에 나고 말았다. 이 불쌍한 몸종은 잠자리에서 시작된 노릇을 미사대 앞에서 매듭짓고 싶어, 영주로부터 큰소리가 나기를 마님에게 간청했다. 상냥한 베르트는 아무런 수고 없이 영주의 은총을 얻어주어 몸종은 한숨 놓았다. 그런데 영주는 본래가 매우 성미 급한 무사인지라, 심문실에 그 부하를 불러들여 욕설을 마구 퍼부은 다음, 몸종과 결혼하지 않으면 능지처참하겠다는 불호령을 내렸기 때문에, 천국보다 제 목숨이 귀중하였던 부하는 두말없이 그렇게 하겠다고 대답했다. 기운이 난 영주는 몸종마저 불러, 가문의 명예를 중히 여기는 심사에서 우러나오는 횡설수설을 늘어놓고, 결혼을 승낙하기는커녕 지하 3천 척 옥중에 넣어버리겠다고 징계 삼아 말했다. 몸종은 이 말을 곧이들어, 마님이 불의의 아들의 출생에 얽혀있는 비밀을 매장하려고 자기를 없애버리려는 줄 알고 아니꼽게 생각했다. 몸종은 이러한 생각에서 이 늙은 원숭이가 "집 안에 음탕한 계집년을 기르고 있었다니, 나도 어리석었도다……"라는 모욕적인 언사를 고래고래 지르자, 대꾸하기를 "아무렴요, 어리석은 분이고말고요. 오래 전부터 하여온 마님의 서방질을 모르시다니, 어리석고말고요. 게다가 상대라는 게 기사에게는 가장 불길한 수사라나요" 했다.

여러분이 일생 동안에 만난 가장 큰 천둥번개를 떠올리시더라도, 세 사람의 목숨이 담겨있는 영주의 심장의 급소가 이처럼 무찔리어 함락되고 만 앵베르 경의 무시무시한 분노의 모습은 도저히 상상 못하시리라. 대감은 몸종의 목덜미를 움켜잡아 당장에 죽이려 했다. 그러자 몸종은 변명하기 위해 그 까닭과 과정을 낱낱이 털어놓고 나서 또한 말하기를, 만약 자기 말을 믿지 않으신다면, 마르무티에 수도원장인 장 드 사쇠 예하가 성관에 오시는 연중행사 날, 영주께서 몸을 숨기시고 자기 귀로 확인하신다면, 한 해에 하루, 아들을 보러 와서 입맞춤을 퍼붓고 돌아가는 진짜 부친의 대화를 몰래 들으실 수 있을 것이라고 했다. 앵베르 경은 몸종에게 당장 성관에서 꺼지라고 명령했다. 그럴 것이, 몸종의 고자질이 꾸며낸 말로 밝혀지든 혹은 사실임이 밝혀지든 그는 그 몸종을 아니 죽이고 놔둘 성미가 아니었으니까. 그래서 영주는 그 자리에서 몸종에게 돈 백 냥과 그 정부情夫를 내주고 두 사람에게 명하기를, 투레느 지역에 하루라도 묵지 말라 하고, 더욱 안전을 기하기 위해 부하 하나를 부르고뉴 지역까지 따라가게 했다. 영주는 부인에게 두 사람의 추방을 알리는 말로, 그 몸종은 썩은 과일이니까 밖에 내던져 버리는 것이 현명하다고 생각하여 돈 백 냥을 주어 내보냈으며, 그 정부에게는 부르고뉴 행궁에서 일할 자리를 얻어주었다고 했다. 베르트는 제 몸종이 주인 되는 자기에게 한마디의 하직인사도 없이 성관을 떠나버렸다는 사실을 알고는 매우 놀랐으나, 말로는 나타내지 않았다. 그날 이후, 베르트에게는 걱정거리가 하나 더 생겼다. 영주의 태도가 아주 달라져 맏아들과 영주와의 닮음을 비교하기 시작하고, 한편 매우 귀여워하고 예뻐하던 막내는 코도, 이마도, 여기도 저기도, 하나도 닮은 데가 없다고 말하기 시작해 심한 근심에 사로잡혔기 때문이다. 영주가 이러한 애매한 말투를 늘어놓던 어느 날, 베르트는 다음과 같이 대꾸했다.

"막내는 저와 닮은 거예요. 상류가정에서는 애들이 번갈아 부모의 한쪽 피를 받든가, 또는 흔한 경우에는 양쪽의 피를 다 함께 받든가 하는 걸 모르시나요? 왜냐하면 부친의 정력과 함께 모친의 정기도 섞여있으니까요. 뿐만 아니라 부모를 하나도 닮지 않은 애도 세상엔 많다고 의사들이 말하고 있는데, 그러한 신비는 아마 하느님의 변덕일 거라고요."

"당신도 매우 학식이 풍부해졌구려. 나는 무지몽매하여 아무것도 모르지만, 그러나 수사와 닮은 애는……."

"어머나, 수사의 애라고 하시는 말씀이세요?"라고 베르트는 말하고 나서 두려운 기색 없이 대감의 얼굴을 빤히 쳐다보았다. 그러나, 실은 그녀의 혈관 속에 피 대신 얼음이 흐르고 있었다.

마음씨 착한 영주는 자기의 생각이 잘못된 줄 알고 몸종을 마구 욕했으나, 그래도 어떻게 해서든지 진상을 알아내고 싶어 죽을 지경이었다. 그러던 중 장 수사가 오는 날이 다가왔다. 앵베르 경의 말에 의해 경계심이 일어난 베르트는 자세한 이유에 대해서는 언급하지 않고, 다만 올해는 오지 말아달라는 편지를 쓴 다음, 로슈로 팔로트를 찾아가, 그 편지를 장에게 전해달라고 부탁하고 나서, 우선 이것으로 당분간은 별일 없겠거니 했다. 더구나 앵베르 경은 장이 매년 한 번 오는 축일을 전후해서, 그의 영지 내에 있는 메느Mayne 지역에 여행하는 것이 상례였는데, 올해만은 루이 왕세자가 아버지에 대항하여 일으키려고 하던 반란 준비 때문에 — 아버지 되시던 샤를 7세께서는 이를 매우 슬퍼하시어 수명을 다하지 못하고 승하하신 전말이야 여러분도 다 아실 줄 믿거니와 — 그 지역에 가지 않기로 된 것을 베르트는 이미 알아내고, 장에게 방문을 거절하는 내용의 글월을 보낸 것을 더욱 만족스럽게 여겼다. 그리고, 여행 중지의 이유가 이처럼 뚜렷하였기 때

576

문에, 베르트도 속아 넘어가 아주 안심했다. 그런데 그 축일에 해마다 그러했듯이 장이 모습을 나타냈다. 베르트는 장의 모습을 보고 창백해져 전갈을 못 받았느냐고 물었다.

"전갈이라니 무슨 전갈?"이라는 장의 말.

"그럼 우리 세 사람은 죽은 목숨이군요. 애, 당신, 나 할 것 없이"라는 베르트의 대답.

"왜요?"

"어쩐지 우리들의 마지막 날이 온 것 같은 예감이 들어요."

베르트는 아들에게 남편이 있는 거처를 물었다. 아들은 어머니에게 대답하기를, 급사가 와서 로슈에 가셨는데 저녁 무렵에야 돌아오실 거라고 했다.

이 말을 듣고, 장은 베르트가 말리는 것도 듣지 않고, 아들이 태어난 지 열두 해가 지난 오늘에 와서 무슨 불상사가 일어날 수 있겠는가, 베르트와 소중한 아들과 함께 오늘 하루를 보내겠다고 우겨댔다. 여러분도 다 아시는 그 일이 있던 밤을 축하하는 이날, 베르트는 저녁식사 때까지 가엾은 수사와 함께 자기 방에 머무르고 있는 것이 습관으로 되어있었다. 그러나 이번에 불길한 예감을 들은 장은 함께 걱정하여, 여느 때보다 일찍이 저녁식사를 시작했다. 또한 장은 교회의 여러 특권에 관해서 베르트에게 일러주어 안심시키는 동시에 이미 궁정에서 냉대받고 있는 앵베르 경이 마르무티에의 고위 성직자에게 행패를 부릴 리가 만무하다고 안심시켰다. 두 사람은 식탁 앞에 앉았는데, 그들의 아들은 장난에만 열중되어, 어머니가 아무리 되풀이해서 불러도 장난을 그만두려고 하지 않았다. 샤를 드 부르고뉴 공으로부터 앵베르 경이 하사받은 에스파냐산 말을 타고, 성관의 안마당을 달리는 것에 열중되어 있었기 때문이었다. 어린이가 어른의 흉내를, 시종이 기사 후보자의 흉내를, 기사 후보자가 기사의 흉내를 제각기 좋아서 내는 것처럼, 이 어린이는 친구인 수사에게 얼마나 자기가 장성하였는가를 보이고 싶었던 것이다. 그래서 어린이는 천에서 벼룩이 뛰듯 말 타고 깡충깡충 뛰어다녀, 승마에 익숙한 사람처럼 말안장 위에서 몸 하나 비틀리지 않는 모습을 자랑삼아 보이고 있었다.

"하고 싶은 대로 하게 내버려 두죠"하고 수사는 베르트에게 말했다. "온순하지 않은 애들이 자라서 베짱이 큰 걸출한 인물이 되는 예가 많으니까."

물을 흠뻑 먹은 해면 모양으로, 베르트는 마음이 부풀어 있어서 음식을 조금밖에 먹지 못했다. 한입 먹고 난 장은 위에 통증을 느끼며 혀에 짜릿하게 찌르는 것 같은 독을 감지하고, 과연 대학자였던지라 앵베르 경이 그들 세 사람에게 독을 먹이려고 한 짓이 아닐까 퍼뜩 의심했다. 그런데, 장이 이렇게 깨닫기에 앞서 베르트는 이미 음식을 먹고 있었다. 돌연 장은 식탁보를 걷어치워 상 위의 모든 것을 싸서 벽난로 속에 던지고 나서, 베르트에게 자기의 의혹을 말했다. 베르트는 아들의 장난에 열중되어 있던 것을 우선 성모님께 감사했다. 침착성을 잃지 않은 장은, 그의 최초의 생업이었던 기사 후보자로 되돌아가 재빨리 안마당으로 뛰어내려 아들을 말에서 내려놓은 다음, 바람처럼 그 위에 올라타 들 쪽을 향해 곧장 비호같이 달렸다. 그는 말 옆구리를 뒷굽으로 찢어져라 걷어차며, 흡사 유성과도 같은 속력으로 로슈의 팔로트의 집으로 달려가, 악마만이 이동 가능할 정도로 빠른 시간 내에 마법사의 집에 당도했다. 장은 팔로트에게 두 마디로 사정을 이야기하고 해독제를 청했다. 독약은 이미 그의 내장을 쥐어뜯고 있었다.

"아뿔싸!"하고 마법사 할멈이 말했다. "그 독약이 당신들에게 쓰일 것인 줄 알았다면, 그때 나를 위협하던 단검으로 차라리 이 할멈의 가슴이 찔리도록 했을 것을! 하느님의 종이신 성스러운 성직자와 이 지상에 여태껏 꽃 핀 적이 없으리만큼 고귀한 마님의 몸 대신에 이 할멈이 죽었을 것을! 유감 천만하게도, 해독제라곤 이 병에 남아있는 이것밖에 없으니 어떡하지?"

"이것으로 부인은 살아날까?"라는 장의 물음에,

"아무렴, 빨리만 서두른다면"라는 할멈의 대답이었다.

수사는 올 때보다 더 빨리 성관에 돌아왔기 때문에, 말이 안마당에서 죽어 넘어지고 말았다. 그는 쏜살같이 베르트의 방에 들어갔다. 마지막 때가 온 줄 알고 있던 베르트는, 불에 타는 도마뱀처럼 몸을 비틀어 꼬면서도 아들에게 작별의 입맞춤을 하고 있었다. 그녀의 탄식은 제 몸에 관한 것이 아니라, 앵베르의 노여움을 뒤집어 쓸 아들을 뒤에 남기고 가는 슬픔뿐이었으니, 아들의 비참한 장래를 생각해 자기의 아픔마저 잊고 있었던 것이다.

"어서 이걸 마셔요. 내 목숨은 이미 구했으니까."

죽음의 손톱이 그의 심장에 파고 들어온 것을 느끼고 있긴 했지만, 꿋꿋한 표정을 짓고, 장은 이 말을 씩씩하게 베르트에게 했다. 하지만 베르트가 약을 마시자마자, 그는 곧 자리에 쓰러져 아들에게 입 맞춘 다음, 베르트 쪽을 바라보면서 숨을 거두었다. 마지막 숨을 거둔 뒤에도 베르트를 바라보는 그의 눈은 조금도 변하지 않았다. 이 광경은 베르트를 대리석처럼 얼리고, 또한 매우 경악하게 했다. 울어대는 아들의 손을 쥐면서, 베르트는 발아래 쓰러져 있던 주검 앞에서 뻣뻣하게 서 있었다. 모세의 인도를 받아 히브리 사람들이 건너갔던 홍해처럼 베르트의 눈은 말라 있었다. 눈꺼풀 밑에 뜨거운 모래가 굴러 떨어지는 느낌이 베르트에게 들었던 것이다. 비나니, 인자하신 영혼들이여, 베르트를 위해 기도하옵기를. 장이 그녀의 목숨을 구하려고 제 목숨을 버린 것을 알아챈 그녀의 괴로움만큼 거대한 괴로움을 맛본 여인이란 아직 이 세상에 없기에.

아들의 도움을 받아 베르트는 장의 주검을 손수 침대 한가운데 올려놓고, 그 옆에 서서 아들과 함께 기도했다. 베르트는 아들에게 장이 친아버지라는 사실을 일러주었다. 이와 같은 상태로 베르트는 끝장을 기다렸는데, 어차피 오랫동안 기다릴 필요도 없었다. 11시경 앵베르 경이 돌아 왔다. 그는 조교弔橋 앞에서 수사는 죽고 모자母子는 살아있다는 보고를 듣고, 또한 말이 죽어 쓰러져 있는 광경을 보고는, 베르트와 수사의 아들을 죽이고 싶은 광폭한 욕망에 사로잡혀 계단을 단번에 뛰어 달려왔다. 그리고 수사의 주검 앞에 베르트와 수사의 아들이 끝없는 기도를 되풀이해서 바치고 있는 모양을 보고, 또한 자기의 심한 욕설에도 귀를 기울이지 않을 뿐 아니라 위협이나 몸짓에도 아랑곳하지 않는 자세를 보고, 흉악한 대죄를 범할 용기가 없어지고 말았다. 첫 분노의 불길이 가라앉자, 그것을 어떻게 제거해야 할지 모르던 영주는, 죽은 자를 위해 여전히 계속되는 기도에 가슴 찢기는 아픔을 느끼면서, 잘못을 저지른 현장을 들킨 겁 많은 사람처럼 방에서 슬금슬금 나가버렸다. 이날 밤은 눈물과 신음, 기도 가운데 밝아갔다.

베르트의 특별한 분부로, 한 몸종이 로슈에 가서 귀부인용 옷 한 벌과 도련님이 탈 작은 말, 어린 귀족의 갑옷 한 벌을 사왔다. 그것을 본 영주는 매우 놀라 사람을 보내 베르트와 '수사의 아들'에게 그 까닭을 묻게 했다. 그러나 아들이나 어머니는 대꾸하지 않고, 몸종이 사온 옷의 이를 잡고 있었다. 베르트의 명령으로 몸종은 성관의 살림살이를 말끔히 청산하고, 과부가 자기의 권리를 포기하듯이 모든 옷·진주·패물·보석을 정리하였다. 뿐만 아니라, 베르트는 한 푼 두 푼 모아둔 돈 자루마저 내놓아 처분의 예식을 완전무결하게 치렀다.

이와 같은 준비에 관한 소문이 온 성관 안에 금세 퍼져, 떠나가려는 마님에 대한 애석함의 마음에서 모두들 깊이 슬퍼했다. 이번 주에 들어온 어린 접시닭이 녀석까지 상냥한 말을 곧잘 해주시던 마님을 위하여 훌쩍훌쩍 눈물을 흘렸다. 이러한 떠날 채비에 깜짝 놀란 앵베르 경은 아내의 방으로 달려왔다. 베르트는 장의 주검 곁에서 울고 있었다. 처음으로 눈물이 그녀의 눈에 솟아난 것이었다. 그러나 남편을 보자 그녀의 눈물은 금세 말랐다. 시끄러운 남편의 물음에 베르트는 드디어 자기의 잘못에 대해서 짤막하게 이야기했다. 그녀가 속은 과정을 말하면서, 망자의 몸에 아직 남아있는 단검에 의한 상처를 보여주면서, 장의 자결한 이유, 오래 걸린 치료의 과정, 장이 그녀에 대한 복종심과, 하느님과 인간에 대한 회개의 마음에서 기사로서의 훌륭한 장래를 버리고 죽음보다도 견디기 어려운 가문과의 단절마저 각오하면서 교회로 들어간 전말, 명예를 앙갚음한 이상 아들 때문에 모든 걸 희생한 장이 아들을 보려고 한 해에 한 번 찾아오던 것을 하느님일지언정 거절 못 하시리라고 생각했던 과정, 앞으로 살인자와 함께 살기를 원치 않기 때문에 모든 재물을 버리고 이 성관을 떠나겠다는 결심, 그리고 설령 이 성관의 명예가 더럽혀졌다고 한들, 자기는 사태 수습을 다하였기에 부끄러운 것은 자기 쪽이 아니라 오히려 영주 쪽이라는 것, 온갖 죄를 보속하려면 어떻게 해야 할지 알고 있기에, 온갖 죄가 소멸될 날까지 자기와 아들은 산과 골짜기를 돌아다닐 결심이라고 이야기했다.

이와 같은 씩씩한 말을 창백한 얼굴로 고귀하게 말하고 나서, 베르트는 아들의 손을 잡고 모든 사람이 슬퍼하는 가운데 성관에서 나왔다. 그 현란한 아름다움은 족장 아브라함의 곁을 떠나는 하갈[42] 보다도 더해, 그와 같은 고결한 모습을 눈앞에서 본 성관의 모든 하인들이 마님이 지나가는 길 좌우에 무릎을 꿇고, 리쉬 성모 성당에 참례한 신자들처럼 합장 예배했다. 베르트의 뒤를, 앵베르 경이 목이 잘리려 단두대로 끌려가는 사내처럼 절망하며, 자기 죄를 뉘우치며 울면서 따라가는 꼴은 보기에 참으로 처량하였다.

베르트는 남편의 하소연을 하나도 귀담아듣지 않았다. 그토록 베르트의 슬픔과 분노는 컸었다. 조교가 참호 위로 내려지는 것을 보고, 돌연 올려지지나 않을까 근심되어, 베르트는 걸음을 재촉해 성관에서 빠져나오려고 했는데, 아무도 조교를 올리지 않았거니와, 그와 같은 몰인정한 짓을 할 만한 마음씨의 소유자도 없었다. 베르트는 참호의 둘레에 심어놓은 돌에 앉아 마지막으로 성관의 전경을 바라보았다. 성관 안의 모든 사람은 베르트가 그대로 성관에 머물러주기를 눈물과 더불어 애원하고 있었다. 불쌍한 앵베르 경은 손에 조교의 쇠사슬을 쥔 채 현관 위에 새겨져 있는 돌 성자상聖者像처럼 꼼짝하지 않았다. 앵베르 경은 보았다. 베르트가 수사의 아들에게, 조교의 끝머리에서 신발의 먼지를 털어 앵베르 경에게 속하는 모든 걸 하나도 남김없이 털어버리도록 이르는 것을. 그리고 베르트도 똑같은 행동을 하는 모양

42 이스라엘 민족의 조상 아브라함의 아내인 사라의 몸종. 이집트 여인. 사라가 아이를 낳지 못하자 하갈을 들여 아들 이스마엘을 낳게 된다. 이때 아브라함의 나이는 86세였다. 그러나 100세 때 비로소 사라의 몸에서 아들을 얻게 되는데, 이가 바로 이삭이다. 그러나 이스마엘이 이삭을 희롱한 일로 말미암아 사라의 미움을 받아 하갈과 이스마엘은 쫓겨나고 만다.

을, 그리고 엄숙한 태도로 아들에게 앵베르 경을 손가락으로 가리키며 다음과 같이 말하는 것을.

"아가야, 네 아버님을 죽인 사람은 저 분이다. 너도 알다시피 너의 아버님은 수사셨단다. 하지만 너는 저 분의 성姓을 갖고 있다. 그러니 지금 여기서 신발에 묻은 성관의 흙을 털고 가듯이 지금까지의 성도 저 분에게 돌려주어라. 저 분의 성관에서 길러져 성장한 은혜만은 하느님의 도움으로 언젠가 갚아드리기로 하자."

이 원한에 찬 말을 들은 영주는, 아내나 장래에 가명家名을 떨칠 게 틀림없는 어린 기사 후보자로부터 버림받지 않기 위해서라면, 아내에게 한 명의 수사는 물론 수도원의 모든 수사들의 접견을 허락한들 어떠리 하고 생각되어, 쇠사슬에 머리를 기대고 눈물지었다.

'악마야, 이제 이걸로 네놈도 만족하느냐?' 라고 베르트는 이 사건에 악마가 어떠한 모양으로 개입하였는지도 모르면서 마음속으로 외쳤다. '이제야 만사의 파멸 위에, 이 몸이 그처럼 거듭 기도한 하느님, 성자님들, 우두머리 천사의 구원의 손길이 내리시옵기를!'

그러자 베르트는 돌연 성스러운 위안으로 마음이 가득해지는 느낌이 들었으니, 들판 길의 모퉁이를 돌자 대수도원의 조기弔旗가 보이고, 그것에 따르는 성당의 노랫소리가 하늘의 목소리처럼 울려왔기 때문이다. 경애하는 수도원장이 살해된 통지를 받은 수사들이 교회법의 수호 아래 당당한 행렬을 짓고 시신을 찾으러 온 것이었다. 이 행렬을 보자 앵베르 경은 뒤처리도 하지 못한 채 부하들과 함께 허둥지둥 뒷문으로 빠져나와 루이 왕세자에게로 도망쳐 갔다.

아들이 탄 말의 뒤 엉덩이에 올라탄 베르트는 몽바종에 가서 부친에게 영원한 이별의 인사를 하는 동시에, 이번의 사건에 의해 입은 타격으로 자기는 죽고 말 것이라고 했다. 집안사람들은 베르트의 기운을 돋우어주려고 여러 가지로 위로를 했으나 허사였다. 늙은 로앙 대감은 외손자에게 훌륭한 갑옷 한 벌을 갖춰주면서, 공훈을 세워서 명성과 명예를 얻어 어머니의 잘못을 영원한 칭송으로 돌리도록 힘쓰라고 일렀다. 그러나, 어머니가 아들의 정신 속에 불어넣어 주었던 것은 이와는 좀시 다른 생각이었으니, 이는 그의 어머니인 베르트와 아버지인 장을 지옥의 징벌에서 구원하기 위하여 과거의 죄를 속죄하는 것이었다. 따라서 모자는 앵베르 경에게 목숨보다 소중한 은혜를 갚고자, 어떤 식으로라도 그를 위해 이바지하기 위하여 반란의 전투가 벌어지고 있던 싸움터로 갔다.

누구나 다 알다시피, 기옌Guyenne 지방의 보르도와 앙굴렘 부근과, 왕령의 그 밖의 곳에서 격전이 벌어져, 반란군과 왕군 사이에 대전투가 개시되었다. 이 전투를 끝장내는 주된 전투는 뤼펙Ruffecq과 앙굴렘 사이에서 일어났는데, 잡힌 자들은 즉결재판으로 교수형에 처해졌다. 앵베르 경의 지휘 하에 벌어진 이 전투는, 장 예하가 죽은 지 7개월째 되는 11월에 일어났다. 앵베르 경은 루이 왕세자의 으뜸가는 참모여서 그 머리에 막대한 상이 걸려있었다. 그날의 격전에서 앵베르 경의 부하들은 길 아래쪽에 처져있게 되어, 앵베르 홀로 적병 여섯 명에게 둘러싸여 생포될 위기에 다다르고 있었다. 산 채로 영주를 잡으려는 적병의 속셈이, 그의 집안을 모반죄로 고발하여 그 가문의 명예를 손상시키고 전 재산을 몰수하고자 하는 데 있다는 것을 이미 잘 알고 있던 앵베르 경은, 가문을 구해 장원을 맏아들에게 고스란히 물려주고자, 죽음을 사양치 않고 사자라는 별명이 부끄럽지 않게 싸웠다. 수적 우세에도 불구하고 여섯 명의 적병 중에서 세 명이 쓰러지자, 남은 적들은 앵베르 경의 생포를 단념하고는 대감을 죽이기 위하여, 그를 구하기 위해 달려온 기사 두 명과 시종 한 명을 죽인 다음에, 대감에게 일시에 달려들었다. 이 위급한 찰나, 로앙 가문의 문장紋章을 몸에 걸친 한 젊은 기사가 나타나 벼락같이 적에게 달려들더니, 당장 두 명의 적을 찔러 죽이고는 "하느님께서 앵베르 가문을 수호하시는 거다!" 라고 고함쳤다. 그때 이미 앵베르 경을 밑에 깔고 있던 마지막 적병이 이 젊은 기사의 맹렬한 기습을 받아 어쩔 수 없이 앵베르 경의 몸을 풀어주고 몸을 돌려 젊은 기사와 맞서 싸우니, 그 젊은 기사의 갑옷의 틈새를 단검으로 푹 찔렀다. 앵베르 경도 뛰어난 무사라서 자기 가문의 은인이 쓰러지는 것을 보면서 그대로 내빼는 것 같은 비겁한 짓은 하지 않았다. 대감은 쇠뭉치의 일격으로 이 적병을 죽이고 나서 상처 입은 젊은 기사를 말에 올려놓고, 길 안내인이 안내하는 대로 그곳을 벗어나 로슈 푸코Roche-Foucauld의 성관으로 밤중에 들어갔다. 성관의 커다란 객실에는 베르트 드 로앙이 있었다. 베르트의 지시로 앵베르 경은 이렇듯 위기를 무사히 모면할 수 있었던 것이다. 영주는 생명의 은인의 갑옷을 벗겼다. 그 은인은 역시 장의 아들이었다. 장의 아들은 마지막 기운을 짜내 어머니에게 입 맞추며 "어머니, 우리는 그에게 입은 은혜를 갚았습니다!"라고 소리치고는 탁자 위에서 숨을 거두었다.

이 말을 들으면서 베르트는 사랑하는 아들의 몸에 달라붙어 영영 서로 껴안은 채 둘이서 저 세상으로 갔으니, 앵베르 경이 뉘우쳐 하는 말과 용서를 비는 말을 아랑곳하지 않고 슬픔으로 숨졌던 것이다. 앵베르 경의 수명도 이 뜻하지 않은 재난 탓에 줄어들어, 그가 모시던 루이 11세의 등극도 보지 못하고 죽었다. 그러나, 죽기 전에 영주는 로슈 푸코의 성당에 모자를 같은 묘 속에 매장하여 모자의 생애를 칭송한 라틴어의 비문을 새긴 커다란 묘비를 건립하고는, 매일 미사를 올리게 했다.

이 이야기에서 저마다 받아들일 수 있는 교훈에는, 삶을 누려가는 데 있어서 매우 유익한 것이 있을 게다. 첫째로, 귀족이라면 그 남편의 정부에 대하여 어떻게 융숭하게 대접해야 할 것인지를 가르쳐준다. 둘째로, 모든 자녀는 다 하느님 자신이 보내주신 보물이니까, 친아버지거나 의붓아버지거나 자녀를 죽일 권리라곤 전혀 없다는 것을 가르쳐준다. 옛날 가증스러운 이교도의 법령에 의해 로마에서는 '불의의 소생'을 죽이는 것이 허락된 일이 있었는데, 이것이야말로 우리들 모두가 하느님의 자식이라는 그리스도교의 가르침에서 매우 어긋나는 짓이라고 하겠다.

바늘귀에 실 꿰기[43]

여러분이 다 아시는 바와 같이, 타슈로Taschereau의 아낙이 된 포르티용 거리의 아가씨는 염색업자의 아낙이 되기 전에는 포르티용에서 세탁을 업으로 삼고 있어서, 라 포르티용이라는 이름으로 불리고 있었다. 투르 지역을 모르시는 여러 분을 위하여 한마디 덧붙여 말하겠는데, 포르티용은 루아르 강의 아래쪽 생 시르Saint Cyr의 근방에 있고, 투르의 성당으로 통하는 큰 다리에서의 거리는 마르무티에 수도원에서 큰 다리까지의 거리와 비슷하다. 다시 말해서, 다리는 포르티용과 마르무티에를 잇는 둑의 바로 중간쯤에 있다는 말이다. 아셨는가? 아셨다고. 그럼 좋다.

그래서 아가씨는 그곳에 빨래터를 마련하고 있어서 루아르 강에 빨래하러 가기에는 그다지 시간이 걸리지 않았고, 강 건너 생 마르탱에는 나룻배로 건너 그녀가 취급하던 세탁물의 단골손님들 중 대부분이 살고 있던 샤토

---

43 원문은 Comment la Belle fille de Portillon quinaulda son juge로 의역해서 '바늘귀에 실 꿰기'라고 했는데, 직역하면 '포르티용 거리의 아름다운 아가씨가 판사를 쩔쩔매게 한 과정' 이라고 하겠다.

뇌프Chateauneuf와 그 밖의 곳에 쉽사리 배달할 수가 있었다.

타슈로 영감과 결혼하기 7년 전, 성 요한 축일의 여름날이었다. 그녀는 이미 여러 사내들의 연모의 정을 받기 시작한 나이였다. 타고난 성미가 웃기 잘하는 명랑한 기질이라, 그녀의 뒤꽁무니를 따르는 젊은이들을 까다롭게 가리지 않고, 그녀를 연모해오던 대로 그냥 내버려두고 있었다. 더구나 그녀 방의 창 밑에 있던 걸상에 자주 모여드는 건달들은, 루아르 강에 일곱 척의 배를 소유하던 라블레의 아들놈, 장의 맏아들, 그리고 재단사인 마르샹도Marchandeau와 리본 제조업을 하는 페카르Peccard 등등으로, 그녀는 이들을 함부로 우롱하였는데, 왜냐하면 애를 잉태하기 전에 성당의 제단 앞에 서는 것을 바람직하게 여겼기 때문이다. 이로 미루어 보아 그녀가 정조를 망치기 전에는 얼마나 맑고 깊은 덕망을 지닌 아가씨였는지 알 만하다. 소위, 몸을 망치는 것을 극도로 경계하면서도, 한번 여차여차해서 망쳐버리자, 그 다음으로는 한 점의 얼룩이나 천 개의 얼룩이나 한번 빨고 보면, 이것이 저것, 저것이 이것이라는 식의 생각을 품게 된 세탁업을 생업으로 삼고 있던 아가씨였지만, 그래도 이와 같은 부류의 사람들에게는 모름지기 너그럽게 대해야 하느니라.

뜨거운 햇살이 그녀의 풍만한 아리따움을 빛내고 있던 어느 날 정오 무렵, 궁정의 한 젊은 귀공자가 물을 건너가는 그녀의 아리따운 모습을 보고, 그녀가 누구인지를 강가에서 일하고 있던 노인에게 물었다. 노인이 대답하기를, 그녀야말로 잘 웃고, 약아빠지기로 이름난 포르티용 거리의 아가씨이자 세탁업을 생업으로 삼고 있는 아가씨라고 말해주었다. 풀 먹인 주름잡은 옷깃을 달고 있던 이 귀공자는, 값나가는 천과 비단을 수북이 가지고 있어서, 길에서 만난 이 포르티용 거리의 아가씨에게 자기 집의 세탁물 모두를 부탁하기로 결심했다. 그는 아가씨로부터 고맙다는 인사말을 몇 번이고 받았는데, 그가 국왕의 시종 푸Fou[44] 경이라는 귀공자였기 때문이다. 이 만

---

44 Fou. '미친놈' 이라는 뜻이다.

La belle fille de Portillon

남은 아가씨를 매우 기쁘게 했으며, 때문에 그녀의 붉은 주둥이는 귀공자의 이름으로 가득 차버렸다. 그녀는 그 이름을 생 마르탱의 사람들에게 입에 침이 마르도록 말하고, 세탁소에 돌아와서도 입에 신물이 나도록 지껄이고, 다음 날 물가에서 빨래하면서도 토해냈으니, 포르티용 거리에서 푸 경의 이름이 오르내리는 것이 주일 강론에서 하느님의 이름이 오르내리는 것보다 더하였는데, 이는 좀 지나친 수다라 하겠다.

"찬물에 저렇게 몸이 달아있으니 더운물에 있으면 어찌 될꼬. 푸 같은 녀석은 김으로 푹푹 쪄지고 말 거야!"라고 빨래하는 노파가 한마디 뱉을 정도였다.

푸 경으로 하여 혀에 바람이 난 그녀가 세탁한 것을 전하려고 처음으로 그 저택에 갔을 때, 귀공자는 몸소 그녀를 맞이해 그 매력에 관해 여러 찬송가와 이야기를 노래해 들려주고 나서 말하기를, 그대는 아름다울 뿐 아니라 어리석지 않은 미녀라고 들었는데, 나와 창 시합을 해보지 않겠는가 했다. 장부일언은 중천금이라, 하인들이 물러가고 단 둘이 되자, 귀공자는 창을 꼬나 쥐고 아가씨에게 달려들었는데, 지갑에서 많은 보수報酬가 나올 줄 알고 있던 아가씨는 봉급 받는 것을 수줍어하는 아가씨답게 감히 '지갑' 을 보지 못하고 말했다.

"어쩌나, 이게 처음이에요."

"걱정할 것 없어"라는 귀공자의 말.

어떤 사람은 그가 아가씨를 겁탈하는 데 하고많은 고생을 하여 병아리 오줌 정도밖에 덮치지 못했다고 말하기도 하고, 또 어떤 사람은 그녀가 호되게 당했다고 말하기도 하였다. 왜냐하면, 그녀가 패잔병 모양으로 초췌해진 몰골로 밖으로 나와, 탄식과 불평을 늘어놓으면서 판사에게 갔기 때문이다. 그런데 우연히도 판사는 출타 중이었다. 아가씨는 대기실로 다시 나와 판사가 돌아오기를 울면서 기다리며, 겁탈을 당한 자초지종을 판사의 하녀에게 말했다. 푸 경은 심술궂은 언동만 그녀에게 주었을 뿐 그 외에 아무것도 주지 않았고, 반면에 교회 참사회원은 '푸 경이 그녀로부터 빼앗은 그것'에 대해서 많은 금액을 주곤 하였으니, 만약 좋아하는 사내의 경우라면 함께 즐기기 때문에 즐거움을 거저 주어도 좋지만, 푸 경으로 말할 것 같으면, 이쪽이 바람직하게 여기는 대로 아기자기하게 귀여워해주기는커녕 무지막지하게 이 몸을 다루어 자신의 욕심만 채웠으니, 고로 그녀에게 천 냥을 지불할 의무가 있다고 하녀에게 이야기했다.

판사가 돌아와서 이 아름다운 아가씨를 보자, 수탉처럼 날개 짓을 하려고 해서, 아가씨는 몸을 경계하면서 고소를 하려고 온 뜻을 말했다. 판사는 하소연을 듣고 나서 대답하기를, 만약에 아가씨가 소원한다면 그러한 무법자는 마땅히 목매달아 죽여도 좋다, 아가씨를 위해서라면 온갖 고난을 무릅쓰고 뼈가 가루가 될 때까지 노력하겠다고 단호하게 말했다. 이 말에 대해 아가씨는, 자기가 바라는 것은 범인을 죽이는 데 있지 않고, 다만 자기 뜻을 무시하고 무지막지하게 겁탈 당했으므로 천 냥의 위자료를 받는 데 있다고 말했다.

"허, 하지만 그토록 유린된 아가씨의 꽃은 더 값나가는 물건이오"라는 판사의 말.

"천 냥으로 족해요. 그만한 돈만 있으면 빨래 일을 하지 않고서도 살아갈 수 있으니까요"라는 아가씨의 말.

"그런데 아가씨의 몸에서 쾌락을 훔친 사내는 부자인가?"라는 판사의 질문.

"그럼요, 아주 부자예요."

"그렇다면 더 지불해야지. 헌데, 상대는 누구지?"

"푸 경이에요."

"그렇다면 사건이 달라지는데"라는 판사의 말.

"어마, 재판에서도요?"

"사건을 두고 말한 것이지 재판을 두고 말한 것이 아니오"라고 판사는 말했다. "헌데 어떻게 해서 그러한 사태가 일어났는지 그 내용을 상세히 들어야겠소."

그래서 아가씨는 솔직하게 그 자초지종을 이야기했다. 대감의 옷장 속에 세탁한 것들을 넣고 있을 때, 그녀의 치마를 갖고 장난치고 있기에 흘끗 뒤돌아보며 "그러지 마셔요,[45] 나리!"라고 말하자…….

"그 말로 알았소. 그러지 마시고 활발히 끝장내라는 허락을, 경은 그대로부터 받은 줄 안 거요. 하하!"

그러나, 아가씨는 울며불며 몸을 막았는데도 결국 겁탈당하고 말았다고 반박했다.

"하지만 울며불며한다는 것은 상대방을 자극시키려는 아가씨의 수단에 지나지 않지"라고 판사는 말했다.

그래서 아가씨는 계속해서 말하기를, 본의는 아니었지만 결국 푸 경의 손에 허리를 잡혀 몸부림치고 고함치고 난 후 침대에 몰리는 상황이었음에도, 그녀를 위한 구원의 손길이 없는지라 온몸의 힘이 탁 풀리고 만 것이라고 말했다.

"좋아, 좋아, 그래서 재미 보았다는 말이지?"

"천만예요, 내가 입은 손실은 오로지 천 냥의 황금만이 갚을 수 있어요."

"그런데 말이오, 아가씨. 본관은 아가씨의 고소를 받아드릴 수가 없소. 왜 그런가 하니, 기꺼이 강간당하지 않았던 아가씨란 천하에 한 사람도 없을 테니까."

"어마, 어마, 무슨 말씀을 그렇게 하셔요"라고 아가씨는 울면서 말했다. "그럼, 판사님의 하녀에게 물어보셔요. 그 분이 하는 말을 들어보셔요."

하녀의 증언에 의하면, 세상에는 기분 좋은 겁탈도 있는 반면에 불쾌하기 짝이 없는 겁탈이 있는 고로, 만일 포르티용 거리의 아가씨가 금품도 쾌락도 접하지 못하였다면 마땅히 금품 또는 쾌락을 받을 권리가 있다고 말했기 때문에, 이 분별 있는 의견에 판사도 당황했다. "자클린Jacqueline! 나는 이 사건을 저녁식사 전에 판가름하고 싶으니, 가서 자루 꿰매는 큰 바늘과 소

---

45 finez. '끝내세요' 라는 뜻도 된다.

송서류의 자루를 매는 붉은 실을 가져와다오"라고 판사는 하녀에게 일렀다.

자클린은 완벽하게 예쁘장한 바늘귀가 달린 큰 바늘과 법조계의 인사들이 사용하는 굵다란 붉은 실을 가져왔다. 자클린은 매우 흥미가 나서, 재판의 판가름을 구경하려고 그대로 서 있었다. 처녀 역시 이와 같은 괴상스러운 준비를 괴이쩍게 생각했다.

"아가씨, 나는 이렇게 큰 바늘을 들고 있겠소. 바늘귀가 크니까 어렵지 않게 실을 꿸 수 있을 거요. 만약에 아가씨가 이 바늘귀에 실을 꿴다면, 본관은 아가씨의 소송을 맡아 경으로 하여금 하는 수 없이 돈을 내게 하고, 이 사건을 타협적으로 해결하겠소."

"타협적이라니 무슨 말이죠? 타화수분他花受粉(사람이 직접 수꽃의 꽃가루를 암꽃에 묻혀 열매 맺게 하는 것) 같은 건 몸서리나요."라고 아가씨는 말했다.

"쌍방이 서로 화해한다는 뜻을 말하는 재판 술어요."

"그럼 타협이란 재판의 약혼이네요."

"그렇지. 겁탈이 그대의 머리를 환히 트이게 했군. 어떻소, 바늘귀에 실을 꿰어보겠소?"

"네, 해보겠어요."

음흉한 판사는 구멍을 아가씨 쪽으로 살며시 내밀어 멋들어진 승부를 하게 했다. 그런데 아가씨가 곧게 세우려고 비비꼰 실을 겨냥한 구멍에 넣으려고 하자, 판사가 구멍을 조금 움직였기 때문에 첫 번째 시도는 빗나가고 말았다. 아가씨는 이제야 판사의 의도를 의심하기 시작했다. 그래서 이번에는 실에 침을 바르고 팽팽하게 만들어 다시 공격을 시도 했다. 판사는 감히 할 용기가 나지 않는 풋내기 아가씨처럼 몸을 움직이고, 이리 꿈틀 저리 꿈틀, 팔딱 들썩하여, 빌어먹을 실이 좀처럼 들어가지 않게 했다. 아가씨는 구멍을 노린다. 판사는 머뭇거린다. 때문에 아무리 해도 실과 바늘의 혼례는 이루어지지 않았고, 바늘구멍은 숫처녀 그대로 있었다. 구경하고 있던 하녀도 까르르 웃음을 터뜨리고는, 겁탈하는 것보다 겁탈당하는 편이 더 익숙하다고 아가씨에게 말하였기 때문에 판사 또한 웃고 말아, 아가씨만이 혼자서 천 냥의 황금이 아까워서 눈물지을 따름이었다.

"꼼짝 말고 그대로 있지 못해요"라고 더 이상 참지 못한 아가씨가 말했다. "그렇게 줄곧 움직이고만 있으니 구멍에 실을 꿸 수 없지 않아요."

"그렇다면 말이요, 아가씨, 만약 그대도 이렇게 했을 것 같으면, 푸 경인들 속수무책이 아니었을까. 게다가 생각해보시게. 이 바늘귀는 환히 열려 있지만, 숫처녀의 그것은 닫혀있지 않은가!"

겁탈 당했다고 우겨대고 있는 아가씨는 잠시 생각에 잠겨, 어떻게 해서 자기가 마지못해 양보하지 않을 수 없었던가를 실제로 증명해보여서 판사를 쩔쩔 매게 할 방법을 찾았으니, 이는 겁탈을 당하기에 알맞은 나이에 이른 모든 아가씨들의 명예에 관계되는 중대사로 생각하였기 때문이다.

"그럼 판사님, 공평을 기하기 위해, 푸 경이 한 대로 저도 해봐야 하겠어요. 움직이는 것만으로 막을 수 있었다면, 저도 여전히 움직이고 있을 테지만, 푸 나리는 다른 솜씨를 부렸거든요."

"허, 그래, 그럼 그대로 해보시지."

이래서 포르티용 거리의 아가씨는 실을 똑바로 세우고 꿋꿋이 곧장 서 있게 밀초를 먹이고 나서, 판사가 여전히 좌우로 흔들고 있는 바늘귀에 빳빳한 실을 꿰려고 겨냥하였다. 동시에 아가씨는 다음과 같은 변화무쌍한 익살스런 말을 해대기 시작하였다.

"어쩌면 요렇게도 바늘귀가 예쁘지! 찌르기에 알맞은 귀여운 구멍! 이처럼 아름다운 보물은 처음 보았네! 참으로 아름다운 중간! 이 설득 잘 시키는 실이 들어가게 해다오! 어마, 어마, 이런 하마터면 나의 소중한 실, 사랑스러운 실을 망칠 뻔했네! 꼼짝 말고 있어요! 나의 귀여운 판사님, 이 몸의 애타는 정을 살피셔요! 어쩌나, 이 철문 속으로는 실이 쉽사리 들어가지 않으려나. 철문아, 철문아, 네가 실을 너무 해지게 하여서 네 문에서 나오는 실 치고 풀이 죽지 않은 것이 하나도 없구나."

이와 같은 깜찍스러운 말을 늘어놓으면서 방긋이 웃는 아가씨의 요염함에, 점잖을 빼고 있어야 할 판사도 이 놀이에는 하수인지라 그만 입을 크게 벌리며 웃고 말았다. 그만큼 아가씨가 실을 내밀었다가 뒤로 물리고 하는 솜씨나 짐짓 애교부리는 모습에는, 침실에서의 부부관계를 연상시키는 것이 있었다. 판사는 바늘귀를 손에 쥔 채 저녁 7시까지, 마치 우리에서 풀려 나온 쥐새끼 모양으로 여전히 몸을 이리 꿈틀 저리 꿈틀, 팔딱 들썩거리면 서, 아가씨 때문에 서 있었다. 포르티용 거리의 아가씨는 한사코 실을 바늘 귀에 꿰려고 애쓰던 중, 판사는 고기 타는 냄새가 나는 동시에 손도 피곤해 져, 탁자 모서리에 그만 손을 올려놓고 말았다. 바로 이 찰나, 때를 기다리 고 있었다는 듯이 아가씨는 실을 멋들어지게 바늘귀에 넣고 외쳤다.

"이렇게 해서 일을 당한 거예요."

"내 몸의 고기가 타는 냄새가 나기에 그만 방심했는걸"이라는 판사의 말.

"저 역시 몸 안이 타들어 가요"라는 아가씨의 말.

마침내 두 손 번쩍 든 판사는 푸 경에 대한 설득을 아가씨에게 약속하고 소송을 받아들였다. 이로서 젊은 귀족이 아가씨의 의사를 거역하여 그녀를 겁탈했음을 확증하였기 때문이다. 그러나, '이치에 맞는 이유' 때문에 판사 는 사건을 비밀리에 처리할 속셈이었다.

그 다음 날, 판사는 궁정에 가서 푸 경을 만나 포르티용 거리의 아가씨의 고소를 알리고, 어떠한 모양으로 아가씨가 과정을 진술했는지 이야기했다. 이 '지혜로운 소송'을 나라님께서도 매우 재미있어 하셨다. 푸 경도 그것이 사실임을 인정했다. 왕께서 푸 경에게 물으시기를, "드나들기 어려운 감촉 이 있었던가?"라고. 푸 경은 솔직하게 없었다고 대답했다. 왕께서는 그런 바늘귀라면 황금 백 냥 정도의 값으로 족할 것이라고 말씀하셔서, 푸 경은 인색하다는 비난을 받지 않으려고 판사에게 백 냥을 내주며, 풀[糊]은 세탁 일 하는 그 아가씨에게 괜찮은 이익이 될 것이라고 했다. 판사는 그 즉시 포 르티용 거리로 가서, 빙긋이 웃으면서 아가씨에게 푸 경에게서 백 냥을 우 려내 왔다고 말했다. 또한 만약에 나머지 9백 냥의 황금이 소원이라면, 지 금 행궁行宮에 와있는 왕실도 이 사실을 듣고 알아, 아가씨의 뜻에 따라 그 구멍 채우기를 지망하는 자가 허다하다고 일러주었다. 아가씨는 이 제안을 선뜻 승낙하고 나서, 이후로는 세탁소 일을 폐업하고 '작은 곳의 세탁'에만 힘쓰겠다는 포부를 밝혔다. 아가씨는 판사의 수고에 감사하고, 한 달에 천 냥의 황금을 벌었다.

그녀에 대한 거짓 소문과 허풍은 대개 이 일로 비롯된 것이니, 그녀가 상대하던 열 사람의 귀족이 여인들의 시샘을 받아 백 명으로 수가 늘어나 있었을 정도였다. 그러나, 매춘부와는 달리, 포르티용 거리의 아가씨는 황금 천 냥을 수중에 넣자, 곧 몸가짐이 슬기로운 아가씨가 되었다. 때문에 공작님이라 할지라도, 황금 5백 냥을 내지 않고서는 그녀를 뜻대로 구슬리지 못했으니, 이렇듯 '자기 것에 인색한 아가씨'란 그녀를 두고 하는 말이라 하겠다.

왕께서는 그녀를 샤르돈느레Chardonneret의 산책장 근방, 켕캉그로뉴 Quinquangrogne의 별궁에 불러들여, 매우 아름다운, 그리고 '아주 싸움 잘 하는 여인'으로 인정하시어, 그녀와 함께 즐기시고, 그녀로 하여금 풍기문 란을 단속하는 관리들에게서 아니꼬움을 당하지 않도록 조치해주셨다는 풍문은 실제로 있었던 일이다. 그런데, 그녀를 지나치게 아름답다고 생각한 국왕의 애첩 니콜 보페르튀이는 그녀에게 황금 백 냥을 주며 오를레앙 지역으로 보내, 그 지역의 루아르 강의 물빛이 포르티용에서의 물빛과 같은 지 조사해보라고 했다. 포르티용 거리의 아가씨 또한 나라님의 총애에 무관 심하여 그녀의 지시에 따라 기꺼이 그 지역으로 갔다.

폐하께서 임종하실 때 그 고해성사를 주었으며, 후에 성자의 반열에 오르신 신앙심 깊은 성직자가 투르에 왔을 때, 포르티용 거리의 아가씨는 그 성직자를 찾아가 양심의 더러움을 씻고 회개하여, 투르의 생 라자르Saint-Lazare 나병원에 침대 하나를 기증했다. 열 명 이상이나 되는 귀족들에게 스스로 겁탈당하고서도 제 집의 침대밖에 마련하지 못하는 귀부인들에 대해서는 독자들께서도 수없이 아시고 계실 것이라 믿는다. 때문에 포르티용 거리의 아가씨의 누명을 씻어주기 위하여 다소나마 이 아가씨의 이와 같은 선행을 적어둘 필요가 있다. 이 아가씨는 남들의 오물을 세탁해오다가, 후에 그 아름다움과 지혜로 이름이 나고, 앞서의 이야기처럼 타슈로와 결혼하여 가지가지 장점을 드러냈으니, 곧 남편을 오쟁이 지게 하고서도, 부부가 저마다 이 세상의 즐거움을 마음껏 누렸다는 내용을 〈쏘아 붙이는 언사〉라는 단편에서 이미 이야기한 바 있는 그대로다.

이 이야기는 노력과 참을성만 있다면, 재판에서도 자기 뜻대로 할 수 있음을 증명해주는 것이라고 하겠다.

운명의 여신의 총애를 받는 자[46]

기사들이 하늘이 내려주신 행운을 찾아 서로 상냥하게 협력과 지원을 아끼지 않았던 시절, 시칠리아 섬의 숲속에서 한 기사가 뜻하지 않게 프랑스인의 모습을 한 어느 기사와 우연히 만났다. (모르시는 분에게 말하거니와, 시칠리아라는 곳은 지중해의 한 구석에 있는 섬인데 옛날에는 이름난 나라였다.) 이 프랑스의 기사는 아무리 뜯어보아도 운수 사나운 무일푼의 신세인 듯싶었다. 왜냐하면, 따르는 몸종 하나 없이 터벅터벅 걸어서 길을 가고, 몹시 누추한 옷차림을 하고 있어서였는데, 만약 그에게 기품 있는 모습이 없었다면, 천한 노비로 잘못 보았을지도 몰랐다.

아마 이 기사의 말이 시칠리아 섬에 상륙하자, 허기와 피로로 쓰러져 죽었을 게 틀림없는 것이, 프랑스 사람들이 무슨 좋은 수라도 얻어 걸릴 줄 믿고 허다하게 시칠리아에 왔었지만, 그렇지 않은 경우도 있었기 때문이다.

시칠리아의 기사로 말할 것 같으면, 이름은 페자르Pezare, 베네치아 태생,

---

46 원문은 Cy est desmonte que la Fortune est toujours Femelle. 직역해서 '운명의 신은 항상 여성임을 증명하는 이야기' 라는 뜻이다.

오래 전에 베네치아 공화국을 떠나 조국에 돌아갈 마음이 없을 성싶었다. 시칠리아 왕의 궁정에 뿌리가 박혔기 때문이다. 막내여서 베네치아에서 취득할 재산도 없었고, 장사할 엄두도 나지 않아, 결국 이러한 것이 주된 동기가 되어 집안으로부터 의절당하고 말았다.

그러나 그의 집안은 이름난 명문이고, 요행히 시칠리아 왕의 마음에 드는 몸이 되어, 지금 그 궁정에 머무르고 있었다. 이 베네치아 태생의 기사가 에스파냐 산産 명마를 타고 숲속을 산책하면서, 문경지교刎頸之交 하나 없이 외국의 궁전에 있던 자신의 외로운 몸을 돌이켜 생각해보고, 도와주는 사람이 없는 경우에 운명은 얼마나 가혹하고 배반되기 쉬운가를 곰곰이 생각하고 있을 때, 이 구차하게 보이는 프랑스인 기사를 만났던 것이다. 그런데, 상대는 베네치아 기사보다 훨씬 궁핍하게 보였다. 적어도 베네치아 기사는 훌륭한 무기와 장비, 그리고 명마를 지니고, 풍성한 저녁식사를 차리고 있던 여관에는 여러 하인들이 그를 기다리고 있었으니까.

"발에 수북이 먼지가 묻은 걸 보니 멀리서 오셨구려"라고 페자르는 말을 건넸다.

"돌아다닌 길의 모든 먼지를 발에 묻히고 있는 건 아니오"라고 프랑스 기사는 대답했다.

"여러 곳을 두루 돌아다니셨다면, 식견 또한 높으시겠소"라고 페자르는 다시 말했다.

"내가 배운 것은, 자기에게 관계없는 분들의 걱정을 하지 말 것, 사람이 아무리 뛰어나게 남들보다 높아지더라도 발은 나와 똑같은 땅 위에 놓여있다는 것, 겨울의 따뜻한 날씨와 적敵의 잠과 벗들의 말에는 행여 마음 놓지 말 것이라는 거요."

"흠, 당신은 나보다 더 부자시구려. 지금 하신 말씀은 내가 미처 생각 못하고 있던 거니까"라고 매우 감탄한 페자르가 말했다.

"사람은 저마다 자기에 대해서 생각해볼 필요가 있소"라고 프랑스 사람은 말했다. "당신에게서 질문을 받았으니, 이번에는 이쪽에서도 묻겠는데,

팔레르모Palermo[47]로 가는 길은 어디며, 저물어 가니 묵을 여관이라도 없는지 가르쳐주시오."

"팔레르모에 친지 되는 프랑스 사람이나 시칠리아 귀족이라도 있는 거요?"

"없소."

"그렇다면 문전박대 당할 걸 각오하시오."

"나를 냉대하는 이들을 너그럽게 용서할 아량만은 넉넉하오. 그런데 길은?"

"나 역시 길을 잃은 몸, 함께 찾아봅시다"라고 페자르는 말했다.

"허나 당신은 말 위에 계시지만, 나는 나의 두 다리로 가야하는 처지이니 함께 갈 수 없소이다."

페자르는 프랑스의 기사를 말 궁둥이에 올라타게 하고 말하기를,

"어떤 자와 함께 있는 줄 아시오?"

"보기엔 한 남성과 함께."

"몸의 위험을 느끼지 않으시나?"

"만약 당신이 도둑놈이라면, 겁나야 할 쪽은 당신이오"라고 말하며, 프랑스 사람은 페자르의 가슴에 단검의 날밑을 겨누었다.

"나는 당신을 높은 식견과 깊은 분별력을 갖춘 호걸인 줄로 알아 모셨소이다. 이제 와서 무엇을 감추리오. 나는 시칠리아 궁정에서 벼슬하는 귀족인데, 혈혈단신인지라 문경지교를 구하고 있던 중이오. 실례되는 말 같지만, 당신도 같은 처지라고 보는데, 보아하니 아직 좋은 팔자가 아니고 만인을 필요로 할 것 같은 모양을 하고 계시구려."

"모든 사람들이 나와 상대한다면 좀더 행복해질 것이라는 말씀이시오?"

"내 말꼬리를 일일이 물고 늘어지는 걸 보면, 당신도 여간내기가 아니신가 보오. 헌데 당신을 신뢰해도 좋을까?"

47 프랑스어 표기로는 Palerme. 시칠리아의 도시.

"나를 속이고서 문경지교를 맺으려고 한 당신보다는 이래 뵈도 신뢰할 만한 장부요. 길을 잃었다고 말한 당신이, 마치 길을 외고 있는 사람처럼 말을 달리고 있으니 말이오."

"그 말을 듣고 보니, 당신 역시 그 젊은 나이에 현자賢者처럼 두 다리로 걷고, 고귀한 기사면서도 상놈 같은 외양을 꾸민 것은 나를 속이려는 속셈이 아니고 뭐요. 자, 여관에 다 왔소. 하인들이 저녁식사를 준비해놓고 있으렷다."

저녁식사를 같이 하기를 쾌히 승낙한 프랑스 기사는, 말에서 뛰어 내려 페자르의 여관으로 들어갔다. 두 사람은 즉시 식탁 앞에 앉았다. 프랑스의 기사는 이빨을 단호하고 요란하게 울리며, 음식 조각을 아귀아귀 깨물어 서둘러 삼킴으로써, 그가 식사 방면에서도 이만저만한 일가一家를 이루고 있음을 보였다. 또한 술병을 호쾌하게 나발 불면서도 눈 하나 깜짝 않고 머리도 말짱한 걸로 보아, 주도酒道에도 조예가 깊은 것이 나타났다. 그래서, 페자르는 자신이 아담 조상님의 대통大統을 이은 용맹한 자손과 만났다는 느낌을 이로서 더욱 굳혔다. 페자르는 담소를 나누면서, 새 친구의 지혜로움의 깊이를 측정해 볼 기회가 없을까 일부러 찾아보았다. 그러자, 그는 상대에게 그 특유의 조심성을 벗기게 하기보다는 입고 있는 속옷을 벗기는 편이 빠르다는 것을 알아채고, 자기 쪽에서 먼저 저고리를 벗어 보이면서 프랑스 기사의 존경을 얻는 편이 빠른 길이라고 판단했다.

따라서 페자르는, 국왕 뢰프루아Leufroid와 그 얌전한 왕비께서 다스리고 계시던 시칠리아라는 나라의 정세, 그 궁정의 화려함, 만발하고 있던 예절, 에스파냐 · 프랑스 · 이탈리아 · 그 밖의 여러 나라의 귀공자들이 값나가는 깃털을 날리고 있다는 것, 많은 장원莊園, 고귀하리만큼 재물이 많고, 재물이 많은 만큼 정숙한 귀부인들이 많다는 사실, 국왕이 그리스 펠로폰네소스 반도(la Morée)[48] · 콘스탄티노플 · 예루살렘 · 수단 및 아프리카 땅에 정복

---

48 모레Morée는 펠로폰네소스 반도의 현재의 지명으로 영어식 표기는 모레아Morea다.

의 깃발을 꽂으려는 웅지雄志를 품고 있다는 것, 국왕을 보좌하는 어진 신하들은 그리스도교 국가의 기사들의 징화精華를 좋은 대우를 조건으로 소집하여, 그 옛날 영화를 누렸던 이 시칠리아를 다시 지중해의 패권자覇權者로 만들어, 최종적으로 한 치의 땅도 갖지 못한 주제에 바다를 장악하고 영화를 누리던 베네치아를 멸망시키려 한다는 국가 기밀을 먼저 털어놓았다.

이러한 웅대한 계획도, 본래는 페자르에 의해서 국왕의 머릿속에 주입된 것이었는데, 그는 국왕의 후광과 은혜를 받고 있는 몸이라고 하지만, 정작 신하들 중에서 이렇다할 뒷받침이 없어서 자기의 세력의 미약함을 느껴왔기에, 힘이 되어줄 벗을 오래 전부터 구해오던 터였다. 이와 같은 극심한 곤경에 괴로워하던 그가 홀로 말을 타고 생각에 잠기고 있던 그 순간, 보통 이상의 참모 후보로 보이는 이 프랑스 기사와 뜻하지 않게 만났던 것이다. 그래서 페자르는 당장에 그와 의형제 맺기를 제언하고, 그를 위해 지갑을 열고, 거처로 자신의 저택을 제공하겠다고 까지 말하였다. 요컨대, 이들 두 사람은 다른 아무런 생각을 남겨둠이 없이 가지가지 쾌락을 즐기면서, 출세의 길로 돌진하는 명예로운 길동무가 되어, 십자군에 있어서의 문경지교 사이처럼 어떠한 일이 있어도 서로 도와주는 서약을 굳게 맺으려던 참이었다. 그럴 것이, 프랑스의 기사로 말하더라도, 행운을 구하며 원조를 바라마지 않고 있던 참이라, 페자르가 제안한 상호협조라는 미끼를 무턱대고 마다할 필요가 없다고 슬기롭게 생각하였기 때문이다.

"나는 아직까지 남의 도움을 필요로 하지 않았소"라고 프랑스 기사가 말했다. "왜 그런가 하니, 내가 바람직하게 여기는 것이 모조리 내게 주어지게 하는 그 어떤 한 곳을 깊이 신뢰하고 있기 때문이오. 당신의 융숭한 대접에 대해서는 고마운 말씀 이루 다 못하겠소. 허나 페자르 기사. 이 살기 좋은 나라에서 투레느 지역의 귀족, 고티에 드 몽소로Gauttier de Montsoreau 기사의 신세를 그대가 또한 지게 되는 날도 멀지 않으리다."

"하, 그럼, 그대의 행운이 거주하는 어떤 효험 많은 성자의 유물이라도 몸에 지니고 계신거요?"라고 페자르가 물었다.

"내 현명하신 어머니께서 주신 부적을 몸에 지니고 있소"라고 투레느 태생은 말했다. "이것만 있으면 성城이나 시가지를 짓고 부수는 것쯤 자유자재, 또는 화폐를 두들겨 만드는 쇠망치도 되거니와, 만병통치 약도 되고, 또한 담보물 목록에 넣는 나그네의 지팡이도 되는데, 빌려주는 때가 더 값이 나가는 물건, 온갖 풀무에 소리 하나 내지 않고 기이한 장식 새기기를 행하는 신비한 연장이오."

"음, 그럼 그대는 쇠사슬 갑옷 속에 불가사의한 물건을 지니고 계시는군."

"아니지"하고 프랑스 기사는 말했다. "매우 당연한 물건이오. 보여드리지."

벌떡 식탁에서 일어나 침대에 큰 대★ 자로 누운 몽소로는, 페자르가 난생처음으로 보는 쾌락 제조의 훌륭한 연장을 자랑 삼아 내보였다.

당시의 관습에 따라 두 기사가 한 침대에서 같이 누웠을 때, 몽소로는 페자르에게 말했다.

"이 명품이야말로 여러 여인의 마음을 정복하여 온갖 장애를 없애버리는 희귀한 물건이오. 시칠리아 궁정에서는 귀부인들이 여왕들이라고 그대는 말했는데, 사실이 그렇다면, 그대의 벗 이 몽소로가 삽시간에 그 궁정을 다스려 보이겠소."

페자레는 몽소로의 은밀한 명품을 구경하고 나서 경탄해 마지않았다. 몽소로의 모친과 아마 그 부친에 의해서 으리으리하게 잘 설치된 이 형이하形而下의 완전미完全美에다, 어린 사내아이의 기지와 늙은 악마의 간사한 지혜가 골고루 갖춰져 있는 이상, 천하의 무엇인들 그 발밑에 굴복하지 않고 배길 수 있겠는가, 하는 생각이 들었기 때문이다.

고로 두 사람은 여인의 마음씨 따위는 아랑곳 하지 않는 사내끼리의 완벽한 우애를 서로 맹세하고, 두 사람의 머리가 하나의 철모를 쓴 것처럼 동일한 생각을 머리에 품기로 맹세한 다음, 굳은 우정의 확립에 매우 만족한 마음을 안고서 같은 베개를 베고 잠들었다. 그 당시 이런 식으로 일이 진행되는 것은 흔히 있는 일이었다.

그 다음 날, 페자르는 몽소로에게 훌륭한 에스파냐 산 말, 금화가 잔뜩 든

지갑, 비단으로 만든 짧은 바지, 금실을 단 벨벳 윗도리, 수놓은 외투 같은 것을 주었는데, 이러한 것은 그의 잘난 얼굴 모습을 한결 더 돋보이게 해 그 가지가지의 남성미를 찬란하게 빛나도록 하여, 이 나라의 귀부인들이 그에게 모조리 함락될 것임을 페자르는 조금도 의심치 않았다. 하인들에게는, 몽소로에게 순종하기를 페자르 자신에게 하듯이 하라고 명하여, 하인들은 주인이 낚시질 가서 낚아온 손님이라고, 몽소로에 대해 서로 수군거렸다.

두 친구는 국왕과 왕비가 산책하는 시각에 맞추어 팔레르모 왕궁에 들어갔다. 페자르는 친구의 장점을 입에 침이 마르도록 칭찬하면서, 여러 사람들에게 자랑스럽게 소개하며, 정중한 대우를 친구가 받도록 주선하였다. 그래서 국왕도 만찬을 들고 가라고 몽소로를 붙잡는 지경이 되었다. 밝은 눈으로 궁정을 간파한 몽소로는, 허다한 암투와 책모가 궁정 안에서 벌어지고 있다는 것을 알아차렸다. 국왕은 기력 좋고 위풍당당한 장부, 왕비는 뜨거운 기질을 타고난 에스파냐 태생의 아름다운 여인으로 궁정 안에서 으뜸가는 미인이자 기품도 대단한 분, 그러나 다소 우수의 빛을 띠고 있었다. 왕비를 보고, 투레느 태생인 몽소로는, 왕비가 왕으로부터 인색한 봉사밖에 받지 못하고 있다는 사실을 재빨리 알아차렸다. 그럴 것이, 투레느의 불문율로는, '얼굴의 기쁨'은 '밑의 기쁨'에서 오는 것이라고 되어있으니까. 페자르는 몽소로에게, 국왕이 육체의 일부를 기꺼이 빌려주고 있던 여러 귀부인들을 재빨리 가리켰다. 이 귀부인들은 서로 질투하여, 교묘한 여인 특유의 비술을 써서 국왕을 독차지하려고 싸움질하고들 있었다.

이와 같은 관찰에 의해 몽소로는 다음과 같은 결론을 내렸다. 곧, 이 나라의 국왕은 세상에서 가장 아름다운 왕비를 거느리고 있으면서도 궁 안에서 방탕한 짓을 심하게 하고 있다는 것, 시칠리아의 모든 귀부인들에게 세금을 거두는 관리의 납으로 만든 도장을 찍으려고 골몰하고 있다는 것, 다시 말해 자기의 말을 그녀들의 외양간에 넣어 별난 여물을 맛보고, 각 나라의 마술馬術을 습득하고 싶어 하고 있다는 등등이었다.

이와 같은 국왕의 일상을 보고, 또한 궁정의 누구 하나 왕비에게 사랑의 진정한 기쁨을 밝혀드린 사람이 없다는 현실을 확인하자, 몽소로는 이 아름다운 에스파냐 여인의 밭 안에 자기의 깃발을 가장 먼저 꽂고야 말겠다는 결심을 품게 되었다. 이를 위한 그의 작업은 다음과 같았다.

만찬 때, 외국의 기사를 환대하는 뜻으로 국왕은 몽소로의 자리를 왕비의 옆자리에 놓게 하여서, 기사는 왕비에게 팔을 내밀고 그 자리로 가던 도중, 뒤따르는 사람들과의 거리를 될 수 있는 데까지 넓히려고 왕비를 성큼성큼 모시고 갔는데, 어떠한 계급의 여인도 반드시 기쁘게 해주는 화제에 대해서 우선 한마디 하고자 하는 속셈에서였다. 그 화제라는 게 무엇이며, 또한 그가 사랑의 뜨거운 덤불 안으로 어떠한 모양으로 돌진해 들어갔는지 상상해 보시라.

"왕비 마마, 어째서 마마의 안색이 창백하신지 그 까닭을 제가 알고 있습니다."

"뭐라고요, 그럼 그 까닭은?"

"마마께서 너무나 그 위에 타는 기분이 좋으셔서, 폐하께서 마마를 밤낮 타고 계셔서 그런가 하옵니다. 하온데 왕비마마께서는 자신의 훌륭하신 점을 지나치게 사용하고 계십니다. 만약 그대로 나가신다면, 폐하께서 수명을 다하시지 못하고 돌아가시고 말 것입니다."

"그럼, 폐하의 장수를 유지시키려면 어떻게 해야 하죠?"

"하루에 세 번을 초과하는 기도를, 왕비 마마의 제단에서 올리는 짓을 제지하시면 되옵니다."

"기사양반, 그대는 프랑스 풍의 희롱으로 나를 놀리려는 건가요? 폐하께서 내게 들려준 바에 의하면, 기도는 한 주일에 한 번의 간단한 기도로 족하지 그 이상이면 목숨을 잃고 만다고 하시던데."

"왕비마마께서는 속고 계십니다"라고 몽소로는 식탁 앞에 앉으면서 말했다. "수도원의 성직자가 기도를 매일 규칙적으로 드리는 것처럼 날마다 열렬하게 하루에 세 번, 미사·아침기도·저녁기도, 그리고 이따금 삼종三鐘 기도를, 상대가 여왕이건 여느 여인이건 남편 된 자는 바쳐야 하는 것이 사랑의 본분이옵니다. 그렇지만 마마와 같은 분에게는 감미로운 기도를 계속 해 바쳐야만 합지요."

왕비가 프랑스 기사에게 던진 눈길에는 노여워하는 듯한 기색이 전혀 없었다. 방긋 웃는 왕비는 머리를 끄떡했다.

"그렇다면 사내들은 큰 거짓말쟁이들이군요"라고 왕비는 말했다.

"하오나 마마의 소망대로, 그것을 실제로 증명해 보여드릴 자신이 제게는 있사옵니다. 마마께 어울리게 제가 기도를 바쳐드려, 마마로 하여금 환희의 절정에 올라가게 해드리고, 잃어버리신 시간을 일시에 만회해[49] 드리겠습니다. 폐하께서는 다른 귀부인들 때문에 몸이 약해지고 계시지만, 그와는 반대로 저는 마마께 바칠 봉사를 위해 만전을 기해 대기하고 있사옵니다."

"하지만 만약에 폐하께서 우리의 약점을 아시는 날에, 그대의 머리는 그대의 발아래 떨어질 텐데."

"그러한 비참한 운명이 설령 제게 닥쳐온들, 왕비마마와의 하룻밤을 함께 보낸 후라면, 제가 얻게 될 그 결과야말로 백 살의 장수를 다 누리고 죽는 것과 같사옵니다. 왜냐하면, 소인은 지금까지 여러 궁정을 두루 다녀보았으나, 왕비 마마의 아름다움에 비길만한 왕비는 이제껏 보지 못하였기 때문이옵니다. 한마디로 말해서, 혹시라도 소인이 국왕 폐하의 보검에 맞아 죽지 않더라도, 왕비 마마를 위해 이 몸의 목숨을 받았던 곳을 통해서 사라지는 것이 마땅하오니, 우리 두 사람의 사랑에 저의 목숨을 소비할 각오를 굳게 하고 있기 때문입니다."

왕비는 이와 같은 종류의 말을 처음 들었던지라, 가장 훌륭하게 거행된 미사를 듣는 것 이상으로 마음의 기쁨을 느껴, 얼굴에까지 그 기색이 나타나 앵두 같은 홍조紅潮를 띠었다. 이러한 말이 그녀의 혈관의 피를 부글부글 끓게 했기 때문에, 그만큼 그녀의 마음 속 깊은 곳에 놓여진 기타의 줄이 흔

---

49 원문은 reparer le temps perdu. 프루스트의 소설 제목(잃어버린 시간을 찾아서)과 같다. 프루스트와 발자크의 전계典係에 대해서는 해설문을 참조하기 바란다.

들려 그 높은 가락의 화음이 귀에까지 찡 울려왔던 것이다. 이러한 종류의 기타 줄은 그 우아한 음색과 맑은 소리로, 그 튕기는 소리 또한 높게 여인들의 머리와 마음을 가득하게 하는 것이기 때문이다. 젊고, 아름답고, 게다가 왕비이자 에스파냐 태생인데, 그 동안 남편에게서 속임을 당해왔다니, 이 아니 괘씸하지 않겠는가! 그래서, 왕비는 국왕을 두려워하여 그 배신에 관해 입을 봉하고 모르는 체하고들 있던 궁정의 신하들에게 심한 멸시의 감정을 느꼈다. 이에 반해, 왕비를 향한 그 본분을 다하는 데 있어서는 죽음도 마다하지 않겠다는 말을 처음부터 거침없이 그것도 왕비 본인을 향해 사용할 만큼, 자신의 목숨을 가볍게 여기고 있던 이 프랑스 태생의 잘난 대장부의 도움을 받아 복수하고야 말겠다는 생각을 왕비는 품게 되었다. 모호하지 않은 자세로 왕비는 자신의 발로 그의 발을 밟으면서, 자신의 목소리로 다음과 같이 말했다.

"기사양반, 화제를 바꾸죠. 가련한 왕비의 약한 곳을 그렇게 찌르는 것이 아니랍니다. 프랑스 궁정의 귀부인들의 관습이라도 얘기해줘요!"

이렇게 해서 프랑스 기사는 일이 성사가 되었다는 귀여운 소식을 받았다. 그래서 그는 유쾌하고도 재미나는 이야기를 시작해, 만찬 동안 국왕·왕비·신하 일동의 흥을 돋우어 자리를 흥겹게 했다. 국왕도 자리에서 일어나며, 이처럼 재미나는 이야기는 처음 듣는다고 칭찬했다. 일동은 세상에서 가장 아름다운 정원으로 내려갔다. 거기서 왕비는 프랑스 기사의 말을 좋은 구실로 삼아, 그윽한 향기를 풍기는 꽃들이 만발한 굴나무 밑으로 기사를 유인했다.

"아름답고도 고귀하신 왕비 마마, 소인이 여러 나라에서 보아온 바로는, 우리가 예절이라고 일컫는 으뜸가는 걱정 때문에 사랑에 파탄이 나기 쉽사옵니다. 그러하오니, 소인을 신뢰해주신다면, 절친한 사이로, 허식이나 허례 없이 동등한 처지로 서로 사랑하는 게 좋겠습니다. 그렇게 하면 외부로부터 의심을 초래할 위험도 적어, 아무 걱정 없이 오래오래 행복을 누릴 수 있습니다. 왕비 마마에 대한 저의 사랑을 완수하려면 우선 이처럼 처신해야 합니다"라고 그는 처음부터 말했다.

"좋은 말씀이에요"라고 왕비는 말했다. "그렇지만 나는 이 방면에는 아주 풋내기인걸요. 어떠한 준비를 해야 하는지 통 몰라요."

"왕비 마마의 시녀 중에서 신뢰할 만한 사람이 있습니까?"

"있어요"라고 왕비는 대답했다. "에스파냐에서 데리고 온 시녀 하나가 있어요. 로랑 성자[50]님께서 하느님을 위하여 하신 것처럼, 나를 위해서라면 기꺼이 불속에서라도 들어갈 거예요. 그런데 자주 앓아요."

"안성맞춤이 아닙니까. 문병하러 간다는 구실이 생기니"라는 몽소로의 말.

"그렇군요, 이따금 밤중에라도"라는 왕비의 말.

"아!"하고 몽소로는 기쁨의 탄성을 질렀다. "이 비할 바 없는 행운에 대한 감사로, 시칠리아의 수호성녀이신 로잘리Rozalie님을 위해 황금의 제단을 바치고 싶을 정도입니다."

"어머나, 예수님이시여"라고 왕비는 말했다. "이처럼 상냥하고 게다가 신앙심 깊은 애인을 제게 주셨으니 이중의 복이군요."

"아, 나의 소중한 왕비님, 한 분은 하늘나라에, 한 분은 여기 이승에, 이토록 뜨겁게 사랑하는 왕비 마마 분들을 제가 오늘날 이렇듯 이중으로 가지고 있는 셈이오나, 다행히도 두 분께서는 사랑싸움을 하실 걱정 또한 없습니다."

이 따스하고 우아한 말에 왕비는 어찌나 감동되었던지, 약삭빠른 몽소로가 유혹만 했다면 함께 나라 밖으로 도망했을지도 몰랐다.

"성모 마리아님은 하늘나라에 있어서 가장 권세 있는 분이세요"라고 왕비는 말했다. "그러니 나도 이 지상에서 사랑의 결과로 그 분처럼 되고 싶네요."

"흥! 두 분은 성모 마리아의 이야기를 하고 있구려"라고, 두 사람이 하는

---

50 생 로랑(Saint Laurent, 210~258). 에스파냐 태생. 로마 황제 발레리앙Valerien 치하의 인물로 화형을 받아 순교했다.

La fortune est tousiours femelle

꼴을 몰래 엿보러 온 국왕이 말했다. 빌어먹을 놈의 몽소로에 대한 갑작스러운 환대에 샘이 난 어느 신하가 국왕의 마음에 질투의 화염을 질러놓았기 때문에, 국왕이 이처럼 거동했던 것이었다.

왕비와 기사는 조심하여, 국왕의 투구에 오쟁이 진 남편의 표시인, 눈에 보이지 않는 깃털 장식을 달기 위한 만반의 준비를 상세하게 진행시켰다. 몽소로는 신하들과 다시 어울려 그들을 한바탕 웃긴 다음에 페자르의 저택으로 돌아가, 두 사람의 운수가 터진 것, 내일 저녁 왕비와 동침하기로 되어 있는 것을 알려주었다. 너무나 신속한 이 진행에 눈이 휘둥그레진 페자르는, 좋은 친구답게 겉 상자가 알맹이인 약품에 어울리도록 몽소로의 몸단장에 마음을 써서 향수, 브라방Brabant(브라반트)의 무명베, 값진 옷 같은 것으로 왕비 앞에 나가서도 부끄럽지 않을 정도로 친구를 무장시켰다.

"그런데 이보게, 실수하지 않고 씩씩하게 해볼 자신이 있는가? 왕비에게 멋들어진 봉사를 해주어 갈라르댕Gallardin 왕궁에서 쾌락의 세상으로 빠뜨려, 파선당한 사람이 널빤지에 매달리듯, 왕비가 자네의 '방망이 어른'께 언제까지나 매달리도록 해낼 자신이 있는가?"

"그 점 조금도 염려 말게, 친애하는 페자르. 황량하고 적막한 나그네 길에서 쓰지 않고 몸에 축적해온 것이 있으니까. 여느 여인네 다루듯이 왕비를 물레의 실패에 감아 실을 줄줄 자아내면서, 투레느 지역의 귀부인들의 관습을 모조리 가르칠 테니까. 천하 어느 지역의 여인보다도 뛰어나게 사랑의 비술秘術을 터득하고 있는 것은 나의 고향 투레느 여인들이 으뜸이지. 그녀들로 말하자면, 사랑의 행위를 하고, 또 하고, 또 하기 위해 그 짓을 하기를 쉬었다가, 다시 하는 동안에 줄곧 해대어, 항상 하고 싶은 것은 오직 그것밖에 없다는 여인들이지. 그건 그렇고, 이렇게 하면 어떨까? 우리 두 사람이 이 섬을 차지하기로 말일세. 나는 왕비를 손안에 쥐고, 자네는 국왕을 손안에 넣기로. 그러면서도 우리 사이가 한 하늘마저 함께 할 수 없을 정도의 원수지간인 것처럼 신하들의 눈에 보이게 할 것 같으면, 그들은 필시 두 무리로 갈라져 자네와 나 두 사람 밑에 놓이게 되고, 그동안 우리 둘 사이는 아무도 모르게 친한 사이로 그대로 나가세. 그러면 자네는 나의 적들의 동정을 손바닥 위에 올려놓은 것처럼 알거니와, 나 또한 자네의 적들의 음모를 환히 알게 될 테니까 놈들의 음모를 사전에 탐지해 그것들을 실패시킬 수 있지. 그러니 오는 며칠 안으로 우리는 세력다툼의 싸움을 벌이기로 하세. 나를 물리치고, 국왕이 최고 권력을 자네에게 주도록 왕비를 통해서 애써보겠는데, 그 은총을 우리 두 사람의 반목의 원인으로 여러 사람의 눈에 보이게 하세."

그 다음 날, 몽소로는 에스파냐 태생 시녀의 방에 들어가, 여러 신하 앞에서 그 시녀와 몽소로의 사이가 에스파냐에 있을 때부터 서로 아는 사이인 듯이 꾸미고는, 몽소로는 만 1주일 동안 거기서 머물렀다. 투레느 태생의 몽소로가 왕비를 사랑받는 여인으로 모셔, 이제껏 방문하지 못하셨던 사랑의 여러 나라들을 구경시켜 드리고, 프랑스 풍의 방법, 그 감미로운 솜씨, 따스하고도 부드러운 위안을 보여드렸다는 것은 누구나 다 짐작하겠거니와, 그것이 어찌나 좋고 황홀했던지 하마터면 미칠 뻔한 왕비는, 사랑을 할 줄 아는 것은 오로지 프랑스 사람뿐이라고까지 단언했다. 그렇게 해서, 왕비를 정숙한 상태 그대로 두기 위하여, 그 귀여운 사랑의 창고 속에 오직 밀짚 다발만 쌓아왔던 국왕은 이렇듯 벌을 받은 것이다. 이 세상의 것이라고는 믿지 못할 환대를 받아 환락의 꿀맛을 고루고루 맛보면서 깨우침을 받았던 왕비는, 고마운 몽소로에게 영원한 사랑을 맹세했다.

그 에스파냐 태생의 시녀로 하여금 늘 병석에 눕게 하고, 또한 두 연인이 신뢰할 만한 유일의 남성으로는 왕비를 매우 경애하고 있던 왕실 의사〔侍醫〕로 정하기로 합의했다. 그런데 우연하게도 이 왕실 의사는 그 성문(聲門)에 몽소로와 아주 똑같은 성대를 갖고 있어서, 자연의 장난으로, 왕비가 깜짝 놀랄 정도로 두 사람은 똑같은 목소리를 내었다. 아름다운 왕비가 쓸쓸히 독수공방 하시는 모양을 전부터 한심스럽게 생각해온 의사인지라, 왕비가 왕비로서 마땅히 받아야 할 '사랑의 시중'을 받게 되셨음을 (이는 드문 일이다) 기뻐해, 이 아름다운 한 쌍에게 성실하게 이바지할 것을 목숨을 걸고 그는 맹세했던 것이다.

한 달이 흘러갔다. 모든 일이 그 두 친구의 소원대로 진행되어, 학식 때문에 국왕의 후대를 받고 있던 몽소로를 물리치고, 정권은 페자르의 수중에 들어갔다. 미리 짜놓았던 대로 왕비가 뒤에서 공작했기 때문이다. 왕비가 국왕에게 입버릇처럼, 몽소로는 교양이 전혀 없는지라 보기도 싫은 사람이라고 해왔기 때문이다. 국왕은 재상 카타네오Cataneo와 그의 무리를 파직시키고, 그 자리에 페자르를 임명했다. 페자르는 몽소로를 중요하게 여기지 않는 태도를 취했다. 그러자 몽소로는 페자르의 배반에 일부러 화를 내며 거룩한 우정을 더럽히는 짓이라고 욕하자, 당장에 전직 재상 카타네오와 그 무리는 몽소로의 편이 되었고, 이로서 페자르 타도의 맹약이 성립되었다.

세상을 경영하는 기술에 뛰어난 것이 베네치아 사람들의 장점인데, 페자르도 그 베네치아 태생이어서, 재상 자리에 오르자마자, 시칠리아 부흥정책復興政策에 앞장서서 항구를 개수改修하고, 각종 면세조치와 편의 제공을 통해 무역상인들이 몰려오게 하고, 수많은 빈민에게 생업을 마련해주고, 축제를 성대하게 열어 온갖 기이한 재주를 지닌 장인들과 각국 재산가와 그밖에 한가한 사람들이 모여들게 하였는데, 심지어 동방에서까지 그러한 사람들이 모여들었다. 따라서 곡식·광산물·기타 화물이 각양각색의 배에 실려 멀리 아시아에서까지 오게 되었다. 이와 같은 번영의 결과로, 시칠리아 국왕의 궁은 유럽 여러 나라 중에서도 이름을 떨치게 되어, 국왕은 그리스도교 국가들의 여러 왕들 중에서도 가장 선망 받는, 가장 행복한 팔자가 되었다. 이러한 훌륭한 선정善政도 서로 마음이 맞는 두 친구의 빈틈없는 협력에서 나온 것이었다.

한 사람은 쾌락 쪽을 맡아 몸소 왕비의 영원한 쾌락을 지어내어, 투레느 풍의 방식을 만끽한 왕비로 하여금 언제나 행복의 불꽃으로 환한 얼굴에 생기를 띠게 해주었다. 또한 그는 국왕에게도 새로운 정부情婦들을 주선해 가지가지 재미를 보게 하여, 그 기쁨을 더 하게 하는 일도 잊지 않았다. 그러므로 몽소로가 이 섬에 온 이래, 유대인이 돼지기름에 손대지 않듯 국왕은 왕비의 몸을 가까이 하지 않았는데, 그럼에도 불구하고 왕비가 남편에 대하여 여느 때보다 더욱 상냥하게 구는 데는 국왕도 내심 적지 않게 놀라고 있었다. 이렇듯 국왕과 왕비는 각자가 이런저런 용무로 바쁘신 분들이라서, 또 다른 한 사람에게 나라의 일을 일임하고 계셨는데, 이 또 다른 한 사람인 페자르는 시칠리아라는 나라의 체제를 정비하고, 재정을 확대하고, 군비를 확충하고, 확대된 국고의 재력을 갖고서 앞서 말한 바와 같은 원대한 계획을 실행할 준비를 하고 있었던 것이다.

이와 같은 아름다운 협력이 3년 동안 계속되었다. 4년 동안이라는 분도 계신데, 생 브누아[51]파의 수사들이 연대를 조사해놓지 않았으므로 어느 말이 옳은지 확실치 않으려니와, 두 친구의 사이가 어쩌다가 '정말로' 벌어졌는지 그 원인에 대해서도 소상하지 않다. 그러나 헤아려 생각건대, 페자르가 몽소로에게서 입은 은혜마저 잊고, 아무런 거리낌 없이 마음대로 권세를 부리고 싶은 큰 야심을 품고 있었기 때문일 것이다. 궁정의 인사들이 금세 이처럼 뒤집듯이 처신하는 건, 아리스토텔레스님이 그의 책에 세상에서 가장 빨리 시들어버리는 꽃은 '은혜'라고 말씀하신 것과 실제 현실이 너무나도 똑같기 때문이고, 뭐니 뭐니 해도 꺼진 사랑의 불꽃이 썩은 비계 같은 아주 고약하고 시큼한 악취를 풍기는 것 또한 늘 있는 일이다.

각설하고, 페자르를 '친구'라는 애칭으로 부르고 또한 그가 바란다면 제 속옷이라도 넣어줄 게 틀림없는 국왕의 유일무이한 은총을 믿고서, 페자르는 몽소로의 간통과, 근래에 와서 왕비가 언제나 기쁜 낮으로 있는 까닭의 실마리를 풀어 낱낱이 국왕에게 일러바치기만 하면, 국왕은 시칠리아에서 불의에 대해 벌주는 관습에 따라 몽소로의 목을 자를 것이 틀림없으니, 그렇게 해서 거추장스러운 몽소로를 없애버리자는 생각을 품었다. 사실, 그

---

51 Saint Benoit(480?~550?). 영어식 표기로는 베네딕투스Benedictus. 이탈리아 누르시아 출생의 성인. 그의 생애는 성 그레고리오의 《대화록》을 통해 알려져 있다. 베네딕트 수도회(베네딕투스회)의 창설자다.

렇게 되고 보면, 페자르가 몽소로와 둘이서 소문 없이 제노바[Genes]의 롬바르디아인의 은행에 예금해둔 막대한 재산이 그 혼자만의 것이 될 것이다. 그 재산은 그들 두 사람의 친교상 공유 재산이었다. 그 외에도, 에스파냐에 광대한 영지를 소유하며, 이탈리아에도 상속받은 막대한 부동산을 소유하고 있던 왕비가 매우 관대하게 몽소로에게 주었던 금품, 또한 국왕이 마음에 드는 재상 페자르에게 하사한 여러 특권, 상인들로부터 받은 진상품과 기념품 등으로 막대한 재산에 이르고 있었다. 배반을 꾀한 페자르는 여러모로 보아 몽소로가 만만치 않은 상대인 줄 잘 알고 있었기 때문에, 그 심장을 잘못 겨냥하지 않고 일격에 꿰뚫으려고 곰곰이 생각했다.

따라서 페자르는 환락에 능숙해진 왕비가 밤마다 신혼의 첫날밤처럼 사랑해주는 몽소로와 동침하고 있는 것을 알았던 어느 날 저녁, 줄곧 중태를 가장하고 있던 에스파냐 태생의 시녀의 옷장에 구멍을 뚫어 왕에게 간통의 현장을 목격시키겠다는 약속을 했다. 그들은 그 현장을 보다 똑똑하게 보려고 먼동이 틀 때까지 기다리기로 했다. 정부를 맞이하는 최선의 방식인 이 부자리 속에서 왕비가 몽소로와 동침하던 밤 동안, 재빠른 다리와 눈치 빠른 눈과 무거운 입을 가지고 있던 에스파냐 태생의 시녀가 자고 있던 작은 방의 창살 너머로 발자국 소리를 듣고 코를 내밀고 보니, 국왕이 페자르의 뒤를 따라오는 것이 아닌가. 시녀는 이 배신을 두 사람에게 알리려고 허겁지겁 달려갔다. 그러나 국왕은 이미 눈을 그 몹쓸 구멍에 대고 있었다.

국왕은 보았다. 무엇을? 많은 기름을 태워 세상을 환하게 비추는 성스러운 초롱, 가장 호화찬란하고 값진 패물로 장식한 활활 타는 초롱이다. 국왕은 그것이 비슷한 부류의 다른 모든 것들 중에서 가장 뛰어난 것으로 보였으니, 이는 국왕께오서 그것을 오랫동안 보지 않으셨으므로 그것이 아주 새로운 것으로 보였기 때문이다. 그러나, 구멍이 가로막혀 국왕의 눈에는 이 초롱을 얌전하게 닫는 사내의 한 손밖에 보이지 않고, 또한 "오늘 아침 소중한 것의 상태는 어떠하신지"라는 몽소로의 목소리가 들렸다. 듣기에 참으로 우스꽝스러운 말이긴 하지만, 정인들이 희롱 삼아 이러한 말을 하는 게 예사이니, 이 초롱이야말로 세계의 어느 지역에 있어서도 사랑의 태양인 고로, 정인은 그것을 가장 아름다운 것에 비유하여, 예컨대, 나의 석류니, 나의 장미니, 나의 조가비 조개니, 나의 고슴도치니, 나의 사랑의 심연이니, 나의 보물이니, 나의 사랑하는 임이니, 나의 귀염둥이니 하는 따위의 천 가지 만 가지 이름을 붙이기 때문에, 개중에는 매우 이교도적으로 '나의 하느님'이라고까지 말하는 사람마저 있다. 곧이들리지 않으시면 여러 사람에게 물어보시오!

바로 이 순간 왕비는 시녀의 몸짓으로 국왕이 엿보고 있다는 걸 알아챘다.

"들렸을까?"라는 왕비의 말.

"물론이죠."

"보았을까?"

"물론이죠."

"누가 데리고 왔지?"

"페자르가요."

"의사를 어서 데리고 와요. 그리고 몽소로 경을 방으로 돌아가시게 하고"라는 왕비의 말.

거지가 고맙다는 타령을 노래하는 정도로 빠르게, 왕비의 초롱에는 붉은 칠이 칠해지고, 염증을 몹시 일으킨 무시무시한 상처가 난 것처럼 보여, 그 위를 헝겊으로 감았다. 앞서의 괘씸한 말을 듣고 노기충천한 국왕이 문을 걷어차고 방 안에 들어오자, 구멍을 통해 보았던 장소와 같은 침대에 왕비가 누워있고, 곁에는 코에 안경을 걸친 왕실 의사가 붕대 감은 초롱 위에 손을 놓고, 조금 전에 국왕이 듣던 목소리와 똑같은 목소리로 "오늘 아침 소중한 것의 상태는 어떠하신지?"라고 말하고 있던 참이었다. 이와 같은 매우 재미나고도 웃기는 말을, 물리학자나 의사들이 귀부인들과 함께 꽃의 용어로 사용하여, 그 빛나는 꽃을 임상학적으로 취급하는 것이 상례였기 때문이었다. 이 광경을 목격하자 국왕은 덫에 걸린 여우처럼 얼떨떨해졌다. 왕비는 수치심에 얼굴이 새빨개지며 벌떡 일어나, 이런 때 감히 온 자가 누구냐고 악을 쓰다가 국왕의 모습을 보고는, 국왕에게 말했다.

"어머나, 폐하, 감추려고 한 것을 보시고 말았군요. 폐하의 귀여움을 많이 받지 못해서 그만 국부 염증에 걸리고 말았어요. 하오나, 왕비의 위엄 때문에 하소연도 못 하고, 정력 과다에서 생긴 염증을 고치는 것처럼 비밀리에 치료를 받기로 했었는데, 저와 폐하의 체면도 있고 해서, 저의 고통을 알아주는 시녀 미라플로라Miraflora의 방에서 이렇게 치료를 받고 있던 중이랍니다."

다음으로 의사는 히포크라테스(Hippocrate)와 갈레노스Galenos[52]와 살레르노Salerno[53]의 의학 등등에서 추려낸 주옥같은 라틴어의 인용문을 많이 섞은 골치 아픈 학설들을 국왕 앞에서 주장하기를, 여성에게 있어서는, 비너스의 밭을 경작을 안 한 상태로 두는 것이 얼마나 중대한 사태로 이어질 수 있는가를 논증하고, 또한 더구나 다정다감한 피가 흐르는 에스파냐 여인의 체질을 타고난 왕비로서는, 그것은 죽음의 위험과 동등한 것이라고 했다. 왕실 의사가 이러한 이치를 빳빳한 수염을 비비꼬며 혀를 길게 빼고 장중하게 떠들어대던 동안, 그 사이에 몽소로는 유유히 자기 침대로 돌아갈 수 있었다.

왕비도 의사도 학설을 방패삼아 종려가지처럼 기나긴 연설을 국왕에게 퍼부은 다음, 남들의 험구를 피하고자 번번이 병약한 시녀가 배웅했는데, 오늘 아침은 수고를 끼치지 않고 국왕의 팔을 빌리겠다고 요청하였다. 그래서 국왕과 왕비는 서로 팔짱을 끼고 몽소로가 머물고 있던 방 앞을 지나갔는데, 왕비는 농담 삼아 국왕에게 말했다.

"몽소로에게 어떤 장난을 해보셔요. 지금쯤 틀림없이 어느 귀부인 방에 몰래 가서 방이 비어있을 거예요. 궁정의 모든 귀부인이 그에게 열중하고

---

52 Claudios Galenos(129~199). 이탈리아 태생으로 고대 로마 시대의 의사이자 해부학자다.

53 나폴리에서 남동쪽 50km 지점에 있는 이탈리아의 도시로 의학 연구가 활발했고, 중세 시대에는 과학의 중심을 이루었다.

있으니, 머지않아 그이 때문에 시비가 일어날 거예요. 저의 의견을 따르셨다면, 그 사람은 벌써 시칠리아에서 추방되었을 것을."

국왕은 몽소로의 방 안에 들어갔다. 그런데, 몽소로는 성당 안에 있는 수사처럼 코를 드렁드렁 골고 있었다. 국왕과 같이 자기 방으로 돌아온 왕비는, 국왕을 방에 그대로 모시고 난 후, 근위병에게 페자르 때문에 파직당한 전직 재상을 불러오라고 몰래 일렀다. 그리고, 왕비는 국왕과 함께 아침식사를 하며 그분을 극진히 환대하던 동안, 옆방에 와있던 전직 재상에게 따로 속삭였다.

"성채 위에 교수대를 설치하고, 페자르 경을 잡아다가 한 구절도 써놓지 못하게, 한마디도 남에게 말하지 못하게 즉각 목매달아 죽이시오. 이는 우리의 뜻이니 지상명령으로 알고 시행하시오."

카타네오는 한마디 의견도 뱉지 않았다.

몽소로의 머리가 떨어졌거니 하고 페자르가 속으로 생각하고 있던 바로 그때, 갑자기 카타네오가 그를 체포하러 와 성채 위로 그를 끌고 갔다. 거기서 페자르는 왕비의 방 창가에 국왕과 왕비, 궁정 사람들과 나란히 몽소로가 머리를 내밀고 있는 것을 보고는, 왕비에게 붙어있는 편이 국왕에게 붙어있는 편보다 훨씬 더 득이라는 것을 그제야 뼈아프게 통감했다.

"폐하"하고 왕비는 왕을 창가로 데리고 가면서 말했다. "폐하가 이 세상에서 소유하고 계시는 가장 소중한 것을 폐하로부터 빼앗으려고 한 배신자가 저곳에 있습니다. 나중에 한가하실 때 폐하께서 원하시는 대로 그 증거를 보여드리겠어요."

몽소로는 사형 집행 준비가 착착 진행되는 모양을 보고, 국왕의 발 앞에 몸을 던져 자신의 원수에게 자비를 베풀어주실 것을 간원했다. 국왕도 이에 매우 감동한 기색을 보였다. 그러나 왕비는 분노에 찬 얼굴을 보이며 가로막고 말했다.

"몽소로 경, 그대는 폐하와 나의 즐거움을 방해하실 셈이오?"

국왕은 몽소로를 일으키며 말했다.

"그대는 고결한 기사니까 페자르가 얼마나 추하게 그대를 모함했는지 모르는 거요."

페자르는 머리와 어깨 사이를 밧줄로 섬세하게 졸렸다. 페자르가 제노바의 은행에 비밀리에 송금한 막대한 금액에 대한 진실이, 왕비의 주선으로 항간의 롬바르디아인의 증언을 통해 국왕의 귀에 들어감으로서 그의 반역죄는 더더욱 뚜렷해졌다. 그 돈은 모조리 몽소로의 소유가 되었다.

이 아름답고 고귀한 왕비는 시칠리아 정사正史에 기록되어 있는 모양으로 돌아가셨다. 곧 옥동자를 분만하신 난산難産 때문에 돌아가셨는데, 이 왕자는 후에 위대한 사람이 되셨고, 또한 위대한 패배도 겪으셨다. 출산할 때 많은 출혈 탓으로 일어난 이 화근은, 왕비께서 지나치게 순결을 지키신 결과라고 하는 왕실 의사의 확실한 증언을 국왕은 곧이곧대로 믿어, 이 정숙했던 왕비가 죽은 것을 자신의 탓으로 여기고, 이를 매우 뉘우쳐 왕비의 영혼을 위로해주기 위해 '성모 성당'을 건립하였는데, 이 성당은 팔레르모 도시 내에서 가장 아름다운 성당 중의 하나로 아직도 현존하고 있다. 국왕의 고뇌를 여러 번 목격한 몽소로는 국왕에게 말하기를, 국왕이 왕비를 에스파냐에서 모셔올 때, 에스파냐 여인이라는 왕성한 체질 때문에 여느 여인 열명 몫의 봉사를 해드렸어야 함을 마땅히 아셨어야 했으며, 단지 겉으로만 왕비를 원하셨다면, 서늘한 체질의 여인들만이 있는 독일 북부 지역에서 선택하셨어야 옳았을 거라고 했다.

몽소로는 많은 재물을 갖고 투레느에 돌아와 긴 여생을 이곳에서 보냈다. 시칠리아에서 얻은 행운에 대해서는 끝내 한마디도 입 밖에 내지 않았다. 국왕의 아드님이 나폴리로의 대원정을 시도했을 때, 몽소로는 시칠리아로 돌아가서 이를 돕다가, 연대기年代記에 기록되어 있는 바와 같은 이유로 상처 입으신 왕자께서 돌아가시고 나서, 다시 그 땅을 떠났다.

운명의 신은 여신이므로 반드시 여인의 편을 들고, 또한 남성은 여성에게 힘 있는 데까지 봉사를 다해야 한다는 이 단편의 부제副題 '운명의 신은 항상 여성임을 증명하는 이야기' 속에 담겨있는 드높은 교훈 말고도, 침묵이란 슬기의 10분의 9를 차지하고 있다는 것을 우리들에게 입증해주고 있다. 그러나, 이 이야기의 작자인 수사는, 이해관계에 의해서 많은 우정이 생기는 동시에 또한 그것이 그렇게 해서 생겨난 우정을 망치는 원인이 되기도 한다는, 또 하나의 함축성 있는 교훈을 이 이야기에서 꺼내는 쪽에게 머리를 끄덕여주고 있다. 그러니 이상 세 가지 해석중 독자의 뜻에 가장 맞는 것, 시기적절한 것을 마음대로 고르시라.

'길 쏘다니는 영감'이라는 별명을 가진 거지

이 단편을 짜는 데 드는 삼을 제공해주신 분은, 사건이 일어난 당시 루앙Rouen시에 살았던 늙은 연대기작자年代記作者인데, 그 시의 기록 서류에도 이 이야기가 기록되어 있다고 내게 일러주었다.

이 아름다운 시가지에 리샤르Richard 공작이 체류하고 있을 무렵, 시 근방을 쏘다니고 있던 트리발로Tryballot[54]라는 사람 좋은 거지가 있었다. 별명을 '길 쏘다니는 영감'[55]이라고 지은 것은 송아지 가죽처럼 누렇고 말라빠져 있기 때문이기보다는, 그가 주로 길과 대로大路 · 언덕과 골짜기를 쏘다니고, 하늘의 천막 밑에서 자고, 거지답게 넝마를 입고 쏘다니기 때문이었다. 그렇지만, 그는 공작의 영지 일대에서 매우 사랑을 받아, 누구나 다 그와 친근하여, 그가 대접을 내밀려고 찾아오는 일이 한 달 동안이나 없기라도 하면 '영감은 어디 있을까?', '그야 길을 쏘다니겠지' 라는 말들이 오가곤 하

---

54 tryballot(triballe). 모피를 부드럽게 하기 위해 두드리는 철봉.

55 Vieux-par-chemin. par-chemin을 가운데 줄(-)을 없애고 parchemin이라고 하면, 양피지라는 명사가 된다. 이로 말미암아 송아지 가죽 운운하는 결말이 나온다.

였다.

그의 부친 트리발로는 살아있던 동안 매우 청렴하고, 알뜰하고, 인색하였기에 아들에게 많은 재산을 남겨주었다. 그러나 그 아들의 삶의 방식은 부친과 정반대여서 방탕한 생활로 삽시간에 그 재산을 모조리 탕진해버렸다.

그의 부친으로 말할 것 같으면, 들판에서 집으로 돌아가는 길에 좌우에 떨어져 있는 땔감이나 나뭇조각을 여기저기서 주워 모아, 빈손으로 집에 돌아가선 안 된다고 자신의 몸으로 진실 되게 말하고 다니던 사람이었다. 그렇게 해서, 잃어버리기 잘하는 사람들의 비용으로 한 겨울을 아주 뜨뜻하게 지내곤 했다. 그러므로 그는 나라 안에 살아있는 좋은 교훈을 보였으니, 그가 죽기 1년 전, 이제는 길에 땔감을 떨어뜨리는 이라곤 한 사람도 없었기에, 그 전에는 아무리 잘 흘려버리던 사람이라도 이제는 알뜰한 사람, 잘 정돈하는 사람이 아니 될 수 없었기 때문이다.

그런데 그 아들은 모든 걸 물 쓰듯 써버려, 부친의 현명한 본보기를 조금도 따르려고 하지 않았다. 그의 모친도 이 점을 일찍이 간파했었다. 아들이 어렸을 때, 완두콩·누에콩·그 밖의 낟알을 쪼아 먹으러 오던 새들, 특히 모든 것에 똥을 갈기는 언치새를 쫓기 위해, 모친이 아들보고 망보라고 하기라도 하면, 아들은 새의 행동 연구에만 열중하여, 새가 날아와서 설치해 놓은 올가미나 그물을 민첩한 눈으로 살펴보면서, 교묘하게 먹이를 훔쳐 날아가는 모습에 주목하고 지켜보는 것을 재미있어 하며, 또한 잡히지 않고 도망가는 그 능숙함을 구경하는 것에 흥겨워하고 있었으니까. 두 두락 또는 어떤 때는 세 두락의 밭이 이런 모양으로 엉망이 되는 것을 보고, 부친은 이 아들에 대한 분노가 머리끝까지 치밀어, 개암나무 아래 멀거니 서있던 아들의 귀를 잡아당겨 보았으나, 멍텅구리 아들은 여전히 멀거니 서서 티티새, 참새, 그리고 그 밖에 날개를 달고 주워 먹기 하던 자들의 능란한 솜씨를 계속 그리고 매우 학식 있게 연구하곤 하였다.

그래서 어느 날, 모친은 아들에게 말하기를 "저 새들을 모범으로 삼는 것이 좋겠다. 이대로 가다간 나중에는 너도 저 새들처럼 주워 먹으러 쏘다녀

순찰하는 관리들에게 쫓기는 몸이 될 테니까"라고 말했다. 이 말이 꼭 맞아
들어갔으니, 앞서 말한 바와 같이 알뜰한 부친이 일생 동안 모은 금전을 삽
시간에 탕진해버렸으니까. 게다가 그는 인간과 상대하는 것을 전에 새들에
게 대하듯 했다. 다시 말해, 자기의 지갑에 남의 손이 들어오는 것을 그대로
내버려두어, 그 손의 모습과 기묘한 행동을 물끄러미 바라보는 동안 지갑이
비고 말았다. '지갑에 남은 것이라고는 악마뿐'이라는 소리를 들을 정도로
무일푼이 되고 나서도, 그는 전혀 근심하는 표정 하나 짓지 않고 말하기를,
지상의 재물 때문에 고민하고 싶지 않노라고 하며, 조류학파鳥類學派의 철학
에 도통한 체했다.

　이렇듯 한바탕 놀아난 후, 전 재산에서 남은 것이라고는, 랑디Landit에서
산 잔 하나와 주사위 세 개뿐이었는데, 마시고 노는 데는 이것으로 족한 살
림 도구였다. 탈것·양탄자·식기와 수많은 시종 없이는 여행하지 못하는
귀족들과는 달리, 그는 여러 살림도구 없이 홀가분하게 가고 싶은 대로 길
을 갈 수 있었으니 이 얼마나 대견한 일이냐! 그는 옛 친구들이 보고 싶었으
나, 모두들 그를 모르는 체하였으니, 아무도 알아볼 필요가 없다는 허락을
그에게 준 셈이었다. 이러한 꼴을 당하고, 또한 허기로 이빨도 날카로워져
서, 그는 아무 일도 하지 않고서도 많은 벌이가 생기는 생업을 가지려고 곰
곰이 생각했다.

　머리에 떠오른 것은 티티새와 참새의 모습이었다. 그래서 마음씨 착한
그는 남들 집에 동냥질하고 다니며 주워 먹는 생업을 택하기로 했다. 그
런데 장사 첫날부터 선남선녀들이 그에게 적선해주어, 선금도 필요치 않
고 파산할 근심도 없는 이 장사를 매우 좋은 생업으로 여겨 만족하기 그
지없었다.

　따라서 그는 열심히 생업에 종사하여, 가는 문전마다 환대를 받으며, 부
자들에게는 돌아가지 않는 많은 위안을 받았다. 심고, 씨 뿌리고, 거두고,
포도를 수확하는 농부들의 모습을 바라보고, 그는 자기를 위하여 그들이 열
심히 일하고 있는 것으로 생각했다. 고기저장소에 돼지를 매달아놓은 사람

은, 그 자신도 모르는 사이에 트리발로에게 돼지고기 한 조각을 주어야 할 의무가 있었다. 화덕에서 빵을 굽는 이는, 트리발로를 위하여 굽고 있는 것이나 마찬가지인 것을 그 자신은 꿈에도 알지 못하였다. 트리발로는 우격다짐으로 물건을 빼앗지 않았다. 그러기는커녕 사람들은 트리발로에게 무엇이고 줄 때 다음과 같은 상냥한 말까지 하였다.

"이걸 받아요, 쏘다니는 영감. 재미가 어떠우? 기운을 내오. 자, 이걸 받아요. 고양이가 입을 댄 것이지만 영감이 먹어치우시구려."

영감은 어떠한 결혼식, 세례식, 장례식에도 모습을 나타냈다. 놀이나 잔치를 공공연히 또는 비밀리에 벌이는 집마다 두루 다녔기 때문이다. 영감은 자기 생업의 규약과 법규를 경건하게 지키고 있었으니, 곧 아무 일도 하지 않는다는 불문율이었다. 만약 영감이 조금이라도 일할 것 같으면, 아무도 영감에게 적선하지 않았을 게다. 때문에 배불리 먹고 난 후, 이 현자는 도랑 옆에 눕거나 성당의 기둥에 기대거나 하고, 천하가 돌아가는 형편을 생각해 보기도 하고, 몸은 한낱 비렁뱅이일망정 그의 고결한 스승인 티티새·언치새·참새들처럼 철학적인 사색에 잠기곤 하였다. 그럴 것이, 영감의 옷이 누추하다고 해서 영감의 이성과 감성이 풍부하지 말라는 법은 없으니까.

영감의 철학은 단골집 사람들을 매우 즐겁게 했다. 영감은 감사의 표시로, 그의 학식에서 우러나온 아주 멋들어진 격언을 단골에게 일러주었다. 그 격언을 들어보자.

"실내화는 부자들에게 풍증風症을 일으킨다. 그러나 영감의 발은 지극히 경쾌하니, 하늘에 있는 구두장수가 치수에 꼭 맞는 맞춤 구두를 주어서 신고 있기 때문이다."

"왕관을 쓰고 골치를 앓는 사람이 있다. 그런데 영감은 근심 걱정이나 모자로 머리를 죈 적이 없어 골치를 앓아본 일이 없다."

"보석 반지는 혈액의 순환을 방해한다." 등등.

거지의 관례에 따라 종기로 고생한 일이 있기는 하지만, 그는 매우 명랑하여 영세식용 제단에 나온 갓난애처럼 생기 있었다. 항상 가난하게 있고자 하는 목적에서 돈 소비하는 것을 잊지 않으려고, 소중하게 몸에 간직하고 다니는 세 개의 주사위를 가지고 다른 거지들과 노름을 하기도 했다. 이와 같은 소망에도 불구하고 탁발수도회托鉢修道會[56]의 수사들처럼 많은 헌금을 받았던 어느 부활 축일, 다른 거지가 그날 영감이 번 것을 열 푼 가량으로 짐작하고 영감에게 그 액수를 빌려줄 것을 부탁해왔다. 거절한 영감은 그날 밤 안으로 동냥해준 분들의 만수무강을 축하하기 위해 열네 푼이나 낭비했는데, 기증자에게 감사의 뜻을 표시하는 것은 걸인의 계율이기 때문이었다. 낙樂이 지나쳐 고苦를 구하는 세상 사람들의 근심 걱정에서 애써 떨어져 나온 보람이 있어, 영감은 부친의 금전을 가지고 있었을 때보다 한 푼 없는 지금의 신세가 더욱 행복했다.

귀족의 작위로 말하자면 영감은 항상 그 작위를 누리고 있었다고 해도 과언이 아닐 것이, 마음이 내키지 않으면 손 하나 까딱하지 않았으며, 아무런 노동 없이 고상하게 살아왔으니까. 한번 눕고 나면, 서른 푼의 동냥을 주어도 그를 일으키지 못했다. 이와 같은 태평세월을 보내는 영감에게도 딴 사람과 마찬가지로 항상 내일의 태양이 찾아왔다. 이 책에서 수차 그 권위 있는 명언을 인용한 바 있는 플라톤 스승님의 말씀에 의하면, 옛 현명하셨던 철학자분들도 이와 같은 생활을 하셨다고 한다.

요컨대, 영감도 여든두 살이라는 고령에 이르렀는데, 하루라도 동냥을 못 받는 예가 없었고, 또한 상상이 안 될 만큼 번드르한 안색을 당시에도 계속해서 유지하고 있었다. 그러므로 만약 부귀의 길에 그대로 처져있었다면, 벌써 몸을 망가뜨려 오래 전에 땅속에 파묻혔을 것이라고 영감은 입버릇처럼 말하곤 했다. 일리 있는 말이라고 하겠다.

젊은 시절, 영감은 허다한 여인의 사랑을 받은 것으로 이름났었다. 색도色

---

56 Ordres Mendiant. 탁발수도회는 크게 둘로 나뉘는데, 하나는 1210년 무렵 프란체스코가 창설한 프란체스코 수도회고, 다른 하나는 1216년 도미니쿠스가 창설한 도미니크 수도회이다. '탁발托鉢'이란 개념은 성 프란체스코의 청빈한 수도생활에서 유래한 개념으로, 이들 수도회는 청빈과 엄격한 규율을 신앙의 이념으로 삼았다.

道에 있어서의 그의 풍요함은, 오로지 참새의 습성을 연구한 덕분이라고 말하는 분도 있다. 여인들을 위해 비 올 때마다 천장의 들보가 세는 것을 고쳐주는 것을 그는 한 번도 마다한 적이 없었는데, 이러한 너그러움은 따로 할 일이 없어 늘 준비가 되어있던 영감의 육체적인 이유에서 오는 것이었다. 영감을 이 지역에서 '빨래하는 사람'이라고 일컫던 아낙네들은, 귀부인들을 비누칠해 거품 내는 솜씨에는 영감을 따르지 못한다고 혀를 내두르고들 있었다. 이와 같은 그 숨은 능력의 덕택으로, 영감이 이 지역에서 누리고 있던 사랑과 관련한 고민이 생겼다고 말하는 분까지 있을 정도였다. 영감의 엄청난 '굳셈'에 관해서 항간에 이러니저러니 떠들어대는 것의 사실 여부를 확인해보려고, 코몽Caumont의 마님이 성관에 영감을 초대해, 붙잡아 놓으려고 일주일 동안 가두어 놓았으나, 부자가 되기를 몹시 두려워하는 영감은 울타리 너머로 도망쳐 나오고 말았다는 이야기도 있다. 그러나, 이 대정력가大精力家도 나이가 들어감에 따라, 색도에 있어서의 그 이름난 기능에 아무런 쇠퇴도 느끼지 않고 있었음에도 불구하고, 여인들로부터 다소나마 가벼이 대접받게 되었다. 여자란 족속의 이러한 부당한 변심이야말로 길 쏘다니는 영감의 첫째가는 고통거리였으며, 또한 루앙에서 일어난 유명한 재판 사건을 발생시킨 원인이기도 하였다. 그 사건이란 다음과 같다.

여든두 살 때, 길 쏘다니는 영감은 착한 마음을 가진 여인을 한 명도 못 만나, 하는 수 없이 대략 7개월 동안 금욕생활을 보내게 되었는데, 나중에 판사 앞에서 말하기를, 길고도 명예로운 생애에 있어 이 사실이야말로 최대의 경악이라고 하였을 정도였다.

이처럼 고통스러운 상태에 놓여있을 때, 영감은 들판에서 한 아가씨를 보았다. 우연하게도 그녀는 숫처녀로서 들판에서 풀을 뜯던 소를 지키고 있었다. 아름다운 5월이라 햇볕이 너무나 뜨거워선지, 아가씨는 너도밤나무 그늘에 누워, 들판에서 일하는 사람들의 버릇대로, 소가 새김질 하는 동안 얼굴을 풀에 파묻고 잠시 동안 낮잠이 들고 말았는데, 이 아가씨는 불쌍하게도 '한 번밖에 줄 수 없는 것'을 훔치고 있던 영감의 그 짓에 눈을 번쩍 뜨고 말았다. 아무런 예고도 쾌락도 받기 전에 꽃이 지고 만 것을 보고 아가씨가 고래고래 고함을 질러서, 들판에서 일하고 있던 이들이 우르르 달려와, 그녀 자신이 '새색시가 첫날밤에 입는 손상을 받은 것'을 알아챈 아가씨의 증인이 되었다.

아가씨는 울며불며 욕설을 퍼부어가며 말하기를 "이 늙은 원숭이 같은 주책바가지 놈아, 차라리 내 어머니를 겁탈할 것이지, 그러면 어머니도 아무 말 않고 묵인했을 게 아니냐"라고 했다.

영감을 두들겨 패려고 괭이를 쳐든 농부들에게 영감은 변명하기를, 자연적인 본능에 그만 이끌리고 말았다고 했다. 그러자 농부들은, 아가씨를 겁간하지 않고서라도 사내는 혼자서 본능을 만족시킬 수 있지 않으냐는 지당한 이치를 따져 영감의 주장을 반박했다. 그래서 곧장 교수대로 행차할 사형수라는 욕설을 들어가며 영감은 루앙의 감옥에 끌려갔다.

재판관의 심문을 받은 아가씨는 대답하기를, 무심코 자고 있다가, 바로 애인의 꿈을 꾸고 있던 중에 당했다고 했다. 이어 말하기를, 그 애인이란 혼례식도 올리기 전에 앞으로 자기가 일 할 곳의 치수를 재어보고 싶다고 치근덕거려 서로 다투고 있던 사이인데, 그 꿈에서는 희롱 삼아 그로 하여금 그것들이 잘 맞는지, 서로 간에 아무 고장이 없는지 궁합을 보게 내버려두었으나, 그녀의 제지에도 불구하고 들어오기를 허락지 않은 곳까지 마구 들어와, 쾌락보다 아픔을 더 심하게 느껴 깨어나 보니, 길 쏘다니는 영감의 몸무게 밑에 깔리고 있었다고 진술하고, 영감의 몸짓의 사나움이란 사순절四旬節 금육기간禁肉期間이 풀리자마자 햄에 덤벼드는 성 프란체스코파의 수사처럼 사나웠다고 했다.

루앙 시가지는 이 재판으로 벌집을 쑤셔놓은 듯 술렁거려, 공작 전하도 사건의 사실 여부를 알고 싶은 호기심에 재판관을 불러들였다. 재판관의 확답을 듣자, 전하는 길 쏘다니는 영감을 저택 안으로 끌어오라고 명을 내리고, 친히 그 변명을 듣기로 했다.

전하 앞에 출두한 영감은, 자연스러운 욕망과 충동에서 그에게 일어난 악운惡運을 고지식하게 토로하고, 젊은이와 마찬가지로 어쩔 수 없는 욕망에 이끌린 사연을 말한 뒤, 이 나이에 이르기까지 여색女色을 멀리한 적이 없었는데, 8개월 전부터 하나도 얻어 걸리지 않았고, 한 푼 없는 거지의 신세라 갈보를 살 수도 없었고, 이와 관련한 후원을 해주던 여인들은 정력이야 푸르싱싱하나 괘씸하게 희어진 머리칼을 싫어해 후원해주지도 않고 있던 차, 너도밤나무 그늘에 누워 이성理性을 쳐부술 것같이 사랑스러운 껍질의 안쪽과 눈같이 흰 두 개의 반구半球를 드러내 보이고 있던 빌어먹을 계집애를 보고, 현장에서 쾌락을 잡지 않을 수 없었다고 말했다.

따라서 죄는 계집애 쪽에 있고 자기에게는 없는 것이, 본시 비너스가 들어가 계신 곳을 드러내 통행인의 마음을 유혹한다는 것을 계집애가 할 노릇이 단연코 아니기 때문이고, 요컨대, 정오 때 사내가 그 지랄 발광하는 개를 붙잡아두는 것이 얼마나 고통스러운 노릇인지 공작 전하께서도 아실 줄 믿거니와, 다윗 왕이 우리아의 아내에게 열중되었던 것[57]도 역시 이러한 시각이었으며, 그토록 하느님의 은총을 한 몸에 받았던 히브리 왕마저 그와 같은 잘못을 저질렀거늘, 아무런 기쁨 없이 동냥질하면서 세월을 보내는 거지가 같은 잘못을 저지른 것도 이처럼 하는 수 없는 노릇이고, 이후로 다윗 왕을 모방하여 속죄의 증거로 현악기를 안아 성서의 시편을 노래하며 여생을 보낼 것이고, 또한 다윗 왕은 정부情婦의 남편을 죽이기까지 하는 대죄를 범했으나, 자기는 들판의 아가씨를, 그것도 아주 약간 손상 입힌 것에 지나지 않는다는 뜻의 변명을 늘어놓았다.

공작은 길 쏘다니는 영감의 변명을 일리 있다고 여겨, 그를 '좋은 그것'[58]의 사내라고 불렀다. 그러고 나서 공작은 후세에 남을 다음과 같은 판결을 내렸다. 곧, 이 걸인이 말한 대로 나이에 당치 않은 욕정에 사로 잡혔다면,

---

57 구약성서 〈열왕기 상〉에 나오는 이야기로, 다윗은 왕위에 오른 후 우리아의 아내 바쎄바에게 반했는데, 이에 자신의 지위를 이용해 우리아를 전쟁터에 보내 전사하게끔 만들고는 미망인인 바쎄바를 자신이 취하였다.

58 원문에는 'bonne c……' 라고 되어있다.

Le Vieux par-chemins

이미 재판관이 언도한 교수형을 받으러 올라가는 사형대死刑臺의 계단 아래서 그것을 실제로 증명해 보이는 것을 허락함은 물론, 만약 저 세상으로 안내하는 신부와 사형집행인에게 둘러싸여 목에 밧줄이 걸리고도 역시 그러한 일시적 욕망이 일어날 것 같으면 석방하겠다는 것이었다.

이러한 판결이 알려지자, 교수대로 끌려가는 영감을 구경하려고 수많은 사람들이 모여들었다. 공작의 입성 때처럼 인파의 울타리가 생기고, 남자 모자보다 부인 모자 쪽이 더 많았다고 한다. 그런데 길 쏘다니는 영감은, 어떠한 모양으로 이 희귀한 강간범이 최후를 마치는지 보고 싶어 어느 호기심 많은 귀부인에 의해서 목숨을 구하게 되었다. 이 귀부인은 공작에게, 영감으로 하여금 떳떳한 승부를 치르게 하는 것이 교회가 명하는 바라고 말하고 나서, 무도회에 나가는 때처럼 몸단장을 하고, 아주 순백의 깃 장식의 아마포亞麻布(리넨)가 희미하게 보일 정도로 새하얀, 윤나는, 살로 된 두 개의 작은 공을 일부러 드러내놓고 나타났다. 사실, 이 사랑의 아름다운 한 쌍의 열매는, 코르셋 위에 두 알의 굵다란 사과처럼 주름 하나 없이 불룩하게 나와, 그 아름다움이야말로 보는 이들로 하여금 군침을 삼키게 하였다. 이 귀부인으로 말하자면, 보는 남성으로 하여금 저마다 수컷으로서의 본능을 일으키게 하는 여인 중의 한 분이었는데, 입술에 허락의 미소를 짓고 길 쏘다니는 영감을 기다리고 있었다.

영감은 거친 천으로 만든 소매 없는 윗옷을 입고 있었는데, 목매달려 죽기 전보다 목매달려 죽은 후에 겁탈하는 자세를 잘 나타낼 듯하게 입고 있었다. 영감은 집행관들에게 둘러싸여 매우 슬픈 듯이 이리저리 시선을 던지면서 끌려나왔는데, 그의 눈에 보이는 것은 오직 부인 모자뿐이었다. 나중에 영감이 말하기를, 그 소 치던 아가씨처럼 치마를 걷어 올린 아가씨가 있었다면, 자기의 이성을 잃게 한 희고 굵고 아름다운 비너스의 기둥을 떠올려 목숨을 건져주었을 것이 틀림없었기에, 사례로 백 냥을 주어도 아깝지 않다고까지 생각했었다고. 그러나 나이가 나이였던지라, 아무리 애써보아도 기억만으로는 충분한 효력이 발생하지 않았다. 그런데, 계단 아래서 그 귀부인의 '한 쌍의 예쁜 것과 그것의 둥글음이 합류해 생긴 탐스러운 삼각주'를 보자, 순식간에 그의 '가운데 다리님'이 맹렬한 위력을 발휘하여 죄수복에 매우 뚜렷할 정도로 그 엄청난 융기隆起를 과시했다.

"어서어서 확인하시오. 나는 은혜를 입었소. 헌데 저 생명의 은인께 사례의 말씀을 올리지 못한 것이 매우 애석하구려"라고 영감은 집행관들에게 말했다.

귀부인은 이 답례를 매우 기뻐하여, 겁탈보다 더욱 강렬한 경의의 표시라고 말했다. 영감의 옷을 벗겨 본 집행관들은 길 쏘다니는 영감을 틀림없는 악마라고 여겼는데, 그럴 것이 영감의 가운데 다리처럼 똑바로 뻗친 대문자 'I'를 그들의 깃발 아래서 여태껏 본 일이 없었기 때문이었다. 그래서 길 쏘다니는 영감은 의기양양하게 시가지를 활보하여 공작의 저택까지 갔다. 집행관들은 공작에게 사실을 증언했다. 무지몽매한 그 시대에 있어서는, 이와 같은 훌륭한 재판의 무대가 된 것을 시가지의 크나큰 명예로 삼았으므로, 길 쏘다니는 영감이 은혜를 얻은 그 장소에 기념비를 세우기로 시회市會에서 의결되어, 길 쏘다니는 영감의 모습이 돌로 새겨졌는데, 그가 정숙하고도 우아한 귀부인의 매력에 접하였을 적의 융기가 그 조각상에 그대로 잘 나타나 있었다. 이 석상은 루앙 시가 영국군에게 점령되었던 시대에도 그대로 남아있었고, 당시의 문사文士들은 모두가 이 이야기를 그 시대에 있었던 가장 중요한 대사건들 중의 하나로 기록해놓고 있다.

길 쏘다니는 영감에게 계집을 주고 그 의식주를 돌보아주자는 시회의 의견을 들은 공작은, 인자하게도 그 소 지키던 처녀가 아니라 다른 숫처녀에게 금화 천 냥을 주어 영감에게 시집보내라는 엄명을 내렸다. 영감은 '길 쏘다니는 영감'이라는 이름을 버리고, 공작으로부터 '좋은 그것'이라는 이름을 받았다. 그의 아내는 9개월 후에 튼튼한 옥동자를 분만했는데, 뱃속에서 나올 때부터 두 개의 치아가 있었다. 이 결혼은 '좋은 그것' 가문의 시초가 되었는데, 이 가문은 바르지 못한 수치심에서 성姓을 '좋은 것'[59]으로 고치고 싶다는 탄원서를, 우리가 경애하여 마지않는 루이 11세께 보내드렸다. 너그러우신 루이 왕께서는 '좋은 그것' 경을 보시고, 베네치아 공화국에 '불알'[60]이라는 명문이 있는데, 그 문장紋章에 실물 그대로의 명품이 세 개나 달려있다고 훈계하시었다. 그러자 '좋은 그것' 가문은 황송해하며 대답하기를, 가문의 여인네들이 공적인 자리에서 그러한 성으로 불려지는 것을 매우 부끄럽게 여기고 있다고 하자, 왕께서는 다시 말씀하시기를, "부인들은 많은 것을 잃어버리는 것을 모르는가! 이름이 없어지면 알맹이도 없어지는 것을 모르는가!"라고 말씀하셨다. 그러나, 결국 개성改姓하겠다는 탄원을 허락하시었다. 이때부터 이 가문은 '좋은 것'이라는 성으로 알려지고, 여러 지역으로 자손이 퍼졌다. 초대 '좋은 그것' 경은 27년이나 더 살아, 또 하나의 아들과 두 딸을 두었다. 그러나 그는 부유한 몸으로 생애를 마치는 것을 탄식하고, 길 쏘다니며 비렁뱅이 생활을 하지 못하게 된 팔자를 가슴 아파하였다고 한다.

이 찬란한 백 편의 《해학》만은 물론 빼놓고, 독자께서 한평생 동안 읽는 어떠한 이야기에서도 결코 얻지 못할 만큼 가장 뛰어난 교훈을, 고마운 가르침을 독자께서는 이 이야기에서 깨달으셨을 것이다. 곧 이와 같은 종류의 사건은, 궁정의 거지들같이 손상되고 시든 체질의 사람들에게는 절대로 일어나지 않는다는 점이다. 사실 이들 부유한 사람들은 마구 먹고 마셔 대서 자기 자신의 이빨로 제 무덤을 파, '쾌락 만드는 연장'을 망치는 것은 두말할 나위도 없거니와, 이 배뚱뚱이들은 값진 침대와 깃털 이부자리 위에서 몸을 망치고 있는 반면에, '좋은 것' 경은 단단한 널빤지 위에서 눕고 일어나곤 하였던 것이다. 이와 같은 환경이라 부유한 사람들은 배추만 먹어도 설사를 마구 한다. 그래서 이 이야기를 읽은 독자들의 대다수가, 나이 살이 든 몸이지만 길 쏘다니는 영감을 본뜨고자 생활방식을 고쳐보겠다는 일대 결심을 품는 데 이 이야기는 많은 도움이 되는 것이라 하겠다.

59 원문은 Bonne Chose.
60 원문은 Coglioni.

순례자들의 허튼소리

교황님께서 아비뇽Avignon 시로부터 로마로 귀환[61]하였기 때문에, 아비뇽으로 오던 순례자들은 그 크나큰 죄의 사면을 받으러 알프스의 고봉준령高峰峻嶺을 넘어 멀리 로마의 고도古都까지 가지 않을 수 없었다. 당시 로마로 가는 길이나 그 길가의 여인숙에는 카인Cain과 같은 부류의 인간이라는 목걸이 표시와 뉘우침의 꽃을 단 사람들로 들끓었는데, 하나같이 극악무도한 무리들이어서, 그들이 저지른 죄를 속죄받기 위한 밑천으로 황금이나 보물을 몸에 지니고, 그것으로 교황의 교서教書를 사거나 성자들에게 바쳐, 교황님께서 몸소 축성하신 성수가 담긴 그릇에 몸을 씻고자 목말라하고들 있었다. 또한 이들은 갈 때는 물만 마시지만, 돌아올 때는 물은 물이라도 '술 창고에 들어있던 성수'를 주막 주인에게 청하는 신자들이었다.

---

61 1305년 프랑스의 필리프 4세는 보르도의 대주교 베르트랑 드 고(Bertrand de Cot, 1264~1314)를 교황으로 추거推擧했다. 이 사람이 바로 클레멘스 5세Clemens V다. 1309년에 클레멘스 5세는 필리프 4세의 강요로 교황청을 아비뇽으로 옮겼다. 그 후 1377년에 로마로 귀환했다. 따라서 이 이야기는 1377년 무렵의 것으로 보아도 무방하다.

이 무렵, 이 아비뇽에 왔다가, 교황님께서 로마로 귀환하셨다는 사실을 알고 매우 낙심한 세 명의 순례자가 있었다. 하는 수 없이 세 사람이 동행하여 로마로 가기로 하고, 지중해 쪽을 향해 론Rhone 강을 내려가던 도중, 열 살 남짓한 아들을 데리고 있던 동행들 중 하나가 갑자기 온데간데없이 사라졌다가, 밀라노에 들어가기 전에 애를 데리고 있지 않은 홀몸으로 다시 홀연히 나타나 일행에 끼었다. 교황님께서 아비뇽에 계시지 않아 고해성사 받기가 싫어졌겠거니 여기고 있던 순례자가 다시 나타난 것을 축하한답시고, 일행은 그날 밤 밀라노에서 회식을 가졌다.

이들 로마 순례자들 중 하나는 파리, 하나는 독일, 또 하나는 부르고뉴 공국公國 태생이었다. 소중한 아들에게 이 여행으로 세상 물정을 가르치려고 도중까지 데리고 온 이 부르고뉴 태생은 빌레 라 파이Villers-la-Faye(Villa in Fago) 가문의 막내로, 라 보그르낭La Vaugrenand이라는 이름이었다. 독일 태생의 남작은 파리 시민을 리용을 지나서 만나고, 두 사람은 아비뇽 시가지를 들어가기 전에 라 보그르낭과 알게 되었던 것이다.

밀라노의 여인숙에 든 세 순례자는 마음을 열고, 교황께서 자신들의 마음에 담긴 무거운 짐을 벗어주시기에 앞서, 몸의 무거운 짐을 벗기는 생업을 하는 강도나 밤새[62] 들이나 산적들에 맞서 서로의 몸을 수호해주기 위해, 세 사람이 함께 로마까지 동행하기로 합의했다.

속담에, 술이란 이야기의 열쇠라는 말이 있듯이 술을 어지간히 마시고 난 세 사람은 말문이 터져, 이번 순례의 길에 오른 것은 여인의 그것 때문에 죄를 진 탓이라고 저마다 마음속 이야기를 털어놓기 시작하였다. 그들이 술 마시는 것을 시중들고 있던 여인숙의 하녀도 말참견하기를, 이 여인숙에 와서 묵어가는 순례자의 백 명 중 아흔아홉이 역시 여인 때문에 죄를 진 사람들이라고 했다. 그래서 이 세 현자賢者는 새삼 여성이란 남성에게 얼마나 해로운 존재인가를 다시금 깨달았다.

---

62 원문은 oyseaulx de nuit. 어두운 밤을 틈타서 나쁜 짓을 하는 사람들을 의미하는 듯하다.

독일 태생 남작은 바오로 성인께 봉헌하려고 쇠사슬 갑옷 안에 지니고 있던 묵직한 금으로 된 사슬을 꺼내 보이며 말하기를, 이런 걸 열 개 봉헌해도 자기 죄는 갚아질 성질의 것이 아니라고 했다. 파리 사람도 장갑을 벗어 흰 다이아몬드 반지를 보이며 말하기를, 이런 걸 백 개 정도 교황님께 바쳐야 할 만큼 죄 많은 몸이라고 했다. 부르고뉴 태생은 로레트Lorette 성모님의 귀에 걸어드릴 호화찬란한 한 쌍의 진주 귀걸이를 보이며 고백하기를, 부인의 귀에 이걸 그대로 남겨두고 싶었다고 했다.

이러한 말에 하녀는 손님들의 죄는 비스콘티 집안[63]의 죄악 못지않게 무거운 것이라고 했다. 이 말에 순례자들은 입을 모아, 자신들의 남은 생애 동안 교황님이 내리실 보속을 엄히 지킬 것은 물론, 아무리 아름다운 여인을 만나더라도 눈곱만큼도 매혹되지 않겠다는 굳은 맹세를 마음속에 품고 있다고 이구동성으로 대답했다. 하녀는 그들이 여러 입으로 같은 말을 하는 현상에 적지 않게 놀랐다.

이어 부르고뉴 태생은 말하기를, 아비뇽을 나서면서부터 자기 혼자 늦게 온 것도, 실은 이러한 맹세를 지키고자 해서인데, 자기 아들은 아직 아무것도 모르는 어린애지만, 그래도 여인에게 마음을 빼앗길까봐 염려되어 일부러 집에 도로 데리고 가서, 자기 집이나 장원 안에서는 사람이건 가축이건 일체 교합을 금지한다는 뜻을 일러놓고 부랴부랴 다시 온 것이라고 했다. 독일 태생이 이 이야기를 괴상하게 생각해 그 까닭을 묻자, 부르고뉴 태생은 다음과 같이 말했다.

"옛날에 아비뇽의 성주 잔Jeanne 백작 부인이 엄명을 내려 성 안에 있던 갈보들을 성 밖으로 내쫓아, 생업의 표시로 창의 덧문을 붉게 칠하고 닫아두게 한 조치는 여러분도 아실 줄 믿습니다. 그런데 요전에 두 분과 함께 그 저주받은 변두리 구역을 지나갔을 때, 과연 아이들이란 눈이 밝아, 올해 열 살 되는 제 아들 녀석이 붉게 칠한 덧문이 닫혀있는 것을 이상하게 생각해

63 Visconti family. 14, 15세기에 밀라노와 북이탈리아를 지배한 명문가다.

선지 제 소매를 잡아당기며 저 집들이 무엇이냐고 물어왔기에, 저는 하는 수 없이 대략 설명 삼아, 저곳은 남자와 여자를 만들어내는 곳이니까 어린 애들과는 아무 관계가 없는 곳이고, 들어가려면 목숨을 걸어야 한다. 첫째로 그 작업에 대해서 모르는 자가 저곳에 들어가면 금세 날아다니는 게와 맹수가 얼굴에 뛰어들어 물어 죽인다고 겁을 주자, 아들놈은 겁이 나 그 갈보집에 두 번 다시 감히 눈길을 던지지도 못하고 부들부들 떨며 저를 따라 여인숙까지 왔습니다. 그런데 제가 말편자를 살펴보려고 외양간에 가 있던 동안, 아들 녀석은 좀도둑처럼 몰래 도망쳐 여인숙의 하녀도 그 애가 어디에 있는지 몰랐습니다. 그래서 저는 아들 녀석이 갈보집에 간 게 아닌가 하고 덜컥 겁이 났으나, 다시 생각해보니 미성년자를 손님으로 맞는 짓을 금지하는 법령도 있고 해서 다소 안심이 되었습니다. 저녁식사 때, 아들 녀석은 학자들이 많이 모여 있는 전당殿堂에 아무 두려움 없이 들어가는 어린 예수님처럼 유유히 여인숙에 돌아왔습니다. '어디 갔다 왔니?' 라고 제가 묻자, '붉은 덧문 집에' 라고 아들놈이 대구하는 게 아니겠습니까! 기가 막혀 제가 '머리에 피도 마르지 않은 놈이, 이놈 회초리 맛을 보아야겠다' 고 꾸짖자, 아들 녀석은 울며불며 한 번만 용서해달라고 하기에, 무슨 짓을 하고 왔는지 이실직고하면 매질만은 하지 않겠다고 구슬리니, 아들 녀석은 '하기는 무얼 해요. 날아다니는 게와 맹수가 있다고 하셔서 무섭기도 해서 안에는 못 들어가고, 어떻게 사람을 만드는가만 구경하려고 창살 틈으로 들여다보았을 뿐이에요' 라고 대답하지 않겠어요. 그래서 저는 '뭘 보았니?' 라고 묻고, 이에 아이가 대답하기를 '마침 아름다운 여인이 만들어져 가는 중이었어요. 남은 일로는 쐐기 하나 박는 작업으로 끝나는지 젊은 장인匠人이 열심히 박고 있었는데, 그 일이 끝나자 여인은 몸을 돌려 장인에게 말을 건네며 둘이서 입 맞추고 있었어요' 라고 하더군요. 어이가 없어 저는 '응, 잘 알았다. 어서 밥 먹어라' 라고 말할 따름이었습니다. 그날 밤 안으로 저는 아들놈을 데리고 부르고뉴로 돌아가 아내에게 맡기고 왔습니다. 아들놈이 여행 중 어떤 아가씨에게 쐐기라도 박지 않을까 겁이 나서요."

"아이들이란 곧잘 그런 훌륭한 답변을 하죠"라고 파리 사람이 말했다. "내 이웃의 아들놈은 부친이 오쟁이 진 작자라는 것을 단 한마디로 드러낸 일이 있답니다. 어느 날 저녁, 그 애가 학교에서 신앙 교리를 잘 배우고 있는지 시험해보려고, 내가 '에스페랑스(esperance, 望德)[64]란 무엇인가?' 라고 묻자, '아버지가 집에 안 계실 적에 집에 자주 드나드는 왕실의 근위병입니다' 라고 대답하지 않겠어요. 사실, 그 근위병은 동료들 사이에서 '에스페랑스' 라는 별명으로 통하고 있던 사람이었거든요. 이 대답을 듣고 부친은 당황스러워하는 것 같았는데, 그래도 태연자약한 체하고 곁에 있는 거울을 물끄러미 들여다보았지만, 오쟁이 진 사내의 뿔은 보지 못했을 겁니다."

독일 태생은 이 말에 주註를 달아 말하기를, "그 아이 녀석의 진귀한 답변은 매우 훌륭하군요. '에스페랑스' 라는 이름은 우리가 비몽사몽간에 있을 때 동침하러 오는 마녀를 말하는 것이니까."

"오쟁이 진 사내 역시 하느님의 모습을 본떠서 창조된 것일까요?"라고 부르고뉴 태생이 말했다.

"아닐걸요"라고 파리 사람은 대답했다. "그 점에 있어 하느님은 현명하십니다. 아내를 얻지 않으시니까 영원토록 마음 편하시죠."

"오쟁이 진 사내도 하느님의 모습을 본떠 창조된 것이에요. 뿔이 달리기 전까지는"이라는 하녀의 말.

이 말에 세 순례자는 화제를 바꾸어, 이 세상의 온갖 악은 모조리 여인들이 만들어낸 것이라고 말하면서 여성을 욕하기 시작했다.

"여인의 곳은 투구처럼 속이 비었다"라고 부르고뉴 태생이 말했다.

"여인의 마음은 낫처럼 날이 섰다"라고 파리 사람이 말했다.

"그런데 남자 순례자는 많고 여자 순례자는 적으니, 무슨 까닭이죠?"라고 독일 태생이 질문했다.

"그 저주받을 곳에 죄의식 같은 것이 있으려고요"라고 파리 사람은 대답

---

64 희망. 신학神學(특히 가톨릭)에서 신덕信德, 학덕學德과 함께 삼덕三德 중의 하나다.

했다. "그들의 곳은 자신을 낳아 준 부모도 모르고, 하느님의 십계명도, 교회의 계명도, 하늘의 율법도, 인간의 법칙도 알지 못합니다. 고마움의 도리도 모르거니와 사악한 이단異端도 모르니 책망해본들 무슨 소용이 있겠습니까. 모든 일에 유치하여 항상 깔깔대고, 이성理性이란 그림자도 없습니다. 때문에 나는 그 곳을 아주 증오하고 또한 말할 수 없이 미워하죠."

"저도 동감입니다"라고 부르고뉴 태생은 맞장구쳤다. "성서의 창세기 중의 한 구절에 새로운 해석을 붙이고 있는 어느 학자의 이설異說이 있죠. 우리 지역에서는 그걸 '노엘noel 주석註釋'이라고 일컫고 있는데, 여인의 곳이 완벽하지 못한 이유를 거기서 날카롭게 주석하고 있죠. 여인의 곳에는 다른 암컷에 비교하지 못할 정도로 악마같이 뜨거운 열기가 있기 때문에, 여인의 갈증을 아무리 꺼주려고 해도 남성의 힘으로는 도저히 안 되는 겁니다. 노엘의 주석에 의하면, 태고 때 하느님께서 열심히 이브(하와)를 창조하고 계시던 중, 때마침 하늘나라에서 처음으로 당나귀가 울어댔기 때문에, 하느님께서 잠시 그쪽으로 머리를 돌려 바라보고 계신 틈을 타서, 앞서부터 기회를 엿보고 있던 악마가 완전무결한 이브(하와)의 몸에 손가락을 넣어 아주 뜨거운 상처를 낸 것을, 하느님께서 재빨리 바늘로 꿰매 틀어막으셨다고 하는데 그것이 '새것'의 유래라고 합니다. 이러한 이유가 있기 때문에 이브(하와)는 거기가 닫힌 채로 그대로 있게 되었고, 하늘이 땅보다 높이 있듯 '살(육체)의 기쁨'보다 드높은 '깨끗한 기쁨'을 가지고서, 하느님께서 천사들을 만드신 모양으로 이브(하와)도 애들을 만들어낼 수 있게 되었던 것이랍니다. 그런데 이 닫힌 문을 보고 분하게 생각한 악마는, 패한 것이 분한 김에, 마침 곁에서 주무시고 계시던 아담님의 피부의 일부를 잡아당겨 악마의 꼬리를 본떠 늘였는데, 인류의 부친께서는 이때 번듯이 누워계셔서 이 연장이 앞쪽에 달리게 된 것이랍니다. 이렇게 해서 악마가 만든 두 물건은, 하느님께서 우주 운행을 위해 정하신 '비슷한 것끼리 서로 추구한다'는 법칙에 따라 서로 뜨겁게 추구하게 되었다는 것입니다. 하느님께서는 악마가 만든 것을 보시고 어찌 되어갈 것인지 잠시 놔두시기로 하셔서, 이 때문에 인류의 원죄와 고통이 생겼다는 이야기입니다."

이때 옆에 있던 하녀가 말참견하기를, 여러 손님들의 말씀이 매우 지당하다, 왜냐하면 우리들 여인은 죄 많은 것들뿐이어서, 자기가 알고 있는 여인들 중에도 이 세상에 있는 것보다 지옥에 있는 것이 알맞은 여인이 많다고 했다. 이 말에 순례자들은 새삼 그 하녀의 얼굴을 보자, 그 하녀가 너무나도 아름다운 아가씨인지라 그들의 맹세가 헛되이 되지 않을까 겁이 나 저마다 자러 갔다.

하녀는 여인숙의 주인마님에게로 가서 이교도들에게 방을 빌려주었다고 말하고, 여인의 곳에 대한 그들의 욕설을 이야기했다.

"흥, 손님이 머리로 무슨 생각을 하고 있든 주머니에 돈이 두둑하게 있다면 내 알 바 아냐"라고 마님은 대답했다.

대수롭지 않게 말하는 마님에게 하녀가 그들이 갖고 있던 보물에 대한 말을 하자,

"네 말이 옳구나. 그렇다면 여인의 명예를 위하여 잠자코 있을 수 없구나. 어디 한번 가서 따져봐야지. 나는 귀족 두 놈을 맡을 테니, 너는 파리 상놈 녀석을 꼼짝 못하게 해라"라고 마님은 기운이 나서 말했다.

이 마님은 밀라노 공국에서 둘째가라고 하면 서러워할 음란한 여자여서, 즉시 부르고뉴 태생과 독일 태생이 함께 묵고 있던 방으로 들어가, 그들의 맹세를 입에 침이 마르게 찬미해서 하는 말이, 사내양반과 동침하지 않겠다는 여인들의 맹세라면 모르지만, 사내양반이 그러한 맹세를 한 이상, 아무리 영혼도 빠져나갈만한 유혹을 받더라도 지지 않을 수업을 지금부터 쌓아두는 것이 필요하다고 했다. 그러고 나서 그녀는 그들의 곁에 스스로 누웠는데, 사내와 동침하고서 말 타지지 않았던 적이 여태껏 한 번도 없었던 그녀였던지라, 자기 자신 또한 하룻밤을 아무 일 없이 그대로 보낼 수 있는지 경험하고 싶다는 생각이 부쩍 일어났기 때문이기도 하였다.

다음 날 아침 식사 때, 하녀는 손가락에 다이아몬드 반지를 끼고 있었고, 마님은 목에는 금목걸이를, 귀에는 진주귀걸이를 달고 있었다. 세 순례자

는 이 시가지에서 한 달 가량 묵으면서, 지갑에 가지고 있던 노잣돈을 몽땅 털린 다음, 저번에 그들이 여성을 욕한 것은 밀라노 여인의 맛을 알지 못한 탓이었다고 서로 동의했다.

독일로 돌아간 남작은, 지금까지 성관에만 틀어박혀 세상 물정을 몰랐던 것이 죄라면 유일한 죄라는 것을 깨달았다. 파리 사람은 많은 조가비coquille[65] 와 함께 파리에 돌아왔는데, 아내가 '에스페랑스'와 동침하고 있던 현장을 목격했다. 부르고뉴 태생은 아내가 슬퍼하는 모양을 보고, 전에 자기 자신 에게 내렸던 금지령에도 불구하고 그녀에게 많은 '위로'를 해주어 하마터 면 침대 위에서 목숨을 잃을 뻔했다고 한다.

이 이야기는 여인숙 같은 곳에서는 입을 봉하고 있어야 한다는 것을 가르 쳐주는 것이라고 하겠다.

65 coquille은 cocu(오쟁이 진 남편)와 같은 음ᆯ이다.

천진난만

내가 가지고 있는 수탉의 붉은 한 쌍의 볏을 두고, 나의 귀여운 것의 검은 실내화의 장밋빛 안감을 두고, 또한 친애하는 오쟁이 진 남편들의 뿔을 두고, 또한 그들의 지극히 거룩하신 부인들의 정조를 두고 맹세하겠는데, "무릇 인간이 만든 것 중에서 가장 훌륭한 작품은 시詩도 그림도 음악도 성城도 공들여 만든 조각이나 돛단배나 일엽편주一葉片舟도 아니고, 아이들이다!"라고. 하지만, 여기서의 '아이들은' 오직 열 살 무렵까지의 애들만을 의미함이니, 이 나이가 넘고 보면 어느덧 남자나 여자가 되어버려, 분별력이 생김과 동시에 그 투자한 만큼의 가치 또한 없어지고 만다. 어차피, 가장 고약한 것이 가장 훌륭한 것으로 되는 일이 있으니까.

유심히 보시라. 애들이 천진난만하게 실내화, 그것도 구멍 난 것, 살림도구 같은 것을 가지고 놀고, 마음에 들지 않는 건 팽개치고, 마음에 드는 건 무턱대고 졸라대고, 집 안의 구석구석을 쏘다녀, 감추어둔 사탕과자나 단것을 몰래 갉아먹고, 이가 나면서부터 언제나 빵긋 빵긋 웃는 모양을 보시라. 그러면 애들이 깨물어 먹고 싶도록 귀엽다는 필자의 의견에 아마 동감하시리라. 참으로 애들이란 꽃이며, 열매며, 사랑의 결실이며, 삶의 꽃이다.

때문에 인생의 거친 파도에 휩쓸려 들어가기 전의 애들의 이해력처럼 이 세상에 있어서 성스러운 것이 없고, 그들의 말처럼 재미나는 것이 없다. 이 야말로 천진난만의 극치다. 소에게 한 쌍의 위장胃腸이 있듯이, 이것은 절대적인 진리다. 어른이 애들처럼 천진난만하게 되려고 하는 것 또한 무리다. 그럴 것이, 어른의 천진난만함에는 이성理性이라는 그 어떤 요소가 섞여 있는 데 반하여, 애들의 천진난만함은 순진하고, 순결하고, 게다가 어머니로부터 이어받은 섬세함과 감성이 번쩍이고 있다. 이는 이제부터 하려는 이야기에서 밝히는 바와 같다.

카트린 왕비께서 아직 왕세자비로 계시던 시절,[66] 당시 병을 앓고 계시던 시아버님인 국왕의 비위를 맞추어 드리려고 이따금 이탈리아의 명화名畵 등을 진상하시었다. 국왕 프랑수아 1세께서 그림을 매우 좋아하셔서 위르빈 Urbin(우르비노)의 라파엘로(Raphal), 프리마티스Primatice, 레오나르도 다 빈치Lonardo da Vinci 등과 친근한 사이셨고, 또한 이들에게 막대한 금전을 보내시고 계시다는 사실을 알고 계셨기 때문이었다.

어느 때, 카트린 왕세자비께서는 칼 5세 황제의 지극한 애호를 받던 화가로 베네치아 태생인 티치아노[67]가 그린 훌륭한 명화를 친정인 메디치 가문으로부터 얻어 시아버님께 바쳤다. 당시 메디치 공작은 토스카나를 다스리고 있어서 백화百花가 만발한 당시의 화단을 손아귀에 넣고 있었다.

이 티치아노의 그림이라는 것은, 하느님으로부터 추방되어 지상의 낙원을 떠돌아다니고 있던 아담과 이브(하와)를 실물 크기로 그린 것으로, 당시 그대로의 몸차림, 다시 말해 무지無智 그대로의 모습으로, 자신들의 몸에 나타난 '우아한 그것'을 그대로 노출한 모습이어서, 남녀를 한눈으로 분간할 수 있는 그림이었다. 이와 같은 그림은 그 색채 때문에 실로 그리기 어려운

---

66 프랑수아 1세가 승하한 해인 1547년.
67 Tiziano(1488~1576). 프랑스식 표기로는 타티엥Titien, 티치아노는 영어식 표기다. 이탈리아의 화가로 베네치아 출생이다.

것인데, 앞서 말한 티치아노는 이와 같은 그림을 그리는 데 매우 능숙하였던 것이다.

그 당시, 목숨을 빼앗는 병으로 신음하고 계시던 국왕의 병실을 이 티치아노의 그림으로 장식하게 되었다. 이 그림은 금세 프랑스 궁전의 명물이 되어 많은 사람들이 저마다 보고 싶어들 하였는데, 국왕이 승하하시기 전까지는 볼 수 있다는 허락을 받을 수 없었다.

어느 날, 카트린 왕세자비께서는 아들인 프랑수아와 딸인 마르고Margot를 데리고 국왕의 병실에 들어가셨다. 이 두 어린아이는 애들이 다 그렇듯 함부로 지껄이는 나이 또래가 되어있었다. 이 두 어린아이는 여기저기서 아담과 이브(하와)의 그림에 대한 이야기를 듣고 호기심이 나서, 어머니께 구경시켜 달라고 졸라댔던 것이다. 그래서 늙은 국왕을 이따금씩 즐겁게 해드리는 두 꼬마라서, 왕세자비께서는 그들을 병실로 데리고 가셨던 것이다.

"자, 너희들이 보고 싶어 하던 인류의 조상님 아담과 이브(하와)의 그림이 이거란다"라고 카트린 왕세자비께서 말씀하셨다.

그러고 나서 카트린 왕세자비는 티치아노의 그림 앞에 입을 크게 벌리고 멍하니 서 있는 두 어린애를 그대로 두고 국왕의 침대 머리로 가서 앉았는데, 국왕께서도 마음에 드셔하시던 두 어린 손자와 손녀를 보시고 기뻐하셨다.

"이 두 사람 중 어느 것이 아담이지?"라고 프랑수아는 누이동생인 마르고의 팔꿈치를 쿡쿡 치면서 말했다.

"어마, 바보 같으니. 옷을 입혀보지 않으면 모르지 않아"라고 마르고가 대답했다.

아직 어린 아이셨던 공주마마의 이 훌륭한 답변을 국왕께서도 그리고 왕세자비께서도 매우 흥겹게 여기셨던지, 카트린 왕세자비께서 플로렌스로 보내신 서한에도 적혀있을 정도다.

이 공주님의 훌륭한 답변을 만천하에 발표한 문사ㅊㅗ가 아직 없었기 때문에, 이 이야기는 이 《해학》의 한 구석에 진귀한 꽃처럼 오래오래 남으리. 하기야 하나도 익살맞지 않을 뿐 아니라, 이렇다 할 교훈도 여기서 꺼내지 못하지만, 그러나 이와 같은 귀여운 아이들의 말씨를 듣기 위해서는, 먼저 어린애를 만드는 것이 중요하다는 가르침을 아니 주는 것도 아니로다.

결혼한 앵페리아

1장 앵페리아가 그녀의 장기인 사랑의 그물에
도리어 잡히고 만 과정

　당시 화류계花柳界에서 그 명성을 떨치던 미녀 앵페리아의 이야기를 갖고서 이 《해학》의 호화로운 막을 올렸는데, 앞서 언급되었던 그 공의회가 끝난 후, 앵페리아는 로마 시로 이주하지 않을 수 없게 되다. 왜냐하면, 라귀즈 추기경이 각모角帽[68]의 체면을 잃을 정도로 그녀에게 혼을 빼앗겨 그녀를 자기 곁에 두고자 했기 때문이었다. 이 호색한이던 추기경은 매우 호기가 있어, 로마에 온 그녀에게 훌륭한 저택을 주었다. 바로 이 무렵, 앵페리아는 이 추기경에 의해 배가 불러오는 불운에 부닥쳤다.

　다 아시다시피 이 임신의 결과 옥 같은 딸이 태어나, 교황께서는 이 아이를 농담 삼아 테오도르Theodore라고 이름 짓는 게 좋겠다고 하셨는데, 이는 Theo(신의) donum(선물)이라는 뜻을 가진 말이었다. 이렇게 이름 붙여진 갓

---

[68] barrette. 추기경의 붉은 삼각 모자.

난아기는 넋을 잃을 정도로 곱게 자랐다. 추기경은 테오도르에게 전 재산을 물려주고 세상을 떠났는데, 어머니 되는 앵페리아는 애를 배게 하는 곳인, 몹시 해로운 로마 시에서 나와 죽은 추기경이 거처하던 저택으로 이주했다. 교황님께서 신도들의 윗자리에 앉아계시고 있듯, 앵페리아로 하여금 그리스도교 국가들의 모든 미녀들의 윗자리에 앉아있게 한 근원이 되었던 그 사랑스러운 몸매, 온몸의 완벽함, 몸의 날씬한 선, 등의 곡선, 요염한 허리, 뱀의 눈길이 쏘아대는 매혹 같은 장점이 임신 탓으로 하마터면 망가질 뻔하였기에 이렇듯 그녀를 임신하게 만들었던 로마 시가 지긋지긋해져서였다. 그러나, 파두아Padoue의 의사 11명, 파비아Pavie의 외과의사 7명, 그 외 각지에서 온 5명의 명의名醫들이 분만에 입회했던 보람이 있어, 그러한 요염한 모습이 하나도 상하지 않고 그대로 남게 된 것을 정인情人들은 무엇보다도 다행으로 생각했다.

그 중에는 앵페리아가 어머니가 되자 오히려 살갗의 흰빛과 보드라움이 더해졌다고 하는 이도 있었을 정도였다. 하기야 이 점에 관해서는 살레르노 의학교의 유명한 학자가 한 권의 서적을 저술해, 부인네들이 다시 젊어지는 데, 건강 유지에, 주름살 펴는 데, 미모 보전에 있어서 분만이 매우 유효적절하다는 점을 입증하고 있다. 또한 이 박식한 서적에는 앵페리아의 몸 가운데서 보기에 가장 아름다운 곳이란, 정인들에게만 바라볼 것을 허락하는 곳이라는 사실을 독자에게 밝히고 있다. 그러나, 앵페리아가 그곳을 보게 하는 것은 매우 드문 일이어서, 독일의 너절한 귀공자 따위를 위해 허리띠를 푸는 일은 결코 없었으며, 오히려 대장이 부하들을 대하듯 그들을 그녀의 변방총독邊方總督[69]·요새사령관要塞司令官·선제후選帝候[70]·공작公爵 등등으로 부를 정도로 마치 아랫사람을 대하듯 하였다.

여러분도 아실 줄 믿는데, 방년 18세가 된 테오도르가 모친 되던 앵페리

[69] margrave. 고대 독일에서의 벼슬의 한 명칭이다.
[70] electeur. 중세 독일에서 황제 선거의 자격을 가진 제후와 대주교를 말한다.

아의 옳지 못한 생활의 죄를 대신 보속補贖하기 위해 수녀원에 들어가고자 소원하여, 온 재산을 클라라[71] 수녀원에 기증하는 수속을 마쳤다. 그리고 어느 추기경을 교부敎父로 모시고 신앙 공부를 열심히 했다. 그런데, 테오도르가 너무나 아름다워 악마와 같은 충동을 일으킨 이 못된 교부는, 그녀를 겁탈하려고 덤벼들었다. 그래서 테오도르는 깨끗한 몸을 더럽히지 않으려고 칼로 스스로 목숨을 끊었다. 이 사건은 그 당시 사기史記에도 기록되어 있는 바, 앵페리아의 따님은 모든 이들로부터 대단한 존경과 사랑을 받아왔기에, 그 사건으로 인하여 로마 시 전체가 매우 몸서리치는 동시에 그 시민 전체를 비탄에 잠기게 했다.

이때, 이 고귀한 기생은 자기 딸의 죽음을 슬퍼해, 그 가련한 딸을 위해 울려고 로마로 다시 왔다. 이미 그녀의 나이 서른아홉 살이었다. 그러나 당시의 문인文人들의 말에 의하면, 그녀는 한창 만발한 아름다움의 녹색 짙은 계절, 그녀의 몸 가운데 있던 모든 것이 무르익은 열매처럼 완벽한 아름다움의 절정에 도달해 있었다고 한다. 그래서, 앵페리아의 눈물을 말리고자 그녀에게 사랑을 속삭이던 사람들은, 앵페리아가 고뇌苦惱로 인하여 매우 엄숙하고도 성미가 맵게 되었다고들 하였다. 교황께서도 몸소 앵페리아의 저택에 왕림하시어 자비로운 교훈이 담긴 말씀까지 내리시었다.

그러나, 앵페리아는 자신의 몸을 하느님께 바치겠다고 말하면서 깊은 슬픔에 잠겨있었다. 그럴 것이, 오직 하느님만이 그녀를 속이지 않으셨지만, 다른 사내들은 모두 그녀를 속였고, 심지어 예전에 그녀가 성궤聖櫃처럼 받들어 모시던 어린 신부 필리프[72] 마저 그러했으니, 이는 마음속으로 아직까지 바라 마지않아 왔음에도 불구하고, 오늘날까지 끝끝내 사내란 사내에게서 제대로 된 만족감을 느껴본 일이 없었기 때문이다.

---

71 Clara(1194~1253). 이탈리아의 성녀. 성 프란체스코의 첫 여제자로서 그와 함께 클라라관상수녀회를 창설하였다.
72 제1집의 첫 번째 이야기 〈미녀 앵페리아〉 참조.

앵페리아의 이와 같은 결심에 마음이 설레지 않은 성인군자가 드물었으니, 이는 앵페리아가 수많은 귀족들의 기쁨의 대상이었기 때문이다. 따라서 로마의 거리마다 이에 관한 논의가 들끓기 시작했다. '마담 앵페리아는 어찌 하실 셈이지?', '이 세상에서 사랑의 물을 말려버리실 속셈이 아닐까?' 각 나라의 외교관들은 저마다 본국에 계신 주군主君에게 자세한 정보를 써 보냈다. 신성로마제국의 황제께서도 이 사태를 진심으로 우려하시었다. 그럴 것이, 황제께서도 앵페리아를 일주일 동안이나 미친 사람처럼 사랑하시다가, 싸움터에 나가기 위해 하는 수 없이 그녀의 곁에서 떠나셔야 했던 일이 있었는데, 이 때 당시에도 앵페리아를 사랑하시기를, 옥체의 가장 소중한 곳을 애지중지하는 것과 마찬가지였기 때문이다. 허나 가장 소중한 곳이라고 해도 신하들이 생각하고 있는 것 같은 곳이 아니라, 황제께서 말씀하시는 눈알을 두고 하는 말씀이셨다. 왜냐하면, 눈에 들여보내도 아프지 않은 앵페리아의 모든 것을 끼워 넣을 수 있는 것은 오직 눈알밖에 없다고 말씀하셨으니까.

이처럼 사태가 험악하게 되자, 더 이상 근심을 참을 수 없었던 교황님께서는 에스파냐에서 명성이 자자하던 의사를 초청해 앵페리아에게 보냈다. 명성 높던 이 의사는 그리스어와 라틴어의 인용문으로 장식된 연역논법을 가지고 미모가 눈물이나 비탄으로 인해 감퇴될 우려가 있다는 것, 또한 '슬픔의 문'을 통해 주름살이 슬그머니 들어온다는 사실 등을 극히 능수능란하게 논증했다. 또한 이 주장은 반대파인 사크르Sacre 학교[73]의 박사들에 의해서도 준비되어, 그 결과 즉시 그날 저녁부터 앵페리아의 저택은 대대적으로 공개되었다. 젊은 추기경들, 외국의 사신들, 재산가들, 그 외 로마라는 도시의 이름 높으신 분들이 그 저택의 커다란 객실도 비좁게 느껴질 정도로 운집하여 성대한 연회가 앵페리아의 저택에서 개최되었던 것이다. 보잘것

---

73 Sacre Collége. sacre는 '깡패, 망나니, 입에 담지 못할 욕'이라는 뜻이고, 또 sacré라고 형용사로 쓰일 때는 '신성한, 성스러운'이라는 뜻이 되어 신학교란 의미도 된다.

없는 대중들은 기쁨의 횃불까지 들고 거리가 좁다는 소리가 나올 정도로 열을 지어 걸어 다녔다. '쾌락의 여왕' 께서 원래의 직책에 복귀하신 것을, 이렇듯 로마의 모든 거리가 축하하였는데, 이는 앵페리아야말로 당대에 있어 '사랑의 지존' 이었기 때문이다.

온갖 예술의 장인들도 앵페리아를 경애하여 마지않았으니, 앵페리아가 테오도르의 묘가 있는 곳에 성당을 짓고자 막대한 금액을 썼기 때문이다. 이 성당은 후에 모반 장군 부르봉Bourbon 원수가 죽었을 때에 일어난 '로마의 약탈' 이 일어났을 때 파괴되고 말았다. 왜냐하면, 이 성스러운 아가씨가 금박을 칠한 무거운 은제 관에 입관되어 그 성당 안에 매장되어 있던 것을, 극악무도한 병사들이 발굴해내려고 했기 때문이었다. 그 당시의 풍문에 의하면, 이 바질리카basilique식 성당을 짓는 데, 구세주께서 탄생하시기 1800년 전, 이집트의 매춘부 로데파[74]가 옛날에 건립한 피라미드보다 더 많은 비용이 들었다고 한다. 이로 미루어보아 이 호화로운 생업이 태곳적부터 내려온 사실을 알 수 있고, 또한 슬기로운 이집트 사람들이 쾌락에 대하여 얼마나 많은 금품을 지불하였는지 짐작되는 동시에, 온갖 것이 얼마나 평가절하 되어가고 있는지 알 수 있으니, 오늘날에 와서는 은화 한 푼으로 파리의 프티 외뢰Petit - Heuleu 거리에서 생살이 가득 찬 속치마를 손에 넣을 수 있기 때문인데, 이 아니 가증스러운 현실이 아니겠느냐?

초상을 치른 후 처음으로 개최된 이 연회가 진행되는 동안만큼, 마담 앵페리아가 아름답게 보인 적은 없었다. 공작들, 추기경들과 기타 고관대작들은 이구동성으로 말하기를, 앵페리아야말로 지구 전체의 예찬을 받을 만한 자격이 있다고 하였다. 이날 밤 앵페리아의 주위를 프랑스에 알려진 모든 나라에서 온 귀족들이 둘러싸, 흡사 지구 전체의 대표가 한곳에 모인 느낌이 들었고, 지상 도처에 있어서 아름다움은 만물의 여왕이라는 점이 이로

---

74 Rhodepa. 그리스 태생의 이집트 매춘부. 이집트에서 상당한 재산을 모으고 미세리누스Micerinus 피라미드를 건립했다.

서 뚜렷하게 증명되었다.

　프랑스 국왕의 사신은 릴아당' Isle - Adam 가문의 막내였는데, 아직까지 앵페리아를 본 적이 없어 그녀에 대한 지대한 흥미를 품고 이 연회에 늦게 나타났다. 이 사람은 프랑스 국왕의 총애가 두터운 젊고 잘생긴 기사였는데, 한없는 애정을 품고 사랑하고 있던 여인이자 릴아당 가문의 영지와 이웃하고 있던 영주 몽모랑시 경의 따님을 궁정에 남겨두고 조국을 떠나 이곳에 와 있었다. 유산으로 받을 것이 아무것도 없던 막내였으나, 왕명에 의해 밀라노 공국에 파견되어 맡은 바 사명을 용의주도하게 마쳤기 때문에, 뒤이어 로마에 특사로 파견되어 역사가들이 그 저서에서 장황하게 써놓고 있는 중대한 교섭을 진행시키고 있었다. 비록 유산 없는 몸이었으나, 가난뱅이 릴아당은 화려한 첫 출발에 스스로 믿는 바가 있었다. 몸매가 화사하고, 둥근 기둥처럼 날씬하고, 머리털은 갈색이고, 검은 눈은 태양처럼 빛나고, 농락 못 할 늙은 교황 사절의 수염처럼 믿음직스러운 데가 있었다. 게다가 예민성을 감추기라도 하려는 듯 천진난만한 어린이와도 같은 외모는, 마치 명랑한 계집애 모양으로 사랑스럽고 얌전해보였다. 이 이목구비가 수려한 귀공자가 나타난 것을 목격한 앵페리아는 금세 야릇한 환상곡에 몸이 쑥쑥 쑤셔 오는 것을 느꼈다. 앵페리아의 가슴의 기타 줄이 격렬하게 튀어 오랫동안 듣지 못했던 가락을 연주하기 시작했다. 이 젊음의 신선미新鮮味를 보고 참다운 사랑에 도취되고 만 앵페리아는, 아름다움의 여왕으로서의 위엄만 없었더라면, 작은 사과처럼 윤이 나던 그의 고운 뺨에 입을 맞추러 뛰어갔었을 것이다. 하지만 다음과 같은 것을 알아두시기를.

　무릇 정숙한 아낙네들이나 가문의 문장紋章이 달린 스커트를 입으신 근엄한 귀부인들은 사내라는 동물의 성품을 전혀 알지 못하니, 그럴 것이, 국왕이 축농증에 걸리셨으니까 온갖 남성의 코가 다 고약한 냄새를 풍기고 있는 줄로 알고 계시는 프랑스의 왕비처럼, 이 분들은 한 사내만을 신주단지 모시듯 모시고 있기 때문이고, 이와 반대로 앵페리아처럼 고급 매춘부이고 보면, 사내라는 존재를 그 마음 속 바닥의 속까지 알고 있을 정도이니, 이는 그녀가 그 동안 수많은 사내들을 다루어왔기 때문이다. 매춘부의 방에 있어서 사내란 사내는 하나같이 어미 개에게 달려드는 강아지처럼 수치도 체면도 벗어던지고, 오랫동안 사귀는 사이 또한 아니라고 생각해 있는 그대로의 자신을 노출시킨다. 이와 같은 사실에 바탕한 괴로운 일들을 예전부터 여러 차례 한탄해왔던 앵페리아는 수시로 종알거리기를, 나는 기쁨을 주는 생업을 하고 있는 게 아니라 모든 사람들로부터 수모를 당하는 생업을 가지고 있다고. 즉, 여기에 앵페리아의 생활의 이면이 있었던 것이다. 이제 아셨는가!

앵페리아의 침대에서 하룻밤을 지내려면, 당나귀에 잔뜩 실을 만큼의 황금이 자주 필요하였다. 그럼에도 불구하고 앵페리아로부터의 당돌한 거절을 받아 스스로 목을 잘라 죽은 호색한 또한 적지 않았다. 이러한 앵페리아로서의 진정한 즐거움은 다름이 아니라, 앞서 〈미녀 앵페리아〉 이야기에서 어린 성직자에게 품었던 그와 같은 젊음의 환상곡에 가슴 설레는 바로 이것이었다. 그러나, 그 즐거웠던 시절에 비하면, 이제 앵페리아도 나이가 들고, 또한 사랑에 대한 일념도 그녀의 몸 가운데 더욱 굳게 뿌리박혀, 이제 그것이 흔들리기 시작하자 그 불꽃같은 본성이 확확 타오르기 시작했다.

사실, 산채로 가죽이 벗겨지는 고양이와도 같은 뜨거운 아픔을 앵페리아는 이때 느낄 수 있었는데, 그 아픔이 어찌나 심하였던지, 이 귀공자에게 덤벼들어 독수리가 먹이를 꽉 채어 물 듯 자신의 방으로 끌어가고 싶은 욕망이 무럭무럭 일어나는 것을, 속옷 속에서 간신히 꾹 참았다.

릴아당이 앵페리아에게 첫 인사를 하려고 왔을 때, 가슴 속에서 뜨거운 마음이 불타고 있는 여인들이 다 그렇게 하듯, 앵페리아도 겉으로는 머리를 똑바로 세워 여왕의 진홍빛 위엄으로 무장하고서 그를 상대했다. 앵페리아가 이 젊은 사신에게 그처럼 짐짓 꾸며낸 장중함을 나타내는 모양을 보고, 그 자리에 있던 사람들은, 앵페리아가 젊은 사신에 대해 아큐페이션 occu-passion[75] (occupation〔점유〕 또는 au cul passion〔엉덩이의 열기〕라고 풀이해야 좋을는지, 당시의 어법은 애매하기도 하구나)을 마음속에 품고 있는 것을 알아챘다.

그러나 조국에 있던 애인으로부터 사랑받고 있던 몸인 것을 잘 알고 있던 릴아당은, 앵페리아가 엄숙하건 오도 방정을 떨건 전혀 아랑곳하지 않고, 마치 방목放牧된 염소처럼 이 사람 저 사람과 함께 쾌활하게 노닥거리고 있었다. 그 모양에 분한 생각이 든 앵페리아는 돌연 태도를 바꾸어, 침울한 외양에서 명랑한 외양으로 옮겨 그에게 상냥하게 굴었다. 곧 앵페리아는 릴아당 쪽으로 가서 목소리를 부드럽게, 눈을 반짝거리고, 머리를 가볍게 끄덕거리면서, 소매를 슬쩍 스치고, 경卿이라 부르며, 은밀한 언어로 포옹하고, 손으로 그의 손가락을 만지작거리면서, 급기야 '뜻을 품은 미소' 까지 지어 보였다. 이 한 푼 없는 너절한 젊은이는 자신이 그녀의 마음에 들리라고는 꿈에도 생각하지 못하고, 또한 자기의 미모가 그녀에게는 세계의 온갖 보물과 맞먹는다는 것마저 알지 못하고 있던 릴아당은, 이와 같은 그물에도 걸리지 않고, 도리어 허리에 주먹을 대고 태연한 태도를 취하고 있었다. 자신이 직접 연주하는 환상곡에 대한 이와 같은 무시에 앵페리아는 크게 화가 나, 이 분노의 불꽃 때문에 마음속이 모조리 불덩이가 되고 말았다. 이 사실을 믿지 못하시는 분이 계시다면, 앵페리아의 생업이 무엇인지 모르고 계셔서 그렇다. 앵페리아는 자신의 생업에 심혈을 기울였던 결과, 하고 많은 즐거운 불을 일으켜서, 그것이 어느새 그을음으로 꽉 막히고 만 벽난로가 된 것으로 비유할 수 있었다. 이러한 상태이고 보니, 백단이나 되는 장작이 연기를 내고 있던 그곳에 성냥 한 개비만 그어대도 모조리 불태워버렸을 것이다. 따라서 그녀의 몸 안은 위에서부터 아래까지 가공할 만큼 기세 사납게 타올라, '진정한 사랑에서 우러난 물' 을 끼얹지 않는 이상 도저히 끌 수가 없을 지경이 되었다.

이러한 맹렬한 불꽃을 전혀 보지 못한 릴아당은 임페리아의 어전御前에서

---

75 occupassion. occupation(점유, 선점, 일)과 동음이다. 또 o를 동음인 au로, cu를 cul(엉덩이)로 보고 passion(열정)으로 들으면 '엉덩이에 열기가 생겼다' 는 뜻이 된다.

그냥 물러나오려 했다. 앵페리아는 이 목석木石같은 릴아당이 물러가는 꼴을 보고 절망한 나머지, 머리에서부터 발뒤꿈치까지 분별력을 잃고, 몸종으로 하여금 그를 복도까지 쫓아가게 하여, 자기와 함께 동침하기를 권유시켰다. 앵페리아의 한평생에 있어서 그 어느 시기에도, 설혹 상대가 국왕이건, 교황이건 간에 이와 같은 비굴함을 보인 적이 없었다. 앵페리아의 몸값이 그토록 비쌌던 까닭도, 그녀가 사내를 궁둥이 밑에 깔아뭉개는 폭군 노릇을 했던 것에서 비롯된 것으로, 사내를 굴종시키면 시킬수록 앵페리아의 몸값은 그에 비례해서 하늘 높은 줄 모르고 치솟았던 거다.

교활한 몸종은 건방진 릴아당에게 말하기를, 마담이 틀림없이 아기자기한 사랑의 비법으로 모실 테니까, 당연히 감미로운 신방을 만들어 주실 것이라고 했다. 이렇듯 뜻하지 않은 분에 넘치는 행운에 어쩔 줄 몰라, 릴아당은 나올 때보다 더 빠른 걸음으로 객실로 돌아갔다. 그의 물러감에 새파랗게 질려있던 앵페리아를 보고 있던 일동은 다시 돌아온 프랑스 사신을 맞이하면서, 자리는 다시 흥겨움에 떠들썩해졌다. 앵페리아가 감미로운 사랑의 생활을 다시 시작한 것을 보고 기뻐하면서. 한 되들이 술병을 들이마시고, 또한 미녀 앵페리아의 맛도 시음해보려고 하던 영국의 추기경이 릴아당의 곁에 와서 그 귀에 속삭였다.

"그대의 물레의 실패로 그녀를 억세게 잡으시오. 이후 우리에게서 도망가지 못하게."

이날 밤의 역사는 다음 날 아침 교황께서 잠자리에서 일어나자마자 이 분에게 알려졌다. 교황님은 대답하시는 말씀으로 "주님의 부활과 더불어 기뻐할 일이로다(Loetamini, gentes, quoniam surrexit Dominus)"라고 하셨다.

이 인용문에 대하여 늙은 추기경들은 성서에 대한 모독이라고 언짢아하였다. 하지만, 그들이 언짢아하고들 있던 꼴을 보신 교황님께서는 매우 진노하시면서 말씀하시기를, 이를 기회로 한바탕 훈계하시던 말씀이, "그대들은 비록 훌륭한 신자인지는 모르지만, 결코 훌륭한 정략가政略家는 못 되는 것 같소"라고 하셨다. 사실대로 말하자면, 교황님은 앵페리아를 이용해

신성로마제국의 황제를 회유懷柔하려는 목적으로 앵페리아에게 아첨의 물을 뿌리고 계셨던 것이다.

저택의 촛불은 꺼지고, 금으로 된 술 단지는 바닥에 뒹굴고, 술 취한 하인들은 융단 위에서 코를 드르렁 골고, 앵페리아는 자신이 선택한 도련님의 손을 잡고 방으로 들어갔다. 나중에 가서 앵페리아가 속내를 이야기한 바에 의하면, 격렬한 욕정에 미칠 것만 같아, 차라리 짓눌러 납작하게 부수어 달라고 소리치면서, 짐 싣는 짐승처럼 마룻바닥에 큰 대자로 누워버릴 뻔했다고 한다.

릴아당은 점잖게 옷을 하나하나 벗고, 자기 집에 있듯이 태연히 자리에 들어갔다. 그 모양을 본 앵페리아는 스커트를 벗을 사이도 아까운 듯 안절부절못하는 발로 침대 위에 뛰어올라 환락의 한가운데로 들어갔는데, 잠자리에 들어가는 데 있어서는 아무도 비교할 여인이 없을 만큼이나 앵페리아가 얌전한 체해왔음을 알고 있던 몸종들은, 이날 밤의 앵페리아의 기세 사나움에 아연실색하고 말았다고 한다.

모든 로마 시민들도 이 경악할 사태를 함께 나누었으니, 다름이 아니라, 두 애인은 아흐레 동안 이부자리 속에 파묻혀, 먹고, 마시고, 그러고서 다시 최상급의 솜씨로 쫓고 쫓기는 메뚜기 놀이를 하며, 드르륵 드르륵 맷돌질을 하고 있었으니까. 앵페리아가 몸종들에게 한 말에 의하면, 사랑의 불사조를 마침내 손안에 넣은 느낌이 들었다고 하였는데, 그토록 상대는 시합마다 싱싱하고도 억세게 소생하였다고 한다. 어느 남성에게서도 행복을 느끼지 못한다고 호언장담하던 앵페리아가 굴복하고 말았다는 소문(빅뉴스)은 로마와 이탈리아의 일대 화젯거리가 되었다. 공작들은 물론, 이 세상의 모든 사내에게 침 뱉고 다니던 앵페리아, 앞서 말한 요새사령관이나 변방총독 같은 사내들에게는 치맛자락을 받들어 쥐는 영광을 허락하는 게 고작일 뿐, 만약 그들을 짓밟아버리지 않았다면, 그들 쪽에서 그녀 몸 위로 기어올랐을 게 틀림없다고 탕탕 말하던 앵페리아가 밑에 깔려 꼼짝 못 하게 되고 만 것이다.

요컨대 앵페리아가 몸종들에게 마음 속 이야기를 한 것에 의하면, 이제까지 오랫동안 참고 견뎌온 여느 사내들과는 다르게, 이 '사랑의 도련님'은 자기가 애지중지하면 할수록 더욱더 애지중지하고 싶어지고, 그이 없이는, 그녀를 현혹시키는 그 아름다운 눈 없이는, 항상 허기져 목말라하고 있는 그 산호가지 없이는 살 수 없다고 했다. 때문에 이 '사랑의 도련님'이 원하기만 한다면, 자기 몸의 피라도 빨아먹게 내버려두고, 세상에서 가장 아름다운 자기 몸의 젖꼭지를 깨물게 내버려두고, 머리털을 잘라주겠다는 마음까지 이야기하였다. 그녀는 그 머리칼 한 올을 황제 한 분에게만 준 일이 있었는데, 황제는 그것을 성스러운 보물처럼 목에 걸고 있었다. 앵페리아가 마지막으로 또 한 번 속내를 이야기한 것에 의하면, 그날 밤 처음으로 자기의 삶이 시작되었으니, 그처럼 이 빌리에 드 릴아당은 자기로 하여금 황홀경에서 심신을 설레게 하여, 날아다니는 벌레들이 교합하는 정도의 시간 동안에 자기의 심장에 순환하는 혈액의 회전을 세 배 가량 촉진시켰다고 한다.

이러한 이야기가 항간에 알려지자, 여러 사람이 낙심했다. 이부자리에서 나와 첫 나들이에 나오자마자, 앵페리아는 로마의 귀부인들에게 말하기를, 만약 이 귀공자로부터 버림받은 몸이라도 되는 날에는 그 불행으로 죽고 말 것이니, 클레오파트라 여왕처럼 전갈 또는 살무사에 몸을 물려 죽어버리겠다고 하고, 드디어 똑똑히 말하기를, 이제까지의 망상에 영원한 작별을 고하고, 온 그리스도교 국가 위에 군림하는 것보다 이 빌리에 드 릴아당의 종년이 되는 것이 더 좋기 때문에, 자기의 아름다운 천하를 그를 위하여 버려, 정숙함이라는 것이 어떠한 것인지 만천하에 보여줄 작정이라고 하였다.

만인의 쾌락이었던 여인의 마음을, 단 한 사람에게 주어버리는 참된 사랑이라는 것은 곧 형벌 받을 타락이니, 풍류계風流界를 등한시하는 이 결혼을 교황께서는 이단교서異端教書를 발표하여 무효로 선언해야 한다고, 영국 태생의 추기경은 교황에게 간언했다. 그러나 그 생활의 비참함을 참회하는 이 가련한 여인의 애정에는 참으로 애절하고도 아름다운 점이 있어, 아무리 극악무도한 사내의 내장이라도 동요시켜서 그 어떠한 허튼소리나 말썽도 스스로 없어지게 하여, 마침내 만인은 앵페리아에게 그 행운을 허락했다.

사순절의 어느 날, 착한 앵페리아는 하인들을 단식시키고, 그들에게 고해성사를 보아 하느님께 귀의하라고 분부했다. 앵페리아 자신은 교황 앞으로 나가 그 발밑에 몸을 던져, 지나간 날의 모든 애욕의 죄과를 뉘우쳤다. 그녀는 교황으로부터 모든 죄의 사함을 받았는데, 거룩하신 교황님의 죄사함은 그녀의 영혼에 처녀성을 부여하는 것으로 앵페리아는 조금도 믿어 의심치 않았다. 그 동안, 앵페리아는 릴아당에게 처녀성을 바칠 수 없지 않을까 근심하였던 것이다.

교회의 성수반의 영험함이야말로 놀랍고도 또 놀라우니, 왜냐하면 릴아당은 끈끈이가 진득진득한 그물에 얽히고 말아, 몸이 하늘에 둥실둥실 떠 있는 기분이 들어, 프랑스 국왕으로부터 분부 받은 담판도 잊고, 몽모랑시 따님에 대한 연모의 마음도 버리고, 드디어는 만사를 버리고, 앵페리아와 생사를 같이하기 위하여 그녀와 결혼하기에 이르렀기 때문이다. 이처럼 이 쾌락의 왕비 마마께옵서 좋은 품질의 사랑을 얻기 위하여 그동안 쌓아놓았던 모든 것을 단 한번 기울이고 보면, 모든 것이 손쉽게 좋은 결과로 맺어지는 것이다.

앵페리아는 성대한 혼례 잔치를 벌여, 그녀의 단골손님들과 비둘기들에게[76] 작별인사를 했는데, 이는 매우 으리으리한 잔치였으며, 이탈리아의 고관대작들이 다 참석하였다. 들리는 말에 의하면, 앵페리아는 황금 백만 냥을 갖고 있었다고 한다. 이 금액의 막대함 때문에 저마다 신랑 되는 릴아당을 욕하기는커녕, 많은 축사를 신랑에게 보냈다. 그럴 것이, 앵페리아도 그 젊은 신랑도 둘 다 막대한 재산 같은 것에는 마음 쓰지 않고, '사랑의 일' 밖에 염두에 없는 신혼부부인 것이 뚜렷하게 알려졌으니까. 교황께서도 그들의 결혼을 축복하시고, 또한 미친년같이 날뛰던 이 여인이 이렇듯 결혼의 길을 통하여 하느님의 품 안으로 돌아가는 것을 보니 보기에도 아름답다고

---

76 pigeon. 속어로 '얼간이' 라는 뜻도 있음.

말씀하셨다. 프랑스의 보잘것없는 성주의 마님으로 시집가는 아름다움의 여왕을 마지막으로 알현하는 것이 허락된 최후의 밤 동안, 수많은 사람들은 지나간 날의 화려한 연회, 오밤중의 향응, 가면무도회, 즐거운 환락의 밤들, 그녀에게 마음속을 털어놓은 포근포근했던 시간들을 회상하며 한탄하기를, 이 하늘나라의 여인의 저택에서 느꼈던 안락함을 애석해하기가 제 어버이가 죽은 것보다 더 했다.

정열의 극심한 뜨거움은 앵페리아를 태양처럼 빛내어, 그녀의 삶은 어느 봄 시절보다 오늘 밤에 더더욱 매혹적으로 보였다. 앵페리아가 정숙한 아내로 생애를 마치겠다는 침울한 생각을 일으킨 것을 한탄하는 사람들에게, 앵페리아는 24년 동안이나 공중에게 이바지한 이상 은퇴해도 무방하지 않느냐고 농담 삼아 말했다. 태양은 아무리 멀리 있어도 누구나 몸을 데울 수 있는데, 사랑의 태양인 앵페리아는 다시는 모습을 나타내지 않고 마느냐고 원망하는 이들에게, 앵페리아는 정숙한 아내 노릇을 얼마나 잘하는지 구경하러 오는 분들에게는 결코 미소를 아끼지 않겠다고 대답했다. 이 말을 듣고 영국 사신은, 앵페리아에게는 모든 것이 가능하니, 정숙함을 최고의 극까지 밀고 나가는 것마저 할 수 있다고 말했다. 앵페리아는 모든 친구들에게 선물을 고루고루 주고, 로마의 빈곤자들과 괴로워하는 사람들에게도 막대한 금액을 나누어주었다. 라귀즈 추기경으로부터 온 테오도르의 유산 전부를 받은 앵페리아는, 테오도르가 있기로 되어있던 수녀원과 테오도르의 명복을 위해 건립한 성당에 그 전액을 봉헌했다.

초상을 치르는 듯 슬픔에 잠겨있던 기사들은 물론, 일반 대중들까지 신혼부부의 나그네 길을 멀리까지 배웅하며 입을 모아 앞날의 행복을 축복하고 기원했다. 앵페리아는 높은 분들에 대해서만 냉혹하였고 가난한 사람들에게는 널리 온정을 베풀어왔기 때문이다.

이 아름다운 사랑의 여왕은 길 가던 도중 이탈리아 각지의 시가지에서 성대한 환영을 받았다. 앵페리아의 개심改心에 대한 소문은 국내에 파다하게 퍼져, 서로 죽자고 사랑하는 이 신혼부부를 구경하려고 모두들 마음이 들떠

있었다. 만인에 대한 그 권세를 헌신짝같이 버리고 정숙한 부인이 되고자 하는 앵페리아의 용기에 경의를 표해야 한다고 말하며, 여러 공작들이 앞을 다투어 신혼부부를 자기 궁전에 초대했다. 그러나 개중에는 페라르Ferrare 공작 같은 뱃속이 검은 자도 있었으니, 이 공작은 릴아당을 보고, "큰 재산을 손쉽게 차지했습니다, 그려"하고 비꼬았다. 이 처음으로 당하는 모욕에 대하여 앵페리아는 그녀가 얼마나 고결한 마음씨를 가지고 있는지 실증해 보였다. 다시 말해, 앵페리아는 사랑의 비둘기들로부터 받은 막대한 금품을 피렌체 시가지에 있는 산타 마리아 델 피오레Santa maria del Fiole 성당의 둥근 지붕을 장식하는 데 모조리 기증하였던 것이다. 그 결과로 세입歲入이 바닥이 났는데도 불구하고 성당을 짓겠다고 허풍을 떨고 있던 에스트Este 경은 항간의 웃음거리가 되고 말았다. 에스트 경이 그의 형님이신 추기경 예하로부터 그 허풍에 대한 책망을 호되게 받은 것은 두말할 것도 없다. 아름다운 앵페리아는 자신의 재산과 전날 헤어짐에 있어 순수한 우정의 뜻으로 신성로마제국의 황제께서 하사하신 막대한 금액만을 수중에 남겨두었다. 릴아당은 페라르와 결투하여 상대에게 상처를 입혔다. 이렇게 해서 릴아당 부부는 비난받을 점이 하나도 없는 몸이 되었다. 이처럼 기사도의 정화精華를 나타낸 신혼부부는 지나가는 곳곳에서 화려한 대우를 받았고, 특히 피에몽트Piedmpont[77]에서는 성대한 환영식과 환송식을 받았다. 이 지역에서 앵페리아를 노래하는 시, 소네트sonnet, 결혼축가epithalame, 서정단시 (抒情短詩, Ode)는 무려 몇 권의 책을 이루었는데, 그러나 그 어느 시詩나 노래도 앵페리아의 아름다움에 비하면 초라하였으니, 이는 스승 보카치오 Boccacio님의 말씀을 빌려 말하자면, 앵페리아는 시詩 자체였으니까 말이다.

이러한 제전祭典과 풍류風流의 경합競合 중에서 첫째로 손꼽히는 것은, 뭐니해도 너그러우신 황제의 마음씨였다. 황제께서는 페라르 공작의 어리석은 언행을 들으시고, 그 즉시 앵페리아에게 라틴어로 된 친서를 휴대한 특사를

---

77 piedmpont. '산 밑'이라는 뜻.

보내시어, 어디까지나 앵페리아 자신을 사랑하고 있다는 것, 앵페리아의 행복을 알아 기쁘다는 것, 다만 자기가 준 행운이 아닌 것이 섭섭하고, 앵페리아에게 선물을 줄 권리를 잃은 것이 한없이 애석하다는 뜻을 말하고 나서, 만약 프랑스 국왕이 앵페리아를 냉대하는 일이 있다면, 신성 로마 제국 안에서 마음에 드는 곳을 릴아당 공국公國으로 하사할 테니, 그곳에서 영주 해준다면 더한 영광이 없겠다는 뜻을 적어 보냈다. 앵페리아는 즉시 답서를 써서, 황제 폐하의 인자하심에 매우 감사드리며, 프랑스라는 나라에서 어떠한 무례함을 당해도 참고 견디어, 거기서 여생을 보낼 결심이라는 뜻을 알렸다.

2장 결혼이 끝난 과정

환대를 받을지 어떨지를 몰라 앵페리아는 상류사회에 나가지 않고 전원 생활로 나날을 보냈다. 남편은 보몽 르 비콩트Beaumont-le-Vicomte[78]의 장원을 구입해 아내가 거처할 쾌적한 장소로 삼았다. '보몽 드 비콩트' 라는 이 지명의 두 가지 뜻에 대해서는, 우리가 존경해마지 않는 라블레 스승님의 그 뛰어난 저술에서 이미 설명되어 있는 바와 같다. 릴아당은 그 형님 되는 빌리에가 사는 릴아당 근방의 토지, 누앙텔Nointel의 장원, 카르넬Carenelle의 숲, 생 마르탱 등등을 사들여 일 드 프랑스Isle-de France[79]와 파리 자작령 지방子爵領地方에서 가장 권세 있는 영주가 되었다. 비록 오랜 세월 뒤, 영국군에 의해 파괴되었지만, 릴아당은 보몽에 훌륭한 성관을 짓고, 뛰어난 감식가鑑識家이던 아내가 선택한 가구, 도자기, 외국산 융단, 옷장, 그림, 조각품, 골동품으로 장식함으로서, 이 성관은 그 어느 이름난 성관 못지않은 훌륭한

---

78 beaumont. beau(아름다운)+mont(산)+Vicomte(자작). '자작子爵 소유의 아름다운 산' 을 말한다.
79 isle-de France. 파리를 중심으로 한 옛 주州.

거처가 되었다.

신혼부부는 모든 사람들로부터 부러움을 받는 생활을 했는데, 파리에서도, 궁전에서도, 이 결혼에 대한 것, 보몽 경의 행운에 관한 것이 소문나고, 특히 그의 부인이 완벽하게 정숙히, 우아하고도 신앙심 깊은 생활을 하고 있다는 소문이 자자했다. 옛 습관대로, 부인은 여전히 '마담 앵페리아' 라고 불려지고 있었지만, 이젠 그전처럼 거만하지도 않고, 강철처럼 날카롭지도 않고, 여왕이나 갖추어야 할 뛰어난 품성을 고루 갖춘 덕이 많은 여인이 되어있었다.

앵페리아는 두터운 신앙심으로 인해 교회로부터 존경과 사랑을 받고 있었다. 그럴 것이, 앵페리아는 한 번도 하느님을 망각한 적이 없어서, 지나간 날 그녀가 말했듯이, 교회의 사람들, 사제, 주교, 추기경 따위와 기도문을 외어, 그들로 하여금 자기 몸의 조가비 조개에 성수를 뿌리게 하고, 침대의 두 휘장 사이에서 그들로 하여금 구원에 이르게 한 공 때문이었다.

앵페리아에 대한 속세에서의 칭찬이 어찌나 자자하였던지, 국왕께서도 이 경탄의 대상을 보시고 싶은 마음에서 일부러 보베Beauvais 지역까지 왕림하시어 보몽에 체류하시는 은총을 릴아당 경에게 내리시었다. 폐하께서는 왕비를 비롯해 궁정의 남녀와 더불어 3일 동안 그곳에 묵으시며 사냥을 하시었다. 앵페리아의 아름다운 모습에 왕을 비롯해 왕비, 귀부인들과 대신들이 경탄해 마지않았음은 두말할 나위도 없거니와, 앵페리아를 부인으로서의 덕과 정숙함을 겸비한 여인이라고 선언했다. 첫 번째로 국왕, 그 다음에 왕비, 다음에 신하 일동이 저마다 릴아당 경을 보고, 앵페리아 같은 여인을 아내로 삼은 것을 치하했다. 앵페리아의 겸손함은 그 자존심 이상의 효과를 나타내어, 금세 상류사회에 초대돼 도처에서 환대를 받았다. 그러나 그녀의 뛰어난 마음씨가 모든 사람으로부터 환대를 받으면 받을수록 남편에 대한 그녀의 격렬한 애착은 더욱더 압도적이 되었으며, 부인으로서의 덕이라는 깃발 아래에 감추어진 그 매혹은 더할 나위 없이 얌전한 것으로 되어갔음은 두말 할 필요조차 없다. 국왕은 릴아당을 공석이던 일 르 프랑스의 국왕대리관國王代理官에 임명하는 동시에 파리의 재판관직을 겸직시키고, 보몽 자작의 칭호까지 내리시어, 그는 주내州內의 태수太守 자리를 확립하고, 궁정에 큰 걸음을 내딛게 되었다.

그러나, 앵페리아는 국왕의 체류 중 마음에 한 상처를 입었다. 다름이 아니라, 이 티 없는 행복을 시샘하는 어느 못된 놈이 농담 잘하는 것처럼 그녀에게 묻기를, 첫사랑의 상대자인 몽모랑시 경의 따님에 대해서 바깥양반이 무슨 말을 하지 않더냐고 하였기 때문이다. 릴아당이 로마에서 결혼한 무렵 열여섯 살이던 몽모랑시 따님은 이 무렵 스물두 살이 되어있었는데, 릴아당을 뜨겁게 사랑하는 나머지 처녀로 그대로 있어, 어느 혼담도 귀담아듣지 않고, 빼앗긴 애인의 추억을 잊지 못하여, 실연의 절망을 속옷 밑에 감추고는, 셸르Chelles 수녀원에 들어가려고까지 결심하고 있었던 것이다.

앵페리아는 행복한 나날로 채워졌던 여섯 해 동안, 몽모랑시 따님의 이름을 한 번도 들어본 적이 없었는데, 이 사실만으로도 자기가 얼마나 사랑받아 왔는지를 새삼 깨닫게 되었다. 사실, 이 오랜 세월도 단 하루처럼 흘러가, 두 사람은 어제 결혼한 사이처럼 나날을 보내, 밤마다 결혼 첫날밤이 계속되어, 릴아당이 무슨 일로 출타하여도, 아내의 곁을 떠나 그녀를 못 보는 것을 매우 쓸쓸해하였는데, 이는 앵페리아도 마찬가지였다.

보몽 자작을 총애하시던 국왕께서 어느 날

"그대에게는 가명家名을 이을 자손이 없구려."

라고하신 한마디가 그의 가슴에 가시처럼 찔렸다.

이 말에 보몽 자작은 손가락으로 상처를 찔린 사람처럼 "소신의 형님에게 애들이 있어 가명이 단절될 근심만은 다행히 없사옵니다"라고 대답했다.

그런데 형의 두 아이가 불행히도 요절하고 말았으니, 하나는 마상시합에서 낙마하여 죽고, 또 하나는 병으로 죽었다. 두 아이를 지극히 사랑해온 부친도 애를 잃은 비통에 숨지고 말았다. 그 결과 보몽의 자작령도, 카르넬의 숲도, 생 마르탱도, 누앙텔도, 또 근방의 땅도 모조리 죽은 형인 릴아당의 영지와 이웃의 산림지山林地가 합쳐져서, 막내가 가장이 되었다.

이 무렵 마흔다섯 살이던 앵페리아는 아직도 사지가 번지르르하여 애를 분만하기에 적합하였는데, 어찌 된 일인지 잉태하지 못하였다. 그래서 앵페리아는 릴아당 가문의 단절을 근심하여 혈통을 낳으려고 기를 썼다. 그럼에도 불구하고, 일곱 해가 경과했는데도 조금도 잉태의 기색이 나타나지 않았다. 파리로부터 몰래 불러온 이름난 의사의 진단에 의하면, 불임의 원인은 두 사람이 다 부부라기보다 항상 애인 사이여서, 일에 임해 지나치게 희열에 날뛰어 임신을 방해하는 탓이라고 말했는데, 앵페리아 역시 그렇게 생각하지 않을 수가 없었다. 따라서 앵페리아는 씩씩하게도 아주 잠시 동안, 수탉 밑에 있는 암탉처럼 가만히 있기로 결심했다. 왜냐하면, 의사로부터 다음과 같은 탁견卓見을 들었으니까. 곧 자연의 상태에 있어서 짐승은 임신하지 않을 수 없으니, 이는 인류의 암컷이 푸아시의 올리브유를 가지고 조제하는 기교나 아기자기한 솜씨나 변화무쌍한 자세를, 짐승의 암컷들은 하나도 사용하지 않기 때문인데, 이로 말미암아 어리석은 짐승이라고 일컫는다고. 그래서 앵페리아는 소중한 남편의 산호가지를 다시는 즐기지 않겠거니와, 또한 그녀가 생각해낸 '잼 제조의 방법'도 모조리 망각하기로 마음속으로 굳게 맹세했다. 그리고 당시 소문난 독일 태생의 여인처럼 얌전하게 누워, 죽이든 살리든 구워먹든 삶아먹든 꼼짝하지 않고 견디어보았으나, 아뿔싸, 이래도 잉태하지 못해 깊은 우수에 잠기지 않을 수 없었다. 비유 삼아 언급한 앞서의 독일 태생의 여인이 소문나게 된 까닭인즉, 남편과의 밤일에 임해 너무나 조용히 있어 결국 자신의 몸에 올라탄 남편에게 깔려죽고 말아, 이에 아연실색한 남편이 교황에게 죄업소멸罪業消滅의 특사를 간청하였던 바, 교황께서는 유명한 친서를 발표하시어, 두 번 다시 이와 같은 죄과가 발생하지 않도록 일에 임해 다소나마 몸을 요동하라고 모든 여성들에게 요청하신 데서 비롯한다.

앵페리아는 '사랑의 열매'가 하나도 없는 것을 남편이 남몰래 이따금 얼마나 슬퍼하며 한탄하고 있는지 알아채기 시작했다. 그래서 이윽고 부부는 둘이서 눈물을 섞었으니, 아름다운 이 부부 사이에 있어서는 모든 게 함께

였으며, 또한 굳게 맺어져 있어 한쪽의 생각은 또 다른 한쪽의 상상이 되고 말았기 때문이다. 앵페리아는 가난한 집의 애를 보기라도 하면, 부러움 때문에 죽을 것 같아 기력을 회복하는데 하루 종일이 걸렸다. 이와 같은 크나큰 고통을 목격한 릴아당은, 애라는 애는 모조리 앵페리아의 눈이 미치지 않는 곳에 두라고 명하는 한편, 아내에게 위로 삼아 말하기를 애란 고약하게 자라 부모들을 속 썩이는 예가 허다하다고 말했다. 그러면 앵페리아는 대꾸하기를, 서로 사랑하는 사이의 아이니까 세상에 둘도 없이 착한 아이일 것이라고 했다. 형의 아이들처럼 우리의 아이가 일찍 죽어버릴지도 모른다고 릴아당이 말하면, 앵페리아는 대꾸하기를, 암탉이 병아리를 품고 있듯 치마에서 멀리 가지 못하게 눈길이 미치는 곳에 언제나 두고 있을 테니까 그런 걱정은 말라고 했다. 이렇듯 앵페리아는 아무리 위로의 말을 해도 그에 대한 대꾸에 조금도 궁하지 않았던 것이다.

앵페리아는 마법사라는 소문이 나서 그 비밀리에 전수되는 신비스러운 가르침을 유지하고 있다는 의심을 받고 있던 할멈을 불러와 물어보니, 할멈이 대답하기를, 애를 잉태시키려고 여러 가지 방법을 써보았지만 조금도 효험이 없기에, 가장 간단한 짐승의 자세를 흉내 내게 해보았더니 그로서 잉태한 부인들이 많았다고 하였다. 그래서 앵페리아도 당장 짐승의 흉내를 기를 쓰고 내보았으나, 배는 전혀 부풀지 않았고, 그것은 대리석처럼 그대로 단단하고 하얀 상태로 있었을 뿐이었다. 그래서 앵페리아는 자연과학으로 전향해 파리의 의학박사에게 도움을 구하려고 했다. 마침 새로운 학설을 전파시키려고 파리에 와있던 아라비아의 저명한 의학박사가 있었다. 이 사람은 아베로에스[80] 학파에서 잔뼈가 굵은 분이었는데, 검진한 결과 앵페리아

---

[80] Averroës(1126~1198). 에스파냐 출생의 아라비아의 철학자로 본명은 이븐 루슈드Ibn Rushd 다. 그의 철학설은 아리스토텔레스를 재해석한 것으로 중세 유럽에 큰 영향을 끼쳤다. 그의 저작 중 아리스토텔레스 주석은 서유럽 세계에 새로운 철학적 사색의 기반을 부여하고, 이후 라틴 세계에 아베로에스파派라는 학파를 탄생시켰다. 아베로에스파는 자연주의 경향이 농후하였는데, 이는 경험과학 발전에 크게 이바지하였다.

에게 다음과 같은 애처로운 선고를 내렸다. 곧 즐거운 사랑의 생업을 영위하는 여인이 다 그렇듯, 너무나 많은 남성을 그 자그마한 배 안에 맞이하여 모든 사내들의 뜻대로 몸을 맡겨 와서, 조화造化의 여신이 매달아둔 어떤 알에 수컷에 의해 수정되어 은폐된 채 부화해서 온갖 포유동물의 아기가 태어나는 곳인 꽃송이를 (이는 갓난애가 끌고 나오는 막이 증명하지만) 영영 망가뜨렸다고.

허나 이 논법은 너무나 유치하고 어리석고 엉터리고 하찮아, 건전한 이성과 해박한 종교교리에 바탕한 학설들을 뒷받침해주는 학문의 일반적인 체계와 아주 딴판인 동시에, 하느님의 모습에 따라 창조된 인간의 존엄성을 확증하는 성서의 뜻과도 정반대여서, 파리의 여러 박사들은 이 논법을 웃음거리로 삼았다. 따라서 이 아라비아의 의학박사는 대학에서 쫓겨나, 그 후로는 그의 스승인 아베로에스의 이름마저도 사라지고 말았다.

쥐처럼 몰래 파리에 와 있던 앵페리아를 이름난 의사들이 진단하고 나서, 그녀에게 지금 하고 있는 대로 계속하라고 권고했다. 왜냐하면 앵페리아가 그 애욕생활을 하고 있을 때, 라귀즈 추기경의 딸인 테오도르를 분만했었고, 뿐만 아니라 애를 분만하는 권한은 혈액의 움직임이 계속되는 동안 여성에게 남아있으므로, 임신의 기회를 늘리고자 하는 노력이야말로 무엇보다 중요하다고 그 의사들은 말했다. 앵페리아에게도 이 의견이 이치에 꼭 맞는 것이라 생각되어, 어떻게든지 승리를 더 늘려보려고 시도해보았으나 헛되이 패배만 거듭할 뿐이었으니, 이는 앵페리아가 딴 것이 열매 없는 꽃뿐이었기 때문이다. 그래서 가련한 앵페리아는 그녀를 무척 총애하고 있던 교황에게 글을 써 보내 마음의 괴로움을 하소연하였다. 자비로운 교황께서는 손수 친서를 앵페리아에게 써 보내 고마우신 말씀으로 대답하시기를, 인간의 지혜도 세상의 노력도 모두 부족할 때는 하느님께 몸과 마음을 바쳐 그 자비로움을 기원하는 것이 필요하다고 하셨다. 이에 앵페리아는 하느님께 기원을 드리기로 하여, 남편과 함께 이와 같은 경우의 영험으로 이름난 '환희(歡喜, Liesse) 성모 성당'에 맨발로 가서, "애 하나를 점지해주신다면 그 감사의 뜻으로 으리으리한 대성당을 건립하겠습니다"라고 약속드렸다. 그러나, 앵페리아는 결국 그 예쁜 발에 상처입고 아파하였을 뿐, 잉태한 것은 오직 깊고 깊은 슬픔뿐이었다. 또한 그 슬픔이 어찌나 심했던지, 그 아름다운 머리털이 절반은 빠지고 절반은 백발이 되었을 정도였다. 마침내, 애를 만드는 여성으로서의 기능마저 앵페리아의 몸에서 썰물처럼 빠져나가, 아랫배로부터 발산하는 짙은 기운은 결국 우울증으로 발전하여 그녀의 심기를 침울하게 함과 동시에 그녀의 살빛을 누렇게 만들었다. 이 무렵, 앵페리아는 마흔아홉 살로 릴아당의 성관에 거주하는 몸이었음에도 불구하고, 마치 자선병원의 나병환자처럼 나날이 여위어갔다. 더구나 앵페리아를 절망시켰던 사실은, 다름이 아니라 남편이 여전히 앵페리아를 사랑하였으며, 앵페리아 역시 남편이 빵처럼 물리지 않아 마음만은 간절하였으나, 몸은 그 본분을 다하지 못하는 바로 그것이었다. 그럴 것이, 지나간 날 앵페리아가 여러 사내들에게 지나치게 혹사당해서, 오늘날의 앵페리아는, 그녀가 스스로 비웃는 말마따나 '소시지를 익히는 냄비'에 지나지 않게 되었기 때문이었다.

이러한 생각에 매우 번민하던 어느 날 밤, 앵페리아는 마음속으로 말했다. '아! 교회의 은총에도, 국왕의 가호에도, 그 밖에 모든 도움에도 불구하고, 릴아당 부인은 여전히 못된 앵페리아임에 틀림없구나'라고.

사실, 앵페리아는 그녀의 남편이 한창 시절의 귀족으로서 그 뜻대로 다 되는 신분에 있었고, 재산도 많거니와 국왕의 애호도 두텁고, 비할 바 없는 사랑을 하고, 가장 아름다운 여인을 아내로 삼았으며, 다른 어떠한 여인도 주지 못할 쾌락을 마음껏 누리고 있으면서도, 단 한 가지, 명문名門의 가장家長으로서 가장 중대한 점, 즉 혈통血統만이 없다는 사실을 직시할 때, 그의 아내인 그녀 자신이 한평생을 헛되이 보내왔다는 절망감에 빠지곤 하였던 것이다. 남편이 얼마나 자기에게 고상하게 굴고 또한 훌륭하던지, 그럼에도 불구하고 자기는 남편에게 그의 이름을 이을 혈통을 주지 못하고, 이후에도 줄 수 없음에 얼마나 그 본분을 다하지 못하고 있는가를 생각해볼 때, 앵페리아는 차라리 죽어서 그 죄과를 용서받고 싶었다. 앵페리아는 마음속 깊이 슬픔을 감추고 그 위대한 사랑에 어울리는 헌신을 각오했다. 그리고 이 용맹스러운 목적을 마치기 위하여 전보다 더욱 다정스럽게 굴고, 그 미용에 극도로 마음 쓰고, 믿을 수 없는 광채光彩를 나타내는 육체의 완성미完成美를 끝까지 보존하려고 여러 지혜로운 수법을 사용했다.

이 무렵 몽모랑시 경이 결혼을 마다하는 따님을 설득시켜서 샤티용 Chatillon 경과 혼담이 맺어졌다는 소문이 항간에 나돌았다. 몽모랑시에서 30리가량 이웃하여 살고 있던 마담 앵페리아는, 어느 날 남편을 숲으로 사냥에 내보내고, 자기는 몰래 몽모랑시 따님이 사는 성관 쪽으로 갔다. 성관 문 앞의 잔디밭에 이르러, 앵페리아는 산책하다가 몽모랑시 가문의 하인을 보고, 시급한 이야기가 있어 아가씨를 뵙고 싶다고 알렸다. 낯선 여인의 예절바름과 미모와 정중함이 얼마나 훌륭한지를 듣고 호기심이 난 몽모랑시 아가씨는, 부랴부랴 정원으로 나와 처음 보는 여인과 만났다.

"아가씨"하고 앵페리아는 지나간 날의 자기에 못지않게 아름다운 아가씨를 보고 눈물을 흘리면서 말했다. "아가씨는 아직도 릴아당 경을 사랑하고 계시지만, 어쩔 수 없이 샤티용 경과 결혼한다는 소문을 들었는데, 제가 여기서 아가씨에게 하는 예언을 부디 믿어주세요. 아가씨가 사랑하시던 그 분, 천사라도 빠지고 말았을 함정에 떨어져 하는 수 없이 아가씨를 배신한 그 분은, 가을의 나뭇잎이 우수수 떨어지기에 앞서 그 늙은 부인으로부터 틀림없이 해방될 것입니다. 그러니 아가씨의 변함없는 '사랑의 화관花冠'을 쓰는 날도 멀지 않았어요. 부디 용기를 내어 강제로 시키는 결혼을 거절하고, 아가씨가 가장 사랑하시는 분과 맺어지도록 하세요. 아가씨, 제게 약속해주세요. 릴아당은 남성 중에서 가장 우아하신 분이시니 성심껏 사랑해드릴 것을, 그 분에게 걱정을 하나도 끼치지 않을 것을. 그리고 결혼식을 올리고 나서, 그 분에게 말씀해보세요. 마담 앵페리아가 생각해낸 '사랑의 비밀'을 모조리 밝혀달라고 말예요. 그 수법만 사용하고 보면, 아가씨는 젊으시니까 그 분의 마음으로부터 쉽사리 죽은 아내의 추억을 지워버릴 테죠."

몽모랑시 아가씨는 어찌나 놀랐던지 대답 한마디 못하고, 미美의 여왕이 사라져가는 모양을 멀거니 바라보며, 마음속으로 저 분은 틀림없이 요정일 것이라고 생각했다. 그러나 그 요정이 릴아당 부인이라는 것을 후에 날품팔이꾼으로부터 들었다. 설명할 수 없는 괴상한 일이지만, 이 아가씨는 부친에게 혼례식을 가을 후로 미루어달라고 말했다. 사람의 마음을 호리는 그 우아한 여인이 꿀과자처럼 먹이고 간 터무니없는 감언甘言에 덥석 물리고만 것은 아니지만, 사랑이 희망과 결부됨은 당연지사이다.

포도를 수확하는 달 동안, 앵페리아는 지아비를 잠시도 곁에서 내놓기 싫어했다. 그리고 그녀의 가장 불타는 환락의 진정한 의미를 담은 비술秘術을 부렸는데, 흡사 그 자세는 상대방의 몸을 없애버리려 드는 것 같았으며, 상대방 역시 밤마다 새로운 여인과 접하고 있는 듯한 느낌이 들었다. 새벽에 깨어나자마자 앵페리아는 릴아당에게 완벽한 경지에 도달한 어젯밤의 사랑의 일에 대한 기억을 간직하기를 간청했다. 그런 다음 남편의 본심을 떠보려고 말하기를, 당신처럼 스물세 살의 젊은이가 사십 고개가 넘은 할머니와 결혼한 것은 바르지 못한 일이 아니었냐고 물었다. 남편은 진정에서 우러나오는 목소리로 부인에게 대답하기를, 자기의 행운은 천 명의 사람들이 부러워하고 있는 바이며, 앵페리아는 지금 나이에 있어서도 그 아름다움이 비교될 아가씨는 한 사람도 없거니와, 설혹 앵페리아가 늙어빠지더라도 자기는 앵페리아의 주름살을 사랑할 것이며, 무덤 속에 들어가서도 앵페리아는 예쁠 테고 그 해골도 사랑스러울 것이라고 했다.

이러한 릴아당의 대답에 앵페리아의 눈에는 눈물이 괴었다.

어느 날 아침, 앵페리아는 몽모랑시 아가씨가 매우 아름답고 성실하더라고 남편에게 깜찍스럽게 말했다. 이 말에 릴아당은, 자기 생애에 있어서 저지른 단 하나의 잘못, 첫 애인에게 준 약속을 지키지 못한 것을 새삼스럽게 상기시키다니 너무나 가혹한 짓이며, 또한 그 첫 애인에 대한 애정을 자기 마음속에서 없애버린 것은 바로 앵페리아가 아니었느냐고 원망스럽게 말

La belle Impéria mariée

했다. 이 솔직한 말에 앵페리아는 남편에게 매달려 굳게굳게 껴안았다. 다른 남성 같았으면 이러니저러니 얼버무리고 말 것을 남편이 솔직하게 대답하는 고로, 앵페리아는 더욱 감동되고 말았던 것이다.

"여보"하고 앵페리아는 말하기 시작했다. "나는 젊어서부터 심장수축증心臟收縮症을 앓아 몇 번이나 이 병으로 죽을 뻔했어요. 앞서 아라비아 의사의 진단으로는, 이 병이 며칠 전부터 재발한 것 같대요. 만약 내가 죽고 나면 몽모랑시 아가씨를 아내로 맞이하겠다고 기사의 굳은 맹세로 내게 서약해 주세요. 이 몸도 이번만은 살 것 같지 않기에 하는 말이지만, 이 결혼의 조건으로 저의 전 재산을 당신께 남기겠어요."

이 말에 릴아당은 새파랗게 질렸다. 사랑하는 아내와 영원히 이별한다는 생각만으로도 기절할 것 같은 느낌이 들었다.

"그래요, 죄를 거듭해온 사랑의 그 일 때문에 저는 하느님의 벌을 받고 있어요. 왜냐하면 내가 느끼는 크나큰 기쁨은 이 몸의 심장을 팽창시키고, 아라비아 의사의 말로는, 그 결과로 맥관脈管이 줄어들어, 특히 쾌락의 최고조에 달했을 때 터질 위험이 있다고 하니까요. 그래서 나는 지금 이 나이에 목숨을 거두어주시기를 줄곧 하느님께 기도하고 있어요. 세월의 힘으로 나의 아름다움이 망그러지는 걸 보고 싶지 않거든요."

이 위대하고 고상한 앵페리아는 자기가 이때 얼마나 사랑받고 있는지를 알았다. 이 지상에서 행하여진 사랑의 희생 중에서 가장 위대한 것을 얻었기 때문이었다. 앵페리아와의 운우지정을 맺음에 있어 그 주둥이로 하는 놀이, 혀로 하는 놀이, 손으로 하는 놀이, 유방으로 하는 놀이, 발가락으로 하는 놀이가 얼마나 매력적인지, 그것이야말로 릴아당으로서도 앵페리아가 담그는 사랑의 설탕절임을 빼앗기느니 차라리 죽어버리는 쪽을 택하리라는 것을, 앵페리아 자신도 잘 알고 있던 터였다. 따라서 사랑의 열광 중에서 심장이 터질 위험이 있다는 앵페리아의 고백을 듣고 릴아당이 앵페리아의 무릎에 몸을 던져, 앵페리아의 목숨을 유지하기 위해서라면, 다시는 사랑의 행사를 요구하지 않고, 그녀를 보고, 곁에서 느끼는 것만으로도 행복하게 살아갈 테고, 머리카락에 입 맞추고, 앞으로는 치마에 몸이 닿는 감촉만으로도 만족하겠다는 굳은 결심을 피력하는 것을 듣고, 앵페리아는 새삼 감동되었던 것이다. 앵페리아는 와락 울음을 터뜨리면서, 그의 들장미 덤불 속의 싹 하나라도 잃느니보다 차라리 죽는 편이 낫고, 다행히 자기는, 만약 그것을 하기 바란다면, 한마디도 할 필요 없이, 남편으로 하여금 자기 몸에 말 타게 할 줄 알고 있으니까, 오히려 살아온 대로 살다가 죽겠다고 대답했다.

여기서 꼭 말씀드려야 할 일이 있는데, 다름이 아니라 앵페리아는 라귀즈 추기경으로부터in articulo mortis(죽음에 임해)라고 일컫는 소중한 선물을 받아 몸에 지니고 있었다는 사실이다. 이 세 마디의 라틴어는 추기경이 한 것이고, 필자가 이름 지은 것이 아니다. 이것은 베네치아에서 만들어진 것인데, 굵기가 콩알 같은 작은 유리병에 든 미묘한 독약으로, 치아로 깨물어 부수자마자, 아무런 고통 없이 금세 죽음이 닥쳐오는 것이었다. 추기경은 이 약을 로마에서 유명한 독약제조사毒藥制條師 토파나로부터 입수했다. 앵페리아는 이 병을 받아 반지의 보석 끼는 곳에 넣고, 물건에 부딪혀도 안 깨어지게 그 위에 금속관을 씌우고 있었다. 불쌍한 앵페리아는 이 병을 몇 번이고 입 속에 넣고서도, 깨물 결심이 그때마다 좀처럼 나지 않았다. 그만큼 앵페리아는 이것이 마지막이다, 죽는다, 죽어간다고 생각한 순간에 쾌락의 이루 말 못할 절정을 맛보곤 했던 것이다. 그러한 때, 앵페리아는 병을 깨물기에 앞서, 사랑의 행사에 있어서 자기가 짓는 여러 몸짓을 회상한 다음, 온갖 쾌락 중에서 가장 온전한 것을 느꼈을 때에 유리병을 깨물어 부수겠다고 스스로 다짐하곤 하였다.

불쌍한 앵페리아가 삶을 버린 시일은 시월 초하루 밤이었다. 이때, 마치 사랑의 신들이 '위대한 음혈陰穴은 죽었도다! Li grant noc est mort!' 라고 외치기라도 하는 것 같은 크나큰 아우성이 숲과 구름 속에서 들려왔다고 한다. 그것은 흡사 이교도의 신들이 구세주 강림에 임해 '위대한 목신牧神은 숨지도다! Li grant Pan est creue!' 라고 아우성치면서 하늘로 도망친 것을 방불케 한다. 이 말은 에비아의 선원[81]에게도 들려왔더라고, 교회의 한 사제에 의해서 전해져온 것이다.

마담 앵페리아는 아름다운 모습을 하나도 상하지 않고 사망했다. 티끌만한 흠도 없는 아름다운 여인의 모델을 만들어보시려고 하신 하느님의 뜻에서 그랬으리라. 앵페리아의 죽음을 슬퍼해, 그녀의 곁에 울음을 터뜨리고 쓰러진 '쾌락의 천사'의 빛나는 날개가 닿았기 때문인지, 그 죽은 얼굴도 으리으리한 광채를 띠고 있었다고 한다. 릴아당은 이후 말 못 할 애통에 잠기곤 했었는데, 다행히 앵페리아의 시신을 방부제를 사용해서 보존한 의사가 그녀의 사망 원인에 대하여 남편에게 한마디도 하지 않아서, 돌계집[石女]인 부인으로부터 남편을 해방시키려고 앵페리아가 자살한 것을 릴아당은 꿈에도 몰랐다. 이 아름다운 마음씨가 밝혀진 것은 릴아당이 몽모랑시 따님과 결혼한 지 여섯 해 후였다. 그것은 그가 '앵페리아의 방문'의 자초지종을 아내로부터 듣고 나서였다. 그 후로 그는 우울한 나날을 보내다가 마침내 죽고 말았으니, 이는 그 신출내기 부인의 힘으로써는 도저히 다시 이룰 수 없는 사랑의 쾌락에 대한 추억을 그의 가슴속으로부터 잠시도 쫓아낼 수가 없었기 때문이었다. 앵페리아는 그녀가 한번 군림했던 남성의 가슴 속에서 영원토록 죽지 않는다고 당시 사람들이 말하고 있던 것이 이로서 증명되었다.

이 이야기는, '정숙함'이란 바르지 못한 생활을 해온 여인에 의해서 처음으로 알게 됨을 가르치는 것이니, 왜냐하면 아무리 부인으로서의 덕망이 높은 여인들이라 할지라도, 설령 아무리 신앙심이 돈독하더라도 앵페리아처럼 목숨을 스스로 버린 여인은 그다지 흔하지 않으니까 말이다.

81 원문 표현은 la mer Eubeenne. 에비아Eubee는 에게 해에 있는 그리스 최대의 섬이다.

맺는말

O! 어릿광대 뮤즈여, 온 집안을 명랑하게 하는 소임을 맡고서도, 그대는 재삼재사 말리는 목소리를 들은 체 만 체, 근심과 걱정의 진흙구덩이에 빠져 '뉘우치는 베르트'를 건져낸 다음, 한 무리의 용병에게 겁탈당한 아가씨처럼 머리털을 흩트리며 돌아왔구나! 금으로 된 방울 달린 예쁜 장신구랑 아라베스크(唐草紋) 풍의 환상으로 수놓은 선세공(線細工)의 꽃이랑 어디에 놓고 왔느냐? 진주의 한 줌만큼 값나가는 보방bobans 세공으로 장식된, 그대의 담홍색 방울 달린 왕홀(王笏marotte[82]을 어디에 잊어버리고 왔느냐? 이야기의 재치가 번쩍번쩍하는 그대의 상냥스러운 검은 눈을 어째서 몹시 해로운 눈물로 망쳤느냐? 그대의 상아와도 같은 치아 사이에 영혼이 사로잡히며, 그대의 혀의 선명한 장미색에 마음 빼앗긴 교황들도, 그대의 깔깔대는 웃음소리 때문에 그대의 우스갯소리를 용서하시리. 좋은 피로 붉게 물든 그대의 입술 위에 감돌고 있는 백 가지 뜻을 품은 미소와 바꾸어, 교황들은 그들의 실내화를 하사하시리. 웃기 좋아하는 뮤즈여, 만약 그대

---

82 어릿광대가 손에 드는 방울 달린 왕홀.

가 처음도 없고 끝도 없는 존재인양 싱싱하고 젊기를 바란다면, 부디 다시는 울지 말지어다. 고삐 없이 파리를 말처럼 탈 수 있는 방법을 고안하시라. 카멜레온과도 같은 그대의 시메르[83]에 오색이 찬란한 아름다운 구름으로 굴레를 씌울 방법을 고안하시라. 무지개를 걸치고, 주홍의 꿈으로 무장하고, 자고새의 눈처럼 청록색의 날개를 단 모습으로 생생한 현실을 변형시킬 수를 고안하시라. 성체 안에 계신 살과 피를 두고, 향로와 인장을 두고, 성서와 보검을 두고, 누더기와 황금을 두고, 음音과 색色을 두고 맹세하노니, 내시가 어리석은 이슬람교도 국가의 군주를 위하여 추한 매춘부를 중매하는 내용의 서글픈 노래의 누추한 집으로 그대가 돌아간다면, 나는 그대를 저주하겠노라, 마구 때리게 하겠노라, 그리고……

야, 이것 봐라! 맑고 푸른 하늘처럼 쾌활한 익살스러운 책자 한 권과 벗하여 그대는 햇살 위에 올라탔구나. 햇살의 프리즘 가운데 놀아, 억세게, 대담하게, 함부로, 반대 방향으로, 거꾸로, 높다랗게 달리기 시작하는구나. 새로운 웃음의 기교 속에서 팔딱거리는, 은의 각면刻面으로 된 그대의 사이렌(人魚)의 꼬리를 뒤쫓아 가려면, 기다란 새틀로 그대를 두드려야 하겠구나. 허허! 저녁기도 후, 검은 딸기가 가득 달린 울타리 쪽으로 돌진하는 백 명의 학동學童들처럼 그대는 야단법석이구나. 훈장 같은 건 악마에게나 가라! 자아 한 권 끝났다. 이제 일은 지긋지긋하구나, 여보게들 악동들아, 모여들게나!

---

83 chimére. 키메라. 사자의 머리, 양의 몸, 용의 꼬리를 가진 그리스 전설의 괴물. 그래서 공상, 망상, 몽상을 뜻한다.

발자크가 이 《해학 30》을 쓰려고 작심한 것은 보카치오의 《데카메론》과 비견하는 《새로운 백 가지 이야기Cent nouvelles nouvelles》를 본떠 '백 가지 익살스러운 이야기Cent contes drolatiques'를 써 보려는 데서였다.

　발자크가 이 작품에 착수한 시기는 1831년부터인데 1832, 1833, 1837년 세 번에 걸쳐서 첫째, 둘째, 셋째 집輯이 출판되었다. 목표한 바와는 달리 서른 편으로 끝난 것은, 그의 재정상의 결핍과 아울러 정신상의 전환의 탓이 크다고 하겠다. 보카치오의 《데카메론》과 프랑스의 《백 가지 이야기》를 본떠 썼다고 하나, 이 작품은 어디까지나 발자크 최대의 걸작이라고 할 수밖에 없는 것이, 앙드레 모루아Andre Maurois가 말한 것처럼 19세기 프랑스 사회 풍속사社會風俗史의 전모를 《인간 희극人間喜劇》에서 전부 묘사하려고 한 발자크는, 중세기의 문장을 본받아 소리 내어 읽어보지 않고서는 판독할 수 없는 의성어(擬聲語, onomatopee)를 구사하여 성생활의 정경을 그려냈기 때문이다. 어디까지나 라블레의 영향이 많은 이 작품은 라블레 문장을 닮아 조금은 난해하지만 대륙적인 기질이 있으면서도 골gaulois풍의 섬세함이 온 단편을 통해서 꽃피고 있으니 일대 문장이 아닐 수 없다.

　이 작품은 발자크 자신도 "만약 나의 작품 중에서 후세에 남을 것이 있다면, 그것은 《해학 30》일 것입니다" 하고 한스카 부인에게 보낸 글월에서 쓴 적이 있듯이, 오늘날에 와서도 가장 많이 읽히고 있는 작품이다. 왜 그럴까?

현대 영화에 있어서도 보기 드문 장면의 급전이라든지, 현대소설이나 희곡에서도 보기 드문 앞뒤가 꽉 짜인 구성이라든지, 구구절절이 가슴속을 꼭꼭 찌르는 맵고 예리한 경구警句라든지, 자연 그 자체를 보는 느낌을 갖게 하는 풍경묘사라든지, 쇼팽의 전주곡을 방불케 하는 대화라든지, 바흐의 둔주곡을 듣는 것 같은 심리묘사라든지, 곳곳에 아로새긴 아라베스크풍인 환상이라든지, 레오나르도 다 빈치의 그림을 보는 것 같은 문장의 명암이라든지, 앙리 마티스의 색채처럼 짙고, 드뷔시의 가락처럼 섬세한 질감이라든지, 그 밖의 장단점으로 미루어 보아 이 작품은 라블레의 문장을 모방한 중세기적인 내용을 근대적이며 예술적으로 부활시켰기 때문이다. 라블레의 작품이나 보카치오의 작품에 없는 두 가지 정감, 곧 감동과 감상을 발자크의 독특한 수법으로 아로새겨 놓은 저술이기 때문이다.

예를 들어, 〈요마 이야기〉를 읽어보시라. 현대 영화의 뛰어난 수법도 따르지 못할 장면처리와 시간의 배치와 완전무결한 구성과, 소요, 고요, 향기, 색채, 섬세한 선, 부드러운 원형, 뾰족한 삼각형, 앵두 같은 입술의 한숨소리, 활활 타오르는 하단전下丹田의 불꽃, 난동亂動 등등으로 수놓은 공간과, 라신의 희곡 같은 대화의 음악성과, 득도한 선인仙人이 하늘에 올라 속세를 굽어보는 깨달음과, 나락에 떨어진 아귀들의 비탄과 번민, 다하지 못한 육성肉性의 만족에 대한 애석함을 차근차근 묘사해놓은 화면이야말로 재삼재독해도 지루하지 않다. 또 〈가벼운 죄〉 같은 중편은 앙드레 모루아도 감탄해 마지않아 그 저술에서 대서특필한 작품이다. 한 편마다 기상천외한 수법을 구사하여 흥미진진하게 그려놓은 벽화라고 하겠다.

그러면 여기서 발자크의 풍모를 몇 점 그려보자.

그 당시의 고관대작과 귀부인들과 어울려 소풍하다가 산자수명山紫水明한 산천에 실혼낙백失魂落魄해선지, 아니면 불가피한 생리작용 탓인지 엄청난 방귀소리와 더불어 일대 주류의 소변을 깔기며 왈 "참으로 시원스러운 경치로다"하고 내뱉은 발자크! 빚 받으러 오는 사람에게 "여보시오, 당신에게 진 빚을 갚으려고 허구한 날 이렇게 글 쓰고 있는 게 아니오, 날마다 열다섯 시간 이상씩. 당신도 사람이라면 작작 조르시오"하고 일갈하던 발자크! "유젠Eugenie이 마침내 죽었어!"하고 마치 제 소설중의 여주인공의 죽음을 친딸이나 죽은 듯이, 때마침 찾아온 친구에게 울며불며 슬퍼하던 발자크!

이는 평범한 인간이 아니다. 무엇에 홀린 인간이다. 신비한 사색에 잠겨서 《오톨도톨한 가죽Le peau de chagrin》 같은 작품을 저술하는가 하면, 세잔이 탄복해 마지않으며 한평생 애독하던 《알려지지 않은 걸작L' oeuvre inconnue》을 썼으며, 한편 역사적인, 법학적인, 경제적인, 사회적인, 여러 작품을 써 내 '인간희극'이라는 금자탑을 세운 그의 역량은 누구도 따르지 못한다.

그는 그 시대 전체를 알고 있는 사람이다. 모든 것에 호기심을 품고 있던 작가다. 때문에 도스토예프스키나 톨스토이 같은 거성들도 발자크의 영향을 받고나서 비로소 그 사람됨이 이룩되었거니와, 발자크 이후 이 작가의 영향을 받지 않은 사람이 있었을까? 없다! 냉정한 플로베르나 모파상이나 스탕달이나, 그 후대後代에 가서 폴 부르제, 아나톨 프랑스, 마르셀 프루스트도 일단 발자크의 작품을 거쳐가야만 했다.

이 발자크의 《해학 30》은 어른들의 동화童話다.

동화라고 해서 그냥 재미로 읽고 다시 읽을거리가 못되는 따위의 작품이 아니다. 읽으면 읽을수록 재미나는 동시에 스스로 머리가 끄덕여지는 작품이다. 그럴 것이, 만인이 다 수긍할 수 있는 내용이며, 인간의 적나라한 모습을 알뜰하게 묘사했기 때문이다. 이것을 읽고 '그렇지 않다'고 반박하는 분이야말로 위선자다. 있는 그대로 받아들여 앙천대소仰天大笑할 줄 아는 사람이야말로 인간다운 사람이다. 때문에 이 작품은 건실한 서적이라고 하겠다. 이 작품은 관능적인 것도 외설스러운 것도 아니다. 과장이 있기는 하다. 그러나 그것은 이 작품의 표제表題가 말하듯이 익살스럽게 쓰려고 해서지 없는 것을 억지로 쓰려고 한 것은 아니다. 이 작품처럼 의고적擬古的인 형식을 빌려 호색담好色譚을 예술적으로 문학적으로 승화시킨 것은 동서고금에 따로 없다고 하겠다. 때문에 《발자크의 해학 30》은 건강한 문학이다.

프랑스 철학자 앙리 베르그송의 말마따나, 웃음이란 '살아있는 것에 첨부된 기계적인 것에 사회가 내리는 제재'다. 부자연스러운 것, 겉만 번드르르한 것, 속이 들여다보이는 위선적인 언행에 제재를 내리는 게 웃음이며, 생명의 흐름을 정지시키는 동작이나 반복되는 언어에 제재를 가하는 게 웃음이며, 속물근성Snobime, 황금만능주의, 족반거상足反居上 같은 세태를 바로 보아 웃어넘기는 게 건장한 문학이기 때문이다.

또 〈완강한 사랑〉 같은 단편은 단지 우스개 이야기로서만 재미날 뿐 아니라, 수도원에도 종隸僕 제도가 있었다는 사실도 흥미롭다. 노예제 폐지와 인류평등주의를 신조로 삼았던 가톨릭 교내의 수도원에도 노예 제도가 존재했었다니, 이 아니 놀라운 일이랴! 이와 같은 '우리가 미처 상상도 못 했던' 예가 수두룩하지만, 여기서는 이 보기를 인용해보겠다.

이 단편의 남주인공인 앙소가 보기에 가난한 아가씨를 초원에서 우연히 만나 그 아름다움과 고운 목청에 삽시간에 연정을 품고 건네는 말에 그녀가 대답하는 장면이다.

"천만에요, 저는 수도원에 매인 몸인걸요"
라고 말하면서 아가씨는 왼팔에 달려 있는 팔걸이를 앙소에게 보였다. 그것은 들판의 가축이 달고 있는 목걸이와 다름없는 것으로, 다만 방울만은 달려있지 않았다. 한없는 슬픔이 가득 찬 아가씨의 눈길을 받고 앙소의 마음도 무한히 슬퍼졌으니, 감정이 강할 때 눈길을 통해 이심전심이 이루어지기 때문이다.

"허어, 그건 무슨 표시입니까?"라고 앙소는 호기심이 잔뜩 나서 물었다. 그리고 수도원의 문장이 뚜렷이 새겨져 있는 팔걸이를 손으로 만졌으나, 자세히 보려고 하지 않았다.

"저는 수도원의 종homme de corps의 딸입니다. 때문에 저와 결혼하는 분은 파리의 시민이건 무엇이건 간에 종의 신분으로 떨어져, 그 몸도 재산도 수도원에 매인 것이 되고 말아요. 설령 결혼에 의하지 않은 방법으로 저를 사랑해도, 두 사람 사이에서 태어난 애는 역시 수도원의 소유물이 되고 맙니다. 이 때문에 저는 마치 들판의 가축처럼 모든 사람으로부터 버림받고 있어요. 그러나 저로서 가장 쓰라린 것은, 수도원장님의 뜻에 따라 수도원의 다른 종(奴) 사내와 적당한 시기와 장소에서 장차 짝 지어지는 현실이랍니다. 그래서 지금의 저보다 좀더 밉상이 아니게 태어났더라도, 저의 팔걸이를 보자마자, 저를 아무리 사랑하는 분이라 한들, 흑사병 환자라도 본 것처럼 도망칠 거예요"라고 말하면서, 아가씨는 두 사람의 뒤를 소가 따라오도록 고삐를 당겼다. .

　　"아가씨는 몇 살이오?"라고 앙소가 묻는 말에,

　　"모르겠어요. 그러나 수도원장님이 장부에 적어놓았겠죠."

　'무엇 때문에 《해학 30》에 그처럼 기를 쓰느냐, 해마다 반드시 펜을 놀려대니 어찌된 노릇이냐'고 자문하고 나서, '첫째로, 만약 정숙한 귀부인들……' 하는 셋째집의 머리말을 숙독하시기를. 그러면 발자크가 얼마나 라블레의 문장을 모방하려 했는가를 다소나마 아시리라.

　라블레 작품의 큰 바다의 격랑과도 같은 글, 머리가 어디고 꼬리가 어딘지 분간 못 하는 어휘의 물결, 쉴새없이 재치 있는 비유의 밀물과 허리 끊어질 익살맞은 썰물은, 발자크의 이 서른 편의 콩트(하기야 〈마녀 이야기〉나 〈아마도르 수사의 전기〉나 〈가벼운 죄〉는 중편 이상의 부피지만)에서도 유감없이 발휘되어 오색 무지개처럼 화려하게 은은히 피어난다.

　〈악마의 후예〉를 읽어보시라. 이런 기담도 드물거니와 익살스러운 조어造語와 암유暗喩도 드물다 하겠다. 예를 들어 "Si ung de vous voisins vous plautoyt un taillis sus le front(만일 당신 친구 중에 당신 이마에 잡목을 꽂은 놈이 있다면)"이라는 말 중, la front(이마)를 마누라의 그것으로, un taillis(잡목림)을 정부의 그것으로 비유했다고 보면 무슨 뜻이 되겠는가? 짐작해보시기를! 또 planter un taillis sur la front이라는 말은, 이마에 잡목을 꽂(심)는다, 곧 얼굴에 통칠한다는 뜻도 된다. 따라서 역자는 이러한 낱말이나 구절이 나올 때마다 보잘것 없는 학식이지만 힘을 다하여 주註를 달고 또 아는 대로 풀이해놓았다.

프랑스 말의 comedie이라는 낱말은 비극tragique에 반대되는 뜻으로 쓰이고 있다. 그러나 단테의 《신곡神曲》은 La Divine Comedie라고 하지만, 결코 단순한 희극이 아니고, 오히려 인간사회의 세태와 인간의 숙명 같은 것을, 그것이 아무리 우스꽝스럽고 희극적인 것일망정 그것을 한결 높은 장소에서 굽어보는, 오히려 비극적인 서사시 또는 희곡이라는 형태로 다룬 것이었듯이, 발자크의 경우도 마찬가지로 《인간 희극La Comédie humaine》이라는 총 제명題名은, 인간희극이라고 번역하기보다 '인간극人間劇'으로 하는 게 적당하다고 생각될 만큼, 그 내용은 19세기 전반前半의 프랑스 사회에 있어서 여러 가지 욕망과 번민과 고뇌 때문에 우왕좌왕하는 인간의 모습을 한결 높은 장소에서 바라본 것이며, 비극적인 서사시 또는 희곡이라고 해도 무방하다.

'한결 높은 장소'라고 말했는데, 발자크의 경우는 적어도 그 시대의 조건, 곧 사회학적인 관심을 두고 한 말이다.

세태인정世態人情을 분석 묘사하면서 발자크는, 독자로 하여금 눈물을 흘리게 하거나 앙천대소하게 하기보다 먼저 인간과 인간 사회를 연구하려고 한 것이다. 발자크의 소설을 하나하나 따로 떼어 읽어보면, 단순한 역사소설 혹은 단순한 풍속소설 같은 인상을 받지만, 1842년에 가서 자기 작품에 《인간 희극》이라는 제목을 붙인 과정을 설명한 '총서總序'를 읽어보면 그가 의도한 바와, 그의 자세를 알게 된다. 곧 발자크의 온 작품은 다소의 통일되지 않은 점이 간혹 있긴 하나, 19세기 전반 프랑스사회의 사회학적 연구의 집대성이라는 점을 알게 된다.

이 《해학 30》은 발자크의 그러한 작품에 속하지 않는 희귀한 걸작이다. 1832~1837년에 이르는 만 5년 사이, 몇 가지 작품을 펴내는 사이사이에 세 차례로 나눠 펴냈다.

로맹 롤랑이 《장 크리스토프》라는 좀 딱딱한 작품을 쓰고 난 후, 발자크 못지않게 라블레의 영향을 많이 받은, 아니 발자크의 영향을 지대하게 받은 로맹 롤랑이 《콜라 브뢰뇽colas Breugnon》이라는 재미나는 작품을 쓰고 싶은 의욕이 났듯이, 어느 골치 아픈 일을 마치고 나서는 좀 경묘輕妙한 재미나는 일이나 창작이나 여가를 즐기고 싶어지는 게 인지상정이다. 독자로 하여금 아무런 부담감을 느끼지 않게 하는 동시에, 딱딱한 작품보다 더 유익하고도 재미나는 마음의 양식을 주는 작품이야말로, 쓴 작가도 재미나서 저술했거니와 읽는 독자 역시 재미나서 읽고, 게다가 덤으로 마음의 양식마저 얻으니, 이 어찌 '임도 보고 뽕도 따는' 격이 아니겠는가!

일찍이 나는 마르셀 프루스트의 《잃어버린 시간을 찾아서》를 번역했다. 방대한 작품이고 보니(원문 3,300쪽, 2백자 원고지로 23,000매 가량) 오랜 시일이 걸렸는데, 이 작품 중에서 프루스트는 무려 서른아홉 번이나 발자크를 언급한다. 언급하는 수가 많다고 해서 인용하는 작가에 대한 심취의 정도의 깊음을 표시하는 거야 아닐 테지만, 프루스트가 발자크를 언급할 적의 진지한 자세는 거룩하기까지 하다. 프루스트만큼 상류사교계에 연연한 스노브Snob[84]도 없었거니와, 발자크 또한 자기 성함에 제 출신도 아닌 귀족의 명칭 표시인 de를 썼을 만큼 속물근성이 있었다. 이러한 두 사람의 공통점이 무엇이기에 프루스트는 제 작품에서 발자크에게 그토록 중요한 자리를 내주었는가? 그것은 창작하고자 하는 의욕의 자세다. 프루스트의 《잃어버린 시간을 찾아서》 제2편 〈꽃피는 아가씨들의 그늘에〉 중에서 그 보기를 들어보자.

우리는 위디메스닐Hudimesnil 쪽으로 내려갔다. 돌연 나는 콩브레(프루스트

---

84 '속물' '재물 숭배자'라는 뜻으로 신사인 체하는 속물, 지위나 재산 등을 숭배하는 자기 과시적인 사람을 말한다.

의 마음의 고향-역자 주) 이후 그다지 감촉 못 해 왔던 그 깊은 행복감, 그 중에
도, 마르탱빌(콩브레 마을에 있는 성당-역자 주)의 종탑이 나에게 주었던 것과 비슷
한 어떤 행복감으로 가득 찼다. 그러나 이번에는 그것이 완전하지 못한 채로
남았다. 우리가 접어들고 있는 양측에 경사를 이룬 길로부터 움푹 들어간 곳
에, 수풀로 덮인 오솔길 어귀의 표적임이 틀림없다고 생각되는 세 그루의 나무
가, 내가 처음 보는 게 아닌 하나의 그림을 형성하고 있는 걸 언뜻 보고 난 후
에 그런 행복감이 들었는데, 세 그루의 나무가 그처럼 뚜렷이 드러났었던 장소
가 어딘지 확인할 수 없는 채, 단지 지나간 날 나에게 친숙했던 장소였다는 느
낌이 들 뿐이었다. 따라서 내 정신이 먼 어느 해와 현재의 순간 사이에서 비틀
거리자마자 발베크(지금 와 있는 해변 도시-역자 주) 부근이 흔들거려 나는 마음
속으로 물었다. 지금 하고 있는 이 산책이 하나의 허구가 아닐까, 발베크란 상
상으로밖에 간 적이 없는 곳이며 부인은 소설에 나오는 인물이 아닐까, 세 그
루의 노목老木은, 독서중인 책, 실제로 거기에 옮겨진 걸로 여기게 된 환경을
묘사하고 있는 책에서 눈을 쳐들면서 다시 발견하는 실물이 아닐까 하고.

대상이 뭔지 예감밖에 안 되는 이 기쁨, 나 자신이 만들어내야 하는 이 기쁨,
나는 그것을 드물게 체험하였을 뿐이지만, 그 드문 체험을 할 때마다, 그 사이
에 일어났던 것들이 거의 대수롭지 않은 것으로 생각되어, 이 기쁨의 유일한
실물에 내가 들러붙으면 마침내 참다운 삶을 시작할 수 있으리라 생각되었
다.(제2편. 293~294p 참조)

이러한 미적 관념은 발자크의 작품에서도 흔히 본다. 그러니 좀더 따져보
자. '마르탱빌의 종탑이 나에게 주었던 것과 비슷한 어떤 행복감으로 가득
찼다'고 프루스트로 하여금 독백케 한 것은, 자연이 그에게 감득感得케 한
미적 관념이다. 그의 안에 눈뜨고 있지 않은 아름다움(美)에 대한 갈망, 희구
希求가 어떤 사물에 부딪쳐 튀어나오는 섬광이다. 이러한 번쩍 하는 느낌에
는 일종의 종교적인 것이 있다. 왜냐하면, 우리가 신의 존재를 믿거나 말거

나, 뭔가 형용키 어려운 눈에 보이지 않는 존재를 육신을 통해 느낄 때가 바로 이러한 느낌이 들 때니까. 따져보는 건 뒷일이다. 우선 그 느낌에서 우리는 행복감을 느낀다. 프루스트가 체험했던 이런 행복감이 없었다면 창작을 하지 않았을 게다.

발자크도 마찬가지다. "이러한 드문 체험을 할 때, 그 사이 일어났던 것들이 거의 대수롭지 않은 것으로 생각되어"서 발자크나 프루스트나 오래도록 스노브로 지내왔는데, 그 속물근성을 이겨내는 이러한 드문 일종의 계시啓示는 실답게 살고자 하는 모든 이에게 있다. 예컨대, "논의 사잇길을 나는 걷고 있었다. 쌀알을 씹으면서 나는 언뜻 하늘을 쳐다보았다. 재빨리 퍼져가는 소나기를 잉태한 검은 아름다운 한 무리의 구름이 보였다. 구름이 하늘 전체를 덮었다. …… 바로 그때 홀연히 이 구름을 스치고 눈같이 희디흰 한 떼의 학들이 위쪽으로 날아갔다. 이 대조가 너무나 아름다워서, 내 마음은 어디론지 날아가, 가지고 있던 쌀알도 흩어졌다. 나는 의식을 잃고 쓰러졌다. 누가 나를 안아 집으로 데려다주었다. 격렬한 희열과 감동이 나를 휩쓸었던 거다. …… 이것이 나의 황홀 상태의 첫 체험이다."

이것은 인도의 종교가 라마크리스나Ramakrishana의 체험이다. 로맹 롤랑도 말했듯이, 미감美感이 이 사람의 종교생활의 입구였다는 것은 이 종교가의 중요한 특징이다. 그렇다면 프루스트의 경우에도 미감은 그의 창작생활의 문이었다는 것도 이 작가의 중요한 특징이다. 이러한 프루스트가 발자크에게서 배운 것은, 발자크가 사물을 먼저 그 원인부터 설명하는 대신에, 그의 지각知覺의 순서에 따라 사물을 표현한 점이다. 그래서 발자크가 묘사하는 살림살이들이나 건축물이나 할 것 없이 모든 사물들이 제 목소리를 내는 초목들처럼, 산천처럼, 제각기 특성을 가진 존재들처럼 느껴진다. 참신한 문장이다.

끝으로 발자크의 머리말 중의 한 구절을 적는 것으로 해설문의 끝맺음으로 삼겠다.

그러니 과격한 비평가들, 낱말의 넝마주이들, 각자의 의견이나 창작물을 망가뜨리는 사나운 괴물들이여, 상기해보시라. 웃음이란 동심에서 나오는 것이며, 세월이 흘러감에 따라 등잔의 기름처럼 그것이 사라져 없어지는 것을. 이는 무엇을 뜻하는고 하니, 웃으려면 마음의 순진함과 깨끗함이 필요하며, 웃음이 없는 수다쟁이들은, 그대들의 악덕과 파렴치를 감추려고 입술을 내밀고 입을 쭈그렁밤송이같이 오므라뜨리고 이맛살을 찌푸리는 것을 뜻한다.

옮긴이

1799년 5월 20일 프랑스 투르에서 출생.

1807년 방돔학교에 입학, 6년간 수도사들에게 수업을 받음.

1816년 파리 소르본 대학에 입학, 법학을 공부.

1817년 대학에 다니면서 법률 서기관으로 근무.

1819년 작가가 되기로 결심하고 대학을 중퇴, 단신으로 파리로 올라와 바스티유 광장의 초라한 다락방에서 습작생활을 시작. 《크롬웰》이라는 5막 운문 비극 발표, 하지만 주변 반응이 없자 이후 소설로 전환. 계속 작품을 쓰기도 하고 신문에 기고하기도 함.

1821년 그의 문학 생활에 지대한 영향을 끼친 20세 연상의 베르니Berny 부인과의 교제 시작.

1822년 《비라그의 여상속인》, 《장 루이》, 《유다의 여자》, 《백 살 먹은 사람》, 《아르덴의 부사제》 출간.

1823년 《최후의 요정》 발표.

1824년 논문 〈호주 상속권에 대하여〉를 씀. 《해적 아르곤》 발표.

1825년 몰리에르 전집과 라 퐁텐 전집을 출판하였으나 빚더미에 오름. 《흰 얼굴의 잔》, 《몰리에르》(서문) 발표.

1829년 《결혼론》 간행. 《올빼미 당원》과 《결혼의 생리학》 발표로 문단에 정식 데뷔함.

1831년 《털가죽》 발표, 이 작품으로 문단에서의 지위를 확고히 함. 《사생활 정경》(단편집), 《철학적 장편 · 단편집》 간행.

1832년 《해학》 제1집, 《사생활 정경》(증보판), 〈루이 랑베르〉(《철학단편신집》 10월호에 게재) 발표. 시농의 대의원 선거 낙선.

1833년 《해학》 제2집, 《시골 의사》, 《사생활 정경》, 《외제니 그랑데Eugénie Grandet》, 《19세기 풍속 연구》(전 작품을 이 제목 하에 분류 종합해서 간행하려는 의도로 12월부터 집필 시작) 발표. 그의 후반기 인생을 지배한 한스카 부인을 만나게 됨.

1834년 《절대의 탐구》 발표.

1835년 《고리오 영감 》, 《골짜기의 백합》 발표.

1836년 신문 《크로니크 드 파리》를 경영. 베르니 부인 사망. 4월 27일부터 5월 4일까지 병역 기피로 금고형.

1837년 《해학》 제3집 발표.

1839년 문예가협회 회장으로 뽑힘. 이때까지 《노처녀》, 《세자르 비로토》, 《말단 공무원》 등을 발표.

1842년 3월에 5막극인 《키노라의 방패》를 극장에서 상연했으나 실패로 돌아감. 4월부터 《인간 희극》 간행이 시작됨. 《인간 희극》 제1권에서 제3권까지 발표. 《위르실 미레》, 《두 젊은 아낙네의 수기》, 《암흑사건》 발표.

1845년 레지옹 도뇌르 5등 훈장을 받음. 유럽 여행. 《인간 희극》 제13권까지 나옴.

1846년 《사촌누이 베트》 발표.

1847년 《사촌형 퐁스》 발표. 《인간 희극》 제16권까지 나옴.

1850년 3월 오랜 기간 교제해 오던 한스카 부인과 결혼. 8월 18일 사망.

옮긴이 **김창석**

1923년 서울 출생.
일본 아테네 프랑세 졸업.
시집으로《하루》《나의 평균율》 등이 있으며,
역서로는 피에르 루이스의《빌리티스의 노래》,
폴 클로델의《삼종》, 로맹 롤랑의《매혹된 영혼》,《장 크리스토프》,
발자크의《골짜기의 백합》 등 다수가 있다.

발자크의 해학 30

초판 1쇄 발행 — 2005년 3월 15일
초판 2쇄 발행 — 2006년 9월 5일

지은이 | H.D. 발자크
옮긴이 | 김창석
펴낸이 | 윤형두
펴낸데 | 종합출판 범우(주)

교정·편집 | 김혜연·장웅진·왕지현
등록 | 2004. 1. 6. (제406-2004-000012호)
주소 | (413-756) 경기도 파주시 교하읍 문발리 파주출판도시 525-2
전화 | (031) 955-6900~4
팩스 | (031) 955-6905
홈페이지 | www.bumwoosa.co.kr
전자우편 | bumwoosa@chol.com

ISBN 89-91167-52-7 03860

* 책값은 뒤표지에 있습니다.

온고지신(溫故知新)으로 21세기를!

현대사회를 보다 새로운 시각으로 종합진단하여
그 처방을 제시해주는

범우사상신서

범우사 서울시 마포구 구수동 21-1호 전화 717-2121, FAX 717-0429
http://www.bumwoosa.co.kr (천리안·하이텔 ID) BUMWOOSA